国学典藏

封神演义

［明］许仲琳 编
［明］锺惺 评
王维堤 曹曼民 等 点校

下册

上海古籍出版社

第五十一回　子牙劫营破闻仲

诗曰：

昔日行兵夸首相，今逢时数念应差。

风雷阵设如奔浪，龙虎营排似落花。

纵有黄河成个事，其如苍赤更堪嗟。

劝君莫待临龙地，同向灵台玩物华。

话说二位天尊进阵，老子见众门人似醉而未醒，沉沉酣睡，呼吸有鼻息之声。又见八卦台上有四五个五体不全之人，老子叹曰："可惜千载功行，一旦俱成画饼！"

且说琼霄见老子进阵来观望，便放起金蛟剪去。那剪在空中挺折如剪，头交头，尾交尾，落将下来。老子在牛背上看见金蛟剪落下来，把袖口望上一迎，那剪子如芥子落于大海之中，毫无动静。碧霞又把混元金斗祭起，老子把风火蒲团往空中一丢，唤黄巾力士："将此斗带上玉虚宫去！"三位娘娘大呼曰："罢了！收吾之宝，岂肯干休！"三位齐下台来，仗剑飞来直取。难道天尊与他动手？老子将乾坤图抖开，命黄巾力士："将云霄裹去了，压在麒麟崖下！"力士得旨，将图裹去。不题。

且言琼霄仗剑而来。元始命白鹤童子把三宝玉如意祭在空中，正中琼霄顶上，打开天灵，一道灵魂往封神台去了。碧霄大呼曰："道德千年，一旦被你等所伤，诚为枉修功行！"用一口飞剑来取元始天尊，被白鹤童子一如意，把飞剑打落尘埃。元

始袖中取一盒,揭开盖丢起空中,把碧霄连人带鸟装在盒内,不一会化为血水。一道灵魂也往封神台去了。有诗为证:

> 修道千年岛内成,殷勤日夜炼无明。
> 无端排下黄河阵,气化清风捐七情。

话说三位娘娘已绝,菡芝仙同彩云仙子还在八卦台上看二位天尊。元始既破"黄河阵",众弟子都睡在地上。老子用中指一指,地下雷鸣一声,众弟子猛然惊醒,连杨戬、金木二吒齐齐跃起,拜伏在地。老子乘牛转出,回至篷上,众门人拜毕,元始天尊曰:"今日诸弟子削了顶上三花,消了胸中五气,遭逢劫数自是难逃。况今姜尚有四九之惊,尔等要往来相佐,再赐尔等纵地金光法,可日行数千里。"又问:"尔等镇洞之宝?""俱装在混元金斗内。"命:"取来还你等。如今留南极仙翁破'红沙阵',我同道兄暂回玉虚宫。白鹤童子,陪你师父同回。"须臾返驾,众门人排班送二位天尊回驾。

且说彩云仙子怒气不息,菡芝仙见破了"黄河阵",退老营来见闻太师,太师已知阵破,玉虚门人都救回去了,心下十分不安,忙具表遣官往朝歌求救。又发火牌,调三山关总兵官邓九公往麾下听用。

且说燃灯在篷上与众道者默坐,南极仙翁打点破"红沙阵"。子牙到九十九日上来见燃灯,口称:"老师,明日正该破阵。"次日,众仙步行排班,南极仙翁同白鹤童儿至阵前,大呼曰:"吾师来会'红沙阵'主!"张天君从阵里出来,甚是凶恶,跨鹿提剑杀奔前来,抬头见是南极仙翁,张绍曰:"道兄,你是为善最乐之士,亦非破阵之流,此阵只怕你:

> 可惜修就神仙体,若遇红沙顷刻休!"

第五十一回　子牙劫营破闻仲

话说南极仙翁曰:"张绍,你不必多言。此阵今日该是我破,料你也不能久立于阳世。"张天君大怒,纵鹿冲来,把剑往仙翁顶上就劈,旁有白鹤童子将三宝玉如意赴面交还。来往未及数合,张天君掩一剑,望阵中就走。白鹤童子随后跟来,南极仙翁同入阵内。张绍下鹿上台,把红沙抓了数片望仙翁打来,南极仙翁将五火七翎扇把红沙一扇,红沙一去,影迹无踪。张天君掇起一斗红沙望下一泼,仙翁把扇子连扇数扇,其沙去无影响。南极仙翁曰:"张绍今日难逃此厄!"张绍欲待逃遁,早被白鹤童子祭起玉如意,正中张绍后心,打翻跌下台来。白鹤童子手起一剑,即时血染衣襟。正是:

> 未曾破阵先数定,怎脱封神台下来。

且说南极仙翁破了"红沙阵",白鹤童子见三穴内有人。南极仙翁发一雷,惊动哪吒、雷震子,俱将身一跃,睁开眼看见南极仙翁,知是昆仑山师尊来救护。哪吒急来扶武王,武王已是死了。坐下逍遥马,百日都坏了。

燃灯在外面见破了"红沙阵",子牙催骑入阵来看武王时,已是死了,子牙哭声不止,燃灯曰:"不妨。前日入阵时,有三道符印护其前后心体,武王该有百日之灾,吾自有处治。"命雷震子背负武王尸骸,放在篷下,用水沐浴。燃灯将一粒丹药用水研化,灌入武王口内。有两个时辰,武王睁眼观看,方知回生。见子牙众门人立于左右,王曰:"孤今日又见相父也!"子牙差左右听用官送武王回宫。

且说燃灯与众道者曰:"列位道友,贫道今破十阵,与子牙代劳已完,众位各归府。只留广成子,你去桃花岭阻闻仲,不许他进佳梦关;又留赤精子,你去燕山阻闻仲,不许他进五关。二位速去！又留慈航道人在此，以下请回。"众道人方才出篷欲去，忽云中子至，燃灯请上篷，打稽首曰："列位道兄请了！"众道者曰："云中子乃福德之仙也，今不犯'黄河阵'，真乃大福之士。"云中子曰："奉敕炼天神火柱，绝龙岭等候闻太师。"燃灯曰："你速去，不可迟。"云中子去了，燃灯把印剑交与子牙。燃灯曰："我贫道也往绝龙岭，助云中子一臂之力，吾今去也！"止留慈航同子牙在篷上，子牙传令："把麾下众将调来。"南宫适等齐至篷前见姜子牙，行礼毕，立于两旁。子牙传："明日开队，与闻太师共决雌雄。"众将得令。不题。

且说闻太师见十绝阵俱破，只等朝歌救兵，又望三山关邓九公来助，与彩云仙子、菡芝仙共议。二仙曰："不料三仙遭厄，两位师伯下山，故有今日之挫。把吾截教不如灰草。"闻太师长吁一声，忽听得周营炮响，喊声大震，来报曰："姜子牙请太师答话。"闻太师大怒曰："吾不速拿姜尚报仇，誓不俱生！"遂遣邓、辛、张、陶分于左右，二女仙齐出辕门，太师跨墨麒麟如烟火而来。子牙曰："闻太师，你征战三年有余，雌雄未见。你如今再摆十绝阵否？"传令："把吊着的赵江斩了！"武吉把赵江斩在阵前。闻太师大叫一声，提鞭冲杀过来，有黄天化催开玉麒麟，用两柄银锤挡住闻太师。菡芝仙在辕门，怒从心上起，恶向胆边生，纵步举宝剑来助闻太师，这壁厢杨戬纵马摇枪，前来敌住了菡芝仙。彩云仙子见杨戬敌住了菡芝仙，仗剑冲杀过来，哪吒大喝一声："休冲吾阵！"脚登风火轮，战住了彩云仙子。邓、辛、张、陶四将齐出，这壁厢武成王黄飞虎、南宫适、武吉、辛甲四将来迎。两家这场大战：

两阵冬冬擂战鼓，五色幡摇飞霞舞，长弓硬弩护辕门，

第五十一回　子牙劫营破闻仲

铁壁铜墙齐队伍。(太师)九云冠上火焰生,(黄天化)金锁甲上霞光吐。(女仙是)大海波中戏水龙,(杨戬)似万仞山前争食虎。搜搜刀举,好似金睛怪兽吐征云;晃晃长枪,一似巨角蛟龙争戏水。鞭来挝架,银花响亮迸寒光;枪去剑迎,玉焰生风飘瑞雪。刀劈甲,甲中刀,如同山前猛虎斗狻猊;枪刺盔,盔中枪,一似深潭玉龙降水兽。使斧的天边皓月皎光辉,使锏的万道长虹飞紫电。使枪的紫气照长空,使刀的庆云离顶上。有诗为证,诗曰:

　　大战一场力不加,亡人死者乱如麻。
　　只为君王安社稷,不辨贤愚血染沙。

且说子牙大战闻太师。菡芝仙把风袋抖开,一阵黑风卷起,不知慈航道人有定风珠,随取珠将风定住,风不能出。子牙忙祭起打神鞭,正中菡芝仙顶护,打得脑浆迸出,死于非命,一道灵魂往封神台去了。彩云仙子听得阵后有响声,回头看时,早被哪吒一枪刺中肩甲,倒翻在地,后加一枪结果了性命,也往封神台去了。武成王大战张节,黄飞虎枪法如神,大吼一声,把张节一枪刺于马下,一灵也往封神台去了。闻太师力战黄天化,又见折了三人,无心恋战,掩一鞭,暂回老营,止有邓忠、辛环、陶荣三将,见今日又损了张节,四将中少了一人,十分不悦。

且言子牙全胜回兵,慈航作辞回山。子牙进城,升银安殿传令:"众将用过午饭上殿听点。"众将领令。子牙进内室写柬帖,只至午末未初,银安殿上打聚将鼓响,众将上殿参谒听令。子牙令黄天化领柬帖、令箭,又命哪吒领柬帖、令箭,雷震子也领柬帖、令箭:"你们三路行,只须如此如此。"子牙令:"黄飞虎等领兵五千冲左哨,南宫适等领兵五千冲右哨。"又令:"金吒、木吒、龙须虎冲辕门,四贤、八俊随于后队接应。辛甲、辛免、太颠、闳夭、祁恭、尹籍领三千人马,大呼曰:'归顺西岐有德之君,坐享安康;扶助成汤无道之主,灭伦绝纪。早归周地,不致身亡!'先散开成汤人马,以孤其势。大功只在今晚可成。"又令:"杨戬领三千人马,先烧彼之粮草,彼军不战自乱。你如烧了粮草,截战后再往绝龙岭助雷震子成功。"杨戬领令去讫。正是:

> 挖下战坑擒虎豹,满天张网等蛟龙。

不表子牙前来劫营。且言闻太师损兵折将,在帐中独坐无言。猛然当中神目看见西岐一股杀气直冲中军,太师算曰:"姜尚今日得胜,乘机劫吾大寨。"急令:"邓忠、陶荣在左哨,辛环在右哨,吉立、余庆领长箭手守后营粮草。吾在中军,看谁进辕门!"太师准备夜战。当时天晚,日落西山。将近一鼓时分,子牙把众将调出,四面攻营。人马暗暗到了成汤大辕门,左右有灯笼为号,一声信炮,三军呐喊,鼓声大振,杀声齐起。怎见得这场夜战:

> 征云笼四野,杀气锁长空。天昏地暗交兵,雾惨云愁厮杀。初时战斗,灯笼火把相迎;次后交攻,剑戟枪刀乱刺。离宫不朗,左右军卒乱奔;坎地无光,前后将兵不正。昏昏沉沉月朦胧,不辨谁家宇宙;渺渺漫漫灯惨淡,难分那个乾坤。征云紧护,拚命士卒往来相持;战鼓忙敲,舍死将军纷纷对敌。东西混战,剑戟交加;南北相持,旌旗掩映。狼烟火炮,似雷声霹雳惊天;虎节龙旗,如闪电翻腾上下。摇旗小校,黉夜里战战兢兢;擂鼓儿郎,如履冰俱难措手。周兵勇猛,纣卒奔逃。只见滔滔流血坑渠满,叠叠横尸数里平。有诗为证:

第五十一回　子牙劫营破闻仲

劫营功业妙无穷，三路冲营建大功。

只为武王洪福广，名垂青史羡姜公。

话说子牙督前军冲开了七层围子，呐一声喊，杀进大辕门。闻太师忙上了墨麒麟提鞭冲来，大呼曰："姜尚，今番与你定个雌雄！"提鞭来取，子牙仗剑交还。金吒在左，木吒在右，龙须虎发手放出石头打将来，如飞蝗骤雨。成汤军卒如何招架得开？多是着伤。闻太师酣战在中军。黄飞虎杀进左营，有邓忠、陶荣大喝曰："黄飞虎慢来！"黄家父子兵把二将困在左营，邓忠抖精神使开板斧，陶荣显本事双锏忙轮，二将大战在左营。南宫适冲进右营，只见辛环大叫："南宫适休走！"把肉翅飞起，西岐数将战住辛环，灯球火把照耀如同白昼。黄昏厮杀，黑夜交兵，惨惨阴风，冬冬战鼓。闻太师正征战之间，子牙祭起打神鞭。闻太师当中神目看见，疾忙躲时，早中左肩臂。龙须虎发石乱打，三军驻扎不定，大队一乱，周兵呐喊，四面围裹上来，闻太师如何抵挡得住？黄飞虎有四子黄天祥等，年少勇猛，势不可挡，展枪如龙摆尾，转换似蟒翻身。陶荣躲不及，早被一枪刺于马下。邓忠挡不住，只得败走。辛环见周兵势甚大，不敢恋战，知锋锐已挫，料不能取胜，又见后营火起，杨戬烧了粮草，军兵一乱，势不可解。只见火焰冲天，金蛇乱舞，周军锣鸣鼓响，只杀得鬼哭神号。

闻太师大兵已败，又听得周兵四处大叫曰："西岐圣主，天命维新。纣王无道，陷害万民。你等何不投西岐受享安康！何苦用力而为独夫，自取灭亡！"成汤军士在西岐日久，又见八百诸侯归周者甚众，兵乱不由主将，呐一声喊，走了一半。闻太师有力也无处使，有法也无处用。只见归降者漫散而去，不降者且战且走。

且说周兵赶杀成汤败卒,怎见得:

赶上将连衣剥甲,逞着势顺手夺枪。铜敲鼻凹,锤打当胸。铜敲鼻凹,打的眉眼张开;锤打当胸,洞见心肝肺腑。连肩拽背着刀伤,肚腹分崩遭斧剁。锤打的利害,枪刺的无情。着箭的穿袍透铠,遇弹子鼻门流红。逢叉俱丧魄,遇鞭碎天灵。愁云惨惨黯天关,急急逃兵寻活路。

闻太师兵败,且战且走。辛环飞在空中,保护太师,邓忠催住后队,一夜败有七十余里,至岐山脚下。子牙鸣金收队,正是:

三军勇跃欢声悦,姜相成功奏凯还。

话说闻太师败至岐山,收住败残人马,点视止三万有余。太师又见折了陶荣,心中闷闷不语。邓忠曰:"太师,如今兵回那里?"闻太师问:"此处往那里去?"辛环曰:"此处往佳梦关去。"太师道:"就往佳梦关去。"催动人马前进,可怜兵败将亡,其威甚挫,着实没兴,一路上人人叹息,个个吁嗟。人马正行间,只见桃花岭上一首黄幡,幡下有一道人乃是广成子,闻太师向前问曰:"广成子,你在此有甚么事?"广成子答曰:"特为你在此等候多时。你今违天逆命,助恶灭仁,致损生灵,害陷忠良,是你自取。我今在此,也不与你为仇,只不许你过桃花岭。任凭你往别处去便罢。"闻太师大怒曰:"吾今不幸兵败将亡,敢欺吾太甚!"催开墨麒麟,提鞭就打。广成子撒步向前,用宝剑急架相还,未及三五合,广成子取番天印祭于空中。太师一见,知印利害,拨转麒麟望西便走,邓忠跟着太师退回。辛环曰:"太师方才怎的怕他,便自退兵?"太师曰:"广成子番天印吾等招架不住,若中此印,倘或无生,如何是好!且自避他。只如今不得过此岭,却往那里去?"邓忠曰:"不若进五关往燕山去。"太师只得调转人马,往燕山大路而来。

太师晓行夜住,不一日人马行至燕山。猛然抬头,见太华山上竖一首黄幡,赤精子立于幡下。太师催麒麟至前,赤精子曰:"来者乃闻太师。你不必往此燕山去,此处非汝行之地。吾奉燃灯命在此阻你,不许你进五关。原是那里来,还是那里去。"太师只气得三尸魂暴躁,七窍内生烟,大呼曰:"赤精子,吾乃是截教门人,总是一道,何得欺吾太甚!我虽兵败,拚得一死,定与你做一场,岂肯擅自干休!"将麒麟一夹,四蹄登开,使开金鞭,神光灿烂。赤精子抖动麻鞋,挥开宝剑,鞭剑相交。未及五七合,赤精子取阴阳镜出来。不知闻太师性命如何,且听下回分解。

【总批】

闻太师两次俱被子牙劫营大胜,然而太师未尝不知,其为预防,大为疏略。闻太师难曰:知兵所仗者,不过这些幻术耳。所以自古及今,凡谈奇门丁甲、五行遁术,毕竟破败。其如堂堂之阵、正正之旗,所向自克,真是邪不胜正。

【又批】

神仙佛祖,动即言数,惟圣神能修一己,以逃乎数。今燃灯、子牙等,皆囿于数者,而子牙独不能尽安于数,故见武王则哭,还有些儿女气。

第五十二回 绝龙岭闻仲归天

诗曰：
　　几回奏捷建奇功，纣王荒淫幸女红。
　　入国已无封谏表，到山应有泪江枫。
　　岂知魂梦烽烟绝，且听哀猿夜月空。
　　纵有丹心成往事，年年杜宇泣东风。

　　话说闻太师见赤精子拿出阴阳镜，把麒麟一磕跳出圈子外，往燕山下退去，赤精子也不来赶。太师气得面黄气喘，默默无言。辛环曰："太师，两条路既不容行，不若还往黄花山，进青龙关去罢。"太师沉吟良久，曰："吾非不能遁回朝歌见天子，再整大兵以图恢复，只人马累赘，岂可舍此身行？"只得把人马调回，往青龙关大路而行。未及半日，见前边一枝人马驻扎咽喉之处。闻太师传令安营，不意前有伏兵，营不曾安定，只听得一声炮响，两杆红旗展动，哪吒脚踏风火轮，捻火尖枪，大呼曰："闻太师休想回去！此处乃是你归天之地！"太师大怒，急得三只眼中射出金光，骂曰："姜尚欺吾太甚！此处埋伏着不堪小辈，欺藐天朝大臣！"提鞭纵麒麟飞来直取。哪吒火尖枪急架相还。鞭枪并举，一场大战。只见：

　　阴霾迷四野，冷气逼三阳。这壁厢旌旗耀彩，反令日月无光；那壁厢戈戟腾辉，致使儿郎丧胆。金鞭叱咤闪威风，神枪出没施妙用。闻太师忠心，三太子赤胆。只杀得

第五十二回 绝龙岭闻仲归天

空中无鸟过,山内虎狼奔,飞沙走石乾坤黑,播土扬尘宇宙昏。

话说闻太师与邓忠、辛环、吉立、余庆把哪吒裹在垓心。哪吒那里惧他,使开一条枪,怎见得利害,有赞为证,赞曰:

枪是邠州铁,炼成一段钢。落在能工手,造成丈八长。刺虎穿胸连树倒,降魔锋利似秋霜。大将逢之翻下马,冲营骤阵士俱亡。展放光芒天地暗,吐吞寒雾日无光。

哪吒抖擞神威酣战五将,大叫一声,把吉立刺于马下。忙把风火轮登出阵来,取乾坤圈祭在空中,正中邓忠肩甲,翻下鞍鞒,被哪吒复一枪结果了性命,二道灵魂俱往封神台去了。闻太师见又折了邓忠、吉立二将,十分懊恼,不觉失措,无心恋战,夺路而走。哪吒大杀一阵,截断后面一半人马:"愿降者免死!"众兵齐告曰:"愿归明主。"哪吒得获全胜,回西岐报功。不表。

且说闻太师兵败前行,至晚点扎残兵,不足一万余人。太师升帐坐下,愧报无地。自思曰:"吾自征伐,未尝挫锐。今日西征,致有片甲无存之辱。"辛环在侧曰:"太师且请宽慰,'胜负乃兵家之常',何必挂心。俟回朝再整大队人马,以复此仇未迟。太师还当自己保重。"次日,起人马望黄花山进发。行至巳牌时候,猛见前面红旗招展,号炮喧天,见一将金甲红袍,坐玉麒麟上,使两柄银锤刺斜而来,大呼曰:"奉姜丞相令,等候多时!今兵败将亡眼见独力难支,天命已定。此处不降,更待何时!"闻太师见黄天化阻住去路,大怒,骂曰:"好反叛逆贼,敢出此言欺吾!"催开墨麒麟,单鞭力战黄天化,鞭锤相架,战在山前。但见:

两阵鸣锣击鼓,三军呐喊摇旗。红幡招展振天雷,画戟轻翻豹尾。这一个舍命冲锋扶社稷,那一个拚生惯战定华夷。不是你生我死不相离,只杀得日月无光天地迷。

话说二人交锋约有二三十合,有辛环气冲牛斗,余庆怒发冲冠,二将来助太师。黄天化见二将来助战,把玉麒麟跳出阵外就走。余庆不知好歹,随后追来。黄天化挂下双锤,取火龙标回首一标,打下落马而死,一魂进封神台去了。辛环见余庆落马,大叫一声:"吾来了!"肉翅飞来,锤钻往顶上打来。辛环是上三路,黄天化锤是短兵器,招架上三路不好挡抵,把玉麒麟跳出圈子就走。这玉麒麟乃是道德真君坐骑,足有风云,速如飞电。辛环不见机,赶来,被黄天化将攒心钉发出,正中肉翅,辛环在空中吊将下来。闻太师见辛环失利,忙催动残兵,望东南败走。黄天化连胜二阵,也不追赶,领兵回西岐报功去了。

且言闻太师见后无袭兵,领人马徐徐而行。又见折了余庆,辛环带伤,太师十分不乐,一路上思前想后。人马行至晚间,有一座高山在前,但见山景凄凉,太师坐下,不觉兜底上心,自己吟诗嗟叹。诗曰:

回首青山两泪垂,三军凄惨更堪悲。
当时只道旋师返,今日方知败卒疲。
可恨天时难预料,堪嗟人事竟何之!
眼前颠倒浑如梦,为国丹心总不移。

话说闻太师作罢诗,神思不宁。三军造饭,辛环整理次日回兵。将至二更,只听得山顶上响声大振,炮发如雷。闻太师出帐观看,见山上是姜子牙同武王在马上饮酒,左右诸将用手指曰:"山下闻太师败兵在此。"太师听说,性如烈火,上了墨麒麟提鞭

第五十二回 绝龙岭闻仲归天

杀上山来。只见一声雷响,一人也不见了。闻太师乃是神目,左右观看,又不见影迹。太师咬牙深恨,立骑寻思。忽然山下一声炮响,人马势如云集,围困山下,只叫:"休走了闻太师。"太师大怒,催骑杀下山来;及自至山下,一军一卒俱无。太师喘息不定,方欲算卜,又见山顶上大炮响,子牙与武王拍手大笑而言曰:"闻太师今日之败,把数年英雄尽丧于此,有何面目再返朝歌!"闻太师厉声大骂:"姬发匹夫,焉敢如此!"纵骑复杀上山来。将至半山凹里,猛然飞起雷震子,好凶恶!怎见得,有诗为证,诗曰:

> 两翅飞腾起怪风,发红脸靛势如龙。
> 终南秘授神仙术,辅佐姬周立大功。

闻太师只顾山上,未防山凹里飞起雷震子,一棍照闻太师打来。太师措手不及,叫声"不好!"将身一闪,让个空。不防那金棍正中墨麒麟后胯上,打得此兽竟为两段。太师跌下地来,随借土遁去了。辛环大呼曰:"雷震子不要走!吾来了!"肉翅飞起,来战雷震子。不防杨戬暗祭哮天犬,一口把辛环的腿咬住了。雷震子一棍,正打着辛环顶门,死于非命,也往封神台去了。雷震子获功回西岐去了。

且说闻太师失了坐骑,自思不好归国,想:"吾三十万人马西征,大战三年有余,不料失机,止存败残人马数千,致有片甲无存之消。连吾坐骑俱死,门人、副将俱绝。"又见辛环已死,只影单形。太师落下土遁,默坐沉吟。半响,仰天叹曰:"天绝成汤!当今失政,致天心不顺,民怨日生。臣空有赤胆忠心,无能回其万一,此岂臣下征伐不用心之罪也!"太师坐到天明,复起身招集败残士卒,迤逦而行。又无粮草,士卒疲敝之甚,俱有饥色。猛然见一村舍,有簇人家,太师沉吟,饥不可行,乃命士卒:"向前去借他一顿饭,你等充饥。"众人向前观看,果然好个所在。怎见得,有赞为证,赞曰:

> 竹篱密密,茅屋重重。参天野树迎门,曲水溪桥映户。道傍杨柳绿依依,园内花开香馥馥。夕照西沉,处处山林喧鸟雀;晚烟出灶,条条道径转牛羊。正是那:食饱鸡豚眠屋角,醉酣邻叟唱歌来。

话说军士来至庄前,问:"里面有人么?"忽然走出一位老叟,见是些残败军卒,忙问:"众位至小庄有何公干?"士卒曰:"吾等非是别人,乃是跟成汤闻太师老爷因奉敕伐周,与姜尚交兵失机而回,借你一饭充饥,后必有补。"那老人听罢,忙道:"快请太师老爷来。"众军士回去,禀太师曰:"前有一老人,专请老爷。"太师只得缓步行至庄前。老人忙倒身下拜,口称:"太师,小民有失迎迓,望乞恕罪。"太师亦以礼相答,老人忙躬身迎请太师里面坐,太师进里面坐下。老人急收拾饭摆将出来,闻太师用了一餐,方收拾饭与众士卒吃了,歇宿一宵。

　　次日,太师辞老叟,问曰:"你们姓甚么?昨日搅扰你家,久后好来谢你。"老人曰:"小民姓李,名吉。"闻太师分付左右记了。离了此间,同些士卒望青龙关大路而来,不觉迷踪失径。太师命军士站住,观看东、南、西、北。忽听林中伐木之声,见一樵人,太师忙令士卒向前问那樵子。士卒向前问曰:"樵子,借问你一声。"樵子弃斧在地,上前躬身,口称:"列位有何事呼唤?"士卒曰:"我等是奉敕征西的,如今要往青龙关去。借问那条路近些?"樵子用手一指:"往西南上不过十五里,过白鹤墩,乃是青龙关大路。"士卒谢了樵子,来报与闻太师。太师命众人

第五十二回 绝龙岭闻仲归天

往西行,迤逦望前而走。不知道这樵子乃是杨戬变化的,指闻太师往绝龙岭而来。

且说闻太师行过有二十里,看看至绝龙岭来。好险峻!但见:

> 巍巍峻岭,崒嵂峰峦。溪深涧陡,石梁桥天生险恶;壁峭崖悬,虎头石长就雄威。奇松怪柏若龙蟠,碧落丹枫如翠盖。云迷雾障,山巅直透九重霄;瀑布奔流,潺湾一泻千百里。真个是鸦雀难飞,漫道是人行避迹。烟岚障目,采药仙童怕险;荆榛塞野,打柴樵子难行。胡羊野马似穿梭,狡兔山牛如布阵。正是:草迷四野有精灵,奇险惊人多恶兽。

话说闻太师行至绝龙岭,方欲进岭,见山势险峻,心下甚是疑惑。猛抬头,见一道人穿水合道服,认的是终南山玉柱洞云中子。闻太师慌忙上前问曰:"道兄在此何干?"云中子曰:"贫道奉燃灯命在此候兄多时,此处是绝龙岭,你逢绝地,何不归降?"闻太师大笑曰:"云中子,你把我闻仲当作稚子婴儿,怎言吾逢绝地,以此欺吾?你我莫非五行之术,在道通知。你今如此戏我,看你有何法治我!"云中子曰:"你敢到这个所在来?"太师就行。云中子用手发雷,平地下长出八根通天神火柱,高有三丈余,长圆有丈余,按八卦方位:乾、坎、艮、震、巽、离、坤、兑。闻太师站立当中,大呼曰:"你有何术,用此柱困我?"云中子发手雷鸣,将此柱震开,每一根柱内现出四十九条火龙,烈焰飞腾。闻太师大笑曰:"离地之精,人人会遁;火中之术,个个皆能。此术焉敢近吾!"掐定避火诀,太师站于里面。怎见得好火,有火赞为证,赞曰:

>　　此火非同凡体，三家会合成功。英雄独占离地，运同九转旋风。炼成通中火柱，内藏数条神龙，口内喷烟吐焰，爪牙动处通红。苦海煮乾到底，逢山烧得石空，遇木即成灰烬，逢金化作长虹。燧人初出定位，木里生来无踪。石中雷火稀奇宝，三昧金光透九重。在天为日通明帝，在地生烟活编氓。在人五脏为心主，火内玄功大不同。饶君就是神仙体，遇我难逃眼下倾。

话说闻太师掐定避火诀站于中间，在火内大呼曰："云中子！你的道术也只如此！吾不久居，我去也！"往上一升，驾遁光欲走。不知云中子预将燃灯道人紫金钵盂磕住，浑如一盖盖定。闻太师那里得知，往上一冲，把九云烈焰冠撞落尘埃，青丝发俱披下，太师大叫一声，跌将下来。云中子在外面发雷，四处有霹雳之声，火势凶猛，可怜成汤首相，为国捐躯！一道灵魂往封神台来，有清福神祇用百灵幡来引太师。太师忠心不灭，一点真灵借风径至朝歌，来见纣王申诉其情。

此时纣王正在鹿台与妲己饮酒，不觉一阵昏沉，伏几而卧。忽见太师立于旁边，谏曰："老臣奉敕西征，屡战失利，枉劳无功，今已绝于西土。愿陛下勤修仁政，求贤辅国；毋肆荒淫，浊乱朝政；毋以祖宗社稷为不足重，人言不足信，天命不足畏，力反前愆，庶可挽回。老臣欲再诉深情，恐难进封神台耳。臣去也！"径往封神台来。柏鉴引进其魂，安于台内。且说纣王猛然惊醒曰："怪哉！异哉！"妲己曰："陛下有何惊异？"纣王把梦中事说了一遍。妲己曰："梦由心作。贱妾常闻陛下忧虑闻太师西征，故此有这个警兆。料闻太师岂是失机之士？"纣王曰："御妻之言是矣。"随时就放下心怀。且说子牙收兵，众门人都来报

第五十二回 绝龙岭闻仲归天

功。云中子收了神火柱,与燃灯二人回山去。不表。

再讲申公豹知闻太师绝龙岭身亡,深恨子牙。行五岳三山寻访仙客伐西岐,为闻太师报仇。一日游至夹龙山飞龙洞,跨虎飞来,忽见山崖上一小童儿跳耍。申公豹下虎来看,此童儿却是一个矮子,身不过四尺,面如土色。申公豹曰:"那童儿,你是那家的?"土行孙见一道人叫他,上前施礼曰:"老师那里来?"申公豹曰:"我往海岛来。"土行孙曰:"老师是截教,是阐教?"申公豹曰:"是阐教。"土行孙曰:"是吾师叔。"申公豹问曰:"你师是谁?你叫甚名字?"土行孙答曰:"我师父是惧留孙,弟子叫做土行孙。"申公豹又问曰:"你学艺多少年了?"土行孙答曰:"学艺百载。"申公豹摇头:"我看你不能了道成仙,只好修个人间富贵。"土行孙问曰:"怎样是人间富贵?"申公豹曰:"据我看,你只好披蟒腰玉,受享君王富贵。"土行孙曰:"怎得能够?"申公豹曰:"你肯下山,我修书荐你,咫尺成功。"土行孙曰:"老师指我往那里去?"申公豹曰:"荐你往三山关邓九公处去,大事可成。"土行孙谢曰:"若得寸进,感恩非浅。"申公豹曰:"你胸中有何本事?"土行孙曰:"弟子善能地行千里。"申公豹曰:"你用个我瞧。"土行孙把身子一扭,即时不见。道人大喜,忽见土行孙往土里钻上来。公豹又曰:"你师父有捆仙绳,你要去带下两根去,也成的功。"土行孙曰:"吾知道了。"土行孙盗了师父惧留孙的捆仙绳,五壶丹药,径往三山关来。不知胜负如何,且听下回分解。

【总批】

闻太师征伐西岐,来时甚是雄威,及至败回时,何其垂头丧气。固是子牙诸人算无遗策,亦是闻公恃左道诸人,谋画之不臧耳。如此观之,邪不胜正,信然。

【分批】
　　太师精忠报国,死不忘君,庶几不愧大臣体统。但于绝龙岭自恃道术以取败,此其所以短也。

第五十三回　邓九公奉敕西征

诗曰：

渭水滔滔日夜流，西岐征战几时休。
漫言虎豹才离穴，又见貔貅树敌楼。
修德每愁糜白骨，荒淫反自咏金瓯。
岂知天意多颠倒，取次干戈不断头。

话说申公豹说反了土行孙下山，他又往各处去了。

且说当日绝龙岭逃回军士进汜水关报与韩荣，说知闻太师死于绝龙岭，随修表报进朝歌。有微子看报，忙进偏殿，见纣王行礼称臣。王曰："朕无旨，皇伯有何奏章？"微子把闻太师的事奏启一遍。纣王大惊："孤数日前，恍惚之中明明见闻太师在鹿台奏朕，言在绝龙岭失利，今日果然如此！"纣王着实伤感。王问左右文武曰："太师新亡，点那一员官？定要把姜尚拿解朝歌，与太师报仇。"众官共议未决，有上大夫金胜出班奏曰："三山关总兵官邓九公，前日大破南伯侯鄂顺，屡建大功；若破西岐，非此人不克成功。"纣王传旨："速发白旄、黄钺，得专征伐。差官即往，星夜不许停留。"使命官王贞持诏往三山关来，一路上马行如箭，心去如飞，秋光正好，和暖堪行。怎见得：

千山水落芦花碎，几树风扬红叶醉。路途烟雨故人稀，黄菊芬菲山色丽，水寒荷破人憔悴。白蘋红蓼满江干，落霞孤鹜长空坠。依稀暗淡野云飞，玄鸟去，宾鸿至，嘹嘹呖呖惊人寐。

话说天使所过府、州、县、司,不止一日。其日到了三山关驿内安歇,次日,到邓九公帅府前。邓九公同诸将等焚香接旨,开读。诏曰:

> 天子征伐,原为诛逆救民。大将专阃外之寄,正代天行拯溺之权。兹尔元戎邓九公,累功三山关。严出入之防,边烽无警;退鄂顺之反叛,奏捷甚速:懋绩大焉。今姬发不道,纳亡招叛,大肆猖獗。朕累勤问罪之师,彼反抗军而树敌,致王师累辱,大损国威,深为不法,朕心恶之。特敕尔前去,用心料理,相机进剿;务擒首恶,解阙献俘,以正国典。朕决不惜茅土,以酬有功。尔其钦哉,毋负朕托重至意。故兹尔诏。

邓九公读毕,待天使,等交代。王贞曰:"新总兵孔宣就到。"不一日孔宣已到,邓九公交代完毕,点将祭旗,次日起兵。忽报:"有一矮子来下书。"邓九公令进帅府,见来人身不过四五尺长,至滴水檐前行礼,将书呈上。邓九公拆书,观看来书,知申公豹所荐,乃是"土行孙效劳麾下"。邓九公见土行孙人物不好:"欲待不留,恐申道友见怪;若要用他,不成规矩。"沉吟良久:"也罢,把他催粮应付三军。"邓九公曰:"土行孙,既申道兄荐你,吾不敢负命。后军粮草缺少,用你为五军督粮使。"命太鸾为正印先行,子邓秀为副印先行,赵升、孙焰红为救应使,随带女孩儿邓婵玉,随军征伐。

邓元帅调人马离了三山关往西进发,一路上旗幡荡荡,杀气腾腾。怎见得:

> 三军踊跃,将士熊罴。征云并杀气相浮,剑戟共旗幡

> 耀日。人雄如猛虎,马骤似飞龙。弓弯银汉月,箭穿虎狼牙。袍铠鲜明如绣簇,喊声大振若山崩。鞭梢施号令,浑如开放三月桃花;马摆闪銮铃,恍似摇绽九秋金菊。威风凛凛,人人咬碎口中牙;杀气腾腾,个个睁圆眉下眼。真如猛虎出山林,恰似天王离北阙。

话说邓九公人马在路也行有个月,一日来到西岐。哨探马报入中军:"启元帅:前面乃西岐东门,请令定夺。"邓九公传令安营。怎见得:

> 营安八卦,幡列五方。左右摆攒攒簇簇军兵,前后排密密层层将佐。拐子马紧挨鹿角,连珠炮密护中军。正是:刀枪白映三冬雪,炮响声高二月雷。

邓九公安了行营,放炮呐喊。

且话西岐子牙自从破了闻太师,天下诸侯响应。忽探马报入相府:"三山关邓九公人马驻扎东门。"子牙闻报,谓诸将曰:"邓九公其人如何?"黄飞虎在侧启曰:"邓九公,将才也。"子牙笑曰:"将才好破,左道难破。"

且言邓九公次日传令:"那员战将先往西岐见头阵走遭?"帐下先行官太鸾应声愿往,调本部人马出营排开阵势,立马横刀,大呼搦战。探事马报入相府:"有将请战。"子牙问左右:"谁见头阵?"有南宫适领令,提刀上马,呐喊摇旗,冲出城来。见对阵一将面如活蟹,海下黄须,坐乌骓马。怎见得,有赞为证:

> 顶上金冠飞双凤,连环宝甲三锁控。
> 腰缠玉带如团花,手执钢刀寒光迸。
> 锦囊暗带七星锤,鞍鞒又把龙泉纵。
> 大将逢时命即倾,旗开拱手诸侯重。

　　　　三山关内大先行,四海闻名心胆痛。

话说南宫适大呼曰:"来者何人?"太鸾答曰:"吾乃三山关总兵邓麾下正印先行太鸾是也。今奉敕西征讨贼。尔等不守臣节,招纳叛亡,无故造反,恃强肆暴,坏朝廷之大臣,藐天朝之使命,殊为可恨。特命六师剿除叛恶,尔等可下马受缚,解往朝歌,尽成汤之大法,免生民之倒悬。如再执迷,悔之无及!"南宫适笑曰:"太鸾,你知闻太师、魔家四将、张桂芳等只落得焚身斩首,片甲不归。料尔等米粒之珠,吐光不大;蝇翅飞腾,去而不远。速速早回,免遭屠戮。"太鸾大怒,催开紫骅骝,手中刀飞来直取。南宫适纵骑,合扇刀急架相还。两马相交,一场大战。来往冲突,擂破花腔战鼓,摇碎锦绣旗幡。来来往往,有三十回合。南宫适马上逞英雄,展开刀势,抖擞精神,倍加气力。太鸾怒发,环眼双睁,把合扇刀卖一个破绽,叫声:"着!"一刀劈将下来。南宫适因小觑了太鸾,不曾在意,见一刀落将下来,南宫适着忙,叫声"不好!"将身急闪过,那刀把护肩甲吞头削去半边,绒绳割断数寸,把南宫适唬得魂飞天外,大败进城。

　　太鸾赶杀周兵,得胜回营,见邓九公曰:"今逢南宫适大战,被末将刀劈护肩甲吞头,不能枭首,请令定夺。"邓九公曰:"首功居上。虽不能斩南宫适之首,已挫周将之锐。"

　　且说南宫适进城,至相府回见子牙,具言失利,几乎丧师辱命。子牙曰:"'胜败军家之常',为将务要见机,进则可以成功,退则可以保守无虞,此乃为将之急务也。"

　　次日邓九公传令调五方队伍,大壮军威,炮声如雷,三军踊跃,喊杀振天,来至城下请姜子牙答话。探子马报入相府,子牙

第五十三回 邓九公奉敕西征

分付辛甲："先调大队人马出城，吾亲会邓九公。"西岐连珠炮响，两扇门开，一簇人马踊出。邓九公定睛观看，只见两杆大红旗飘飘而出，引一队人马分为前队，有穿红周将压住阵脚。怎见得人马雄伟，有诗为证，诗曰：

> 旗分离位列前锋，朱雀迎头百事凶。
> 铁骑横排冲阵将，果然人马似蛟龙。

二声号炮，又见两杆青旗飞扬而出，引一队人马立于左队，有穿青周将压住阵脚。怎见得人马鹰扬，有诗为证，诗曰：

> 青龙旗展震宫旋，短剑长矛次第先。
> 更有冲锋窝里炮，追风须用火攻前。

三声炮响，只见两杆白旗飘扬而出，引一队人马立于右队，有穿白周将压住阵脚。怎见得人马勇猛，有诗为证，诗曰：

> 旗分兑位虎为头，戈戟森森列敌楼。
> 硬弩强弓遮战士，中藏遁甲鬼神愁。

邓九公对诸将曰："姜尚用兵真个纪律严明，甚得形势之分，果有将才。"再看时，又见两杆皂旗飞舞而出，引一队人马立于后队，有穿黑周将压住阵脚。怎见得人马齐整，有诗为证，诗曰：

> 坎宫玄武黑旗幡，鞭锏抓锤衬铁辊。
> 左右救应为第一，鸣金击鼓任频敲。

又见中央摆列杏黄旗在前，引着一大队人马，攒簇五方八卦旗幡，众门人一对对排雁翅而出。有二十四员战将，俱是金盔金甲，红袍画戟，左右分十二骑。中间四不相上端坐子牙，甚是气概轩昂，兵威严肃。怎见得，有诗为证，诗曰：

> 中央戊己号中军，宝纛旗开五色云。
> 十二牙门排将士，元戎大帅此中分。

话说邓九公看子牙兵按五方而出，左右顾盼，进退舒徐，纪律严肃，井井有条，兵威甚整，真堂堂之阵，正正之旗，不觉点首嗟叹："果然话不虚传！无怪先来将士损兵折将，真劲敌也！"乃纵马向前言曰："姜子牙请了！"子牙欠身答曰："邓元帅，卑职少礼。"邓九公曰："姬发不道，大肆猖獗。你乃是昆仑山明士，为何不知人臣之礼？恃强叛国，大败纲常；招亡结党，法纪安在！及至天子震怒，兴师问罪，尚敢逆天拒敌，尔必有大败之愆，不守国规，自有戮身之苦。今天兵到日，急早下马受缚，以免满城生灵涂炭。如抗吾言，那时城破被擒，玉石碎焚，悔之晚矣！"子牙笑曰："邓将军，你这篇言词真如痴人说梦！今天下归周，人心效顺，即数次主帅，俱兵亡将掳，片甲无回。今将军将不过十员，兵不足二十万，真如群羊斗虎，以卵击石，未有不败者也。依吾愚见，不若速回兵马，转达天听，言姬周并未有不臣之心，各安边境，真是美事。若是执迷不悟，恐蹈闻太师之辙，那时噬脐何及！"邓九公大怒，谓诸将曰："似此卖面编篱小人，敢触犯天朝元宰，不杀此村夫，怎消此恨！"纵马舞刀飞来直取。子牙左有武成王黄飞虎催开五色神牛，大呼："邓九公不得无礼！"邓九公见黄飞虎，大骂曰："好反贼！敢来见吾！"二骑交加，刀枪并举。黄飞虎枪法如龙，邓九公刀法似虎。二将相交，一场大战。怎见得，有赞为证：

　　二将恃强大比赛，各守名利夸能会。一个赤铜刀举荡人魂，一个银蟒枪飞惊鬼怪。一个冲营斩将势无伦，一个捉虎擒龙谁敢对。生来一对恶凶神，大战西岐争世界。

话说邓九公战住黄飞虎。左哨哪吒见黄飞虎战邓九公不下，忍不得登开风火轮摇枪助战。成汤营中邓九公长子邓秀纵

第五十三回 邓九公奉敕西征

马冲来,这壁厢黄天化催开玉麒麟截战。太鸾舞刀冲来,武吉摇枪抵住。赵升使方天戟杀来,这里太颠挡住。成汤营孙焰红冲杀过来,有黄天禄接住。两家混战,好杀!只杀得天昏地暗,旭日无光,嘈碌碌战鼓忙敲,咭叮当两家兵器。怎见得,有赋为证,赋曰:

> 二家混战,士卒奔腾。冲开队伍势如龙,砍倒旗幡雄似虎。兵对兵,将对将,各分头目使深机;枪迎枪,箭迎箭,两下交逢乘不意。你往我来,遭着兵刃命随倾;顾后瞻前,错了心神身不保。只杀得征云黯淡,两家将佐眼难明;那里知怪雾弥漫,报效儿郎寻队伍。正是:英雄恶战不寻常,棋逢敌手难分解。

话说两家大战西岐城下。哪吒用开火尖枪,助黄飞虎协战邓九公。九公原是战将,抖擞神威,展开大刀,精神加倍。哪吒见邓九公勇猛,暗取乾坤圈打来,正中九公左臂上,打了个带断皮开,几乎坠马。周兵见哪吒得胜,呐了一声喊,杀奔过来。太颠不防赵升把口一张,喷出数尺火来,烧得焦头烂额,险些儿落马。两家混战一场,各自收兵。且说九公败进大营,声唤不止,痛疼难禁,昼夜不安。且言子牙进城,回至相府,见太颠带伤,命去调养。不表。

且言邓九公在营昼夜不安,有女婵玉见父着伤,心下十分懊恼。次日,问过父安,禀:"爹爹且自调理,待女孩儿为父亲报仇。"邓九公曰:"吾儿须要仔细。"小姐随点本部人马,至城下请战。子牙坐在银安殿正与众将议事,忽报:"成汤营有一女将讨战。"子牙听报,沉吟半晌。旁有武成王言曰:"丞相千场大战未尝忧惧;今闻一女将,为何沉吟不决?"子牙曰:"用兵有三忌:

道人,头陀,妇女。此三等人非是左道,定有邪术。彼仗邪术,恐将士不堤防误被所伤,深为利害。"哪吒应声出曰:"弟子愿往。"子牙分付:"小心!"哪吒领命,上了风火轮出得城来,果见一女将滚马而至。怎见得,有赞为证,赞曰:

> 红罗包凤髻,绣带扣潇湘。一瓣红蕖挑宝镫,更现得金莲窄窄;两湾翠黛拂秋波,越觉得玉溜沉沉。娇姿袅娜,慵拈针指好轮刀;玉手菁葱,懒傍妆台骑劣马。桃脸通红,羞答答通名问姓;玉粳微狠,娇怯怯夺利争名。漫道佳人多猛烈,只因父子出营来。

有诗为证,诗曰:

> 甲胄无双貌出奇,娇羞袅娜更多姿。
> 只因误落凡尘里,致使先行得结褵。

哪吒大呼曰:"女将慢来!"邓婵玉问曰:"来将是谁?"哪吒答曰:"吾乃是姜丞相麾下哪吒是也。你乃五体不全妇女,焉敢阵前使勇!况你系深闺弱质,不守家教,露面抛头,不识羞愧。料你纵会兵机,也难逃吾之手。还不回营,另换有名上将出来。"婵玉大怒:"你就是伤吾父亲仇人,今日受吾一刀!"切齿面红,纵马使双刀来取,哪吒火尖枪急架相还。二将往来战未数合,邓婵玉想:"吾先下手为强。"把马一拨,掩一刀就走:"吾不及你!"哪吒点头叹曰:"果然是个女子,不耐大战。"竟往下赶来。赶未及三五射之地,邓婵玉扭颈回头见哪吒赶来,挂下刀,取五光石掌在手中,回手一下,正中哪吒脸上。正是:

> 发手五光出掌内,纵是仙凡也皱眉。

话说邓婵玉回手一石,正打中哪吒面上,只打得傅粉脸青紫,鼻眼皆平,败回相府。

第五十三回 邓九公奉敕西征

子牙看见哪吒面上着伤,乃问其故。哪吒曰:"弟子与女将邓婵玉战未数合,那贱人就走。弟子赶去要拿他成功,不防他回首一道光华,却是一块石头,正中脸上,打得如此狼狈。"子牙曰:"追赶必要小心。"傍有黄天化言曰:"为将之道,身临战场,务要眼观四处,耳听八方。难道你一块石头也不会招架,被他打伤?今恐土星打断就破了相,一生俱是不好。"把哪吒气得怒冲牛斗,今日失机着伤,又被黄天化一场取笑。

且说邓婵玉进营,见父亲回话说打伤哪吒一事。邓九公闻言虽是欢喜,其如疼痛难禁。次日,婵玉复来搦战。探马报入相府。子牙问:"谁去走一遭?"黄天化曰:"弟子愿往。"子牙曰:"须是仔细。"天化领令,上了玉麒麟出城列阵。邓婵玉马走如飞,上前问曰:"来将何名?"黄天化曰:"吾乃开国武成王长男黄天化是也。你这贱人,可是昨日将石打伤吾道兄哪吒?是你么?不要走!"举锤就打。女将双刀劈面来迎,二人锤刀交架未及数合,拨马就走。婵玉高声叫曰:"黄天化,你敢来赶我?"天化在坐骑上思想:"吾若不赶他,恐哪吒笑话我。"只得催开坐骑往前赶来,邓婵玉闻脑后有声,挂下双刀,回手一石。黄天化急待闪时,已打在脸上,比哪吒分外打得狠,掩面逃回,进相府来回令。

子牙见黄天化脸着重伤,仍问其故:"你如何不堤防?"天化曰:"那贱人回马就是一石,故此未及防备。"子牙曰:"且养伤痕。"哪吒在后听得黄天化失机,从后走出言曰:"为将要眼观四处,耳听八方。你连一女将如何也失手与他?被他打断山根,一百年还是晦气!"黄天化大怒曰:"你为何还我此言!我出于无心,你为何记其小忿!"哪吒亦怒:"你如何昨日辱我!"彼此争论,被子牙一声喝:"你两个为国,何必如此!"二人各自负愧退入后寨。不题。

且说邓婵玉得胜回营,见父亲,言:"打了黄天化,败进城去了。"邓九公虽见连日得胜,但臂膊疼痛,度日如年。次日,邓婵玉又来城下请战。探马报入相府曰:"有婵玉在城下搦战。"子牙曰:"谁去走遭?"杨戬在傍,对龙须虎曰:"此女用石打人,师兄可往,吾当掠阵。"龙须虎曰:"弟子愿往,杨戬压阵。"子牙许之。二人出城。邓婵玉一见城里跳出一个东西来,自不曾见的。怎见得,有诗为证:

发石如飞实可夸,龙生一种产灵芽。
运成云水归周主,炼出奇形助子牙。
手似鹰隼足似虎,身如鱼滑鬓如虾。
封神榜上无名姓,徒建奇功与帝家。

话说邓婵玉见城内跳出个古怪东西来,唬得魂不附体,问曰:"来的甚么东西?"龙须虎大怒:"好贱人!吾乃姜丞相门徒龙须虎便是。"婵玉又问:"你来做甚么?"龙须虎曰:"今奉吾师之命,特来擒你。"邓婵玉不知龙须虎发手有石,只见龙须虎把手一放,照着邓婵玉打来,有磨盘大小的石头,两只手齐放,便如飞蝗一般,只打得遍地灰土迸起,甚如霹雳之声。婵玉马上自思:"此石来得利害!若不仔细,便打了马也是不好。"拨回马就走,龙须虎赶来。婵玉回头一看,见龙须虎赶来,婵玉回手一石打来。龙须虎见石光打来,把头往下一躲,颈子长,弯将过来,正中颈子窝儿骨,把龙须虎打的扭着颈子跑。婵玉复又一石,龙须虎独足难立,打了一交。邓婵玉勒转马来,要取龙须虎首级。不知性命如何,且听下回分解。

第五十三回 邓九公奉敕西征

【总批】

　　南宫适乃周之名将，亦自轻敌，几为太鸾所算，况其他者乎！天下事俱不可忽略，故《诗》之颂文王曰："小心翼翼。"夫子曰："暴虎冯河，死而无悔者，吾不与也。"武侯自曰："先帝知臣谨慎。"此皆检束身心妙谛，凡人当取为式。

【又批】

　　哪吒、黄天化，俱仙门高弟，以一语互相嘲诮，不但不成将军品格，算来俱是儿女心肠，真可喷饭。

第五十四回 土行孙立功显耀

诗曰：

> 征西将士有奇才，缩地能令浊土开。
> 劫寨偷营如掣电，飞书走檄若轰雷。
> 贪趋相府几亡命，恐失佳期被所媒。
> 总是君明天自爱，英谋奇略尽成灰。

话说杨戬见邓婵玉回马飞来要杀龙须虎，杨戬大呼曰："少待伤吾师兄！"马走如飞，摇枪来刺，婵玉只得架枪。两马相交未及数合，婵玉便走。杨戬随后赶来，婵玉又发一石，正中杨戬，打的脸上火星迸出，往下愈赶得紧了。他不知杨戬有无限腾挪变化。婵玉见马势赶得甚急，忙发一石，又中杨戬脸上，只当不知。婵玉正是着忙，杨戬祭起哮天犬，把邓婵玉颈子上一口，连皮带肉咬去了一块。婵玉负痛难忍，几乎落马，大败进营，叫喊不止。邓九公又见女儿着伤，心下十分不爽，纳闷在帐，切齿深恨哪吒。且说杨戬救了龙须虎，回见子牙。子牙见龙须虎又着石伤，虽然杨戬哮天犬伤了邓婵玉，子牙心上也自不悦。

当日邓九公父子着伤，日夜煎熬。四将在营商议："今主帅带伤，不能取胜西岐，奈何？"正议论间，报："有督粮官土行孙等令。"内帐传出："令来！"土行孙上帐不见主帅，问其原故，太鸾备言其事。土行孙进帐来见邓九公问安，九公说："被哪吒打伤肩臂,筋断骨折,不能全愈。今奉旨来征西岐,谁知如此!"土行孙曰:"主将之伤不难,末将有药。"忙取葫芦里一粒金丹,用水研开,将雁翎搽上,真如甘露沁心,立时止痛。土行孙又听得帐后有妇女娇怯悲惨之声,土行孙问曰:"里面是何人呻吟?"九公曰:"是吾女婵玉,也被着伤。"土行孙又取出一粒金丹,如前取水研开,扶出小姐,用药敷上,立时止痛,邓九公大喜。

至晚,帐内摆酒待土行孙,众将共饮。土行孙请问邓九公:"与姜子牙见了几阵?"九公曰:"屡战不能取胜。"土行孙笑曰:"当时主将肯用吾征时,如今平服西岐多时了。"九公暗想:"此人必定有些本事,他无有道术,申公豹决不荐他。也罢,不若把他改作正印先行。"彼时酒散。

次早升帐,九公谓太鸾曰:"将军今把先行印让土行孙挂了,使他早能成功,回师奏凯,共享皇家天禄,无使迁延日月,何如?"太鸾曰:"主帅将令,末将怎敢有违?况土行孙早能建功,岂不是美事。情愿让位。"忙将正印交代。土行孙当时挂印施威,领本部人马,杀奔西岐城下,厉声大呼曰:"只叫哪吒出来答话!"

子牙正与诸将商议,忽报:"汤营有将搦战,坐名要哪吒答话。"子牙命哪吒出城,哪吒登风火轮来至阵前,只管瞧,不见将官,只管望营里看。土行孙其身止高四尺有余,哪吒不曾往下看。土行孙叫曰:"来者何人?"哪吒方往下一看,原来是个矮子,身不过四尺,拖一根宾铁棍。哪吒问曰:"你是甚么人,敢来大张声势?"土行孙曰:"吾乃邓元帅麾下先行官土行孙是也。"哪吒曰:"你来作何事?"土行孙曰:"奉令特来擒你。"哪吒大笑不止,把枪往下一戳,土行孙把棍往上迎来。哪吒登风火轮,使开枪,展不开手。土行孙矮,只是前后跳,把哪吒杀出一身汗来。

土行孙战了一回,跳出圈子,大叫曰:"哪吒!你长我矮,你不好发手,我不好用功。你下轮来见个输赢!"哪吒想一想:"这矮匹夫自来取死。"哪吒从其言,忙下轮来,把枪来挑。土行孙身子矮小,钻将过去,把哪吒腿上打了一棍。哪吒急待转身,土行孙又往后面,又把哪吒胯子上又打两棍。哪吒急了,才要用乾坤圈打他,不防土行孙祭起捆仙绳,一声响,把哪吒凭空拿了去,望辕门下一掷,把哪吒缚定,怎能得脱此厄!正是:

飞龙洞里仙绳妙,不怕莲花变化身。

话说土行孙得胜回营,见邓九公回报:"生擒哪吒。"邓九公令来,只见军卒把哪吒抬来,放在丹墀下。邓九公问曰:"如何这等拿法?"土行孙曰:"各有秘传。"邓九公想一想,意欲斩首,但思:"奉诏征西,今获大将,解往朝歌使天子裁决,更尊天子之威,亦显边戍元戎之勇。"传令:"将哪吒拘于后营。"令军政司上土行孙首功,营中治酒庆功。

且说报马进相府,报说哪吒被擒一事。子牙惊问探马:"如何擒去?"掠阵官启曰:"只见一道金光,就平空的拿去了。"子牙沉吟:"又是甚么异人来了?"心下郁郁不乐。次日,报:"土行孙请战。"子牙曰:"何人会土行孙?"阶下黄天化应声而出:"愿往。"子牙许之。天化上了玉麒麟,出城看土行孙,大喝曰:"你这缩头畜生,焉敢伤吾道兄!"手中锤分顶门打来,土行孙宾铁棍左右来迎。锤打棍,寒风凛凛;棍迸锤,杀气腾腾。战未及数合,土行孙盗了衢留孙师父捆仙绳,在这里乱拿人,不知好歹,又祭起捆仙绳将黄天化拿了,如哪吒一样,也拘在后营。

第五十四回　土行孙立功显耀

哪吒一见黄天化也如此拿将进来,就把黄天化激得三尸神暴跳,大呼曰:"吾等不幸,又遭如此陷身!"哪吒曰:"师兄不必着急。命该绝地,急也无用;命若该生,且自宁耐。"话说子牙又闻得拿了黄天化,子牙大惊,心下不乐。相府两边乱腾腾的议论。不表。

且言土行孙得了两功,邓元帅治酒庆贺,夜饮至二更,土行孙酒后狂谈,自恃道术,夸张曰:"元帅若早用末将,子牙已擒,武王早缚,成功多时矣。"邓九公见土行孙连胜两阵,擒拿二将,故此深信其言。酒至三更,众将各回寝帐,独土行孙还吃酒。九公失言曰:"土将军,你若早破西岐,吾将弱女赘公为婿。"土行孙听得此言,满心欢喜,一夜踌躇不睡。

且言次日邓九公令土行孙:"早早立功,旋师奏凯,朝贺天子,共享千钟。"土行孙领命,排开阵势,坐名要姜子牙答话。报马报进相府来,子牙随即出城,众将在两边,见土行孙跳跃而来,大呼曰:"姜子牙,你乃昆仑之高士,吾特来擒你;可早早下马受缚,无得使我费手。"众将官那里把他放在眼里,齐声大笑。子牙曰:"观你形貌,不入衣冠之内,你有何能,敢来擒吾?"土行孙不由分说,将铁棍劈面打来,子牙用剑架隔,只是捞不着他。如此往来未及三五合,土行孙祭起捆仙绳,子牙怎逃此厄?捆下骑来,土行孙士卒来拿,这边将官甚多,齐奋勇冲出,一声喊,把子牙抢进城去了。惟有杨戬在后面,看见金光一道,其光正而不邪,叹曰:"又有些古怪!"

且说众将抢了子牙进相府,来解此绳解不开,用刀割此绳,且陷在肉里,愈弄愈紧。子牙曰:"不可用刀割。"早已惊动武王,亲自进相府来看,问相父安,看见子牙这等光景,武王垂泪言曰:"孤不知得有何罪,天子屡年征伐,竟无宁宇,民受倒悬,军遭杀戮,将逢陷坑,如之奈何!相父今又如此受苦,使孤日夜惶悚不安!"杨戬在旁仔细看这绳子,却似捆仙绳,自己沉吟:"必是此宝。"正虑之间,忽报:"有一道童要见丞相。"子牙道:"请进来。"原来是白鹤童子,至殿前见子牙,口称:"师叔,奉老爷法牒,送符印将此绳解去。"童儿把符印在绳头上用手一指,那绳即时落将下来。子牙忙顿首昆仑,拜谢老师慈悯。白鹤童子回宫。不表。

且说杨戬对子牙曰:"此绳是捆仙绳。"子牙曰:"岂有此理!难道懼留孙反来害我,决无此说!"正疑惑之间。次日,土行孙又来请战。杨戬应声而出:"弟子愿往。"子牙分付:"小心!"杨戬领令上马,提枪出得城来。土行孙曰:"你是何人?"杨戬道:"你将何术捆吾师叔?不要走!"摇枪来取,土行孙发棍来迎,枪棍交加,杨戬先自留心看他端的。未及五七合,土行孙祭捆仙绳来拿杨戬,只见光华灿烂,杨戬已被拿了。土行孙令士卒抬着杨戬,才到辕门,一声响,抬塌了,吊在地下,及至看时,乃是一块石头。众人大惊。土行孙亲目观见,心甚惊疑。正沉吟不语,只见杨戬大呼曰:"好匹夫!焉敢以此术惑吾!"摇枪来取,土行孙只得复来迎战,两家杀得长短不一。杨戬急把哮天犬祭在空中,土行孙看见,将身子一扭,即时不见。杨戬观看,便骇然大惊曰:"成汤营里若有此人,西岐必不能取胜。"凝思半晌,面有忧色,回进相府来见子牙。

子牙看见杨戬这等面色,问其故,杨戬曰:"西岐又添一患。土行孙善有地行之术,奈何!这到不可不防。这事是件没有遮拦的。若是他暗进城来,怎能准备!"子牙曰:"有这样事?"杨戬

第五十四回 土行孙立功显耀

曰:"他前日拿师叔,据弟子看,定是捆仙绳。今日弟子被他捆着,我留心着意,仔细定睛,还是捆仙绳,分毫不差。待弟子往夹龙山飞龙洞去探问一番,何如?"子牙曰:"此虑甚远,且防他目下进城。"杨戬亦不敢再说。

且说土行孙回营来见邓九公,问曰:"今日胜了何人?"土行孙把擒杨戬之事说了一遍。九公曰:"但愿早破西岐,旋师奏凯,不负将军得此大功也。"土行孙暗想:"不然今夜进城杀了武王,诛了姜尚,眼下成功,早成姻眷,多少是好!"土行孙上帐言曰:"元帅不必忧心,末将今夜进西岐杀了武王、姜尚,找二人首级回来进朝报功;西岐无首,自然瓦解。"九公曰:"怎得入城?"土行孙曰:"昔日吾师传我有地行之术,可行千里。如进城,有何难事?"邓九公大喜,治酒与土将军贺功,晚间进西岐行刺武王、子牙。不表。

且言子牙在府虑土行孙之事,忽然一阵怪风刮来,甚是利害。怎见得,有赞为证:

> 淅淅萧萧,飘飘荡荡。淅淅萧萧飞落叶,飘飘荡荡卷浮云。松柏遭摧折,波涛尽搅浑。山鸟难栖,海鱼颠倒。东西铺阁,难保门窗脱落;前后屋舍,怎分户牖倾欹。真是无踪无影惊人胆,助怪藏妖出洞门。

子牙在银安殿上见大风一阵刮得来,响一声把宝纛幡一折两段。子牙大惊,忙取香案,焚香炉内,将八卦搜求吉凶。子牙铺下金钱便知就里,大惊拍案曰:"不好!"命左右:"忙传请武王驾至相府!"众门人慌问其故。子牙曰:"杨戬之言大是有理!方才风过甚凶,主土行孙今晚进城行刺。"命:"府前大门悬三面镜子,大殿上悬五面镜子。今晚众将不要散去,俱在府内严备看守,须弓上弦,刀出鞘,以备不虞。"

少时,诸将披执上殿。只见门官报入:"武王驾至。"子牙忙率众将接驾至殿内,行礼毕。武王曰:"相父请孤,有何见谕?"子牙曰:"老臣今日训练众将六韬,特请大王筵宴。"武王大喜:"难得相父如此勤劳,孤不胜感激。只愿兵戈宁息,与相父共享安康也。"子牙忙令左右安排筵席侍武王饮宴,只是谈笑军国重务,不敢说土行孙行刺一节。

且说邓九公饮酒至晚,时至初更,土行孙辞邓九公、众将,打点进西岐城。邓九公与众将立起,看土行孙把身子一扭,杳然无迹无踪。邓九公抚掌大笑曰:"天子洪福,又有这等高人辅国,何愁祸乱不平!"

且说土行孙进了西岐,到处找寻。来至子牙相府,只见众将弓上弦,刀出鞘,侍立两旁。土行孙在下面立等,不得其便,只得伺候。且说杨戬上殿来,对子牙悄悄道了几句,子牙许之。子牙先把武王安在密室,着四将保驾。子牙自坐殿上,运用元神保护自己。不题。且言土行孙在下面久等不能下手,心中焦躁起来,自思:"也罢!我且往宫里杀了武王,再来杀姜子牙不迟。"土行孙离了相府,来寻皇城,未走数步,忽然一派笙簧之音,猛抬头看时,已是宫内。只见武王同嫔妃奏乐饮宴。土行孙见了大喜。正所谓:

  踏破铁鞋无觅处,得来全不用功夫。

话说土行孙喜不自胜,轻轻衬在底下等候。只见武王曰:"且止音乐。况今兵临城下,军民离乱,收了筵席,且回宫安寝。"两边宫人随驾入宫。武王命众宫人各散,自同宫妃解衣安寝,不一时已有鼻息之声。土行孙把身子钻将上来,此时红灯未灭，举室通明。土行孙提刀在手，上了龙床，揭起帐幔，搭上金钩，武王合眼朦胧，酣然熟睡。土行孙只一刀，把武王割下头来，往床下一掷。只见宫妃尚闭目鼾睡不醒，土行孙看见妃子脸似桃花，异香扑鼻，不觉动了欲心，乃大喝一声："你是何人，兀自熟睡？"那女子醒来，惊问曰："汝是何人，夤夜至此？"土行孙曰："吾非别人，乃成汤营中先行官土行孙是也。武王已被吾所杀，尔欲生乎，欲死乎？"宫妃曰："我乃女流，害之无益，可怜赦妾一命，其恩非浅。若不弃贱妾貌丑，收为婢妾，得侍将军左右，铭德五内，不敢有忘。"

土行孙乃是一位神祇，怎忘爱欲？心中大喜："也罢，若是你心中情愿，与我暂效鱼水之欢，我便赦你。"女子听说，满面堆下笑来，百般应喏。土行孙不觉情逸，随解衣上床往被里一钻，神魂飘荡，用手正欲抱搂女子，只见那女人双手反把土行孙搂住一束，土行孙气儿也喘不过来，叫道："美人，略松着些！"那女子大喝一声："好匹夫！你把吾当谁！"叫左右："拿住了土行孙！"三军呐喊，锣鼓齐鸣。土行孙及至看时，原来是杨戬。土行孙赤条条的，不能展挣，已被杨戬擒住。此是杨戬智擒土行孙。杨戬将土行孙夹着走，不放他沿着地，若是沿着地，他就走了。土行孙自己不好看相，只是闭着眼。

且说子牙在银安殿，只闻金鼓大作，杀声振地，问左右："那里杀声？"只见门官报进相府："启丞相：杨戬智擒了土行孙。"子牙大喜。杨戬夹着土行孙在府前听令。子牙传令："进来。"杨戬把土行孙赤条条的夹到檐前来。子牙一见，便问杨戬曰："拿将成功，这是如何光景？"杨戬夹着土行孙答曰："这人善能地行之术，若放了他，沿了地就走了。"子牙传令："拿出去斩了!"杨戬领令,方出府,子牙批行刑箭出。杨戬方转换手来用刀,土行孙往下一挣,杨戬急抢时,土行孙沿土去了。杨戬面面相觑,来回子牙曰:"弟子只因换手斩他,被他挣脱,沿土去了。"子牙听说,默然不语。此时丞相府吵嚷一夜。不表。

且说土行孙得生,回至内营,悄悄的换了衣裳,来至营门听令。邓九公传令:"令来。"土行孙至帐前。邓九公问曰:"将军昨晚至西岐,功业如何?"土行孙曰:"子牙防守严紧,分毫不能下手,故此守至天明空回。"邓九公不知所以原故,也自罢了。且说杨戬上殿来见子牙曰:"弟子往仙山洞府,访问土行孙是如何出处,将捆仙绳问个下落。"子牙曰:"你此去,又恐土行孙行刺,你不可迟误事机要紧!"杨戬曰:"弟子知道。"杨戬领令,离了西岐往夹龙山来。不知后事如何,且听下回分解。

【总批】

　　土行孙器宇易盈,举其对邓九公之言,何其渺视西土也。不知子牙帐下有多少智术之士,岂在土行孙之下!真所谓"初生之犊不惧虎"。不过以管窥天,井中之量耳!只邓九公竟以女许之,可称为真爱才,真爱国,予不觉之复斯言。

【又批】

　　或曰:土行孙幸有地行之术,不然,几为贪色所败,可不辜负邓九公一片热心,这等人真该一棒打杀。予曰:若是如此,今日当不得打。

第五十五回　土行孙归伏西岐

诗曰：

藏身匿影总无良，水到渠成为甚忙。
背却天真贪爱欲，有违师训逐疆场。
百千伎俩终归正，八九元功自异常。
两国始终成好合，认由月老定鸾凰。

话说杨戬借土遁往夹龙山来，正驾遁光，风声雾色，不觉飘飘荡荡落将下来，乃是一座好山。但见：

山顶嵯峨摩斗柄，树梢仿佛接云霄。青烟堆里，时闻谷口猿啼；乱翠阴中，每听松间鹤唳。啸风山魅，立溪边戏弄樵夫；成器狐狸，坐崖畔惊张猎户。八面崔嵬，四围险峻。古怪乔松盘翠岭，槎枒老树挂藤萝。绿水清流，阵阵异香忻馥馥；巅峰彩色，飘飘隐现白云飞。时见大虫来往，每闻山鸟声鸣。麂鹿成群，穿荆棘往来跳跃；玄猿出入，盘溪涧摘果攀桃。伫立草坡，一望并无人走；行来深凹，俱是采药仙童。不是凡尘行乐地，赛过蓬莱第一峰。

话说杨戬落下土遁来，见一座山真实罕见。往前一望，两边俱是古木乔松，路径幽深，杳然难觅。行过数十步，只见一座桥梁。杨戬过了桥，又见碧瓦雕檐，金钉朱户，上悬一匾"青鸾斗阙"。杨戬观羡不尽，甚是清幽，不觉立在松阴之下看玩景致。只见朱红门开，鸾鸣鹤唳之声；又见数对仙童，各执旗幡羽

扇。当中有一位道姑,身穿大红白鹤绛绡衣,徐徐而来。左右分八位女童,香风袅袅,彩瑞翩翩。怎见得,有赞为证:

　　鱼尾金冠霞彩飞,身穿白鹤绛绡衣。蕊宫玉阙曾生长,自幼瑶池养息机。只因劝酒蟠桃会,误犯天条谪翠微。青鸾斗阙权修摄,再上灵霄启故扉。

　　话说杨戬隐在松林之内不好出来,只得待他过去方好起身,只见道姑问左右女童:"是那里有闲人隐在林内?走去看来。"有一女童儿往林中来,杨戬迎上前去,口称:"道兄,方才误入此山,弟子乃玉泉山金霞洞玉鼎真人门下杨戬是也。今奉姜子牙命,往夹龙山去探机密事,不意驾土遁误落于此。望道兄转达娘娘,我弟子不好上前请罪。"女童出林见道姑,把杨戬的言语一一回覆了。道姑曰:"既是玉鼎真人门下,请来相见。"杨戬只得上前施礼。道姑曰:"杨戬,你往那里去,今到此处?"杨戬曰:"因土行孙同邓九公伐西岐,他有地行之术,前日险些被他伤了武王与姜子牙;如今访其根由,觅其实迹,设法擒他。不知误落此山,失于回避。"道姑曰:"土行孙乃瞿留孙门人,你请他师父下山,大事可定。你回西岐,多拜上姜子牙。你速回去。"杨戬躬身问曰:"请娘娘尊姓大名?回西岐好言娘娘圣德。"道姑曰:"吾非别人,乃昊天上帝亲女,瑶池金母所生。只因那年蟠桃会该我奉酒,有失规矩,误犯清戒,将我谪贬凤凰山青鸾斗阙,吾乃龙吉公主是也。"

　　杨戬躬身辞了公主,借土遁而行,未及盏茶时候,又落在低泽之傍。杨戬偏生要行此遁,为何又落?只见泽中微微风起:

　　扬罢狂风,倒树摧林。海浪如山耸,浑波万叠侵。乾坤昏惨惨,日月暗沉沉。一阵摇松如虎啸,忽然吼树似龙吟。万窍怒号天噫气,飞沙走石乱伤人。

话说杨戬见狂风大作,雾暗天愁,泽中旋起二三丈水头。猛然开处,见一怪物口似血盆,牙如钢剑,大叫一声:"那里生人气?"跳上岸来,两手捻叉来取。杨戬笑曰:"好孽障!怎敢如此!"手中枪急架相还。未及数合,杨戬发手用五雷诀,一声响,霹雳交加,那精灵抽身就走,杨戬随后赶来。往前跳至一山脚下,有斗大一个石穴,那妖精往里面钻了去。杨戬笑曰:"是别人不进来,遇我,凭你有多大一个所在,我也走走!"喝声:"疾!"随跟进石穴中来,只见里边黑暗不明,杨戬借三昧火眼现出光华,照耀如同白昼。原来里面不大,只是一个尽头路,观看左右,并无一物,只见闪闪灼灼,一口三尖两刃刀,又有一包袱扎在上面。杨戬连刀带出来,把包袱打开一看,是一件淡黄袍。怎见得,有赞为证:

淡鹅黄,铜钱厚。骨突云,霞光透。属戊己,按中央。黄邓邓,大花袍。浑身上下金光照。

杨戬将袍抖开,穿在身上不长不短,把刀和枪扎在一处,收了黄袍,方欲起身,只听的后面大呼曰:"拿住盗袍的贼!"杨戬回头,见两个童儿赶来。杨戬立而问曰:"那童子,那个盗袍?"童子曰:"是你。"杨戬大喝一声:"吾盗你的袍?把你这孽障!吾修道多年,岂犯贼盗!"二童子曰:"你是谁?"杨戬曰:"吾乃玉泉山金霞洞玉鼎真人门下杨戬是也。"二童听罢,倒身下拜:"弟子不知老师到,有失迎迓。"杨戬曰:"二童子果是何人?"童子曰:"弟子乃五夷山金毛童子是也。"杨戬曰:"你既拜吾为师,你先往西岐去见姜丞相,你说我往夹龙山去了。"金毛童子曰:"倘姜丞相不纳,如何?"杨戬曰:"你将此枪连刀袍都带去,自然无事。"二

童辞了师父,借水遁往西岐来了。正是:

> 玄门自有神仙诀,脚踏风云咫尺来。

话说金毛童子至西岐,寻至相府前,对门官曰:"你报丞相,说有二人求见。"门官进来启丞相:"有二道童求见。"子牙命来。二童入见子牙,倒身下拜:"弟子乃杨戬门徒金毛童子是也。家师中途相遇,为得刀袍,故先着弟子来,师父往夹龙山去了。特来谒叩老爷。"子牙曰:"杨戬又得门人,深为可喜。"留在本府听用。不题。

且说杨戬驾土遁至夹龙山飞龙洞,径进洞见了懼留孙下拜,口称师伯。懼留孙忙答礼曰:"你来做甚么?"杨戬道:"师伯可曾不见了捆仙绳?"懼留孙慌忙站起曰:"你怎么知道?"杨戬曰:"有个土行孙同邓九公来征伐西岐,用的是捆仙绳,将子牙师叔的门人拿入汤营,被弟子看破,特来奉请师伯。"懼留孙听得,怒曰:"好畜生!你敢私自下山,盗吾宝贝,害吾不浅!杨戬,你且先回西岐,我随后就来。"杨戬离了高山,回到西岐,至府前,入见子牙。子牙问曰:"可是捆仙绳?"杨戬把收金毛童子事,误入青鸾斗阙,见懼留孙的事说了一遍。子牙曰:"可喜你又得了门下!"杨戬曰:"前缘有定,今得刀袍,无非赖师叔之大德,主上之洪福耳。"

且言懼留孙分付童子:"看守洞门,候我去西岐走一遭。"童子领命。不题。道人驾纵地金光法来至西岐,左右报与子牙:"懼留孙仙师来至。"子牙迎出府来,二人携手至殿,行礼坐下。子牙曰:"高徒累胜吾军,我又不知:后被杨戬看破,只得请道兄一顾,以完道兄昔日助燃灯道兄之雅。末弟不胜幸甚!"懼留孙曰:"自从我来破十绝阵回去,自未曾检点此宝,岂知是这畜

第五十五回 土行孙归伏西岐

生盗在这里作怪！不妨，须得如此如此，顷刻擒获。"子牙大喜。

次日，子牙独自乘四不相往成汤辕门前后，观看邓九公的大营，若探视之状。只见巡营探子报入中军："启元帅：姜丞相乘骑在辕门私探，不知何故。"邓九公曰："姜子牙善能攻守，晓畅兵机，不可不防。"旁有土行孙大喜曰："元帅放心，待吾擒来，今日成功。"土行孙暗暗走出辕门，大呼曰："姜尚！你私探吾营，是自送死期，不要走！"举手中棍照头打来。子牙仗手中剑急架来迎。未及三合，子牙拨转四不相就走。土行孙随后赶来，祭起捆仙绳又来拿子牙。他不知衢留孙驾着金光法隐在空中，只管接他的。土行孙意在拿了子牙，早奏功回朝，要与邓婵玉成亲。此正是爱欲迷人，真性自昧，只顾拿人，不知省视前后一路，只是祭起捆仙绳，不见落下来，也不思忖。只顾赶子牙，不上一里把绳子都用完了，随手一摸，只至没有了，方才惊骇。土行孙见势头不好，站立不赶。

子牙勒转四不相，大呼曰："土行孙敢至此再战三合否？"土行孙大怒，拖棍赶来。才转过城坦，只见衢留孙曰："土行孙那里去！"土行孙抬头见是师父，就往地下一钻。衢留孙用手一指："不要走！"只见那一块土比铁还硬，钻不下去。衢留孙赶上，一把抓住顶瓜皮，用捆仙绳四马攒蹄捆了，拎着他进西岐城来。众将知道擒了土行孙，齐至府前来看。

道人把土行孙放在地下，杨戬曰："师伯仔细，莫又走了他！"衢留孙曰："有吾在此，不妨。"复问土行孙曰："你这畜生！我自破十绝阵回去，此捆仙绳我一向不曾检点，谁知被你盗出。你实说，是谁人唆使？"土行孙曰："老师来破十绝阵，弟子闲耍高山，偶逢一道人跨虎而来，问弟子叫甚名字，弟子说名与他。

弟子也随问他,他说是阐教门人申公豹。他看我不能了道成仙,只好受人间富贵,他教我往闻太师行营成功。弟子不肯,他荐我往三山关邓九公麾下建功。师父,弟子一时迷惑,但富贵人人所欲,贫贱人人所恶,弟子动了一个贪痴念头,故此盗了老师捆仙绳,两葫芦丹药,走下尘寰。望老师道心无处不慈悲,饶了弟子罢!"

子牙在旁曰:"道兄,似这等畜生,坏了吾教,速速斩讫报来!"惧留孙曰:"若论无知冒犯,理当斩首。但有一说,此人子牙公后有用他处,可助西岐一臂之力。"子牙曰:"道兄传他地行之术,他心毒恶,暗进城垣,行刺武王与我。赖皇天庇佑,风折旗幡,把吾惊觉,算有吉凶,着实防备,方使我君臣无虞,若是毫厘差迟,道兄也有干系。此事还多亏杨戬设法擒获,又被他狡猾走了。这样东西,留他作甚!"

子牙道罢,惧留孙大惊,忙下殿来大喝曰:"畜生!你进城行刺武王,行刺你师叔,那时幸而无虞;若是差迟,罪系于我。"土行孙曰:"我实告师尊,弟子随邓九公征伐西岐,一次仗师父捆仙绳拿了哪吒,二次擒了黄天化,三次将师叔拿了。邓元帅与弟子贺功,见我屡拿有名之士,将女许我,欲赘为婿;被他催逼弟子,弟子不得已,仗地行之术,故有此举。怎敢在师父跟前有一句虚语!"惧留孙低头连想,默算一番,不觉嗟叹。子牙曰:"道兄为何嗟叹?"惧留孙曰:"子牙公,方才贫道卜算,这畜生与那女子该有系足之缘。前生分定事非偶然。若得一人作伐,方可全美。若此女来至,其父不久也是周臣。"子牙曰:"吾与邓九公乃是敌国之仇,怎能得全此事?"惧留孙曰:"武王洪福,乃有道之君。天数已定,不怕不能完全。只是选一能言之士前往汤营说合,不怕不成。"子牙低头沉思良久,曰:"须得散宜生去走一遭方可。"衢留孙曰:"既如此,事不宜迟。"子牙命左右:"去请上大夫散宜生来商议。"命:"放了土行孙。"

不一时,上大夫散宜生来至,行礼毕。子牙曰:"今邓九公有女邓婵玉,原系邓九公亲许土行孙为妻。今烦大夫至汤营作伐,乞为委曲周旋,务在必成。如此如此方可。"散宜生领命出城。不表。

且说邓九公在营,悬望土行孙回来,只见一去竟无影响。令探马打听多时,回报:"闻得土先行被子牙拿进城去了。"邓九公大惊曰:"此人捉去,西岐如何能克!"心下十分不乐。只见散宜生来与土行孙议亲。不知吉凶如何,且听下回分解。

【总批】

杨戬往夹龙山来,偏要落在这些山泽中,得了许多东西。虽曰天数,亦是杨戬乖巧处,故到处讨些便宜。

【又批】

或曰:土行孙赶子牙,甚至将捆仙绳放尽,方才知觉,可为痴极。然而到底是他骗了个好老婆,是呆子未尝不讨便宜。然而还是痴好?还是乖好?予曰:正好与杨戬做一对。不然土行孙进西岐,杨戬不以美人弄他。或人不觉大笑。

第五十六回　子牙设计收九公

诗曰：

　　姻缘前定果天然，须信红丝足下牵。
　　敌国不妨成好合，仇雠应自得翩联。
　　子牙妙计真难及，鸾使奇谋枉用偏。
　　总是天机难预料，纣王无福镇乾坤。

　　话说散宜生出城来至汤营，对旗门官曰："辕门将校，报与你邓元帅得知，岐周差上大夫散宜生有事求见。"军政官报进中军："启元帅：岐周差上大夫有事求见。"邓九公曰："吾与他为敌国，为何差人来见我！必定来下说词，岂可容他进营惑乱军心！你与他说：'两国正当争战之秋，相见不便。'"军政官出营回复散宜生。宜生曰："'两国相争，不阻来使。'相见何妨？吾此来奉姜丞相命有事面决，非可传闻，再烦通报。"军政官只得又进营来，把散宜生言语对九公诉说一遍。九公沉吟，旁有正印先行官太鸾上前言曰："元帅乘此机会放他进来，随机应变，看他如何说，亦可就中取事，有何不可？"九公曰："此说亦自有理。"命左右："请他进来。"旗门官出辕门，对散宜生曰："元帅有请。"散大夫下马走进辕门，进了三层鹿角，行至滴水檐前。邓九公迎下来，散宜生鞠躬，口称："元帅！"九公曰："大夫降临，有失迎候。"彼此逊让行礼。后人有诗单赞子牙妙计，诗曰：

　　子牙妙算世无伦，学贯天人泣鬼神。

第五十六回 子牙设计收九公

纵使九公称敌国,蓝桥也自结姻亲。

话说二人逊至中军,分宾主坐下。邓九公曰:"大夫,你与我今为敌国,未决雌雄,彼此各为其主,岂得徇私妄议?大夫今日见谕,公则公言之,私则私言之,不必效舌剑唇枪,徒劳往返耳!予心如铁石,有死而已,断不为浮言所摇。"散宜生笑曰:"吾与公既为敌国,安敢造次请见。只有一件大事,特来请一明示,无他耳。昨因拿有一将,系是元帅门婿,于盘问中道及斯意。吾丞相不忍骤加极刑,以割人间恩爱,故命宜生亲至辕门,特请尊裁。"邓九公听说,不觉大惊曰:"谁为吾婿,为姜丞相所擒?"散宜生说:"元帅不必故推,令婿乃土行孙也。"邓九公听说,不觉面皮通红,心中大怒,厉声言曰:"大夫在上:吾只有一女,乳名婵玉,幼而丧母。吾爱惜不啻掌上之珠,岂得轻意许人?今虽及笄,所求者固众,吾自视皆非佳婿。而土行孙何人,妄有此说也!"

散宜生曰:"元帅暂行息怒,听不才拜禀:古人相女配夫,原不专在门第。今土行孙亦不是无名小辈,彼原是夹龙山飞龙洞惧留孙门下高弟,因申公豹与姜子牙有隙,故说土行孙下山,来助元帅征伐西岐。昨日他师父下山,捉获行孙在城,因穷其所事。彼言所以,虽为申公豹所惑,次为元帅以令爱相许,有此一段姻缘,彼因倾心为元帅而暗进岐城行刺,欲速成功,良有以也。昨已被擒,伏辜不枉。但彼再三哀求姜丞相、彼之师尊惧留孙曰'为此一段姻缘,死不瞑目'之语。即姜丞相与他师尊俱不肯赦,只予在旁劝慰,岂得以彼一时之过,而断送人间好事哉!因劝姜丞相暂且留人。宜生不辞劳顿,特谒元帅,恳求俯赐人间好事,曲成儿女恩情,此亦元帅天地父母之心。故宜生不避斧钺，特见尊颜，以求裁示。倘元帅果有此事，姜丞相仍将土行孙送还元帅，以遂姻亲，再决雌雄耳，并无他说。"

邓九公曰："大夫不知，此土行孙妄语耳。行孙乃申公豹所荐，为吾先行，不过一牙门裨将，吾何得骤以一女许之哉！彼不过借此为偷生之计，以辱吾女耳。大夫不可轻信。"宜生曰："元帅也不必固却，此事必有他故。难道土行孙平白兴此一番言语？其中定有委曲。想是元帅或于酒后赏功之际，怜才惜技之时，或以一言安慰其心，彼便妄认为实，作此痴想耳。"

九公被散宜生此一句话，买出九公一腔心事。九公不觉答道："大夫斯言大是明见！当时土行孙被申公豹荐在吾麾下，吾亦不甚重彼，初为副先行督粮使者，后因太鸾失利，彼恃其能，改为正先行官。首阵擒了哪吒，次擒黄天化，三次擒了姜子牙，被岐周众将抢回。土行孙进营，吾见彼累次出军获胜，治酒与彼贺功，以尽朝廷奖赏功臣至意。及至饮酒中间，彼曰：'元帅在上，若是早用末将为先行，吾取西岐多时矣。'那时吾酒后失口，许之曰：'你若取了西岐，吾将婵玉赘你为婿。'一来是奖励彼竭力为公，早完王事；今彼既已被擒，安得又妄以此言为口实，令大夫往返哉？"

散宜生笑曰："元帅此言差矣。大丈夫一言既出，驷马难追。况且婚姻之事人之大伦，如何作为儿戏之谈？前日元帅言之，土行孙信之，土行孙又言之，天下共信之；传与中外，人人共信，正所谓'路上行人口似碑'。将以为元帅相女配夫，谁信元帅权宜之术，为国家行此不得已之深衷也？徒使令爱千金之躯作为话柄，闺中美秀竟作口谈。万一不曲全此事，徒使令爱有白头之叹。吾窃为元帅惜之！今元帅为汤之大臣，天下三尺之童无不奉命,若一旦而如此,吾不知所税驾矣。乞元帅裁之。"

邓九公被散宜生一番言语说得默默沉思,无言可答。只见太鸾上前附耳说:"如此如此,亦是第一妙计。"邓九公听太鸾之言,回嗔作喜曰:"大夫之言深属有理,末将无不听命。只小女因先妻早丧,幼而失教,予虽一时承命,未知小女肯听此言?俟予将此意与小女商榷,再令人至城中回覆。"散宜生只得告辞,邓九公送至营门而别。散宜生进城,将邓九公言语从头至尾说了一遍。子牙大笑曰:"邓九公此计,怎么瞒得我过!"惧留孙亦笑曰:"且看如何来说。"子牙曰:"动劳散大夫,俟九公人来,再为商议。"宜生退去。不表。

且说邓九公与太鸾曰:"适才虽是暂允,此事毕竟当如何处置?"太鸾曰:"元帅明日可差一能言之士,说:'昨日元帅至后营与小姐商议,小姐已自听允。只是两边敌国,恐无足取信,是必姜丞相亲自至汤营纳聘,小姐方再听信。'子牙如不来便罢,再为之计;若是他肯亲自来纳聘,彼必无带重兵自卫之理,如此,只一匹夫可擒耳。若是他带有将佐,元帅可出辕门迎接,至中军用酒筵赚开他手下众将,预先埋伏下骁勇将士,俟酒席中击杯为号,擒之如囊中之物。西岐若无子牙,则不攻自破矣。"九公闻说大喜:"先行之言,真神出鬼没之机!只是能言快语之人,临机应变之士,吾知非先行不可。乞烦先行明日亲往,则大事可成。"太鸾曰:"若元帅不以末将为不才,鸾愿往周营叫子牙亲至中军,不劳苦争恶战,早早奏凯回军。"九公大喜,一宿晚景不题。

次日,邓九公升帐,命太鸾进西岐说亲。太鸾辞别九公出营,至西岐城下对守门官将曰:"吾是先行官太鸾,奉邓元帅命欲见姜丞相，烦为通报。"守城官至相府报与姜丞相曰："城下有汤营先行官太鸾求见，请令定夺。"子牙听罢对衢留孙曰："大事成矣。"衢留孙亦自暗喜。子牙对左右曰："速与我请来。"守门官同军校至城下开了城门，对太鸾曰："丞相有请。"太鸾忙忙进城，行至相府下马。左右通报："太鸾进府。"子牙与衢留孙降阶有接。太鸾控背躬身言曰："丞相在上，末将不过马前一卒，礼当叩见，岂敢当丞相如此过爱？"子牙曰："彼此二国，俱系宾主，将军不必过谦。"太鸾再四逊谢，方敢就坐。

彼此温慰毕，子牙以言挑之曰："前者因衢道兄将土行孙擒获，当欲斩首；彼因再四哀求，言邓元帅曾有牵红之约，乞我少缓须臾之死，故此着散大夫至邓元帅中军问其的确。倘元帅果有此言，自当以土行孙放回，以遂彼儿女之情、人间恩爱耳。幸蒙元帅见诺，俟议定回我。今将军赐顾，元帅必有教我。"太鸾欠身答曰："蒙丞相下问，末将敢不上陈。今特奉主帅之命多拜上丞相，不及写书。但主帅乃一时酒后所许，不意土行孙被获，竟以此事倡明，主帅亦不敢辞。但主帅此女自幼失母，主帅爱惜如珠。况此事须要成礼，后日乃吉日良辰，意欲散大夫同丞相亲率土行孙入赘，以珍重其事，主帅方有体面，然后再面议军国之事。不识丞相允否？"子牙曰："我知邓元帅乃忠信之士，但几次天子有征伐之师至此，皆不由分诉，俱以强力相加；只我周这一段忠君爱国之心，并无背逆之意，不能见谅于天子之前，言之欲涕。今天假其便，有此姻缘，庶几将我等一腔心事可以上达天子，表白于天下也。我等后日亲送土行孙至邓元帅行营，吃贺喜筵席。乞将军善言道达，姜尚感激不尽！"太鸾逊谢。子牙遂厚款太鸾而别。

第五十六回　子牙设计收九公

　　太鸾出得城来，至营门前等令。左右报入营中："有先行官等令。"邓九公命："令来。"太鸾至中军，九公问曰："其事如何？"太鸾将姜子牙应允后日亲来言语诉说一遍。邓九公以手加额曰："天子洪福，彼自来送死！"太鸾曰："虽然大事已成，但防备不可不谨。"邓九公分付："选有力量军士三百人，各藏短刀利刃埋伏帐外，听击杯为号，左右齐出，不论子牙众将，一顿刀剁为肉酱！"众将士得令而退。命赵升领一枝人马埋伏营左，候中军炮响杀出接应。又命孙焰红领一枝人马埋伏营右，候中军炮响杀出接应。又命太鸾与子邓秀在辕门赚住众将，又分付后营小姐邓婵玉领一枝人马，为三路救应使。邓九公分付停当，专候后日行事，左右将佐俱去安排。不表。

　　且说子牙送太鸾出府归，与衢留孙商议曰："必须如此如此，大事可成。"光阴迅速，不觉就是第三日。先一日，子牙命："杨戬变化，暗随吾身。"杨戬得令。子牙命选精力壮卒五十名，装作抬礼脚夫；辛甲、辛免、太颠、闳夭四贤八俊等充作左右应接之人，俱各藏暗兵利刃。又命雷震子领一枝人马抢他左哨，杀入中军接应。再命南宫适领一枝人马抢彼右哨，杀入中军接应。金吒、木吒、龙须虎统领大队人马，救应抢亲。子牙俱分付暗暗出营埋伏。不表。怎见得，有诗为证，诗曰：

　　　　汤营此日瑞筵开，专等鹰扬大将来。
　　　　孰意子牙筹画定，中军炮响抢娇才。

　　且说邓九公其日与女婵玉商议曰："今日子牙送土行孙入赘，原是赚子牙出城，擒彼成功。吾与诸将分剖已定，你可将掩心甲紧束，以备抢将接应。"其女应允。邓九公升帐，分付铺毡搭彩，侯候子牙。不题。且说子牙其日使诸将装扮停当，乃命土行孙至前听令。子牙曰:"你同至汤营,看吾号炮一响,你便进后营抢邓小姐要紧!"土行孙得令。子牙等至午时,命散宜生先行,子牙方出了城望汤营进发。宜生先至辕门,太鸾接着,报于九公。九公降阶至辕门迎接散大夫,宜生曰:"前蒙金诺,今姜丞相已亲自压礼,同令婿至此,故特令下官先来通报。"邓九公曰:"动烦大夫往返,尚容申谢。我等在此立等如何?"宜生曰:"恐惊动元帅不便。"邓九公曰:"不妨。"彼此等候良久,邓九公远远望见子牙乘四不相,带领脚夫一行不上五六十人,并无甲胄兵刃。九公看罢不觉暗喜,只见子牙同众人行至辕门。

子牙见邓九公同太鸾、散宜生俱立候,子牙慌忙下骑。邓九公迎上前来,打躬曰:"丞相大驾降临,不才未得远接,望乞恕罪。"子牙忙答礼曰:"元帅盛德,姜尚久仰芳誉,无缘未得执鞭。今幸天缘得罄委曲,姜尚不胜幸甚!"只见衢留孙同土行孙上前行礼,九公问子牙曰:"此位是谁?"子牙曰:"此是土行孙师父衢留孙也。"邓九公忙致款曲曰:"久仰仙名,未曾拜识;今幸降临,足慰夙昔。"衢留孙亦称谢毕,彼此逊让,进得辕门。子牙睁睛观看,只见肆筵设席,结彩悬花,极其华美。怎见得,有诗为证,诗曰:

> 结彩悬花气象新,麝兰香霭衬重茵。
> 屏开孔雀千年瑞,色映芙蓉万谷春。
> 金鼓两傍藏杀气,笙箫一派郁荆榛。
> 敦知天意归周主,十万貔貅化鬼燐。

话说子牙正看筵席,猛见两边杀气上冲,子牙已知就里,便与土行孙众将丢个眼色,众人已解其意,俱衬上帐来。邓九公与子牙诸人行礼毕,子牙命左右:"抬上礼来。"邓九公方才接礼

第五十六回　子牙设计收九公

单看玩,只见辛甲暗将信香取出,忙将抬盒内大炮燃着。一声炮响,恍若地塌山崩。邓九公吃了一惊,及至看时,只见脚夫一拥上前,各取出暗藏兵器杀上帐来。邓九公措手不及,只得望后就跑。太鸾与邓秀见势不谐,也往后逃走。只见四下伏兵尽起,喊声振天。土行孙绰了兵器,望后营来抢邓婵玉小姐。子牙与众人俱各抢上马骑,各执兵刃厮杀,那三百名刀斧手如何抵当得住!及至邓九公等上得马出来迎战时,营已乱了。赵升闻炮,自左营杀来接应;孙焰红听得炮响,从右营杀来接应;俱被辛甲、辛免等分投截杀。邓婵玉方欲前来接应,又被土行孙敌住,彼此混战。不意雷震子、南宫适两枝人马从左右两边裹来,成汤人马反在居中,首尾受敌,如何抵得住?后面金吒、木吒等大队人马掩杀上来,邓九公见势不好,败阵而走,军卒自相践踏,死者不计其数。邓婵玉见父亲与众将败下阵走,也虚闪一刀,往正南上逃走。土行孙知婵玉善于发石伤人,遂用捆仙绳祭起,将婵玉捆了,跌下马来,被土行孙上前绰住,先擒进西岐城去了。子牙与众将追杀邓九公有五十余里,方鸣金收军进城。邓九公与子邓秀并太鸾、赵升等直至岐山下方才收集败残人马,查点军卒,见没了小姐,不觉伤感。指望擒拿子牙,孰知反中奸计,追悔无及。只得暂扎住营寨。不表。

且说子牙与惧留孙大获全胜,进城升银安殿坐下。诸将报功毕。子牙对惧留孙曰:"命土行孙乘今日吉日良时,与邓小姐成亲,何如?"惧留孙曰:"贫道亦是此意。时不宜迟。"子牙命土行孙:"你将邓婵玉带至后房,乘今日好日子,成就你夫妇美事。明日我另有说话。"土行孙领命。子牙又命侍儿:"搀邓小姐到后面,安置新房内去,好生伏侍。"邓小姐娇羞无那,含泪不语,被左右侍儿挟持往后房去了。子牙命诸将吃贺喜酒席。不题。

且说邓小姐挽至香房，土行孙上前迎接。婵玉一见土行孙笑容可掬，便自措身无地，泪雨如倾，默默不语。土行孙又百般安慰，婵玉不觉怒起，骂曰："无知匹夫，卖主求荣！你是何等之人，敢妄自如此？"土行孙陪着笑脸答曰："小姐虽千金之躯，不才亦非无名之辈，也不辱没了你。况小姐曾受我疗疾之恩，又是你尊翁泰山亲许与我，俟行刺武王回兵，将小姐入赘，人所共知。且前日散大夫先入营与尊翁面订，今日行聘入赘，丞相犹恐尊翁推托，故略施小计，成就姻缘。小姐何苦固执？"婵玉曰："我父亲许散宜生之言，原是赚姜丞相之计，不意误中奸谋，落在彀中，有死而已！"

土行孙曰："小姐差矣！别的好做口头话，夫妻可是暂许得的？古人一言为定，岂可失信？况我等俱是阐教门人，只因误听申公豹唆使，故投尊翁帐下以图报效。昨被吾师下山擒进西岐，责吾暗进西城行刺武王、姜丞相，有辱阐教，背本忘师，逆天助恶，欲斩吾首以正军法，吾哀告师尊，姜丞相定欲行刑，吾只得把初次擒哪吒、黄天化，尊翁泰山晚间饮酒将小姐许我，俟旋师命吾入赘，我只因欲就亲事之心急，不得已方暗进西岐。吾师与姜丞相听得斯言，掐指一算，乃曰：'此子该与邓小姐有红丝系足之缘，后来俱是周朝一殿之臣。'因此赦吾之罪，命散大夫作伐。小姐你想，若非天缘，尊翁怎么肯？小姐焉能到此？况今纣王无道，天下叛离，累伐西岐，不过魔家四将、闻太师、十洲三岛仙众皆自取灭亡，不能得志，天意可知，顺逆已见。又何况尊翁区区一旅之师哉！古云：'良禽相木而栖，贤臣择主而仕。'小姐今自固执，三军已知土行孙成亲。小姐纵冰清玉洁，谁人信哉？小姐请自三思！"

邓婵玉被土行孙一席话说得低头不语。土行孙见小姐略有回心之意，又近前促之曰："小姐自思，你是香闺艳质，天上奇葩；不才乃夹龙山门徒，相隔不啻天渊。今日何得与小姐亲体相亲，情同凤觑？"便欲上前强牵其衣。小姐见此光景，不觉粉面通红，以手拒之曰："事虽如此，岂得用强！候我明日请命与父亲，再成亲不迟。"土行孙此时情兴已迫，按纳不住，上前一把搂定，小姐抵死拒住。土行孙曰："良时吉日，何必苦推，有误佳期？"竟将一手去解其衣，小姐双手推托，彼此扭作一堆。小姐终是女流，如何敌得土行孙过？不一时，满面流汗，喘吁气急，手已酸软。土行孙乘隙将右手插入里衣。婵玉及至以手挡抵，不觉其带已断。及将双手攥住里衣，其力愈怯。土行孙得空以手一抱，暖玉温香已贴满胸怀。檀口香腮，轻轻紧挨。小姐娇羞无主，将脸左右闪赚不得，流泪满面曰："如是恃强，定死不从！"土行孙那里肯放，死死压住，彼此推扭又有一个时辰。

土行孙见小姐终是不肯顺从，乃绐之曰："小姐既是如此，我也不敢用强，只恐小姐明日见了尊翁变卦，无以为信耳。"小姐忙曰："我此身已属将军，安有变卦之理？只将军肯怜我，容见过父亲，庶成我之节；若我是有负初心，定不逢好死。"土行孙曰："既然如此，贤妻请起。"土行孙将一手搂抱其颈，轻轻扶起。邓婵玉以为真心放他起来，不曾堤防，将身起时，便用一手推开土行孙之手。土行孙乘机将双手插入小姐腰里抱紧了一拎，腰已松了，里衣径往下一卸。邓婵玉被土行孙所算，及落手相持时，已被双肩隔住手，如何下得来！小姐展挣不住，不得已言曰："将军薄幸！既是夫妻，如何哄我？"土行孙曰："若不如此，贤妻又要千推万阻。"小姐惟闭目不言,娇羞满面,任土行孙解带脱衣。二人扶入锦被,婵玉对土行孙曰:"贱妾系香闺幼稚,不识云雨,乞将军怜护。"土行孙曰:"小姐娇香艳质,不才饮德久矣,安敢狂逞。"正是:

　　翡翠衾中,初试海棠新血;鸳鸯枕上,漫飘桂蕊奇香。
彼此温存,交相慕恋,极人间之乐,无过此时矣。后人有诗单道子牙妙计,成就二人美满前程。诗曰:
　　妙算神机说子牙,运筹帏幄更无差。
　　百年好事今朝合,莫把红丝孟浪夸。

　　话说土行孙与邓婵玉成就夫妻。一夜晚景已过。次日,夫妻二人起来,梳洗已毕。土行孙曰:"我二人可至前殿,叩谢姜丞相与我师尊抚育成就之恩。"婵玉曰:"此事固当要谢,但我父亲昨日不知败于何地,岂有父子事两国之理!乞将军以此意道达于姜丞相得知,作何区处方保两全。"土行孙曰:"贤妻之言是也。伺上殿时,就讲此事。"话犹未了,只见子牙升殿,众将上殿参谒毕。土行孙与邓婵玉夫妻二人上前叩谢。子牙曰:"邓婵玉今属周臣,尔父尚抗拒不服。我欲发兵前去擒剿,但你系他骨肉至亲,当如何区处?"土行孙上前曰:"婵玉适才正为此事与弟子商议。恳求师叔开恻隐之心,设一计策两全之美,此师叔莫大之恩也。"子牙曰:"此事也不难。若婵玉果有真心为国,只消得亲自去说他父亲归周,有何难处?但不知婵玉可肯去否?"邓婵玉上前跪而言曰:"丞相在上,贱妾既已归周,岂敢又蓄两意?早晨婵玉已欲自往说父亲降周,惟恐丞相不肯信妾真情,致生疑虑。若丞相肯命妾说父归降,自不劳张弓设箭,妾父自为周臣耳。"子牙曰:"我断不疑小姐反复。只恐汝父不肯归周,

第五十六回 子牙设计收九公

又生事端耳。今小姐既欲亲往,吾拨军校随去。"婵玉拜谢子牙,领兵卒出城,望岐山前来。不表。

且说邓九公收集残兵,驻扎一夜。至次日升帐,其子邓秀、太鸾、赵升、孙焰红侍立。九公曰:"吾自行兵以来,未尝遭此大辱。今又失吾爱女,不知死生,正是羊触藩篱,进退两难,奈何,奈何!"太鸾曰:"元帅可差官赍表进朝告急,一面探听小姐下落。"正迟疑间,左右报曰:"小姐领一枝人马,打西周旗号,至辕门等令。"太鸾等惊愕不定。邓九公曰:"令来。"左右开了辕门,婵玉下马进辕门来,至中军双膝跪下。邓九公看见如此行径,慌立起问曰:"我儿这是如何说?"婵玉不觉流泪言曰:"孩儿不敢说。"邓九公曰:"你有甚么冤屈?站起来说无妨。"婵玉曰:"孩儿系深闺幼女,此事俱是父亲失言,弄巧成拙。父亲凭空将我许了土行孙,勾引姜子牙做出这番事来,将我擒入西岐,强逼为婚。如今追悔何及!"邓九公听得此言,唬得魂飞天外,半晌无言。

婵玉又进言曰:"孩儿今已失身为土行孙妻子,欲保全爹爹一身之祸,不得不来说明。今纣王无道,天下分崩。三分天下,有二归周,其天意人心不卜可知。纵有闻太师、魔家四将与十洲三岛真仙,俱皆灭亡。顺逆之道明甚。今孩儿不孝,归顺西岐,不得不以利害与父亲言之。父亲今以爱女轻许敌国,姜子牙亲进汤营行礼,父亲虽是赚辞,谁肯信之!父亲况且失师辱国,归商自有显戮。孩儿乃奉父命归适良人,自非私奔桑濮之地,父亲亦无罪孩儿之处。父亲若肯依孩儿之见归顺西周,改邪归正,择主而仕,不但骨肉可以保全,实是弃暗投明,从顺弃逆,天下无不忻悦。"九公被女儿一番言语说得大是有理,自己沉思:"欲奋勇行师,众寡莫敌;欲收军还国,事属嫌疑。"沉吟半晌,对婵玉曰:"我儿,你是我爱女,我怎的舍得你!只是天意如此,但我羞入西岐屈膝与子牙耳,如之奈何?"婵玉曰:"这有何难!姜丞相虚心下士,并无骄矜。父亲果真降周,孩儿愿先去说明,令子牙迎接。"九公见婵玉如此说,命婵玉先行,邓九公领众军将归顺西岐。不题。

且说邓婵玉先至西岐城,入相府对子牙将上项事诉说一遍。子牙大喜,命左右排队伍出城,迎接邓元帅。左右闻命,俱披执迎接里余之地,已见邓九公军卒来至。子牙曰:"元帅请了!"九公连在马上欠背躬身曰:"末将才疏智浅,致蒙谴责,理之当然。今已纳降,望丞相恕罪。"子牙忙勒骑向前,携九公手并辔而言曰:"今将军既知顺逆,弃暗投明,俱是一殿之臣,何得又分彼此。况令爱又归吾门下师侄,吾又何敢赚将军哉!"九公不胜感激。二人叙至相府下马,进银安殿重整筵席,同诸将饮庆贺酒一宿。不题。次日,见武王,朝贺毕。

且不言邓九公归周,只见探马报入汜水关,韩荣听得邓九公纳降,将女私配敌国,韩荣飞报至朝歌。有上大夫张谦看本,见此报大惊,忙进内,打听皇上在摘星楼,只得上楼启奏。左右见上大夫进疏,慌忙奏曰:"启陛下,今有上大夫张谦候旨。"纣王听说,命宣上楼来。张谦闻命上楼,至滴水檐前拜毕。纣王曰:"朕无旨宣卿,卿有何奏章?就此批宣。"张谦俯伏奏曰:"今有汜水关韩荣进有奏章,臣不敢隐匿,虽触龙怒,臣就死无辞。"纣王听说,命当驾官"即将韩荣本拿来朕看。张谦忙将韩荣本展于纣王龙案之上。纣王看未完,不觉大怒曰:"邓九公受朕大恩,今一旦归降叛贼,情殊可恨!待朕升殿与臣共议,定拿此一班叛臣明正伊罪,方泄朕恨!"张谦只得退下楼来,候天子临轩。

只见九间殿上钟鼓齐鸣,众官闻知,忙至朝房伺候。须臾孔雀屏开,纣王驾临,登宝座传旨:"命众卿面议。"众文武齐至御前,俯伏候旨。纣王曰:"今邓九公奉诏征西,不但不能伐叛奏捷,反将己女私婚敌国,归降逆贼,罪在不赦;除擒拿逆臣家属外,必将逆臣拿获以正国法。卿等有何良策,以彰国之常刑?"纣王言未毕,有中谏大夫飞廉出班奏曰:"臣观西岐抗礼拒敌,罪在不赦。然征伐大将得胜者或有捷报御前,失利者惧罪即归伏西土,何日能奏捷音也?依臣愚见,必用至亲骨肉之臣征伐,庶无二者之虞,且与国同为休戚,自无不奏捷者。"纣王曰:"君臣父子,总系至戚,又何分彼此哉?"飞廉奏曰:"臣保一人征伐西岐,姜尚可擒,大功可奏。"纣王曰:"卿保何人?"飞廉奏曰:"要克西岐,非冀州侯苏护不可。一为陛下国戚,二为诸侯之长,凡事无有不用力者。"纣王闻言大悦:"卿言甚善。"即令军政官速发黄旄、白钺,使命赍诏前往冀州。不知胜负如何,且听下回分解。

【总批】
　　子牙收伏邓九公,其计虽巧,然非散宜生之舌辩,不足以成其巧;非太鸾之赞助,不足以终其巧。此正谓天机凑合,特借人力以曲全之耳。若专以人力巧谋曲取固不可,若专任天缘凑合亦不可,惟善于乘时者自识之。

【又批】
　　天下事有好姻缘,有恶姻缘。好姻缘是男女相悦、六礼以备、媒妁纳好、父母之命,此之为顺;恶姻缘是彼此仇雠、两家敌国,或千难百折、情非素交,反因此而不得不成,此之为逆。若土行孙既归西岐,与邓九公已为仇敌,反因太鸾之计以遂牵红。此殆非天意而何!虽然太鸾之计固拙于谋国,未尝不有功于土行孙。两人便当筑台拜谢。

第五十七回　冀州侯苏护伐西岐

诗曰：

苏侯有意欲归周，纣王江山似浪浮。
红日已随山后卸，落花空逐水东流。
人情久欲投明圣，世局翻为急浪舟。
贵戚亲臣皆已散，独夫犹自卧红楼。

话说天使离了朝歌前往冀州，一路无词，翌日来至冀州馆驿安下。次日，报至苏侯府内，苏侯即至馆驿接旨。焚香拜毕，展诏开读。诏曰：

朕闻征讨之命皆出于天子，阃外之寄实出于元戎。建立功勋，威镇海内，皆臣子分内事也。兹西岐姬发肆行不道，抗拒王师，情殊可恨。特敕尔冀州侯苏护总督六师，前往征伐，必擒获渠魁，殄灭祸乱。侯旋师奏捷，朕不惜茅土以待有功。尔其勖哉！特诏。

话说苏侯开读旨意毕，心中大喜，管待天使，赍送程费，打发天使起程。苏侯暗谢天地曰："今日吾方得洗一身之冤，以谢天下。"忙令后厅治酒，与子全忠、夫人杨氏共饮，曰："我不幸生女妲己，进上朝歌。谁想这贱人尽违父母之训，无端作孽，迷惑纣王，无所不为，使天下诸侯衔恨于我。今武王仁德播于天下，三分有二尽归于西周。不意昏君反命吾征伐，吾得遂生平之愿。我明日意欲将满门良眷带在行营，至西岐归降周王，共享

第五十七回 冀州侯苏护伐西岐

太平;然后会合诸侯,共伐无道,使我苏护不得遗笑于诸侯,受讥于后世,亦不失丈夫之所为耳。"夫人大喜:"将军之言甚善,正是我母子之心。"

且说次日殿上鼓响,众将军参见。苏护曰:"天子敕下命吾西征,众将整备起行!"众将得令,整点十万人马,即日祭宝纛旗,收拾起兵。同先行官赵丙、孙子羽、陈光、五军救应使郑伦,即日离了冀州,军威甚是雄伟。怎见得,有赞为证,赞曰:

杀气征云起,金锣鼓又鸣。
幡幢遮瑞日,剑戟鬼神惊。
平空生雾彩,遍地长愁云。
闪翻银叶甲,拨转皂雕弓。
人似离山虎,马如出水龙。
头盔生灿烂,铠甲砌龙鳞。
离了冀州界,西土去安营。

苏侯行兵非止一日。有探马报入中军:"前是西岐城下。"苏侯传令安营结寨。升帐坐下,众将参谒,立起帅旗。

且说子牙在相府收四方诸侯本,请武王伐纣。忽报马入府:"启老爷:冀州侯苏护来伐西岐。"子牙问黄飞虎曰:"久闻此人善能用兵,黄将军必知其人,请言其概。"黄飞虎曰:"苏护秉性刚直,不似谄媚无骨之夫,名为国戚,与纣王有隙,一向要归周,时常有书至末将处。此人若来,必定归周,再无疑惑。"子牙闻言大悦。

且说苏侯三日未来请战。黄飞虎上殿见子牙曰:"苏侯按兵不动,待末将探他一阵,便知端的。"子牙许之。飞虎领兵上了五色神牛,出得城来,一声炮响,立于辕门,大呼曰:"请苏侯答话!"探马报入中军,苏侯令先行官见阵。赵丙领令上马,提方天戟径出辕门,认的是武成王黄飞虎。赵丙曰:"黄飞虎,你身为国戚,不思报本,无故造反,致起祸端,使生民涂炭,屡年征讨不息。今奉旨特来擒你,尚不下马受缚,犹自支吾!"摇戟刺来。黄飞虎将枪架住,对赵丙曰:"你好好回去,请你主将出来答话,吾自有道理,你何必自逞其强也!"赵丙大怒:"既奉命来擒你报功,岂得犹以语言支吾!"又一戟刺将来。黄飞虎大怒:"好大胆匹夫!焉敢连刺吾两戟!"催开神牛,手中枪赴面交还。牛马相交,枪戟并举。怎见得:

　　二将阵前势无比,拨开牛马定生死。这一个钢枪摇动鬼神惊,那一个画戟展开分彼此。一来一往势无休,你生我活谁能已。从来恶战不寻常,搅海翻江无底止。

话说黄飞虎大战赵丙二十回合,被飞虎生擒活捉,拿解相府来见子牙。报入府中,子牙令飞虎进见:"将军出阵,胜负若何?"飞虎曰:"生擒赵丙,听令定夺。"子牙命推来。士卒将赵丙拥至殿前,赵丙立而不跪。子牙曰:"既已被擒,尚何得抗礼?"赵丙曰:"奉命征讨,指望成功,不幸被擒,唯死而已,何必多言!"子牙传令:"暂且囚于禁中。"

且说苏侯闻报赵丙被擒,低首不语。只见郑伦在旁曰:"君侯在上,黄飞虎自恃强暴,待明日拿来解往朝歌,免致生灵涂炭。"次日,郑伦上了火眼金睛兽,提了降魔杵,往城下请战。左右报入相府,子牙令:"黄将军出阵走一遭。"飞虎领令出城,见一员战将面如紫枣,十分枭恶,骑着火眼金睛兽。怎见得,有诗为证。诗曰:

　　道术精奇别样妆,降魔宝杵世无双。

第五十七回 冀州侯苏护伐西岐

忠肝义胆堪称诵,无奈昏君酒色荒。

话说飞虎大呼曰:"来者何人?"郑伦曰:"吾乃苏侯麾下郑伦是也。黄飞虎,你这叛贼!为你屡年征伐,百姓遭殃。今天兵到日,尚不免戈伏诛,意欲何为?"飞虎曰:"郑伦,你且回去,请你主将出来,吾自有说话。你若是不知机变,如赵丙自投陷身之祸!"郑伦大怒,抢杵就打。黄飞虎手中枪急架相还。二兽相交,枪杵并举,两家大战三十回合。郑伦把杵一摆,他有三千乌鸦兵走动,行如长蛇之势。郑伦窍中两道白光往鼻子里出来,"哼"的一声响,黄将军正是:

见白光三魂即散,听声响撞下鞍鞒。

乌鸦兵用挠钩搭住,一踊上前拿翻,剥了衣甲绳缠索绑。飞虎上了绳子,二目方睁。飞虎点首曰:"今日之擒,如同做梦一般,真是心中不服!"郑伦掌得胜鼓回营,来见苏侯,入帐报功:"今日生擒反叛黄飞虎至辕门,请令发落。"苏侯令推来。小校将飞虎推至帐前。飞虎曰:"今被邪术受擒,愿请一死以报国恩。"苏侯曰:"本当斩首,且监候,留解朝歌请天子定罪。"左右将黄飞虎送下后营。

且说报马报入相府,言黄飞虎被擒。子牙大惊曰:"如何擒去?"掠阵官启曰:"苏侯麾下有一郑伦,与武成王正战之间,只见他鼻子里放出一道白光,黄将军便坠骑被他拿去。"子牙心下十分不乐:"又是左道之术!"只见黄天化在旁听见父亲被擒,恨不得平吞了郑伦。当日晚间不题。

次日,天化上帐请令出阵,以探父亲消息,子牙许之。天化领令上了玉麒麟出城请战,探马报入营中:"有将请战。"苏侯曰:"谁去见阵走一遭?"郑伦答曰:"愿往。"上了金睛兽,炮声响处,来至阵前。黄天化曰:"尔乃是郑伦?擒武成王者是你?不要走,吃吾一锤!"一似流星闪灼光辉,呼呼风响,郑伦忙将杵劈面相还。二将交兵未及十合,郑伦见天化腰束着丝绦,是个道家之士:"若不先下手,恐反遭其害。"把杵望空中一摆,乌鸦兵齐至,如长蛇一般。郑伦鼻窍中一道白光吐出,如钟鸣一样。天化看见白光出窍,耳听其声,坐不住玉麒麟,翻身落骑。乌鸦兵依旧把天化绑缚起来,急自睁开眼,不知其身已受绑缚。郑伦又擒黄天化进营来见,郑伦曰:"末将擒黄天化已至辕门等令。"苏侯令推至中军,见天化眼光暴露,威风凛凛,一表非俗,立而不跪。苏侯也命监在后营。黄天化入后营,看见父亲监禁在此,大呼曰:"爹爹!我父子遭妖术成擒,心中甚是不服!"飞虎曰:"虽是如此,当思报国。"按下黄家父子,且说探马报入相府:"黄天化又被擒去。"子牙大惊:"黄将军说苏侯有意归周,不料擒他父子!"子牙心中纳闷。

且说郑伦捉了二将,军威甚盛,次日又来请战。探马报入相府。子牙急令:"何人走遭?"言未毕,土行孙答曰:"弟子归周寸功未立,愿去走一遭探其虚实,何如?"子牙许之。土行孙方领令出府,旁有邓婵玉上前告曰:"末将父子蒙恩,当得掠阵。"子牙并许之。郑伦听得城内炮响,见两扇门开,旗幡磨动,见一女将飞来。怎见得,有诗为证,诗曰:

　　此女生来锦织成,腰肢一搦体轻盈。
　　西岐山下归明主,留得芳名照汗青。

话说郑伦见城内女将飞马而来,不曾看见土行孙出来。土行孙生得矮小,郑伦只看了前面,未曾照看面前。土行孙大呼曰:"那匹夫!你看那里?"郑伦往下一看,见是个矮子。郑伦笑曰："你那矮子来此做甚么？"土行孙曰："吾奉姜丞相将令，特来擒尔！"郑伦复大笑曰："看你这厮形似婴孩，乳毛未退，敢出大言，自来送死！"土行孙听见骂他甚是卑微，大叫："好匹夫！焉敢辱我！"使开铁棍一滚而来，就打金睛兽的蹄子。郑伦急用杵来迎架，只是捞不着。大抵郑伦坐的高，土行孙身子矮小，故此往下打费力。几个回合，把郑伦挣了一身汗，反不好用力，心里急躁起来，把杵一晃，那乌鸦兵飞走而来。土行孙不知那里帐，郑伦把鼻子里白光喷出，"哼"然有声。土行孙眼看耳听，魂魄尽散，一交跌在地下。乌鸦兵把土行孙拿了绑将起来。土行孙睁开眼，见浑身上了绳子，道声："噫！到有趣！"土行孙绑着，看着邓婵玉走马大呼曰："匹夫不必逞凶擒将！"把刀飞来直取，郑伦手中杵劈面打来。婵玉未及数合，拨马就走，郑伦不赶。佳人挂下刀，取五光石，侧坐鞍鞒，回手一石。正是：

　　从来暗器最伤人，自古妇人为更毒。

郑伦"哎呀"的一声，面上着伤，败回营中来见苏侯。苏侯曰："郑伦，你失机了？"郑伦答曰："拿了一个矮子，才待回营；不意有一员女将来战，未及数合，回马就走，末将不曾赶他，他便回手一石，急自躲时，面上已着了伤。如今那个矮子拿在辕门听令。"苏侯传令推将进来。众将卒将土行孙簇拥推至帐下。苏侯曰："这样将官拿他何用，推出去斩了！"土行孙曰："且不忙斩，我回去说个信来。"苏侯笑曰："这是个呆子！推出斩了！"土行孙曰："你不肯，我就跑了。"众人大笑。正是：

　　仙家秘授真奇妙，迎风一晃影无踪。

众人一见大惊，忙至帐前来禀启元帅："方才将矮子推出辕门，他把身子一扭就不见了。"苏侯叹曰："西岐异人甚多，无怪屡次征伐俱是片甲不回,无能取胜。"嗟叹不已。郑伦在旁只是切齿,自己用丹药敷贴,欲报一石之恨。

次日,郑伦又来请战,坐名要女将。邓婵玉就要出马。子牙曰:"不可,他此来必有深意。"哪吒应曰:"弟子愿往。"子牙许之。哪吒上了风火轮,出城大呼曰:"来者可是郑伦?"郑伦答曰:"然也。"哪吒不答话,登轮就杀。郑伦急用杵相还。轮兽交兵。怎见得,有赞为证,赞曰:

哪吒怒发气吞牛,郑伦恶性展双眸。火尖枪摆喷云雾,宝杵施开转捷稠。这一个倾心辅佐周王驾,那一个有意能分纣主忧。二将大战西岐地,海沸江翻神鬼愁。

话说郑伦大战哪吒,恐哪吒先下手,把杵一摆,乌鸦兵如长蛇阵一般,都拿着挠钩套索前来等着。哪吒看见,心下着忙。只见郑伦对着哪吒一声"哼!"哪吒无魂魄,怎能跌得下轮来?郑伦见用此术不能响应,大惊曰:"吾师秘授,随时响应,今日如何不验?"又将白光吐出鼻子窍中。哪吒见头一次不验,第二次就不理他。郑伦着忙,连哼第三次。哪吒笑曰:"你这匹夫!害的是甚么病?只管哼!"郑伦大怒,把杵劈头乱打。又战三十回合,哪吒把乾坤圈祭在空中,一圈打将下来。郑伦难逃此厄,正中其背;只打得筋断骨折,几乎坠马,败回行营。哪吒得胜,回来见子牙,将"郑伦如此如彼被乾坤圈打伤,败回去"说了一遍。子牙大喜,上了哪吒功。不表。

且说苏侯在中军,闻郑伦失机来见。苏侯见郑伦着伤,站立不住,其实难当。苏侯借此要说郑伦,乃慰之曰:"郑伦,观此天命有在,何必强为!前闻天下诸侯归周,俱欲共伐无道,只闻太师屡欲扭转天心,故此俱遭屠戮,实生民之难。我今奉敕征

第五十七回　冀州侯苏护伐西岐

讨,你得功莫非暂时侥幸耳。吾见你着此重伤,心下甚是不忍。我与你名为主副之将,实有手足之情。今见天下纷纷,刀兵未息,此乃国家不祥,人心、天命可知。昔尧帝之子丹朱不肖,尧崩,天下不归丹朱而归于舜。舜之子商均亦不肖,舜崩,天下不归商均而归于禹。方今世乱如麻,真假可见,从来天运循环,无往不复。今主上失德,暴虐乱常,天下分崩,黯然气象,莫非天意也。我观你遭此重伤,是上天警醒你我耳。我思'顺天者昌,逆天者亡',不若归周共享安康,以伐无道。此正天心人意,不卜可知。你意下如何?"

郑伦闻言,正色大呼曰:"君侯此言差矣!天下诸侯归周。君侯不比诸侯,乃是国戚,国亡与亡,国存与存。今君侯受纣王莫大之恩,娘娘享宫闱之宠,今一旦负国,为之不义。今国事艰难,不思报效,而欲归反叛,为之不仁。郑伦窃为君侯不取也!若为国捐生,舍身报主,不惜血肉之躯以死自誓,乃郑伦忠君之愿,其他非所知也。"苏护曰:"将军之言虽是,古云:'良禽择木而栖,贤臣择主而事。'古人有行之不损令名者,伊尹是也。黄飞虎官居王位,今主上失德,有乖天意,人心思乱,故舍纣而归周。邓九公见武王、子牙以德行仁,知其必昌,纣王无道,知其必亡,亦舍纣而从周。所以人要见机顺时行事,不失为智。你不可执迷,恐后悔无及。"郑伦曰:"君侯既有归周之心,我决然不顺从于反贼。待我早间死后,君侯早上归周;我午后死,君侯午后归周。我忠心不改,此颈可断,心不可污!"转身回帐调养伤痕。不题。

且说苏侯退帐沉思良久,命苏全忠后帐治酒。一鼓时分,命全忠往后营把黄飞虎父子放了,请到帐前。苏护下拜请罪,言曰:"末将有意归周久矣。"黄飞虎忙答拜曰:"今蒙盛德,感赐再生。前闻君侯意欲归周,使我心怀渴想,喜如雀跃,故末将才至营前,欲会君侯问其虚实耳。不期被郑伦所擒,有辱君命。今蒙开其生路,有何分付,愚父子惟命是从。"苏护曰:"不才久欲归周,不能得便。今奉敕西征,实欲乘机归顺。怎奈偏将郑伦坚执不允。我将言语开说上古顺逆有归之语,他只是不从。今特设此酒,请大王、公子少叙心曲,以赎不才冒渎之罪。"飞虎曰:"君侯既肯归顺,宜当速行。虽然郑伦执拗,只可用计除之。大丈夫先立功业,共扶明主,垂名竹帛,岂得区区效匹夫匹妇之小忠小谅哉!"酒至三更,苏护起身言曰:"大王、贤公子出后粮门,回见姜丞相,把不才心事呈与丞相,以知吾之心腹也。"遂送黄飞虎父子回城。

飞虎至城下叫门,城上听得是武成王,不敢夤夜开门,来报子牙。子牙听得是三更天气报"黄飞虎回来",忙传令开城门。少时,飞虎至相府来见子牙,子牙曰:"黄将军被奸恶所获,为何夤夜而归?"黄飞虎把苏护心欲归周所以,一一说了一遍:"只是郑伦把持,不得遂其初心。再等一两日他自有处治。"

不表飞虎回城。且说苏侯父子不得归周,作何商议。苏全忠曰:"不若乘郑伦身着重伤,修书一封,打入城中,知会子牙前来劫营,将郑伦生擒进城,看他归顺不归顺,任姜丞相处治。孩儿与爹爹早得归周,恐后致生疑惑。"苏护曰:"此计虽好,只是郑伦也是个好人,必须周全得他方好。"全忠曰:"只是不好伤他性命便了。"苏护大喜:"明日准行。"父子计较停当,来日行事。有诗为证,诗曰:

苏护有意欲归周,怎奈门官不肯投。

第五十七回 冀州侯苏护伐西岐

只是子牙该有厄,西岐传染病无休。

话说郑伦被哪吒打伤肩背,虽有丹药,只是不好,一夜声唤,睡卧不宁。又思:"主将心意归周,恨不能即报国恩,以遂其忠悃。其如凡事不能就绪,如之奈何!"且说苏护次日升帐,打点行计,忽听得把辕门旗官报入中军:"有一道人,三只眼,穿大红袍,要见老爷。"苏护不是道家出身,不知道门尊大,便叫令来。左右出辕门报与道人,道人听得叫"令来",不曾说个"请"字,心下郁郁不乐,欲待不进营去,恐辜负了申公豹之命。道人自思:"且进营去,看他何如。"只得忍气吞声进营,来至中军。苏侯见道人来,不知何事。道人见苏侯曰:"贫道稽首了!"苏侯亦还礼毕,问曰:"道者今到此间,有何见谕?"道者曰:"贫道特来相助老将军共破西岐,擒反贼以解天子。"苏侯曰:"道者住居那里?从何处而来?"道人答曰:"吾从海岛而来。有诗为证,诗曰:

弱水行来不用船,周游天下妙无端。

阳神出窍人难见,水虎牵来事更玄。

九龙岛内经修炼,截教门中我最先。

若问衲子名何姓?吕岳声名四海传。"

话说道人作罢诗,对苏护曰:"衲子乃九龙岛声名山炼气士是也,姓吕名岳,乃申公豹请我来助老将军。将军何必见疑乎?"苏侯欠身请坐。吕道人也不谦让,就上坐了。只听得郑伦声唤曰:"痛杀吾也!"吕道人问:"是何人叫苦?"苏侯暗想:"把郑伦扶出来,唬他一唬。"苏侯答曰:"是五军大将郑伦,被西岐将官打伤了,故此叫苦。"吕道人曰:"且扶他出来,待吾看看何如?"左右把郑伦扶将出来。吕道人一看,笑曰:"此是乾坤圈打的,不妨,待吾救你。"豹皮囊中取出一个葫芦,倒出一粒丹药,用水研开敷于上面,如甘露沁心一般,即时全愈。郑伦今得重伤全愈,正是:

　　猛虎又生双胁翅,蛟龙依旧海中来。

郑伦伤痕全愈,遂拜吕岳为师。吕道人曰:"你既拜吾为师,助你成功便了。"帐中静坐,不语三日。苏侯叹曰:"正要行计,又被道人所阻,深为可恨!"

且说郑伦见吕岳不出去见阵,上帐启曰:"老师既为成汤,弟子听候老师法旨,可见阵会会姜子牙。"吕岳曰:"吾有四位门人未曾来至,但他们一来,管取你克了西岐,助你成功。"

又过数日,来了四位道人至辕门,问左右曰:"里边可有一吕道长么?烦为通报,有四门人来至。"军政官报入中军:"启老爷,有四位道人要见老爷。"吕岳曰:"是吾门人来也。"着郑伦出辕门来请。郑伦至辕门,见四道者脸分青、黄、赤、黑,或挽抓髻,或戴道巾,或似陀头,穿青、红、黄、皂,身俱长一丈六七尺,行如虎狼,眼露睛光,甚是凶恶。郑伦欠背躬身曰:"老师有请。"四位道人也不谦让,径至帐前,见吕道人行礼毕,口称老师,两边站立。吕岳问曰:"为何来迟?"内有一穿青者答曰:"因攻伐之物未曾制完,故此来迟。"吕岳谓四门人曰:"这郑伦乃新拜吾为师的,亦是你等兄弟。"郑伦从新又与四人见礼毕。郑伦欠身请问曰:"四位师兄高姓大名?"吕岳用手指着一位曰:"此位姓周,名信;此位姓李,名奇;此位姓朱,名天麟;此位姓杨,名文辉。"郑伦也通了名姓,遂治酒管待,饮至二鼓方散。

次日,苏侯升帐,又见来了四位道者,心下十分不悦,懊恼在心。吕岳曰:"今日你四人谁往西岐走一遭?"内有一道者曰:

"弟子愿往。"吕岳许之,那道人抖擞精神,自恃胸中道术,出营步行来会西岐。不知凶吉如何,且听下回分解。

【总批】

　　苏侯择主而事,弃暗投明,固是贤士。但身系纣王戚臣,不思舍身报主,效龙逢、比干,以直谏死,真有愧于诸君子。万世之下,以此为口实者,苏侯其罪之魁乎!

【又批】

　　郑伦乃神将也,知有君而不知有身,真是有血性男子。看他对苏侯数语,真令苏侯父子汗下。

第五十八回　子牙西岐逢吕岳

诗曰：

　　疫痢瘟瘴几遍灾，子牙端是有奇才。

　　匡扶社稷开基域，保护黔黎脱祸胎。

　　劫运方来神鬼哭，兵戈时至士民哀。

　　何年得遂清平日，祥霭氤氲万岁台。

话说周信提剑来城下请战。报入相府："有一道人请战。"子牙闻知连日未曾会战："今日竟有道人，此来毕竟又是异人。"便问："谁去走一遭？"有金吒欠身而言曰："弟子愿往。"子牙许之。金吒出城，偶见一个道者，生的十分凶恶。怎见得，有诗为证：

　　发似朱砂脸带绿，獠牙上下金精目。

　　道袍青色势狰狞，足下麻鞋云雾簇。

　　手提宝剑电光生，胸藏妙诀神鬼哭。

　　行瘟使者降西岐，正是东方甲乙木。

话说金吒问曰："道者何人？"周信答曰："吾乃九龙岛炼气士周信是也。闻尔等仗昆仑之术灭截教，情殊可恨！今日下山，定然吾与你等见一高下，以定雌雄。"绰步执剑来取，金吒用剑急架相还。未及数合，周信抽身便走，金吒随即赶来。周信揭开袍服，取出一磬，转身对金吒连敲三四下。金吒把头摇了两摇，即时面如金纸，走回相府声唤，只叫："头疼杀我！"子牙问

第五十八回 子牙西岐逢吕岳

其详细,金吒把赶周信事说了一遍,子牙不语。金吒在相府昼夜叫苦。

且说次日,又报进相府:"又有一道人请战。"子牙问左右:"谁去见阵走一遭?"旁有木吒曰:"弟子愿往。"木吒出城,见一道人挽双抓髻,穿淡黄服,面如满月,三绺长髯。怎见得,有诗为证,诗曰:

面如满月眼如珠,淡黄袍服绣花禽。

丝绦上下飘瑞彩,腹内玄机海样深。

五行道术般般会,洒豆成兵件件精。

兑地行瘟号使者,正属西方庚辛金。

话说木吒大喝曰:"你是何人,敢将左道邪术困吾兄长,使他头疼?想就是你了!"李奇曰:"非也。那是吾道兄周信。吾乃吕祖门人李奇是也。"木吒大怒:"都是一班左道邪党!"轻移大步,执剑当空来取李奇,李奇手中剑劈面交还。二人步战之间,剑分上下,要赌雌雄。一个是肉身成圣的木吒,施威仗勇;一个是瘟部内有名的恶煞,展开凶光。往来未及五七回合,李奇便走,木吒随后赶来。二人步行赶不上一射之地,李奇取出一幡拿在手中,对木吒连摇数摇,木吒打了一个寒噤,不去追赶。李奇也全然不理,径进大营去了。且说木吒一会儿面如白纸,浑身上如火燎,心中似油煎,解开袍服,赤身来见子牙,只叫:"不好了!"子牙大惊,急问:"怎的这等回来?"木吒跌倒在地,口喷白沫,身似炭火,子牙命扶往后房。子牙问掠阵官:"木吒如何这样回来?"掠阵官把木吒追赶、摇幡之事说了一遍。子牙不知其故:"此又是左道之术!"心中甚是纳闷。

且说李奇进营回见吕岳,道人问曰:"今日会何人?"李奇

曰:"今日会木吒,弟子用法幡一展,无不响应,因此得胜,回见尊师。"吕岳悦,心中乐,乃作一歌,歌曰:

> 不负玄门诀,工夫修炼来。炉中分好歹,火内辨三才。
> 阴阳定左右,符印最奇哉。仙人逢此术,难免杀身灾。

吕岳作罢歌,郑伦在旁口称:"老师,二日成功,未见擒人捉将。方才闻老师作歌最奇,甚是欢乐,其中必有妙用,请示其详。"吕岳曰:"你不知吾门人所用之物俱有玄功,只略展动了,他自然绝命,何劳持刀用剑杀他。"郑伦听说,赞叹不已。

次日,吕岳令朱天麟:"今日你去走一遭,也是你下山一场。"朱天麟领法旨,提剑至城下大呼曰:"着西岐能者会吾!"有探事的报入相府,子牙双眉不展,问左右曰:"谁去走一遭?"旁有雷震子曰:"弟子愿去。"子牙许之。雷震子出城,见一道人生的凶恶。怎见得,有诗为证,诗曰:

> 巾上斜飘百合缨,面如紫枣眼如铃。
> 身穿红服如喷火,足下麻鞋似水晶。
> 丝绦结就阴阳扣,宝剑挥开神鬼惊。
> 行瘟部内居离位,正按南方火丙丁。

话说雷震子大呼曰:"来的妖人,仗何邪术敢困吾二位道兄也!"朱天麟笑曰:"你自恃狰狞古怪,发此大言,谁来怕你!是你也不知我是谁,吾乃九龙岛朱天麟的便是。你通名来,也是我会你一番。"雷震子笑曰:"谅尔不过一草芥之夫,焉能有甚道术?"雷震子把风雷翅分开,飞起空中,使起黄金棍劈头就打,朱天麟手中剑急架相还。二人相交未及数合,大抵雷震子在那空中使开黄金棍往下打将来,朱天麟如何招架得住?只得就走。雷震子方才要赶,朱天麟将剑往雷震子一指,雷震子在空中驾不住

第五十八回 子牙西岐逢吕岳

风雷二翅,响一声落将下来,便往西岐城内跳将进来,走至相府。子牙一见走来之势不好,子牙出席急问雷震子曰:"你为何如此?"雷震子不言,只是把头摇,一交跌倒在地。子牙仔细定睛,看不出他蹊跷原故,心中十分不乐,命抬进后厅调息。子牙纳闷。

且说朱天麟回见吕岳,言如法治雷震子,无不应声而倒,吕道人大悦。次日,又着杨文辉来城下请战,左右报入相府:"今日又是一位道人搦战。"子牙闻报,心下踌躇:"一日换一个道者,莫非又是十绝阵之故事?"子牙心中疑惑,只见龙须虎要去见阵,子牙许之。须虎出城,见一道人面如紫草,发似钢针,头戴鱼尾金冠,身穿皂服,飞步而来。怎见得,有诗为证,诗曰:

> 顶上金冠排鱼尾,面如紫草眼光炜。
> 丝绦彩结扣连环,宝剑砍开天地髓。
> 草履斜登寒雾生,胸藏秘诀多文斐。
> 封神台上有他名,正按坎宫壬癸水。

话说龙须虎见道人,大呼曰:"来者何人?"杨文辉一见大惊,看龙须虎形相古怪稀奇,问曰:"通个名来。"龙须虎曰:"吾乃姜子牙门人龙须虎是也。"杨文辉大怒,仗剑来取,龙须虎发手有石,只管打将下来。杨文辉不敢久战,掩一剑便走,龙须虎随后赶来。杨文辉取出一条鞭,对着龙须虎一顿转,龙须虎忽的跳将回去,发着石头,尽行力气打进西岐,直打到相府,又打上银安殿来。子牙忙着两边军将:"快与吾拿下去!"众将官用钩连枪钩倒在地,捆将起来。龙须虎口中喷出白沫,朝着天睁着眼,只不作声。子牙无计可施,不知就理。这个是瘟部中四个行瘟使者：头一位周信按东方使者,用的磬名曰"头疼磬";第二位李奇按西方使者,用的幡名曰"发躁幡";第三位朱天麟按南方使者,用的剑名曰"昏迷剑";第四位杨文辉按北方使者,用的鞭名曰"散瘟鞭";故此瘟部之内先着四个行瘟使者,先会门人,此乃子牙一灾又至。姜子牙那里知道？子牙正在府中,谓杨戬曰："吾师言三十六路伐西岐,算将来有三十路矣。今又逢此道者,把吾四个门人困住,声叫痛苦,使我心下不忍,如何是好？将奈之何？"正议间,忽门旗官报曰："有一三只眼道人请丞相答话。"哪吒、杨戬在旁曰："今连战五日,一日换一个,不知他营中有多少截教门人？师叔会他,便知端的。"子牙传令："摆队伍出城。"炮声响亮,两扇门开,左右列兴周灭纣英雄,前后立玉虚门下。且说吕岳见子牙出城,兵势严整,果然比别人不同。正是：

　　　　果然纪律分严整,不亚当年风后强。

　　话说子牙见黄幡脚下有一道人穿大红袍服,面如蓝靛,发似朱砂,三目圆睁,骑金眼驼,手提宝剑,大呼曰："来者可是姜子牙么？"子牙答曰："然也。"子牙曰："道兄是那座名山？何处仙府？今往西岐屡败吾门下,道兄何所见而为？今纣主无道,周室兴仁,天下共见。从来人心归顺真主,道兄何必强为！常言'顺天者存,逆天者亡'。今我周凤鸣岐山,英雄间出,似不卜可知,道兄又何得逆天而行其己意哉！况道兄在道门久炼,岂不知'封神榜'乃三教圣人所主,非吾一己之私。今我奉玉虚符命扶助真主,不过完天地之劫数,成气运之迁移。今道兄既屡得胜,不过一时侥幸成功,若是劫数来临,自有破你之术者。道兄不得恃强,无贻伊戚。"吕岳曰："吾乃九龙岛炼气之士,名为吕岳。只因你等恃阐教门人,侮我截教,吾故令四个门人略略使你知道。今日特来会你一会,共决雌雄。只是你死日甚近,幸无追悔!你听我道来:

> 截教门中我最先,玄中妙诀许多言。
> 五行道术寻常事,驾雾腾云只等闲。
> 腹内离龙并坎虎,捉来一处自熬煎。
> 炼就纯阳乾健体,九转还丹把寿延。
> 八极神游真自在,逍遥任意大罗天。
> 今日降临西岐地,早早投戈免罪愆。"

吕岳道罢,子牙笑曰:"据道兄所谈,不过如峨嵋山赵公明,三仙岛云霄、琼霄、碧霄之道,一旦俱成画饼,料道兄此来不过自取杀身之祸耳。"吕岳大怒,骂曰:"姜尚!你有何能,敢发如此恶言?"纵开金眼驼,执手中剑飞来直取,子牙剑急架忙迎。杨戬在傍,纵马摇刀飞来,大呼曰:"师叔,弟子来也!"杨戬不分好歹,照顶上剁来,吕岳手中剑架刀隔剑。哪吒登开风火轮,使开火尖枪,冲杀过来。黄天化在旗门脚下,忍不住心头火起:"虽然是苏侯放归君父子,难道我不如他们?只要成功,顾不得了!"催开玉麒麟杀将过来,把吕岳围在当中。

且言旗门下郑伦看见黄天化杀将过来,"呀"的一声,几乎坠于兽下,长吁叹曰:"谁知我为纣王擒将立功,元来主将有意与周,反将黄家父子放回去了。"郑伦自思:"这番捉住,即时打死,绝其他念。"催开金睛兽,大呼"黄天化",急曰:"吾来也!"天化见了仇人,拨转麒麟,双锤并起,力战郑伦。哪吒见黄天化敌住了郑伦,恐怕有失,忙登回风火轮,把枪劈心就刺郑伦,大叫曰:"黄公子,你去拿吕岳,吾来杀此匹夫!"郑伦曾被哪吒乾坤圈打过一次，大抵心下十分怯他，纵战俱是不济，先是留心着意，防哪吒动手。

且说子牙见杨戬使刀敌住吕岳，又见黄天化助力，土行孙也提宾铁棍滚将进来，邓婵玉在辕门下看战。吕岳见周将有增，随将身手摇动，三百六十骨节，霎时现出三头六臂，一只手执形天印，一只手擎住瘟疫钟，一只手持定形瘟幡，一只手执住止瘟剑，双手使剑，现出青脸獠牙。子牙见了吕岳现如此形相，心下十分惧怕。杨戬见子牙怯战，忙将马走出圈子外，命金毛童子拿金丸在手，拽满扣儿，一金丸正打中吕岳肩臂。黄天化见杨戬成功，把玉麒麟跳远了，回手一火龙标，把吕岳腿上打了一标。子牙见吕岳着伤，祭起打神鞭，这一鞭正中吕岳，响一声，坠下金眼驼来，借土遁去了。郑伦见吕岳失机不能取胜，心下一慌，被哪吒一枪正中肩背，几乎闪下兽来，败进辕门。子牙不赶，鸣金回兵。

且说苏侯父子在辕门见吕岳失机着了重伤，郑伦也着了伤，心中大悦："这匹夫该当如此！"吕岳回营进中军帐坐定，被打神鞭打的三昧火从窍中而出。四门人来问老师曰："今日不意老师反被他取了胜。"吕岳曰："不妨，吾自有道理。"随将葫芦中取药自啖，仍复笑曰："姜尚，你虽然取胜一时，你怎逃灭一城生灵之祸！"郑伦着伤，吕岳又将药救之。吕岳至一更时分，命四门人每一人拿一葫芦瘟丹，借五形遁进西岐城。吕岳乘了金眼驼也在当中，把瘟丹用手抓着，往城中按东、西、南、北，洒至三更方回。不表。

且说西岐城中那知此丹俱入井泉河道之中，人家起来，必用水火为急济之物，大家小户，天子文武，士庶人等，凡吃水者，满城尽遭此厄。不一二日，一城中烟火全无，街道上并无人走，皇城内人声寂静，止闻有声唤之音，相府内众门人也逢此难。内有二人不遭此殃，哪吒乃莲花化身，杨戬有元功变化。故此二人见满城如此，二人心下十分着慌。哪吒进内庭看武王。杨戬在相府照顾，又不时要上城看守。二人计议："城中止有二人，若是吕岳加兵攻打，如之奈何？"杨戬曰："不妨。武王乃圣明之君，其福不小。师叔该有这场苦楚，定有高明之士来佐。"

不言二人在城上商议，且说吕岳散了瘟丹，次日在帐前对苏侯等言曰："我今一日与汝等成功，不用张弓只箭，六七日之内，西岐一郡生灵尽皆死绝。尔等速速奏凯回兵，不负我下山一遭。"郑伦曰："连日西岐不见城上有人。"吕岳曰："一郡众生尽逢大劫，不久身亡。"郑伦曰："既西岐城人民俱遭困厄，何不调一枝人马杀进城中，剪草除根？"吕岳曰："也使得。"郑伦欣然领了苏侯令，调出人马来，方出汤营。且说杨戬在城上看见郑伦调兵出营，哪吒着慌，问杨戬曰："人马杀来，我你二人焉能挡抵大众人马？"杨戬曰："不要忙，吾自有退兵之策。"杨戬连忙把土与草抓了两把望空中一洒，喝声："疾！"西岐城上尽是彪躯大汉，往来耀武。郑伦抬头看时，见城上人马反比前不相同，故此不敢攻城。有诗为证，诗曰：

　　杨戬神机妙术奇，吕岳空自费心机。
　　武王洪福包天地，应合姜公遇难时。

话说郑伦见西岐城上人马轩昂骁勇，不敢进兵，徐徐退进营来，见吕岳言曰"城上有人"一事。不表。

且说杨戬虽用此术，只过一时三刻，只救眼下之急，不能常久。哪吒正忧烦，听的空中鹤唳之声，元来是黄龙真人跨鹤而来，落在城上。哪吒、杨戬下拜，口称："老师。"真人曰："你师父可曾来？"杨戬答曰："家师不曾来。"黄龙真人至相府来看子牙，又入内庭看过武王，复出皇城，上了城，玉鼎真人方驾纵地金光法而至。黄龙真人曰："道兄为何来迟？"玉鼎真人曰："我借金光纵地，故此来迟。今吕岳将此异术治此一郡，众生遭逢大厄。今着杨戬速往火云洞见三圣大师，速取丹药，可救此愆。"杨戬领师命，径往火云洞来。正是：

　　足踏五行生雾彩，周游天下只须臾。

话说杨戬借土遁来至火云洞。此处云生八处，雾起四方，挺生秀柏，屈曲苍松，真好所在！怎见得：

　　巨镇东南，中天胜岳。芙蓉峰尨耸，紫盖岭巍峨。百草含香味，炉烟鹤唳踪。上有玉虚之宝箓，朱陆之重台。舜巡禹祷，玉简金书。楼阁飞青鸾，亭台隐紫雾。地设名山雄宇宙，天开仙境透三清。几树桃梅花正放，满山瑶草色皆舒。龙潜涧底，虎伏崖前。幽鸟如诉语，驯鹿近人行。白鹤伴云栖老桧，青鸾丹凤向阳鸣。火云福地真仙境，金阙仁慈治世公。

话说杨戬不敢擅入，伺候多时，只见一童儿出洞府，杨戬上前稽首曰："师兄，弟子乃玉泉山金霞洞玉鼎真人门徒杨戬，今奉师命特到此处，参谒三圣老爷。借师兄转达一声。"童儿曰："你可知道三圣人是谁？如何以老爷相称？"杨戬欠身曰："弟子不知。"童子曰："你不知，不怪你。此三圣乃天、地、人三皇帝主。"杨戬曰："多感师兄指教，其实弟子不知。"童儿进洞府，少时出来，曰："三位皇爷命你相见。"

　　杨戬进洞府，见三位圣人：当中一位顶生二角，左边一位

第五十八回　子牙西岐逢吕岳

披叶盖肩,腰围虎豹之皮,右边一位身穿帝服。杨戬不敢践越阶次,只得倒身下拜,言曰:"弟子杨戬奉玉鼎真人之命,今为西岐武王因吕岳助苏护征伐其地,不知用何道术,将一郡生民尽是卧床不起,呻吟不绝,昼夜无宁,武王命在旦夕,姜尚死在须臾。弟子奉师命特恳金容大发慈悲,救援无辜生灵,实乃再造洪恩,德如渊海!"

杨戬诉罢。当中一位圣人乃伏羲皇帝,谓左边神农曰:"想吾辈为君,和八卦,定礼乐,并无祸乱。方今商运当衰,干戈四起,想武王德业日盛,纣恶贯盈,以周伐纣,此是天数。但申公豹扭转天心,助恶为虐,邀请左道,大是可恨。御弟不可辞劳,转济周功,不负有德之业。"神农答曰:"皇兄此言有理。"忙起身入后,取了丹药付与杨戬,曰:"此丹三粒,一粒救武王宫中,一粒救子牙诸多门人,一粒用水化开,用杨枝细洒西城。凡有此疾者,名为传染之疫。"杨戬叩首在地,拜谢出洞。神农复叫杨戬,分付曰:"你且站住。"神农出的洞府,往紫芝崖来,寻了一遍,忽然拔起一草递与杨戬:"你将此宝带回人间,可治传染之疾。若凡世间众生遭此苦厄,先取此草服之,其疾自愈。"杨戬接草,跪而启曰:"此草何名?留传人间急济寒疫,恳乞明示。"神农道:"你听我有偈为证,偈曰:

> 此草生来盖世无,紫芝崖下用功夫。
> 常桑曾说玄中妙,寒门发表是柴胡。"

话说杨戬得了柴胡草并丹药,离了火云洞径往西岐而来,早至城上,见师父回话。玉鼎真人问:"取丹药一事如何?"杨戬把神农分付的言语细细说了一遍,玉鼎真人依法而行,将三粒丹如法制度,果然好丹药!正是:

圣主洪福无边远，吕岳何须枉用心！

　　话说吕岳在营过了七八日，对众门人曰："西岐人民想已尽绝。"苏侯在中军听得吕道人之言，心下十分不乐。又过了数日，苏侯暗出大营来看西岐城上，只见幡幢依旧，往来不断人行；看哪吒精神抖擞，杨戬气概轩昂，心下大悦："吕岳之言不过愚惑吾等耳。可将言语灭他一番。"遂进中军对吕岳曰："老师言西岐人民尽绝，如今反有人马往来，战将威武，此事不实了。老师将何法处之？不可以前言为戏。"吕岳闻言，立身曰："岂有此理！"苏侯曰："此不才适才经目看将来的，岂敢造次乱言。"吕岳就出营一看，果然如此，掐指一算，不觉失声大叫曰："原来玉鼎真人往火云洞借了丹药，以救此一城生灵之厄！"忙命四门人、郑伦："你可每门调三千人马，乘他身弱无力支持，杀进城中，尽行屠戮。"郑伦领命，来问苏侯调人马破西岐。苏侯情知吕岳不能胜子牙，遂将一万二千人马调出。周信领三千往东门杀来，李奇领三千往西门杀来，朱天麟领三千往南门杀来，杨文辉领三千同吕岳往北门杀来。郑伦在城外打点进城。

　　且说哪吒在城上看见成汤营里发出人马，杀奔城前，忙见黄龙真人曰："城内空虚，止有四人，焉能护持得来？"黄龙真人曰："不妨。"命杨戬："你去东门迎敌，开门让他进来，吾自有道理。哪吒，你在西门，也是如此。玉鼎真人，你在南门。我贫道在北门。把他诓进城来，我自有处治。"且说吕岳把四个门人点出来取西岐城，不知胜负如何，且听下回分解。

【总批】

　　苏护要归周，偏有这些强神恶煞来帮助。果是天意欲要如此，还是子牙众人有难?这些事须要与近日推算者商量。

【又批】
　　瘟疫,恶病也;瘟疫使者,恶煞也。今人恶之更深,避之亦力。当时便自如此,无怪近日讳之。

第五十九回　殷洪下山收四将

诗曰：
　　纣王极恶已无恩，安得延绵及子孙。
　　非是申公能反国，只因天意绝商门。
　　收来四将皆逢劫，自遇三灾若返魂。
　　涂炭一场成个事，封神台上泣啼痕。

话说周信领三千人马杀至城下，一声响，冲开东门，往城里杀来，喧天金鼓，喊声大振。杨戬见人马俱进了城，把三尖刀一摆，大呼："周信！是尔自来取死，不要走，吃吾一刀！"周信大怒，执剑飞来直取。杨戬的刀赴面交还。

话分四路：李奇领三千人马杀进西门，有哪吒截住厮杀。朱天麟领人马杀进南门，有玉鼎真人截住去路。杨文辉同吕岳杀进北门，只见黄龙真人跨鹤，大喝一声："吕岳慢来！你欺敌擅入西岐，真如鱼游釜中，鸟投网里，自取其死！"吕岳一见是黄龙真人，笑曰："你有何能，敢出此大言？"将手中剑来取真人。真人忙用剑遮架。正是：

　　神仙杀戒相逢日，只得将身向火焰。

黄龙真人用双剑来迎，吕岳在金眼驼上现出三头六臂，大显神通。一位是了道真仙，一位是瘟部鼻祖。不说吕岳在北门，且说东门杨戬战周信，未及数合，杨戬恐人马进满，杀戮城中百姓，随将哮天犬祭在空中，把周信夹颈子上一口咬住不放。周

第五十九回　殷洪下山收四将

信欲待挣时,早被杨戬一刀挥为两段,一道灵魂往封神台去了。杨戬大杀成汤人马,三军逃出城外,各顾性命,杨戬往中央来接应。

且说哪吒在西门与李奇大战,交锋未及数合,李奇非哪吒敌手,被哪吒乾坤圈打倒在地,胁下复了一枪,一灵也往封神台去了。玉鼎真人在南门战朱天麟,杨戬走马接应,只见哪吒杀了李奇,登风火轮赶杀士卒,势如猛虎,三军逃窜。吕岳战黄龙真人,真人不能敌,且败往正中央来。杨文辉大呼:"拿住黄龙真人!"哪吒听见三军呐喊,振动山川,急来看时,见吕岳三头六臂,追赶黄龙真人。哪吒大叫曰:"吕岳不要恃勇!吾来了!"把枪刺斜里杀来,吕岳手中剑架枪大战。哪吒正战,杨戬马到,使开三尖刀如电光耀目。玉鼎真人祭起斩仙剑诛了朱天麟,又来助杨戬、哪吒来战吕岳。西岐城内只有吕岳、杨文辉二人。

且说子牙坐在银安殿,其疾方愈,未能全妥,左右站立几个门人:雷震子、金吒、木吒、龙须虎、黄天化、土行孙。只听的喊声振地,锣鼓齐鸣,子牙慌问众门人,俱曰不知。傍有雷震子深恨吕岳:"待弟子看来。"把风雷翅飞起空中一看,知是吕岳杀进城来,忙转身报于子牙:"吕岳欺敌,杀入城来。"金吒、木吒、黄天化闻言,恨吕岳深入骨髓,五人喊声大叫:"今日不杀吕岳,怎肯干休!"齐出相府,子牙阻拦不住。吕岳正战之间,只见金吒大呼曰:"兄弟!不可走了吕岳!"忙把遁龙桩祭在空中。吕岳见此宝落将下来,忙将金眼驼拍一下,那驼四足就起风云,方欲起去,不防木吒将吴钩剑祭起砍来。吕岳躲不及,被剑卸下一只膀臂,负痛逃走。杨文辉见势不好,亦随师败下阵去。且说众门人等回见子牙,黄龙真人同玉鼎真人曰:"子牙放心,此子今日之败,再不敢正眼觑西岐了。吾等暂回山岳,至拜将吉辰再来拜贺。"二仙回山。不表。且说郑伦在城外,见败残人马来报:"启爷知道,吕老爷失机走了。"郑伦低首无语,回营见苏侯。苏侯暗喜曰:"今日方显真命圣主。"俱各无话。

且说那日吕岳同门人败走,来至一山,心下十分惊惧。下了坐骑,倚松靠石少憩片时,对杨文辉曰:"今日之败,大辱吾九龙岛声名。如今往那里去觅一道友来,以报吾今日之恨?"话犹未了,听得脑后有人唱道情而来,歌曰:

烟霞深处隐吾躯,修炼天皇访道机。一点真元无破漏,拖白虎,过桥西。易消磨天地须臾。人称我全真客,伴龙虎守茅芦,过几世固守男儿。

吕岳听罢,回头一看,见一人非俗非道,头戴一顶盔,身穿道服,手执降魔杵徐徐而来。吕岳立身言曰:"来的道者是谁?"其人答曰:"吾非别人,乃金庭山玉屋洞道行天尊门下韦护是也。今奉师命下山佐师叔子牙东进五关灭纣,今先往西岐擒拿吕岳以为进见之功。"杨文辉闻言大怒,大喝一声曰:"你这厮好大胆,敢说欺心大话!"纵步执剑,来取韦护。韦护笑曰:"事有凑巧,原来此处正与吕岳相逢!"二人轻移虎步,大杀山前。只三五回合,韦护祭起降魔杵,怎见得好宝贝,有诗为证,诗曰:

曾经锻炼炉中火,制就降魔杵一根。

护法沙门多有道,文辉遇此绝真魂。

话说此宝拿在手中轻如灰草,打在人身上重似泰山。杨文辉见此宝落将下来,方要脱身,怎免此厄?正中顶上。可怜打的脑浆迸出,一道灵魂进封神台去了。吕岳又见折了门人,心中大怒,大喝曰:"好孽障!敢如此大胆,欺侮于我!"拎手中剑飞来

第五十九回　殷洪下山收四将

直取,韦护展开杵变化无穷。一个是护三教法门全真,一个是第三部瘟部正神。两家来往有五七回合,韦护又祭起宝杵。吕岳观之,料不能破此宝,随借土遁化黄光而去。

韦护见走了吕岳,收了降魔杵,径往西岐来,早至相府。门官通报:"有一道人求见。"子牙听得是道者,忙道请来。韦护至檐前倒身下拜,口称:"师叔,弟子是金庭山玉屋洞道行天尊门下韦护是也。今奉师命来佐师叔,共辅西岐。弟子中途曾遇吕岳,两下交锋,被弟子用降魔杵打死了一个道者,不名何名,单走了吕岳。"子牙闻言大悦。

且说吕岳回往九龙岛炼瘟瘟伞。不表。

且说苏侯被郑伦拒住不肯归周,心下十分不乐。自思:"屡屡得罪与子牙,如何是好?"此不言苏护纳闷。

话分两处,且言太华山云霄洞赤精子,只因削了顶上三花,潜消胸中五气,闲坐于洞中保养天元。只见有玉虚宫白鹤童子持札而至,赤精子接见。白鹤童儿开读御札,谢恩毕,方知姜子牙金台拜将:"请师叔西岐接驾。"赤精子打发白鹤童儿回宫。忽然见门人殷洪在旁,道人曰:"徒弟,你今在此,非是了道成仙之人。如今武王乃仁圣之君,有事于天下,伐罪吊民。你姜师叔合当封拜,东进五关,会诸侯于孟津,灭独夫于牧野。你可即下山,助子牙一臂之力,只是你有一件事掣肘。"殷洪曰:"老师,弟子有何事掣肘?"赤精子曰:"你乃是纣王亲子,你决不肯佐周。"殷洪闻言,将口中玉钉一锉,二目圆睁:"老师在上,弟子虽是纣王亲子,我与妲己有百世之仇,父不慈,子不孝。他听妲己之言,剜吾母之目,烙吾母二手,在西宫死于非命。弟子时时饮恨,刻刻痛心。怎能得此机会拿住妲己,以报我母沉冤?弟子虽死无恨！"赤精子听罢大悦："你虽有此意，不可把念头改了。"殷洪曰："弟子怎敢有负师命？"道人忙取紫绶仙衣、阴阳镜、水火锋拿在手中，曰："殷洪，你若是东进时，倘过佳梦关，有一火灵圣母，他有金霞冠戴在头上，放金霞三四十丈，罩着他一身，他看得见你，你看不见他。你穿此紫绶仙衣，可救你刀剑之灾。"又取阴阳镜付与殷洪："徒弟，此镜半边红，半边白。把红的一晃便是生路，把白的一晃便是死路。水火锋可以随身护体。你不可迟留，快收拾去罢！吾不久也至西岐。"

殷洪收拾，辞了师父下山。赤精子暗想："我为子牙，故将洞中之宝尽付与殷洪去了。他终是纣王之子，倘若中途心变，如之奈何？那时节反为不美。"赤精子忙叫："殷洪！你且回来。"殷洪曰："弟子既去，老师又令弟子回来，有何分付？"赤精子曰："吾把此宝俱付与你，切不可忘师之言，保纣伐周。"殷洪曰："弟子若无老师救上高山，死已多时，岂能望有今日！弟子怎敢背师言而忘之理！"赤精子曰："从来人面是心非，如何保得到底！你须是对我发个誓来。"殷洪随口应曰："弟子若有他意，四肢俱成飞灰！"赤精子曰："出口有愿。你便去罢！"

且说殷洪离了洞府，借土遁往西岐而来。正是：

　　神仙道术非凡术，足踏风云按五行。

话说殷洪架土遁正行，不觉落将下来。一座古古怪怪的高山，好凶险！怎见得，有诗为证，诗曰：

　　顶巅松柏接云青，石壁荆榛挂野藤。
　　万丈崔嵬峰岭峻，千层峭险壑崖深。
　　苍苔碧藓铺阴石，古桧高槐结大林。
　　林深处处听幽鸟，石磊层层见虎行。

第五十九回　殷洪下山收四将

涧内水流如泻玉，路旁花落似堆金。
山势险恶难移步，十步全无半步平。
狐狸麋鹿成双走，野兽玄猿作对吟。
黄梅熟杏真堪食，野草闲花不识名。

话说殷洪看罢山景，只见茂林中一声锣响，殷洪见有一人面如亮漆，海下红髯，两道黄眉，眼如金镀，皂袍乌马，穿一副金锁甲，用两条银装锏，滚上山来，大叱一声如同雷鸣，问道："你是那里道童，敢探吾之巢穴？"劈头就打一锏。殷洪忙将水火锋急架忙迎，步马交还。山下又有一人大呼曰："长兄，我来了！"那人戴虎磕脑，面如赤枣，海下长须，用驼龙枪，骑黄膘马，双战殷洪。

殷洪怎敌得过二人？心下暗想："吾师曾分付，阴阳镜按人生死，今日试他一试。"殷洪把阴阳镜拿在手中，把一边白的对着二人一晃。那二人坐不住鞍鞒，撞下尘埃。殷洪大喜。

只见山下又有二人上山来，更是凶恶。一人面如黄金，短发虬须，穿大红，披银甲，坐白马，用大刀，真是勇猛。殷洪心下甚怯，把镜子对他一晃，那人又跌下鞍鞒。后面一人见殷洪这等道术，滚鞍下马，跪而告曰："望仙长大发慈悲，赦免三人罪愆！"殷洪曰："吾非仙长，乃纣王殿下殷洪是也。"那人听罢，叩头在地，曰："小人不知千岁驾临，吾兄亦不知，万望饶恕。"殷洪曰："吾与你非是敌国，再决不害他。"将阴阳镜把红的半边对三人一晃。

三人齐醒回来，跃身而起，大叫曰："好妖精！敢欺侮我等！"旁立一人大呼曰："长兄不可造次！此乃是殷殿下也。"三人听罢倒身下拜，口称："千岁！"殷洪曰："请问四位高姓大名？"

内一人应曰:"某等在此二龙山黄峰岭啸聚绿林。末将姓庞,名弘;此人姓刘,名甫;此人姓荀,名章;此人姓毕,名环。"殷洪曰:"观你四人一表非俗,真是当世英雄。何不随我往西岐去助武王伐纣,如何?"刘甫曰:"殿下乃成汤胄胤,反不佐成汤而助周武者,何也?"殷洪曰:"纣王虽是吾父,奈他绝灭彝伦,有失君道,为天下所共弃。吾故顺天而行,不敢违逆。你此山如今有多少人马?"庞弘答曰:"此山有三千人马。"殷洪曰:"既是如此,你们同吾往西岐,不失人臣之位。"四人答曰:"若千岁提携,乃贵神所照,敢不如命。"四将随将三千人马改作官兵,打西岐号色,放火烧了山寨,离了高山。一路上正是:

　　杀气冲空人马进,这场异事又来侵。

　　话说人马非止一日,行在中途,忽见一道人跨虎而来。众人大叫:"虎来了!"道人曰:"不妨,此虎乃是家虎,不敢伤人。烦你报与殷殿下,说有一道者要见。"军士报至马前曰:"启千岁,有一道人要见。"殷洪原是道人出身,命左右:"住了人马,请来相见。"少时,见一道者飘然而来,白面长须,上帐见殷洪打个稽首,殷洪亦以师礼而待。殷洪问曰:"道长高姓?"道人曰:"你师与吾一教,俱是玉虚门下。"殷洪欠身,口称:"师叔。"二人坐下。殷洪问:"师叔高姓大名? 今日至此,有何见谕?"道人曰:"吾乃是申公豹也。你如今往那里去?"殷洪曰:"奉师命往西岐,助武王伐纣。"道人正色言曰:"岂有此理! 纣王是你甚么人?"洪曰:"是弟子之父。"道人大喝一声曰:"世间岂有子助他人,反伐父亲之理!"殷洪曰:"纣王无道,天下叛之。今以天之所顺,行天之罚,天必顺之,虽有孝子慈孙,不能改其愆尤。"申公豹笑曰:"你乃愚迷之人,执一之夫,不知大义。你乃成汤苗

第五十九回　殷洪下山收四将

裔,虽纣王无道,无子伐父之理。况百年之后,谁为继嗣之人?你倒不思社稷为重,听何人之言,忤逆灭伦?为天下万世之不肖,未有若殿下之甚者!你今助武王伐纣,倘有不测,一则宗庙被他人之所坏,社稷被他人之所有。你久后死于九泉之下,将何颜相见你始祖哉?"

殷洪被申公豹一篇言语说动其心,低首不语,默默无言,半晌,言曰:"老师之言虽则有理,我曾对吾师发咒,立意来助武王。"申公豹曰:"你发何咒?"殷洪曰:"我发誓说,如不助武王伐纣,四肢俱成飞灰。"申公豹笑曰:"此乃牙疼咒耳!世间岂有血肉成为飞灰之理。你依吾之言改过念头,竟去伐周,久后必成大业,庶几不负祖宗庙社之灵与我一片真心耳。"殷洪彼时听了申公豹之言,把赤精子之语丢了脑后。申公豹曰:"如今西岐有冀州侯苏护征伐。你此去与他合兵一处,我再与你请一高人来,助你成功。"殷洪曰:"苏护女妲己将吾母害了,我怎肯与仇人之父共居!"申公豹笑曰:"'怪人须在腹,相见有何妨?'你成了天下,任你将他怎么去报母之恨,何必在一时自失机会?"殷洪欠身谢曰:"老师之言,大是在理。"申公豹说反了殷洪,跨虎而去。正是:

　　堪恨申公多饶舌,殷洪难免这灾迍。

且说殷洪改了西周号色,打着成汤字号,一日到了西岐,果见苏侯大营扎在城下。殷洪命庞弘去令苏侯来见。庞弘不知就里,随上马到营前,大呼曰:"殷千岁驾临,令冀州侯去见!"有探事马报入中军:"启君侯,营外有殷殿下兵到,如今来令君侯去见。"苏侯听罢,沉吟曰:"天子殿下久已湮没,如何又有殿下?况吾奉敕征讨,身为大将,谁敢令我去见?"因分付旗门官曰:

"你且将来人令来。"军政司来令庞弘。庞弘随至中军。苏侯见庞弘生的凶恶,相貌跷蹊,便问来者曰:"你是那里来的兵?是那个殿下命你来至此?"庞弘答曰:"此是二殿下之令,命末将来令老将军。"苏侯听罢,沉吟曰:"当时有殷郊、殷洪绑在绞头桩上被风刮不见了,那里又有一个二殿下殷洪也?"旁有郑伦启曰:"君侯听禀,当时既有被风刮去之异,此时就有一个不可解之理。想必当初被那一位神仙收去,今见天下纷纷,刀兵四起,特来扶助家国亦未可知。君侯且到他行营看其真假,便知端的。"苏侯从其言,随出大营来至辕门,庞弘进营回覆殷洪曰:"苏护在辕门等令。"殷洪听得,命左右:"令来。"苏侯、郑伦至中军行礼,欠身打躬曰:"末将甲胄在身,不能全礼。请问殿下是成汤那一枝宗派?"殷洪曰:"孤乃当今嫡派次子殷洪。只因父王失政,把吾弟兄绑在绞头桩,欲待行刑,天不亡我,有海岛高人将吾提拔。故今日下山助你成功,又何必问我?"郑伦听罢,以手加额曰:"以今日之遇,正见社稷之福!"殷洪令苏护合兵一处。殷洪进营升帐,就问:"连日可曾与武王会兵以分胜负?"苏侯把前后大战一一说了一遍。

殷洪在帐内改换王服,次日领众将出营请战。有报马报入相府:"启丞相,外有殷殿下请战。"子牙曰:"成汤少嗣,焉能又有殿下提兵?"旁有黄飞虎曰:"当时殷郊、殷洪绑在绞头桩上被风刮去,想必今日回来。末将认的他,待吾出去,便知真假。"黄飞虎领令出城,有子黄天化压阵。黄天禄、天爵、天祥父子五人齐出城。黄飞虎在坐骑上,见殷洪王服,左右摆着庞、刘、苟、毕四将,后有郑伦为左右护卫使,真好齐整!看殷洪出马,怎见得,有诗为证,诗曰:

第五十九回 殷洪下山收四将

> 束发金冠火焰生，连环铠甲长征云。
> 红袍上面团龙现，腰束挡兵走兽裙。
> 紫绶仙衣为内衬，暗挂稀奇水火锋。
> 拿人捉将阴阳镜，腹内安藏秘五行。
> 坐下走阵逍遥马，手提方天戟一根。
> 龙凤幡上书金字，成汤殿下是殷洪。

话说黄飞虎出马言曰："来者何人？"殷洪离飞虎十年有余，不想飞虎归了西岐，一时也想不到。殷洪答曰："吾乃当今次殿下殷洪是也。你是何人，敢行叛乱？今奉敕征西，早早下骑受缚，不必我费心。莫说西岐姜尚乃昆仑门下之人，若是恼了我，连你西岐寸草不留，定行灭绝！"黄飞虎听说，答曰："殿下，吾非别人，乃开国武成王黄飞虎是也。"殿下暗想："此处难道也有个黄飞虎？"殷洪把马一纵，摇戟来取。黄飞虎催神牛，手中枪急架来迎。牛马相交，枪戟并举。这一场大战，不知胜负如何，且听下回分解。

【总批】

殷洪对师发誓，言犹在耳，申公豹浮言安得插入。况当日亲见杀母，身遭刑戮，岂得一旦忘之哉！但申公豹之言，皆在天伦至极之处打转他，他不得不为之转念耳。当斯时自无以子伐父之理，只是他不会权宜。当时肯假西周之兵，观政商郊，擒妲己以报母恨，清君侧之奸，平定祸乱，安抚士民，除其虐政，将纣王送入养老宫，择如微子之贤以续商嗣，然后自杀。武王虽贤，能得代商否？又不失忠臣孝子之名。惜乎，草率做了一个孟浪事！

【又批】

纣王贯盈，天心厌弃久矣，纵有孝子仁人，亦不能挽回愆尤。况如殷洪、殷郊二子者乎，取败宜矣。

第六十回　马元下山助殷洪

诗曰：

　　玄门久炼紫真宫，暴虐无端性更残。
　　五厌贪痴成恶孽，三花善果属欺谩。
　　纣王帝业桑林晚，周武军威瑞雪寒。
　　堪叹马元成佛去，西岐犹自怯心剜。

话说黄飞虎大战殷洪，二骑交锋，枪戟上下，来往相交约有二十回合。黄飞虎枪法如风驰电掣，往来如飞，抢入怀中，殷洪招架不住。只见庞弘走马来助，这壁厢黄天禄纵马摇枪，敌住庞弘。刘甫舞刀飞来，黄天爵也来接住厮杀。苟章见众将助战，也冲杀过来。黄天祥年方十四岁，大呼曰："少待！吾来！"枪马抢出，大战苟章。毕环走马，使铜杀来。黄天化举双锤接杀。

且说殷洪敌不住黄飞虎，把戟一掩就走。黄飞虎赶来。殷洪取出阴阳镜，把白光一晃。黄飞虎滚下骑来。早被郑伦杀出阵前，把黄飞虎抢将过去了。黄天化见父亲坠骑，弃了毕环赶来救父。殷洪见黄天化坐的是玉麒麟，知是道德之士，恐被他所算，忙取出镜子如前一晃，黄天化跌下鞍鞒，也被擒了。苟章欺黄天祥年幼，不以为意，被天祥一枪正中左腿，败回行营。殷洪一阵擒二将，掌得胜鼓回营。

且说黄家父子五人出城，到擒了两个去，止剩三个回来，进相府泣报子牙。子牙大惊,问其原故。天爵等将镜子一晃即便拿人诉了一遍,子牙十分不悦。只见殷洪回至营中,令:"把擒来二将抬来。"殷洪明明卖弄他的道术,把镜子取出来,用红的半边一晃,黄家父子睁开二目,见身上已被绳索捆住,及推至账前,黄天化只气得三尸神暴跳,七窍内生烟。

黄飞虎曰:"你不是二殿下!"殷洪喝曰:"你怎见得我不是?"黄飞虎曰:"你既是二殿下,你岂不认得我武成王黄飞虎?当年你可记得我在十里亭前放你,午门前救你?"殷洪听罢,"呀"的一声:"你原来就是大恩人黄将军!"殷洪忙下帐亲解其缚,又令放了黄天化。殷洪曰:"你为何降周?"黄飞虎欠身打躬曰:"殿下在上,臣愧不可言。纣王无道,因欺臣妻,故弃暗投明,归投周主。况今三分天下,有二归周,天下八百诸侯无不臣服。纣王有十大罪,得罪天下,醢戮大臣,炮烙正士,剖贤之心,杀妻戮子,荒淫不道,沉湎酒色,峻宇雕梁,广兴土木,天愁民怨,天下皆不愿与之俱生,此殿下所知者也。今蒙殿下释吾父子,乃莫大之恩。"郑伦在傍急止之曰:"殿下不可轻释黄家父子,恐此一回去又助恶为衅,乞殿下察之。"殷洪笑曰:"黄将军昔日救我弟兄二命,今日理当报之。今放过一番,二次擒之,当正国法。"叫左右:"取衣甲还他。"殷洪曰:"黄将军,今日之恩吾已报过了,以后并无他说。再有相逢,幸为留意,毋得自遗伊戚!"黄飞虎感谢出营。正是:

    昔日施恩今报德,从来万载不生尘。

且说殷洪放回黄家父子,回至城下,放进城来,到相府谒见子牙。子牙大悦,问其故:"将军被获,怎能得复脱此厄?"黄飞虎把上件事说了一遍。子牙大喜:"正所谓'天相吉人'。"话说郑伦见放了黄家父子，心中不悦，对殷洪曰："殿下，这番再擒来，切不可轻易处治。他前番被臣擒来，彼又私自逃回。这次切宜斟酌。"殿下曰："他救我，我理当报他。料他也走不出吾之手。"

次日，殷洪领众将来城下，坐名请子牙答话。探马报入相府。子牙对诸门人曰："今日会殷洪，须是看他怎样个镜子。"传令排队伍。炮声响亮，旗幡招展出城，对子马各分左右，诸门人雁翅排开。殷洪在马上把画戟指定，言曰："姜尚为何造反？你也曾为商臣，一旦辜恩，情殊可恨！"子牙欠身曰："殿下此言差矣！为君者上行而下效，其身正，不令而行；其身不正，虽令不从。其所令反其所好，民孰肯信之，纣王无道，民愁天怨，天下皆与为仇，天下共叛之，岂西周故逆王命哉！今天下归周，天下共信之，殿下又何必逆天强为，恐有后悔！"殷洪大喝曰："谁与我把姜尚擒了？"左队内庞弘大咤一声，走马滚临阵前，用两条银装锏冲杀过来。哪吒登风火轮，摇枪战住。刘甫出马来战，又有黄天化接住厮杀。毕环助战，又有杨戬拦住厮杀。且说苏侯同子苏全忠在辕门，看殷洪走马来战姜子牙，子牙仗剑来迎。怎见得这场恶杀：

　　扑冬冬陈皮鼓响，血沥沥旗磨朱砂。槟榔马上叫活拿，便把人参捉下。暗里防风鬼箭，乌头便撞飞抓。好杀！只杀得附子染黄沙，都为那地黄天子驾。

话说两家锣鸣鼓响，惊天动地，喊杀之声，地沸天翻。

且说子牙同殷洪未及三四合，祭打神鞭来打殷洪。不知殷洪内衬紫绶仙衣，此鞭打在身上，只当不知，子牙忙收了打神鞭。哪吒战庞弘，忙祭起乾坤圈，一圈将庞弘打下马去，复胁下一枪刺死。殷洪见刺杀庞弘,大叫曰:"好匹夫!伤吾大将!"弃了子牙,忙来战哪吒。戟枪并举,杀在虎穴。却说杨戬战毕环,未及数合,杨戬放出哮天犬将毕环咬了一口,毕环负疼把头一缩,凑手不及,被杨戬复上一刀,可怜死于非命。二人俱进封神台去了。殷洪战住哪吒,忙取阴阳镜照着哪吒一晃。哪吒不知那里帐,见殷洪拿镜子照他晃,不知哪吒乃莲花化身,不系精血之体,怎晃的他死?殷洪连晃数晃,全无应验。殷洪着忙,只得又战。彼时杨戬看见殷洪拿着阴阳镜,慌忙对子牙曰:"师叔快退后!殷洪拿的是阴阳镜。方才弟子见打神鞭虽打殷洪,不曾着重,此必有暗宝护身。如今又将此宝来晃哪吒,幸哪吒非血肉之躯,自是无恙。"子牙听说,忙命邓婵玉暗助哪吒一石,以襄成功。婵玉听说把马一纵,将五光石掌在手上,望殷洪打来。正是:

发手石来真可羡,殷洪怎免面皮青。

殷洪与哪吒大战局中,不防邓婵玉一石打来,及至着伤,打得头青眼肿,"哎哟"一声拨骑就走。哪吒刺斜里一枪,劈胸刺来,亏杀了紫绶仙衣,枪尖也不曾刺入分毫。哪吒大惊,不敢追袭,子牙掌得胜鼓进城。殷洪败回大营,面上青肿,切齿深恨姜尚:"若不报今日之耻,非大丈夫之所为也!"

且说杨戬在银安殿启子牙曰:"方才弟子临阵,见殷洪所掌,实是阴阳镜。今日若不是哪吒,定然坏了几人。弟子往太华山去走一遭,见赤精子师伯,看他如何说。"子牙沉吟半晌,方许前去。

杨戬离了西岐,借土遁到太华山来,随风而至。来到高山,收了遁术,径进云霄洞来。赤精子见杨戬进洞,问曰:"杨戬,你到此有何说话？"杨戬行礼，口称："师伯，弟子来见，求借阴阳镜与姜师叔，暂破成汤大将，随即奉上。"赤精子曰："前日殷洪带下山去，我使他助子牙伐纣，难道他不说有宝在身？"杨戬曰："弟子单为殷洪而来。此殷洪不曾归周，如今反伐西岐。"道人听罢，顿足叹曰："吾错用其人！将一洞珍宝尽付殷洪。岂知这畜生反生祸乱！"赤精子命杨戬："你且先回，我随后就至。"

　　杨戬辞了赤精子，借土遁回西岐，进相府来见子牙，子牙问曰："你往太华山见你师伯如何说？"杨戬曰："果是师伯的徒弟殷洪。师伯随后就来。"子牙心下焦闷。过了三日，门官报入殿前："赤精子老爷到了。"子牙忙迎出府前。二人携手上殿。赤精子曰："子牙公，贫道得罪！吾使殷洪下山助你同进五关，使这畜生得归故土。岂知负我之言，反生祸乱。"子牙曰："道兄如何把阴阳镜也付与他？"赤精子曰："贫道将一洞珍宝尽付与殷洪。恐防东进有碍，又把紫绶仙衣与他护身，可避刀兵水火之灾。这孽障不知听何人唆使，中途改了念头。也罢，此时还未至大决裂，我明日使他进西岐赎罪便了。"一宿不表。

　　次日，赤精子出城至营，大呼曰："辕门将士传进去，着殷洪出来见我。"话说殷洪自败在营，调养伤痕，切齿痛恨，欲报一石之仇。忽军士报："有一道人，坐名请千岁答话。"殷洪不知是师父前来，随即上马，带刘甫、苟章，一声炮响齐出辕门。殷洪看见是师父，便自置身无地；欠背打躬，口称："老师，弟子殷洪甲胄在身，不能全礼。"赤精子曰："殷洪，你在洞中怎样对我讲？你如今反伐西岐，是何道理？徒弟，开口有愿，出语受之，仔细四肢成为飞灰也！好好下马随吾进城，以赎前日之罪，庶免飞灰之祸。如不从我之言，那时大难临身，悔无及矣！"殷洪曰：

第六十回 马元下山助殷洪

"老师在上,容弟子一言告禀:殷洪乃纣王之子,怎的反助武王?古云:'子不言父过。'况敢从反叛而弑父哉!即入神仙佛,不过先完纲常彝伦,方可言其冲举。又云:'未修仙道,先修人道。人道未完,仙道远矣。'且老师之教弟子,且不论证佛成仙,亦无有教人有逆伦弑父之子。即以此奉告老师,老师当何以教我?"

赤精子笑曰:"畜生!纣王逆伦灭纪,惨酷不道,杀忠害良,淫酗无忌。天之绝商久矣,故生武周继天立极。天心效顺,百姓来从。你之助周,尚可延商家一脉;你若不听吾言,这是大数已定,纣恶贯盈而遗疚于子孙也。可速速下马,忏悔往愆,吾当与你解释此罪尤也。"殷洪在马上正色言曰:"老师请回。未有师尊教人以不忠不孝之事者,弟子实难从命!俟弟子破了西岐逆孽,再来与老师请罪。"赤精子大怒:"畜生不听师言,敢肆行如此!"仗手中剑飞来直取。殷洪将戟架住,告曰:"老师何苦深为子牙,自害门弟?"赤精子曰:"武王乃是应运圣君,子牙是佐周名臣,尔何得逆天而行暴横乎!"又把宝剑直砍来。殷洪又架剑,口称:"老师,我与你有师生之情,你如今自失骨肉而动声色,你我师生之情何在?若老师必执一偏之见,致动声色,那时不便,可惜前情教弟子一场成为画饼耳!"道人大骂:"负义匹夫!尚敢巧言!"又一剑砍来。殷洪面红火起:"老师,你偏执己见,我让你三次,吾尽师礼,这一剑吾不让你了!"赤精子大怒,又一剑砍来。殷洪发手,赴面交还。正是:

> 师徒共战抡剑戟,悔却当初救上山。

话说殷洪回手与师父交兵,已是逆命于天。战未及数合,殷洪把阴阳镜拿出来,欲晃赤精子。赤精子见了,恐有差讹,借纵地金光法走了,进西岐城来至相府。子牙接住,问其详细,赤精子从前说了一遍。众门人不服,俱说:"赤老师,你太弱了。岂有徒弟与师尊对持之理!"赤精子无言可对,纳闷厅堂。

且说殷洪见师父也逃遁了,其志自高,正在中军与苏侯共议破西岐之策。忽辕门军士来报:"有一道人求见。"殷洪传令请来。只见营外来一道人,身不满八尺,面如瓜皮,獠牙巨口,身穿大红,颈上带一串念珠,乃是人之顶骨;又挂一金镶瓢,是人半个脑袋。眼、耳、鼻中冒出火焰,如顽蛇吐信一般。殷殿下同诸将观之骇然。那道人上帐,稽首而言曰:"那一位是殷殿下?"殷洪答曰:"吾是殷洪。不知老师那座名山?何处洞府?今到小营有何事分付?"道人曰:"吾乃骷髅山白骨洞一气仙马元是也,遇申公豹请吾下山助你一臂之力。"殷洪大喜,请马元上帐坐了:"请问老师吃斋,吃荤?"道人曰:"吾乃吃荤。"殷洪传令军中治酒管待马元。当晚已过,次日马元对殷洪曰:"贫道既来相助,今日吾当会姜尚一会。"殷洪感谢,道人出营至城下,只请姜子牙答话。报马报入府中:"启丞相,城外有一道人请丞相答话。"子牙曰:"吾有三十六路征伐之厄,理当会他。"传令排队伍出城。子牙随带众将、诸门人出得城来,只见对面来一道人甚是丑恶。怎见得,有诗为证,诗曰:

　　发似朱砂脸似瓜,金睛凸暴冒红霞。
　　窍中吐出顽蛇信,上下斜生利刃牙。
　　大红袍上云光长,金叶冠栓紫玉花。
　　腰束麻绦太极扣,太阿宝剑手中拿。
　　封神榜上无名姓,他与西方是一家。

话说子牙至军前,问曰:"道者何名?"马元答曰:"吾乃一气

第六十回 马元下山助殷洪

仙马元是也。申公豹请吾下山来助殷洪,共破逆天大恶。姜尚,休言你阐教高妙,吾特来擒汝与截教吐气。"子牙曰:"申公豹与吾有隙,殷洪误听彼言,有背师教,逆天行事,助极恶贯盈之主,反伐有道之君。道者既是高明,何得不顺天从人,而反其所事哉!"马元笑曰:"殷洪乃纣王亲子,反说他逆天行事。终不然转助尔等叛逆其君父,方是顺天应人!姜尚,还亏你是玉虚门下,自称道德之士,据此看来,真满口胡言,无父无君之辈!我不诛你更待何人!"仗剑跃步砍来。子牙手中剑赴面交还。未及数合,子牙祭打神鞭打将来。马元不是"封神榜"上人,被马元看见,伸手接住鞭收在豹皮囊里。子牙大惊。

正战之间,忽一人走马军前,凤翅盔,金锁甲,大红袍,白玉带,紫骅骝,大喝一声:"丞相,吾来也!"子牙看时,乃秦州运粮官、猛虎大将军武荣。因催粮至此,见城外厮杀,故来助战。一马冲至军前,展刀大战。马元抵武荣这口刀不住,真若山崩地裂,渐渐筋力难支。马元默念咒,道声:"疾!"忽脑后伸出一只手来,五个指头好似五个大大冬瓜,把武荣抓在空中,望下一摔,一脚踏住大腿,两只手端定一只腿,一撕两块,血滴滴取出心来,对定子牙、众周将、门人,"咽喳咽喳"嚼在肚里。大呼曰:"姜尚,捉住你也是这样为例!"把众将吓得魂不附体。马元仗剑又来搦战,土行孙大呼曰:"马元少待行恶,吾来也!"抡开大棍,就打马元一棍。马元及至看时,是一个矮子。马元笑而问曰:"你来做甚么?"土行孙曰:"特来拿你。"又是一棍打来。马元大怒:"好孽障!"绰步撩衣,把剑往下就劈。土行孙身子伶俐,展动棍就势已钻在马元身后,拎着铁棍把马元的大腿连腰打了七八棍,把马元打得骨软筋酥,招架着实费力。怎禁得土行孙在穴道上打,马元急了,念动真言,伸出那一只神手,抓着土行孙望下一摔。马元不知土行孙有地行道术,摔在地下就不见了,马元曰:"想是摔狠了,怎么这厮连影儿也不见了?"正是:

　　马元不识地行妙,尚将双眼使模糊。

且说邓婵玉在马上见马元将土行孙摔不见了,只管在地上瞧,邓婵玉忙取五光石发手打来。马元未曾堤防,脸上被一石头只打的金光乱冒,"哎呀"一声,把脸一抹,大骂:"是何人暗算打我?"只见杨戬纵马舞刀直取马元,马元仗剑来战杨戬。杨戬刀势疾如飞电,马元架不住三尖刀,只得又念真言,复现那一只神手,将杨戬抓在空中往下一摔,也像撕武荣一般,把杨戬心肺取将出来,血滴滴吃了。马元指子牙曰:"今日且饶你多活一夜,明日再来会你。"马元回营,殷洪见马元道术神奇,食人心肺,这等凶猛,心下甚是大悦。掌鼓回营,治酒与大小将校只饮至初更时候。不表。

且说子牙进城至府,自思:"今日见马元这等凶恶,把人心活活的吃了,从来未曾见此等异人。杨戬虽是如此,不知凶吉。"正是放心不下。却说马元同殷殿下饮酒至三更时分,只见马元双眉紧皱,汗流鼻尖。殷洪曰:"老师为何如此?"马元曰:"腹中有点痛疼。"郑伦答曰:"想必吃了生人心,故此腹中作痛,吃些热酒冲一冲,自然无事。"马元命取热酒来吃了,越吃越疼。马元忽的大叫一声,跌倒在地下乱滚,只叫:"疼杀我也!"腹中嘈碌碌的响。郑伦曰:"老师腹中有响声,何妨后营方便方便,或然无事也不见得。"马元只得往后边去了。岂知是杨戬用八九元功变化马元形气,将一粒奇丹使马元泻了三日,泻的马元瘦了一半。

第六十回 马元下山助殷洪

且说杨戬回西岐来见子牙,备言前事,子牙大喜。杨戬对子牙曰:"弟子权将一粒丹使马元失其形神,丧其元气,然后再做治处;谅他有六七日不能得出去会战。"正言之间,忽哪吒来报:"文殊广法天尊驾到。"子牙忙迎至银安殿,行礼毕,又见赤精子,稽首坐下。文殊广法天尊曰:"恭喜子牙公,金台拜将吉期将近!"子牙曰:"今殷洪背师言而助苏护征伐西岐,黎庶不安;又有马元凶顽肆虐。不肖如坐针毡。"文殊广法天尊曰:"子牙公,贫道因闻马元来伐西岐,恐误你三月十五日拜将之辰,故此来收马元。子牙公你快放心。"子牙大喜:"若得道兄相助,姜尚幸甚,国家幸甚!但不知用何策治之?"天尊附子牙耳曰:"如要伏马元,须是如此如此,自然成功。"子牙忙令杨戬领法旨。杨戬得令,自去策应。正是:

马元今入牢笼计,可见西方有圣人。

话说子牙当日申牌时分,骑四不相单人独骑在成汤辕门外若探望样子,用剑指东画西。只见巡哨探马报入中军曰:"禀殿下,有子牙独自一个在营前探听消息。"殷洪问马元曰:"老师,此人今日如此模样探我行营,有何奸计?"马元曰:"前日误被杨戬这厮中其奸计,使贫道有失形之累。待吾走去擒来,方消吾恨。"马元出营,见子牙怒起,大叫一声:"不要走!吾来了!"绰步上前,仗剑来取,子牙手中剑急架相还。步兽相交,未及数合,子牙拨骑就走。马元只要拿姜子牙的心重,怎肯轻放,随后赶来。不知马元胜负如何,且听下回分解。

【总批】

殷洪恶战苦争,俱是替纣王添担子,愈显其父恶迹,真可称父作子述。

【又批】

马元,恶煞也,西方竟收去成佛。予常曰"和尚道人心最毒",今观此可见成佛的俱要恶人。予友闻斯言,深为予折辩。予因笑谓之曰:兄何执着太甚。彼经卷有云:"杀猪王屠弃刀,立地成佛。"斯语岂是诳言?屠户可是善信?予友不觉大笑。

第六十一回 太极图殷洪绝命

诗曰：
>太极图中造化奇，仙凡迥区少人知。
>移来幻化真玄妙，忏过前非亦浪思。
>弟子悔盟师莫救，苍天留意地难私。
>当时纣恶彰弥极，一木安能挽阿谁。

话说马元追赶子牙，赶了多时不能赶上。马元自思："他骑四不相，我倒跟着他跑？今日不赶他，明日再做区处。"子牙见马元不赶，勒回坐骑大呼曰："马元！你敢来这平坦之地与我战三合，吾定擒尔！"马元笑曰："料你有何力量，敢禁我来不赶？"随绰开大步来追。子牙又战三四合，拨骑又走。马元见如此光景，心下大怒："你敢以诱敌之法惑我！"咬牙切齿赶来："我今日拿不着你势不回军，便赶上玉虚宫也擒了你来！"只管往下赶来。看看至晚，见前面一座山，转过山坡，就不见了子牙。马元见那山甚是险峻。怎见得，有赞为证：

>那山真个好山，细看处色斑斑。顶上云飘荡，崖前树影寒。飞鸟睨睨，走兽凶顽。凛凛松千干，挺挺竹几竿。吼叫是苍狼夺食，咆嚎是饿虎争飡。野猿常啸寻鲜果，麋鹿攀花上翠岚。风洒洒，水潺潺，暗闻幽鸟语间关。几处藤萝牵又扯，满溪瑶草杂香兰。磷磷怪石，磊磊峰岩。狐狸成群走，猿猴作对顽。行客正愁多险峻，奈何古道又

湾还。

话说马元赶子牙来至一座高山，又不见了子牙，跑的力尽筋酥。天色又晚了，腿又酸了，马元只得倚松靠石，少憩片时，喘息静坐，存气定神，待明日回营再做道理。不觉将至二更，只听的山顶炮响。正是：

喊声震地如雷吼，灯球火把满山排。

马元抬头观看，见山顶上姜子牙同着武王在马上传杯，两边将校一声大叫："今夜马元已落圈套，死无葬身之地！"马元听得大怒，跃身而起，提剑赶上山来。及至山上来看，见火把一晃，不见了子牙。马元睁睛四下里看时，只见山下四面八方围住山脚，只叫："不要走了马元！"马元大怒，又赶下山来，又不见了。把马元往来跑上跑下两头赶，只赶到天明，把马元跑了一夜，甚是艰难辛苦，肚中又饿了，深恨子牙，咬牙切齿，恨不能即时拿子牙方消其恨。自思："且回营，破了西岐再处。"

马元离了高山，往前才走，只听的山凹里有人声唤叫："疼杀我了！"其声甚是凄楚。马元听得有人声叫喊，急转下山坡，见茂草中睡着一个女子。马元问曰："你是甚人，在此叫喊？"那女子曰："老师救命！"马元曰："你是何人？叫我怎样救你？"妇人答曰："我是民妇，因回家看亲，中途偶得心气疼，命在旦夕，望老师或在近村人家讨些热汤，搭救残喘，胜造七级浮屠。倘得重生，恩同再造。"马元曰："小娘子，此处那里去寻热汤？你终是一死，不若我反化你一斋，实是一举两得。"女子曰："若救我全生，理当一斋。"马元曰："不是如此说。我因赶姜子牙，杀了一夜，肚中其实饿了。量你也难活，不若做个人情，化你与我贫道吃了罢。"女人曰："老师不可说戏话，岂有吃人的理？"马元

第六十一回 太极图殷洪绝命

饿急了,那里由分说,赶上去一脚踏住女人胸膛,一脚踏住女人大腿,把剑割开衣服,现出肚皮。马元忙将剑从肚脐内刺将进去。一腔热血滚将出来。马元用手抄着血连吃了几口,在女人肚子里去摸心吃。左摸右摸捞不着,两只手在肚子里摸,只是一腔热血,并无五脏。马元看了沉思疑惑,正在那里捞,只见正南上梅花鹿上坐一道人仗剑而来。怎见得,有赞为证,赞曰:

双抓髻,云分霭霭;水合袍,紧束丝绦。仙风道骨任逍遥,腹隐许多玄妙。玉虚宫元始门下,十仙首曾赴蟠桃。乘鸾跨鹤在碧云霄,天皇氏修仙养道。

话说马元见文殊广法天尊仗剑而来,忙将双手掣出肚皮,不意肚皮竟长完了,把手长在里面;欲待下女人身子,两只脚也长在女人身上。马元无法可施,莫能挣扎。马元蹲在一堆儿,只叫:"老师饶命!"文殊广法天尊举剑才待要斩马元,只听得脑后有人叫曰:"道兄剑下留人!"广法天尊回顾,认不得此人是谁,头挽双髻,身穿道服,面黄微须。道人曰:"稽首了!"广法天尊答礼,口称:"道友何处来?有甚事见谕?"道人曰:"元来道兄认不得我。吾有一律,说出便知端的。"诗曰:

大觉金仙不二时,西方妙法祖菩提。

不生不灭三三行,全气全神万万慈。

空寂自然随变化,真如本性任为之。

与天同寿庄严体,历劫明心大法师。

道人曰:"贫道乃西方教下准提道人是也。'封神榜'上无马元名讳,此人根行且重,与吾西方有缘,待贫道把他带上西方成为正果,亦是道兄慈悲,贫道不二门中之幸也。"广法天尊闻言,满面欢喜,大笑曰:"久仰大法,行教西方,莲花现相,舍利元光,真乃高明之客。贫道谨领尊命。"准提道人向前，摩顶受记曰："道友可惜五行修炼枉费功夫！不如随我上西方：八德池边，谈讲三乘大法；七宝林下，任你自在逍遥。"马元连声喏喏。准提谢了广法天尊，又将打神鞭交与广法天尊带与子牙，准提同马元回西方。不表。

且说广法天尊回至相府，子牙接见，问处马元一事如何，广法天尊将准提道人的事详细说了一遍，又将打神鞭付与子牙。赤精子在旁双眉紧皱，对文殊广法天尊曰："如今殷洪阻挠逆法，恐误子牙拜将之期，如之奈何？"正话间，忽杨戬报曰："有慈航师伯来见。"三人闻报，忙出府迎接。慈航道人一见，携手上殿。行礼已毕，子牙问曰："道兄此来，有何见谕？"慈航曰："专为殷洪而来。"赤精子闻言大喜，便曰："道兄将何术治之？"慈航道人问子牙曰："当时破十绝阵，太极图在么？"子牙答曰："在此。"慈航曰："若擒殷洪，须是赤精子道兄将太极图，须如此如此方能除得此患。"赤精子闻言，心中尚有不忍，因子牙拜将日已近，恐误限期，只得如此，乃对子牙曰："须得公去，方可成功。"

且说殷洪见马元一去无音，心下不乐，对刘甫、苟章曰："马道长一去音信杳无，定非吉兆。明日且与姜尚会战，看是如何，再探马道长消息。"郑伦曰："不得一场大战，决不能成得大功。"一宿晚景已过。次日早晨，汤营内大炮响亮，杀声大振，殷洪大队人马出营至城下，大叫曰："请子牙答话！"左右报入相府。三道者对子牙曰："今日公出去，我等定助你成功。"子牙不带诸门人，领一枝人马独自出城，将剑尖指殷洪，大喝曰："殷洪！你师命不从，今日难免大厄，四肢定成灰飞，悔之晚矣！"殷洪大怒，

第六十一回 太极图殷洪绝命

纵马摇戟来取,子牙手中剑赴面相还。兽马争持,剑戟并举,未及数合,子牙便走,不进城,落荒而逃。殷洪见子牙落荒而走,急忙赶来,随后命刘甫、苟章率众而来。这一回正是:

前边布下天罗网,难免飞灰祸及身。

话说子牙在前边,后随殷洪,过东南,看看到正南上,赤精子看见徒弟赶来,难免此厄,不觉眼中泪落,点头叹曰:"畜生!畜生!今日是你自取此苦,你死后休来怨我。"忙把太极图一抖放开。此图乃包罗万象之宝,化一座金桥。子牙把四不相一纵,上了金桥。殷洪马赶至桥边,见子牙在桥上指殷洪曰:"你敢上桥来,与我见三合否?"殷洪笑曰:"连吾师父在此,吾也不惧;又何怕你之幻术哉?我来了!"把马一拎,那马上了此图。有诗为证,诗曰:

混沌未分盘古出,太极传下两仪来。

四象无穷真变化,殷洪此际丧飞灰。

话说殷洪上了此图,一时不觉杳杳冥冥,心无定见,百事攒来,心想何事,其事即至。殷洪如梦寐一般,心下想:"莫是有伏兵?"果见伏兵杀来,大杀一阵就不见了。心下想拿姜子牙,霎时子牙来至,两家又杀一阵。忽然想起朝歌与父王相会,随即到了朝歌,进了午门至西宫,见黄娘娘站立,殷洪下拜。忽的又至馨庆宫,又见杨娘娘站立,殷洪口称:"姨母。"杨娘娘不答应。此乃是太极四象变化无穷之法,心想何物,何物便见;心虑百事,百事即至。只见殷洪左舞右舞,在太极图中如梦如痴。赤精子看看他,师徒之情数年殷勤,岂知有今日,不觉嗟叹。只见殷洪将到尽头路,又见他生身母亲姜娘娘大叫曰:"殷洪!你看我是谁?"殷洪抬头看时,"呀!原来是母亲姜娘娘!"殷洪不觉失声曰:"母亲! 孩儿莫不是与你冥中相会?"姜娘娘曰:"冤家! 你不尊师父之言,要保无道而伐有道,又发誓言,开口受刑,出口有愿,当日发誓说四肢成为飞灰,你今日上了太极图,眼下要成灰烬之苦!"殷洪听说,急叫:"母亲救我!"忽然不见了姜娘娘,殷洪慌在一堆,只见赤精子大叫曰:"殷洪! 你看我是谁?"殷洪看见师父,泣而告曰:"老师,弟子愿保武王灭纣,望乞救命!"赤精子曰:"此时迟了! 你已犯天条,不知见何人叫你改了前盟。"殷洪曰:"弟子因信申公豹之言,故此违了师父之语。望老师慈悲,借得一线之生,怎敢再灭前言!"

赤精子尚有留恋之意,只见半空中慈航道人叫曰:"天命如此,岂敢有违! 毋得误了他进封神台时辰!"赤精子含悲忍泪,只得将太极图一抖,卷在一处拎着,半晌复一抖,太极图开了,一阵风,殷洪连人带马化作飞灰去,一道灵魂进封神台来了,有诗为证,诗曰:

殷洪任信申公豹,要伐西岐显大才。

岂知数到皆如此,魂绕封神台畔哀。

话说赤精子见殷洪成了灰烬,放声哭曰:"太华山再无人养道修真。见吾将门下这样如此,可为疼心!"慈航道人曰:"道兄差矣! 马元'封神榜'上无名,自然有救拔苦恼之人,殷洪事该如此,何必嗟叹。"三位道者复进相府,子牙感谢。三位道人作辞:"贫道只等子牙吉辰,再来饯东征。"三道人别子牙回去。不表。

且言苏侯听得殷洪绝了,又有探马报入营中曰:"禀元帅,殷殿下赶姜子牙,只一道金光就不见了。"郑伦与刘甫、荀章打听,不知所往。且说苏侯暗与子苏全忠商议曰:"我如今暗修书一封,你射进城去,明日请姜丞相劫营。我和你将家眷先进西

第六十一回　太极图殷洪绝命

岐西门。吾等不管他是与非,将郑伦等一齐拿解见姜丞相,以赎前罪。此事不可迟误!"苏全忠曰:"若不是吕岳、殷洪,我等父子进西岐多时矣!"苏侯忙修书,命全忠赍夜将书穿在箭上,射入城中。那日是南宫适巡城,看见箭上有书,知是苏侯的,忙下城进相府来,将书呈与姜子牙。子牙拆开观看,书曰:

> 征西元戎,冀州侯苏护百叩顿首姜丞相麾下:护虽奉敕征讨,心已归周久矣。兵至西岐,急欲投戈麾下,执鞭役使。孰知天违人愿,致有殷洪、马元抗逆,今已授首;惟佐贰郑伦执迷不悟,尚自屡犯天条,获罪如山。护父子自思,非天兵压寨,不能剿强诛逆。今特敬修尺一,望丞相早发大兵,今夜劫营。护父子乘机可将巨恶擒解施行。但愿早归圣主,共伐独夫,洗苏门一身之冤,见护虔诚至意,虽肝脑涂地,护之愿毕矣。谨此上启,苏护九顿。

话说子牙看书大喜。次日午时发令:"命黄飞虎父子五人作前队,邓九公冲左营,南宫适冲右营,令哪吒压阵。"且说郑伦与刘甫、荀章回见苏护曰:"不幸殷殿下遭于恶手,如今须得本上朝歌,面君请授,方能成功。"苏护只是口应:"俟明日区处。"诸人散入各帐房去了。苏侯暗暗打点今夜进西岐。不题。郑伦那里知道?正是:

> 挖下战坑擒虎豹,满天张网等蛟龙。

话说西岐傍晚将近黄昏的时候,三路兵收拾出城埋伏。伺至二更时分,一声炮响,黄飞虎父子兵冲进营来,并无遮挡;左有邓九公,右有南宫适,三路齐进。郑伦急上火眼金睛兽,拎降魔杵往大辕门来,正遇黄家父子五骑,大战在一处,难解难分。邓九公冲左营,刘甫大呼曰:"贼将慢来!"南宫适进右营,正遇荀章。接住厮杀。西岐城开门，发大队人马来接应，只杀得地沸天翻。苏家父子已往西岐城西门进去了。邓九公与刘甫大战，刘甫非九公敌手，被九公一刀砍于马下。南宫适战荀章，展开刀法，荀章招架不住，拨马就走，正遇黄天祥，不及堤防，被黄天祥刺斜里一枪挑于马下。二将灵魂已往封神台去了。众将官把一个成汤大营杀的瓦解星散，单剩郑伦力抵众将。不防邓九公从旁边将刀一盖，降魔杵磕定不能起，被九公抓住袍带拎过鞍鞒，往地上摔。两边士卒将郑伦绳缠索绑，捆将起来。

西岐城一夜闹嚷嚷的，直到天明子牙升了银安殿，聚将鼓响，众将上殿参谒，然后黄飞虎父子回令，邓九公回令：斩刘甫，擒郑伦。南宫适回令：大战荀章败走，遇黄天祥枪刺而绝。又报："苏护听令。"子牙传令请来，苏家父子进见子牙，方欲行礼，子牙曰："请起叙话。君侯大德，仁义素布海内，不是小忠小信之夫，识时务弃暗投明，审祸福择主而仕，宁弃椒房之宠，以洗万世污名，真英雄也！不才无不敬羡！"苏护父子答曰："不才父子多有罪戾，蒙丞相曲赐全生，愧感无地！"彼此逊谢。言毕，子牙传令："把郑伦推来。"

众军校把郑伦蜂拥推至檐前，郑伦立而不跪，睁眼不语，有恨不能吞苏侯之意。子牙曰："郑伦，谅你有多大本领，屡屡抗拒？今已被擒，何不屈膝求生，尚敢大廷抗礼！"郑伦大喝曰："无知匹夫！吾与尔身为敌国，恨不得生擒尔等叛逆，解往朝歌以正国法。今不幸吾主帅同谋，误被尔擒，有死而已，何必多言！"子牙命左右："推去斩讫号令！"众军校将郑伦推出相府，只等行刑牌出。

只见苏侯向前跪而言曰："启丞相，郑伦违抗天威，理宜正

第六十一回　太极图殷洪绝命

法；但此人实是忠义，似还是可用之人。况此人胸中奇术，一将难求，望丞相赦其小过，怜而用之，亦古人释怨用仇之意。乞丞相海涵！"子牙扶起苏侯，笑曰："吾知郑将军忠义，乃可用之人，特激之，使将军说之耳，易于见听。今将军既肯如此，老夫敢不如命。"苏护闻言大喜，领令出府至郑伦面前，郑伦见苏侯前来，低首不语。苏护曰："郑将军，你为何迷而不悟？尝言识时务者呼为俊杰，今国君无道，天愁民怨，四海分崩，生民涂炭，刀兵不歇，天下无不思叛，正天之欲绝殷商也。今周武以德行仁，推诚待士，泽及无告，民安物阜，三分有二归周，其天意可知。子牙不久东征，吊民伐罪，独夫授首，又谁能挽此愆尤也！将军可速早回头，我与你告过姜丞相，容你纳降，真不失君子见机而作，不然徒死无益。"郑伦长吁不语。苏护复说曰："郑将军，非我苦苦劝你，可惜你有大将之才，死非其所。你说'忠臣不事二君'，今天下诸侯归周，难道都是不忠的？难道武成王黄飞虎、邓九公俱是不忠的？必是君失其道，便不可为民之父母，而残贼之人称为独夫。今天下叛乱，是纣王自绝于天。况古云：'良禽择木，贤臣择主。'将军可自三思，毋徒伊戚。天子征伐西岐，其艺术高明之士，经天纬地之才者，至此皆化为乌有，此岂是力为之哉！况子牙门下多少高明之士，道术精奇之人，岂是草草罢了？郑将军不可执迷，当听吾言，后面有无限受用，不可以小忠小谅而已。"

郑伦被苏护一篇言语说得如梦初觉，如醉方醒，叹曰："不才非君侯之言，几误用一番精神。只是吾屡有触犯，恐子牙门下诸将不能相容耳。"苏护曰："姜丞相量如沧海，何细流之不纳？丞相门下皆有道之士，何不见容？将军休得错用念头，待我禀过丞相就是。"苏护至殿前打躬曰："郑伦被末将一番说，肯归降,奈彼曾有小过,恐丞相门下诸人不能相容耳。"子牙笑曰:"当日是彼此敌国,各为其主;今肯归降,系是一家,何嫌隙之有!"忙令左右传令:"将郑伦放了,衣冠相见。"少时,郑伦整衣冠至殿前,下拜曰:"末将逆天,不识时务,致劳丞相筹画,今既被擒,又蒙赦宥,此德此恩没齿不忘矣!"子牙忙降阶扶起慰之曰:"将军忠心义胆,不佞识之久矣。但纣王无道,自绝于天,非臣子之不忠心于国也。吾主下贤礼士,将军当安心为国,毋得以嫌隙自疑耳。"郑伦再三拜谢。

子牙遂引苏侯等至殿内朝见武王,行礼称臣毕,王曰:"相父有何奏章?"子牙启曰:"冀州侯苏护今已归降,特来朝见。"武王宣苏护上殿,慰曰:"孤守西岐,克尽臣节,未敢逆天行事,不知何故累辱王师。今卿等既舍纣归孤,暂住西土。孤与卿等当共修臣节,以俟天子修德,再为商议。相父与孤代劳,设宴待之。"子牙领旨。苏侯人马尽行入城,西岐云集群雄。不题。

且言汜水关韩荣闻得此报大惊,忙差官修本赴朝歌城来。不知吉凶如何,且听下回分解。

【总批】

　　殷洪乃纣王之子,岂得概以违天论之?虽纣恶贯盈,而殷洪罪不应此,岂得定报之如仇?当日殷洪等既系封神榜有名之人,赤精子何不叫他不要下山,不是也免得这番恶孽。此分明是赤精子送他上路,宜乎再无人上太华山修行学业也。哭之何益!予独怪慈航大士,不为之解释耳!

【又批】

　　郑伦真有丈夫气,举其对子牙之语,胜苏护十倍。苏护此际当如何生活。

第六十二回　张山李锦伐西岐

诗曰：

抢攘兵戈日不宁，生民涂炭自零星。
甘驱苍赤填沟壑，忍令脂膏实羽翎。
战士有心勤国主，彼苍无意固皇扃。
只因大劫人多难，致使西岐杀戮腥。

话说差官一路无词，来到朝歌城至馆驿中歇下。次日进午门至文书房，那日是中大夫方景春看本，忽然接着看时，见苏护已降岐周，方景春点首骂曰："老匹夫！一门尽受天子宠眷，不思报本，今日反降叛逆，真狗彘之不若！"遂抱本入内庭，问侍御官曰："天子在何处？"左右侍御对曰："在摘星楼。"方景春竟至楼下候旨，左右启上天子。纣王闻奏，宣上楼朝贺毕，王曰："大夫有何奏章？"方景春奏曰："汜水关总兵官韩荣具本到都城，奏为冀州侯苏护世受椒房之贵，满门叨其恩宠，不思报国，反降叛逆，深负圣恩，法纪安在？具本申奏。臣未敢擅便，请旨定夺。"纣王见奏大惊曰："苏护乃朕心腹之臣，贵戚之卿，如何一旦反降周助恶，情殊痛恨！大夫暂退，朕自理会。"方景春下楼。

纣王宣苏皇后，妲己在御屏后已听知此事，闻宣竟至纣王御案前双膝跪下，两泪如珠，娇声软语，泣而奏曰："妾在深宫荷蒙圣上恩宠，粉骨难消。不知父亲受何人唆使反降叛逆，罪恶通天，法当族诛，情无可赦。愿陛下斩妲己之首悬于都城以谢天下,庶百官万姓知陛下圣明,乾纲在握,守祖宗成法,不私贵幸,正妾之报陛下恩遇之荣,死有余幸矣。"道罢,将香肌伏在纣王膝上,相偎相倚,悲悲泣泣,泪雨如注。纣王见妲己泪流满面,娇啼婉转,真如带雨梨花,啼春娇鸟,纣王见如此态度更觉动情,用手挽起,口称:"御妻,汝父反朕,你在深宫如何得知?何罪之有?赐卿平身,毋得自戚,有损花容。纵朕将江山尽失,也与爱卿无干。幸宜自爱。"妲己谢恩。

纣王次日升九间殿,聚众文武曰:"苏侯叛朕归周,情实痛恨!谁与孤代劳伐周,将苏护并叛逆众人拿解朕躬,以正其罪?"班中闪出一员大臣,乃上大夫李定,进前奏曰:"姜尚足智多谋,知人善任,故所到者非败则降,累辱王师,大为不轨。若不择人而用,速正厥罪,则天下诸侯皆观望效尤,何以惩将来!臣举大元戎张山,久于用兵,慎事虑谋,可堪斯任,庶几不辱君命。"纣王闻奏大喜,即命传诏赍发,差官往三山关来。使命离了朝歌,一路上无词。一日到了三山关馆驿歇下。次日传与管关元帅张山,同钱保、李锦等来馆驿,接了圣旨,至府常上焚香案,跪听开读诏敕。

  诏曰:征伐虽在于天子,功成又在阃外元戎。姬发猖獗,大恶难驱,屡战失机,情殊痛恨!朕欲亲往讨贼,百司谏阻。兹尔张山素有才望,上大夫李定等特荐卿得专征伐。尔其用心料理,克振壮猷,毋负朕倚托之重。俟旋凯之日,朕决不食言,以答此茅土之赏。尔其钦哉!特诏。

钦差官读罢诏旨,众官谢恩毕,管待使臣打发回朝歌。张山等候交代官洪锦,交割事体明白,方好进兵。

  一日,洪锦到任。张山起兵,领人马十万,左右先行乃钱

第六十二回　张山李锦伐西岐

保、李锦,佐贰乃马德、桑元。一路上人喊马嘶,正值初夏天气,风和日暖,梅雨霏霏,真好光景!怎见得,有诗为证:

冉冉绿阴密,风轻燕引雏。
新荷翻沼面,修竹渐扶苏。
芳草连天碧,山花遍地铺。
溪边蒲插剑,榴火壮行图。
何时了王事,镇日醉呼卢。

话言张山人马一路晚住晓行,也受了些饥餐渴饮,鞍马奔驰。不一日,来到西岐北门。左右报入行营:"禀元帅,前哨人马已至岐周北门。"张山传令安营,一声炮响,三军呐喊,绞起中军帐来。张山坐定,只见钱保、李锦上帐参谒,钱保曰:"兵行百里,不战自疲,请主将定夺。"张山谓二将曰:"将军之言甚善。姜尚乃智谋之士,不可轻敌。况吾师远来,利在速战。今且暂歇息军士,吾明日自有调用。"二将应诺而退。

且言子牙在西岐,日日与众门人共议拜将之期,命黄飞虎造大红旗帜,不要杂色。黄飞虎曰:"旗号乃三军眼目。旗分五色,原为按五方之位次,使三军知左右前后进退攻击之法,不得错乱队伍。若纯是一色红旗,则三军不知东南西北,何以知进退趋避之方?犹恐不便。或其中另有妙用?乞丞相一一教之。"子牙笑曰:"将军实不知其故耳。红者火也。今主上所居之地乃是西方,此地原自属金,非借火炼,寒金岂能为之有用?此正兴周之兆。然于旗上另安号带,须按青、黄、赤、白、黑五色,使三军各自认识,自然不能乱耳。又使敌军一望生疑,莫知其故,自然致败。兵法云:'疑则生乱。'正此故耳。又何不可之有?"黄飞虎打躬谢曰:"丞相妙算如神!"子牙又令辛甲造军器。

只见天下八百诸侯又表上西岐,请武王伐纣,会兵于孟津。子牙接表,与众将官商议:"恐武王不肯行。"

众人正迟疑间,只见探事官报入相府,来报子牙曰:"成汤有人马在北门安营,主将乃是三山关总兵张山。"子牙听说,忙问邓九公曰:"张山用兵如何?"邓九公曰:"张山原是末将交代官,此人乃一勇之将耳。"正话之时,又报:"有将请战。"子牙传令:"谁去走遭?"邓九公欠身:"末将愿往。"领令出城,见一员战将如一轮火车滚至军前。怎见得打扮骁勇,有赞为证,赞曰:

顶上金盔分凤翅,黄金铠挂龙鳞砌。大红袍上绣团花,丝蛮宝带吞头异。腰下常悬三尺锋,打阵银锤如猛鸷。撺山跳涧紫骅骝,斩将钢刀生杀气。一心分免纣王忧,万古留传在史记。

话说邓九公马至军前,看来者乃是钱保也。邓九公大叫曰:"钱将军,你且回去,请张山出来,吾与他自有话说。"钱保指九公大骂曰:"反贼!纣王有何事负你!朝廷拜你为大将,宠任非轻,不思报本,一旦投降叛逆,真狗彘不若!尚有何面目立于天地之间!"邓九公被数语骂得满面通红,亦骂曰:"钱保!料你一匹夫有何能处,敢出此大言!你比闻太师何如?况他也不过如此。早受吾一刀,免致三军受苦。"言罢,纵马舞刀直取钱保,钱保手中刀急架相还。二马盘旋,看一场大战。怎见得:

二将坐鞍鞒,征云透九霄。急取壶中箭,忙拔紫金标。这一个兴心安社稷,那一个用意正天朝。这一个千载垂青史,那一个万载把名标。真如一对狻猊斗,不亚翻江两怪蛟。

话说邓九公大战钱保有三十回合,钱保岂邓九公对手,被九公

第六十二回 张山李锦伐西岐

回马刀劈于马下，枭首级进城来见子牙，请令定夺。子牙大悦，记功宴贺。不表。

只见败兵报与张山说："钱保被邓九公枭首级进城去了。"张山闻报大怒。次日，亲临阵前，坐名要邓九公答话。报马报入相府，言："有将请战，要邓将军答话。"邓九公挺身而出，有女邓婵玉愿随压阵，子牙许之。九公同女出城，张山一见邓九公走马至军前，乃大骂曰："反贼匹夫！国家有何事亏你？背恩忘义，一旦而事敌国，死有余辜！今不倒戈受缚，尚敢恃强杀朝廷命官。今日拿匹夫解上朝歌，以正大法。"邓九公曰："你既为大将，上不知天时，下不谙人事，空生在世，可惜衣冠着体，真乃人中之畜生耳！今纣王贪淫无道，残虐不仁，天下诸侯不归纣而归周，天心人意可见。汝尚欲勉强逆天，是自取辱身之祸，与闻太师等枉送性命耳。可听吾言，下马归周，共伐独夫，拯溺救焚，上顺天心，下酬民愿，自不失封侯之位。若勉强支吾，悔无及矣！"张山大怒，骂曰："利口匹夫！敢假此无稽之言，惑世诬民，碎尸不足以尽其辜！"摇枪直取，邓九公刀迎面还来。二将相持，一场赌斗。怎见得，有赞为证，赞曰：

> 轻举擎天手，生死在轮回。往来无定论，叱咤似春雷。一个恨不得平吞你脑袋，一个恨不得活砍你颐腮。只杀得一个天昏地暗没三才，那时节方才两下分开。

话说邓九公与张山大战三十回合，邓九公战张山不下，邓婵玉在后阵，见父亲刀法渐乱，打马兜回，发手一石，把张山脸上打伤，几乎坠马，败进大营。邓九公父女掌得胜鼓进城，入相府报功。不表。

话言张山失机进营，脸上着伤，心上甚是急躁，切齿深恨。

忽报："营外有一道人求见。"张山传令请来。只见一道人头挽双髻，背缚一口宝剑，飘然而至中军，打稽首。张山欠身答礼，尊帐中坐下。道人见张山脸上青肿，问曰："张将军面上为何着伤？"张山曰："昨日见阵，偶被女将暗算。"道人忙取药饵敷搽，即时全愈。张山忙问："老师从何处而来？"道人曰："吾从蓬莱岛而至，得道乃羽翼仙也，特为将军来助一臂之力。"张山感谢道人。次日，早至城下请子牙答话。报马报入相府："城外有一道人请战。"子牙曰："原该有三十六路征伐西岐，此来已是三十二路，还有四路未曾来至，我少不得要出去。"忙传令："排五方队伍。"一声炮响，齐出城来。羽翼仙抬头观看，只见两扇门开，纷纷绕绕，俱是穿红着绿狼虎将；攒攒簇簇，尽是敢勇当先骁骑兵。哪吒对黄天化，金吒对木吒，韦护对雷震子，杨戬与众门人左右排列保护，中军武成王压阵。子牙坐四不相走出阵前，见对面一道者生的形容古怪，尖嘴缩腮，头挽双髻，徐徐而来。怎见得，有赞为证：

　　头挽双髻，体貌轻扬。皂袍麻履，形异寻常。嘴如鹰鹜，眼露凶光。葫芦背上，剑佩身藏。蓬莱怪物，得道无疆。飞腾万里，时歇沧浪。名为金翅，绰号禽王。

话说子牙拱手言曰："道友请了！"羽翼仙曰："请了。"子牙曰："道友高姓何名？今日会尚有何事分付？"羽翼仙答曰："贫道乃蓬莱岛羽翼仙是也。姜子牙，我且问你，你莫非是昆仑门下元始徒弟，你有何能，对人骂我，欲拔吾翎毛，抽吾筋骨？我与你无涉，你如何这等欺人？"子牙欠身曰："道友不可错来怪人。我与道友并未曾会过几次，我知道友根底？或有人搬唆，或有甚失礼得罪之处。我与道友未有半面之交，此语从何而

第六十二回　张山李锦伐西岐

来？道友请自三思。"羽翼仙听得此语,低头暗思:"此言大是有理。"乃谓子牙曰:"你话虽有理,只是此语未必无自而来。但说过,你从今百事斟酌,毋得再是如此造次,我与你不得干休。去罢!"

子牙方欲勒骑,哪吒听罢大怒:"这泼道焉敢如此放肆,渺视师叔!"登开风火轮摇枪就刺。羽翼仙笑曰:"元来你仗这些孽障凶顽,敢于欺人!"彻步打剑相交,枪剑并举。黄天化忙催玉麒麟,使双锤双战道人。雷震子把风雷翅飞起空中,黄金棍往下刷来。土行孙倒拖宾铁棍,来打下三路。杨戬纵马舞三尖刀,前来助战,把羽翼仙围裹垓心。上三路雷震子,中三路哪吒、杨戬、黄天化,下三路土行孙。且说哪吒见羽翼仙了得,先下手祭乾坤圈打来,正中羽翼仙肩甲。道人把眉头一皱,方欲把身逃走,被黄天化回手一攒心钉,把道人右臂打通,又被土行孙把道人腿上打了数下,杨戬复祭哮天犬把羽翼仙夹颈子一口。羽翼仙四下吃亏,大叫一声,借土遁走了。子牙得胜,众门人相随进城。

且说羽翼仙吃了许多的亏,把牙一挫,走进营来。张山接住,口称:"老师今日误中奸计,老师反被他着伤。"道人曰:"不妨,吾不曾防备他,故此着了他的手。"羽翼仙忙将花篮中取出丹药,用水吞下一二粒,即时全愈。羽翼仙谓张山曰:"我念'慈悲'二字,到不肯伤众生之命;他今日反来伤我,是彼自取杀身之祸。"复对张山曰:"可取些酒来,你我痛饮。至更深时,我叫西岐一郡化为渤海。"张山大喜,忙治酒相款。不表。

却说子牙得胜进府,与诸门人将佐商议。忽一阵风把檐瓦刮下数片来。子牙忙焚香炉中,取金钱在手占卜吉凶,只见排下卦来,把子牙唬得魂不附体,忙沐浴更衣,望昆仑下拜。拜罢,子牙披发仗剑,移北海之水,救护西岐,把城郭罩住。只见昆仑山玉虚宫元始天尊早知详细,用琉璃瓶中三光神水,洒向北海水面之上,又命四偈谛神:"把西岐城护定,不可晃动。"正是:

> 人君福德安天下,元始先差偈谛神。

话说羽翼仙饮至一更时分,命张山收去了酒,出了辕门,现了本像,乃大鹏金翅雕,张开二翅飞在空中,把天也遮黑了半边。好利害!有赞为证,赞曰:

> 二翅遮天云雾迷,空中响亮似春雷。
> 曾扇四海俱见底,吃尽龙王海内鱼。
> 只因怒发西岐难,还是明君福德齐。
> 羽翼根深归正道,至今万载把名题。

只见大鹏雕飞在空中望下一看,见西岐城是北海水罩住。羽翼仙不觉失声笑曰:"姜尚可谓腐朽,不知我的利害。我欲稍用些须之力,连四海顷刻扇乾,岂在此一海之水!"羽翼仙展两翅用力连扇有七八十扇。他不知此水有三光神水在上面,越扇越长,不见枯涸。羽翼仙自一更时分直扇到五更天气,那水差不多潾着大鹏雕的脚。这一夜将气力用尽,不能成功,不觉大惊:"若再迟延,恐到天明不好看。"自觉惭愧,不好进营来见张山,一怒飞起来,至一座山洞,甚是清奇。怎见得,有赞为证,赞曰:

> 高峰掩映,怪石嵯峨。奇花瑶草馨香,红杏碧桃艳丽。
> 崖前古树,霜皮溜雨四十围;门外苍松,黛色参天三千尺。
> 双双野鹤,常来洞口舞清风;对对山禽,每向枝头啼白昼。
> 簇簇黄藤如挂索,行行烟柳似垂金。方塘积水,深穴依山。

第六十二回　张山李锦伐西岐

方塘积水,隐千年未变的蛟龙;深穴依山,生万载得道之仙子。果然不亚玄都府,真是神仙出入门。

话说大鹏雕飞至山洞前,见一道人靠着洞边默坐。羽翼仙寻思:"不若将此道人抓来吃了以为充饥,再作道理。"大鹏雕方欲扑来,道人用手一指,大鹏雕扑塌的跌将下地来。道人探眉擦目言曰:"你好没礼！你为何来伤我?"羽翼仙曰:"实不相瞒,我去伐西岐,腹中饿了,借你充饥,不知道友仙术精奇,得罪了！"道人曰:"你腹中饥了,问吾一声,我自然指你去。你如何就来害我? 甚是非礼。也罢,我说与你知道,离此二百里有一山,名为紫云崖,有三山五岳四海道人俱在那里赴香斋。你速去,恐迟了不便。"大鹏雕谢曰:"承教了。"把二翅飞起,霎时而至,即现仙形。只见高高下下,三五一攒,七八一处,都是四海三山道者赴斋。又见一童儿往来捧东西与众道人吃。羽翼仙曰:"道童请了！贫道是来赴斋的。"那童儿听说,"呀"的一声,答曰:"老师来早些方好,如今没有东西了。"羽翼仙曰:"偏我来就没有东西了?"道童答曰:"来早就有,来迟了,东西已尽与众位师父,安能再有? 必至明日方可。"羽翼仙曰:"你拣人布施,我偏要吃！"二人嚷将起来。

只见一位穿黄的道人向前问曰:"你为何事在此争论?"童儿曰:"此位师父来迟了,定要吃斋。那里有了? 故此闲讲。"那道人曰:"童儿,你看可有面点心否?"童儿答曰:"点心还有,要斋却没有了。"羽翼仙曰:"就是点心也罢,快取将来。"那童儿忙把点心拿将来递与羽翼仙,羽翼仙一连吃了七八十个。那童儿曰:"老师可吃了?"羽翼仙曰:"有,还吃得几个。"童儿又取十数个来。羽翼仙共吃了一百零八个。正是:

　　　　妙法无边藏秘诀,今番捉住大鹏雕。

话说羽翼仙吃饱了,谢过斋,复现本像,飞起往西岐来,复从那洞府过,道人还坐在那里,望着大鹏雕把手一指,大鹏雕跌将下来,"哎呀"的一声:"跌断肚肠了!"在满地打滚,只叫:"痛杀我也!"不知大鹏雕性命如何,且听下回分解。

【总批】
　　张山有大将之才,惜乎自不是子牙对手。只这大鹏雕也来浑一场帐,并未曾得尺寸之功,后反贪口腹被擒。毕竟是羽毛中品格。

【又批】
　　来伐西岐的,屡欲暗算子牙,每每被狂风檐瓦报信,须至保全无事,即此可卜天意,岂是人力所能强为! 可笑殷郊、殷洪错了念头。

第六十三回　申公豹说反殷郊

诗曰：
> 公豹存心至不良，纣王两子丧疆场。
> 当初致使殷洪反，今日仍教太岁亡。
> 长舌惹非成个事，巧言招祸作何忙。
> 虽然天意应如此，何必区区话短长！

话说羽翼仙在地下打滚，只叫："疼杀我也！"这道人起身，徐徐行至面前，问曰："你方才去吃斋，为何如此？"大鹏答曰："我吃了些面点心，腹中作疼。"道人曰："吃不着，吐了罢。"大鹏当真的去吐，不觉一吐而出，有鸡子大，白光光的连绵不断，就像一条银索子，将大鹏的心肝锁住。大鹏觉得异样，及至扯时，又扯得心疼。大鹏甚是惊骇，知是不好消息，欲待转身，只见这道人把脸一抹，大喝一声："我把你这孽障！你认得我么！"这道人乃是灵鹫山元觉洞燃灯道人。

道人骂曰："你这孽障！姜子牙奉玉虚符命扶助圣主，戡定祸乱，拯溺救焚，吊民伐罪，你为何反起狼心，连我也要吃？你助恶为虐！"命黄巾力士："把这孽障吊在大松树上，只等姜子牙伐了纣，那时再放你不迟！"大鹏忙哀诉曰："老师大发慈悲，赦宥弟子！弟子一时愚昧，被旁人唆使，从今知过，再不敢正眼窥视西岐。"燃灯曰："你在天皇时得道，如何大运也不知，真假也不识，还听旁人唆使？情真可恨，决难恕饶！"大鹏再三哀告曰：

"可怜我千年功夫,望老师怜悯!"燃灯曰:"你既肯改邪归正,须当拜我为师,我方可放你。"大鹏连忙极口称道曰:"愿拜老爷为师,修归正果。"燃灯曰:"既然如此,待我放你。"用手一指,那一百零八个念珠还依旧吐出腹中。大鹏遂归燃灯道人,往灵鹫山修行。不表。

话分两头,且说九仙山桃园洞广成子只因犯了杀戒,只在洞中静坐,保摄天和,不理外务。忽有白鹤童子奉玉虚符命,言子牙不日金台拜将,命众门人须至西岐山饯别东征。广成子谢恩,打发白鹤童儿回玉虚去了。道人偶想起殷郊:"如今子牙东征,把殷郊打发他下山佐子牙东进五关,一则可以见他家之故土,一则可以捉妲己报杀母之深仇。"忙问:"殷郊在那里?"殷郊在殿后听师父呼唤,忙至前殿见师父行礼。

广成子曰:"方今武王东征,天下诸侯相会孟津共伐无道,正你报仇泄恨之日。我如今着你前去助周作前队,你可去么?"殷郊听罢,口称"老师"曰:"弟子虽是纣王之子,实与妲己为仇。父王反信奸言诛妻杀子,母死无辜,此恨时时在心,刻刻挂念,不能有忘。今日老师大舍慈悲,发付弟子,敢不前往以图报效,真空生于天地间也!"广成子曰:"你且去桃源洞外狮子崖前寻了兵器来,我传你些道术,你好下山。"殷郊听说,忙出洞往狮子崖来寻兵器,只见白石桥那边有一洞。怎见得,有《西江月》为证:

  门依双轮日月,照耀一望山川。珠渊金井暖含烟,更有许多堪羡。

  叠叠朱楼画阁,凝凝赤壁青田。三春杨柳九秋莲,兀的洞天罕见。

第六十三回　申公豹说反殷郊

话说殷郊见石桥南畔有一洞府，兽环朱户，俨若王公第宅。殿下自思："我从不曾到此，一过桥去便知端的。"来至洞前，那门虽两扇，不推而自开。只见里边有一石几，几上有热气腾腾六七枚豆儿。殷郊拈一个吃了，自觉甘甜香美，非同凡品："好豆儿，不若一总吃了罢。"刚吃了时，忽然想起："来寻兵器，如何在此闲玩？"忙出洞来，过了石桥，及至回头，早不见洞府。殿下心疑，不觉浑身骨头响，左边肩头上忽冒出一只手来，殿下着慌，大惊失色。只见右边又是一只，一会儿忽长出三头六臂，把殷郊只唬得目瞪口呆，半晌无语。

只见白云童儿来前叫曰："师兄，师父有请。"殷郊这一会略觉神思清爽，面如蓝靛，发似朱砂，上下獠牙，多生一目，晃晃荡荡来至洞前。广成子拍掌笑曰："奇哉！奇哉！仁君有德，天生异人。"命殷郊进洞至桃园内，广成子传与方天画戟，言曰："你先下山前至西岐，我随后就来。"道人取出番天印、落魂钟、雌雄剑付与殷郊，殷郊即时拜辞下山。广成子曰："徒弟，你且住，我有一事对你说。吾将此宝尽付与你，须是顺天应人，东进五关，辅周武兴吊民伐罪之师，不可改了念头，心下狐疑，有犯天谴，那时悔之晚矣。"殷郊曰："老师之言差矣！周武明德圣君，吾父荒淫昏虐，岂得错认，有辜师训？弟子如改前言，当受犁锄之厄。"道人大喜。殷郊拜别师尊。正是：

　　殿下实心扶圣主，只恐旁人起祸殃。

话说殷郊离了九仙山，借土遁往西岐前来，正行之间，不觉那遁光飘飘，落在一座高山。怎见得好山，有赞为证，赞曰：

　　冲天占地，转日生云。冲天处尖峰矗矗，占地处远脉迢迢。转日的，乃岭头松郁郁；生云的，乃崖下石磷磷。松郁郁，四时八节常青；石磷磷，万年千载不改。林中每听夜猿啼，洞内常见妖蟒过。山禽声咽咽，走兽吼呼呼。山獐山鹿，成双作对纷纷走；山鸦山雀，打阵攒群密密飞。山草山花看不尽，山桃山果应时新。虽然崎险不堪行，却是神仙来往处。

话说殷郊才看山巅险峻之处，只听得林内一声锣响，见一人面如蓝靛，发似朱砂，骑红砂马，金甲红袍，三只眼，拎两根狼牙棒，那马如飞奔上山来，见殷郊三头六臂，也是三只眼，大呼曰："三首者乃是何人，敢来我山前探望？"殷郊答曰："吾非别人，乃纣王太子殷郊是也。"那人忙下马拜伏在地，口称："千岁为何往此白龙山上过？"殷郊曰："吾奉师命，往西岐去见姜子牙。"话未曾了，又一人带扇云盔，淡黄袍，点钢枪，白龙马，面如傅粉，三绺长髯，也奔上山来，大呼曰："此是何人？"蓝脸的道："快来见殷千岁。"那人也是三只眼，滚鞍下马，拜伏在地。二人同曰："且请千岁上山，至寨中相见。"

三人步行至山寨，进了中堂。二人将殷郊扶在正中交椅上，纳头便拜。殷郊忙扶起，问曰："二位高姓大名？"那蓝脸的应曰："末将姓温，名良；那白脸的姓马，名善。"殷郊曰："吾看二位一表非俗，俱负英雄之志，何不同吾往西岐立功，助武王伐纣？"二人曰："千岁为何反助周灭纣者何也？"殷郊答曰："商家气数已尽，周家王气正盛，况吾父得十罪于天下，今天下诸侯应天顺人，以有道伐无道，以无德让有德，此理之常，岂吾家故业哉！"温良、马善曰："千岁兴言及此，真以天地父母为心，乃丈夫之所为，如千岁者鲜矣。"温良与马善整酒庆喜。殷郊一面分付喽罗改作周兵，放火烧了寨栅，随即起兵。殷郊三人同上了马，

离了白龙山往大路进发,径奔西岐而来。正是:

　　殷郊有意归周主,只怕苍天不可从。

殷郊正行,喽罗报:"启千岁,有一道人骑虎而来,要见千岁。"殷郊闻报,忙分付左右旗门官,令:"安下人马,请来相见。"道人下虎进帐。殷郊忙迎将下来打躬,口称:"老师从何而来?"道人曰:"吾乃昆仑门下申公豹是也。殿下往那里去?"殷郊曰:"吾奉师命往西岐投拜姬周,姜师叔不久拜将,助他伐纣。"道人笑曰:"我问你,纣王是你甚么人?"殷郊答曰:"是吾父王。"道人曰:"恰又来!世间那有子助外人而伐父之理!此乃乱伦忤逆之说。你父不久龙归沧海,你原是东宫,自当接成汤之胤,位九五之尊,承帝王之统,岂有反助他人灭自己社稷,毁自己宗庙?此亘古所未闻者也。且你异日百年之后,将何面目见成汤诸君于在天之灵哉!我见你身藏奇宝,可安天下,形像可定乾坤,当从吾言,可保自己天下,以诛无道周武,是为长策。"殷郊答曰:"老师之言虽是,奈天数已定,吾父无道,理当以让有德,天命人心已离,周主当兴,吾何敢逆天哉!况姜子牙有将相之才,仁德数布于天下,诸侯无不响应。我老师曾分付我下山助姜师叔东进五关,吾何敢有背师言,此事断难从命。"

申公豹暗想:"此言犯不动他,也罢,再犯他一场,看他如何。"申公豹又曰:"殷殿下,你言姜尚有德,他的德在那里?"殷郊曰:"姜子牙为人公平正直,礼贤下士,仁义慈祥,乃良心君子,道德丈夫,天下服从,何得小视他?"申公豹曰:"殿下有所不知。吾闻有德不灭人之彝伦,不戕人之天性,不妄杀无辜,不矜功自伐。殿下之父亲固得罪于天下,可与为仇;殿下之胞弟殷洪,闻说他也下山助周,岂意他欲邀己功,竟将殿下亲弟用太极图化成飞灰,此还是有德之人做的事,无德之人做的事?今殿下忘手足而事仇敌,吾为殿下不取也。"殷郊闻言大惊曰:"老师,此事可真?"道人曰:"天下尽知,难道吾有诳语!实对你说,如今张山现在西岐住扎人马,你只问他。如果殷洪无此事,你再进西岐不迟;如有此事,你当为弟报仇。我今与你再请一高人,来助你一臂之力。"申公豹跨虎而去。殷郊甚是疑惑,只得把人马催动,径往西岐。殷郊一路上沉吟思想:"吾弟与天下无仇,如何将他如此处治?必无此事。若是姜子牙将吾弟果然如此,我与姜尚誓不两立,必定为弟报仇,再图别议!"

　　人马在路非止一日,来至西岐,果然有一枝人马打商汤旗号在此住扎。殷郊令温良前去营里去问:"果是张山否?"话说张山自羽翼仙当晚去后,两日不见回来,差人打探,不得实信。正纳闷间,忽军政官来报:"营外有一大将,口称'请元帅接千岁大驾',不知何故,请元帅定夺。"张山闻报不知其故,沉思:"殿下久已失亡,此处是那里来的?"忙传令令来。军政官出营对来将曰:"元帅令将军相见。"温良进营来见张山,打躬。张山问曰:"将军自何处而来?有何见谕?"温良答曰:"吾奉殷郊千岁令旨,令将军相见。"张山对李锦曰:"殿下久已失亡,如何此处反有殿下?"李锦在傍曰:"只恐是真。元戎可往相见,看其真伪再做区处。"

　　张山从其言,同李锦出营来至军前。温良先进营回话,对殷郊曰:"张山到了。"殷郊曰:"令来。"张山进营,见殷郊三首六臂,像貌凶恶;左右立温良、马善,都是三只眼。张山问曰:"启殿下,是成汤那枝宗派?"殷郊曰:"吾乃当今长殿下殷郊是也。"因将前事诉说一番。张山闻言不觉大悦,忙行礼,口称千岁。

第六十三回　申公豹说反殷郊

殷郊曰："你可知道二殿下殷洪的事？"张山答曰："二千岁因伐西岐，被姜尚用太极图化作飞灰多日矣。"殷郊听罢，大叫一声昏倒在地，众人扶起，放声大哭曰："兄弟果死于恶人之手！"跃身而起，将令箭一枝折为两段，曰："若不杀姜尚，誓与此箭相同！"

次日，殷郊亲自出马，坐名只要姜尚出来。报马报入城中，进相府报曰："城外有殷郊殿下请丞相答话。"子牙传令："军士排队伍出城。"炮声响处，西岐门开，一对对英雄似虎，一双双战马如飞，左右列各洞门人。子牙见对营门一人三首六臂，青面獠牙；左右二骑乃温良、马善，各持兵器。哪吒暗笑："三人九只眼，多了个半人！"殷郊走马至军前，叫："姜尚出来见我！"子牙向前曰："来者何人？"殷郊大喝曰："吾乃长殿下殷郊是也！你将吾弟殷洪用太极图化作飞灰，此恨如何消歇！"子牙不知其中缘故，应声曰："彼自取死，与我何干？"殷郊听罢大叫一声，几乎气绝，大怒曰："好匹夫！尚说与你无干！"纵马摇戟来取，旁有哪吒登开风火轮，将火尖枪直取殷郊。轮马相交未及数合，被殷郊一番天印把哪吒打下风火轮来。

黄天化见哪吒失机，催开了玉麒麟，使两柄银锤敌住了殷郊，子牙左右救回哪吒。黄天化不知殷郊有落魂钟，殷郊摇动了钟，黄天化坐不住鞍鞒，跌将下来，张山走马将黄天化拿了。及至上了绳索，黄天化方知被捉。黄飞虎见子被擒，催开五色神牛来战，殷郊也不答话，枪戟并举，又战数合，摇动落魂钟，黄飞虎也撞下神牛，早被马善、温良捉去。杨戬在旁见殷郊祭番天印、摇落魂钟，恐伤了子牙不当稳便，忙鸣金收回队伍。子牙忙令军士进城，坐在殿上纳闷。杨戬上殿奏曰："师叔，如今又是一场古怪事出来!"子牙曰:"有甚古怪?"杨戬曰:"弟子看殷郊打哪吒的是番天印。此宝乃广成子师伯的,如何反把于殷郊?"子牙曰:"难道广成子使他来伐我?"杨戬曰:"殷洪之故事,师叔独忘之乎?"子牙方悟。

且说殷郊将黄家父子拿至中军,黄飞虎细观不是殷郊。殷郊问曰:"你是何人?"黄飞虎曰:"吾乃武成王黄飞虎是也。"殷郊曰:"西岐也有武成王黄飞虎?"张山在旁坐,欠身答曰:"此就是天子殿前黄飞虎。他反了五关投归周武,为此叛逆,惹下刀兵。今已被擒,正所谓'天网恢恢,疏而不漏',是彼自取死耳。"殷郊闻言忙下帐来,亲解其索,口称:"恩人,昔日若非将军,焉能保其今日?"忙问飞虎曰:"此人是谁?"黄飞虎答曰:"此吾长子黄天化。"殷郊急传令也放了,因对飞虎曰:"昔日将军救吾兄弟二人;今日我放你父子,以报前德。"黄飞虎感谢毕,因问曰:"千岁当时风刮去,却在何处?"殷郊不肯说出根本,恐泄了机密,乃朦胧应曰:"当日乃海岛仙家救我,在山学业,今特下山来报吾弟之仇。今日吾已报过将军大德,倘后见战,幸为回避,如再被擒,必正国法。"黄家父子告辞出营,至城下叫门,把门军官见是黄家父子,忙开城门放入。父子进相府来见子牙,尽言其事。子牙大喜。

次日,探马来报:"有将请战。"子牙问:"谁人去走一遭?"傍有邓九公愿往,子牙许之。邓九公领令出府,上马提刀,开放城门,见一将白马长枪,穿淡黄袍。怎见得:

> 戴一顶扇云冠,光芒四射;黄花袍,紫气盘旋;银叶甲,辉煌灿烂;三股绦,身后交加。白龙马追风赶日,杵白枪大蟒顽蛇。修行在仙山洞府,成道行有正无邪。

第六十三回 申公豹说反殷郊

话说邓九公大呼曰:"来者何人?"马善曰:"吾乃大将马善是也。"邓九公也不通姓名,纵马舞刀飞来直取,马善枪劈面相迎。两马往还战有十二三回合,邓九公刀法如神,马善敌不住,被邓九公闪一刀逼开了马善的枪,抓住腰间绦袍拎过鞍鞒,往下一摔,生擒进城,至相府来见子牙。子牙问曰:"将军胜负如何?"九公曰:"擒了一将,名唤马善,今在府前候丞相将令。"子牙命推来。少时,将马善推至殿前。那人全不畏惧,立而不跪。子牙曰:"既已被擒,何不屈膝?"马善大笑,骂曰:"老匹夫!你乃叛国逆贼。吾既被擒,要杀就杀,何必多言!"子牙大怒令:"推出府斩讫报来!"南宫适为监斩官,推至府前,只见行刑箭出,南宫适手起一刀,犹如削菜一般。正是:

> 钢刀随过随时长,如同切水一般同。

南宫适看见大惊,忙进相府回令曰:"启丞相,怪事非常!"子牙问曰:"有甚话说?"南宫适曰:"奉令将马善连斩三刀,这边过刀,那边长完,不知有何幻术,请丞相定夺。"子牙听报大惊,忙同诸将出府来,亲见动手,也是一般。旁有韦护祭起降魔杵打将下来,正中马善顶门,只打的一派金光,就地散开。韦护收回杵,还是人形。众门人大惊,只叫:"古怪!"子牙无计可施,命众门人:"借三昧真火烧这妖物!"旁有哪吒、金木二吒、雷震子、黄天化、韦护,运动三昧真火焚之。马善乘火光一起,大笑曰:"吾去也!"杨戬看见火光中走了马善,子牙心下不乐,各回府中商议,不题。且言马善走回营来见殷郊,尽言擒去怎样斩他,怎样放火焚他,"末将借火光而回。"殷郊闻言大喜。

子牙在府中沉思。只见杨戬上殿,对子牙曰:"弟子往九仙山探听虚实,看是如何。二则再往终南山见云中子师叔,去借照妖鉴来，看马善是甚么东西，方可治之。"子牙许之。杨戬离了西岐，借土遁径往九仙山来。不一时，顷刻已至桃园洞，来见广成子。杨戬行礼，口称："师叔。"广成子曰："前日令殷郊下山，到西岐同子牙伐纣，好三首六臂么？候拜将日，再来嘱他。"杨戬曰："如今殷郊不伐朝歌，反伐西岐，把师叔的番天印打伤了哪吒诸人，横行狂暴。弟子奉子牙之命，特来探其虚实。"广成子闻言大叫："这畜生有背师言，定遭不测之祸！但吾把洞内宝珍尽付与他，谁知今日之变！"叫杨戬："你且先回，我随后就来。"

杨戬离了九仙山，径往终南山来，须臾而至。进洞府见云中子行礼，口称："师叔，今西岐来了一人，名曰马善，诛斩不得，水火亦不能伤他，不知何物作怪，特借老师照妖鉴一用，俟除此妖邪，即当奉上。"云中子听说，即将宝鉴付与杨戬。杨戬离了终南山，往西岐来至相府参谒子牙，子牙问曰："杨戬，你往九仙山见广成子，此事如何？"杨戬把上项事情一一诉说一遍，又将取照妖鉴来的事亦说了一遍。令："明日可会马善。"

次日，杨戬上马提刀，来营前请战，坐名只要马善出来。探马报入中军，殷郊命马善出营。马善至军前，杨戬暗取宝鉴照之，乃是一点灯头儿在里面晃。杨戬收了宝鉴，纵马舞刀直取马善。二马相交，刀枪并举，战有二三十回合，杨戬拨马就走。马善不赶，回营来见殷郊回话："与杨戬交战，那厮败走，末将不去赶他。"殷郊曰："知己知彼，此是兵家要诀。此行是也。"

且言杨戬回营进府来。子牙问曰："马善乃何物作怪？"杨戬答曰："弟子照马善，乃是一点灯头儿，不知详细。"傍有韦护曰："世间有三处，有三盏灯：玄都洞八景宫有一盏灯，玉虚宫

第六十三回 申公豹说反殷郊

有一盏灯,灵鹫山有一盏灯。莫非就是此灯作怪?杨道兄可往三处一看,便知端的。"杨戬欣然欲往,子牙许之。杨戬离了西岐,先往玉虚宫而来,驾着土遁而走,正是:

> 风声响处行千里,一饭功夫至玉虚。

话说杨戬自不曾至昆仑山,今见景致非常,只得玩赏。怎见得:

> 珍楼玉阁,上界昆仑。谷虚繁地籁,境寂散天香。青松带雨遮高阁,翠竹依稀两道旁。霞光缥缈,采色飘飘。朱栏碧槛,画栋雕檐。谈经香满座,静闭月当窗。鸟鸣丹树内,鹤饮石泉傍。四时不谢奇花草,金殿门开射赤光。楼台隐现祥云里,玉磬金钟声韵长。珠帘半卷,炉内烟香。讲动《黄庭》方入圣,万仙总领镇东方。

话说杨戬至麒麟崖看罢昆仑景致,不敢擅入,立于宫外等候多时;只见白鹤童子出宫来,杨戬上前施礼,口称:"师兄,弟子杨戬借问老爷面前琉璃灯可曾点着?"白鹤童儿答曰:"点着哩。"杨戬自思:"此处点着,想不是这里,且往灵鹫山去。"彼时离了玉虚,径往灵鹫山来。好快!正是:

> 驾雾腾云仙体轻,玄门须仗五行行。
>
> 周游寰宇须臾至,才离昆仑又玉京。

杨戬进元觉洞倒身下拜,口称:"老师,弟子杨戬拜见。"燃灯问曰:"你来做甚么?"杨戬答曰:"老爷面前的琉璃灯灭了。"道人抬头看见灯灭了,"呀"的一声:"这孽障走了!"杨戬把上件事说了一遍。燃灯曰:"你先去,我随即就来。"杨戬别了燃灯,借土遁径归西岐,至相府来见子牙,将至玉虚、见燃灯事说了一遍:"燃灯老师随后就来。"子牙大喜。

正言之间,门官报:"广成子至。"子牙迎接至殿前。广成子对子牙谢罪曰:"贫道不知有此大变,岂意殷郊反了念头,吾之罪也。待吾出去招他来见。"广成子随即出城,至营前大呼曰:"传与殷郊,快来见我!"不知后事如何,且听下回分解。

【总批】

　　申公豹与子牙有甚么仇隙,五次三番邀请十洲三岛凶神恶煞来伐西岐,不知杀害多少生灵。毕竟与子牙无损,徒自送了这许多人。这不是与子牙为仇,是与众人为仇耳。

【又批】

　　纣王两个儿子,被申公豹一场巧言浪语,都送在极惨的死地。此正不是为纣,实所以害纣。所谓"自灭自灭还自灭"耳。大抵令人作恶,还自身受,正是天道恰好主张。

第六十四回　罗宣火焚西岐城

诗曰：

离宫原是火之精，配合干支在丙丁。

烈石焚山情更恶，流金烁海势偏横。

在天列曜人君畏，入地藏形万姓惊。

不是罗宣能作难，只因西土降仙卿。

话说探马报入中军："启千岁，有一道人请千岁答话。"殷郊暗想："莫不是吾师来此？"随即出营，果然是广成子。殷郊在马上欠身言曰："老师，弟子甲胄在身，不敢叩见。"广成子见殷郊身穿王服，大喝曰："畜生！不记得山前是怎样话！你今日为何改了念头？"殷郊泣诉曰："老师在上，听弟子所陈：弟子领命下山，又收了温良、马善。中途遇着申公豹，说弟子保殷伐周，弟子岂肯有负师言？弟子知吾父残虐不仁，肆行无道，固得罪于天下，弟子不敢有违天命；只吾幼弟又得何罪，竟将太极图把他化作飞灰！他与你何仇，遭此惨死！此岂有仁心者所为，此岂以德行仁之主！言之痛心刺骨！老师反欲我事仇，是诚何心！"殷郊言罢放声大哭。

广成子曰："殷郊，你不知申公豹与子牙有隙，他是诳你之言，不可深信。此事乃汝弟自取，实是天数。"殷郊曰："申公豹之言固不可信，吾弟之死又是天数，终不然是吾弟自走入太极图中去，寻此惨酷极刑。老师说得好笑！今兄存弟亡，实为可惨。老师请回，俟弟子杀了姜尚以报弟仇，再议东征。"广成子曰："你可记得发下誓言？"殷郊曰："弟子知道，就受了此厄死也甘心，决不愿独自偷生！"广成子大怒，喝一声，仗剑来取。殷郊用戟架住："老师，没来由你为姜尚与弟子变颜，实系偏心；倘一时失礼，不好看相。"广成子又一剑劈来。殷郊曰："老师何苦为他人不顾自己天性，则老师所谓'天道、人道'，俱是矫强。"广成子曰："此是天数，你自不醒悟，违背师言，必有杀身之祸！"复又一剑砍来。殷郊急得满面通红，曰："你既无情待我，偏执己见，自坏手足，弟子也顾不得了！"乃发手还一戟来。师徒二人战未及四五合，殷郊祭番天印打来。广成子着慌，借纵地金光法逃回西岐至相府。正是：

> 番天印传殷殿下，岂知今日打师尊。

话言广成子回相府，子牙迎着，见广成子面色不似平日，忙问今日会殷郊详细。广成子曰："彼被申公豹说反。吾再三苦劝，彼竟不从，是吾怒起，与他交战。那孽障反祭番天印来打我，吾故此回来再做商议。"子牙不知番天印的利害，正说之间，门官报："燃灯老爷来至。"二人忙出府迎接。至殿前，燃灯对子牙曰："连吾的琉璃灯也来寻你一番，俱是天数。"子牙曰："尚该如此，理当受之。"燃灯曰："殷郊的事大，马善的事小，待吾先收了马善再做道理。"乃谓子牙曰："你须得如此如此，方可收服。"子牙俱依此计。

次日，子牙单人独骑出城，坐名"只要马善来见我！"左右报马报入中军："启千岁爷，姜子牙独骑出城，只要马善出战。"殷郊自思："昨日吾师出城见我，未曾取胜；今日令子牙单骑出城要马善，必有缘故。且令马善出战，看是如何。"马善得令，抡枪

第六十四回　罗宣火焚西岐城

上马出辕门,也不答话,直取子牙,子牙手中剑赴面相迎。未及数合,子牙也不归营,望东南上逃走。马善不知他的本主等他,随后赶来,未及数射之地,只见柳阴之下立着一个道人,让过子牙,当中阻住,大喝曰:"马善!你可认得我?"马善只推不知,就一枪来刺。燃灯袖内取出琉璃望空中祭起,那琉璃望下掉来,马善抬头看见,及要躲时,燃灯忙令黄巾力士将灯焰带回灵鹫山去。正是:

> 仙灯得道现人形,反本还元归正位。

话言燃灯收了马善,令力士带上灵鹫山去了。不题。

且说探马来报入中军:"启千岁,马善追赶姜尚,只见一阵光华,止有战马,不见了马善。未敢擅专,请令定夺。"殷郊闻报心下疑惑,随传令:"点炮出营,定与子牙立决雌雄。"只见燃灯收了马善,方回来与广成子共议:"殷郊被申公豹说反,如之奈何?"正说之间,探马报入相府:"有殷殿下请丞相答话。"燃灯曰:"子牙公,你去得,你有杏黄旗可保其身。"子牙忙传令同众门人出城。炮声响亮,西岐门开,子牙一骑当先,对殷郊言曰:"殷郊,你负师命,难免犁锄之厄。及早投戈,免得自悔。"殷郊大怒,见了仇人切齿咬牙,大骂:"匹夫把吾弟化成飞灰,我与你誓不两立!"纵马摇戟直取子牙。子牙仗剑迎之,戟剑交加,大战龙潭虎穴。

且说温良走马来助,这壁厢哪吒登开风火轮接住交兵。两下里只杀得:

> 黑霭霭云迷白日,闹嚷嚷杀气遮天。枪刀剑戟冒征烟,阔斧犹如闪电。好勇的成功建业,恃强的努力当先。为明君不怕就死,报国恩欲把身捐。只杀得一团白骨见青

天,那时节方才收军罢战。

且说温良祭起白玉环来打哪吒,不知哪吒也有乾坤圈,也祭起来;不知金打玉,打得纷纷粉碎。温良大叫一声:"伤吾之宝,怎肯干休!"又战哪吒,被哪吒一金砖正中后心,打得往前一晃,未曾闪下马来;方欲逃回,不意被杨戬一弹子穿了肩头,跌下马去死于非命。殷郊见温良死于马下,忙祭番天印打子牙。子牙展开杏黄旗,便有万道金光,祥云笼罩;又现有千朵白莲谨护其身,把番天印悬在空中,只是不得下来。子牙随祭打神鞭,正中殷郊后背,翻斤斗落下马去。杨戬急上前欲斩他首级,有张山、李锦二骑抢出,不知殷郊已借土遁去了。子牙竟获全胜进城,燃灯与广成子共议曰:"番天印难治。且子牙拜将已近,恐误吉辰,罪归于你。"广成子告曰:"老师为我设一谋,如何除得此恶?"燃灯曰:"无筹可治,奈何!奈何!"

且说殷郊着伤逃回进营,纳闷郁郁不喜。且说辕门外来一道人,戴鱼尾冠,面如重枣,海下赤髯,红发三目,穿大红八卦服,骑赤烟驹。道人下骑叫:"报与殷殿下,吾要见他。"军政官报入中军:"启千岁,外边有一道者求见。"殷郊传令请来,少时道人行至帐前,殷郊看见,忙降阶接见。道人通身赤色,其形相甚恶。彼此各打稽首,殷殿下忙欠身答曰:"老师可请上坐。"道人亦不谦让,随即坐下。殷郊曰:"老师高姓大名?何处名山洞府?"道人答曰:"贫道乃火龙岛焰中仙罗宣是也,因申公豹相邀,特来助你一臂之力。"殷郊大悦,治酒款待,道人曰:"吾乃是斋,不用荤。"殷郊命治素酒相待。不题。一连在军中过了三四日,也不出去会子牙。殷郊问曰:"老师既为我而来,为何数日不会子牙一阵。"道人曰:"我有一道友,他不曾来;若要来时,我

第六十四回 罗宣火焚西岐城

与你定然成功,不用殿下费心。"且说那日正坐,辕门官军来报:"有一道者来访。"罗宣与殷郊传令请来。少时,见一道者黄脸虬须,身穿皂服,徐步而来。殷郊乃出帐迎接,至帐,行礼尊于上坐。道人坐下,罗宣问曰:"贤弟为何来迟?"道人曰:"因攻战之物未完,故此来迟。"殷郊对道人曰:"请问道长高姓大名?"道人曰:"吾乃九龙岛炼气士刘环是也。"殷郊传令治酒款待。

次早,二位道者出营来至城下,请子牙答话。探马忙报入相府:"启丞相,有二位道人请丞相爷答话。"子牙随即同众门人出城,排开队伍,只见催阵鼓响,对阵中有一道者,生得甚是凶恶。怎见得:

鱼尾冠,纯然烈焰;大红袍,片片云生。丝绦悬赤色,麻履长红云。剑带星星火,马如赤爪龙。面如血泼紫,钢牙暴出唇。三目光辉观宇宙,火龙岛内有声名。

话说子牙对诸门人曰:"此人一身赤色,连马也是红的!"众弟子曰:"截教门人,古怪者甚多。"话未毕,罗宣一骑马当先,大呼曰:"来者可就是姜子牙?"子牙答曰:"道兄,不才便是。不知道友是何处名山?那里洞府?"罗宣曰:"吾乃火龙岛焰中仙罗宣是也。吾今来会你,只因你倚仗玉虚门下,把吾辈截教甚是耻辱,吾故到此与你见一个雌雄,方知二教自有高低,非在于口舌争也。你那左右门人不必向前,料你等不过毫末道行,不足为能。只我与你比个高下。"道罢把赤烟驹催开,使两口飞烟剑来取子牙,子牙手中剑急架相迎。二兽盘旋,未及数合,哪吒登开风火轮摇枪来刺。罗宣旁有刘环跃步而出,抵住哪吒。大抵子牙的门人多,不由分说,杨戬舞三尖刀冲杀过来,黄天化使开双锤也来助战,雷震子展开二翅飞起空中,将金棍刷来,土行孙使动宾铁棍,往下三路也自杀来,韦护绰步,使降魔杵劈头就打,四面八方围裹上来。罗宣见子牙众门人不分好歹一涌而上,抵挡不住,忙把三百六十骨节摇动,现出三首六臂,一手执照天印,一手执五龙轮,一手执万鸦壶,一手执万里起云烟,双手使飞烟剑,好利害! 怎见得,有赞为证,赞曰:

> 赤宝丹天降异人,浑身上下烈烟熏。
> 离宫炼就非凡品,南极熬成迥出群。
> 火龙岛内修真性,焰气声高气似云。
> 纯阳自是三昧火,烈石焚金恶煞神。

话说罗宣现了三首六臂,将五龙轮一轮把黄天化打下玉麒麟。早有金、木二吒救回去了。杨戬正欲暗放哮天犬来伤罗宣,不意子牙早祭起打神鞭望空中打来,把罗宣打得几乎翻下赤烟驹来。哪吒战住了刘环,把乾坤圈打来,只打得刘环三昧火冒出,俱大败回营。

张山在辕门观看,见岐周多少门人祭无穷法宝,一个胜如一个,心中自思:"久已后灭纣者必是子牙一辈。"心中甚是不悦。只见罗宣失利回营,张山接住慰劳。罗宣曰:"今日不防姜尚打我一鞭,吾险些儿坠下骑来。"忙取葫芦中药饵吞而治之。罗宣对刘环曰:"这也是西岐一群众生该当如此,非我定用此狠毒也。"道人咬牙切齿。正是:

> 山红土赤须臾了,殿阁楼台化作灰。

话说罗宣在帐内与刘环议曰:"今夜把西岐打发他干干净净,免得费我清心。"刘环道:"他既无情,理当如此。"正是子牙灾难至矣,子牙只知得胜回兵,那知有此一节? 不意时至二更,罗宣同刘环借着火遁,乘着赤烟驹,把万里起云烟射进西岐城

第六十四回 罗宣火焚西岐城

内。此万里起云烟乃是火箭,及至射进西岐城内,可怜东西南北各处火起,相府皇城到处生烟。子牙在府内只听的百姓呐喊之声振动华岳。燃灯已知道了,与广成子出静室看火。不题。怎见得好火:

> 黑烟漠漠,红焰腾腾。黑烟漠漠,长空不见半分毫;红焰腾腾,大地有光千里赤。初起时,灼灼金蛇;次后来,千千火块。罗宣切齿逞雄威,恼了刘环施法力。燥干柴烧烈火性,说甚么燧人钻木;热油门上飘丝,胜似那老子开炉。正是那无情火发,怎禁这有意行凶。不去弭灾,返行助虐。风随火势,焰飞有千丈余高;火逞风威,灰迸上九霄云外。乒乒乓乓,如同阵前炮响;轰轰烈烈,却似锣鼓齐鸣。只烧得男啼女哭叫皇天,抱女携儿无处躲。姜子牙纵有妙法不能施,周武王德政天齐难逃避。门人虽有,各自保守其躯;大将英雄,尽是獐跑鼠窜。正是灾来难避无情火,慌坏青鸾斗阙仙。

话说武王听得各处火起,连宫内生烟,武王跪在丹墀,告祈后土、皇天曰:"姬发不道,获罪于天,降此大厄,何累于民?只愿上天将姬发尽户灭绝,不忍万民遭此灾厄。"俯伏在地放声大哭。且说罗宣将万鸦壶开了,万只火鸦飞腾入城,口内喷火,翅上生烟。又用数条火龙,把五龙轮架在当中,只见赤烟驹四蹄生烈焰,飞烟宝剑长红光,那有石墙、石壁烧不进去。又有刘环接火,顷刻齐休,画阁雕梁,即时崩倒。正是:

> 武王有福逢此厄,自有高人灭火时。

话言罗宣正烧西岐,来了凤凰山青鸾斗阙的龙吉公主,乃是昊天上帝亲生,瑶池金母之女;只因有念思凡,贬在凤凰山青鸾斗阙,今见子牙伐纣,也来助一臂之力。正值罗宣来烧西岐,娘娘就假此好见子牙,遂跨青鸾来至。远远的只见火内有千万火鸦,忙叫:"碧云童儿,将雾露乾坤网撒开,往西岐火内一罩。"此宝有相生相克之妙,雾露者乃是真水;水能克火,故此随即息灭,即时将万只火鸦尽行收去。

　　罗宣正放火乱烧,忽不见火鸦,往前一看,见一道姑戴鱼尾冠,穿大红绛绡衣。罗宣大呼:"乘鸾者乃是何人,敢灭吾之火?"公主笑曰:"吾乃龙吉公主是也。你有何能,敢动恶意,有逆天心,来害明君?吾特来助阵,你可速回,毋取灭亡之祸。"罗宣大怒,将五龙轮劈面打来。公主笑曰:"我知道你只有这些伎俩。你可尽力发来!"乃忙取四海瓶拿在手中,对着五龙轮,只见一轮竟打在瓶里去了。火龙进入于海内,焉能济事!罗宣大叫一声,把万里起云烟射来,公主又将四海瓶收住去了。刘环大怒,脚踏红焰,仗剑来取。公主把脸一红,将二龙剑望空中一丢,刘环那里经得起,随将刘环斩于火内。罗宣忙现三首六臂,祭照天印打龙吉公主,公主把剑一指,此印落于火内,又将剑丢起去。罗宣情知难拒,拨赤烟驹就走,公主再把二龙剑丢起,正中赤烟驹后背,赤烟驹自倒,将罗宣撞下火来,借火遁而逃。公主忙施雨露,且救了西岐火焰,好见子牙。怎见得好雨,有赞为证:

　　　　潇潇洒洒,密密沉沉。潇潇洒洒,如天边坠落明珠;密密沉沉,似海口倒悬滚浪。初起时,如拳大小;次后来,瓮泼盆倾。清壑水飞千丈玉,涧泉波浪万条银。西岐城内看看满,低凹池塘渐渐平。真是武王有福高明助,倒泻天河往下倾。

第六十四回　罗宣火焚西岐城

话说龙吉公主施雨救灭西岐火焰，满城民人齐声大叫曰："武王洪福齐天，普施恩泽，吾等皆有命也！"合城大小欢声震地，一夜天翻地沸，百姓皆不得安生。武王在殿内祈祷，百官带雨问安。子牙在相府神魂俱不附体，只见燃灯曰："子牙忧中得吉，就有异人至也。贫道非是不知，吾若是来治此火，异人必不能至。"话言未了，有杨戬报入府来："启师叔，有龙吉公主来至。"子牙忙降阶迎迓上殿，公主见燃灯、广成子在殿上，公主打稽首，口称："道兄请了！"子牙忙问燃灯曰："此位何人？"公主忙答曰："贫道乃龙吉公主，有罪于天；方才罗宣用火焚烧西岐，贫道今特来此间用些须小法术救灭此火，特佐子牙东征，会了诸侯，有功于社稷，可免罪愆，得再回瑶池耳，真不负贫道下山一场。"子牙大喜，忙分付侍儿打点焚香净室，与公主居住。西岐城内这一场嚷闹大是利害，乃收拾宫阙府第。不表。

且说罗宣败走下山，喘息不安，倚松靠石，默然沉思："今日把这些宝贝一旦失与龙吉公主，此恨怎消！"正愁恨时，只听得脑后有人作歌而至。歌曰：

> 曾做菜羹寒士，不去奔波朝市。宦情收起，打点林泉事。高山采紫芝，溪边理钓丝。洞中戏耍，闲写《黄庭》字。把酒醺然，长歌腹内诗。识时，扶王立帝基；知机，罗宣今日危。

话说罗宣听罢，回头一看，见个大汉戴扇云冠，穿道服，持戟而至，罗宣问曰："汝是何人，敢出大言？"其人答曰："吾乃李靖是也。今日往西岐见姜子牙，东进五关，吾无有进见之功，今日拿你权敌一功。"罗宣大怒，跃身而起，将宝剑来取，二人交锋。不知性命如何，且听下回分解。

【总批】

广成子毕竟被殷郊数语压倒,没得回他。纣虽得罪于天下,于其子何辜?大抵广成子俱局于数术,定要送他弟兄两个性命,多惹此一番斗争,与申公豹何干。

【又批】

罗宣放火烧城,使满城鼎沸,众生无所措手足,幸得龙吉公主来救灭。燃灯此时反说现成话,真可谓道人会有诳语。

第六十五回 殷郊岐山受犁锄

诗曰：
> 鼙鼓频催日已西，殷郊此日受犁锄。
> 翻天有印皆沦落，离地无旗孰可栖。
> 空负肝肠空自费，浪留名节浪为题。
> 可怜二子俱如誓，气化清风魂伴泥。

话说李靖大战罗宣，戟剑相交，犹如虎狼之状。李靖祭起按三十三天黄金宝塔，乃大叫曰："罗宣！今日你难逃此难矣！"罗宣欲待脱身，怎脱此厄？只见此塔落将下来，如何存立！可怜！正是：

> 封神台上有坐位，道术通天难脱逃。

话说黄金塔落将下来，正打在罗宣顶上，只打得脑浆迸流，一灵已奔封神台去了。李靖收了宝塔，借土遁往西岐，时刻而至。到了相府前，有木吒看见父亲来至，忙报与子牙："弟子父亲李靖等令。"燃灯对子牙曰："乃是吾门人，曾为纣之总兵。"子牙闻之大喜，忙令相见毕。

且说广成子见殷郊阻兵于此，子牙拜将又近，问燃灯曰："老师，如今殷郊不得退，如之奈何？"燃灯曰："番天印利害，除非取了玄都离地焰光旗，西方取了青莲宝色旗。如今止有了玉虚杏黄旗，殷郊如何伏得他？必先去取了此旗方可。"广成子曰："弟子愿往玄都，见师伯走一遭。"燃灯曰："你速去。"广成子

借纵地金光法往玄都来,不一时来至八景宫玄都洞。真好景致!怎见得,有赞为证:

> 金碧辉煌,珠玉灿烂。青葱婆娑,苍苔欲滴。仙鸾仙鹤成群,白鹿白猿作对。香烟缥缈冲霄汉,彩色氤氲遮碧空。雾隐楼台重叠叠,霞盘殿阁紫阴阴。祥光万道临福地,瑞气千条照洞门。大罗宫内金钟响,八景宫开玉磬鸣。开天辟地神仙府,才是玄都第一重。

话说广成子至玄都洞,不敢擅入,等候半晌,只见玄都大法师出来,广成子上前稽首,口称:"道兄,烦启老师,弟子求见。"玄都大法师至蒲团前启曰:"广成子至此,求见老师。"老子曰:"广成子不必着他进来,他来是要离地焰光旗,你将此旗付与他去罢。"玄都大法师随将旗付与广成子,曰:"老师分付你去罢,不要进见了。"广成子感谢不尽,将旗高捧,离了玄都径至西岐,进了相府,子牙接见,拜了焰光旗。

广成子又往西方极乐之乡来,纵金光,一日到了西方胜境,比昆仑山大不相同。怎见得,有赞为证,赞曰:

> 宝焰金光映日明,异香奇彩更微精。七宝林中无穷景,八德池边落瑞璎。素品仙花人罕见,笙簧仙乐耳更清。西方胜界真堪羡,真乃莲花瓣里生。

话说广成子站立多时,见一童子出来,广成子曰:"那童子,烦你通报一声,说广成子相访。"只见童子进去,不一时,童子出来道:"有请。"广成子见一道人身高丈六,面皮黄色,头挽抓髻,向前稽首,分宾主坐下。道人曰:"道兄乃玉虚门下,久仰清风,无缘会晤,今幸至此,实三生有缘。"广成子谢曰:"弟子因犯杀戒,今被殷郊阻住子牙拜将日期,今特至此求借青莲宝色旗以破殷郊,好佐周王东征。"接引道人曰:"贫道西方乃清净无为,与贵道不同。以花开见我,我见其人乃莲花之像,非东南两度之客。此旗恐惹红尘,不敢从命。"广成子曰:"道虽二门,其理合一。以人心合天道,岂得有两?南北东西共一家,难分彼此。如今周王是奉玉虚符命应运而兴,东西南北,总在皇王水土之内。道兄怎言西方不与东南之教同?古语云:'金丹舍利同仁义,三教元来是一家。'"接引道人曰:"道人言虽有理,只是青莲宝色旗染不得红尘。奈何!奈何!"

二人正论之间,后边来了一位道人,乃是准提道人,打了稽首,同坐下。准提曰:"道兄此来,欲借青莲宝色旗,西岐山破殷郊;若论起来,此宝借不得。如今不同,亦自有说。"乃对接引道人曰:"前番我曾对道兄言过,东南两度有三千丈红气冲空,与吾西方有缘,是我八德池中五百年花开之数。西方虽是极乐,其道何日得行于东南?不若借东南大教兼行吾道,有何不可!况今广成子道兄又来,当得奉命。"接引道人听准提道人之言,随将青莲宝色旗付与广成子。广成子谢了二位道人,离西方望西岐而来。正是:

　　只为殷郊逢此厄,才生西方走一遭。

话说广成子离了西方,不一日来到西岐,进相府来见燃灯,将西方先不肯借旗,被准提道人说了方肯的话说了一遍。燃灯曰:"事好了!如今正南用离地焰光旗,东方用青莲宝色旗,中央用杏黄戊己旗,西方用素色云界旗,单让北方与殷郊走,方可治之。"广成子曰:"素色云界旗那里有?"众门人都想,想不起来。广成子不乐,众门人俱退。土行孙来到内里,对妻子邓婵玉说:"平空殷郊伐西岐,费了许多的事,如今还少素色云界旗,不知那里有?"只见龙吉公主在静室中听见,忙起身来问土行孙曰:"素色云界旗是我母亲那里有。此旗一名'云界',一名'聚仙',但赴瑶池会将此旗拽起,群仙俱知道,即来赴瑶池胜会,故曰'聚仙旗'。此旗别人去不得,须得南极仙翁方能借得来。"土行孙闻说,忙来至殿前见燃灯道人曰:"弟子回内室与妻子商议,有龙吉公主听见。彼言此旗乃西王母处有,名曰聚仙旗。"燃灯方悟,随命广成子往昆仑山来。

广成子纵金光至玉虚宫,立于麒麟崖。等候多时,有南极仙翁出来。广成子把殷郊的事说了一遍。南极仙翁曰:"我知道了,你且回去。"广成子回西岐。不表。

且说南极仙翁即忙收拾,换了朝服,系了玎珰玉珮,手执朝笏,离了玉虚宫,足踏祥云,飘飘荡荡,鹤驾先行引导。怎见得,有诗为证:

祥云托足上仙行,跨鹤乘鸾上玉京。

福禄并称为寿曜,东南常自驻行旌。

话说南极仙翁来到瑶池落下云头,见朱门紧闭,玉珮无声,只见瑶池那些光景甚是稀奇。怎见得,有赞为证,赞曰:

顶摩霄汉,脉插须弥。巧峰排列,怪石参差。悬崖下瑶草琪花,曲径旁紫芝香蕙。仙猿摘果入桃林,却似火焰烧金,白鹤栖松立枝头,浑如苍烟捧玉。彩凤双双,青鸾对对。彩凤双双,向日一鸣天下瑞;青鸾对对,迎风跃舞世间稀。又见黄邓邓琉璃瓦叠鸳鸯,明晃晃锦花砖铺玛瑙。东一行,西一行,尽是蕊宫珍阙;南一带,北一带,看不了宝琼阁楼。云光殿上长金霞,聚仙亭下生紫雾。正是:金阙堂中仙乐动,方知紫府是瑶池。

第六十五回　殷郊岐山受犁锄

话说南极仙翁俯伏金阶，口称："小臣南极仙翁奏闻金母：应运圣主，鸣凤岐山，仙临杀戒，垂象上天。因三教并谈，奉玉虚符命，按三百六十五度封神八部，雷、火、瘟、斗，群星列宿。今有玉虚副仙广成子门人殷郊有负师命，逆天叛乱，杀害生灵，阻挠姜尚不能前往，恐误拜将日期。殷郊发誓，应在西岐而受犁锄之厄。今奉玉虚之命，特恳圣母恩赐聚仙旗，下至西岐治殷郊以应愿言。诚惶诚恐，稽首顿首。具疏小臣南极仙翁具奏。"俯伏少时，只听得仙乐一派。怎见得：

　　玉殿金门两扇开，乐声齐奏下瑶台。
　　凤衔丹诏离天府，玉敕金书降下来。

话说南极仙翁俯伏玉阶候降敕旨，只闻乐声隐隐，金门开处，有四对仙女高捧聚仙旗，付与南极仙翁，曰："敕旨付南极仙翁：周武当有天下，纣王秽德彰闻，应当绝灭，正合天心。今特敕尔聚仙旗前去以助周邦，毋得延缓，有亵仙宝。速往。钦哉！望阙谢恩。"南极仙翁谢恩毕，离了瑶池。正是：

　　周主洪基年八百，圣人金阙借旗来。

话说南极仙翁离了瑶池径至西岐，有杨戬报入相府。广成子焚香接敕，望阙谢恩毕。子牙迎接仙翁至殿中坐下，共言殷郊之事。仙翁曰："子牙，吉辰将至，你等即速破了殷郊，我暂且告回。"众仙送仙翁回宫。燃灯曰："今有聚仙旗，可以擒殷郊。只是还少两三位可助成功。"话犹未了，哪吒来报："赤精子来至。"子牙迎至殿前。广成子曰："我与道兄一样，遭此不肖弟子。"彼此嗟叹。又报："文殊广法天尊来至。"见了子牙，口称："恭喜！"子牙答曰："何喜可贺？连年征伐无休，日不能安食，夜不得安寝；怎能得静坐蒲团，了悟无生之妙也！"燃灯道："今日烦文殊道友,可将青莲宝色旗往西岐山震地驻扎,赤精子用离地焰光旗在岐山离地驻扎,中央戊己乃贫道镇守,西方聚仙旗须得武王亲自驻扎。"子牙曰:"这个不妨。"随即请武王至相府。子牙不提起擒殷郊之事,只说是:"请大王往岐山退兵,老臣同往。"武王曰:"相父分付,孤自当亲往。"

话说子牙掌聚将鼓,令黄飞虎领令箭冲张山大辕门,邓九公冲左粮道门,南宫适冲右粮道门,哪吒、杨戬在左,韦护、雷震子在右,黄天化在后,金木二吒、李靖父子三人掠阵。正是:

计就月中擒玉兔,谋成日里捉金乌。

子牙分付停当,先同武王往岐山,安定西方地位。

且说张山、李锦见营中杀气笼罩,上帐见殷郊,言曰:"千岁,我等驻扎在此,不能取胜,不如且回兵朝歌,再图后举。千岁意下如何?"殷郊曰:"我不曾奉旨而来。待吾修本,先往朝歌求援兵来至,料此一城有何难破?"张山曰:"姜尚用兵如神,兼有玉虚门下甚众,亦不是小敌耳。"殷郊曰:"不妨。连吾师也惧吾番天印,何况他人!"三人共议至抵暮。有一更时分,只见黄飞虎带领一枝人马点炮呐喊,杀进辕门;真是父子兵,一拥而进,不可抵挡。殷郊还不曾睡,只听得杀声大振,忙出帐上马拎戟,掌起灯笼火把。灯光内只见黄家父子杀进辕门。殷郊大呼曰:"黄飞虎,你敢来劫营,是自取死耳!"黄飞虎曰:"奉将令,不敢有违。"摇枪直取。殷郊手中戟急架忙迎。黄天禄、黄天爵、黄天祥等一裹而上,将殷郊围在垓心。只见邓九公带领副将太鸾、邓秀、赵升、孙焰红冲杀左营,南宫适领辛甲、辛免、太颠、闳夭直杀进右营,李锦接住厮杀,张山战住邓九公。哪吒、杨戬抢入中军,来助黄家父子。哪吒的枪只在殷郊前后心窝、两胁内

第六十五回 殷郊岐山受犁锄

乱刺,杨戬的三尖刀只在殷郊顶上飞来。殷郊见哪吒登轮,先将落魂钟对哪吒一晃,哪吒全然不理。祭番天印打杨戬,杨戬有八九玄功,迎风变化,打不下马来。故此殷郊着忙,黄夜交兵,苦杀了成汤士卒!

只因为主安天下,马死人亡满战场。

话说哪吒祭起一块金砖,正中殷郊的落魂钟上,只打得霞光万道,殷郊大惊。南宫适斩了李锦,也杀到中营来助战。张山与邓九公大战,不防孙焰红喷出一口烈火,张山面上被火烧伤,邓九公赶上一刀,劈于马下。九公领众将官也冲杀至中军,重重叠叠把殷郊围住,枪刀密匝,剑戟森罗,如铜墙铁壁。殷郊虽然是三首六臂,怎经得起这一群狼虎英雄俱是"封神榜"上恶曜?又经得雷震子飞在空中,使开金棍刷将下来。殷郊见大营俱乱,张山、李锦皆亡,殷郊见势头不好,把落魂钟对黄天化一晃,黄天化翻下玉麒麟来,殷郊乘此走出阵来,往岐山逃遁。众将官鸣锣擂鼓,追赶三十里方回。黄飞虎督兵进城,俱进相府,候子牙回兵。

且说殷郊杀到天明,止剩有几个残兵败卒。殷郊叹曰:"谁知如此兵败将亡!俺如今且进五关,往朝歌见父借兵,再报今日之恨不迟。"因策马前行,忽见文殊广法天尊站立前面而言曰:"殷郊,今日你要受犁锄之厄!"殷郊欠身,口称:"师叔,弟子今日回朝歌,老师为何阻吾去路?"文殊广法天尊曰:"你入罗网之中,速速下马,可赦你犁锄之苦。"殷郊大怒,纵马摇戟直取天尊,天尊手中剑急架忙迎。殿下心慌,祭起番天印来,文殊广法天尊忙将青莲宝色旗招展。好宝贝:白气悬空,金光万道,现一粒舍利子。怎见得,有诗为证,诗曰:

• 645 •

>万道金光隐上下，三乘玄妙入西方。
>要知舍利无穷妙，治得番天印渺茫。

文殊广法天尊展动此宝，只见番天印不能落将下来。

殷郊收了印，往南方离地而来，忽见赤精子大呼曰："殷郊，你有负师言，难免出口发誓之灾！"殷郊情知不杀一场也不得完事，催马摇戟来刺赤精子。赤精子曰："孽障！你兄弟一般，俱该如此，乃是天数，俱不可逃。"忙用剑架戟。殷郊复祭番天印就打，赤精子展动离地焰光旗，此宝乃玄都宝物，按五行奇珍。怎见得，有诗为证，诗曰：

>鸿蒙初判道精微，产在离宫造化机。
>今日岐山开展处，殷郊难免血沾衣。

赤精子展开此宝，番天印只在空中乱滚，不得下来。

殷郊见如此光景，忙收了印往中央而来，燃灯道人叫殷郊曰："你师父有一百张犁锄候你！"殷郊听罢着慌，口称："老师，弟子不曾得罪与众位师尊，为何各处逼迫？"燃灯曰："孽障！你发愿对天，出口怎免！"殷郊乃是一位恶神，怎肯干休？便气冲牛斗，直取过来。燃灯口称："善哉！"将剑架戟。未及三合，殷郊发印就打，燃灯展开了杏黄旗，此宝乃玉虚宫奇珍。怎见得。有诗为证，诗曰：

>执掌昆仑按五行，无穷玄法使人惊。
>展开万道金光现，致使殷郊性命倾。

殷郊见燃灯展开杏黄旗，就有万朵金莲现出，番天印不得下来，恐被他人收去了，忙收印在手。

忽然望见正西上一看，见子牙在龙凤幡下。殷郊大咤一声："仇人在前，岂可轻放！"纵马摇戟，大呼："姜尚！吾来也！"

第六十五回　殷郊岐山受犁锄

武王见一人三首六臂摇戟而来，武王曰："唬杀孤家！"子牙曰："不妨，来者乃殷郊殿下。"武王曰："既是当今储君，孤当下马拜见。"子牙曰："今为敌国，岂可轻易相见？老臣自有道理。"武王看殷郊来得势如山倒一般，滚至面前，也不答话，直一戟刺来有声，子牙剑急架忙迎。只一合，殷郊就祭印打来，子牙急展聚仙旗，此乃瑶池之宝，只见氤氲遍地，一派异香笼罩上面，番天印不得下来。怎见得，有诗为证，诗曰：

五彩祥云天地迷，金光万道吐虹霓。

殷郊空用番天印，咫尺犁锄顶上挤。

子牙见此旗有无穷大法，番天印当作飞灰，子牙把打神鞭祭起来打殷郊，殷郊着忙抽身望北而走。

燃灯远见殷郊已走坎地，发一雷声，四方呐喊，锣鼓齐鸣，杀声大振。殷郊催马向北而走，四面追赶，把殷郊赶得无路可投，往前行山径越窄。殷郊下马步行，又闻后面追兵甚急，对天祝曰："若吾父王还有天下之福，我这一番天印把此山打一条路径而出，成汤社稷还存；如打不开，吾今休矣！"言罢，把番天印打去。只见响一声，将山打出一条路来。殷郊大喜曰："成汤天下还不能绝。"便往山路就走。只听得一声炮响，两山头俱是周兵卷上山顶来，后面又有燃灯道人赶来。殷郊见左右前后俱是子牙人马，料不能脱得此难，忙借土遁往上就走。殷郊的头方冒出山尖，燃灯道人便用手一合，二山头一挤，将殷郊的身子夹在山内，头在山外。不知性命如何？且听下回分解。

【总批】

殷郊固是天数，以报纣之极恶。然广成子未免有些孟浪。当日一旦将无数宝贝付托与他,后面治伏此宝,便去东挪西借,走了无限脚头,费了许多气力。后面又去啼哭,毫无神仙品,反是一段婆子心肠。

【又批】
　　我想神仙原是弄人耍子,毕竟要做出这些模样,方显得这些神通,使人莫测其涯际。不然只不放他下山,何等直捷,何等无事!

第六十六回　洪锦西岐城大战

诗曰：

奇门遁术阵前开，斩将搴旗亦壮哉。

黑焰引魂遮白日，青幡掷地画尘埃。

三山关上多英俊，五气崖前有异才。

不是仙娃能幻化，只因月老作新媒。

话说燃灯合山挤住殷郊，四路人马齐上山来。武王至山顶上看见殷郊这等模样，滚鞍下马跪于尘埃大呼："千岁！小臣姬发奉法克守臣节，并不敢欺君枉上。相父今日令殿下如此，使孤有万年污名。"子牙挽扶武王而言曰："殷郊违逆天命，大数如此，怎能脱逃？大王要尽人臣之道，行礼以尽主公之德可也。"武王曰："相父今日把储君夹在山中，大罪俱在我姬发了。望列位老师大开恻隐，怜念姬发，放了殿下罢！"燃灯道人笑曰："贤王不知天数。殷郊违逆天命，怎能逃脱？大王尽过君臣之礼便罢了，大王又不可逆天行事。"

武王两次三番劝止。子牙正色言曰："老臣不过顺天应人，断不敢逆天而误主公也。"武王含泪撮土焚香，跪拜在地，称臣泣诉曰："臣非不救殿下，奈众老师要顺守天命，实非臣之罪也。"拜罢，燃灯请武王下山，命广成子推犁上山，广成子一见殷郊这等如此，不觉落泪。正是：

只因出口犁锄愿，今日西岐怎脱逃？

只见武吉犁了殷郊,殷郊一道灵魂往封神台来,清福神祇柏鉴用百灵幡来引殷郊。殷郊怨心不服,一阵风径往朝歌城来。纣王正与妲己在鹿台饮酒。好风!怎见得,有赞为证:

> 刮地遮天暗,愁云照地昏。鹿台如泼墨,一派靛妆成。先刮时扬尘播土,次后来倒树摧林。只刮得嫦娥抱定梭罗树,空中仙子怎腾云。吹动昆仑顶上石,卷得江河水浪浑。

话说纣王在鹿台上正饮酒,听得有人来,纣王不觉昏沉,就席而卧。见一人三首六臂立于御前,口称:"父王,孩儿殷郊为国而受犁锄之厄。父王可修仁政,不失成汤社稷。当任用贤相,速拜元戎,以任内外大事。不然,姜尚不久便欲东行,那时悔之晚矣!孩儿还要诉奏,恐封神台不纳,孩儿去也!"纣王惊醒,口称:"怪哉!"妲己、胡喜媚、王贵人三人共席,欠身忙问曰:"陛下为何口称怪哉?"纣王把梦中事说了一遍。妲己曰:"梦由心作,陛下勿疑。"纣王乃酒色昏君,见三妖娇态把盏传杯,遂不在心。

只见汜水关韩荣有本进朝歌告急,其本至文书房,微子看本,看见如此,心下十分不乐,将此本抱入内庭。纣王正在显庆殿。当驾官启奏:"微子候旨。"王曰:"宣。"微子至殿前行礼毕,将汜水关韩荣报本呈上。纣王展看,见张山奉敕征讨失利,又带着殷郊殿下绝于岐山。纣王看毕大怒,与众臣曰:"不道姬发自立武王,竟成大逆,屡屡征伐,损将折兵,不见成功。为今之计,可用何卿为将?若不早除,恐为后患。"班内一臣乃中谏大夫李登,进礼称臣曰:"今天下不静,刀兵四起,十余载未宁。虽东伯侯姜文焕、南伯侯鄂顺、北伯侯崇黑虎,此三路不过癣疥之疾,独西岐姜尚助姬发而为不道,肆行祸乱,其志不小。论朝歌

第六十六回 洪锦西岐城大战

城内,皆非姜尚之敌手。臣荐三山关总兵官洪锦才术双全,若得此臣征伐,庶几大事可定。"纣王即传旨,赍敕往三山关,命洪锦得专征伐。

使命持诏,径往三山关来。一路无词,一日来至三山关馆驿中安下。次日,洪锦待佐贰官接旨,开读毕,交代官乃是孔宣。不日俟孔宣交代明白,洪锦领十万雄师离了高关,往西岐进发。好人马!怎见得,有赞为证:

> 一路上旌旗迷丽日,杀气乱行云。刀枪寒飒飒,剑戟冷森森。弓弯秋月样,箭插点寒星。金甲黄邓邓,银盔似玉钟。锣响惊天地,鼓擂似雷鸣。人是貔貅猛,马似蛟龙雄。今往西岐去,又送美前程。

话说洪锦一路行来,兵过岐山。哨马报入中军:"人马已至西岐了。"洪锦传令安营立下寨栅。先行官季康、柏显忠上帐参见。洪锦曰:"今奉敕征讨,尔等各宜尽心为国。姜尚足智多谋,非同小敌,须是谨慎小心,不得造次草率。"二将曰:"谨领台命。"次日,季康领令出营,至西岐城下搦战。

探马报入相府,子牙大喜:"三十六路征伐,今日已满,可以打点东征。"忙问曰:"哪一员将官去走一遭?"南宫适愿往,子牙许之。南宫适领命出城,见季康犹如一块乌云而至。南宫适曰:"来者何人?"季康答曰:"吾乃洪总兵麾下正印官季康是也。今奉敕征伐,尔等叛逆之徒理当受首辕门,尚敢领兵拒敌,真是无法无君!"南宫适笑曰:"似你这等不堪之类,西岐城也不知杀了百万,又在你这一二人而已!快快回兵,免你一死。"季康大怒,纵马舞刀直取,南宫适手中刀赴面相迎。二将战有三十回合,季康乃左道傍门,念动咒语,顶上现一块黑云,云中现出一只犬来,把南宫适夹膊子上一口,连袍带甲扯去半边,几乎被季康刀劈了。南宫适唬得魂不附体,败进城,至相府回话,将咬伤一事诉说了一遍。子牙不乐。只见季康进营,见洪锦言:"得胜,伤南宫适败进城去了。"洪锦大喜:"头阵胜,阵阵胜。"

次日,柏显忠上马至城下请战,探马报入相府。子牙问:"谁人出马?"有邓九公应曰:"末将愿往。"子牙许之。邓九公开放西岐城,走马至军前,认得是柏显忠,大呼曰:"柏显忠!天下尽归明主,你等今日不降,更待何时?"柏显忠曰:"似你这匹夫,负国大恩,不顾仁义,乃天下不仁不智之狗彘耳!"邓九公大怒,催开座骑,使开合扇大刀直取柏显忠,显忠挺枪刺来。二将交锋,如同猛虎摇头,不亚狮子摆尾,只杀的天昏地暗。怎见得,有赞为证:

> 这一个顶上金盔飘烈焰,那一个黄金甲挂连环套。这一个猩猩血染大红袍,那一个粉素征袍如白练。这一个大刀挥如闪电光,那一个长枪恰似龙蛇现。这一个胭脂马跑鬼神惊,那一个白龙驹走如银霰。红白二将似天神,虎斗龙争真不善。

二将大战二三十回合,邓九公乃是有名大将,展开刀如同闪电,势不可当。柏显忠那里是九公敌手?被九公卖个破绽,手起一刀,把柏显忠挥于马下。邓九公得胜进城,至相府回话:"斩了柏显忠首级报功。"子牙令:"将首级号令城上。"

且说洪锦见折了一将,在中军大怒,咬牙切齿,恨不得平吞了西岐。次日,领大队人马,坐名要子牙答话。哨马报入相府,子牙闻报,即时排队伍出城。炮声响处,西岐门开,一枝人马而出。洪锦看城内兵来,纪律严整,又见左右归周豪杰,一个个胜似虎狼；那三山五岳门人，飘飘然俱有仙风道骨，两旁雁翅排开，宝纛旗下乃开国武成王黄飞虎。子牙坐四不相，穿一身道服，体貌自别。怎见得，有诗为证：

> 金冠如鱼尾，道服按东方。
> 丝绦悬水火，麻鞋系玉珰。
> 手执三环剑，胸藏百炼钢。
> 帝王师相品，万载把名扬。

话说洪锦走马至军前，大呼曰："来者是姜尚么？"子牙答曰："将军何名？"洪锦曰："吾乃奉天征讨大元戎洪锦是也。尔等不守臣节，违天作乱，往往拒敌王师，法难轻贷。今奉旨特来征讨尔等，拿解朝歌以正国法。若知吾利害，早早下骑就擒，可救一郡生灵涂炭。"子牙笑曰："洪锦，你既是大将，理当知机。天下尽归周主，贤士尽叛独夫，料你不过一泓之水，能济甚事！今诸侯八百齐伐无道，吾不久会兵孟津，吊民伐罪，以救生民涂炭，削平祸乱。汝等急急早降，乃归有道，自不失封侯之位耳。尚敢逆天以助不道，是自取罪戾也！"洪锦大骂："好老匹夫！焉敢如此肆志乱言！"遂纵马舞刀冲过阵来，傍有姬叔明大呼曰："不得猖獗！"催开马，摇枪直取洪锦，二将杀在一堆。姬叔明乃文王第七十二子，这殿下心性最急，使开枪势如狼虎，约战有三四十合。

洪锦乃左道术士出身，他把马一冲跳在圈子外面，将一皂旗往下一戳，把刀望上一晃，那旗化作一门，洪锦连人带马径进旗门而去。殿下不知，也把马赶进旗门来。此时洪锦看得见姬叔明，姬叔明看不见洪锦，马头方进旗门，洪锦在旗门里一刀把姬叔明挥于马下。子牙大惊，洪锦收了旗门，依旧现身，大呼曰："谁来与吾见阵？"旁有邓婵玉走马至军前，大呼："匹夫！少待恃强，吾来也！"洪锦看见一员女将奔来，金盔金甲，飞临马前。怎见得，有诗为证：

　　女将生来正幼龄，英风凛凛貌娉婷。
　　五光宝石飞来妙，辅国安民定太平。

邓婵玉一马冲至阵前，洪锦也不答话，舞刀直取，佳人手中双刀急架忙迎。洪锦暗思："女将不可恋战，速斩为上策。"洪锦依然去把皂幡如前用度，也把马走入旗门里面去了，只说邓婵玉赶他。不知婵玉有智，也不来赶，忙取五光石往旗门里一石打来，听得洪锦在旗门内"哎哟"一声，面已着伤，收了旗幡，败回营去了。子牙回兵进府，又见伤了一位殿下，郁郁不爽，纳闷在府。

　　且言洪锦被五光石打得面上眼肿鼻青，激得只是咬牙，忙用丹药敷贴，一夜全愈。次日，上马亲至城下，坐名只要女将。哨马报入相府，言："洪锦只要邓婵玉。"子牙无计，只得着人到后面来说。土行孙见人来报，忙对邓婵玉曰："今日洪锦坐名要你，你切不可进他旗门。"婵玉曰："我在三山关大战数年，难道左道也不知？我岂有进他旗门去的理。"二人正议论间，时有龙吉公主听见，忙出净室，问曰："你二人说甚么？"土行孙对："成汤有一大将洪锦，善用幻术，将皂旗一面化一旗门，殿下姬叔明赶进去，被他一刀送了性命。昨与婵玉交战，他又用皂幡，被他不赶，只一石往里面打去，打伤此贼。他今日定要婵玉出马，故此弟子分付他今日切不可赶他。如若不去，使他说吾西岐无人物。"龙吉公主笑曰："此乃小术，叫做'旗门遁'。皂幡为内旗门，白幡为外旗门。既然如此，待吾收之。"土行孙上银安殿，对子牙把龙吉公主的事说了一遍，子牙大喜，忙请公主上殿。公

第六十六回　洪锦西岐城大战

主见子牙,打稽首,曰:"乞借一坐骑,待吾去收此将。"子牙令取五点桃花驹。

龙吉公主独自出马,开了城门,一骑当先。洪锦见女将来至,不是邓婵玉,洪锦问曰:"来者乃是何人?"龙吉公主曰:"你也不必问我。我要说出来,你也不知。你只是下马受死,是你本色。"洪锦大笑,骂曰:"好大胆贱人,焉敢如此!"纵马舞刀来取,公主手中鸾飞剑急架忙迎。二骑交锋,只三四合,洪锦又把内旗门遁使将出来。公主看见,也取出一首白幡往下一戳,将剑一分,白幡化作一门,公主走马而入,不知所往。洪锦及至看时,不见了女将,大惊。不知外旗门有相生相克之理,龙吉公主从后面赶将出来。公主虽是仙子,终是女流,力气甚少,及举剑望洪锦背上砍来,正中肩甲,洪锦"哎哟"一声,不顾旗门皂幡,往正北上逃走。龙吉公主随后赶来,大叫:"洪锦速速下马受死!吾乃瑶池金母之女,来助武王伐纣。莫说你有道术,便赶你上天入地,也要带了你的首级来!"望前紧赶。洪锦只得舍生逃走,往前又赶,看看赶上,公主又曰:"洪锦莫想今日饶你!吾在姜丞相面前说过,定要斩你方回。"洪锦听罢,心下着忙,身上又痛,自思:"不若下马借土遁逃回,再作区处。"

龙吉公主见洪锦借土遁逃走,笑曰:"洪锦!这五行之术随意变化,有何难哉!吾来也!"下马借木遁赶来,取木能克土之意。看看赶至北海,洪锦自思曰:"幸吾有此宝在身,不然怎了?"忙取一物往海里一丢,那东西见水重生,搅海翻波而来,此物名曰鲸龙,洪锦足跨鲸龙,奔入海内而去。龙吉公主赶至北海,只见洪锦跨鲸而去。怎见得,有赞为证:

烟波荡荡,巨浪悠悠。烟波荡荡接天河,巨浪悠悠连地脉。潮来汹涌,水浸湾还。潮来汹涌,犹如霹雳吼三春;水浸湾还,却似狂风吹九夏。乘龙福老,往来必定皱眉行;跨鹤仙童,反覆果然忧虑过。近岸无村舍,傍水少渔舟。浪卷千层雪,风生六月秋。野禽凭出没,沙鸟任浮沉。眼前无钓客,耳畔只闻鸥。海底鱼游乐,天边鸟过愁。

话言龙吉公主赶至北海,见洪锦跨鲸而逃。公主笑曰:"幸吾离瑶池带得此宝而来。"忙向锦囊中取出一物,也往海里一丢,那宝贝见水复现原身,滑喇喇分开水势,如泰山一般。此宝名为神鲦,原身浮于海面,公主站立于上,仗剑赶来。此神鲦善降鲸龙,起头鲸龙入海,搅得波浪滔天;次后来神鲦入海,鲸龙无势。龙吉公主看看赶上,祭起捆龙索,命黄巾力士:"将洪锦速拿往西岐去!"黄巾力士领娘娘法旨,凭空把洪锦拎去,拿往西岐,至相府往阶下一摔。子牙正与众将官共议军情,只见空中摔下洪锦,子牙大喜。不知洪锦性命如何?且听下回分解。

【总批】

殷郊之死,也是天数。只是广成子原不该着他下山来,明明是送他上路。广成子不得辞其责。

【又批】

武王不忍见殷郊受犁锄之厄,再三乞免,真有仁圣之度。只是这些道人不肯,何也?此正是以天意限定了,不知后世误了多少人。

第六十七回　姜子牙金台拜将

诗曰：

　　金台拜将若飞仙，斗大黄金肘后悬。
　　梦入熊罴方实地，年登耄耋始朝天。
　　延绵周室承先业，树列齐封启后贤。
　　福寿两端人罕及，帝王师相古今传。

话说子牙见捉了洪锦，料知龙吉公主成功。将洪锦放下丹墀，少时，龙吉公主进相府。子牙欠身谢曰："今日公主成莫大之功，皆是社稷生民之福。"公主曰："自下高山，未与丞相成尺寸之功；今日捉了洪锦，但凭丞相发落。"龙吉公主道罢，自回净室去了。子牙令左右将洪锦推至殿前，问曰："似你这等逆天行事之辈，何尝得片甲回去？"命："推将出去，斩首号令！"有南宫适为监斩，俟行刑令下。

方欲开刀，只见一道人忙奔而来，喘息不定，只叫："刀下留人！"南宫适看见，不敢动手，急进相府来禀曰："启丞相得知，末将斩洪锦方欲开刀，有一道人只叫'刀下留人'，未敢擅便，请令定夺。"子牙传："请。"少时，那道人来至殿前，与子牙打了稽首。子牙曰："道兄从何处来？"道人曰："贫道乃月合老人也。因符元仙翁曾言龙吉公主与洪锦有俗世姻缘，曾绾红丝之约，故贫道特来通报，二则可以保子牙兵度五关，助得一臂之力。子牙公不可违了这件大事。"子牙暗想："他乃蕊宫仙子，吾怎好将凡间姻缘之事与他讲?"乃令邓婵玉先去见龙吉公主,就将月合仙翁之言先禀过,方可再议。

邓婵玉径进内庭,请公主出净室议事,公主忙出来见邓婵玉,问曰:"有何事见我?"邓婵玉曰:"今有月合仙翁言公主与洪锦有俗世姻缘,曾绾红丝之约,该有一世夫妻;现在殿前与丞相共议此事,故丞相先着妾身启过娘娘,然后可以面议。"公主曰:"吾因在瑶池犯了清规,特贬我下凡,不得复归瑶池与吾母子重逢。今下山来,岂得又多此一番俗孽耶?"邓婵玉不敢作声。

少时,月合仙翁同子牙至后厅,龙吉公主见仙翁稽首。仙翁曰:"今日公主已归正道,今贬下凡间者,正要了此一段俗缘,自然反本归元耳。况今子牙拜将在迩,那时兵度五关,公主该与洪锦建不世之勋,垂名竹帛。候功成之日,瑶池自有旌幡来迎接公主回宫,此是天数,公主虽欲强为不可得矣。所以贫道受符元仙翁之命,故不辞劳顿亲自至此,特为公主作伐。不然,洪锦刚赴法行刑,贫道至此不迟不早,恰逢其时,其冥数可知。公主当依贫道之言,不可误却佳期,罪愆更甚,那时悔之晚矣。公主请自三思!"龙吉公主听了月合仙翁一篇话,不觉长吁一声:"谁知有此孽冤所系!既是仙翁掌人间婚姻之牍,我也不能强辞,但凭二位主持。"

子牙、仙翁大喜,遂放了洪锦,用药敷好剑伤。洪锦自出营招回季康人马,择吉日与龙吉公主成了姻眷。正是:

   天缘月合非容易,自有红丝牵系来。

话说洪锦与龙吉公主成了姻亲,乃纣王三十年三月初三日。西岐城众将打点东征,一应钱粮俱各停当,只等子牙上出师表。翌日,武王设聚早朝,王曰:"有奏章出班,无事朝散。"言

第六十七回 姜子牙金台拜将

未毕,有姜丞相捧出师表上殿,武王命接上来,奉御官将表文开于御案上。武王从头看玩:

> 进表丞相臣姜尚。臣闻惟天地万物父母,惟人万物之灵。天佑下民,作之君,作之师。惟其克相上帝,宠绥四方,作民父母。今商王受弗敬上天,降灾下民,流毒邦国,剥丧元良,贼虐谏辅,狎侮五常,荒怠不敬,沉湎冒色,罪人以族,官人以世;惟宫室、台榭、陂池、侈服以残害于万姓;遗厥先宗庙弗祀;播弃黎老,昵比罪人;惟妇言是用,焚炙忠良,刳剔孕妇;崇信奸回,放黜师保;屏弃典刑,囚奴正士;杀妻戮子,惟淫酗是图,作奇技淫巧,以悦妇人;郊社不修,宗庙不享。商罪贯盈,天人共怒。今天下诸侯大会于孟津,兴吊民伐罪之师,救生民于水火,乞大王体上天好生之心,孚四海诸侯之念,思天下黎庶之苦,大奋鹰扬,择日出师,恭行天罚,则社稷幸甚,臣民幸甚!乞赐详示施行。谨具表以闻。

武王览毕,沉吟半晌。王曰:"相父此表,虽说纣王无道,为天下共弃,理当征伐;但昔日先王曾有遗言:'切不可以臣伐君。'今日之事,天下后世以孤为口实,况孤有辜先王之言,谓之不孝。纵纣王无道,君也,孤若伐之,谓之不忠。孤与相父共守臣节,以俟纣王改过迁善,不亦善乎?"

子牙曰:"老臣怎敢有负先王!但天下诸侯布告中外,诉纣王罪状不足以君天下,纠合诸侯大会孟津,昭畅天威,兴吊民伐罪之师,观政于商,前有东伯侯姜文焕、南伯侯鄂顺、北伯侯崇黑虎具文书知会。如那一路诸侯不至者,先问其违抗之罪,次伐无道。老臣恐误国家之事,因此上表请王定夺,愿大王裁之。"武王曰："既是他三路欲伐成汤，听他等自为。孤与相父坐守本土，以尽臣节，上不失为臣之礼，下可以守先王之命，不亦美乎？"子牙曰："惟天为万物父母，惟人万物之灵，亶聪明，作元后，元后作民父母。今商王受荼毒生民如坐水火，罪恶贯盈，皇天震怒，命我先王，大勋未集耳。今大王行吊民伐罪之师，正代天以彰天讨，救民于水火，如不顺上天，厥罪惟均。"

只见上大夫散宜生上前奏曰："丞相之言乃为国忠谋，大王不可不听。今天下诸侯大会孟津，大王若不以兵相应，则不足取信于众人，则众人不服，必罪我国以助纣为虐。倘移兵加之，那时反不自遗伊戚。况纣王信谗，屡征西土，黎庶遭惊慌之苦，文武有汗马之劳，今方安宁，又动天下之兵，是祸无已时。以臣愚见，不若依相父之言，统兵大会孟津，与天下诸侯陈兵商郊，观政于商，俟其自改，则天下生民皆蒙其福，又不失信于诸侯，遗灾于西土。上可以尽忠于君，下可以尽孝于先王，可称万全策。乞大王思之。"

武王听得散宜生一番言语，不觉忻说，乃曰："大夫之言是也，不知用多少人马？"宜生奏曰："大王兵进五关，须当拜丞相为大将军，付以黄钺、白旄，总理大权，得专阃外之政，方可便宜行事。"武王曰："但凭大夫主张，即拜相父为大将军，得专征伐。"宜生曰："昔黄帝拜风后，须当筑台，拜告皇天后土、山川河渎之神，捧毂推轮，方成拜将之礼。"武王曰："凡一应事宜，俱是大夫为之。"武王朝散。宜生又至相府恭贺，百官俱各各欣悦，众门人个个喜欢。

宜生次日至相府见子牙说，令南宫适、辛甲往岐山监造将台。当时二人至岐山，拣选木植砖石之物，克日兴工。也非一

第六十七回 姜子牙金台拜将

日,将台已完,二将回报子牙。宜生入内庭回武王旨曰:"臣奉旨监造将台已完,谨择良辰,于三月十五日请大王至金台亲拜相父。"武王准旨,俟至日行礼。

且说子牙三月十三日立辛甲为军政司,先将"斩法纪律牌"挂在帅府,使众将各宜知悉。辛甲领令,挂出帅府:"扫荡成汤天宝大元帅姜条约示谕大小众将知悉。"只见各款开列于后:

其一,闻鼓不进,闻金不退,举旗不起,按旗不伏,此为慢军:犯者斩。

其二,呼名不应,点视不到,违期不至,动乖纪律,此为欺军:犯者斩。

其三,夜传刁斗,怠而不报,更筹违度,声号不明,此为懈军:犯者斩。

其四,多出怨言,毁谤主将,不听约束,梗教难治,此为横军:犯者斩。

其五,扬声笑语,蔑视禁约,哓聒军门,此为轻军:犯者斩。

其六,所用兵器,克削钱粮,致使弓弩绝弦,箭无羽镞,剑戟不利,旗帜凋敝,此为贪军:犯者斩。

其七,谣言诡语,造捏鬼神,假托梦寐,大肆邪说,鼓惑将士,此为妖军:犯者斩。

其八,奸舌利齿,妄为是非,调拨士卒,互相争斗,致乱行伍,此为刁军:犯者斩。

其九,所到之地,凌侮百姓,逼淫妇女,此为奸军:犯者斩。

其十,窃人财物,以为己利,夺人首级,以为己功,此为盗军：犯者斩。

其十一，军中聚众议事，近帐私探信音，此为探军：犯者斩。

其十二，或闻所谋，及闻号令，漏泄于外，使敌人知之，此为背军：犯者斩。

其十三，调用之际，结舌不应，低眉俯首，面有难色，此为怯军：犯者斩。

其十四，出越队伍，搀前乱后，言语喧哗，不遵禁约，此为乱军：犯者斩。

其十五，托伤诈病，以避征进，捏故假死，因而逃脱，此为奸军：犯者斩。

其十六，主掌钱粮，给赏之时，阿私所亲，使士卒结怨，此为弊军：犯者斩。

其十七，观寇不审，探贼不详，到不言到，多则言少，少则言多，此为误军：犯者斩。

话说子牙将"斩法牌"挂于帅府，众将观之，无不敬谨。

且说宜生至十四日入内庭见武王曰："请大王明日清晨至相府，请丞相登坛。"武王曰："拜将之道，如何行礼？"宜生曰："大王如黄帝拜风后，方成拜将之礼。"武王曰："卿言正合孤意。"次日乃三月十五日吉辰，武王带领合朝文武齐至相府前。只听里面乐声响过三番，军政司令门官放炮开门，只见三声炮响，相府门开。宜生引道，武王随后，至银安殿。军政司忙禀请元帅升殿："有千岁亲来拜请元帅登辇。"子牙忙从后面道服而出。武王乃欠身言曰："请元帅登辇。"子牙慌忙谢过，同武王分左右并行至大门。武王欠身打一躬，两边扶子牙上辇。宜生请

第六十七回　姜子牙金台拜将

武王亲扶凤尾,连推三步。后人有诗赞子牙末年叨此荣宠,诗曰:

　　周主今朝列将台,风云龙虎四门开。
　　香生满道衣冠引,紫气当天御仗来。
　　统领貔貅添瑞彩,安排士马尽崔嵬。
　　磻溪今日人龙出,八百开基说异才。

话说子牙排仪仗出城,只见前面七十里俱是大红旗,直摆到西岐山,西岐百姓扶老携幼,俱来观看。子牙至岐山,将近将台边,有一座牌坊上有一副对联:

　　三千社稷归周主,一派华夷属武王。

话说众将分道而行。武王至将台边一看,只见将台高耸,甚是嵬峨轩昂。怎见得,但见:

　　台高三丈,象按三才。阔二十四丈、按二十四气。台有三层:第一层台中立二十五人,各穿黄衣,手持黄旗,按中央戊己土;东边立二十五人,各穿青衣,手持青旗,按东方甲乙木;西边立二十五人,各穿白衣,手持白旗,按西方庚辛金;南边立二十五人,各穿红衣,手持红旗,按南方丙丁火;北方立二十五人,各穿皂衣,手持皂旗,按北方壬癸水。第二层是三百六十五人,手各执大红旗三百六十五面,按周天三百六十五度。第三层立七十二员牙将,各执剑、戟、抓、锤,按七十二候。三层之中,各有祭器、祝文。自一层之下,两边仪仗,雁翅排列。真是衣冠整肃,剑戟森严,从古无两。

只见散宜生至鸾舆前,请武王出舆,武王忙下舆。宜生曰:"大王可至元帅前,请元帅下辇。"武王行至辇前,欠身曰:"请元帅

下辇。"子牙忙令中军扶下辇来,宜生引导子牙至台边,散宜生赞礼曰:"请元帅面南背北。"散宜生开读祝文:

> 维大周十有三年,孟春丁卯,朔丙子,西周武王姬发遣上大夫散宜生敢昭告于五岳四渎,名山大川之神曰:呜呼!惟天惠民,惟辟奉天,抚绥众庶,克底于道。今商王受弗敬上天,降灾下民,惟妇言是用,昏弃厥祀弗答,昏弃厥遗王父、母、弟不迪,乃惟四方之多罪逋逃,是崇是长,是信是使,是以为大夫卿士;俾暴虐于百姓,以奸宄于商邑。今发夙夜祇惧,若不顺天,厥罪惟均。谨择今日,特拜姜尚为大将军,恭行天讨,伐罪吊民,永清四海。所赖神祇相我众士,以克厥勋。伏惟尚飨!

话说散宜生读罢祝文,有周公旦引子牙上第二层台,周公旦赞礼曰:"请元帅面东背西。"周公旦开读祝文:

> 维大周十有三年,孟春丁卯,上朔丙子,西周武王姬发遣周公旦敢昭告日月星辰,风伯雨师,历代圣帝明王之神曰:呜呼!天有显道,厥类惟彰。今商王受乃夷居弗事上帝神祇,遗厥先宗庙弗祀,沉湎酒色,淫酗肆虐;惟宫室台榭是崇,焚炙忠良,刳剔孕妇,以残害于下民,牺牲粢盛,既于凶盗,乃曰"吾有民有命",罔惩其侮。皇天震怒,命发诛之。发曷敢有越厥志。自思欲济斯民,匪才不克。今特拜姜尚为大将军,取彼凶残,杀伐用张。仰赖神祇翊卫启迪,吐纳风云,嘘哺变化,拯救下民,恭行天罚,克定厥勋,于汤有光。伏惟尚飨!

周公旦读罢祝文,有召公奭引子牙上第三层台,毛公遂捧武王所赐黄钺、白旄,祝曰:"自今以后,奉天征讨,罚此独夫,为生民

第六十七回　姜子牙金台拜将

除害,为天下造福,元戎往勖之哉!"子牙跪受黄钺、白旄,乃令左右执捧,礼官赞礼曰:"请元戎面北,拜受龙章凤篆。"子牙跪拜,左右歌"中和"之曲,奏"八音"之章,乐声嘹亮,动彻上下。召公奭开读祝文:

> 维大周十有三年,孟春丁卯,上朔丙子,西岐武王姬发敢昭告昊天上帝,后土神祇曰:呜呼!天矜于民。民之所欲,天必从之。今商王受狎侮五常,荒怠弗敬,自绝于天,结怨于民,斮朝涉之胫,剖贤人之心,作威杀戮,毒痡四海,崇信奸回,放黜师保,屏弃典刑,囚奴正士,郊社不修,宗庙不享,作奇技淫巧,以悦妇人,无辜吁天,上帝弗顺,祝降时丧。臣发曷敢有越厥志,祇承上帝,以遏乱略,华夏蛮貊,罔不率俾。惟我先王,为国求贤,聘请姜尚以助发。今特拜为大将军,大会孟津,以彰天讨,取彼独夫,永清四海。所赖有神,尚克相予,以济兆民,无作神羞。克成厥勋,诞膺天命,以抚方夏。恳祈照临,永光西土。神其鉴兹。伏惟尚飨!

召公奭读罢祝文,子牙居中而立。

军政司上台,启元帅:"发鼓竖旗。"两边鼓响,拽起宝纛旗来。军政司请元帅戴护顶之宝,军政官用红漆端盘,捧上一顶金盔来。怎见得:

> 黄邓邓,耀水镜;玲珑花,巧样称。竖三叉,攒回凤。六瓣六楞紫金盔,缨络翻,朱砂迸。珊瑚碧玉周围绕,玛瑙珍珠前面钉。

军政司将盔捧与子牙戴上,又传令:"取袍甲上台。"军政官高捧袍铠,献在台上。怎见得:

　　　　龙吞口,兽吞肩。红似火,赤似烟。老君炉,曾烧炼。千锤打,万锤颠。绿绒扣,紫绒穿。迸铜锤,扛铁鞭。锁子文,甲上悬。披一领,按南方丙丁火。茜草茜,胭脂抹。五彩菱,花千朵。遍金织就大红袍。系一条四指阔,羊脂玉,玛瑙厢,琥珀砌,紫金雀舌八宝攒就白玉带。

话说姜元帅全装甲胄立于台上,军政司传:"取印、剑上台。"军政官捧剑、印上台,又捧一架,架上有三般令天子、协诸侯之物,内有令天子旗、令天子剑、令天子箭。正见印、剑上台来,有诗为证:

　　黄金斗大掌貔貅,杀伐从来神鬼愁。
　　吕望今朝登台后,乾坤一统属西周。

话说军政司将印、剑捧至子牙面前,子牙将印、剑接在手中,高捧过眉。散宜生请武王拜将,武王在台下大拜八拜,武王拜罢,子牙令辛甲把令天子旗将武王请上台来。少时,辛甲执旗大呼曰:"奉元帅将令,请武王上台!"武王随令旗上台,子牙传令:"请开印、剑。"请武王面南端坐,子牙拜谢毕,跪而奏曰:"老臣闻国不可从外而治,军不可从中而御,二心不可以事君,疑志不可以应敌。臣既受命,尊节钺之威,岂敢不效弩骀,以报知遇之恩也!"武王曰:"相父今为大将东征,但愿早至孟津,会兵速返,孤之幸矣。"子牙谢恩,武王下台,众将听候指挥。子牙传令:"军政官与众得知,俱于三日后在教军场听点。今日有三山五岳众道兄与我饯别。"辛甲领命,传与众将知悉。武王同文武百官俱在金台。

　　子牙离了将台,往岐山正南而来,有哪吒领诸门人来迎接子牙,只见甲胄威仪,十分壮丽。来至芦篷,只见玉虚门下十二

第六十七回 姜子牙金台拜将

弟子拍手大笑而来,对子牙曰:"相将威仪,自壮行色。子牙真人中之龙也!"子牙欠背打躬曰:"多蒙列位师兄抬举,今日得握兵权,皆众师兄之赐也,而姜尚何能哉!"众仙曰:"只等掌教圣人来至,吾辈才好奉酒。"

话犹未了,只听得空中一派笙簧,仙乐齐奏。怎见得,有诗为证:

> 紫气空中绕帝都,笙簧嘹亮白云浮。
> 青鸾丹凤随銮驾,羽扇幡幢傍辘轳。
> 对对金童云里现,双双玉女佩声殊。
> 祥光瑞彩多灵异,周室当兴应赤符。

话说元始天尊驾临,诸弟子伏道迎接,子牙俯伏,口称:"弟子愿老爷圣寿无疆!"众门人引道,酌水焚香,迎鸾接驾。元始天尊上了芦篷坐下,子牙复拜。元始曰:"姜尚,你四十年积功累行,今为帝王之师,以受人间福禄,不可小视了。你东征灭纣,立功建业,列土分茅,子孙绵远,国祚延长。贫道今日特来饯你。"命白鹤童子取酒来,斟了半杯,子牙跪接一饮而尽。元始曰:"此一杯愿子成功扶圣主。"又饮一杯:"治国定无虞。"又一杯:"速速会诸侯。"子牙吃了三杯,又跪下。元始曰:"子又复跪者何说?"子牙曰:"蒙老爷天恩教育,使尚得拜将东征,弟子此行,不知吉凶如何,恳求指示!"天尊曰:"你此去并无他虞,你谨记一偈,自有验也。偈曰:

> 界牌关遇诛仙阵,穿云关下受瘟瘟。
> 谨防达兆光先德,过了万仙身体康。"

子牙闻偈,拜谢曰:"弟子敬佩此偈。"元始曰:"我返驾回宫,你众弟子再为饯别。"群仙送出篷来,只见仙风一阵,回了鸾驾。

且说众仙来与子牙奉酒，各饮三杯，南极仙翁也奉子牙饯别酒三杯，俱要起身作辞而去。众门人见子牙问师尊前去吉凶，金吒忙向文殊广法天尊问曰："弟子前去，吉凶如何？"道人曰："你：

　　修身一性超仙体，何怕无谋进五关。"

哪吒也来问太乙真人曰："弟子此行，吉凶如何？"真人曰："你：

　　汜水关前重道术，方显莲花是化身。"

木吒来问普贤真人曰："弟子领法旨下山，不知归着如何？"真人曰："你：

　　进关全仗吴钩剑，不负仙传在九宫。"

韦护也问道行天尊曰："弟子佐姜师叔至孟津，可有妨碍？"道行天尊曰："你比众人不同，岂不知你：

　　历代多少修行客，独你全真第一人！"

雷震子来问云中子曰："弟子此去，吉凶如何？"云中子曰："你：

　　两枚仙杏安天下，可保周家八百年。"

杨戬也问玉鼎真人曰："弟子此去如何？"真人曰："你也比别人不同：

　　修成八九玄中妙，任尔纵横在世间。"

李靖来问燃灯道人曰："弟子此行，凶吉如何？"道人曰："你也比别人不同：

　　肉身成圣超天境，久后灵山护法台。"

黄天化问清虚道德真君曰："弟子此行，凶吉如何？"道德真君一见黄天化命运不长，面带绝气，低首不言；然而心中不忍，真是可怜。真君复向黄天化言曰："徒弟，你问前程之事，我有一偈，你可时时在心，谨记依偈而行，庶几无事。"道人念偈，不知后事如何，且听下回分解。

【总批】
　　子牙七十余岁方遇文王，何其晚也！又十余年方督师伐纣，又何其迟也！然而义旗一指，独夫随即授首，鹰扬伟烈，彪炳千古。而分茅列土，与周家八百年相终始，猗欤盛哉！古云"大器晚成"，信然！今人又何得以年貌弃人耶！

【又批】
　　月合仙，原是撮合人间好事者。龙吉公主非月合仙，必不能尝着人间滋味，只是忒便宜了洪锦，不但免其死，且得一个好老婆。

第六十八回　首阳山夷齐阻兵

诗曰：
  首阳芳躅为纲常，欲树千秋叛逆防。
  数语唤回人世梦，一身表率死生光。
  求仁自是求仁得，义士还从义士扬。
  读罢史文犹自泪，空留齿颊有余香。

  话说清虚道德真君见黄天化来问前程归着，欲说出所以，恐他不服，欲不说明白，又恐他误遭陷害。真君没奈何，只得将前去机关作一偈，听凭天命。真君作偈曰：
  逢高不可战，遇能即速回。
  金鸡头上看，蜂拥便知机。
  止得功为首，千载姓名题。
  若不知时务，防身有难危。
道人作罢偈，黄天化年少英雄，那里放在心上。只见土行孙也来问惧留孙，惧留孙也知土行孙不好，他还进得关，死于张奎之手，也只得作一偈与土行孙存验，偈曰：
  地行道术既能通，莫为贪嗔错用功。
  撺出一獐咬一口，崖前猛兽带衣红。
惧留孙作罢偈，土行孙谢过师尊。

  且说众仙与子牙作别，各回山岳而去。子牙同武王、众将进西岐城，武王回宫，子牙回帅府，大小众将俟候三日后下教场

第六十八回　首阳山夷齐阻兵

听点。子牙次日作本谢恩,上殿来见武王。姜子牙金幞头,大红袍,玉带,将本呈上。只见上大夫散宜生接本,展于御案上。子牙俯伏奏曰:"姜尚何幸,蒙先王顾聘,未效涓埃之报,又蒙大王拜尚为将,知遇之隆,古今罕及。尚敢不效犬马之力,以报深恩也!今特表请驾亲征,以顺天人之愿。"武王曰:"相父此举,正合天心。"忙览表:

> 大周十三年孟春月,扫荡成汤天宝大元帅姜尚言:伏以观时应变,固天地之气运;杀伐用张,亦神圣之功化。今商王受不敬上天,荒淫不德,残虐无辜,肆行杀戮,逆天征伐,天愁民怨,致我西土十载不安,仰仗天威,自行殄灭。臣念此艰难之久,正值纣恶贯盈之时,天下诸侯共会孟津。蒙准臣等之请,许以东征,万姓欢腾,将士踊跃。臣不胜感激,日夜祗惧:才疏德薄,恐无补报于涓埃;佩服王言,实有惭于节钺。特恳大王大奋乾刚,恭行天讨,亲御行营,托天威于咫尺,措全胜于前筹,早进五关。速会诸侯,观政于商。庶几天厌其秽,独夫授首,不独泄天人之愤,实于汤为有光。臣不胜激切虔望之至!谨具表以闻。

武王览完表,问曰:"相父此兵何日起程?"子牙曰:"老臣操演停当,谨择吉日再来请驾起程。"武王传左右:"治宴与相父贺喜。"君臣共饮,子牙谢恩出朝。

次日,子牙下教场看操,过名点将。子牙五更时分至教军场,升了将台,军政司辛甲启元帅:"放炮竖旗,擂鼓点将。"子牙暗思:"今人马有六十万,须用四个先行方有协助。"子牙命军政司:"令南宫适、武吉、哪吒、黄天化上台来。"辛甲领令,令四将上台打躬。子牙曰:"吾兵有六十万,用你四将为先行,挂左、右、前、后印。你等各拈一阄,自任其事,毋得错乱。"四将声喏,子牙将四阄与四将各自拈认:黄天化拈着是头队先行,南宫适是左哨,武吉是右哨,哪吒是后哨。子牙大喜,令军政官簪花挂红,各领印信。四将饮过酒,谢了元帅。子牙又令杨戬、土行孙、郑伦各拈一阄,作三军督粮官。杨戬是头运,土行孙是二运,郑伦是三运。子牙令军政官取督粮印付与三将,俱簪花挂红,各饮三杯喜酒,三将下台。子牙令军政官取点将簿,先点:

  黄飞虎　黄飞彪　黄飞豹　黄 明　周 纪　龙 环
  吴 谦　黄天禄　黄天爵　黄天祥　辛 免　太 颠
  闳 夭　祁 恭　尹 勋

周之四贤八俊:

  毛公遂　周公旦　召公奭　毕公高　伯 达　伯 适
  仲 突　仲 忽　叔 夜　叔 夏　季 随　季 骝
  姬叔乾　姬叔坤　姬叔康　姬叔正　姬叔启
  姬叔伯　姬叔元　姬叔忠　姬叔廉　姬叔德
  姬叔美　姬叔奇　姬叔顺　姬叔平　姬叔广
  姬叔智　姬叔勇　姬叔敬　姬叔崇　姬叔安

文王有九十九子,雷震子乃燕山所得,共为百子。文王有四乳,二十四妃,生九十九子,有三十六殿下习武,因纣王屡征西岐,阵亡十八位。又有归将降佐:

  邓九公　太 鸾　邓 秀　赵 升　孙焰红　晁 田
  晁 雷　洪 锦　季 康　苏 护　苏全忠　赵 丙
  孙子羽

女将二员:

  龙吉公主　邓婵玉

第六十八回 首阳山夷齐阻兵

话说子牙点将已毕,传令:"令黄飞虎上台。"子牙曰:"成汤虽是气数已尽,五关之内必有精奇之士,不可不防备。当战者战,当攻者攻,其间军士须要演习阵图,方知进退之法,然后可破敌人。"随令军政官抬十阵牌放在台上:

   一字长蛇阵 二龙出水阵 三山月儿阵
   四门斗底阵 五虎巴山阵 六甲迷魂阵
   七纵七擒阵 八卦阴阳子母阵 九宫八卦阵
   十代明王阵 天地三才阵 包罗万象阵

子牙曰:"此阵俱按六韬之内,精演停当,军士方知进退之方。黄将军与邓将军、洪将军,你三位走一字长蛇阵。听炮响变以下诸阵,毋得错乱。"三将领令下台走此阵。正行之际,子牙传令:"点炮,化六甲迷魂阵。"竟不能齐。子牙看见,把三将令上台来,教之曰:"今日东征,非同小可,乃是大敌;若士卒教演不精,此是主将之羞,如何征伐!三位须是日夜操练,毋得怠玩,有乖军政。"三将领令下台,用心教习。子牙传令:"散操。众将打点,收拾东征。"

  翌日,子牙朝贺武王毕,子牙奏曰:"人马军粮皆一应齐备,请大王东行。"武王问曰:"相父将内事托与何人?"子牙曰:"上大夫散宜生可任国事,似乎可托。"武王又曰:"外事托与何人?"子牙曰:"老将军黄滚历练老成,可任军国重务。"武王大喜:"相父措处得宜,使孤欢悦。"武王退朝,入内宫见太姒,曰:"上启母后知道:今相父姜尚会诸侯于孟津,孩儿一进五关,观政于商,即便回来,不敢有违父训。"太姒曰:"姜丞相此行决无差失,孩儿可一应俱依相父指挥。"分付宫中治酒,与武王饯行。

  翌日,子牙把六十万雄师竟出西岐。武王亲乘甲马,率御林军来至十里亭,只见众御弟排下九龙席,与武王、姜元帅饯行。众弟进酒武王与子牙用罢,乘吉日良辰起兵,此正是纣王三十年三月二十四日。起兵点起号炮,兵威甚是雄壮。怎见得,有诗为证,诗曰:

  征云蔽日隐旌旗,战士横戈纵铁骑。
  飞剑有光来紫电,流星斜挂落金藜。
  将军猛烈堪图画,天子威仪异所施。
  漫道吊民来伐罪,方知天地果无私。

  话说大势雄兵离了西岐,前往燕山,一路上而来,三军欢悦,百倍精神。行过了燕山,正往首阳山来。大队人马正行,只见伯夷、叔齐二人,宽衫博袖,麻履丝绦,站立中途,阻住大兵,大呼曰:"你是那里去的人马?我欲见你主将答话。"有哨探马报入中军:"启元帅,有二位道者欲见千岁并元帅答话。"子牙听说,忙请武王并辔上前。

  只见伯夷、叔齐向前稽首曰:"千岁与子牙公,见礼了。"武王与子牙欠身曰:"甲胄在身,不能下骑。二位阻路,有何事见谕?"夷、齐曰:"今日主公与元帅起兵往何处去?"子牙曰:"纣王无道,逆命于天,残虐万姓,囚奴正士,焚炙忠良,荒淫不道,无辜吁天,秽德彰闻。惟我先王,若日月之照临,光于四方,显于西土,命我先王肃将天威,大勋未集。惟我西周诞及多方,肆予小子,恭行天之罚。今天下诸侯一德一心,大会于孟津,我武维扬,侵于之疆,取彼凶残,杀伐用张,于汤有光。此予小子不得已之心也。"夷、齐曰:"臣闻'子不言父过,臣不彰君恶',故父有诤子,君有诤臣。只闻以德而感君,未闻以下而伐上者。今纣王,君也,虽有不德,何不倾城尽谏,以尽臣节,亦不失为忠耳。

况先王以服事殷,未闻不足于汤也。臣又闻'至德无不感通,至仁无不宾服',苟至德至仁在我,何凶残不化为淳良乎!以臣愚见,当退守臣节,体先王服事之诚,守千古君臣之分,不亦善乎!"

武王听罢,停骖不语。子牙曰:"二位之言虽善,予非不知,此是一得之见。今天下溺矣,百姓如坐水火,三纲已绝,四维已折,天怒于上,民怨于下,天翻地覆之时,四海鼎沸之际。惟天矜民,民之所欲,天必从之。况夫天已肃命于我周,若不顺天,厥罪惟钧。且天视自我民视,天听自我民听。百姓有过,在予一人。今予必往。如逆天不顺,非予先王有罪,惟予小子无良。"

子牙左右将士欲行,见伯夷、叔齐二人言之不已,心上甚是不快。夷、齐见左右俱有不豫之色,众人挟武王、子牙欲行,二人知其必往,乃跪于马前,揽其辔谏曰:"臣受先王养老之恩,终守臣节之义,不得不尽今日之心耳。今大王虽以仁义服天下,岂有父死不葬,援及干戈,可谓孝乎?以臣伐君,可谓忠乎?臣恐天下后世必有为之口实者。"左右众将见夷、齐叩马而谏,军士不得前进,心中大怒,欲举兵杀之。子牙忙止之曰:"不可。此天下之义士也。"忙令左右扶之而去,众兵方得前进。后伯夷、叔齐入首阳山耻食周粟,采薇作歌,终至守节饿死,至今称之犹有余馨。此是后事,不表。

且说子牙大势雄师离了首阳山,往前正发。正是:

腾腾杀气冲霄汉,簇簇征云盖地来。

子牙人马行至金鸡岭,岭上有一枝人马,打两杆大红旗,驻扎岭上阻住大兵。哨马报至军前:"启元帅,金鸡岭有一枝人马阻住,大军不能前进,请令定夺。"子牙传令安下行营。升帐坐下,着探事军打探:"是那里人马在此处阻军?"话犹未了,只见左右来报:"有一将请战。"子牙不知是那里人马,忙传令问:"谁人见阵走一遭?"有左哨先行南宫适上帐应声曰:"末将愿往。"子牙曰:"首次出军,当宜小心。"南宫适领令上马,炮声大振,一马走出营前。见一将幞头铁甲,乌马长枪。怎见得,有赞为证,赞曰:

> 将军如猛虎,战骑可腾云。铁甲生光艳,皂服衬龙文。赤胆扶真主,忠肝保圣君。西岐来报效,赶驾立功勋。子牙逢此将,门徒是魏贲。

南宫适问曰:"你是那里无名之兵,敢阻西岐大军?"魏贲曰:"你是何人? 往那里去?"南宫适答曰:"俺元帅奉天征讨而伐成汤,你敢大胆粗心,阻吾大队人马!"大喝一声,舞刀直取。此将手中枪赴面交还。两马相交,刀枪并举,战有三十回合。南宫适被魏贲直杀得汗流脊背,心下暗思:"才出兵至此,今日遇这员大将,若败回大营,元帅必定见责。"南宫适心上出神,不堤防被魏贲大喝一声,抓住南宫适的袍带,生擒过马去。魏贲曰:"吾不伤你性命,快请姜元帅出来相见。"又把南宫适放回营来。军政官报入中军:"南宫适听令。"子牙传令:"令来。"南宫适上帐,将"被擒放回,请元帅定夺"说了一遍。子牙听得大怒曰:"六十万人马,你乃左哨首领官,今一旦先挫吾锋,你还来见我?"喝左右:"绑出辕门,斩讫报来!"左右随将南宫适推出辕门来。

魏贲在马上,见要斩南宫适,在马上大叫曰:"刀下留人! 只请姜元帅相见,吾自有机密相商!"军政官报入帐中:"启老爷,那人在辕门外叫'刀下留人,请元帅答话,自有机密相商'。"

第六十八回 首阳山夷齐阻兵

子牙大骂:"匹夫擒吾将而不杀,反放回来,如今又在辕门讨饶!速传令摆队伍出行营!"炮声响处,大红宝纛旗摇,只见辕门下一对对都是红袍金甲,英雄威猛。先行官骑的是玉麒麟,赳赳杀气;哪吒登风火轮,昂昂眉宇;雷震子蓝面红发,手执黄金棍;韦护手捧降魔杵,俱是片片云光。正是:

盔山甲海真威武,一派天神滚出来。

话说子牙在四不相上问曰:"你是谁人,请吾相见?"魏贲见子牙威仪整饬,兵甲鲜明,知其兴隆之兆,乃滚鞍下马,拜伏道傍,言曰:"末将闻元帅天兵伐纣,特来麾下欲效犬马微劳,附功名于竹帛耳。因未见元帅真实,末将不敢擅入。今见元帅士马之精,威令之严,仪节之盛,知不专在军威而在于仁德也。末将敢不随鞭坠镫,共伐此独夫,以泄人神之愤耶!"子牙随令进营,魏贲上帐复拜在地曰:"末将幼习枪马,未得其主,今逢明君与元帅,乃魏贲不负数载功夫耳。"子牙大喜,魏贲复跪而言曰:"启元帅,虽然南将军一时失利,望元帅怜而赦之。"子牙曰:"南宫适虽然失利,然既得魏将军,反是吉兆。"传令放来,左右将南宫适放上帐来。南宫适谢过子牙,子牙曰:"你乃周室元勋,身为首领,初阵失机,理当该斩;奈魏贲归周,乃先凶而后吉。虽然如此,你可将左哨先行印与魏贲,你自随营听用。"即时将魏贲挂补了左哨。彼时南宫适交代印绶毕,子牙传令起兵。不表。

且说只因张山阵亡,飞报至汜水关,韩荣已知子牙三月十五日金台拜将,具本上朝歌。那日微子看本,知张山阵亡,洪锦归周,忙抱本入内庭见纣王,具奏张山为国捐躯。纣王大骇:"不意姬发猖獗至此!"忙传旨意,鸣钟鼓临殿。百官朝贺,纣王曰:"今有姬发大肆猖獗,卿等有何良谋可除西土大患?"言未毕，班中闪出中大夫飞廉，俯伏奏曰："姜尚乃昆仑左术之士，非堂堂之兵可以擒剿。陛下发诏，须用孔宣为将。他善能五行道术，庶几反叛可擒，西土可剿。"纣王准奏，遣使命持诏往三山关来，一路无词。正是：

  使命马到传飞檄，九重丹诏凤衔来。

话说使命官至三山关传："接旨意。"孔宣接至殿上，钦差官开读诏旨，孔宣跪听宣读：

  诏曰：天子有征伐之权，将帅有阃外之寄。今西岐姬发大肆猖獗，屡挫王师，罪在不赦。兹尔孔宣谋术两全，古今无两，允堪大将，特遣使赍尔斧钺旌旗，特专征伐。务擒首恶，剿灭奸人，永清西土，尔之功在社稷，朕亦与有荣焉。朕决不惜茅土之封，以赉有功。尔其钦哉！故兹尔诏。

孔宣拜罢旨意，打发天使回朝歌，连夜下营整点人马，共是十万。即日拜宝纛旗，离了三山关，一路上晓行夜住，饥餐渴饮，在路行程也非一日。那日探马报入中军："有汜水关韩荣接元帅。"孔宣传令请来。韩荣至中军打躬："元帅此行来迟了。"孔宣曰："为何迟了？"韩荣曰："姜子牙三月十五日金台拜将，人马已出西岐了。"孔宣曰："料姜尚有何能！我此行定拿姬发君臣解进朝歌。"分付："可速开关。"把人马催动前往西岐大道而来。不一日，至金鸡岭。哨探马来报："金鸡岭下周兵已至，请令定夺。"孔宣传令："将大营驻扎岭上，阻住周兵。"不知胜负如何，且听下回分解。

【总批】

  伯夷、叔齐为万古君臣之义，故叩马直谏；至今诵之，犹有余馨。子牙纵左右辩难,未尝不凿凿可听,终是压此两句不倒。性反分途,正在于此。

【又批】

子牙、伯夷俱文王培植之人,一兴周而伐纣,一阻谏而存纣。子牙似报养老者,伯夷似不报养老者。予曰:皆是也。子牙吊民伐罪,为一时君臣之义;伯夷止兵,为万世君臣之义。见纣恶不贯盈,亦无可伐者,正所以报文王也。然则伯夷、叔齐亦知武王之必行而不可挽乎?予曰:知其必行,特留片语于人间,诛后世奸人逆子之心耳。

第六十九回　孔宣兵阻金鸡岭

诗曰：
>伐罪吊民诛独夫，西周原应玉虚符。
>自无血战成功易，岂有纷争立业殊。
>孔雀逆天皆孟浪，金鸡阻路尽支吾。
>休言伎俩参玄妙，总是西方接引徒。

话说孔宣人马出关至金鸡岭，探马报入中军："前有周兵在岭下，请令定夺。"孔宣令："在岭上安下营寨，阻住咽喉之路，使周兵不能前进。"不题。只见子牙人马正行，报马报入中军："禀上元帅，前有成汤大队人马住在岭上。"子牙传令安营。升帐坐下，自思："三十六路人马俱完，怎么又有这枝兵来？"子牙沉思，掐指算来："连张山是三十五路，连此一路方是三十六路。此事必又费手。"

且说孔宣在岭上止住了三日，子牙大兵已到，忙传令问："谁人去周营见头阵走一遭？"有先行官陈庚出位应曰："末将愿先见头阵。"孔宣许之。陈庚上马下岭，至周营搦战，探马报入中军。子牙问左右："谁去见此头阵？"有先行官黄天化应曰："愿往。"子牙分付曰："务要小心。"黄天化答曰："不必嘱付。"忙上了玉麒麟出营。只见来将手提方天戟大呼曰："反贼何人？"黄天化答曰："吾非别人，乃奉天征讨扫荡成汤天宝大元帅麾下，正印先行官黄天化是也。你乃何人？也通个名来。录功簿上好记你的首级。"陈庚大怒："量你鸡犬小辈，敢与天朝元宰相

拒哉!"纵马摇戟直取黄天化。天化手中双锤赴面交还。麟马往来,锤戟并举。有赞为证,赞曰:

二将阵前势无比,颠开战马定生死。
盘旋铁骑眼中花,展动旗幡龙摆尾。
银锤发手没遮拦,戟刺咽喉蛇信起。
自来也见将军战,不似今番无底止。

麟马交还,大战有三十回合,黄天化掩一枪便走。陈庚不知好歹,随后赶来,黄天化闻得脑后鸾铃响,挂下双锤,取火龙镖掌在手中,回手一镖。正是:

金镖发出神光现,断送无常死不知。

话说黄天化回手一镖,将陈庚打下马来,兜回马取了首级,掌鼓进营,来见子牙。子牙问:"出阵如何?"黄天化答曰:"末将托元帅洪福,镖取了陈庚首级。"子牙大喜,上黄天化首功。子牙方才举笔向砚台上揾墨,不觉笔头吊将下来。子牙半晌不言,从新再取笔,上了黄天化头一功。此是黄天化只得首功一次,故有此警报。

且说报马报入孔宣营中:"禀元帅,陈庚失机,被黄天化斩了首级,号令辕门。"孔宣笑曰:"陈庚自己无能,死不足惜。"全不在意。次日,又是孙合出马,至周营搦战。子牙传令:"谁去走一遭?"有武吉应曰:"弟子愿往。"子牙许之。武吉出营,见一员将官,金甲红袍,黄马大刀,飞临阵前,大呼曰:"来者何人?"武吉曰:"吾乃姜元帅门下右哨先行官武吉是也。"孙合笑曰:"姜尚乃是一渔翁,你乃是一个樵子。你师徒二人正是一轴画图'渔樵问答'。"武吉大怒曰:"匹夫无理!焉敢以言语戏吾!"切齿咬牙,举枪分心就刺。孙合手中刀急架忙迎。两马交锋,一场恶杀。大战有三十回合,未分胜负,武吉掩一枪便走,诈败而逃。孙合见武吉败走，知是樵子出身，料有何能，随后赶来。不知子牙在磻溪传武吉这条枪，有神出鬼没之妙，武吉已知孙合赶来，把马一兜，那马停了一步；孙合马来得太速，一撞个满怀，早被武吉回马枪挑下马来，取了首级，掌鼓进营，见子牙报功。子牙大喜，上了武吉的功。就把哪吒激得抓耳挠腮，恨不得要出营厮杀。

且说报马报入成汤营里："启元帅，孙合失机，被武吉回马枪挑了，枭去首级，号令辕门，请令定夺。"孔宣听报，谓左右曰："吾今奉诏征讨，尔等随军立功，不期连折二阵，使吾心中不悦。今日谁去见阵走一遭，为国立功？"傍有五军救应使高继能曰："末将愿往。"孔宣分付曰："务要小心。"高继能上马提枪，至营前讨战。哨马报入中军，旁有哪吒忙应声曰："弟子愿往。"子牙许之。哪吒登风火轮，前有一对红旗，如风卷火云，飞奔前来。高继能大呼曰："哪吒慢来！"哪吒大喜曰："既知吾名，何不早早下马受死？"高继能对哪吒大笑曰："闻你道术过人，一般今日也会得你着！"哪吒曰："你且通名来，功劳簿上好记你的首级。"高继能大怒，使开枪分心刺来。哪吒火尖枪急速忙迎。轮马盘旋，双枪齐举，这场战非是等闲，怎见得，有赞为证，赞曰：

> 二将交锋在战场，四肢臂膊望空忙。这一个丹心要保真明主，那一个赤胆还扶殷纣王。哪吒要成千载业，继能为主立家邦。古来有福催无福，有道该兴无道亡。

高继能大战哪吒，恐哪吒先下手，高继能掩一枪便走。哪吒自思："吾此来定要成功！"那里肯舍？随手取乾坤圈望空中祭起。高继能的蜈蜂袋未及放开来，不意哪吒的圈来得快，一圈正打中肩窝，伏鞍而逃。哪吒为不得全功，心下懊恼，回营见子牙曰:"弟子未得全功,请令定夺。"子牙上了哪吒的功。且说高继能被哪吒打伤,败进营来见孔宣,具言前事。孔宣不语,取些丹药与继能敷贴,立时全愈。

孔宣次日命中军点炮,自领大队人马亲临阵前,对旗门官将曰:"请你主将答话。"探马报入中军:"孔宣请元帅答话。"子牙传令:"摆八健将出营。"大红宝纛旗展处,子牙左右有四个先行官与众门徒雁翅排开,子牙乘四不相至阵前,看孔宣来历大不相同。怎见得,有赞为证,赞曰:

> 身似黄金映火,一笼盔甲鲜明。大刀红马势峥嵘,五道光华色映。曾见开天辟地,又见出日月星辰。一灵道德最根深,他与西方有分。

子牙看孔宣背后有五道光华,按青、黄、赤、白、黑,子牙心下疑惑。

孔宣见子牙自来,将马一拎,来至军前,问曰:"来者莫非姜子牙么?"子牙曰:"然也。"孔宣问曰:"你原是殷臣,为何造反,妄自称王,会合诸侯,逆天欺心,不守本土?吾今奉诏征讨,汝好好退兵,敬守臣节,可保家国;若半字迟延,吾定削平西土,那时悔之晚矣。"子牙曰:"天命无常,惟有德者居之。昔帝尧有子丹朱不肖,让位与舜。舜帝有子商均亦不肖,让位与禹。禹有子启贤,能继父志,禹尊禅让,复让与益。天下之朝觐讼狱,不之益而之启。再后传之桀,桀王无道,成汤伐夏而有天下。今传之纣,纣王今淫酗肆虐,秽德彰闻,天怒民怨,四海鼎沸。德在我周,恭行天之罚。将军何不顺天以归我周,共罚独夫也?"孔宣曰:"你以下伐上,反不为逆天,乃架此一段污秽之言惑乱民心,借此造反,拒逆天兵,情殊可恨!"纵马舞刀来取。

子牙后有洪锦走马奔来,大呼:"孔宣不得无礼!吾来也!"孔宣见洪锦走马而至,孔宣大骂:"逆贼!你还敢来见我!"洪锦曰:"天下八百诸侯俱已归周,料你一个忠臣,也不能济得甚事。"孔宣大怒,摇刀直取。二马交兵未及数合,洪锦将旗门遁往下一戳,把刀往下一分,那旗化为一门。洪锦方欲进门,孔宣大笑曰:"米粒之珠,有何光彩?"孔宣兜回马,把左边黄光往下一刷,将洪锦刷去,毫无影响,就如沙灰投入大海之中,止见一匹空马。子牙左右大小将官俱目瞪口呆。孔宣复纵马来取子牙,子牙手中剑急架相迎。旁有邓九公走马来助阵,子牙大战十五六合。子牙祭打神鞭打孔宣,那鞭已落在孔宣红光中去了,似石投水。子牙大惊,忙传令鸣金。两边各归营寨。且说子牙升帐,坐下沉吟,想:"此人后有五道光华,按有五行之状。今将洪锦摄去,不知凶吉,如之奈何?"子牙自思:"不若乘孔宣得胜,今夜去劫他的营,且胜他一阵,再作区处。"子牙令哪吒:"你今夜去劫孔宣的大辕门。黄天化,你去劫他左营。雷震子,你可去劫他右营。先挫动他军威,然后用计破他,必然成功。"三人领令去讫。

且说孔宣得胜进营,将后面五色光华一抖,只见洪锦昏迷睡于地下。孔宣分付左右,将洪锦监在后营,收了打神鞭,正欲退后营,只见一阵大风,将帅旗连卷三四卷。孔宣大惊,掐指一算,早已知其就里,忙唤高继能分付:"你在左营门埋伏。周信,你在右营门埋伏。今夜姜子牙要来劫吾营寨,我正要你来,只可惜姜尚不曾亲来!"且说姜子牙营中三路兵暗暗上岭。将近二更,一声炮响,三路兵呐喊一声杀进辕门。哪吒登轮摇枪,冲开营门,杀至中营而来。孔宣独坐帐中,不慌不忙上了马迎来,大笑曰："哪吒，你今番劫营，定然遭擒，再休想前番取胜也！"哪吒也不知孔宣的利害，大怒，骂曰："今日定拿你成功！"举枪来战，杀在中军，难解难分。雷震子飞在空中，冲开右营，周信大战雷震子。雷震子展动风雷二翅，飞在空中，是上三路，又是黄夜间，观看不甚明白，周信被雷震子一棍刷将下来，正中顶门，打得脑浆迸出，死于非命。雷震子飞至中营，见哪吒大战孔宣，雷震子大喝一声，如霹雳交加，孔宣将黄光望上一撒，先拿了雷震子。哪吒见如此利害，方欲抽身，又被孔宣把白光一刷，连哪吒撤去，不知去向。

且说黄天化只听得杀声大作，不察虚实，催开玉麒麟冲进左营，忽听炮响，高继能一马当先，黄夜交兵，更不答话，麟马相交，枪锤并举。好黄天化！两柄锤只打的枪尖生烈焰，杀气透心寒。二将乃是夜战，况黄天化两柄锤似流星不落地，来往不沾尘。高继能见如此了得，掩一枪拨马就走。黄天化催开玉麒麟赶来，高继能展开蜈蜂袋，夜间，黄天化该如此，那蜈蜂卷将来，成堆成团而至，一似飞蝗。黄天化用两柄锤遮挡，不防蜈蜂把玉麒麟的眼叮了一下，那麒麟叫了一声，后蹄站立，前蹄直竖，黄天化坐不住鞍鞒，撞下地来，早被高继能一枪正中胁下，死于非命，一魂往封神台去了。可怜下山大破四天王，不曾取成汤寸土。正是：

　　　功名未遂身先死，早至台中等候封。

且说孔宣收兵，杀了一夜，岭头上尸横遍野，血染草梢。孔宣升帐，将五色神光一抖，只见哪吒、雷震子跌下地来。孔宣命左右于后营监禁，然后坐下。高继能献功，报斩了黄天化首级。孔宣分付号令辕门。不表。

且言子牙一夜不曾睡，只听得岭上天翻地覆一般。及至天明,报马进营:"启老爷,三将劫营,黄天化首级已号令辕门,二将不知所往。"子牙大惊。黄飞虎听罢,放声大哭曰:"天化苦死!不能取成汤尺寸之土,要你奇才无用!"三兄弟、二叔叔、众将无不下泪,武成王如酒醉一般。子牙纳闷无言,南宫适曰:"黄将军不必如此。令郎为国捐躯,万年垂于青史。方今高继能有左道蜈蜂之术,将军何不请崇城崇黑虎? 他善能破此左道之术。"黄飞虎听得此言,上帐来见子牙,曰:"末将往崇城去,请崇黑虎来破此贼,以泄吾儿之恨。"子牙见黄飞虎这等悲切,即许之。

　　黄飞虎离了行宫,径往崇城大道而来。一路上晓行夜住,饥餐渴饮。在路行程,一日来到一座山,山下有一石碣,上书"飞凤山"。飞虎看罢,策马过山,耳边只闻得锣鼓齐鸣,武成王自思:"是那里战鼓响?"把坐下五色神牛一拎,走上山来,只见山凹里三将厮杀:一员将使五股托天叉,一员将使八楞熟铜锤,一员将使五爪烂银抓。三将大战,杀得难解难分,只见那使叉的同着使抓的杀那使锤的,战了一会,只见使锤的又同着使叉的杀那使抓的,三将杀得呵呵大笑。

　　黄飞虎在坐骑上自忖曰:"这三人为何以杀为戏? 待吾向前问他端的。"黄飞虎走骑至面前。只见使叉的见飞虎丹凤眼,卧蚕眉,穿王服,坐五色神牛,使叉的大呼曰:"二位贤弟,少停兵器!"二人忙停了手。那将马上欠身问曰:"来者好似武成王么?"黄飞虎答曰:"不才便是。不识三位将军何以知我?"三将听得,滚鞍下马拜伏在地,黄飞虎慌忙下骑顶礼相还。三将拜罢,口称:"大王,适才见大王仪表与昔日所闻,故此知之。今何幸至此!"邀请上山,进得中军帐,分宾主坐下。黄飞虎曰:"方才三位兄厮杀,却是何故?"三人欠身曰:"俺弟兄三人在此吃了

第六十九回 孔宣兵阻金鸡岭

饭没事干,假此消遣耍子,不期误犯行旌,有失回避。"黄飞虎亦逊谢毕,问曰:"请三位高姓大名?"三人欠身曰:"末将姓文,名聘;此位姓崔,名英;此位姓蒋,名雄。"这一回正该是"五岳"相会:文聘乃是西岳,崔英乃是中岳,蒋雄乃是北岳,黄飞虎乃是东岳,崇黑虎乃是南岳。表过不题。

文聘治酒管待黄飞虎,酒席之间,问曰:"大王何往?"黄飞虎把子牙拜将伐汤,遇孔宣杀了黄天化的事说了一遍:"如今末将往崇城请崇君侯往金鸡岭,共破高继能,为吾子报仇。"文聘曰:"只怕崇君侯不得来。"飞虎曰:"将军何以知之?"文聘曰:"崇君侯操演人马,要进陈塘关至孟津会天下诸侯,恐误了事,决不得来。"黄飞虎曰:"到是遇着三位,不是枉走一遭。"崔英曰:"不然。文兄之言虽是如此说,但崇君侯欲进陈塘关,也要等武王的兵到。大王且权在小寨草榻一宵,明日俺弟兄三人同大王一往,料崇君侯定来协助,决无推辞之理。"黄飞虎感谢不尽,就在山寨中歇了一宿。

次日,四将用罢饭一同起行,在路无词。一日来至崇城,文聘至帅府。门官来见黑虎,报曰:"启千岁,有飞凤山三位求见。"崇黑虎道:"请进来。"三将至殿前行礼毕,崔英曰:"外有武成王尚在外面等候。"崇黑虎闻言,降阶迎接,口称:"大王,不才不知大王驾临,有失远迎,望大王恕罪。"黄飞虎曰:"轻造帅府,得睹尊面,实末将三生之幸。"叙礼毕,分宾主依次而坐。彼此温慰毕,文聘将黄飞虎的事说了一遍,崇黑虎咨叹不语。崔英曰:"仁兄莫非为先要进陈塘关么?今姜元帅阻隔在金鸡岭,仁兄纵先进陈塘关,至孟津,也少不得等武王到,方可会合诸侯。这可是还可迟得?依弟愚见,不若先破了高继能,让子牙进兵,兄再分兵进陈塘关不迟,总是一事。"崇黑虎曰:"既然如此,明日就行。着世子崇应鸾操练三军,待吾等破了孔宣,再来起兵未晚。"黄飞虎谢罢。崇黑虎乃治酒管待飞虎等四人。

次日四鼓时分起马,"五岳"离了崇城,往金鸡岭大道行来。非止一日,"五岳"至子牙辕门听令。探马报入中军:"启元帅,黄飞虎辕门等令。"子牙令至帐前,问曰:"请崇黑虎的事如何?"黄飞虎启曰:"还添有三位,俱在辕门外听令。"子牙传令:"用请旗请来。"崇黑虎等俱遵阃外之令,上帐打躬曰:"元帅在上,吾等甲胄在身,不能全礼!"子牙忙迎下接住曰:"君侯等皆系外客,如何这等罪不才也!"俱彼此逊让,行宾主之礼序过。子牙命设坐,崇黑虎等俱客席,子牙与飞虎主席相陪。子牙曰:"今孔宣猖獗阻逆大兵,有劳贤侯途次奔驰,深多罪戾!"崇黑虎谢过,起身对子牙曰:"烦元帅引进,参谒周王。"子牙前行引路,黑虎随后,进后帐与武王见礼。相叙毕,崇黑虎曰:"今大王体上天好生之仁,救民于水火,共伐独夫,孔宣自不度德,敢阻天兵,是自取死耳,随即扑灭。"武王曰:"孤力穷德薄,谬蒙众位大王推许,共举义兵,今初出岐周便有这些阻隔,定是天心未顺耳。孤意欲回兵自修己德,以俟有道,何如?"崇黑虎曰:"大王差矣!今纣恶贯盈,人神共怒,岂得以孔宣疥癣之辈,以阻天下诸侯之心?时哉不可失!大王切不可灰了将士之心。"武王感谢,命左右治酒,与黑虎共饮数杯,黑虎谢酒而出。子牙与崇侯出来,在中军重新治酒,管待四位。正是:

  五岳共饮金鸡岭,这场大战实惊人。

话说崇黑虎次日上火眼金睛兽,左右有文聘、崔英、蒋雄,上岭来,坐名只要高继能出来答话。孔宣闻报,随命高继能:

第六十九回　孔宣兵阻金鸡岭

"速退西兵。"高继能出营，来见崇黑虎，大喝曰："你乃是北路反叛，为何也来助西岐为恶？这正是你等会聚在一处，便于擒捉，省得费我等心机。"崇黑虎曰："匹夫！死活不知！四面八方皆非纣有，尚敢支吾而不知天命也！前日斩黄公子是你？"高继能笑曰："哪吒、雷震子不过如此，你有何能，敢来问吾？"纵马摇枪直取，崇黑虎手中斧赴面相迎。兽马相交，枪斧并举，未及数合，文聘青骢马跑，五股叉摇，崔英催开黄彪马，蒋雄磕开乌骓马，四将把高继能围住当中。好个高继能，一条枪抵住了四件兵器。三军呐喊，数对旗摇。且说黄飞虎在中军帐，子牙听的鼓声大振，对黄飞虎曰："黄将军，崇君侯此来为你，你可出营助阵方是。"黄飞虎曰："末将思子，一时昏聩，几乎忘却了。"随上五色神牛，摇枪杀出营来，大呼："崇君侯，吾来拿杀子仇人也！"把坐下牛一纵，杀入圈子里来。正应着：

　　五岳特来斗黑杀，金鸡岭上立奇功。

且说"五岳"将高继能围住在垓心。好高继能，一条枪遮架拦挡，此正是"五岳斗黑杀"。不知性命如何，且听下回分解。

【总批】

　　三十六路伐西岐，如何少算一路？子牙决不如此昏聩。大抵三十六路是申公豹请来三山五岳之人，来一起便是一路，于此中少算一路耳，非是奉纣王之命故也。

【又批】

　　事有先知，吉凶皆有预兆。若黄天化于记功时就有笔头落下警报，子牙为何不预为之防，而令其劫营以取丧亡？子牙不能辞其责矣。

第七十回　准提道人收孔宣

诗曰：

　　准提菩萨产西方，道德根深妙莫量。
　　荷叶有风生色相，莲花无雨立津梁。
　　金弓银戟非防患，宝杵鱼肠另有方。
　　漫道孔宣能变化，婆娑树下号明王。

话说高继能与"五岳"大战，一条枪如银蟒翻身，风驰雨骤，甚是惊人。怎见得一场大战，有赞为证，赞曰：

　　刮地寒风如虎吼，旗幡招展红闪灼。飞虎忙施提芦枪，继能枪摇真猛恶。文聘使发托天叉，崔英银锤一似流星落。黑虎板斧似车轮，蒋雄神抓金纽索。三军喝彩把旗摇，正是"黑杀"逢"五岳"。

且说高继能久战多时，一条枪挡不住五般兵器，又不能跳出圈子。正在慌忙之时，只见蒋雄使的抓把金纽索一软，高继能乘空把马一撺，跳出圈子就走。崇黑虎等五人随后赶来，高继能把蜈蜂袋一抖，好蜈蜂！遮天映日，若骤雨飞蝗。文聘拨回马就要逃走，崇黑虎曰："不妨。不可着惊，有吾在此。"忙把背后一红葫芦顶揭开了，里边一阵黑烟冒出，烟里隐有千只铁嘴神鹰。怎见得，有赞为证，赞曰：

　　葫芦黑烟生，烟开神鬼惊。秘传玄妙法，千只号神鹰。
　　乘烟飞腾起，蜈蜂当作羹。铁翅如铜剪，尖嘴似金针。翅

第七十回　准提道人收孔宣

打蜈蜂成粉烂,嘴啄蜈蜂化水晶。今朝"五岳"来相会,"黑杀"逢之命亦倾。

且说高继能蜈蜂尽被崇黑虎铁嘴神鹰翅打嘴吞,一时吃了个干干净净。高继能大怒:"焉敢破吾之术!"复回来又战,五人又把高继能围住,黄飞虎一条枪裹住了高继能。只见孔宣在营中问掠阵官曰:"高将军与何人对敌?"军政司禀曰:"与五员大将杀在垓心。"

孔宣前往,出营门掠阵。见高继能枪法渐乱,才待走马出营,高继能早被黄飞虎一枪刺中胁下,翻鞍坠马。枭了首级,才要掌鼓回营,忽听得后边大呼曰:"匹夫少待回兵!吾来也!"五将见孔宣来至,黄飞虎骂曰:"孔宣!你不知天时,真乃匹夫也!"孔宣笑曰:"我也不对你这等草木之辈讲闲话,你且不要走,放马来!"把刀一晃直取文聘。崇黑虎忙举双斧砍来,一似车轮,六骑交锋,直杀得:

空中飞鸟藏林内,山里狼虫隐穴中。

孔宣见这五员将兵器来得甚是凶猛:"若不下手,反为他所算。"把背后五道光华往下一晃,五员战将一去毫无踪影,只剩得五骑归营。子牙正坐,只见探事官来报:"五将被孔宣华光撤去,请令定夺。"子牙大惊曰:"虽然杀了高继能,倒又折了五将!且按兵不动。"话说孔宣进营,把神光一抖,只见五将跌下,照前昏迷,分付左右监在后营。孔宣见左右并无一将,只得自己一个,也不来请战,只阻住咽喉总路,周兵如何过去得?

话说子牙头运粮草官杨戬至辕门下马,大惊曰:"这时候还在此处?"军政官报与子牙:"督运官杨戬听令。"子牙传令:"令来。"杨戬上帐参谒毕,禀曰:"催粮三千五百,不误限期,请令定夺。"子牙曰:"督粮有功,当得为国。"杨戬曰:"是何人领兵阻在此处?"子牙把死了黄天化,并擒拿了许多将官的事说了一遍。杨戬听得黄天化已死,正是:

    道心推在汪洋海,却把无名上脑来。

杨戬曰:"明日元帅亲临阵前,待弟子看他是甚么东西作怪,好以法治之。"子牙曰:"这也有理。"杨戬下帐,只见南宫适、武吉对杨戬曰:"孔宣连拿黄飞虎、洪锦、哪吒、雷震子莫知去向。"杨戬曰:"吾有照妖鉴在此,不曾送上终南山去。明日元帅会兵,便知端的。"

  次日,子牙带众门人出营,来会孔宣。巡营军卒报入中军。孔宣闻报出来,复会子牙,曰:"你等无故造反,诬谤妖言惑乱天下诸侯,妄起兵端,欲至孟津会合天下叛贼,我也不与你厮杀,我只阻住你不得过去,看你如何会得成!待你等粮草尽绝,我再拿你未迟。"只见杨戬在旗门下把照妖鉴照着孔宣,看镜里面似一块五彩装成的玛瑙滚前滚后。杨戬暗思:"这是个甚么东西?"孔宣看见杨戬照他,孔宣笑曰:"杨戬,你将照妖鉴上前来照,那远远照恐不明白。大丈夫当明白做事,不可暗地里行藏,我让你照!"杨戬被孔宣说明,便走马至军前,举鉴照孔宣,也是如前一般。杨戬迟疑,孔宣见杨戬不言不语只管照,心中大怒,纵马摇刀直取。杨戬三尖刀急架相还,刀来刀架,两马盘旋战有三十回合,未分胜负。杨戬见起先照不见他的本像,及至厮杀又不见取胜,心下十分焦躁,忙祭起哮天犬在空中。那哮天犬方欲下来奔孔宣,不觉自己身轻飘飘落在神光里面去了。

  韦护来助杨戬,忙祭降魔杵打将下来,孔宣把神光一撒,杨戬见势头不好,知他身后的神光利害,驾金光走了,只见韦护的

第七十回 准提道人收孔宣

降魔杵早落在红光之中去了。孔宣大呼曰："杨戬，我知道你有八九玄机，善能变化，如何也逃走了？敢再出来会我？"韦护见失了宝杵，将身隐在旗下，面面相觑。孔宣大呼："姜尚！今日与你定个雌雄！"孔宣走马来战，子牙后有李靖大怒，骂曰："你是何等匹夫！焉敢如此猖獗！"摇戟直冲向前，抵住孔宣的刀。二将又战在虎穴龙潭之中，李靖祭起按三十三天玲珑金塔往下打来，孔宣把黄光一绞，金塔落去无踪无影。孔宣叫："李靖不要走！来擒你也！"正是：

  红光一展无穷妙，方知玄内有真玄。

话说金木二吒见父亲被擒，兄弟二人四口宝剑飞来，大骂："孔宣逆贼！敢伤吾父！"兄弟二人举剑就砍，孔宣手中刀急架相迎。只三合，金吒祭遁龙桩，木吒祭吴钩剑，俱祭在空中，总来孔宣把这些宝贝不为稀罕，只见俱落在红光里面去了。金木二吒见势不好，欲待要走，被孔宣把神光复一撒，早已拿去。

  子牙见此一阵折了许多门人，子牙怒从心上起，恶向胆边生，"吾在昆仑山也不知会过多少高明之士，岂惧你孔宣一匹夫哉！"催开四不相，怒战孔宣。未及三四合，孔宣将青光往下一撒。子牙见神光来得利害，忙把杏黄旗招展，那旗现有千朵金莲护住身体，青光不能下来。此正是玉虚之宝，自比别样宝贝不同。孔宣大怒，骤马赶来，子牙后队恼了邓婵玉，用手把马拎回，抓一块五光石打来。正是：

  发手红光出五指，流星一点落将来。

孔宣被邓婵玉一石打伤面门，勒转马望本营逃回。不防龙吉公主祭起鸾飞宝剑，从孔宣背后砍来。孔宣不知，左臂上中了一剑，大叫一声，几乎堕马，负痛败进营来，坐在帐中，忙取丹药敷之,立时全愈。方把神光一抖,收了诸般法宝,仍将李靖、金木二吒监禁,切齿深恨。不表。

子牙鸣金收军回营,只见杨戬已在中军。子牙升帐,问曰:"众门人俱被拿去,你如何倒还来了?"杨戬曰:"弟子仗师尊妙法,师叔福力,见孔宣神光利害,弟子预先化金光走了。"子牙见杨戬未曾失利,心上还略觉安妥,然而心下甚是忧闷:"吾师偈中说'界牌关下遇诛仙',如何在此处有这枝人马阻住许久?似此如之奈何!"

正忧闷之间,武王差小校来请子牙后帐议事。子牙忙至后帐,行礼坐下。武王曰:"闻元帅连日未能取胜,屡致损兵折将。元帅既为诸将之元首,六十万生灵俱悬于元帅掌握。今一旦信任天下诸侯狂悖,陡起议论,纠合四方诸侯大会孟津,观政于商,致使天下鼎沸,万姓汹汹,糜烂其民。今阻兵于此,众将受羁縻之厄,三军担不测之忧,使六十万军士抛撇父母妻子,两下忧心,不能安生;使孤远离膝下,不能尽人子之礼,又有负先王之言。元帅听孤,不若回兵,固守本土,以待天时,听他人自为之,此为上策。元帅心下如何?"子牙奏曰:"大王之言虽是,老臣恐违天命。"武王曰:"天命有在,何必强为!岂有凡事阻逆之理?"子牙被武王一篇言语把心中惑动,这一回执不住主意,至前营传令与先行官:"今夜减灶班师。"众将官打点收拾起行,不敢谏阻。

二更时,辕门外来了陆压道人,忙忙急急大呼:"传与姜元帅!"子牙方欲回兵,军政官报入:"启元帅,有陆压道人在辕门外求见。"子牙忙出迎接,二人携手至帐中坐下。子牙见陆压喘息不定,子牙曰:"道兄为何这等慌张?"陆压曰:"闻你退

第七十回　准提道人收孔宣

兵,贫道急急赶来,故尔如此。"乃对子牙曰:"切不可退兵!若退兵之时,使众门人俱遭横死。天数已定,决不差错。"子牙听陆压一番言语,也无主张,故此子牙复传令:"叫大小三军依旧扎住营寨。"武王听见陆压来至,忙出帐相见,问其详细。陆压曰:"大王不知天意,大抵天生大法之人,自有大法之人可治。今若退兵,使被擒之将俱无回生之日。"武王听说,不敢再言退兵。

且说次日,孔宣至辕门搦战。探马报入中军,陆压上前曰:"贫道一往会会孔宣,看是如何。"陆压出了辕门,见孔宣全装甲胄。陆压问曰:"将军乃是孔宣?"宣答曰:"然也。"陆压曰:"足下既为大将,岂不知天时人事?今纣王无道,天下分崩,愿共伐独夫。足下以一人欲挽回天意耶?甲子之期乃灭纣之日,你如何阻得住?倘有高明之士出来,足下一旦失手,那时悔之晚矣!"孔宣笑曰:"料你不过草木愚夫,识得甚么天时人事?"把刀一晃来取陆压,陆压手中剑急架忙迎。步马相交未及五六合,陆压取葫芦欲放斩仙飞刀,只见孔宣将五色神光望陆压撒来。陆压知神光利害,化作长虹而走,进得营来,对子牙曰:"果是利害,不知是何神异,竟不可解。贫道只得化长虹走来,再作商议。"子牙听见,越加烦闷。孔宣在辕门不肯回去:"只要姜尚出来见我,以决雌雄;不可难为三军苦于此地!"左右报入中军,子牙正没奈何处治。

孔宣在辕门大呼曰:"姜尚有元帅之名,无元帅之行,畏刀避剑,岂是丈夫所为!"正在辕门百般辱骂子牙,只见二运官土行孙刚至辕门,见孔宣口出大言,心下大怒:"这匹夫焉敢如此藐吾元帅!"土行孙大骂:"逆贼是谁?敢如此无理!"孔宣抬头,见一矮子提条铁棍,身高不过三四尺长,孔宣笑曰:"你是个甚么东西,也来说话?"土行孙也不答话,滚到孔宣的马足下来举棍就打,孔宣轮刀来架。土行孙身子伶俐,左右窜跳三五合,孔宣甚是费力。土行孙见孔宣如此转折,随纵步跳出圈子,诱之曰:"孔宣,你在马上不好交兵,你下马来,与你见个彼此,吾定要拿你,方知吾的手段!"孔宣原不把土行孙放在眼里,便以此为实,暗想:"这匹夫合该死!不要讲刀砍他,只要一脚也踢做两断。"孔宣曰:"吾下马来与你战,看你如何!"这个正是:

　　你要成功扶纣王,谁知反中巧中机。

孔宣下马,执剑在手往下砍来,土行孙手中棍望上来迎。二人恶战在岭下。

且说报马报入中军:"启元帅,二运官土行孙运粮至辕门,与孔宣大战。"子牙着忙,恐运粮官被掳,粮道不通,令邓婵玉出辕门掠阵。婵玉立在辕门,不表。且说土行孙与孔宣步战,大抵土行孙是步战惯了的,孔宣原是马上将官,下来步战,转折甚是不疾,反被土行孙打了几下。孔宣知是失计,忙把五色神光往下撒来。土行孙见五色光华来得疾速神异,知道利害,忙把身子一扭,就不见了。孔宣见落了空,忙看地下,不防邓婵玉发手打来一石,喝曰:"逆贼看石!"孔宣听得响,及至抬头时,已是打中面门,"哎呀"一声,双手掩面,转身就走。婵玉乘机又是一石,正中后颈,着实带了重伤,逃回行营。土行孙夫妻二人大喜,进营见子牙,将打伤孔宣,得胜回营的话说了一遍。子牙亦喜,对土行孙曰:"孔宣五色神光不知何物,摄许多门人将佐。"土行孙曰:"果是利害,俟再为区处。"子牙与土行孙庆功。不表。

第七十回 准提道人收孔宣

　　孔宣坐在营中大恼,把脸被他打伤二次,颈上亦有伤痕,心中大怒,只得服了丹药。次日全愈,上马只要发石的女将,以报三石之仇。报马报入中军,邓婵玉就欲出阵。子牙曰:"你不可出去。你发石打过他三次,他岂肯善与你甘休?你今出去必有不利。"子牙止住婵玉,分咐:"且悬'免战牌'出去。"孔宣见周营悬挂"免战牌",怒气不息而回。

　　且说次日,燃灯道人来至辕门。军政官报入中军:"启元帅,有燃灯道人至辕门。"子牙忙出辕门迎接,入帐行礼毕,尊于上坐。子牙口称老师,将孔宣之事一一陈诉过一遍。燃灯曰:"吾尽知之。今日特来会他。"子牙传令:"去了'免战牌'。"左右报于孔宣。孔宣知去了"免战牌",忙上马提刀,至辕门请战。燃灯飘然而出,孔宣知是燃灯道人,笑曰:"燃灯道人,你是清静闲人,吾知你道行且深,何苦也来惹此红尘之祸?"燃灯曰:"你既知我道行深高,你便当倒戈投顺,同周王进五关,以伐独夫,如何执迷不悟,尚敢支吾也?"孔宣大笑曰:"我不遇知音,不发言语。你说你道行深高,你也不知我的根脚,听我道来:

　　　混沌初分吾出世,两仪太极任搜求。
　　　如今了却生生理,不向三乘妙里游。"

孔宣道罢,燃灯一时也寻思不来:"不知此人是何物得道?"燃灯曰:"你既知兴亡,深通玄理,如何天命不知,尚兀自逆天耶?"孔宣曰:"此是你等惑众之言,岂有天位已定,而反以叛逆为正之理?"燃灯曰:"你这孽障!你自恃强梁,口出大言,毫无思忖,必有噬脐之悔!"孔宣大怒,将刀一摆,就来战燃灯。燃灯口称:"善哉!"把宝剑架刀,才战二三回合,燃灯忙祭起二十四粒定海珠来打孔宣。孔宣忙把神光一摄，只见那宝珠落在神光之中去了。燃灯大惊，又祭紫金钵盂，只见也落在神光中去了。燃灯大呼："门人何在？"只听半空中一阵大风飞来，内现一只大鹏雕来了。孔宣见大鹏雕飞至，忙把顶上盔挺了一挺，有一道红光直冲牛斗，横在空中。燃灯道人仔细定睛以慧眼观之，不见明白，只听见空中有天崩地塌之声，有两个时辰，只听得一声响亮，把大鹏雕打下尘埃。孔宣忙催开马，把神光来撒燃灯，燃灯借着一道祥光自回营来，见子牙陈说利害，不知他是何物。只见大鹏雕也随至帐前，燃灯问大鹏曰："孔宣是甚么东西得道？"大鹏曰："弟子在空中，只见五色祥云护住他的身子，也像有两翅之形，但不知是何鸟。"

正议之间，军政官来报："有一道人至辕门求见。"子牙同燃灯至辕门迎接。见此人挽双抓髻，面黄身瘦，髻上戴两枝花，手中拿一株树枝，见燃灯来至，大喜曰："道友请了！"燃灯忙打稽首曰："道兄从何处来？"道人曰："吾从西方来，欲会东南两度有缘者。今知孔宣阻逆大兵，特来渡彼。"燃灯已知西方教下道人，忙请入帐中。那道人见红尘滚滚，杀气腾腾，满目俱是杀运，口里只道："善哉！善哉！"来至帐前，施礼坐下。燃灯问曰："贫道闻西方乃极乐之乡，今到东土济渡众生，正是慈悲方便。请问道兄尊姓大名？"道人曰："贫道乃西方教下准提道人是也。前日广成子道友在俺西方借青莲宝色旗，也会过贫道。今日孔宣与吾西方有缘，特来请他同赴极乐之乡。"燃灯闻言大喜曰："道兄今日收伏孔宣，正是武王东进之期矣。"准提曰："非但东进，孔宣得道根行深重，与西方有缘。"准提道罢，随出营来会孔宣。不知胜负如何，且听下回分解。

第七十回 准提道人收孔宣

【总批】

孔宣神光幻化，擒军捉将，无不利害，纵大有手段的俱当之失手，惟伶俐人就会讨便宜。若杨戬、陆压预先就走，孔宣所以两番落空。

【又批】

武王见孔宣阻兵失利，便欲回军，且所语皆仁圣之言，宜其王周家八百年也。

第七十一回　姜子牙三路分兵

诗曰：
>　　丞相兴兵列战车，虎贲将士实堪夸。
>　　诸侯鼓舞皆忘我，黎庶歌讴尽弃家。
>　　剑戟森罗飞瑞彩，旌旗掩映舞朝霞。
>　　须知天意归仁圣，纵有征诛若浪沙。

话说准提道人上岭大呼曰："请孔宣答话！"少时，孔宣出营，见一道人来得蹊跷。怎见得，有偈为证。偈曰：
>　　身披道服，手执树枝。八德池边常演道，七宝林下说三乘。顶上常悬舍利子，掌中能写没文经。飘然真道客，秀丽实奇哉。炼就西方居胜境，修成永寿脱尘埃。莲花成体无穷妙，西方首领大仙来。

话说孔宣见准提道人，问曰："那道者通个名来！"道人曰："我贫道与你有缘，特来同你享西方极乐世界，演讲三乘大法，无挂无碍，成就正果，完此金刚不坏之体，岂不美哉！何苦与此杀劫中寻生活耶？"孔宣大笑曰："一派乱言，又来惑吾！"道人曰："你听我道。我见你有歌为证，歌曰：
>　　功满行完宜沐浴，炼成本性合天真。天开于子方成道，九戒三皈始自新。脱却羽毛归极乐，超出凡笼养百神。洗尘涤垢全无染，返本还元不坏身。"

孔宣听罢大怒，把刀望道人顶上劈来，准提道人把七宝妙树一刷,把孔宣的大杆刀刷在一边。孔宣忙取金鞭在手,复望准提道人打来,道人又把七宝妙树刷来,把孔宣的鞭又刷在一边去了。孔宣止存两只空手,心上着急,忙将当中红光一撒,把准提道人撒去。燃灯看红光撒去了准提道人,不觉大惊。只见孔宣撒去了准提道人,只是睁着眼,张着嘴,须臾间,顶上盔,身上袍甲,纷纷粉碎,连马压在地下,只听得孔宣五色光里一声雷响,现出一尊圣像来,十八只手,二十四首,执定璎珞伞盖,花罐鱼肠,加持神杵、宝锉、金铃、金弓、银戟、幡旗等件。准提道人作偈曰:

> 宝焰金光映日明,西方妙法最微精。
> 千千璎珞无穷妙,万万祥光逐次生。
> 加持神杵人罕见,七宝林中岂易行。
> 今番同赴莲台会,此日方知大道成。

且说准提道人将孔宣用丝绦扣着他颈下,把加持宝杵放在他身上,口称:"道友,请现原形!"霎时间,现出一只目细冠红孔雀来。准提道人坐在孔雀身上,一步步走下岭,进了子牙大营。准提道人曰:"贫道不下来了。"欲别子牙。子牙曰:"老师大法无边。孔宣将吾许多门人诸将不知放于何地?"准提问孔宣曰:"道友今日已归正果,当还子牙众将门人。"孔雀应曰:"俱监在行营里。"准提道人对子牙说过,别了燃灯,把孔雀一扑,只见孔雀二翅飞腾,有五色祥云紫雾盘旋,径往西方去了。

且说子牙同韦护、陆压,领众将至孔宣行营招降兵卒。众兵见无头领,俱愿投降,子牙许之,忙至后营放众门人。诸将等出来,至本营拜谢子牙、燃灯毕。次日,崇黑虎等回崇城,燃灯、陆压俱各归山,杨戬仍催粮去讫。子牙传令催动人马,大军过了金鸡岭，一路无词。兵至汜水关，探军报入，子牙传令安营，在关下扎住大寨。怎见得：

> 营安胜地，寨背孤虚。南分朱雀北玄武，东按青龙西白虎。提更小校摇金铃，传箭儿郎擂战鼓。依山傍水结行营，暗伏强弓百步弩。

子牙升帐坐下，将正印金哪吒为先行，把南宫适补后哨，住兵三日。

且说汜水关韩荣闻孔宣失机，周兵又至关下，与众将上城，看子牙人马着实整齐。但见得：

> 一团杀气，摆一川铁马兵戈；五彩纷纷，列千杆红旗赤帜。画戟森罗，轻飘豹尾描金五彩幡；兵戈凛冽，树立斩虎屠龙纯雪刃。密密钢锋，如列百万大小水晶盘；对对长枪，似排数千粗细冰淇尾。幽幽画角，犹如东海老龙吟；唧唧提铃，酷似檐前铁马喘。长弓初吐月，短弩似飞凫。锦帐团营如密布，旗幡绣带似层云。道服儒巾，尽是玉虚门客；红袍玉带，都系走马先行。正是：子牙东进兵戈日，我武惟扬在此行。

韩荣看子牙大营尽是大红旗，心下疑惑。韩荣下城在银安殿与众将官修本，差官往朝歌告急；一边点将上城，设守城之法。

且说子牙在中军正坐，有先行官哪吒进前言曰："兵至关下，宜当速战。师叔住兵不战，何也？"子牙曰："不可。吾如今三路分兵：一路取佳梦关，一路取青龙关。金二位总兵以取二关，非才德兼全、英雄盖世者不足以当此任。吾知非黄将军、洪将军不可。"二将至前，子牙曰："二位可拈一阄，分为左右。"二将应喏。子牙把二阄放在桌上，只见黄飞虎拈的是青龙关，洪

第七十一回 姜子牙三路分兵

锦拈的是佳梦关。二将各挂红簪花,每一路分兵十万。黄飞虎的先行是邓九公;黄明、周纪、龙环、吴谦、黄飞豹、黄飞彪、黄天禄、黄天爵、黄天祥、太鸾、邓秀、赵升、孙焰红,择吉日祭旗,往青龙关去了。洪锦的先行是季康;南宫适、苏护、苏全忠、辛免、太颠、闳夭、祁恭、尹籍,分兵十万,往佳梦关去了。

离了汜水关,一路上浩浩军威,人喊马嘶,三军踊跃。过了些重山重水、县府州衙,哨马报入中军:"前至佳梦关了。"洪锦传令安营,立了大寨,三军呐喊。洪锦升帐,众将参谒。洪锦曰:"兵行百里,不战自疲。候次日谁先取关走一遭?"季康应声:"愿往。"洪锦许之。季康次日上马提刀至关下搦战。佳梦关主将胡升、胡雷、徐坤、胡云鹏正议退兵,只见报马入帅府:"启总兵:周将请战。"胡升问:"谁人退周将走一遭?"旁有徐坤领令,全装甲胄出关,季康认得是徐坤,大呼曰:"徐坤,今日天下尽属周主,汝何为尚逆天命而强战也?"徐坤大骂:"反贼!谅尔不过一走使耳,你有何能,敢出大言!"纵马摇枪直取,季康手中刀赴面交还。两马相交,大战五十余合。季康口中念念有词,只见顶上一道黑气,黑气中现一狗头。正酣战之间,徐坤被狗夹脸一口,徐坤未曾防备,怎经得一口?不觉手中枪法大乱,早被季康手起一刀,挥于马下,枭了首级,掌鼓进营报功。不题。

且说报马报与胡升,说徐坤阵亡,胡升心下甚是不乐。次日,左右又报:"有周将讨战。"胡升令胡云鹏走一遭。云鹏领令,上马提斧出得关来,看来将乃是苏全忠。胡云鹏大骂:"反贼!天下反完了,你也不可反!你姐姐是朝阳宠后,这等忘本!你好生坐在马上,待吾来擒你!"二马拨开,枪斧并举,大战龙潭虎穴。战有三四十合，胡云鹏不觉汗流。正是：

> 征云惨淡遮红日，海沸江翻神鬼愁。

胡云鹏那里是苏全忠对手？只杀得马仰人翻，措手不及，被苏全忠大呼一声，把胡云鹏刺于马下，枭了首级，回营见洪锦报功。哨马又报入关中，报与主将曰："胡云鹏失机阵亡。"胡升与胡雷曰："贤弟，今两阵连失二将，天命可知。况今天下归周非止一处，俺弟兄商议，不若归周以顺天时，亦不失豪杰之所为。"胡雷曰："长兄之言差矣！我等世受国恩，享天子高爵厚禄，今当国家多事之秋，不思报本以分主忧，而反说此贪生之语。常言道：'主忧臣辱。'以死报国，理之当然。长兄切不可提此伤风败俗之言！待吾明日定要成功。"胡升默然无言可对，各归营中歇息。

次日，胡雷奋勇出关，向周营讨战。报马报入中军，有南宫适出马。胡雷大呼："南宫适慢来！"胡雷手中刀望南宫适顶门上砍来，南宫适手中刀劈面相迎。两马相交，双刀并举，一场大战。怎见得，有赞为证，赞曰：

> 二将凶猛俱难并，棋逢对手如枭獍。来来去去手无停，下下高高心不定。一个扶王保驾弃残生，一个展土开疆舍性命。生前结下杀人冤，两虎一伤方得胜。

南宫适与胡雷战有三四十合，被南宫适卖个破绽，胡雷用力一刀砍入南宫适怀里来，马头相交，南宫适让过刀，伸开手把胡雷生擒活捉，拿至军前，辕门下马，径进中军报功。洪锦传令推来，及至众士卒将胡雷推至帐前，立而不跪。洪锦曰："既被擒来，何得抗拒？"胡雷大骂曰："反国逆贼！你不思报国大恩，反助恶成害，真狗彘也！吾恨不能食汝之肉！"洪锦大怒，命："推出去，斩讫报来！"立时将胡雷推出辕门，须臾斩首号令。

第七十一回　姜子牙三路分兵

洪锦方与南宫适贺功，才饮酒，旗门来报："胡雷又来讨战。"洪锦大怒，传令："把报事官斩了！为何报事不明？"左右一声，把报事官绑出去。报事官大呼："冤枉！"洪锦令推回来，问其故："你报事不明，理当该斩，为何口称冤枉？"报事官曰："老爷，小人怎敢报事不明，外面果然是胡雷。"南宫适曰："待末将出营，便知端的。"洪锦沉吟惊异。只见南宫适复上马出营来见，果是胡雷。南宫适大骂曰："妖人焉敢以邪术惑吾！不要走！"纵马舞刀，二将复战。其如胡雷本事实不如南宫适，未及三十合，依旧擒胡雷下马，掌鼓进营，来见洪锦。洪锦大喜，将胡雷推至军前。洪锦不知何术，两边大小众将纷纷乱议，惊动后营。龙吉公主上中军帐来问其缘故，洪锦将胡雷的事说了一遍，龙吉公主叫把胡雷推至帐前一看，公主笑曰："此乃小术，有何难哉！"叫把胡雷顶上头发分开，公主取三寸五分乾坤针放在胡雷泥丸宫钉将下去，立时斩了。公主曰："此乃替身法，何足为奇！"正是：

　　因斩胡雷招大祸，子牙难免这场非。

话说洪锦斩了胡雷，号令在辕门。有报马报入关中："启总兵爷：二爷阵亡，号令辕门。"胡升大惊："吾弟不听吾言，故有丧身之危。料成汤文武不足镇服天下诸侯。"令中军官："修纳降文书，速献关寨，以救生民涂炭。"只见左右将纳降文表修理停当，只等差人纳款。

且说洪锦正与众将饮酒贺功，忽报："佳梦关差官纳款。"洪锦传令来。将差官令至军前，呈上文表，洪锦展开观看：

　　镇守佳梦关总兵胡升洎佐贰众将等，谨具降表与奉天讨逆元帅麾下：升等仕商有年，岂意纣王肆行不道，荒淫无度，见弃于天，仇溺士庶，皇天不保，特命我周武王以张天讨。兵至佳梦关，升等不自度德，反行拒敌，致劳元戎奋威，斩将殄兵，莫敢抵当。今已悔过改行，特修降表，遣使纳款，恳鉴愚悃，俯容改过之恩，以启更新之路。正元帅不失代天宣化之心，吊民伐罪之举，则升等不胜感激待命之至。谨表。

洪锦看罢，重赏差官："我也不及回书，明日早进关安民便了。"来使回关，见胡升禀曰："洪总兵准其纳款，不及回书，明早进关。"胡升令左右将佳梦关上竖起周家旗号，打点户口册，集库藏钱粮，俟明早交割事宜。

正打点间，忽报："府外来有一穿红的道姑，要见老爷。"胡升不知就里，传令请来。少时，道姑从中道而进，甚是凶恶，腰束水火绦，至殿前打稽首。胡升欠身还礼，问曰："师父至此，有何见谕？"道姑曰："吾乃是丘鸣山火灵圣母是也。汝弟胡雷是吾徒弟，因死于洪锦之手，吾特下山来为他复仇。汝系他同胞弟兄，不念手足之情，君臣之义，乃心向外人，而反与仇敌共立哉！"胡升听得此语，忙下拜，口称："老师，弟子实是不知，有失迎迓，望乞恕罪。弟子非是事仇，自思兵微将寡，才浅学疏，不足以当此任；况天下纷纷，俱思归周，纵然守住，终是要属他人，徒令军民日夜辛苦，弟子不得已纳降，不过救此一郡生灵耳，岂是贪生畏死之故。"火灵圣母曰："这也罢了。只我下山，定复此仇，你可将城上还立起成汤旗号，我自有处。"胡升没奈何，又拽起成汤旗来。

洪锦正打点明日进关，只见报马来禀："佳梦关依旧又拽起成汤旗号。"洪锦大怒："这匹夫敢如此反覆戏侮我！等待明日

第七十一回　姜子牙三路分兵

拿匹夫碎尸万段，以泄此恨！"且说火灵圣母问胡升曰："关中有多少人马？"胡升曰："马步军卒有三万。"圣母曰："你挑选三千名出来与我，自下教军场教演，方有用处。"胡升即选三千熊彪大汉。圣母命三千人俱穿大红，赤足披发，背上帖一红纸葫芦，脚心里俱书写"风火"符印，一只手执刀，一只手执幡，下教场操演。不题。

且说次日，洪锦命苏全忠关下讨战，胡升挂"免战牌"，全忠只得回营，见洪锦曰："胡升挂'免战'二字，末将只得暂回。"洪锦怒气不息。只见火灵圣母操演人马，至一七方才精熟。那日，火灵圣母命关上去了"免战牌"，一声炮响，关中军马齐出。火灵圣母骑金眼驼，与炼成火龙兵隐在后面，先令胡升在前讨战。胡升得令，一马当先来至军前，要洪锦出来答话。

探马报入关中："关上有胡升讨战。"洪锦闻报，上马提刀，带左右将官出营。一见胡升，大骂："逆贼！反覆无常，真乃狗彘！匹夫敢来戏侮于我！"纵马舞刀直取。胡升未及还手，只见火灵圣母催开金眼驼，用两口太阿剑，大呼："洪锦不要走！吾来也！"洪锦仔细定睛，见道姑连人带兽似一块火光滚来。洪锦问曰："来者何人？"圣母答曰："吾乃丘鸣山火灵圣母是也。你敢将吾门下胡雷杀了，吾今特来报仇！你可速速下马受死，莫待吾怒起，连累此十万生灵死无噍类也。"道罢，将太阿剑飞来直取，洪锦手中大杆刀火速忙迎。未及数合，洪锦方欲用旗门遁以诛火灵圣母，但不知圣母头上戴一顶金霞冠，冠上有一淡黄包袱盖住，火灵圣母将包袱挑开，现出十五六丈金光，把火灵圣母笼罩当中。他看的见洪锦，洪锦看不见他，早被圣母把洪锦照前甲上一剑砍来。洪锦躲不及，已劈开锁子连环甲。洪锦

"哎呀"一声，带伤而逃。火灵圣母招动三千火龙兵冲杀进大营来。好利害！怎见得好火，有赋为证，赋曰：

> 炎炎烈焰迎空燎，赫赫威风遍地红。却似火轮飞上下，犹如火鸟舞西东。这火不是燧人钻木，又不是老君炼丹，非天火，非野火，乃是火灵圣母炼成一块三昧火。三千火龙兵勇猛，风火符印合五行，五行生化火煎成，肝木能生心火旺，心火致令脾土平，脾土生金金化水，水能生木彻通灵，生生化化皆因火，火燎长空万物荣。烧倒旗门无拦挡，抛锣弃鼓各逃生，焦头烂额尸堆积，为国亡身一旦空。正是：洪锦灾来难躲避，龙吉公主也遭凶。

话说洪锦身着剑伤逃进大营，不意火灵圣母领三千火龙兵冲杀进营，势不可当。三军叫苦，自相践踏，死者不计其数。龙吉公主在后营听得一声三军呐喊，急上马提剑走出中军，见洪锦伏鞍而逃，洪锦不及对龙吉公主说金光的事。龙吉公主只见火势冲天，烈烟卷起，正欲念咒救火，又见一块金光奔至面前。公主不知所以，忙欲看时，被火灵圣母举剑照龙吉公主劈来。不知性命如何，且听下回分解。

【总批】

　　胡雷一段忠肝义胆有关世教，虽未成厥功，身先殄灭，而其志自足千古。与阿兄不啻天渊矣，岂可同日语哉！

【又批】

　　火灵圣母只为恃有金霞冠耳，纵赢几阵，成得何事？所以有恃者，一遇其人，自然失手。

第七十二回　广成子三谒碧游宫

诗曰：
>　　三叩玄关礼大仙，贝宫珠阙自天然。
>　　翔鸾对舞瑶阶下，驯鹿呦鸣碧槛前。
>　　无限干戈从此肇，若多诛戮自今先。
>　　周家旺气承新命，又有西方正觉缘。

话说龙吉公主被火灵圣母一剑砍伤胸膛，大叫一声，拨转马望西北逃走，火灵圣母追赶有六七十里方回。这一阵洪锦折兵一万有余。胡升大喜，迎接火灵圣母进关。只见龙吉公主乃蕊宫仙子，今堕凡尘，也不免遭此一剑之厄。夫妻带伤而逃，至六七十里方才收集败残人马立住营寨，忙取丹药敷搽，一时即愈，忙作文书申姜元帅求援兵。且说差官非一日至子牙大营，子牙正坐，忽报："洪锦遣官，辕门等令。"子牙命令来。差官进营叩头，呈上文书，子牙展开，书曰：

>　　奉命东征佳梦关副将洪锦顿首百拜，奉书谨启大元戎麾下：末将以樗栎之才，谬叨重任，日夜祗惧，恐有不克负荷，有伤元帅之明。自分兵抵关之日，屡获全胜，因获逆命守关裨将胡雷，擅用妖术，被末将妻用法斩之。岂意彼师火灵圣母欲图报仇，自恃道术，末将初会贼时，不知深浅，误中他火龙兵冲来，势不可解，大折一阵。乞元帅速发援兵，以解倒悬，非比寻常可以缓视之也。谨此上书，不胜翘

望之至！

话说子牙看罢大惊："这事非我自去不可！"随分付李靖暂署大营事务："候我亲去走一遭。尔等不可违吾节制，亦不可与汜水关会兵；紧守营寨，毋得妄动以挫军威。违者定按军法！等我回来，再取此关。"李靖领令。

子牙随带韦护、哪吒，调三千人马，离了汜水关，一路上滚滚征尘，重重杀气。非止一日，来到佳梦关安营，不见洪锦的行营。子牙升帐坐下，半晌，洪锦打听子牙兵来，夫妻方移营至辕门听令。子牙把洪锦令入中军。夫妻上帐请罪，备言失机折军之事。子牙曰："身为大将，受命远征，须当见机而作，如何造次进兵，致有此一场大败！"洪锦启曰："起先俱得全功，不意一道姑名曰火灵圣母，有一块金霞，方圆有十余丈罩住他，末将看不见他，他反看得见我。又有三千火龙兵，似一座火焰山一拥而来，势不可当，军士见者先走，故此失机。"子牙听罢，心下甚是疑惑："此又是左道之术。"正思量破敌之计。

且说火灵圣母在关内，连日打探洪锦不见抵关，只见这一日报马报入城来，报："姜子牙亲提兵至此。"火灵圣母曰："今日姜尚自来，也不负我下山一场，我必亲会他方才甘心。"别了胡升，忙上金眼驼，暗带火龙兵出关，至大营前坐名要子牙答话。

报马报入中军："禀元帅：火灵圣母坐名请元帅答话。"子牙即便带了众将佐点炮出营，火灵圣母大呼曰："来者可是姜子牙么？"子牙答曰："道友，不才便是。道友，你既在道门，便知天命。今纣恶贯盈，天下共怒，天下诸侯大会孟津，观政于商。你何得助纣为虐，逆天行事，独不思得罪于天耶！况吾非一己之私，奉玉虚符命以恭行天之罚，道友又何必逆天强为之哉！不若听吾之言,倒戈纳降。吾亦体上天好生之仁,决不肯糜烂其民也。"火灵圣母笑曰:"你不过仗那一番惑世诬民之谈愚昧下民,料你不过一钓叟,贪功网利,鼓弄愚民以为己功,怎敢言应天顺人之举?且你有多大道行,自恃其能哉!"催开金眼驼,仗剑来取。子牙手中剑火速忙迎,左有哪吒,登开风火轮,使开火尖枪,劈胸就刺;韦护持降魔杵,掉步飞腾,三人战住圣母。正是:

大蟒逞威喷紫雾,蛟龙奋勇吐光辉。

火灵圣母那里经得起三人恶战,枪杵环攻?抽身回走,用剑挑开淡黄袱,金霞冠放出金光,约有十余丈远近。子牙看不见火灵圣母,圣母提剑把子牙前胸一剑。子牙又无铠甲抵挡,竟砍开皮肉,血溅衣襟,拨转四不相望西逃走。火灵圣母大呼曰:"姜子牙!今番难逃此厄也!"三千火龙兵一齐在火光中呐喊。只见大辕门金蛇乱搅,围子内个个遭殃,火焰冲于霄汉,赤光烧尽旌旗。一会,众副将不能顾主将。正是:

刀砍尸体满地,火烧人臭难闻。

且言火灵圣母赶子牙,又赶至无躲无闪之处,前走的一似猛弩离弦,后赶的好似飞云掣电。子牙一来年纪高大,剑伤又疼,被火灵圣母把金眼驼赶到至紧至急之处,不得相离。子牙正在危迫之间,又被火灵圣母取出一个混元锤望子牙背上打来,正中子牙后心,翻斤斗,跌下四不相去了。火灵圣母下了金眼驼,来取子牙首级。只听得一人作歌而来:

一径松竹篱扉,两叶烟霞窗户。三卷《黄庭》,四季花开处。新诗信手书,丹炉自己扶。垂纶菱浦,散步溪山处;坐向蒲团,调动离龙虎。功夫,披尘远世途;狂呼,啸傲兔和乌。

话说火灵圣母方去取子牙首级,只见广成子作歌而至。火灵圣母认得是广成子,大呼曰:"广成子!你不该来!"广成子曰:"吾奉玉虚符命,在此等你多时矣!"火灵圣母大怒,仗剑砍来。这一个轻移道步,那一个急转麻鞋。剑来剑架,剑锋斜刺一团花;剑去剑迎,脑后千团寒雾滚。火灵圣母把金霞冠现出金光来,他不知广成子内穿着扫霞衣,将金霞冠的金光一扫全无。火灵圣母大怒曰:"敢破吾法宝,怎肯干休!"气呼呼的仗剑来砍,恶恨恨的火焰飞腾,复来战广成子。广成子是犯戒之仙,他如今还存甚么念头?忙取番天印祭在空中。正是:

　　圣母若逢番天印,道行千年付水流。

话说广成子将番天印祭起在空中,落将下来,火灵圣母那里躲得及,正中顶门,可怜打的脑浆迸出,一灵也往封神台去了。广成子收了番天印,将火灵圣母的金霞冠也收了,忙下山头,涧中取了水,葫芦中取了丹药,扶起子牙,把头放在膝上,把丹药灌入子牙口中,下了十二重楼。有一个时辰,子牙睁开二目,见广成子,子牙曰:"若非道兄相救,姜尚必无再生之理。"广成子曰:"吾奉师命在此等候多时,你该有此厄。"把子牙扶上四不相,广成子曰:"子牙前途保重!"子牙深谢广成子:"难为道兄救吾残喘,铭刻难忘!"广成子曰:"我如今去碧游宫缴金霞冠去。"

子牙别了广成子回佳梦关来,正行之际,忽然一阵风来甚是利害,只见摧林拔树,搅海翻江。子牙曰:"好怪!此风如同虎至一般!"话未了时,果然见申公豹跨虎而来。子牙曰:"狭路相逢这恶人,如何是好?也罢,我躲了他罢。"子牙把四不相一兜,欲隐于茂林之中。不意申公豹先看见了子牙,申公豹大呼

第七十二回　广成子三谒碧游宫

曰:"姜子牙!你不必躲,我已看见你了!"子牙只得强打精神,上前稽首。子牙曰:"贤弟那里来?"申公豹笑曰:"特来会你。姜子牙,你今日也还同南极仙翁在一处不好?如今一般也有单自一个撞着我,料你今日不能脱吾之手!"子牙曰:"兄弟,我与你无仇,你何事这等恼我?"申公豹曰:"你不记得在昆仑,你倚南极仙翁之势,全无好眼相看?先叫你,你只是不睬;后又同南极仙翁辱我,又叫白鹤童儿衔我的头去,指望害我。这是杀人冤仇,还说没有!你今日金台拜将,要伐罪吊民,只怕你不能兵进五关,先当死于此地也!"把宝剑照子牙砍来。子牙手中剑架住,曰:"兄弟,你真乃薄恶之人。我与你同一师尊门下,抵足四十年,何无一点情意!及至我上昆仑,你将幻术愚我,那时南极仙翁叫白鹤童儿难你,是我再三解释,你到不思量报本,反以为仇,你真是无情无义之人也。"申公豹大怒:"你二人商议害我,今又巧语巧言,希图饶你!"说未了,又是一剑。子牙大怒:"申公豹!吾让你,非是怕你,恐后人言我姜子牙不存仁义,也与你一般,你如何欺我太甚!"将手中剑来战申公豹。大抵子牙伤痕才愈,如何敌得过申公豹?只见子牙前心牵扯,后心疼痛,拨转四不相望东就走。申公豹虎踏风云,赶来甚紧。正是子牙:

　　方才脱却天罗难,又撞冤家地网来。

话言申公豹赶上子牙,打一开天珠来,正中子牙后心。子牙坐不住四不相,滚下鞍鞯。申公豹方下虎来欲害子牙,不防山坡下坐着夹龙山飞龙洞惧留孙道人,他也是奉玉虚之命在此等候申公豹的,乃大呼曰:"申公豹少得无礼!我在此!我在此!"连叫两声,申公豹回头看见惧留孙,吃了一惊。他知道惧留孙利害,自思:"不好!"便欲抽身上虎而走。惧留孙笑曰:"不要走!"手中急祭捆仙绳,将申公豹捆了。衢留孙分付黄巾力士曰:"与我拿至麒麟崖去,等吾来发落。"黄巾力士领法旨去讫。且说衢留孙下山,挽扶子牙靠石倚松,少坐片时;又取粒丹药服之,方才复旧。子牙曰:"多感道兄救我!伤痕未好,又打了一珠,也是吾七死三灾之厄耳。"子牙辞了衢留孙,上了四不相回佳梦关。不表。

且说衢留孙纵金光法往玉虚宫来,行至麒麟崖,见黄巾力士等候。衢留孙行至宫门前,少时,见一对提幡,一对提炉,两行羽扇分开。怎见得元始天尊出玉虚宫光景,有诗为证:

> 鸿蒙初判有声名,炼得先天聚五行。
> 顶上三花朝北阙,胸中五气透南溟。
> 群仙队里称元始,玄妙门庭话未生。
> 漫道香化随莘毂,沧桑万劫寿同庚。

话说衢留孙见掌教师尊出玉虚宫来,俯伏道旁,口称:"老师万寿!"元始天尊曰:"好了!你们也拨开云雾,不久返本还元。"衢留孙曰:"奉老师法旨,将申公豹拿至麒麟崖听候发落。"元始听说,来至麒麟崖,见申公豹捉在那里。元始曰:"业障!姜尚与你何仇,你邀三山五岳人去伐西岐?今日天数皆完,你还在中途害他,若不是我预为之计,几乎被你害了。如今封神一切事体要他与我代理,应合佐周;你如今只要害他,使武王不能前进。"命黄巾力士:"揭起麒麟崖,将这业障压在此间,待姜尚封过神再放他!"

看官:元始天尊岂不知道要此人收聚"封神榜"上三百六十五位正神?故假此难他,恐他又起波澜耳。黄巾力士来拿申公豹要压在崖下。申公豹口称:"冤枉!"元始曰:"你明明的要

第七十二回 广成子三谒碧游宫

害姜尚,何言冤枉?也罢,我如今把你压了,你说我偏向姜尚,你如再阻姜尚,你发一个誓来。"申公豹发一个誓愿,只当口头言语,不知出口有愿。公豹曰:"弟子如再要使仙家阻挡姜尚,弟子将身子塞了北海眼!"元始曰:"是了,放他去罢。"申公豹脱了此厄而去。衢留孙也拜辞去了。

且说广成子打死了火灵圣母,径往碧游宫来。这个原是截教教主所居之地,广成子来至宫前,好所在!怎见得,有赋为证:

烟霞凝瑞霭,日月吐祥光。老柏青青与山岚,似秋水长天一色;野卉绯绯同朝霞,如碧桃丹杏齐芳。彩色盘旋,尽是道德光华飞紫雾;香烟缥缈,皆从先天无极吐清芬。仙桃仙果,颗颗恍若金丹;绿杨绿柳,条条浑如玉线。时闻黄鹤鸣皋,每见青鸾翔舞。红尘绝迹,无非是仙子仙童来往;玉户常关,不许那凡夫俗女闲窥。正是:无上至尊行乐地,其中妙境少人知。

话说广成子来至碧游宫外站立多时,里边开讲"道德玉文"。少时,有一童子出来。广成子曰:"那童子,烦你通报一声,宫外有广成子求见老爷。"童儿进宫,至九龙沉香辇下禀曰:"启老爷:外有广成子至宫外,不敢擅入,请法旨定夺。"通天教主曰:"着他进来。"

广成子进至里边,倒身下拜:"弟子愿师叔万寿无疆!"通天教主曰:"广成子,你今日至此,有甚事见我?"广成子将金霞冠奉上:"弟子启师叔:今有姜尚东征,兵至佳梦关,此是武王应天顺人,吊民伐罪,纣恶贯盈,理当剿灭。不意师叔教下门人火灵圣母仗此金霞冠前来阻逆大兵,擅行杀害生灵,糜烂士卒。

头一阵剑伤洪锦并龙吉公主,第二阵又伤姜尚,几乎丧命。弟子奉师尊之命下山再三劝慰,彼仍恃宝行凶,欲伤弟子。弟子不得已,用了番天印,不意打中顶门,以绝生命。弟子特将金霞冠缴上碧游宫,请师叔法旨。"通天教主曰:"吾三教共议封神,其中有忠臣义士上榜者,有不成仙道而成神道者,各有深浅厚薄,彼此缘分,故神有尊卑,死有先后,吾教下也有许多。此是天数,非同小可,况有弥封,只至死后方知端的。广成子,你与姜尚说,他有打神鞭,如有我教下门人阻他者,任凭他打。前日我有谕帖在宫外,诸弟子各宜紧守,他若不听教训的,是自取咎,与姜尚无干。广成子去罢!"

广成子出了碧游宫,正行,只见诸大弟子在旁听见掌教师尊分付"凡吾教下弟子不遵训诲,任凭他打",众弟子心下甚是不服,俱在宫外等他。旁边有最不忿的是金灵圣母、无当圣母,对众言曰:"火灵圣母是多宝道人门下,广成子打死了他,就是打我等一样。他还来缴金霞冠,明明是欺蔑吾教!我等师尊又不察其事,反分付任他打,是明明欺吾等无人物也!"此时恼了龟灵圣母,大呼曰:"岂有此理!他打死火灵圣母,还来缴金霞冠!待吾去拿了广成子,以泄吾等之恨!"

龟灵圣母仗剑砍来,大呼:"广成子不要走!我来了!"广成子站住,见他来的势局不同,广成子陪笑迎来,问曰:"道兄有何分付?"龟灵圣母曰:"你把吾教门人打死,还到此处来卖精神,分明是欺蔑吾教,显你等豪强,情殊可恨!不要走!我与火灵圣母报仇!"仗剑砍来。广成子将手中剑架住,言曰:"道友差矣!你的师尊共立'封神榜',岂是我等欺他,是他自取。也是天数该然,与我何咎!道友言替他报仇,真是不谙事体!"龟灵

第七十二回 广成子三谒碧游宫

圣母大怒曰:"还敢以言语支吾!"不由分说,又是一剑。广成子正色言曰:"我以礼谕你,你还是如此,终不然我怕你不成?纵是我师长,也只好让你两剑。"龟灵圣母又是一剑。广成子大怒,面皮通红,仗宝剑相还。两家未及数合,广成子祭番天印打来,龟灵圣母见此印打下来招架不住,忙现原身,乃是个大乌龟。昔苍颉造字而有龟文羽翼之形,就是那时节得道的,修成人形;原是一个母乌龟,故此称为"圣母"。彼时金灵圣母、多宝道人见龟灵圣母现了原身,各人面上俱觉惭愧之极,甚是追悔。只见虬首仙、乌云仙、金光仙、金牙仙大呼:"广成子,你欺吾教不是这等!"数人发怒,一齐仗剑赶来。

广成子自思:"吾在他家里,身入重地;自古道'单丝不成线',反为不美。"广成子又见他们重重围来:"不若还奔碧游宫见他师尊,自然解释。"乃不等通报,径自投台下来。通天教主曰:"广成子,你又来有甚话说?"广成子跪而启曰:"师叔分付,弟子领命下山。不知师叔门人龟灵圣母同许多门人来为火灵圣母复仇。弟子无门可入,特来见师叔金容,求为开释!"通天教主命水火童儿:"把龟灵圣母叫来!"

少时,龟灵圣母至法台下行礼,口称:"弟子在。"通天教主曰:"你为何去赶广成子?"龟灵圣母曰:"广成子将吾教下门人打死,反上宫来献金霞冠,分明是欺蔑吾教!"通天教主曰:"吾为掌教之主,反不如你等?此是你不守我谕言,自取其祸,大抵俱是天数,我岂不知?广成子把金霞冠缴来,正是尊吾法旨,不敢擅用吾宝。尔等仍是狼心野性,不守我清规,大是可恶!将龟灵圣母革出宫外,不许入宫听讲!"遂将龟灵圣母革出。

两旁恼了许多弟子,私相怨曰:"今为广成子,反把自家门弟子轻辱,师尊如何这样偏心?"大家俱不忿,尽出门来。只见通天教主分付广成子:"你快去罢!"广成子拜谢了教主,方才出了碧游宫,只见后面一起截教门人赶来,只叫:"拿住了广成子以泄吾众人之恨!"广成子听得着慌:"这一番来得不善!欲径往前行,不好;欲与他抵敌,寡不敌众;不若还进碧游宫,才免得此厄。"

看官:广成子你原不该来!这正应了"三谒碧游宫"。正是:

> 沿潭撒下钩和线,从今钓出是非来。

话说广成子这一番慌慌张张跑至碧游宫台下,来见通天教主,不知吉凶如何,且听下回分解。

【总批】

火灵圣母自恃金霞冠无敌,就有杀身之祸;假若他当日无此宝,则无所恃,他自不下山来,安得有这场是非?这还是通天教主作成送他个死。

【又批】

广成子原自多事,当时只俟子牙伐纣事完后,再去缴金霞冠也不迟,如何先期而进,致有三谒碧游宫之愆?这都是替子牙添担子,不知当日神仙俱不肯清净,要寻事做,无怪今人之多事也。

第七十三回　青龙关飞虎折兵

诗曰：

　　流水滔滔日夜磨，不知乌兔若奔梭。
　　才看苦海成平陆，又见苍桑化碧波。
　　熊虎将军餐白刃，英雄俊杰饮干戈。
　　迟早只因天数定，空教血泪滴婆娑。

话说广成子三进碧游宫，又来见通天教主，双膝跪下。教主问曰："广成子，你为何又进我宫来？全无规矩，任你胡行！"广成子曰："蒙师叔分付，弟子去了，其如众门人不放弟子去，只要与弟子并力。弟子之来，无非敬上之道，若是如此，弟子是求荣反辱。望老师慈悲发付弟子，也不坏师叔昔日三教共立'封神榜'的体面。"通天教主听说，怒曰："水火童子快把这些无知畜生唤进宫来！"只见水火童子领法旨出宫来，见众门人，曰："列位师兄，老爷发怒，唤你等进去。"众门人听师尊呼唤，大家没意思，只得进宫来见。

通天教主喝曰："你这些不守规矩的畜生，如何师命不遵，恃强生事，这是何说？广成子是我三教法旨扶助周武，这是应运而兴。他等逆天行事，理当如此。你等如何还是这等胡为？情实可恨！"直骂得众人们面面相觑，低头不语。通天教主分付广成子曰："你只奉命而行，不要与这些人计较。你好生去罢！"广成子谢过恩，出了宫径回九仙山去了。后有诗叹曰：

广成奉旨涉先天,只为金霞冠欲还。

不是天心原有意,界牌关下有诛仙。

话说通天教主曰:"姜尚乃是奉吾三教法旨扶佐应运帝王。这三教中都有在'封神榜'上的。广成子也是犯教之仙,他就打死火灵圣母。非是他来寻事做,这是你去寻他,总是天意。尔等何苦与他做对?连我的训谕不依,成何体面!"众门人未及开言,只见多宝道人跪下禀曰:"老师圣谕怎敢不依?只是广成子太欺吾教,妄自尊大他的玉虚教法,辱詈我等不堪,老师那里知道?倒把他一面虚词当做真话,被他欺诳过了。"通天教主曰:"'红花白藕青荷叶,三教原来总一般。'他岂不知,怎敢乱说欺弄?你等切不可自分彼此,致生事端。"多宝道人曰:"老师在上:弟子原不敢说,只今老师不知详细,事已至此,不得不以直告。他骂吾教是左道旁门:'不分披毛带角之人,湿生卵化之辈,皆可同群共处。'他视我为无物,独称他玉虚道法为'无上至尊',所以弟子等不服也。"通天教主曰:"我看广成子亦是真实君子,断无是言。你们不要错听了。"多宝道人曰:"弟子怎敢欺诳老师!"众门人齐曰:"实有此语。这都可以面质。"通天教主笑曰:"我与羽毛相并,他师父却是何人?我成羽毛,他师父也是羽毛之类。这畜生这等轻薄!"分付金灵圣母:"往后边取那四口宝剑来。"

少时,金灵圣母取一包袱,内有四口宝剑,放在案上。教主曰:"多宝道人过来,听我分付:他既是笑我教不如,你可将此四口宝剑去界牌关摆一诛仙阵,看阐教门下那一个门人敢进吾阵!如有事时,我自来与他讲。"多宝道人请问老师:"此剑有何妙用?"通天教主曰:"此剑有四名:一曰'诛仙剑',二曰'戮仙剑',三曰'陷仙剑',四曰'绝仙剑'。此剑倒悬门上,发雷振动,

第七十三回 青龙关飞虎折兵

剑光一晃,任从他是万劫神仙,也难逃得此难。"昔曾有赞,赞此宝剑,赞曰:

> 非铜非铁又非钢,曾在须弥山下藏。不用阴阳颠倒炼,岂无水火淬锋芒?"诛仙"利,"戮仙"亡,"陷仙"到处起红光;"绝仙"变化无穷妙,大罗神仙血染裳。

话说通天教主将此剑付与多宝道人,又与一诛仙阵图,言曰:"你往界牌关去阻住周兵,看他怎样对你。"多宝道人离了高山,径往界牌关去。不表。

且说子牙自从遇申公豹得脱回佳梦关来,周营内差人四下里打探子牙消息,只见哪吒登风火轮四下找寻。子牙正策四不相前行,恰好遇着韦护。韦护大喜,上前安慰子牙曰:"自火龙兵冲散人马,急切难以收聚。不意火灵圣母赶师叔去,那些兵原是左道邪术,见没有主将作法驱逐,一时火光灭了,并无有一些手段。被我等收回兵,复一阵杀的他干净。只是不见师叔。如今哪吒等四路去打探,不期弟子在此得遇尊颜,我等不胜幸甚!"有探事官飞奔中军来报于洪锦,洪锦远迎。子牙进辕门,众将欢喜。收点兵马,计算又折了四五千军卒。子牙把火灵圣母、申公豹的事对众军将细说一遍,众人贺喜。子牙发付整顿人马,离佳梦关五十里。住了三日,子牙方整点士卒,一声炮响,复至关下安营。

且说胡升在关内不知火灵圣母吉凶,又听得报马来报,子牙兵复至关下,胡升大惊:"姜尚兵又复至,火灵圣母休矣!"急与佐贰官商议:"前日已是降周,平空而来火灵圣母搅扰这场,使吾更变一番,虽然胜了姜子牙二阵,成得甚事!如今怎好相见?"傍有佐贰官王信曰:"如今元师把罪名做在火灵圣母身上,彼自不罪元帅也。这也无妨。"胡升曰:"此言也有理。"就差王信具纳降文书,前往周营来见子牙。有军政官报入中军:"启元帅:关内差官下文书,请令定夺。"子牙传令:"令来。"王信来至中军,呈上文书,子牙展于案上观看,书曰:

> 纳降守关主将胡升暨大小将佐等,顿首上书于西周大元帅麾下:不职升谬承司阃,镇守边关,谨慎小心,希图少尽臣节以报主知。孰意皇天不眷,降灾于殷,天愁人叛,致动天下诸侯观政于商。日者元帅率兵抵关,升弟胡雷与火灵圣母不知天命,致逆王师,自罹于祸,悔亦无及。升罪固宜罔赦,但元帅汪洋之度,好生之人,无不覆载。今特遣裨将王信薰沐上书,乞元帅下鉴愚悃,容其纳降,以救此一方民,真时雨之师,万姓顶祝矣。胡升再顿首谨启。

子牙看书毕,问王信曰:"你主将既已纳款,吾亦不究往事。明日即行献关,毋得再有推阻。"洪锦在旁言曰:"胡升反复不定,元帅不可轻信,恐其中有诈。"子牙曰:"前日乃是他兄弟违傲,与火灵圣母自恃左道之术故耳。以我观,胡升乃是真心纳降也。公无多言。"随令王信:"回复主将,明日进关。"王信领令,进关来见胡升,将子牙言语尽说一遍。胡升大喜,随命关上军士立起周家旗号。

次日,胡升同大小将领率百姓出关,手执降旗,焚香结彩,迎子牙大势人马进关。来至帅府堂上坐下,众将官侍立两旁。只见胡升来至堂前行礼毕,禀曰:"末将胡升一向有意归周,奈吾弟不识天时,以遭诛戮。末将先曾具纳降文表与洪将军,不期火灵圣母要阻天兵,末将再三阻挡不住,致有得罪于元帅麾下,望元帅恕末将之罪。"子牙曰:"听你之言,真是反覆不定:头一次纳降,非你本心。你见关内无将,故尔偷生。及见火灵

第七十三回 青龙关飞虎折兵

圣母来至，汝便欺心，又思故主。总是暮四朝三之小人，岂是一言以定之君子！此事虽是火灵圣母主意，也要你自己肯为，我也难以准信，留你久后必定为祸。"命左右："推出斩之！"胡升无言抵塞，追悔无及。左右将胡升绑出帅府，少时，见左右将首级来献，子牙命拿出关前号令。子牙平定了佳梦关，令祁恭镇守。子牙把户口查明，即日回兵至氾水关，李靖领众将辕门迎接。子牙至后营见武王，将取佳梦关一事奏知武王。武王置酒在中军与子牙贺功。不表。

且说黄飞虎领十万雄师往青龙关来，一路浩浩军威，纷纷杀气。一日哨马报入中军："启总兵：人马已至青龙关，请令安营。"黄总兵传令安下行营，放炮呐喊。话说这青龙关镇守大将乃是丘引，副将是马方、高贵、余成、孙宝等。闻周兵来至，丘引忙升厅坐下，与众将议曰："今日周兵无故犯界，甚是狂悖，吾等正当效力之时，各宜尽心报国。"众将官齐曰："愿效死力。"人人俱摩拳擦掌，个个勇往直前。且说黄总兵升帐曰："今日已抵关隘，谁去见头一阵立功？"邓九公曰："愿往。"飞虎曰："将军一往，必建奇功。"邓九公上马出营至关下搦战。哨探马报入帅府，丘引急令马方："去见头阵，便知端的。"

马方上马提刀，开放关门，两杆旗开，见邓九公红袍金甲，一骑马飞临阵前。马方大呼曰："反贼慢来！"九公曰："马方，你好不知天时！方今兵连祸结，眼见成汤亡于旦夕，尔尚敢来出关会战也！"马方大骂："逆天泼贼，欺心匹夫，敢出妄言惑吾清听！"纵马摇枪飞来直取，邓九公手中刀急架忙迎，二马盘旋大战有三十回合。邓九公乃久经战场上将，马方那里是他的对手，正战间，被九公卖个破绽，大喝一声，将马方劈于马下。邓九公找了首级,掌得胜鼓回营来见黄飞虎,将马方首级献上。黄总兵大喜,上九公首功,具酒相庆。

且说败兵报进关来:"禀元帅:马方失机,被邓九公枭了首级,号令周营。"丘引听报,只气得三尸神暴跳,七窍内生烟。次日,亲自提兵出关。黄飞虎正议取关一事,见哨马报入中军:"青龙关大队摆开,请总兵答话。"黄飞虎传令:"也把大队人马摆出。"炮声响处,大红旗展,好雄威人马出来!正是:

　　人是欢彪撺阔涧,马如大海老龙腾。

话说丘引见黄飞虎,左右分开大小将官,一马当先,大叫:"黄飞虎负国忘恩,无父无君之贼!你反了五关,杀害朝廷命官,劫纣王府库,助姬发为恶,今日反来侵扰天子关隘,你真是恶贯满盈,必受天诛!"黄飞虎笑曰:"今天下会兵,纣王亡在旦夕,你等皆无死所!马前一卒,有多大本领敢逆天兵耶!"飞虎回顾左右:"那一员战将与吾拿了丘引?"后有黄天祥应曰:"待吾来擒此贼!"天祥年方十七岁,正所谓"初生之犊不惧虎",催开战马,摇手中枪冲杀过来。这壁厢有高贵摇斧接住。两马相交,枪斧并举。黄天祥也是"封神榜"上之人,力大无穷,来来往往未及十五回合,一枪刺中高贵心窝,翻鞍下马。丘引大呼一声:"气杀吾也!不要走,吾来也!"丘引银盔素铠,白马长枪,飞来直取天祥。黄天祥见丘引自至,心下暗喜:"此功该吾成也!"摇手中枪劈面相还。好杀!怎见得,正是:

　　棋逢敌手难藏兴,将遇良才好奏功。

黄天祥使发了这条枪如风驰雨骤,势不可当,丘引自觉不能胜。天祥今会头阵如此英勇,枪法更神。有赞为证,赞曰:

　　乾坤真个少,盖世果然稀。老君炉里炼,曾敲十万八

第七十三回 青龙关飞虎折兵

千锤。磨塌太行山顶石,湛干黄河九曲溪。上阵不沾尘世界,回来一阵血腥飞。

话说黄天祥使开枪,把丘引杀得只有招架之功,更无还兵之力。旁有丘引副将孙宝、余成两骑马两口刀,杀奔前来助战。邓九公见二将前来协助,邓九公奋勇走马,刀劈了余成,翻鞍落马。孙宝大怒,骂曰:"好匹夫!焉敢伤吾大将!"转回来力敌九公。话说丘引被黄天祥战住,不得闲空,纵有左道之术,不能使出来;又见邓九公走马刀劈了余成,心下急躁。黄天祥卖了个破绽,一枪正中丘引左腿。丘引大叫一声,拨转马就走。黄天祥挂下枪,取弓箭在手,拽满弓弦,往后心射来,正中丘引肩窝。孙宝见主将败走,心下着慌,又被邓九公一刀把孙宝挥于马下,枭了首级。黄飞虎掌鼓进营。正是:

只知得胜回营去,那晓儿男大难来。

话说丘引败进高关,不觉大怒:"四员副将尽被两阵杀绝,自己又被这黄天祥枪刺左腿,箭射肩窝,候明日出阵,拿住此贼,碎尸万段,以泄此恨!"看官,丘引乃曲鳝得道修成人体,也是左道之术,此人自用丹药敷搽,即时全愈。到三日后,上马提枪,至周营前只叫:"黄天祥来见我!"哨马报入中军,黄天祥又出来会战。丘引见了仇人,不答话,摇枪直取天祥,黄天祥手中枪急架忙迎。二马交锋,来往战有三十回合。黄天祥看丘引顶上银盔露出发来,暗想:"此贼定有法术,恐遭毒害。"天祥心生一计,把枪丢了一空,丘引要报前日之恨,乘空一枪刺来,刺了个空,跌在黄天祥怀里来。黄天祥掣出银装锏来。好锏,怎见得,有赞为证,赞曰:

宝攒玉靶,金叶厢成。绿绒绳穿就护手,熟铜抹就光

> 辉。打大将翻鞍落马,冲行营鬼哭神悲。亚断三环剑,磕折丈八枪。寒凛凛,有甚三冬雪;冷飕飕,赛过九秋霜。

话说丘引被黄天祥一锏正中前面护心镜上,打得丘引口喷鲜血,几乎落下鞍鞒,败进关内闭门不出。黄天祥得胜回营来见父亲,说丘引闭门不出。黄飞虎与邓九公共议取关之策。不表。且说丘引被这一锏打得吐血不止,忙服丹药,一时不能全愈;切齿深恨黄天祥于骨髓,在关内保养伤痕。

次日,周兵攻打青龙关,丘引锏伤未愈,上城来亲自巡视,千方百计防设守关之法。大抵此关乃朝歌保障之地,西北藩屏,最是紧要,城高濠深,急切难以攻打。周兵一连攻打三日,不能得下,黄飞虎见此关急切难下,传令鸣金收回人马,再作良谋。丘引见周兵退去,也下城来,至帅府坐下,心中纳闷。忽报:"督粮官陈奇听令。"丘引令至殿前。陈奇打躬曰:"催粮应济军需,不曾违限,请令定夺。"丘引曰:"催粮有功,总为朝廷出力。"陈奇问:"周兵至此,元帅连日胜负如何?"丘引答曰:"姜尚分兵取关,惟恐吾断他粮道,连日与他会战,不意他将佐骁勇,邓九公杀吾佐贰官,黄天祥枪马强胜,吾被他中枪,箭射,锏打。若是拿住这逆贼,必分化其尸方泄吾恨!"陈奇曰:"元帅只管放心,等末将拿来,报元帅之恨。"

次日,陈奇领本部飞虎兵,坐火眼金睛兽,提手中荡魔杵,至周营搦战。哨马报入中军:"启元帅:关上有将搦战。"黄飞虎问曰:"谁将出马?"邓九公曰:"末将愿领人马。"九公绰兵刃在手,径出营来。一见对阵鼓响,一将当先,提荡魔杵,坐金睛兽,邓九公问曰:"来者何人?"陈奇曰:"吾乃督粮官陈奇是也。你是何人?"邓九公答曰:"吾乃西周东征副将邓九公是也。前

第七十三回　青龙关飞虎折兵

者丘引失机,闭门不出,你想是先来替死,然而也做不得他的名下!"陈奇大笑曰:"看你这匹夫如婴儿草莽,你有何能!"便催开金睛兽,使开荡魔杵劈胸就打,邓九公大杆刀赴面交还。兽马交锋,刀杵并举,两家大战三十回合,邓九公的刀法如神,陈奇用的是短兵器,如何抵挡得住?陈奇把荡魔杵一举,他有三千飞虎兵,手执挠钩套索,如长蛇阵一般,飞奔前来,有拿人之状,邓九公不知缘故。陈奇原是左道,有异人秘传,养成腹内一道黄气,喷出口来,凡是精血成胎者,必定有三魂七魄,见此黄气,则魂魄自散。九公见此黄气,坐不住鞍鞒,翻身落马,邓九公被飞虎兵一拥上前,生擒活捉,拿进高关,三军呐喊。丘引正坐,左右报入府来:"禀元帅:陈奇捉了邓九公听令。"丘引大悦,令左右推来。邓九公及至醒来,身上已是绳索绑缚,莫能转挫。左右推至丘引面前,九公大骂曰:"匹夫以左道之术擒吾,我就死也不服!今既失机,有死而已。吾生不能啖汝血肉,死后必为厉鬼以杀叛贼!"丘引大怒,令:"推出斩之!"可怜邓九公归周,不能会诸侯于孟津,今日全忠于周主。正是:

　　功名未遂扶王志,今日逢危已尽忠。

话说丘引发出行刑牌出府,将邓九公首级号令于关上。有哨探马报入中军:"启老爷:邓九公被陈奇口吐黄气,拿了进关,将首级号令城上。"黄飞虎大惊曰:"邓九公乃大将之才,不幸而丧于左道之术。"心中甚是伤感。

　　话说丘引治酒与陈奇贺功。次日,陈奇又领兵至周营搦战,报马报入中军。旁有九公佐贰官太鸾大怒曰:"末将不才,愿与主将报仇。"黄飞虎许之。太鸾上马出营与陈奇相对,也不答话,大战二十回合。陈奇把杵一举、后面飞虎兵拥来。陈奇把嘴一张,太鸾依旧落马,被众人擒拿进关见丘引。丘引曰:"此乃从贼,且不必斩他,暂送下囹圄,俟拿了主将,一齐上囚车解往朝歌以尽国法,又不负汝之功耳。"陈奇大喜。

且说黄总兵见又折了太鸾,心下甚是不乐。只见次日来报:"陈奇搦战。"黄将军问左右:"谁去走一遭?"话未了,只见旁边走过三子黄天禄、黄天爵、黄天祥应曰:"不肖三人愿往。"黄飞虎分付:"须要仔细!"三人应声曰:"知道。"弟兄三人上马径出营来。陈奇问曰:"来者何人?"黄天禄答曰:"吾乃开国武成王三位殿下:黄天禄、天爵、天祥是也。"陈奇暗喜:"正要拿这业畜,他恰自来送死!"催天金睛兽,也不答话,使开荡魔杵飞来直取天禄兄弟。三人三条枪急架忙迎,四马交锋。怎见得一场好杀:

四将阵前发怒,颠开兽马相持。长枪晃晃闪虹霓,荡魔杵发来峻利。这一个拚命舍死定输赢,那三个为国亡家分轩轾。些儿失手命难存,留取清名传万世。

三匹马裹住了陈奇一匹金睛兽,大战在龙潭虎穴。不知吉凶如何,且听下回分解。

【总批】

胡升反复不常,留之久必为祸,况当粮道要冲,安得以疑似之人守之?杀之是也。但太公伐纣,乃顺天应人,岂有他虞,而必欲以平常之疑待之?子牙此举,有愧时雨之师。

【又批】

邓九公有将才而遭逢不辰,故为左道所害,此数也。然一段慷慨不屈,足仞千古。

第七十四回　哼哈二将显神通

诗曰：

　　二将相逢各有名，青龙关遇定输赢。
　　五行道术皆堪并，万劫轮回共此生。
　　黄气无声能覆将，白光有影更擒兵。
　　须知妙法无先后，大难来时命自倾。

　　话说黄天禄兄弟三人裹住陈奇，忽一枪正中陈奇右腿。陈奇将坐骑跳出圈子外边，黄天禄随后赶来。陈奇虽然腿上有伤，他的道术自在，他把荡魔杵一举，只见飞虎兵蜂拥而来，将腹内炼成黄气喷出，黄天禄滚下鞍鞒，早被飞虎兵挠钩搭住生擒活捉了。进关来见丘引，丘引分付也把黄天禄监禁了。话说黄天爵、黄天祥回营见父言兄被擒，黄总兵十分不乐，遣官打听可曾号令，探事官回报："启老爷：不曾号令。"

　　话说陈奇腿上有伤，自用丹药敷搽。只见次日丘引伤痕全愈，要来报仇，乃不戴头盔，顶上戴一金箍，似陀头样，贯甲披袍，上马执枪，来奔至周营，坐名要黄天祥决战。报马报入营中，天祥便欲出战，飞虎阻挡不住。天祥上马提枪，出营来见是丘引，大叫曰："丘引，今日定要擒你见功！"催开马，摇手中枪直刺丘引，丘引枪赴面交还。二马盘旋，双枪并举，大战在关下。黄天祥这根枪如风狂雨骤，势不可当，丘引招架不住，掩一枪，勒回马往关前就走。黄天祥不曾知好歹，随后赶来，只见丘引顶上长一道白光,光中分开,里面现出碗大一颗红珠,在空中滴溜溜只是转,丘引大叫:"黄天祥,你看吾此宝!"黄天祥不知所以,抬头看时,不觉神魂飘荡,一会辨不知南北西东,昏昏惨惨,被步下军卒生擒下马,绳缚二臂,及至醒时,已被捉住。丘引大喜,掌鼓进关。正是:

  可惜年少英雄客,化作南柯梦里人!

  且说丘引拿住黄天祥进关,升堂坐下,传令两边:"把黄天祥推来!"众人将黄天祥推至面前,黄天祥气冲斗牛,厉声大呼曰:"丘引,你这逆贼,敢以妖术成功,非大丈夫也!我死不足惜,当报国恩。若姜元帅兵临,你这匹夫有粉骨碎身之祸!既被你擒,快与我一死!吾定为厉鬼以杀贼!"丘引大怒曰:"你这叛贼,反出语伤人!你箭射、铜打、枪刺,你心下便自爽然。今日被擒,不自求生,又以恶语狂言辱吾!"天祥睁目大骂:"逆贼!我恨不得枪穿你肺腑,铜打碎你天灵,箭射透你心窝,方称我报国忠心!今不幸被擒,自分一死,何必多言,做出那等的模样!"丘引大怒,命左右:"先枭了首级,仍风化其尸,挂在城楼上!"少时,哨马报入周营:"启老爷:四公子被丘引拿去枭了首级,把尸骸挂城楼上风化其尸,请军令定夺。"黄飞虎听报,大叫一声,跌倒在地。众将扶起,黄总兵放声大哭曰:"吾生四子,不能为武王至孟津大会诸侯以立功,今方头一座关隘,先丧吾三子!"黄飞虎思子,作诗一首以志感,诗曰:

  为国捐躯赴战场,丹心可并日争光。
  几番未灭强梁寇,左术擒儿年少亡。

话说黄总兵见事机如此,忙修告急申文,连夜差使臣往氾水关老营中,见子牙求救。

第七十四回　哼哈二将显神通

　　使臣在路也非一日，来至行营，旗门官报入中军："启元帅：黄总兵遣官至辕门等令。"子牙传令："令来。"使臣至帐前行礼，将申文呈上。子牙拆开看毕，大惊曰："可惜邓九公、黄天祥俱死于非命！"着实伤悼。只见邓婵玉哭上帐来："禀上元帅，末将愿去为父报仇。"子牙许之，又点先行官哪吒同往。哪吒大喜，领了将令星夜往青龙关来。哪吒风火轮来的快，便先行，婵玉随营行走，只见哪吒霎时就到青龙关了。正是：

　　　顷刻行千里，须臾至九州。

话言哪吒至营前，报入中军："有先行官哪吒辕门听令。"黄总兵忙叫请来。哪吒进中军行礼毕，黄总兵曰："吾奉令分兵至此，不幸子亡兵败，邓九公竟被左术丧身，吾在此待罪请援。今先行官至此，吾辈不胜幸甚！"哪吒曰："小将军丹心忠义，为国捐躯，青史简篇永垂不朽，亦不辜负将军教养之功。"

　　次日，哪吒上风火轮，提火尖枪，往关下搦战。猛见黄天祥之尸，大怒曰："吾拿住丘引，定以此为例！"大叫："城上报事官！快传与丘引，早来洗颈受戮！"报马报入帅府："有将请战。"丘引听报，自恃己能，依旧是陀头打扮，竟出关门。看见一人登风火轮而来，大呼曰："来者莫非是哪吒么？"哪吒大骂曰："你这匹夫！黄天祥与你不过敌国之仇，彼此为国，不过枭首；又有何罪，你竟欲风化其尸！我今拿住你，定碎醢汝尸，为天祥泄恨！"把火尖枪摆动直取丘引，丘引以枪急架相还。二马相交，双枪并举，来往战杀二三十合，丘引就走。哪吒赶来，丘引依旧把头上白气升出，现那一颗红珠出来在空中旋转。丘引把哪吒当做凡胎肉体，不知他是莲花化身，便大叫曰："哪吒！你看吾之宝！"哪吒抬头看见，大笑曰："无知匹夫！此不过是个红珠儿，你叫我看他怎的!"丘引大惊:"吾得道修成此珠,捉将擒军无不效验;今日哪吒看见,如何不昏于轮下!"心中已是着忙,只得勒回马来又战;被哪吒用乾坤圈打来,正中丘引肩窝,打的筋断骨折,伏鞍而逃,败回关去。哪吒得胜回营,来见黄飞虎。不表。

且说土行孙催粮至子牙大营,见元帅回令毕。土行孙下殿,不见邓婵玉,问其故,武吉曰:"黄飞虎求救兵,申文言你岳翁阵亡,你夫人去了。"土行孙听得邓九公已死,着实伤悼,忙忙领子牙催粮箭,督二运径往青龙关来,不一日至辕门。

探马报入中军,黄飞虎令请来,土行孙来至帐前行礼毕,黄飞虎曰:"邓九公为左术阵亡,吾子二人被擒,天祥被丘引逆贼风化其尸。今日先行哪吒打丘引一乾坤圈,逆贼未曾授首。"土行孙曰:"待末将今晚且将天祥尸首盗出,用棺木收殓,明日好擒丘引以报此仇。"土行孙下帐来与邓婵玉等相见,只至到晚,土行孙借地行术径进关来,先在里边走了一番,及行到囹圄之中,看见太鸾、黄天禄。时至二更,四下里人声寂静,土行孙钻上来悄悄的叫:"黄天禄,我来了。你放心,不久就取关了。"黄天禄听的是土行孙声音,大喜曰:"速些才妙!"土行孙曰:"不必分付。"

土行孙说了信,径至城楼上把绳子割断,天祥的尸首掉在关外,周纪收去尸首。黄飞虎看见子尸,放声大哭曰:"年少为国,致捐其躯,真为可惜!"急用棺木收尸。黄飞虎自思想:"吾生四子,今丧三人,今日不若命黄天爵送天祥尸首回西岐去,早晚亦可侍奉吾父,一则不失黄门之后,二则使我忠孝两全。"黄飞虎打发第三子黄天爵押送车回西岐去了。

且说丘引被哪吒打伤,次日升厅纳闷。只见巡城军士来

第七十四回 哼哈二将显神通

报:"黄天祥尸首夜来不知被何人割断绳子,将尸首盗去。"丘引听报愈加愁闷,陈奇大怒:"不才出关,拿来为主将报仇!"说罢,领本部飞虎兵至营前搦战。哨马报入中军,黄总兵问:"谁人见阵?"土行孙愿往,邓婵玉欲为父亲报仇,愿随掠阵。

夫妻二人出营,见陈奇坐金睛兽,提荡魔杵,滚至阵前。土行孙大骂陈奇曰:"匹夫用左道邪术,杀吾岳丈,不共戴天!今日特来擒你报仇!"陈奇大笑:"谅你这等人真如朽腐之物,做得出甚么事来!杀你恐污吾手!"催开坐骑,拎杵就打,土行孙手中棍急架忙迎。杵棍并举,未及数合,陈奇见土行孙往来小巧便宜,急切不能取胜,陈奇忙把杵一摆,飞虎兵齐奔前来,陈奇对着土行孙把嘴一张,喷出一道黄气。土行孙站不住,一交跌倒在地,飞虎兵把土行孙拿去。陈奇未防邓婵玉在对面,见拿了她丈夫,发出一块五光石来,正中陈奇嘴上,打得唇绽齿落,"哎哟"一声,掩面而走。婵玉又发一石,夹后心一下,把后心镜打得粉碎,陈奇只得伏鞍而逃。只见土行孙睁开眼,浑身上了绳子,笑曰:"到有趣!"

陈奇被邓婵玉打伤,逃回关内来见丘引。丘引看见陈奇鼻青嘴绽,袍带皆松,忙问其故。陈奇曰:"只因拿一不堪匹夫,不防对过有一贱人,用石打伤面门,复一石又打伤脊背,致失机而回。"丘引听说,忙令左右:"将周将拿来!"左右随将土行孙推至阶前,看见土行孙身不满三四尺,便问陈奇曰:"这样东西拿他何用?"命左右:"推出去斩了号令!"土行孙也不慌不忙,来至关上,左右方欲动手,只见土行孙把身子一扭,杳无踪迹。正是:

地行道术原无迹,盗宝偷关盖世雄。

话说左右见土行孙不见了,只唬得目瞪口呆,慌忙报与丘引。

丘引听报，大惊曰："周营中有此异人，所以屡伐西岐俱皆失利。今日不见黄天祥尸首，就是此人盗去也未可知。速传令：早晚各要防备关隘。"

且说土行孙回见黄总兵，共议取关，忽哨探马报入中军："有三运督粮官郑伦来辕门等令。"黄总兵传令："令来。"郑伦至帐前行礼毕，言曰："奉姜元帅将令，催粮应付，军前听用。"黄飞虎曰："多蒙将军催粮有功，俟上功劳簿。"郑伦曰："俱是为国效用。"郑伦偶见土行孙也在此，忙问土行孙曰："足下系二运官，今到此何干？"土行孙曰："青龙关中有一人名唤陈奇，也与你一样拿人，吾岳丈被他拿去坏了性命，特奉元帅将令来此救援。只他比你不同，他把嘴一张，口内喷出一道黄气来，其人自倒，比你那鼻中哼出白气来大不相同，觉他的便宜。昨日我被他拿去，走了一遭来。"郑伦曰："岂有此理！当时吾师传我，曾言吾之法盖世无双，难道此关又有此异人？我必定会他一会，看其真实。"

且说陈奇恨邓婵玉打伤他头面，自服了丹药，一夜全愈。次日出关，坐名只要邓婵玉出来定个雌雄。哨马报入中军："启老爷：陈奇搦战。"郑伦出而言曰："末将愿往。"黄飞虎曰："你督粮亦是要紧的事，原非先行破敌之役，恐姜丞相见罪。"郑伦曰："俱是朝廷功绩，何害于理？"黄飞虎只得应允。郑伦上了金睛兽，提降魔杵，领本部三千乌鸦兵出营来，见陈奇也是金睛兽，提荡魔杵，也有一队人马俱穿黄号色，也拿着挠钩套索。郑伦心下疑惑，乃至军前大呼曰："来者何人？"陈奇曰："吾乃督粮上军陈奇是也。你乃何人？"郑伦曰："吾乃三运总督官郑伦是也。"郑伦问曰："闻你有异术，今日特来会你。"郑伦催开金睛

第七十四回　哼哈二将显神通

兽,摇手中降魔杵劈头就打,陈奇手中荡魔杵赴面交还。二兽交加,一场大战。怎见得:

> 二将阵前寻斗赌,两下交锋谁敢阻。这一个似摇头狮子下山岗,那一个不亚摆尾狻猊寻猛虎。这一个兴心定要正乾坤,那一个赤胆要把江山辅。天生一对恶生辰,今朝相遇争旗鼓。

话说二将大战虎穴龙潭:这一个恶狠狠圆睁二目,那一个咯支支咬碎银牙。只见土行孙同哪吒出辕门来看二将交兵,连黄飞虎同众将也在旗门下,都来看厮杀。郑伦正战之间,自忖:"此人当真有此术法,打人不过先下手为妙。"把杵在空一摆,郑伦部下乌鸦兵行如长蛇阵一般而来。陈奇看郑伦摆杵,士卒把挠钩套索似有拿人之状,陈奇摇杵,他那里飞虎兵也有套索钩挠,飞奔前来。正是:

> 能人自有能人伏,今日哼哈相会时。

郑伦鼻子里两道白光出来有声,陈奇口中黄光也自迸出。陈奇跌了个金冠倒蹾,郑伦跌了个铠甲离鞍。两边兵卒不敢拿人,只顾各人抢各人主将回营。郑伦被乌鸦兵抢回,陈奇被飞虎兵抢回,各自上了金睛兽回营。土行孙同众将笑得腰软骨折,郑伦自叹曰:"世间又有此异人,明日定要与他定个雌雄,方肯罢休。"不表。

只说陈奇进关来见丘引,尽言前事。丘引又闻佳梦关失了,心下不安。次日,郑伦关下搦战,陈奇上骑出关,言曰:"郑伦,大丈夫一言已定,从今不必用术,各赌手上工夫,你我也难得会。"催开坐下骑,又杀一日未见输赢。来见黄飞虎,众将俱在帐上,共议取关之策。哪吒曰:"如今土行孙也在此,不若今夜我先进关斩关落锁,夜里乘其无备取了关为上策。"黄飞虎曰："全仗先行。"正是：

　　　　哪吒定计施威武，今夜青龙属武王。

话说丘引在关内修表进朝歌，遣将来此协同守关，共阻周兵。不觉是一更时分，土行孙先进关里来，暗暗在囹圄中打点放黄天禄、太鸾。二更时分，哪吒登起风火轮飞进关来，在城楼上祭起砖，把守门军将打散，随撞开拴锁。周兵呐一声喊，杀进城中来，金鼓大作，天翻地覆，城中大乱，百姓只顾逃生。土行孙在囹圄中听得呐喊，随放了黄天禄、太鸾，杀出本府来。丘引还不曾睡，急忙上马拎枪出府，只见灯光影里，火把丛中，见金甲红袍，乃武成王黄飞虎。哪吒登风火轮使枪杀来，邓秀、赵升、孙焰红把丘引裹在当中。郑伦杀进城来，正遇陈奇，二将夜兵大战。黄天禄从后面杀出府来，土行孙倒拖宾铁棍，往丘引马下打来。丘引不及堤防，被土行孙一棍正打着他马七寸，那马打了个前失，把丘引跌下马来，黄飞虎看见，忙把枪刺来，丘引已借土遁去了。真是生死有定，不该绝于此关。且言众将裹住陈奇，被哪吒祭起乾坤圈打中，陈奇伤了臂膊，往左一闪，被黄飞虎一枪刺中胁下，死于非命。杀到天明，黄飞虎收兵查点，只走了丘引。飞虎升厅，出榜安民，查明户口册籍，留将守青龙关。黄总兵回师，先有哪吒报捷，土行孙仍催粮去了。

且说子牙在中军与众将正讲六韬三略，报事官报："元帅，哪吒等令。"子牙命传进来。哪吒至中军，备言取了青龙关事，说了一遍："弟子先来报捷。"子牙大悦，谓众将曰："吾之先取此二关者，欲通吾之粮道；若不得此，倘纣兵断吾粮道，前不能进，后不能退，我先首尾受敌，此非全胜之道也，故为将先要察此。今幸俱得，可以无忧。"众将曰："元帅妙算，真无遗策！"正谈论

第七十四回　哼哈二将显神通

间,左右报:"黄飞虎等令。"子牙曰:"令来。"飞虎至中军,打躬行礼。子牙贺过功,因不见邓九公、黄天祥在前,心中甚是凄楚,叹曰:"可惜忠勇之士,不得享武王之禄耳!"营中治酒欢饮。次日,子牙差辛甲先下一封战书。

话说汜水关韩荣见子牙按兵不动,分兵取佳梦、青龙二关,速速差人打探。回报:"二关已失。"韩荣对众将曰:"今西周已得此二关,军威正盛,我等正当中路,必须协力共守,毋得专恃力战也。"众将各有不忿之色,愿决一死战。正议间,报:"姜元帅遣官下战书。"韩荣命:"令来。"辛甲至殿前将书呈上,韩荣接书展开观看,书曰:

> 西周奉天征讨天宝大元帅姜尚,致书于汜水关主将麾下:尝闻天命无常,惟有德者永获天眷。今商王受淫酗肆虐,暴殄下民。天愁于上,民怨于下。海宇分崩,诸侯叛乱,生民涂炭。惟我周武王特恭行天之罚,所在民心效顺,强梁授首;所有佳梦、青龙二关逆命,俱已斩将搴旗,万民归顺。今大兵到此,特以尺一之书咸使闻知,或战或降,早赐明决,毋得自误。不宣。

韩荣观看毕,即将原书批回:"来日会战。"辛甲领书回营,见子牙曰:"奉令下书,原书批回明日会兵。"子牙整顿士卒,一夜无词。

次日,子牙行营炮响,大队摆开出辕门,在关下搦战。有报马报入关来:"今有姜元帅关下请战。"韩荣忙整点人马,放炮呐喊出关,左右大小将官分开,韩荣在马上见子牙号令森严,一对对英雄威武。怎见得,有《鹧鸪天》一词为证,词曰:

> 杀气腾腾万里长,旌旗戈戟透寒光。雄师手仗三环剑,虎将鞍横丈八枪。　　军浩浩,士忙忙,锣鸣鼓响猛如

狼。东征大战三十阵,汜水交兵第一场。

话说韩荣在马上见子牙,口称:"姜元帅请了!'率土之滨,莫非王臣',元帅何故动无名之师,以下凌上,甘心作商家叛臣?吾为元帅不取也!"子牙笑曰:"将军之言差矣!君正,则居其位;君不正,则求为匹夫不可得。是天命岂有常哉?惟有德者能君之。昔夏桀暴虐,成汤伐之,代夏而有天下。今纣王罪过于桀,天下诸侯叛之,我周特奉天之罚,以讨有罪,安敢有逆天命,厥罪惟钧哉!"韩荣大怒曰:"姜子牙,我以你为高明之士,你原来是妖言惑众之人!你有多大本领,敢出大言!那员将与吾拿了?"旁有先行王虎走马摇刀飞奔前来,直取子牙,只见哪吒已登风火轮举枪忙迎。轮马相交,刀枪并举。两下里喊声不息,鼓角齐鸣。战未数合,哪吒奋勇一枪,把王虎挑于马下。魏贲见哪吒得胜,把马一磕摇枪前来飞取韩荣,韩荣手中戟赴面交还。魏贲的枪势如猛虎,韩荣见先折了王虎,心中已自慌忙,无心恋战。只见子牙挥动兵将冲杀过来,韩荣抵敌不住,败进关中去了。子牙得胜回营。不表。

且说韩荣兵败进关,一面修表往朝歌告急,一面设计守关。正在紧急之时,忽报:"七首将军余化等令。"韩荣听得余化来至,大喜,忙传令:"令来。"余化至殿上行礼,韩荣曰:"自从将军战败去后,此关反被黄飞虎走出去了,不觉数载;岂料他养成气力,今反夥同那姜尚三路分兵,取了佳梦关、青龙关尽为周有。昨日会兵不能取胜,如之奈何?"余化曰:"末将被哪吒打伤,败回蓬莱山见我师尊,烧炼一件宝物,可以复我前仇。纵周家有千万军将,只叫他片甲无存。"韩荣大喜,治酒款待。

话说次日,余化至周营讨战。子牙问:"谁去出马?"哪吒应

第七十四回 哼哈二将显神通

声而出："弟子愿往。"哪吒道罢，登轮提枪出得营来，一见余化，哪吒认得他，大叫曰："余化慢来！"余化见了仇人，把脸红了半边，也不答话，催开金睛兽摇戟直取哪吒，哪吒的枪赴面交还。轮兽相交，戟枪双举，来往冲杀有二三十合，哪吒的枪乃太乙真人传授，有许多机变，余化不是哪吒对手。余化把一口刀，名曰"化血神刀"，祭起如一道电光，中了刀痕，时刻即死。怎见得，有诗为证，诗曰：

丹炉曾煅炼，火里用功夫。
灵气后先妙，阴阳表里扶。
透甲元神丧，沾身性命无。
哪吒逢此刀，眼下血为肤。

余化将化血刀祭起，那刀来得甚快，哪吒躲不及中了一刀。大抵哪吒乃莲花化身，浑身俱是莲花瓣儿，纵伤了他，不比凡夫血肉之躯登时即死，该有凶中得吉。哪吒着刀伤了，大叫一声，败回营中；走进辕门，跌下风火轮来。哪吒着了刀伤，只是颤，不能做声。旗门官报与子牙，子牙令扛抬至中军，子牙叫："哪吒！"哪吒不答话。子牙心下郁郁不乐，不知哪吒性命如何，且听下回分解。

【总批】
　　陈奇与郑伦方是对手，正所谓不相上下。又添了哪吒、土行孙等，则陈奇授首宜矣。

【又批】
　　土行孙地行之术，为偷营劫寨，固是奇妙；若遇着杨戬之流，止落得一番空行。青龙关内止一二庸品，安能抵得土行孙之偷劫哉！

第七十五回　土行孙盗骑陷身

诗曰：

　　余化恃强自丧身，师尊何苦费精神。
　　因烧土行反招祸，为惹衢留致起嗔。
　　北海初沉方脱难，捆仙再缚岂能狗！
　　从来数定应难解，已是封神榜内人。

话说余化得胜回营，至次日又来周营搦战。探马报入中军，子牙问："谁人出马？"有雷震子应曰："愿往。"提棍出营，见余化黄面赤髯，甚是凶恶，问曰："来者可是余化？"余化大骂："反国逆贼！你不认得我么！"雷震子大怒，把二翅飞腾于空中，将黄金棍劈头打来，余化手中戟赴面交还。一个在空中用力，一个在兽上施威。雷震子金棍刷来如泰山一般，余化望上招架费力，略战数合，忙举起化血刀来，把雷震子风雷翅伤了一刀。幸而原是两枚仙杏化成风雷二翅，今中此刀，尚不至伤命，跌在尘埃，败进行营，来见子牙。子牙又见伤了雷震子，心中甚是不乐。次日，有报马报入中军："有余化搦战。"子牙曰："连伤二人若痴呆一般，又不做声，只是寒颤；且悬'免战牌'出去。"军政官将"免战牌"挂起。余化见周营挂"免战牌"，掌鼓回营。

只见次日，有督粮官杨戬至辕门，见挂"免战"二字，杨戬曰："从三月十五日拜将之后将近十月，如今还在这里，尚不曾取成汤寸土，连忙挂'免战牌'？"心中甚是疑惑："且见了元帅再做道理。"探马报入中军："启元帅：有督粮官杨戬候令。"子牙曰："令来。"杨戬上帐参谒毕，禀曰："弟子催粮，应付军需不曾违限，请令定夺。"子牙曰："兵粮足矣，其如战不足何！"杨戬曰："师叔且将'免战牌'收了，弟子明日出兵看其端的，自有处治。"子牙在中军与众人正议此事，左右报："有一道童来见。"子牙曰："请来。"少时，至帐前，那童子倒身下拜曰："弟子是乾元山金光洞太乙真人门下。师兄哪吒有厄，命弟子背上山去调理。"子牙即将哪吒交与金霞童子，背往乾元山去了。不表。

且说杨戬见雷震子不做声，只是颤，看刀刃中血水如墨。杨戬观看良久："此乃是毒物所伤。"杨戬启子牙："去了'免战牌'。"子牙传令："去了'免战牌'。"次日，氾水关哨马报入关中："周营已去'免战牌'。"余化听得，随上了金睛兽出关，来至营前搦战。哨马报入中军："关内有将讨战。"正是：

常胜不知终有败，周营自有妙人来。

话说余化至营搦战，杨戬禀过子牙，忙提三尖刀出营。见余化，光景是左道邪说之人，杨戬大叫曰："来者莫非余化么？"余化曰："然也。尔通名来。"杨戬曰："吾乃姜元帅师侄杨戬是也。"纵马摇三尖刀飞来直取，余化手中戟赴面交还。两马相交，一场大战，未及二十余合，余化祭起化血神刀，如闪电飞来。杨戬运动八九元功，将元神遁出，以左肩迎来，伤了一刀，也大叫一声，败回行营，看是甚么毒物，来见子牙。子牙问曰："你会余化如何？"杨戬曰："弟子见他神刀利害，仗吾师道术，将元神遁出，以左臂迎他一刀，毕竟看不出他的果是何毒。弟子且往玉泉山金霞洞去一遭。"子牙许之。

杨戬借土遁往玉泉山来，到了金霞洞，进洞见师父，拜罢，玉鼎真人问曰："杨戬,到此来有甚么话说？"杨戬对曰："弟子同师叔进兵汜水关,与守关将余化对敌。彼有一刀,不知何毒,起先雷震子被他伤了一刀,只是寒颤,不能做声；弟子也被他伤了一刀,幸赖师父玄功,不曾重伤,然不知果是何毒物。"玉鼎真人忙令杨戬将刀痕来看,真人见此刀刃,便曰："此乃是化血刀所伤,但此刀伤了,见血即死。幸雷震子伤的两枚仙杏,你又有玄功,故尔如此,不然皆不可活。"杨戬听得,不觉大惊,忙问曰："似此将何术解救？"真人曰："此毒连我也不能解。此刀乃是蓬莱岛一气仙余元之物。当时修炼时,此刀在炉中,有三粒神丹同炼的。要解此毒,非此丹药不能得济。"真人沉思良久,乃曰："此事非你不可。"附耳："如此如此方可。"杨戬大喜,领了师父之言,离了玉泉山往蓬莱岛而来。正是：

真人道术非凡品,咫尺蓬莱见大功。

话说杨戬借土遁往蓬莱岛而来,前至东海,好个海岛,异景奇花观之不尽,怎见得海水平波,山崖锦砌,正所谓蓬莱景致与天阙无差。怎见得好山,有赞为证：

势镇东南,源流四海。汪洋潮涌作波涛,滂渤山根成碧阙。蜃楼结彩,化为人世奇观；蛟孽兴风,又是沧溟幻化。丹山碧树非凡,玉宇琼宫天外。麟凤优游,自然仙境灵胎；鸾鹤翱翔,岂是人间俗骨。琪花四季吐精英,瑶草千年呈瑞气。且慢说青松翠柏常春,又道是仙桃果仙时有。修竹拂云留夜月,藤萝映日舞清风。一溪瀑布时飞雪,四面丹崖若列星。

正是：百川汇注擎天柱,万劫无移大地根。

话说杨戬来至蓬莱山看罢蓬莱景致,仗八九元功,将身变成七首将军余化,径进蓬莱岛来。见了一气仙余元,倒身下拜。余元见余化到此,乃问曰:"你来做甚么?"余化曰:"弟子奉师父之命,去氾水关协同韩总兵把守关隘。不意姜尚兵来,弟子见头一阵刀伤了哪吒,第二阵伤了雷震子,第三阵恰来了姜子牙师侄杨戬,弟子用刀去伤他,被他一指,反把刀指回来,将弟子伤了肩臂,望老师慈悲救拔。"一气仙余元曰:"有这等事?他有何能,敢指回我的宝刀?但当时炼此宝,在炉中分龙虎,定阴阳,同炼了三粒丹药,我如今将此丹留在此间也无用,你不若将此丹药取了去,以备不虞。"余元随将丹递与余化。余化叩头:"谢老师天恩。"忙出洞来回周营。不表。有诗单赞杨戬玄功变化之妙:

　　悟到功成道始精,玄中玄妙有无生。
　　蓬莱枉秘通天教,氾水徒劳化血兵。
　　计就腾挪称幻圣,化成奇巧生英明。
　　多因福助周文武,一任奇谋若浪萍。

话说杨戬得了丹药径回周营。且说一气仙余元把药一时付与了余化,静坐思忖:"杨戬有多大本领,能指回我的化血刀?若余化被刀伤了,他如何还到得这里?其中定有缘故。"余元掐指一算,大叫曰:"好杨戬匹夫!敢以变化玄功盗吾丹药,欺吾太甚!"余元大怒,上了金眼驼来赶杨戬。杨戬正往前行,只听得后面有风声赶至,杨戬已知余元来赶,忙把丹药放在囊中,暗祭哮天犬存在空中。余元只顾赶杨戬,不知暗算难防,余元被哮天犬夹颈子一口。正是此犬:

　　牙如钢剑伤皮肉,红袍拉下半边来。

余元不曾堤防暗算,被犬一口把大红白鹤衣扯了半边。余元又吃了大亏，不能前进："吾且回去，再整顿前来，以复此仇。"

话说子牙正在营中纳闷，只见左右来报："有杨戬等令。"子牙传令："令来。"杨戬至帐前见子牙，备言前事，盗丹而回。子牙大喜，忙取丹药救雷震子，又遣木吒往乾元山送此药与哪吒调理。次日，杨戬往关下搦战，探事官报入帅府："周营中有将讨战。"韩荣忙令余化出战。余化上了金睛兽，拎戟出关，杨戬大呼曰："余化，前日你用化血刀伤我，幸吾炼有丹药，若无丹药，几中汝之奸计也。"余化暗思："此丹乃一炉所出，焉能周营中也有此丹？若此处有这丹，此刀无用。"催开金睛兽大战杨戬。二马相交，刀戟并举，二将酣战三十余合。正杀之间，雷震子得了此丹，即时全好了，心中大怒，竟飞出周营，大喝曰："好余化！将恶刀伤吾。若非丹药，几至不保。不要走，吃我一棍，以泄此恨！"拎起黄金棍劈头刷来，余化将手中戟架棍。杨戬三尖刀来得又勇，余化被雷震子一棍打来，将身一闪，那棍正中金睛兽，把余化掀翻下地，被杨戬复一刀，结果了性命。正是：

一腔左术全无用，枉做成汤梁栋材。

杨戬斩了余化，掌鼓回营，见子牙报功。不表。

且说韩荣闻余化阵亡，大惊："此事怎好！前日遣官往朝歌去，命又不下，今无人协同守此关隘，如何是好！"正议间，余元乘了金睛五云驼至关内下骑，至帅府前令门官通报。众军官见余元好凶恶，忙报韩荣，韩荣传令请来。道人进帅府，韩荣迎接余元，只见他生得面如蓝靛，赤发獠牙，身高一丈七八，凛凛威风，二目凶光冒出。韩荣降阶而迎，口称老师，请上银安殿。韩荣下拜，问曰："老师是那座名山？何处洞府？"一气仙余元曰："杨戬欺吾太甚，盗丹杀我弟子余化。贫道是蓬莱岛一气仙余

第七十五回　土行孙盗骑陷身

元是也,今特下山以报此仇。"韩荣闻说大喜,治酒管待。

次日,余元上了五云驼出关至周营,坐名要子牙答话。报马报入中军:"氾水关有一道人请元帅答话。"子牙传令:"摆队伍出营。"左右分五岳门人,一骑当先,只见一位道人生的十分凶恶。怎见得:

> 鱼尾冠,金嵌成;大红服,云暗生。面如蓝靛獠牙冒,赤发红须古怪形。丝绦飘火焰,麻鞋若水晶。蓬莱岛内修仙体,自在逍遥得至清。位在监斋成神道,一气仙名旧有声。

话说子牙至军前问曰:"道者请了。"余元道:"姜子牙,你叫出杨戬来见我。"子牙曰:"杨戬催粮去了,不在行营。道者,你既在蓬莱岛,难道不知天意?今成汤传位六百余年,至纣王无道,暴弃天命,肆行凶恶,罪恶贯盈,天怒人怨,天下叛之。我周应天顺人,克修天道,天下归周。今奉天之罚,以观政于商。尔何得阻逆天吏,自取灭亡哉!道者,你不观余化诸人皆是此例,他纵有道术,岂能扭转天命耶!"余元大怒曰:"总是你这一番妖言惑众!若不杀你,不足以绝祸根!"催开五云驼,仗宝剑直取子牙。

子牙手中剑赴面交还。左有李靖,右有韦护,各举兵器前来助战,四人只为无名火起,眼前要定雌雄。余元的宝剑光华灼灼,子牙剑彩色辉辉,李靖刀寒光灿灿,韦护杵杀气腾腾。余元坐在五云驼上,把一尺三寸金光锉祭在空中,来打子牙。子牙忙展杏黄旗,现出有千朵金莲,拥护其身。余元忙收了金光锉,复祭起来打李靖。不防子牙祭起打神鞭来,一鞭正中余元后背,只打的三昧真火喷出丈余远近。李靖又把余元腿上一枪,余元着伤,把五云驼顶上一拍,只见那金眼驼四足起金光而去。子牙见余元着伤而走,收兵回营。不表。

且说土行孙催粮来至,见子牙会兵,他暗暗的瞧见余元的五云驼四足起金光而去,土行孙大喜:"我若得此战骑,催粮真是便益。"当时子牙回营升帐,忽报:"土行孙等令。"子牙传令:"令来。"土行孙至帐前交纳粮数,不误限期。子牙曰:"催粮有功,暂且下帐少憩。"土行孙下帐来见邓婵玉,夫妻共语,说:"余化把刀伤了哪吒,哪吒往乾元山养伤痕去了。"土行孙至晚对邓婵玉曰:"我方才见余元坐骑四足旋起金光,如云霓缥缈而去,妙甚妙甚!我今夜走去盗了他的来骑着催粮,有何不可?"邓婵玉曰:"虽然如此,你若要去,须禀知元帅方可行事,不得造次。"土行孙曰:"与他说没用,总是走去便来,何必又多一番唇舌?"当时夫妻计较停当。

将至二更,土行孙把身子一扭,径进汜水关,来到帅府里。土行孙见余元默运元神,土行孙在地下往上看他,道人目似垂帘,不敢上去,只得等候。却言余元默运元神,忽然心血来潮,余元暗暗掐指一算,已知土行孙来盗他的坐骑。余元把阳神出窍,少刻,鼻息之声如雷。土行孙在地下听见鼻息之声,大喜曰:"今夜定然成功。"将身子钻了上来,拖着铁棍,又见廊下拴着五云驼,土行孙解了缰绳,牵到丹墀下,扶着马台扒上去试验试验,然后又扒将下来,将这宾铁棍执在手里来打余元。照余元耳门上一下,只打得七窍中三昧火冒出来,只是不动;复打一棍,打得余元只不作声。土行孙曰:"这泼道,真是顽皮!吾且回去,明日再做道理。"土行孙上了五云驼,把他顶上拍了一下,那兽四足就起金云飞在空中。土行孙心下十分欢喜。正是:

 欢喜未来灾又至,只因盗物惹非殃。

第七十五回 土行孙盗骑陷身

且说土行孙骑着五云驼只在关里串，不得出关去。土行孙曰："宝贝，你还出关去！"话犹未了，那五云驼便落将下地来。土行孙方欲下驼，早被余元一把抓住头发，拎着他，不令他挨地，大叫曰："拿住偷驼的贼了！"惊动一府大小将官，掌起火把灯球。韩荣升了宝殿，只见余元高高的把土行孙拎着。韩荣灯光下见一矮子："老师拎着他做甚么？放下他来罢了。"余元曰："你不知他会地行之术，但沿了地，他就去了。"韩荣曰："将他如何处治？"余元曰："你把俺蒲团下一个袋儿取来，装着这业障，用火烧死他，方绝祸患。"韩荣取了袋儿装起来，余元叫："搬柴来。"少时间，架起柴来，把如意乾坤袋烧着，土行孙在火里大叫曰："烧死我也！"好火！怎见得，有诗为证：

细细金蛇遍地明，黑烟滚滚即时生。

燧人出世居离位，炎帝腾光号火精。

山石逢时皆赤土，江湖偶遇尽枯平。

谁知天意归周主，自有真仙渡此惊。

话说余元烧土行孙，命在须臾。也是天数不该如此，只见衢留孙正坐蒲团默养元神，见白鹤童子来至曰："奉师尊玉旨，命师兄去救土行孙。"衢留孙闻命，与白鹤童子分别，借着纵地金光法来至汜水关里，见余元正烧乾坤袋。衢留孙使一阵旋窝风，往下一坐，伸下手来，连如意乾坤袋提将去了。余元看见一阵风来，又见火势有景，余元掐指一算："好衢留孙！你救你的门人，把我如意乾坤袋也拿了去！我明日自有处治。"

且说衢留孙将土行孙救出火焰之中，土行孙在内自觉得不热，不知何故。衢留孙来至周营，那夜是南宫适巡外营，时至三更尽，南宫适问曰："是甚么人？"衢留孙曰："是我。快通报子牙,我来也。"南宫适向前看,知是衢留孙,忙传云板。

子牙三鼓时分起来,外边传入帐中:"有衢留孙在辕门。"子牙忙出迎接,见衢留孙拎着一个袋子,至军前打稽首坐下。子牙曰:"道兄夤夜至此,有何见谕?"衢留孙曰:"土行孙有火难,特来救之。"子牙大惊:"土行孙昨日催粮方回,其灾如何得至?"衢留孙把如意袋儿打开,放出土行孙来,问其详细。土行孙把盗五云驼的事说了一遍,子牙大怒曰:"你要做此事,也该报我知道,如何违背主帅,暗行辱国之事?今若不正军法,诸将效尤,将来营规必乱。传刀斧手,将土行孙斩首号令!"衢留孙曰:"土行孙不遵军令,暗行进关,有辱国体,理宜斩首;只是用人之际,暂且待罪立功。"子牙曰:"若不是道兄求免,定当斩首。"令左右:"且与我放了。"土行孙谢了师父,又谢过子牙。一夜周营中未曾安静。

次日,只见一气仙余元出关来至周营,坐名只要衢留孙。衢留孙曰:"他来只为如意乾坤袋,我不去会他。你只须如此,自可擒此泼道也。"衢留孙与子牙计较停当,子牙点炮出营。余元一见子牙,大呼曰:"只叫衢留孙来会我!"子牙曰:"道友,你好不知天命!据道友要烧死那土行孙,自无逃躲,岂知有他师父来救他,正所谓有福之人,纵千方百计而不能加害,无福之人,遇沟壑而丧其躯。此岂人力所能哉!"余元大怒曰:"巧言匹夫尚敢为他支吾!"催开五云驼,使宝剑来取,子牙坐下四不相,手中剑赴面相迎。二兽相交,双剑并举,两家一场大战。怎见得,有词为证:

凛凛征云万丈高,军兵擂鼓把旗摇。一个是封神都领袖,一个是监斋名姓标。这个正道奉天灭纣王,那个是无福成仙自逞高。这个是六韬之内称始祖,那个是恶性凶心怎肯饶。自来有福催无福,天意循环怎脱逃。

话说子牙大战余元未及十数合,被衢留孙祭捆仙绳在空中,命黄巾力士半空将余元拿去,止有五云驼跳进关中。

子牙与衢留孙将余元拿至中军。余元曰:"姜尚,你虽然擒我,看你将何法治我!"子牙令李靖:"斩讫报来!"李靖领令推出辕门,将宝剑斩之。一声响,把宝剑砍缺有二指。李靖回报子牙,备言杀不得之事说了一遍。子牙亲自至辕门,命韦护祭降魔杵打,只打得腾腾烟出,烈烈火飞。余元作歌曰:

君不见天皇得道将身炼,修仙养道碧游宫。坎虎离龙方出现,五行随我任心游。四海三江都走遍,顶金顶玉秘修成。曾在炉中仙火煅,你今斩我要分明。自古一剑还一剑,漫道余言说不灵。

余元作歌罢,子牙心下十分不乐,与衢留孙共议:"如今放不得余元,且将他囚于后营,等取了关再做区处。"衢留孙曰:"子牙,你可命匠人造一铁柜,将余元沉于北海,以除后患。"子牙命铁匠急造铁柜已成,将余元放在柜内。衢留孙命黄巾力士抬定了,往北海中一丢,沉于海底。黄巾力士回复衢留孙法旨。不表。

且说余元入于北海之中,铁柜亦是五金之物,况又丢在水中,此乃金水相生,反助了他一臂之力。余元借水遁走了,径往碧游宫紫芝崖下来。余元被捆仙绳捆住,不得见截教门人传与掌教师尊。忽听得一个道童唱道情而来,词曰:

山遥水遥,隔断红尘道。粗袍敝袍,袖里乾坤倒。日月肩挑,乾坤怀抱。常自把烟霞啸傲,天地逍遥。龙降虎伏道自高,紫雾护新巢,白云做故交。长生不老,只在壶中一觉。

话说余元大呼曰:"那一位师兄,来救我之残喘!"水火童儿见紫芝崖下一道者青面红发,巨口獠牙,捆在那里。童儿问曰:"你是何人,今受此厄?"余元曰:"我乃是金灵圣母门下,蓬莱岛一气仙余元是也。今被姜子牙将我沉于北海,幸天不绝我,得借水遁,方能到得此间。望师兄与我通报一声。"水火童儿径来见金灵圣母备言余元一事,金灵圣母闻言大怒,急至崖前,不见还可,越见越怒。金灵圣母径进宫内,见通天教主行礼毕,言曰:"弟子一事启老师:人言昆仑门下欺灭吾教,俱是耳听;今将一气仙余元,他得何罪,竟用铁柜沉于北海;幸不绝生,借水遁逃至于紫芝崖。望老师大发慈悲,救弟子等体面。"通天教主曰:"如今在那里?"金灵圣母曰:"在紫芝崖。"通天教主分付抬将来。

少时,将余元抬至宫前,碧游宫多少截教门人看见余元,无不动气。只见金钟声响,玉磬齐鸣,掌教师尊来至,到了宫前,一见诸大弟子齐言:"阐教门人欺吾教太甚!"教主看见余元这等光景,教主也觉得难堪,先将一道符印封余元身上,教主用手一弹,只见捆仙绳吊下来。古语云:"圣人怒发不上脸。"随命余元:"跟吾进宫。"教主取一物与余元,曰:"你去把衢留孙拿来见我,不许你伤他。"余元曰:"弟子知道。"正是:

圣人赐与穿心锁,只恐皇天不肯从。

话说余元得了此宝,离了碧游宫,借土遁而来,行得好快,不须臾已至汜水关。有报事马报入关中:"有余道长到了。"韩荣降阶迎接到殿,欠身言曰:"闻老师失利,被姜尚所擒,使末将

第七十五回 土行孙盗骑陷身

身心不安。今得睹天颜,韩荣不胜幸甚!"余元曰:"姜尚用铁柜把我沉于北海,幸吾借小术到吾师尊那所在,借得一件东西,可以成功。可将吾五云驼收拾,打点出关,以报此恨。"余元随上骑,至周营辕门,坐名只要衢留孙。报马报入中军:"启元帅:余元搦战,只要衢留孙。"幸而衢留孙不曾回山,子牙大惊,忙请衢留孙商议。衢留孙曰:"余元沉海,毕竟借水遁潜逃至碧游宫,想通天教主必定借有奇宝,方敢下山。子牙,你还与他答话,待吾再擒他进来,且救一时燃眉之急。若是他先祭其宝,则吾不能支耳。"子牙曰:"道兄言之有理。"子牙传令点炮,帅旗展动,子牙至军前。余元大呼曰:"姜子牙,我与你今日定见雌雄!"催开五云驼恶狠狠飞来直取,姜子牙手中剑赴面交还,只一合,衢留孙祭起捆仙绳,命黄巾力士:"将余元拿下!"只听得一声响,又将余元平空拿去了。正是:

　　秋风未动蝉先觉,暗送无常死不知。

余元不堤防暗中下手,子牙见拿了余元,其心方安,进营将余元放在帐前。子牙与衢留孙共议:"若杀余元,不过五行之术,想他俱是会中人,如何杀得他?倘若再走了,如之奈何!"

　　正所谓"生死有定,大数难逃",余元正应"封神榜"上有名之人,如何逃得?子牙在中军正无法可施,无筹可展,忽然报:"陆压道人来至。"子牙同衢留孙出营相接至中军,余元一见陆压,只唬得仙魂缥缈,面似淡金,余元悔之不及。余元曰:"陆道兄,你既来,还求你慈悲我,可怜我千年道行,苦尽功夫,从今知过必改,再不敢干犯西兵。"陆压曰:"你逆天行事,天理难容,况你是'封神榜'上之人,我不过代天行罚。正是:

　　不依正理归邪理,仗你胸中道术高。

　　　　谁知天意扶真主,吾今到此命难逃。"
陆压曰:"取香案。"陆压香焚炉中,望昆仑山下拜,花篮中取出一个葫芦放在案上,揭开葫芦盖,里边一道白光如线起在空中,现出七寸五分横在白光顶上,有眼有翅。陆压口里道:"宝贝请转身!"那东西在白光之上连转三四转,可怜余元斗大一颗首级落将下来。有诗单道斩将封神飞刀,有诗为证:
　　　　先炼真元后运功,此中玄妙配雌雄。
　　　　惟存一点先天诀,斩怪诛妖自不同。
话说陆压用飞刀斩了余元,他一灵已进封神台去了。子牙欲要号令,陆压曰:"不可。余元原有仙体,若是暴露,则非礼矣。用土掩埋。"陆压与衢留孙辞别归山。

　　且说韩荣打听余元已死,在银安殿与众将共议曰:"如今余道长已亡,再无可敌周将者。况兵临城下,左右关隘俱失与周家;子牙麾下俱是道德术能之士,终不得取胜。欲要归降,不忍负成汤之爵位;如不归降,料此关难守,终被周人所掳。为今之计,奈何,奈何!"旁有偏将徐忠曰:"主将既不忍有负成汤,决无献关之理。吾等不如将印绶挂在殿庭,文册留与府库,望朝歌拜谢皇恩,弃官而去,不失尽人臣之道。"韩荣听说,俱从其言,随传令众军士:"将府内资重之物打点上车。"欲隐迹山林,埋名丘壑。此时众将官各自去打点起行,韩荣又命家将搬运金珠宝玩,扛抬细软衣帛。

　　纷纭喧哗,忽然惊动韩荣二子,在后园中设造奇兵,欲拒子牙。弟兄二人听得家中纷纷然哄乱,走出庭来,只见家将扛抬箱笼,问其缘故,家将把弃关的话说了一遍。二人听罢:"你们且住了,我自有道理。"二人齐来见父亲。不知凶吉如何,且听下回分解。

【总批】
　　余元以道术恃强,自以为无可奈何他,孰意两次被擒,卒遇陆压斩仙飞刀而死,岂非天乎？今之躁进不知止者,多遇身亡,良可鉴也。

【又批】
　　土行孙不守主将命令,暗行盗骑,几至不保,深辱国之忿,理宜正法。只是衢留孙护短,便自草草放过。神仙也自偏心,无怪世人薄恶。

第七十六回　郑伦捉将取汜水

诗曰：

> 万刃车凶势莫当，风狂火聚助强梁。
> 旗幡若焰皆逢劫，将士遭殃尽带伤。
> 白昼已难遮半壁，黄昏安可护三乡。
> 谁知督运能催命，二子逢之刻下亡。

话说韩荣坐在后厅，分付将士乱纷纷的搬运物件，早惊动长子韩升、次子韩变。二人见父亲如此举动，忙问左右曰："这是何说？"左右将韩荣前事说了一遍，二人忙至后堂来见韩荣曰："父亲何故欲搬运家私？弃此关隘，意欲何为？"韩荣曰："你二人年幼不知世务，快收拾离此关隘以避兵燹，不得有误。"韩升听得此语不觉失声笑曰："父亲之言差矣！此言切不可闻于外人，空把父亲一世英名污了。父亲受国家高爵厚禄，衣紫腰金，封妻荫子，无一事不是恩德。今主上以此关托重于父亲，父亲不思报国酬恩，捐躯尽节，反效儿女子之计，贪生畏死，遗讥后世，此岂大丈夫举止？有负朝廷倚任大臣之意！古云：'在社稷者死社稷，在封疆者死封疆。'父亲岂可轻议弃去。孩儿弟兄二人曾蒙家训，幼习弓马，遇异人颇习有异术，未曾演熟；连日正自操演，今日方完，意欲进兵，不意父亲有弃关之举。孩儿愿效一死尽忠于国也。"

韩荣听罢，点头叹曰："'忠义'二字，我岂不知？但主上昏

第七十六回 郑伦捉将取汜水

聩,荒淫不道,天命有归,苦守此关,又恐累生民涂炭,不若弃职归山,救此一方民耳。况姜子牙门下又多异士,余化、余元俱罹不测,又何况其下者乎!此虽是你弟兄二人忠肝义胆,我岂不喜?只恐画虎不成,终无补于实用,徒死无益耳!"韩升曰:"说那里的话来!食人之禄,当分人之忧。若都是自为之计,则朝廷养士何用?不肖孩儿愿捐躯报国,万死不辞。父亲请坐,俟我兄弟取一物来与父亲过目。"韩荣听罢,心中也自暗喜:"吾门也出此忠义之后。"

韩升到书房中取出一物,乃是纸做的风车儿:当中有一转盘,一只手执定中间一竿,周围推转如飞;转盘上有四首幡,幡上有符有印,又有"地、水、火、风"四字,名为"万刃车"。韩荣看罢,问曰:"此是孩儿家顽耍之物,有何用处?"韩升曰:"父亲不知其中妙用。父亲如不信,且下教场中,把这纸车儿试验试验与老爷看。"韩荣见二子之言甚是凿凿有理,随命下教场来。韩升兄弟二人上马,各披发仗剑,口中念念有词,只见云雾陡生,阴风飒飒,火焰冲天,半空中有百万刀刃飞来,把韩荣唬得魂不附体。韩升收了此车,韩荣曰:"我儿,你是何人传你的?"韩升曰:"那年父亲朝觐之时,俺弟兄闲居无事,在府前顽耍。来了一个陀头,叫做法戒,在我府前化斋。俺弟兄就与了他一斋,他就叫我们拜他为师。我们那时见他体貌异常,就拜他为师。他说道:'异日姜尚必有兵来,我秘授你此法宝,可破周兵,可保此关。'今日正应我师之言,定然一阵成功,姜尚可擒也。"

韩荣大喜,随令韩升收了此宝,仍问曰:"我儿还可用人马?你此车约有多少?"韩升曰:"此车有三千辆,那怕姜尚雄师六十万耶!一阵管教他片甲不存!"韩荣忙点三千精锐之兵与韩升兄弟二人，在教场操演三千万刃车。正是：

> 余元相阻方才了，又是三军屠戮灾。

话说韩升用三千人马俱穿皂服，披发赤脚，左手执车，右手仗刀，任意诛军杀卒。操练有二七日期，军士精熟。那日，韩荣父子统精兵出关搦战。

  话说子牙只因破了余元，打点设计取关，只听得关内炮响。少时探马报入中军，禀曰："汜水关总兵韩荣领兵出关，请元帅答话。"子牙忙传令与众门人、将士："统大队出营。"子牙会过韩荣一次，那里知道有这场亏累去堤防他？子牙问曰："韩将军，你时势不知，天命不顺，何以为将？速速倒戈，免致后悔。"韩荣笑曰："姜子牙，倚着你兵强将勇，不知你等死在咫尺之间，尚敢耀武扬威，数白道黑也！"子牙大怒："谁与我把韩荣拿下？"旁有魏贲纵马摇枪冲杀过来，韩荣脑后有两员小将，乃韩升、韩变，二人抢出阵来，截住了魏贲。魏贲大呼曰："来者二将何人？"韩升曰："吾乃韩总兵长子韩升，吾弟韩变是也。你等恃强欺君罔上，罪恶滔天，今日乃尔等绝命之地矣！"魏贲大怒，纵马摇枪飞来直取，韩升、韩变两骑赴面交还。未及数合，韩升拨转马往后就走，魏贲不知是计，往下赶来。韩升回头见魏贲赶来，把顶上冠除了，把枪一摆，三千万刃车杀将出来，势如风火，如何抵当？只见万刃车卷来，风火齐至。怎见得好万刃车，有赋为证：

> 云迷世界，雾罩乾坤。飒飒阴风沙石滚，腾腾烟焰蟒龙奔。风乘火势，黑气平吞。风乘火势，戈矛万道怯人魂；黑气平吞，目下难观前后士。魏贲中刃，几乎坠下马鞍鞒；武吉着刀，险些折了三寸气。滑喇喇风声卷起无情石，黑暗暗刀痕剁坏将和兵。人撞人，哀声惨戚；马踩马，鬼哭神

惊。诸将士慌忙乱走,众门人借遁而行。忙坏了先行元帅,搅乱了武王行营。那里是青天白日,恍如是黑夜黄昏。子牙今日兵遭厄,地覆天翻怎太平。

话说子牙被万刃车一阵只杀的尸山血海,冲过大阵来,势不可当。韩荣低头一想,计上心来,忙传令:"鸣金收军!"韩升、韩变听得金声,收回万刃车,子牙方得收住人马,计伤士卒七八千有余。子牙升帐,众将官俱在帐内,彼此俱言:"此一阵利害,风火齐至,势不可当。"子牙曰:"不知此刃是何名目?"众将曰:"一派利刃,漫空塞地而来,风火助威,势不可敌,非若军士可以力敌也。"子牙心下十分不乐,纳闷军中。不表。

且说韩荣父子进关,韩升曰:"今日正宜破周擒拿姜尚。父亲为何鸣金收军?"韩荣曰:"今日是青天白日,虽有云雾风火,姜尚门人俱是道术之士,自有准备保护自身,如何得一般尽绝?我有一绝后计,使他不得整备,黑夜里仗此道术,使他片甲不存,岂不更妙!"二子欠身曰:"父亲之计,神鬼莫测!"正是:

　　安心要劫周营寨,只恐高人中道来。

话说韩荣打点夜劫周营,收拾停当,只等黑夜出关。不表。

只见子牙在营纳闷,想:"利刃风火果是何物?来得甚恶,势如山倒,莫可遮拦。此毕竟是截教中之恶物!"当日已晚,子牙因今日不曾打点,致令众将着伤,心下忧烦,不曾防备今夜劫寨,也是合该如此。众将因早间失利,俱去安歇。且说韩荣父子将至初更,暗暗出关,将三千掌万刃车雄兵杀至辕门。周营中虽有鹿角,其如这万刃车有风火助威,刃如骤雨。炮声响亮,齐冲至辕门,谁敢抵当?真是势如破竹!怎见得,正是:

　　四下里火炮乱响,万刃车刀剑如梭。三军踊跃纵征鼍,马踏人身径过。风起处遮天迷地,火来时烟飞焰裹。军呐喊,天翻地覆;将用法,虎下崖坡。着刀军连声叫苦,伤枪将铠甲难驮。打着的焦头烂额,绝了命身卧沙窝。姜子牙有法难使,金木二吒也自难摹。李靖难使金塔,雷震子止保皇哥。南宫适抱头而走,武成王不顾兵戈。四贤八俊俱无用,马死人亡遍地拖。正是:遍地草梢含碧血,满田低陷叠行尸。

且说韩升、韩变兄弟二人夜劫子牙行营,喊声连天,冲进辕门。子牙在中军忽听得劫营,急自上骑,左右门人俱来中军护卫。只见黑云密布,风火交加,刀刃齐下,如山崩地裂之势,灯烛难支。三千火车兵冲进辕门,如潮奔浪滚,如何抵当?况且黑夜,彼此不能相顾,只杀得血流成渠,尸骸遍野,那分别人自己。武王上了逍遥马,毛公遂、周公旦保驾前行。韩荣在阵后擂鼓催动三军,只杀得周兵七零八落,君不能顾臣,父不能顾子。只见韩升、韩变趁势赶子牙,幸得子牙执着杏黄旗,遮护了前面一段,军士将领一拥奔走。韩升、韩变二人催着万刃车往前紧赶,把子牙赶得上天无路。直杀到天明,韩升、韩变大叫曰:"今日不捉姜尚,誓不回兵!"望前越赶,分付三千兵卒曰:"不入虎穴,安得虎子!"子牙见韩升赶至无休,看看至金鸡岭了,只见前面两杆大红旗展,子牙见是催粮官郑伦来至,其心少安。

且说郑伦坐骑出山口,正迎子牙,忙问曰:"元帅为何失利?"子牙曰:"后有追兵,用的是万刃车,又有风火助威,势不可当。此是左道异术,你仔细且避其锐。"郑伦把坐下金睛兽一磕,往前迎来。只见韩升弟兄在前紧赶,三千兵随后,少离半射之地。郑伦与韩升、韩变撞个满怀,郑伦大喝曰:"好匹夫!怎

第七十六回　郑伦捉将取汜水

敢追我元帅！"韩升曰："你来也替不得他！"把枪摇动来刺，郑伦手中杵赴面交还。郑伦知他万刃车利害，只见后面一片风火兵刃拥来，郑伦知其所以，只一合，忙运动鼻子内两道白光，一声响，对着韩升兄弟二人哼了一声，韩升、韩变兄弟二人坐不住鞍鞯，翻下马来，被乌鸦兵生擒活捉，上了绳索。兄弟两个方睁开眼时，见已被擒捉，"呀"的一声叹曰："天亡我也！"

后面三千兵架车前进，见主将被擒，其法已解，风火兵刃化为乌有。众兵撤回身就跑奔回来，正遇韩荣任意赶杀周兵，看见三千兵奔回，风火兵刃全无，不见二子回来，忙问曰："二位小将军安在？"众兵曰："二位将军赶姜子牙至一山边，只见有一将出来与二位将军交战，未及一合，不知怎么跌下马来，被他捉去。我等在后，不一时风火兵刃全无，止有此车而已，只得败回。幸遇老将军，望乞定夺。"韩荣听得二子被擒，心中惶惶，不敢恋战，只得收兵进关。不表。

且说郑伦擒了二将来见子牙，子牙大喜。押在粮车上同子牙回军，于路遇着武王、毛公遂等，众门人诸将齐集，大抵是贪夜交兵，便是有道术的也只顾得自己，故此大折一阵。子牙问安，武王曰："孤几乎唬杀！幸得毛公遂保孤，方得脱难。"子牙曰："皆是尚之罪也。"彼此安慰，治酒压惊，一宿不表。次日，整顿雄师，复至汜水关下扎营，放炮呐喊，声振天地。韩荣听得炮声响，着人打探；来报曰："启总兵：周兵复至关下安营。"韩荣大惊："周兵复至，吾子休矣！"亲自上城，差官打听。

且说子牙升帐坐下，众将参谒毕，子牙传令："摆五方队伍，吾亲自取关。"众将官切齿深恨韩升、韩变，子牙至关下叫曰："请韩总兵答话！"韩荣在城楼上现身，大叫曰："姜子牙，你是败军之将,焉敢又来至此?"子牙大笑曰:"吾虽误中你的奸计,此关我毕竟要取你的,你知那得胜将军今已被我擒下。"命两边左右:"押过韩升、韩变来!"左右将二将押过来在马头前。韩荣见二子蓬头跣足,绳缚二臂,押在军前,不觉心痛,忙大叫曰:"姜元帅,二子无知冒犯虎威,罪在不赦,望元帅大开恻隐,怜而赦之,吾愿献氾水关以报之耳。"韩升大呼曰:"父亲不可献关!你乃纣王之股肱,食君之重禄,岂可惜子之命而失臣节也!只宜紧守关隘,俟天子救兵到日,协力同心,共擒姜尚匹夫,那时碎尸万段,为子报仇,未为晚也。我二人万死无恨!"子牙听得大怒,令左右:"斩之!"只见南宫适奉令,手起刀落,连斩二将于关下。韩荣见子受诛,心如刀割,大叫一声,往城下自坠而死。可怜父子三人捐躯尽节,千古罕及。后人有诗赞之:

　　氾水滔滔日夜流,韩荣志与国同休。
　　父存臣节孤猿泣,子尽忠贞老鹤愁。
　　一死依稀酬社稷,三魂缥缈傲王侯。
　　如今屈指应无愧,笑杀当年儿女侪。

话说韩荣坠城而死,城中百姓开关迎接子牙人马进氾水关,父老焚香迎接武王进帅府。众将官欢喜,查点府库钱粮停妥,出榜安民。武王命厚葬韩荣父子。子牙传令,治酒款待有功人员,在关上住了三四日。

　　且说乾元山金光洞太乙真人在碧游床静坐,忽金霞童儿来报:"有白鹤童儿至此。"太乙真人出洞,见白鹤童儿手执玉扎降临,言曰:"请师叔下山,同会诛仙阵。"太乙真人望昆仑谢恩毕,白鹤童子回玉虚。不表。且说太乙真人分付:"叫哪吒来。"慌忙来至,见师父行礼毕,真人曰:"你如今养的伤痕全愈,你可先

第七十六回　郑伦捉将取氾水

下山,我随后就来,共破诛仙阵也。"哪吒领师命方欲下山,真人曰:"你且站住。当日玉虚宫掌教天尊也曾赠子牙三杯酒,你今下山,我也赠你三杯如何?"哪吒感谢。真人命金霞童儿斟酒过来,赠哪吒头一杯酒,哪吒谢过,一饮而尽。真人袖内取了一枚枣儿,递与哪吒过酒。哪吒连饮三杯,吃了三枚火枣。真人送哪吒出洞府,看哪吒上了风火轮,真人方进洞去。哪吒提火尖枪,方欲驾土遁前行,只见左边一声响,长出一只臂膊来。哪吒大惊曰:"怎的了?"还不曾说得完,右边也长出一只臂膊来。哪吒唬得目瞪口呆。只听得左右齐响,长出六只手来,共是八条臂膊;又长出三个头来。哪吒着慌,无可奈何,自思:"且回去,问我师父来。"只得登回风火轮,方至洞门,只见太乙真人也至门首,拍掌大笑曰:"奇哉!奇哉!"有诗为证:

琼浆三盏透三关,火枣频添壮士颜。
八臂已成神妙术,三头莫作等闲看。
须臾变化超凡圣,顷刻风雷任往还。
不是西岐多异士,只因天意恶奸谗。

话说哪吒回来见太乙真人,曰:"弟子长出这些手,丫丫叉叉,怎好用兵?"真人曰:"子牙行营有许多异士,然而有双翼者,有变化者,有地行者,有奇珍者,有异宝者,今着你现三头八臂,不负我金光洞里所传。此去进五关,也见周朝人物稀奇,个个俊杰。这法隐隐现现,但凭你自己心意。"哪吒感谢师尊恩德。太乙真人传哪吒隐现之法。哪吒大喜,一手执乾坤圈,一手执混天绫,一手执金砖,两只手擎两根火尖枪,还空三手。真人又将九龙神火罩,又取阴阳剑,共成八件兵器。哪吒拜辞了师父下山,径往氾水关来。正是:

余化刀伤归洞府，今朝变化更神通。

且说姜元帅在汜水关计点军将，收拾取界牌关，忽然想起师尊偈来："'界牌关下遇诛仙'，此事不知有何吉凶，且不可妄动。"又思："若不进兵，恐误了日期。"正在殿上忧虑，忽报："黄龙真人来至。"子牙迎接至中堂，打稽首，分宾主坐下。黄龙真人曰："前边就是诛仙阵，非可草率前进。子牙可分付门人，搭起芦篷席殿，迎接各处真人异士，伺候掌教师尊，方可前进。"子牙听毕，忙令南宫适、武吉起盖芦篷去了。

且说哪吒现了三首八臂，登风火轮，面如蓝靛，发似朱砂，丫丫叉叉七八只手，走进关来。军校不知是哪吒现此化身，着忙飞报子牙："禀元帅：外面有一个三头八臂的将官要进关来，请令定夺。"子牙命李靖去探来。李靖出府，果见三头八臂的人，甚是凶恶，李靖问曰："来者何人？"哪吒见是李靖，忙叫："父亲，孩儿是三太子哪吒。"李靖大惊，问曰："你如何得此大术？"哪吒把火枣之事说了一遍。李靖进殿回子牙，备言前事。子牙大喜，传令："令来。"哪吒进殿拜见元帅，众将观之，无有不悦，俱来称贺。不表。

只见次日南宫适来回报曰："禀元帅：芦篷俱已完备。"黄龙真人曰："如今只是洞府门人去得，以下将官一概都去不得。"子牙传下令来："诸位官将领命：且在此关，并不得擅离。我同黄龙真人与诸门弟子前去芦篷，伺候掌教师尊与列位仙长会诛仙阵。如有妄动者，定按军法。"众将领命去讫。子牙进后殿来见武王，曰："臣先去取关，大王且同众将住于此处。候取了界牌关，差官来接圣驾。"武王曰："相父前途保重。"

子牙感谢毕，复至前殿，与黄龙真人同众门弟子离了汜水

第七十六回 郑伦捉将取汜水

关,行有四十里,来至芦篷。只见悬花结彩,叠锦铺毹,黄龙真人同子牙上了芦篷坐下。少时间,只见广成子来至,赤精子随至。次日,衢留孙、文殊广法天尊、普贤真人、慈航道人、玉鼎真人来至;随后有云中子、太乙真人、清虚道德真君、道行天尊、灵宝大法师俱陆续来至。子牙一一上下迎接,俱至芦篷坐下。子牙命摆上香茶。少时,又是陆压道人来至,稽首坐下。陆压曰:"如今诛仙阵一会,只有万仙阵再会众师。吾等劫运已满,自此归山再图精进,以正道果。"众道人曰:"师兄之言正是如此。"众皆默坐,专候掌教师尊。不一时,只听得空中有环珮之声,众仙知是燃灯道人来了,众道人起身,降阶迎上篷来,行礼坐下。燃灯道人曰:"诛仙阵只在前面,诸友可曾见么?"众道人曰:"前面不见甚么光景。"燃灯曰:"那一派红气罩住的便是。"众道友俱起身,定睛观看。不表。

且说多宝道人已知阐教门人来了,用手发一声掌心雷,把红气展开,现出阵来。芦篷上众仙正看,只见红气闪开,阵图已现,好利害:杀气腾腾,阴云惨惨,怪雾盘旋,冷风习习,或隐或现,或升或降,上下反覆不定。内中有黄龙真人曰:"吾等今犯杀戒,该惹红尘,既遇此阵,也当得一会。"燃灯曰:"自古圣人云:只观善地千千次,莫看人间杀伐临。"内中有十二代弟子到有八九位要破此阵。燃灯道人阻不住,齐起身下了芦篷,诸门人也随着来看此阵。行至阵前,果然是惊心骇目,怪气凌人。众仙俱不肯就回,只管贪看。不知后事如何,且听下回分解。

【总批】

自古忠臣义士同此血肉之躯,少不得与之俱尽。只这一段侠烈肝肠、忠贞气节，常亘古今而不朽。若韩升、韩变，折父亲于庭帏之中，对军前劝父亲以守关之语，视死如归，何等慷慨，何等直捷！真不愧与龙逢、比干同游。何物韩荣，有此佳儿，不怕阿翁不坠城而死，乃父反替阿郎成就了个好人。他昆玉自是难兄难弟。

【又批】

或曰韩升、韩变终是少年，仗倚法术收得甚事，终于无济，远不若韩荣弃职全家属老成，庶几两全。余曰不然，是非尔所知也。据他对父亲之私语，军前之明决，片语只字，无不令人凛凛，无不令人感激！此是何等力量，何等担当，何等果决，何等明白！无牵缠、无挂碍，真是圣人之徒。天地正气，又何得而议论之？只他以此术复仇者，不过如人子之事父母，当有疾之时，虽至甚不可为，必百般周旋以求万一，岂得坐视其死哉！是非尔所知也！或人敛袵谢曰：命之矣！

第七十七回　老子一气化三清

诗曰：
　　一气三清势更奇，壶中妙法贯须弥。
　　移来一木还生我，运去分身莫浪疑。
　　诛戮散仙根行浅，完全正果道无私。
　　须知顺逆皆天定，截教门人枉自痴。

话说众门人来看诛仙阵，只见正东上挂一口诛仙剑，正南上挂一口戮仙剑，正西上挂一口陷仙剑，正北上挂一口绝仙剑，前后有门有户，杀气森森，阴风飒飒。众人贪看，只听得里面作歌曰：
　　兵戈剑戈，怎脱诛仙祸；情魔意魔，反起无明火。今日难过，死生在我。玉虚宫招灾惹祸，穿心宝锁，回头才知往事讹。咫尺起风波，这番怎逃躲。自倚才能，早晚遭折挫！

话说多宝道人在阵内作歌，燃灯曰："众道友，你们听听作的歌声，岂是善良之辈！我等且各自回芦篷，等掌教师尊来，自有处治。"话犹未了，方欲回身，只见阵内多宝道人仗剑一跃而出，大呼曰："广成子不要走，吾来也！"广成子大怒曰："多宝道人！如今不是在你碧游宫，倚你人多，再三欺我；况你掌教师尊分付过，你等全不遵依，又摆此诛仙阵。我等既犯了杀戒，毕竟你等俱入劫数之内，故造此业障耳。正所谓'阎罗注定三更死，怎肯留人到五更'！"广成子仗剑来取多宝道人。道人手中剑赴面交还。怎见得：

　　　　仙风阵阵滚尘沙,四剑忙迎影乱斜。一个是玉虚宫内真人辈,一个是截教门中根行差。一个是广成不老神仙体,一个是多宝西方拜释迦。二教只因逢杀运,诛仙阵上乱如麻。

话说广成子祭起番天印,多宝道人躲不及,一印正中后心,扑的打了一跌,多宝道人逃回阵中去了。

燃灯曰:"且各自回去,再作商议。"众仙俱上芦篷坐下,只听得半空中仙乐齐鸣,异香缥缈从空而降。众仙下篷来,迎掌教师尊,只见元始天尊坐九龙沉香辇,馥馥香烟,氤氲遍地。正是:

　　　　提炉对对烟生雾,羽扇分开白鹤朝。

话说燃灯众人明香引道,接上芦篷。元始坐下,诸弟子拜毕,元始曰:"今日诛仙阵上,才分别得彼此。"元始上坐,弟子侍立两边。至子时正,元始顶上现出庆云,垂珠璎珞,金花万朵,络绎不断,远近照耀。多宝道人正在阵中打点,看见庆云升起,知是元始降临,自思:"此阵必须我师尊来至,方可有为;不然,如何抵得过他!"

次日,果见碧游宫通天教主来了。半空中仙音响亮,异香袭袭,随侍有大小众仙,来的是截教门中师尊。怎见他的好处,有诗为证:

　　　　鸿钧生化见天开,地丑人寅上法台。
　　　　炼就金身无量劫,碧游宫内育多才。

话说多宝道人见半空中仙乐响亮,知是他师尊来至,忙出阵拜迎进了阵,上了八卦台坐下。众门人侍立台下,有上四代弟子,

第七十七回 老子一气化三清

乃多宝道人、金灵圣母、无当圣母、龟灵圣母；又有金光仙、乌云仙、毗芦仙、灵牙仙、虬首仙，有金箍仙、长耳定光仙，相从在此。通天教主乃是掌截教之鼻祖，修成五气朝元，三花聚顶，也是万劫不坏之身，至子时，五气冲空。

燃灯已知截教师尊来至。次日天明，燃灯来启曰："老师，今日可会诛仙阵么？"元始曰："此地岂吾久居之所？"分付弟子排班。赤精子对广成子，太乙真人对灵宝大法师，清虚道德真君对瞿留孙，文殊广法天尊对普贤真人，云中子对慈航道人，玉鼎真人对道行天尊，黄龙真人对陆压。燃灯同子牙在后，金、木二吒执提炉，韦护与雷震子并列，李靖在后，哪吒先行。只见诛仙阵内金钟响处，一对旗开，只见奎牛上坐的是通天教主，左右立诸代门人。

通天教主见元始天尊，打稽首曰："道兄请了！"元始曰："贤弟为何设此恶阵？这是何说？当时在你碧游宫共议'封神榜'，当面弥封，立有三等：根行深者成其仙道，根行稍次成其神道，根行浅薄成其人道，仍随轮回之劫。此乃天地之生化也。成汤无道，气数当终；周室仁明，应运当兴。难道不知？反来阻逆姜尚，有背上天垂象。且当日'封神榜'内应有三百六十五度，分有八部列宿群星，当有这三山五岳之人在数，贤弟为何出乎反乎，自取失信之愆？况此恶阵，立名便自可恶。只'诛仙'二字，可是你我道家所为的事？且此剑立有'诛''戮''陷''绝'之名，亦非是你我道家所用之物。这是何说，你作此过端？"通天教主曰："道兄不必问我，你只问广成子，便知我的本心。"元始问广成子曰："这事如何说？"广成子把三谒碧游宫的事说了一遍。通天教主曰："广成子，你曾骂我的教下不论是非，不分好歹，纵羽毛禽兽亦不择而教，一体同观。想吾师一教传三友，吾与羽毛禽兽相并，道兄难道与我不是一本相传？"元始曰："贤弟，你也莫怪广成子。其实，你门下胡为乱做，不知顺逆，一味恃强，人言兽行，况贤弟也不择是何根行，一意收留，致有彼此搬斗是非，令生灵涂炭。你心忍乎！"通天教主曰："据道兄所说，只是你的门人有理，连骂我也是该的？不念一门手足，罢了！我已是摆了此阵，道兄就破吾此阵，便见高下。"元始曰："你要我破此阵，这也不难，待吾自来见你此阵。"通天教主兜回奎牛，进了戮仙门，众门人随后进去。且看元始进来破此阵。正是：

　　截阐道人皆正果，方知两教不虚传。

　　话说元始在九龙沉香辇上，扶住飞来椅徐徐行至正东震地，乃诛仙门。门上挂一口宝剑，名曰诛仙剑。元始把辇一拍，命四揭谛神摄起辇来，四脚生有四枝金莲花，花瓣上生光，光上又生花，一时有万朵金莲照在空中，元始坐在当中径进诛仙阵门来。通天教主发一声掌心雷，震动那一口宝剑一晃，好生利害！虽是元始，顶上还飘飘落下一朵莲花来。元始进了诛仙门，里边又是一层，名为诛仙关。元始从正南上往里走，至正西，又在正北坎地上看了一遍。元始作一歌以笑之，歌曰：

　　好笑通天有厚颜，空将四剑挂中间。

　　枉劳用尽心机术，独我纵横任往还。

话说元始依旧还出东门而去，众门人迎接上了芦篷，燃灯请问曰："老师，此阵中有何光景？"元始曰："看不得。"南极仙翁曰："老师既入阵中，今日如何不破了他的，让姜师弟好东行？"元始曰："古云：'先师次长。'虽然吾掌此教，尚有师长在前，岂可独自专擅？候大师兄来，自有道理。"

第七十七回 老子一气化三清

说话未了,只听得半空中一派仙乐之声,异香缥缈,板角青牛上坐一圣人,有玄都大法师牵住此牛,飘飘落下来。元始天尊率领众门人前来迎接。怎见得,有诗为证:

不二门中法更玄,汞铅相见结胎仙。

未离母腹头先白,才到神霄气已全。

室内炼丹换戊己,炉中有药尊先天。

生成八景宫中客,不记人间几万年。

话说元始见太上老君驾临,同众门人下篷迎接,二人携手上篷坐下,众门人下拜,侍立两旁。老子曰:"通天贤弟摆此诛仙阵反阻周兵,使姜尚不得东行,此是何意?吾因此来问他,看他有甚么言语对我。"元始曰:"今日贫道自专,先进他阵中走了一遭,未曾与他较量。"老子曰:"你就破了他的罢了。他肯相从就罢,他若不肯相从,便将他拿上紫霄宫去见老师,看他如何讲。"二位教主坐在篷上,俱有庆云彩气上通于天,把界牌关照耀通红。

至次日天明,通天教主传下法旨,令众门人排班出去:"大师兄也来了,看他今日如何讲!"多宝道人同众门人击动了金钟玉磬,径出诛仙阵来,请老子答话,哪吒报上篷来。少时,芦篷里香烟霭霭,瑞彩翩翩,你看老子骑着青牛而来。怎见得,有诗为证:

骑牛远远过前村,短笛仙音隔陇闻。

辟地开天为教主,炉中炼出锦乾坤。

话说老子至阵前,通天教主打稽首曰:"道兄请了。"老子曰:"贤弟,我与你三人共立'封神榜',乃是体上天应运劫数。你如何反阻周兵,使姜尚有违天命?"通天教主曰:"道兄,你休要执一偏向。广成子三进碧游宫,面辱吾教,恶语詈骂,犯上不守规矩。昨日二兄坚意只向自己门徒,反灭我等手足,是何道理?今兄长不责自己弟子反来怪我,此是何意?如若要我释怨,可将广成子送至我碧游宫等我发落,我便甘休;若是半字不肯,任凭长兄施为,各存二教本领,以决雌雄!"老子曰:"似你这等说话,反是不偏向的?你偏听门人背后之言,彻动无明之火,摆此恶阵残害生灵;莫说广成子未必有此言语,便有也罪不致此。你就动此念头,悔却初心,有逆天道,不守清规,有犯嗔痴之戒。你趁早听我之言,速速将此阵解释,回守碧游宫改过前愆,尚可容你还掌截教;若不听吾言,拿你去紫霄宫见了师尊,将你贬入轮回,永不能再至碧游宫,那时悔之晚矣!"通天教主听罢,须弥山红了半边,修行眼双睛烟起,大怒叫曰:"李聃!我和你一体同人,总掌二教,你如何这等欺灭我,偏心护短,一意遮饰,将我抢白,难道我不如你!吾已摆下此阵,断不与你甘休!你敢来破我此阵?"老子笑曰:"有何难哉!你不可后悔!"正是:

　　元始大道今舒展,方显玄都不二门。

老子复又曰:"既然要我破阵,我先让你进此阵运用停当,我再进来,毋令得你手慌脚乱。"通天道人大怒曰:"任你进吾阵来,吾自有擒你之处!"道罢,通天道人随兜奎牛进陷仙门去,在陷仙阙下等候老子。

　　老子将青牛一拍,往西方兑地来,至陷仙门下,将青牛催动,只见四足祥光白雾紫气红云腾腾而起。老子又将太极图抖开,化一座金桥,昂然入陷仙门来。老子作歌,歌曰:

　　玄黄外兮拜明师,混沌时兮任我为。
　　五行兮在吾掌握,大道兮度进群迷。

第七十七回　老子一气化三清

　　清静兮修成金塔,闲游兮曾出关西。
　　两手包罗天地外,腹安五岳共须弥。

话说老子歌罢径入阵来,且说通天教主见老子昂然直入,却把手中雷放出,一声响亮,震动了陷仙门上的宝剑。这宝剑一动,任你人仙首落。老子大笑曰:"通天贤弟,少得无礼,看吾扁拐!"劈面打来。通天教主见老子进阵如入无人之境,不觉满面通红,遍身火发,将手中剑火速忙迎。正在战间,老子笑曰:"你不明圣道,何以管立教宗?"又一扁拐照脸打来。通天教主大怒曰:"你有何道术,敢逆诛我的门徒?此恨怎消!"将剑挡拐,二圣人战在诛仙阵内,不分上下,敌斗数番。正是:

　　邪正逞胸中妙诀,水清处方显鱼龙。

话说二位圣人战在陷仙门里,人人各自施威。方至半个时辰,只见陷仙门里八卦台下有许多截教门人,一个个睁睛竖目,那阵内四面八方雷鸣风吼,电光闪灼,雾气昏迷。怎见得,有赋为证:

　　风气呼嚎,乾坤荡漾;雷声激烈,震动山川。电掣红绡,钻云飞火;雾迷日月,天地遮漫。风刮得沙尘掩面,雷惊得虎豹藏形,电闪得飞禽乱舞,雾迷得树木无踪。那风只搅得通天河波翻浪滚,那雷只震得界牌关地裂山崩,那电只闪得诛仙阵众仙迷眼,那雾只迷得芦篷下失了门人。这风真是推山转石松篁倒,这雷真是威风凛冽震人惊,这电真是流天照野金蛇走,这雾真是弥弥漫漫蔽九重。

话说老子在陷仙门大战,自己顶上现出玲珑宝塔在空中,那怕他雷鸣风吼。老子自思:"他只知仗他道术,不知守己修身,我也显一显玄都紫府手段与他的门人看看!"把青牛一拎,跳出圈子来，把鱼尾冠一推，只见顶上三道气出，化为三清。老子复与通天教主来战，只听得正东上一声钟响，来了一位道人，戴九云冠，穿大红白鹤绛绡衣，骑白獬而来，手仗一口宝剑，大呼曰："李道兄！吾来助你一臂之力！"通天教主认不得，随声问曰："那道者是何人？"道者答曰："吾有诗为证：

> 混元初判道为先，常有常无得自然。
> 紫气东来三万里，函关初度五千年。"

道人作罢诗曰："吾乃上清道人是也。"仗手中剑来取。通天教主不知上清道人出于何处，慌忙招架。只听得正南上又有钟响，来了一位道者，戴如意冠，穿淡黄八卦衣，骑天马而来，一手执灵芝如意，大呼曰："李道兄！吾来佐你共伏通天道人！"把天马一兜，仗如意打来。通天教主问曰："来者何人？"道人曰："我也认不得，还称你做截教之主？听吾道来。诗曰：

> 函关初出至昆仑，一统华夷属道门。
> 我体本同天地老，须弥山倒性还存。

吾乃玉清道人是也。"通天教主不知其故："自古至今，鸿钧一道传三友；上清、玉清不知从何教而来？"手中虽是招架，心中甚是疑惑。正寻思未已，正北上又是一声玉磬响，来了一位道人，戴九霄冠，穿八宝万寿紫霞衣，一手执龙须镯，一手执三宝玉如意，骑地吼而来，大呼："李道兄！贫道来辅你共破陷仙阵也！"通天教主又见来了这一位苍颜鹤发道人，心上不安，忙问曰："来者何人？"道人曰："你听我道来。诗曰：

> 混沌从来不计年，鸿蒙剖处我居先。
> 参同天地玄黄理，任你旁门望眼穿。

吾乃太清道人是也。"四位天尊围住了通天教主，或上或下，或左或右，通天教主止有招架之功。且说截教门人见三位来的道人身上霞光万道，瑞彩千条，光辉灿烂，映目射眼，内有长耳定光仙暗思："好一个阐教，来得毕竟正气！"深自羡慕。不知后事如何，且听下回分解。

【总批】
　　余常笑世人耳朵软，专信婆子搬唆，无有丈夫气。今见通天教主为神仙领袖，犹自听徒弟戳舌，便动无明之火，连自己做的事都反悔了。不但不可做神仙，连丈夫也做不过。世人所以怕老婆，故不敢不听其指使，难道神仙怕徒弟不成！果徒弟乎，老婆乎？余不解此意，请问有徒弟者。

【又批】
　　常闻人说道人心最狠，余尚未深信斯言。今见通天教主所有"戮仙""陷仙""诛仙""绝仙"四剑，利害不可当。虽老子、元始二天尊犹自凛然，其余散仙则不敢撄其锋矣。似如此毒恶之剑，岂是慈悲者所蓄之物？噫！当年之鼻祖如此，其流派更甚，有以哉！

第七十八回　三教会破诛仙阵

诗曰：
　　诛仙恶阵四门排，黄雾狂风雷火偕。
　　遇劫黄冠遭劫运，堕尘羽士尽尘埋。
　　剑光徒有吞神骨，符印空劳吐黑霾。
　　纵有通天无上法，时逢圣主应多乖。

话说老子一气化的三清不过是元气而已，虽然有形有色，裹住了通天教主，也不能伤他。此是老子气化分身之妙，迷惑通天教主竟不能识。老子见一气将消，在青牛上作诗一首，诗曰：
　　先天而老后天生，借李成形得姓名。
　　曾拜鸿钧修道德，方知一气化三清。

话说老子作罢诗，一声钟响就不见了三位道人。通天教主心下愈加疑惑，不觉出神，被老子打了二三扁拐。多宝道人见师父受了亏，在八卦台作歌而来。歌曰：
　　碧游宫内谈玄妙，岂忍吾师扁拐伤。
　　只今舒展胸中术，且与师伯做一场！

歌罢，大呼："师伯，我来了！"好多宝道人！仗剑飞来直取。老子笑曰："米粒之珠，也放光华！"把扁拐架剑，随取风火蒲团祭起空中，命黄巾力士："将此道人拿去，放在桃园，俟吾发落！"黄巾力士将风火蒲团把多宝道人卷将去了。正是：

从今弃邪归正道，他与西方却有缘。

且说老子用风火蒲团把多宝道人拿往玄都去了，老子竟不恋战，出了陷仙门，来至芦篷，众门人与元始迎接坐下。元始问曰："今日入阵，道兄见里面光景如何？"老子笑曰："他虽摆此恶阵，急切也难破他的，被吾打了二三扁拐。多宝道人被吾用风火蒲团拿往玄都去了。"元始曰："此阵有四门，得四位有力量的方能破得。"老子曰："我与你只顾得两处，还有两处非众门人所敢破之阵。此剑你我不怕，别人怎么经得起？"

正议论间，忽见广成子来禀曰："二位老师，外面有西方教下准提道人来至。"老子、元始二人忙下篷迎接，请上篷来，叙礼毕，坐下。老子笑曰："道兄此来，无非为破诛仙阵来，收西方有缘。只是贫道正欲借重，不意道兄先来，正合天数，妙不可言！"准提道人曰："不瞒道兄说，我那西方花开见人人见我。因此贫道来东南两土，未遇有缘；又几番见东南二处有数百道红气冲空，知是有缘，贫道借此而来，渡得有缘以兴西法，故不辞跋涉，会一会截教门下诸友也。"老子曰："今日道兄此来，正应上天垂象之兆。"准提道人问曰："这阵内有四口宝剑，俱是先天妙物，不知当初如何落在截教门下？"老子曰："当时有一分宝岩，吾师分宝镇压各方。后来此四口剑就是我通天贤弟得去，已知他今日用此作难，虽然众仙有厄，原是数当如此。如今道兄来的恰好，只是再得一位，方可破此阵耳。"准提道人曰："既然如此，总来为渡有缘，待我去请我教主来。正应三教会'诛仙'，分辨玉石。"老子大喜。准提道人辞了老子，往西方来请西方教主接引道人，共遇有缘。正是：

佛光出在周王世，兴在明章释教开。

且说准提来至西方,见了接引道人,打稽首坐下。接引道人曰:"道友往东土去,为何回来太速?"准提道人曰:"吾见红光数百道俱出阐、截二教之门。今通天教主摆一诛仙阵,阵有四门,非四人不能破。如今有了三位,还少一位。贫道特来请道兄去走一遭,以完善果。"西方教主曰:"但我自未曾离清净之乡,恐不谙红尘之事,有误所委,反为不美。"准提曰:"道兄,我与你俱是自在无为,岂有不能破那有象之阵!道兄不必推辞,须当同往。"接引道人如准提道人之言,同往东土而来。只见足踏祥云,霎时而至芦篷。广成子来禀老子与元始曰:"西方二位尊师至矣。"老子与元始率领众门人下篷来迎接。见一道人,身高丈六。但见:

  大仙赤脚枣梨香,足踏祥云更异常。
  十二莲台演法宝,八德池边现白光。
  寿同天地言非谬,福比洪波语岂狂。
  修成舍利名胎息,清闲极乐是西方。

话说老子与元始迎接接引、准提上了芦篷,打稽首,坐下。老子曰:"今日敢烦,就是三教会盟共完劫运,非吾等故作此孽障耳。"接引道人曰:"贫道来此会有缘之客,也是欲了冥数。"元始曰:"今日四友俱全,当早破此阵,何故在此红尘中扰攘也!"老子曰:"你且分付众弟子,明日破阵。"元始命玉鼎真人、道行天尊、广成子、赤精子:"你四人伸手过来。"元始各书了一道符印在手心里:"明日你等见阵内雷响,有火光冲起,齐把他四口剑摘去,我自有妙用。"四人领命,站过去了。又命燃灯:"你站在空中,若通天教主往上走,你可把定海珠往下打,他自然着伤。一来也知我阐教道法无边。"元始分付毕,各自安息。不言。

只等次日黎明,众门人排班,击动金钟、玉磬。四位教主齐

第七十八回 三教会破诛仙阵

至诛仙阵前,传令命左右:"报与通天教主,我等来破阵也。"左右飞报进阵,只见通天教主领众门人齐出戮仙门来,迎着四位教主。通天教主对接引、准提道人曰:"你二位乃是西方教下清净之乡,至此地意欲何为?"准提道人曰:"俺弟兄二人虽是西方教主,特往此处来遇有缘。道友,你听我道来:

　　身出莲花清净台,三乘妙典法门开。
　　玲珑舍利超凡俗,璎珞明珠绝世埃。
　　八德池中生紫焰,七珍妙树长金苔。
　　只因东土多英俊,来遇前缘结圣胎。"

话说准提道人说罢,通天教主曰:"你有你西方,我有我东土,如水火不同居,你为何也来惹此烦恼? 你说你莲花化身,清净无为,其如五行变化,立竿见影。你听我道来:

　　混元正体合先天,万劫千番只自然。
　　渺渺无为传大法,如如不动号初玄。
　　炉中久炼全非汞,物外长生尽属乾。
　　变化无穷还变化,西方佛事属逃禅。"

话说准提道人曰:"通天道友,不必夸能斗舌。道如渊海,岂在口言? 只今我四位至此,劝化你忙收了此阵,何如?"通天教主曰:"既是四位至此,毕竟也见个高下。"通天教主说罢,竟进阵去了。元始对西方教主曰:"道兄,如今我四人各进一方,以便一齐攻战。"接引道人曰:"吾进离宫。"老子曰:"吾进兑宫。"准提曰:"吾进坎地。"元始曰:"吾进震方。"四位教主各分方位而进。

且说元始先进震方,坐四不相径进诛仙门。八卦台上通天教主手发雷声,震动诛仙宝剑。那剑晃动,元始顶上庆云迎住,有千朵金花,璎珞垂珠,络绎不绝,那剑如何下得来。元始进了诛仙门，立于诛仙阙。只见西方教主进离宫，乃是戮仙门，通天教主也发雷声震那宝剑。接引道人顶上现出三颗舍利子，射住了戮仙剑，那剑如钉钉一般，如何下来得。西方教主进了戮仙门，至戮仙阙立住。老子进西方陷仙门，通天教主又发雷震那陷仙剑。只见老子顶上现出玲珑宝塔，万道光华，射住陷仙剑。老子进了陷仙门，也在陷仙阙立住。准提道人进绝仙门，只见通天教主发一声雷，震动绝仙剑。准提道人手执七宝妙树，上边放出千朵青莲，射住了绝仙剑，也进了绝仙门来，到了绝仙阙。四位教主齐进阙前，老子曰："通天教主，吾等齐进了你诛仙阵，你意欲何为？"老子随手发雷，震动四野，诛仙阵内一股黄雾腾起，迷住了诛仙阵。怎见得：

> 腾腾黄雾，艳艳金光。腾腾黄雾，诛仙阵内似喷云；艳艳金光，八卦台前如气罩。剑戟戈矛，浑如铁桶；东西南北，恰似铜墙。此正是截教神仙施法力，通天教主显神通。晃眼迷天遮日月，摇风喷火撼江山。四位圣人齐会此，劫数相遭岂易逢。

且说四位教主齐进四阙之中，通天教主仗剑来取接引道人。接引道人手无寸铁，只有一拂尘架来，拂尘上有五色莲花，朵朵托剑。老子举扁拐纷纷的打来，元始将三宝玉如意架剑乱打。只见准提道人把身子摇动，大呼曰："道友快来！"半空中又来了孔雀明王。准提现出法身，有二十四首，十八只手，执定了璎珞、伞盖、花贯、鱼肠、金弓、银戟、加持神杵、宝锉、金瓶，把通天教主裹在当中。老子扁拐夹后心就一扁拐，打的通天教主三昧真火冒出。元始祭三宝玉如意来打通天教主，通天教主方才招架玉如意，不防被准提一加持杵打中。通天教主翻鞍滚下奎

第七十八回 三教会破诛仙阵

牛,教主就借土遁而起。不知燃灯在空中等候,才待上时,被燃灯一定海珠又打下来。阵内雷声且急,外面四仙家各有符印在身,奔入阵中,广成子摘去诛仙剑,赤精子摘去戮仙剑,玉鼎真人摘去陷仙剑,道行天尊摘去绝仙剑。四剑既摘去,其阵已破,通天道人独自逃归,众门人各散去了。

且说四位教主破了诛仙阵,元始作诗以笑之,诗曰:

> 堪笑通天教不明,千年掌教陷群生。
> 仗伊党恶污仙教,番聚邪宗枉横行。
> 宝剑空悬成底事,元神虚耗竟无名。
> 不知顺逆先遭辱,犹欲鸿钧说反盈。

话说四位教主上了芦篷坐下。元始称谢西方教主曰:"为我等门人犯戒,动劳道兄扶持得完此劫数,尚容称谢!"老子曰:"通天教主逆天行事,自然有败而无胜。你我顺天行事,天道福善祸淫,毫无差错,如灯取影耳。今此阵破了,你等劫数将完,各有好处。姜尚,你去取关,吾等且回山去。"众门人俱别过姜子牙,随四位教主各回山去了。

子牙送别师尊,自回汜水关来会武王,众将官来见。元帅至帅府参见武王,王曰:"相父远破恶阵,谅有众仙,孤不敢差人来问候。"子牙谢恩毕,对曰:"荷蒙圣恩,仰仗天威,三教圣人亲至,共破了诛仙阵,前至界牌关了,请大王明日前行。"武王传旨治酒贺功。不表。

又说通天教主被老子打了一扁拐,又被准提道人打了一加持宝杵,吃了一场大亏,又失了四口宝剑,有何面目见诸大弟子!自思不若往紫芝崖立一坛,拜一恶幡,名曰"六魂幡"。此幡有六尾,尾上书接引道人、准提道人、老子、元始、武王、姜尚

六人姓名,早晚用符印,俟拜完之日,将此幡摇动,要坏六位的性命。正是:

> 左道凶心今不息,枉劳空拜六魂幡。

不表通天道人拜幡,后在万仙阵中用。且说界牌关徐盖升了银安殿,与众将商议曰:"方今周兵取了汜水关,驻兵不发。前日来的那多宝道人摆甚诛仙阵,也不知胜败。如今且修本,差官往朝歌去取救兵来,共守此关。"

只见差官领了本章往朝歌来,一路无词,渡了黄河,进了朝歌城,至午门下马,到文书房。那日是箕子看本,见徐盖的本大惊:"姜尚兵进汜水关,取左右青龙关、佳梦关,兵至界牌关,事有燃眉之急!"箕子忙抱本来见纣王,往鹿台来。当驾官奏知:"箕子候旨。"纣王曰:"宣来。"箕子上台,拜罢,将徐盖本进上。纣王览本,惊问箕子曰:"不道姜尚作反,侵夺孤之关隘,必须点将协守,方可阻其大恶。"箕子奏曰:"如今四方不宁,姜尚自立武王,其志不小。今率兵六十万来寇五关,此心腹大患,不得草草而已,愿皇上且停饮乐,以国事为本,社稷为重,愿皇上察焉!"纣王曰:"皇伯之言是也。朕与众卿共议,点官协守。"箕子下台。

纣王闷闷不悦,无心欢畅。忽妲己、胡喜媚出殿见驾,行礼坐下。妲己曰:"今日圣上双锁眉头,郁郁不乐,却是为何?"王曰:"御妻不知,今日姜尚兴师侵犯关隘,已占夺三关,实是心腹之大患。况四方刀兵蜂起,使孤心下不安,为宗庙社稷之虑,故此忧心。"妲己笑而奏曰:"陛下不知下情,此俱是边庭武将钻刺网利;架言周兵六十万来犯关庭,用金贿赂大臣诓奏陛下,陛下必发钱粮支应;故此守关将官冒破支消,空费朝廷钱粮,实为有私,何尝有兵侵关? 正为里外欺君,情实可恨!"纣王闻奏,深信其言有理，因问妲己曰："倘守关官复有本章，何以批发？"妲己曰："不必批发，只将赍本官斩了一员，以警将来。"纣王大喜，遂传旨："将赍本官枭首，号令于朝歌。"正是：

　　妖言数句江山失，一统华夷尽属周。

话说纣王信妲己之言，忙传旨意："将界牌关走本官即时斩首号令！"箕子知之，忙至内庭来见纣王："皇上为何而杀使命？"王曰："皇伯不知，边庭钻刺，诈言周兵六十万，无非为冒支府库钱粮之计。此乃是内外欺君，理当斩首以戒将来。"箕子曰："姜尚兴兵六十万，自三月十五日金台拜将，天下尽知，非是今日之奏。皇上杀界牌关走使，不致紧要，退边庭将士之心。"王曰："料姜尚不过一术士耳，有何大志？况且还有四关之险，黄河之隔，孟津之阻，岂一旦而被小事所惑也！皇伯放心，不必忧虑。"箕子长吁一声而出，看着朝歌宫殿，不觉潸然泪下，嗟叹社稷丘墟。箕子在九间殿作诗以叹之，诗曰：

　　忆昔成汤放桀时，诸侯八百尽归斯。
　　谁知六百余年后，更甚南巢几倍奇！

话言箕子作罢诗回府。不表。

且说姜元帅在汜水关点人马进征，来辞武王。子牙见武王曰："老臣先去取关，差官请驾。"武王曰："但愿相父早会诸侯，孤之幸矣。"子牙别了武王，一声炮响，人马往界牌关进发，只离八十里，来之甚快。正行间，只见探马报入中军："已至界牌关下。"子牙传令安营，点炮呐喊。

话说徐盖已知关外周兵安营，随同众将上城来看，周兵一派尽是红旗，鹿角森严，兵威甚肃。徐盖曰："子牙乃昆仑羽士，用兵自有调度，只营寨大不相同。"旁有先行官王豹、彭遵答曰：

"主将休夸他人本领,看末将等成功,定拿姜尚,解上朝歌以正国法。"言罢各自下城,准备厮杀。

只见次日,子牙问帐下:"那员将官关下见头功?"帐下应声而出,乃魏贲,曰:"末将愿往。"姜子牙许之。魏贲上马提枪出营,至关下搦战。有报马报入关上曰:"启主帅:关下有周兵讨战。"徐盖曰:"众将官在此,我等先议后行。纣王听信谗言,杀了差官,是自取灭亡,非为臣不忠之罪。今天下已归周武,眼见此关难守,众将不可不知。"彭遵曰:"主将之言差矣!况吾等俱是纣臣,理当尽忠报国,岂可一旦忘君徇私?古云'食君禄而献其地,是不忠也。'末将宁死不为!愿效犬马以报君恩。"言罢随上马出关,见魏贲连人带马浑如一块乌云,怎见得:

幞头纯墨染,抹额衬缨红。

皂袍如黑漆,铁甲似苍松。

钢鞭悬塔影,宝剑插冰峰。

人如下山虎,马似出海龙。

子牙门下客,骁将魏贲雄。

话说彭遵见魏贲,大呼曰:"周将通名来!"魏贲曰:"吾乃扫荡成汤天宝大元帅姜麾下左哨先锋魏贲是也。你乃何人?若是知机,早献关隘,共扶周室;如不倒戈,城破之日,玉石俱焚,悔之晚矣!"彭遵大怒,骂曰:"魏贲,你不过马前一匹夫,敢出大言!"摇枪催马直取,魏贲手中枪赴面相迎。两马相交,双枪并举,一场大战。好魏贲!枪力勇猛,战有三十回合,彭遵战不过魏贲,掩一枪往南败走。魏贲见彭遵败走,纵马赴来。彭遵回顾,见魏贲赶下阵来,忙挂下枪,囊中取出一物往地下撒来。此物名曰菡萏阵,按三才八卦方位布成一阵,彭遵先进去了,魏贲

第七十八回 三教会破诛仙阵

不知,将马赶进阵来。彭遵在马上发手一个雷声,把菡萏阵震动,只见一阵黑烟迸出,一声响,魏贲连人带马震得粉碎,彭遵掌得胜鼓进关。报马报入中军:"启元帅:魏贲连人带马炸为齑粉。"子牙听罢,叹曰:"魏贲忠勇之士,可怜死于非命,情实可悯!"子牙着实伤悼。彭遵进关来见徐盖,将坏了魏贲得胜事说了一遍,徐盖权为上了功绩。

次日,徐盖对众将曰:"关中粮草不足,朝廷又不点将协守,昨日虽则胜了他一阵,恐此关终难守耳。"正议之间,报:"有周将搦战。"王豹曰:"末将愿往。"上马提戟,开关,见一员周将,连人带马纯是一片青色。王豹曰:"周将何名?"苏护曰:"吾乃冀州侯苏护是也。"王豹曰:"苏护,你乃天下至无情无义之夫!你女受椒房之宠,身为国戚,满门俱受皇家富贵,不思报本,反助武王逆叛,侵故主之关隘,你有何面目立于天地之间!"催开马,摇戟来取苏护,苏护手中枪赴面来迎。二马相交,枪戟并举。苏护正战王豹,有苏全忠、赵丙、孙子羽三将一齐上来,把王豹围在垓心。王豹如何敌得住?自料寡不敌众,把马跳出圈子就走。赵丙随后赶来,正赶之间,被王豹回手一个劈面雷打在脸上,可怜随驾东征,未曾受武王封爵之赏,赵丙翻下鞍鞯。孙子羽急来救时,王豹又是一个雷放出,此劈面雷甚是利害,有雷就有火,孙子羽被雷火伤了面门,跌下马来,早被王豹一戟一个,皆被刺死。苏家父子不敢向前,王豹也知机,掌鼓进关,回见徐盖,连诛二将,得胜回兵庆喜。不表。

且说苏护父子进营来见子牙,备言损了二将,子牙曰:"你父子久临战场,如何不知进退,致损二将?"苏全忠曰:"元帅在上,若是马上征战,自然好招架;今王豹以幻术发手,有雷有火,打在脸上就要烧坏面门,怎经得起?故此二将失利。"子牙曰:"误丧忠良,实为可恨!"

次日,子牙曰:"众门人谁去关下走一遭?"言未毕,有雷震子曰:"弟子愿往。"子牙许之。雷震子出营,至关下搦战。报马报入关中,徐盖问:"谁去见阵走一遭?"彭遵领令出关,见雷震子十分凶恶,面如蓝靛,巨口赤发,獠牙上下横生,彭遵大呼曰:"来者何人?"雷震子曰:"吾乃武王之弟雷震子是也。"彭遵自知雷震子胁有双翅,摇手中枪催开马,来取雷震子。雷震子把风雷翅飞起,使开黄金棍劈头来打。彭遵那里招架得住,拨马就走。雷震子见他诈败,忙将翅飞起,赶来甚急,劈头一棍,彭遵马迟,急架时,正中肩窝上,打翻马下,枭了首级。进营来见子牙,子牙上了雷震子功绩簿。

且说探马报入关中:"彭遵阵亡,将首号令辕门。"徐盖曰:"此关终是难守,我知顺逆,你们只欲强持。"王豹听说:"主将不必性急,待我明日战不过时,任你主将处治。"徐盖默然无语。王豹竟回私宅去了。不知后事如何,且听下回分解。

【总批】
　　破诛仙阵一段,大有许多慧解,分明指点世人。你看他四位教主进此四门,只有自家本身宝贝可以当得住。若是众门人,便先问师父讨注脚,不知师父原替不得他。所以今人只向别人身上寻讨,忘却自家至宝,所以不能自做主张。

【又批】
　　彭遵、王豹,虽未曾做得事业,然而其志可嘉,其情可矜。不得以成败论英雄。

第七十九回　穿云关四将被擒

诗曰：
　　一关已过一关逢，法宝多端势更凶。
　　法戒引魂成往事，龙安酥骨又来证。
　　几多险处仍须吉，若许能时总是空。
　　堪笑徐芳徒逆命，枉劳心思竟何从！

话说徐盖当晚默默退归后堂。不题。

只见次日王豹也不来见主将，竟领兵出关往周营搦战。报马报入中军，子牙问："谁人见阵走一遭？"哪吒应曰："我愿往。"子牙许之。哪吒登风火轮，提火尖枪奔出营来。王豹见一将登风火轮而来，忙问曰："来者莫非哪吒么？"哪吒答曰："然也。"摇枪就刺，王豹的画戟急架忙迎。王豹知哪吒是阐教门下，自思："打人不过先下手。"正战间，发一劈面雷来打哪吒。不知这雷只好伤别人，哪吒乃是莲花化身之客，他见雷声至，火焰来，把风火轮一登，轮起空中，雷发无功。哪吒祭起乾坤圈来，正中王豹顶门，打昏落马。哪吒复一枪刺死，枭了首级，号令回营，来见子牙，备言前事。子牙大喜。

且说徐盖闻报王豹阵亡，暗思："二将不知时务，自讨杀身之祸。不若差官纳降，以免生民涂炭。"正忧疑之际，忽报："有一陀头来见。"徐盖命请进。道人进府至殿前打稽首曰："徐将军，贫道稽首。"徐盖曰："请了！道者至此有何见逾？"道人曰：

"将军不知，吾有一门徒名唤彭遵，丧于雷震子之手，特至此为他报仇。"徐盖曰："道者高姓大名？"道人曰："贫道姓法名戒。"徐盖见道人有些仙风道骨，忙请上坐。法戒不谦，欣然上坐。徐盖曰："姜子牙乃昆仑道德之士，他帐下有三山五岳门人，恐不能胜他。"法戒曰："徐将军放心，我连姜尚俱与你拿了，以作将军之功。"徐盖曰："若如此，乃是老师莫大之恩。"忙问："老师是素，是荤？"法戒曰："持斋。我不用甚东西。"一夕无词。

次日法戒提剑在手，径至周营，坐名要请姜子牙答话。探马报入中军："有一陀头请元帅答话。"子牙传令，带众门人出营来会这陀头。只见对面并无士卒，独自一人。怎见得：

> 赤金箍，光生灿烂；皂盖服，白鹤朝云。丝绦悬水火，顶上焰光生。五遁三除无比赛，胸藏万象包成。自幼根深成大道，一时应堕红尘。"封神榜"上没他名，要与子牙赌胜。

子牙把四不相催至军前见法戒，曰："道者请了！"法戒道："姜子牙，久闻你大名，今日特来会你。"子牙曰："道者姓甚名谁？"法戒曰："我乃蓬莱岛炼气士，姓法名戒。彭遵是吾门下，死于雷震子之手。你只叫他来见我，免得你我分颜！"

雷震子在旁，听得舌尖上丢了一个"雷"字，大怒，骂曰："讨死的泼道！我来也！"把风雷二翅飞在空中，将黄金棍劈面打来，法戒手中剑急架忙迎。两下里大战有四五回合，法戒跳出圈子去，取出一幡，对着雷震子一晃，雷震子跌在尘埃。徐盖左右军士将雷震子拿了，虽然捆将起来，只是闭目不知人事。法戒大呼曰："今番定要擒姜尚！"旁有哪吒大怒，骂曰："妖道用何邪术，敢伤吾道兄也！"登开风火轮，摇开火尖枪，来战法戒。法

第七十九回　穿云关四将被擒

戒未及三四回合，忙把那幡取出来也晃哪吒。哪吒乃莲花化身，却无魂魄，如何晃得动他？法戒见哪吒在风火轮上安然不能跌将下来。已自着忙。哪吒见法戒拿一首幡在手内晃，知是左道之术不能伤己，忙祭乾坤圈打来，法戒躲不及，打了一交。哪吒方欲用枪来刺，法戒已借土遁去了。子牙收兵回营，见折了雷震子，心下甚恼，纳闷在中军。

且说法戒被哪吒打了一圈，逃回关内。徐盖见法戒着伤而回，便问："老师，今日初阵如何失机？"法戒曰："不妨，是我误用此宝。他原来是灵珠子化身，原无魂魄，焉能擒他！"忙取丹药吃了一粒，即时全愈；分付左右："把雷震子抬来！"法戒对雷震子将幡右转两转。雷震子睁开眼一观，已被擒捉。法戒大怒，骂曰："为你这厮，又被哪吒打了我一圈！"命左右："拿去杀了！"徐盖在旁解曰："老师既来为我末将，且不可斩他，暂监在囹圄之中，候解往朝歌俟天子发落，表老师莫大之功，亦知末将请老师之微功耳。"看官，此是徐盖有意归周，故假此言遮饰。法戒听说，笑曰："将军之言甚是有理。"正是：

　　徐盖有意归周主，不怕陀头道术高。

话说法戒次日出关，又至周营搦战。军政官报与子牙。子牙随即出营会战，大呼曰："法戒！今日与你定个雌雄！"催开四不相仗剑直取，法戒手中剑赴面迎来。战未及数合，旁有李靖纵马摇画杆戟来助子牙，子牙祭起打神鞭速来打法戒。不知此宝只打得神，法戒非封神榜上之人，正是：

　　封神榜上无名字，不怕昆仑鞭一条。

话说子牙祭鞭来打法戒，不意被法戒将鞭接去，子牙着忙。忽然土行孙催粮到营前，见法戒将打神鞭接去，土行孙大怒，走向前大呼曰:"吾来也!"法戒见个矮子用条铁棍打来,法戒仗剑迎战。三人正杀在一处,不意杨戬也催粮来至,见土行孙大战陀头,走马舞三尖刀亦来助战。子牙见杨戬来至,心中大喜。两员运粮官双战法戒,正是天数不由人,不意郑伦催粮也到。郑伦见土行孙、杨戬双战道人,郑伦自思曰:"今日四人战这陀头不下,毕竟是左道之人。我也是督粮官,他成得功,我也成得功!"将金睛兽催开,冲杀过来,就把子牙喜不自胜。子牙兜回四不相,传令军士:"擂鼓助战!"法戒被三运督粮官裹在垓心,不得落空,纵有法宝,如何使用?只见土行孙宾铁棍在下三路上打了几棍,法戒意欲逃走;郑伦见土行孙成功,恐法戒逃遁,忙将鼻窍中两道白光哼出来。法戒听得,不知是甚么东西响,忙抬头一看,看见两道白光。正是:

  眼见白光出鼻窍,三魂七魄去无踪。

话说法戒跌倒在地,被乌鸦兵生擒活捉绑了。子牙用符印镇住了法戒的泥丸宫,掌得胜鼓回营。法戒方睁开眼,见浑身上了绳索,叹曰:"岂知今日在此地误遭毒手!"追悔无及。

  只见子牙升帐坐下,三运官来见子牙。子牙曰:"三运得功不小!"奖谕三运官曰:"运督军需,智擒法戒。玄机妙算,奇功莫大!"子牙奖谕毕,三员官称谢子牙。子牙传令:"推法戒来。"众军卒将法戒推至中军。法戒大呼曰:"姜尚,你不必开言。今日天数合该如此,正所谓'大海风波见无限,谁知小术反擒吾',可知是天命耳。速将军令施行!"子牙曰:"既知天命,为何不早降?"命左右:"推出去斩了!"众军士把法戒拥至辕门,方欲行刑,只见一道人作歌而来,歌曰:

  善恶一时忘念,荣枯都不关心。晦明隐现任浮沉,随

第七十九回 穿云关四将被擒

分饥餐渴饮。静坐蒲团存想,昏聩便有魔侵。故将恶念阻明君,何苦红尘受刃。

歌罢,大呼曰:"刀下留人,不可动手!你与我报知元帅,说准提道人来见。"杨戬忙报与子牙曰:"有西方准提道人来至。"子牙同众门人迎接至辕门外,请准提道人进中军。准提曰:"不必进营。贫道有一言奉告:法戒虽然违天阻逆元帅,理宜正法,但封神榜上无名,与吾西方有缘。贫道特为此而来,望子牙公慈悲。"子牙曰:"老师分付,尚岂敢违。"传令放了。准提上前,扶起法戒曰:"道友,我那西方绝好景致,请道兄皈依:

西方极乐真幽境,风清月朗天籁定。
白云透出引祥光,流水潺湲如谷应。
猿啸鸟啼花木奇,菩提路上芝兰胜。
松摇岩壁散烟霞,竹拂云霄招彩凤。
七宝林内更逍遥,八德池边多寂静。
远列巅峰似插屏,盘旋溪壑如幽磬。
昙花开放满座香,舍利玲珑超上乘。
昆仑地脉发来龙,更比昆仑无命令。"

话说准提道人道罢西方景致,法戒只得皈依,同准提辞了众人,回西方去了。后来法戒在舍卫国化祇它太子,得成正果,归于佛教。至汉明、章二帝时兴教中国,大阐沙门。此是后事。不表。

且说界牌关主将见法戒被擒,忙命左右将囹圄中雷震子放了,开关,同雷震子至营门纳降。探马报入中军:"启元帅:雷震子辕门等令。"子牙大喜,忙命令来。雷震子至帐前对子牙曰:"徐盖久欲归周,屡被众将阻挠。今特同弟子献关纳降,不敢擅入，在辕门外听令。"子牙传令令来。徐盖缟素进营，拜倒在地，启曰："末将有意归周，无奈左右官将不从，致羁行旌，屡获罪戾，纳款已迟，死罪，死罪！望元帅海宥。"子牙曰："徐将军既知天命归周，亦不为迟，何罪之有？"忙令请起。徐盖谢过，请子牙进关安抚军民。子牙传令："催人马进关。"子牙升银安殿，一面迎请武王，一面清查户口、库藏。次日，武王驾进界牌关。众将迎接武王上银安殿，参谒毕，王曰："相父劳心远征，使孤不得与相父共享升平，孤心不安。"子牙曰："老臣以天下诸侯为重，民坐水火之中，故不敢逆天以图安乐。"子牙领徐盖拜见武王，武王曰："徐将军献关有功，命设宴犒赏三军。"一宵已过。次日，子牙传令："起兵前取穿云关。"放炮起程，三军呐喊，不过八十里一关，前哨探马报入中军："前军已抵穿云关下。"子牙传令放炮安营。正是：

　　战将东征如猛虎，营前小校似欢狼。

话说穿云关主将徐芳乃是徐盖兄弟。徐芳闻知兄长归周，只急得三尸神暴跳，口鼻内生烟，大骂："匹夫不顾父母妻子，失身反叛，苟图爵位，遗臭万年！"忙点聚将鼓。众将俱上殿参谒。徐芳曰："不幸吾兄忘亲背君，苟图富贵，献了关隘，已降叛臣。但我一门难免戮身之罪。为今之计，必尽擒贼臣以赎前罪方可。"只见先行官龙安吉曰："主将放心，待末将先拿他几员贼将解往朝歌请罪，然后俟擒渠魁，以赎前愆，以显忠荩，则主将满门良眷自然无事矣。"徐芳曰："此言正合吾意。只愿先行与诸将协力同心以剿叛逆，上报主恩，是吾之愿也，其他亦非所顾忌。"众将商议。不表。

且说次日子牙升帐，问曰："谁取穿云关去走一遭？"徐盖应

第七十九回　穿云关四将被擒

声曰："启元帅：穿云关主将乃是末将之弟,不用张弓只箭,末将说舍弟归周,以为进身之资。"子牙大喜曰："将军若肯如此,真为不世之奇功,岂止进身而已!"徐盖上马至关下,大呼曰："左右开关!"守关军卒不敢擅自开关,忙报入帅府："启主帅:有大老爷在关下叫关。"徐芳大喜："快令开关,请来!"把关军士去了。徐芳分付左右："埋伏刀斧手,两旁伺候。"不一时,左右开关。徐盖不知亲弟有心拿他,徐盖进关,来至府前下马,径至殿前。徐芳也不动身,问曰："来者何人?"徐盖大笑曰："贤弟为何见我至此,而犹然若不知也?"徐芳大喝一声,命左右拿了。两边跑出刀斧手,将徐盖拿下绑了。徐芳曰："辱没祖宗匹夫!你降反贼,也不顾家眷遭殃。今日你自来至此,正是祖宗有灵,不令徐门受屠戮也!"徐盖大骂曰："你这不知天时的匹夫!天下尽已归周,纣王亡在旦夕,何况你这弹丸之地,敢抗拒吊民伐罪之师!你要做忠臣,你比苏护、黄飞虎何如?洪锦、邓九公如何?我今被你所擒,死固无足惜;但不知何人擒你,以泄吾忿也!"徐芳传令："把这逆命的匹夫且监候,俟拿了周武、姜尚,一齐解往朝歌正罪。"左右将徐盖监了。徐芳问："谁为国讨头阵走一遭?"一将应声而出,乃正印先行官神烟将军马忠愿往,徐芳许之。

马忠领令开关,枪声响处,杀至周营。报马报入中军："启元帅:穿云关有将搦战。"子牙曰："徐盖休矣!"忙令哪吒去取关,就探徐盖消息。哪吒领令,上了风火轮出得营来,见马忠金甲红袍,威风凛凛。哪吒走至军前,马忠曰："来者莫非哪吒否?"哪吒曰："然也。你既知我,为何不倒戈纳降?"马忠大怒曰："无知匹夫!你等妄自称王,逆天反叛,不守臣节,侵王疆土，罪在不赦。不日拿住你等，粉骨碎身尚自不知，犹且巧言饶舌！"哪吒笑曰："吾看你等好一似土蛙、腐鼠，顷刻便为齑粉，何足与言！"马忠怒起，摇手中枪飞来直取，哪吒的枪闪灼光明。轮马相交，双枪并举，杀至穿云关下。正是：

马忠神烟无敌手，只恐哪吒道德高。

马忠知哪吒是道德之士，手段高强，自思："我若不先下手，恐他先弄手脚，却是不美。"马忠把口一张，只见一道黑烟喷出，连人带马都不见了。哪吒见马忠黑烟喷出口迷住一块，忙将风火轮登起，把身子一摇，现出八臂三头，蓝脸獠牙，起在空中。马忠在烟里看不见哪吒，急收神烟，正欲回马，只听得哪吒大叫："马忠休走！吾来了！"马忠抬头，见哪吒三头八臂，蓝面獠牙，在空中赶来，马忠唬得魂不附体，拨马就走。哪吒忙将九龙神火罩抛来，罩住马忠，复把手一拍，罩里现出九条火龙围绕，霎时间马忠化为灰烬。怎见得，有诗为证：

乾元玄妙授来真，秘有灵符法更神。

火枣琼浆原自异，马忠应得化微尘。

话说哪吒烧死马忠，收了神火罩，得胜回营来见子牙，备言烧死马忠一事。子牙大喜，庆功。不表。

只见报马报入关中："启主帅：马忠被哪吒烧死。"徐芳大怒。旁边转过龙安吉曰："马忠不知浅深，自恃一口神烟，故有此败。待末将明日成功，拿几员反将，解往朝歌请罪。"次日，龙安吉上马出关，前来搦战。哨马报入中军。子牙问："谁人出马？"只见武成王黄飞虎上帐曰："末将愿往。"子牙许之。黄飞虎上了五色神牛，提枪出营。龙安吉见一员周将，怎见得，有诗为证：

第七十九回 穿云关四将被擒

> 惯战能争气更扬,英雄猛烈性坚强。
> 忠心不改归周主,铁面无回弃纣王。
> 青史名标真义士,丹台像列是纯良。
> 至今伐纣称遗迹,留得声名万古香。

龙安吉大呼曰:"来者何人?"飞虎曰:"吾乃武成王是也。"龙安吉曰:"你就是黄飞虎?反叛成汤,酿祸之根,今日正要擒你!"催开马摇手中斧来取,黄飞虎手中枪急架忙迎。二将相交,枪斧并举,大战五十余合。二将真是"棋逢敌手,将遇作家"。龙安吉见黄飞虎的枪法毫无渗漏,心下暗思:"莫与他卖弄精神。"把枪一挑,锦囊中取出一物,望空中一丢,只听得有叮当之声,龙安吉曰:"黄飞虎,看吾宝贝来也!"黄飞虎不知何物,抬头一看,早已跌下鞍鞒。关内人马呐一声喊,将黄飞虎生擒活捉,绳缠索绑,拿进穿云关去了。报马报入中军:"黄飞虎被擒。"子牙大惊曰:"是怎么样拿了去的?"掠阵官回曰:"正战之间,只见龙安吉丢起一圈在空中,有叮当之声,黄将军便跌下坐骑,因此被擒。"子牙听说不悦:"此又是左道之术!"

且说龙安吉将黄飞虎拿进穿云关来见徐芳,黄飞虎站立言曰:"吾被邪术拿来,愿以一死报国恩也。"徐芳骂曰:"真是匹夫!舍故主而投反叛,今反说'欲报国恩',何其颠倒耶!且监在监中。"徐盖见黄飞虎来至,忙慰曰:"不才恶弟不识天时,恃倚邪术,不意将军亦遭此罗网之厄。"黄飞虎点头无语,惟有咨嗟而已。

话说徐芳治酒,与龙安吉贺功。次日又至周营搦战。子牙问:"谁敢出马?"只见洪锦出马,来至阵前,看见是龙安吉,龙安吉曾在洪锦帐下为偏将,洪锦曰:"龙安吉,你今见故主,为何不下马纳降，尚敢支吾耶？”龙安吉笑曰：“反将洪锦，何得多言！我正欲拿你等，解进朝歌，以正国法，尔何不知进退，尚敢巧言也。”发马就杀，刀斧并举。龙安吉祭起一圈，起在空中。不知此圈两个，左右翻覆如太极一般，扣就阴阳连环双锁，此圈名曰“四肢酥”。此宝有叮当之声，耳听眼见，浑身四肢骨解筋酥，手足齐软。当时洪锦听见空中响，抬头一看，便坐不住鞍鞒，跌下马来，又被龙安吉拿了进关。洪锦自思：“此贼昔在吾帐下，我就不知他有这件东西，误陷匹夫之手！”左右将洪锦推至殿前来见徐芳。徐芳大喜曰：“洪锦，你奉命证讨，如何反降逆贼？今日将何面目又见商君也！”洪锦曰：“天意如此，何必多言！吾虽被擒，其志不屈，有死而已！”徐芳传令：“且送下监去。”黄飞虎见洪锦也至监中，各各嗟叹而已。

子牙又听得探马报进营来，言洪锦被擒，子牙心下十分不乐。次日报：“龙安吉又来搦战。”子牙问：“谁去见阵？”只见南宫适出马，与龙安吉战有数合，被龙安吉仍用四肢酥拿进关来见徐芳。徐芳分付：“也送下监中。”只见报马报与子牙，子牙大惊。旁有正印先行哪吒言曰：“这龙安吉是何等妖术，连擒数将？待末将见阵，便知端的。”不知龙安吉性命如何，且听下回分解。

【总批】

法戒、马忠、龙安吉皆有一技之能，俱恃为取胜之术，一遇劲敌，便至败亡，理也。独法戒竟为西方有缘化去，幸免于死，然则缘也，是不可不结的。独恨近日之和尚，于妇女之烧香拜佛时，持盘化钱，动曰结缘去，然则此缘可结乎？更有一种贼秃淫僧，假言讲经宣卷，男女丛聚，不分老少，辄以此一字反复开论,诱惑妇女,竟堕其术。须酿成奸淫之数,不胜枚举,良可悲夫!有闺门之责者,不可预为之防乎?

【又批】

　　法戒与龙安吉二件宝物,一曰"引魂幡",一曰"四肢酥",立此二名者,俱是婆心说法。"引魂幡"一动,则人之魂魄皆飞,七尺委地;"四肢酥"一响,则人之骨解筋酥,四肢莫救:可畏也。今人自思:谁家不有此二物,岂可任其酥骨引魂,令人七尺委地,四肢莫救,可乎?真是劝世最上一乘。

第八十回　杨任下山破瘟司

诗曰：
>　　瘟瘴伞盖属邪巫，疫疠阎浮尽若屠。
>　　列阵凶顽非易破，着人狂躁岂能苏。
>　　须臾遍染家家尽，顷刻传尸户户殂。
>　　只为子牙灾未满，穿云关下受崎岖。

话说哪吒上了风火轮，前来关下搦阵，大呼曰："左右的！传与你主将，叫龙安吉出来见我！"徐芳闻报，命龙安吉出阵。龙安吉领命出得关来，见哪吒在风火轮上，心下暗思："此人乃是道术之士，不如先祭此宝，易于成功。"龙安吉至军前问曰："来者可是哪吒么？"道罢，哪吒未及答应就是一枪，哪吒的枪赴面相迎。轮马交还，只一合，龙安吉就祭四肢酥丢在空中，大叫："哪吒！看吾宝贝！"哪吒抬头看时，只见阴阳扣就如太极环一般，有叮当之声。龙安吉不知哪吒是莲花化身，原无魂魄，焉能落下轮来？倏然此圈落在地下，哪吒见圈落下，不知其故。龙安吉大惊。正是：

>　　鞍鞒慌坏龙安吉，岂意哪吒法宝来。

话说哪吒又现出三头八臂，祭起乾坤圈，大呼曰："你的圈不如我的，也还你一圈！"龙安吉躲不及，正中顶门，打下马来。哪吒复加上一枪，结果了性命。哪吒枭了首级，进营来见子牙："取了龙安吉首级。"子牙大喜。

第八十回　杨任下山破瘟司

且说报马报知徐芳，徐芳大惊，只见左右无将，朝廷又不点官来协守，止得方义真一人而已："如之奈何？"忙修本遣官，赍赴朝歌。不表。忽见左右来报："府前有一道人要见老爷。"徐芳忙传令请来。少时，见一道人三只眼，面如蓝靛，赤发獠牙，径进府来。徐芳降阶迎接，请上殿，与道人打稽首，徐芳尊道人上坐。徐芳问曰："老师是那座名山？何处洞府？"道人曰："贫道乃九龙岛炼气士，姓吕名岳。吾与姜尚有不世之仇，今特来至此，借将军之兵以复昔日之恨。"徐芳大喜："成汤洪福天齐，又有高人来助！"治酒相待。一宿晚景不题。

却说次日吕岳出关至营前，请子牙答话。报马报入中军："启元帅：有一道人请元帅答话。"子牙不知是吕岳，分付："点炮出营。"来至营前，看见对阵乃是吕岳，不觉可笑。岂意子牙两边众门人一见吕岳，人人切齿，个个咬牙。子牙曰："吕道友，你不知进退，尚不愧颜！当日既得逃生而去，今日又为何复投死地也。"吕岳曰："我今日来时，也不知谁死谁活！"只见雷震子大吼一声，骂曰："不知死的匹夫，吾来了！"展开二翅飞在空中，好黄金棍，夹头打来。吕岳手中剑急架忙迎。金吒步行用双剑劈头砍来，木吒厉声大骂："泼道，不要走！也吃吾一剑！"李靖、韦护、哪吒众门人一齐拥上前来，将吕岳困在垓心。怎见得，有诗为证，诗曰：

　　杀气迷空透九重，一干神圣逞英雄。
　　这场大战惊天地，海沸江翻势更凶。

话说众门人围住了吕岳，吕岳现出三首六臂，祭起列瘟印，把雷震子打将下来，众门人齐动手救回。子牙把打神鞭祭起空中，正中吕岳后背，打得三昧真火进出，败回穿云关来。吕岳进关，徐芳接住，安慰曰："老师，今日会战，其实利害。"吕岳曰："今日出去早了，等吾一道友来再出去，便可成功。"话说子牙进营，见雷震子着伤，心下又有些不悦。且自不题。

只见吕岳在关上，一连过了几日。不一日来了一位道者，至府前对军政官曰："你报主将，说有一道人来见。"军政官报入，吕岳曰："请来。"少时，一道人进府，与吕岳打了稽首，与徐芳行礼坐下。徐芳问吕岳曰："此位老师高姓大名？"吕岳曰："此是吾弟陈庚，今日特来助你共破子牙，并擒武王。"徐芳称谢不尽，忙治酒款待。吕岳问陈庚曰："贤弟前日所炼的那件宝贝可曾完否？"陈庚答曰："为等此宝完了方才赶来，所以来迟，明日可以会姜尚耳。"正是：

炼就奇珍行大恶，谁知海内有高明。

一宿晚景无词。只至次日，吕岳命徐芳选三千人马，出关来会子牙，徐芳亲自掠阵。不表。

且说子牙升帐，与众门人曰："今日吕岳又来阻吾之兵，你们各要仔细。"正议间，左右来报："杨戬辕门等令。"子牙传令："令来。"杨戬来至帐前行礼毕，言曰："奉令催粮无误。"子牙曰："如今吕岳又来阻住穿云关。"杨戬曰："吕岳乃是失机之士，何敢又阻行旌？"话犹未了，只见军政官来报："吕岳会战。"子牙忙传令出营，率领众将，与诸门人随子牙来至营前。吕岳曰："姜子牙，吾与你有势不两立之仇！若论两教作为，莫非如此，且你系元始门下道德之士。吾有一阵摆与你看，但你认得，吾便保周伐纣；若是认不得，我与你立见高低。"子牙曰："道友，你何不自守清净，往往要作此业障，甚非道者所为。你既摆阵，请摆来我看。"吕岳同陈庚进阵，有半个时辰，摆成一阵，复至军前，大

第八十回 杨任下山破瘟司

呼曰:"姜子牙请看吾阵!"子牙同哪吒、杨戬、韦护、李靖上前来。杨戬曰:"吕道长,吾等看阵,不可发暗器伤人。"吕岳曰:"尔乃小辈之言。我自用堂堂之阵,正正之旗,岂有用暗器伤你之理!"子牙同众人往前后看了一遍,浑然一阵,又无字迹,如何认得。子牙心中焦躁:"此必是不可攻伐之阵,又是左道之术。"子牙忽然想起元始四偈:"'界牌关下遇诛仙,穿云关底受瘟癀。'此莫非是瘟癀阵?"乃对杨戬曰:"此正应吾师元始之言,莫非是瘟癀阵么?"杨戬曰:"待弟子对他说。"二人商议停当,回至军前。吕岳曰:"子牙公识此阵否?"杨戬答曰:"吕道长,此乃小术耳,何足为奇!"吕岳曰:"此阵何名?"杨戬笑曰:"此乃瘟癀阵。你还不曾摆全,俟摆全了,吾再来破你的。"吕岳闻杨戬之言,如石投大海,半晌无言。正是:

> 炉中玄妙全无用,一片雄心付水流。

话说杨戬言罢,同众人回营。子牙升帐坐下,众门人齐赞杨戬利齿伶牙。子牙曰:"虽然一时回得他好看,终不知此阵中玄妙,如何可破?"哪吒曰:"且答应他一时,再作道理。况且十绝恶阵与诛仙这样大阵俱也破了,何况此小小阵图,不足为虑。"子牙曰:"虽然如此,不可不慎。古人云:'人无远虑,必有近忧。'岂可因其小而忽略。"众门人齐曰:"元帅之言甚善。"正议间,左右来报:"终南山云中子来见。"众门人曰:"武王洪福天齐,自有高人来济此阵之急也。"子牙忙迎出辕门,接住云中子。二人携手,行至帐中坐下。子牙曰:"道兄此来,必为姜尚遇此瘟癀阵也。"云中子笑曰:"特为此阵而来。"子牙欠身谢曰:"姜尚屡遭大难,每劳列位道兄动履,尚何以消受。"因请教:"此阵中有何秘术?当用何人可破?"云中子曰:"此阵不用别人,乃是子牙公百日之灾。只至灾满,自有一人来破。吾与你代掌帅印,调督军事。其余不足为虑。"子牙曰:"但得道兄如此,姜尚便一死又何足惜,况未必然乎!"子牙欣然就将剑、印付与云中子掌管。

只见左右传与武王,武王闻知云中子说子牙有百日之灾,忙至中军。左右来报,云中子与子牙迎接上帐,行礼坐下。武王曰:"闻相父破阵,孤心不安。往往争持,致多苦恼,孤想不若回军各安疆界,以乐民生,何必如此?"云中子曰:"贤王不知,上天垂象,天运循环,气数如此,岂是人为?纵欲逃之不能,贤王放心。"武王默然无语。

且不言云中子与子牙商议破敌。且说吕岳进关,同陈庚将二十一把瘟癀伞安放在阵内,按九宫八卦方位摆列停当;中立一土台,安置用度符印,打点擒拿周将。正与陈庚在阵内调度,见左右来报:"有一道人要见吕老爷。"吕岳曰:"是谁?与我请来。"少时,那道人飘然而至。吕岳一见李平来至,忙迎住,喜曰:"道兄此来,必是来助我一臂之力,以灭周武、姜尚也。"

李平曰:"不然,我特来劝你。吾在中途闻你摆瘟癀阵以阻周兵,我故此特地前来相劝道兄。今纣王无道,罪恶贯盈,天下共叛,此天之所以灭商汤也。武王乃当世有德之君,上配尧舜,下合人心,是应运而兴之君,非草泽乘奸之辈。况凤鸣岐山,王气已钟久矣,道兄安得以一人扭转天命哉!子牙奉天征讨,伐罪吊民,会诸侯于孟津,正应灭纣于甲子。难道我李平反为武王,不为截教,来逆道兄之意?道兄若依我劝,可撤去此阵,但凭武王与子牙征伐取关。我们原系方外闲人,逍遥散淡,无束无拘,又何名缰利锁之不能解脱耶?"吕岳笑曰:"李兄差矣!我来诛逆讨叛,正是应天顺人。你为何自己受惑,反说我所为非也! 你看我擒姜尚、武王,令他片甲不回。"李平曰:"不然。姜尚有七死三灾之厄,他也过了;遇过多少毒恶之人,十绝、诛仙恶阵他也经过,也非容易至此。古云:'前车已覆,后车当鉴。'道兄何苦执迷如此?"李平五次三番劝不醒吕岳,此正是:

　　三部正神天数尽,李平到此也难逃。

话说吕岳不听李平之劝,差官下书,知会姜尚来破此阵。使命赍战书至子牙行营,来至辕门。左右报入中军。子牙命:"令来。"使命至中军,朝上见礼毕,呈上战书。子牙接开展玩,书曰:

　　九龙岛炼气士吕岳致书于西岐元帅姜子牙麾下:窃闻物极必返,逆天必罚。尔西岐不守臣节,以臣伐君,以下凌上,有干纲常,得罪天地。况且以党恶之象,屡抗敌于天兵;仗阐教之术,复屠城而杀将。恶已贯盈,人神共愤。故上天厌恶,特假手于吾,设此瘟瘟阵。今差使致书,早早批宣,以决胜负。如自揣不德,急早倒戈,尚待尔不死。战书至日,速乞自裁。

且说子牙看罢书,将原书批回:"明日决破此阵。"来使领书,回见吕岳。不表。

次日,云中子在中军请子牙上帐,用三道符印:前心一道,后心一道,冠内一道;又将一粒丹药与子牙揣在怀中。打点停当,只听得关外炮响,报马报进营来:"有吕岳在营前搦战。"子牙上了四不相,武王同众将诸门下齐至军前掠阵。真好瘟瘟阵! 怎见得,有赞为证,赞曰:

　　杀气漫空,恶风四起。杀气漫空,黑暗暗俱是些鬼哭神嚎；恶风四起，昏邓邓尽是那雷轰电掣。透心寒，怎禁他冷气侵人；解骨酥，难当他阴风扑面。远观似飞砂走石，近看如雾卷云腾。瘟疫气阵阵飞来，火水扇翩翩乱举。瘟瘟阵内神仙怕，正应姜公百日灾。

话说子牙至阵前曰："吕岳，你今设此毒阵，与你定决雌雄。只怕你祸至难逃，悔之晚矣！"吕岳忙催开金眼驼，仗剑飞来直取。子牙手中剑急架忙迎。二人战未及数合，吕岳掩一剑，径入阵去了。子牙催开四不相，随后赶进阵来。吕岳上了八卦台，将一把瘟瘟伞往下一盖，昏昏黑黑，如红纱黑雾罩将下来，势不可当。子牙一手执定杏黄旗架住此伞。可怜！正是：

　　　　七死三灾扶帝业，万年千载竟留芳。

话说吕岳将子牙困于阵中，复出阵前大呼曰："姜尚已绝于吾阵，叫姬发早早受死！"武王在辕门闻吕岳之言，慌问云中子曰："老师，相父若果绝于阵中，真痛杀孤家也！"云中子曰："不妨，此是吕岳谬言。子牙该有百日之灾。"只见后边哪吒、杨戬、金木二吒、李靖、韦护、雷震子一齐大呼："拿这妖道碎尸万段，以泄我等之恨！"吕岳、陈庚二人向前迎敌，大战在一处。只杀的阴风飒飒，冷雾迷空。怎见得：

　　　　这几个赤胆忠良名誉大，他两个要阻周兵心思坏。一低一好两相持，数位正神同赌赛。降魔杵，来得快，正直无私真宝贝。这一边哪吒、杨戬善腾挪，那一边吕岳、陈庚多作怪。刀枪剑戟往来施，俱是玄门仙器械。今日穿云关外赌神通，各逞英雄真可爱。一个凶心不息阻周兵，一个要与武王安世界。苦争恶战岂寻常，地惨天昏无可奈！

话说众人把吕岳、陈庚困在垓心，哪吒现了三首八臂，把乾坤圈

第八十回　杨任下山破瘟司

祭起,正中陈庚肩窝上。杨戬祭哮天犬,把吕岳头上咬了一口。二人径败进瘟瘟阵去了。众门人也不赶他,同武王进营。武王不见子牙,心中甚是不乐,问云中子曰:"相父受困于阵内,几时方能出来?"云中子曰:"不过百日之厄,灾满自然无事。"武王大惊曰:"百日无食,焉能再生?"云中子曰:"大王可记得在红沙阵内也是百日,自然无事?古云:'有福之人,千方百计莫能害他;无福之人,遇沟壑也丧性命。'大王不必牵挂。"

且不讲武王纳闷在帐内,度日如年,双眉频锁。且说吕岳自困住了子牙,甚是欢喜,每日入阵内三次,用伞上之功,将瘟瘟来毒子牙。可怜子牙全仗昆仑杏黄旗撑住瘟瘟伞,阵内常放金花千百朵,或隐或现,保护其身。话说吕岳进关来,徐芳接住曰:"老师,今将姜尚困于阵内,不知他何日得死?周兵何日得剿?"吕岳曰:"吾自有法取之。"徐芳曰:"如今且把擒获周将解往朝歌请罪,吾另外再作一本,称赞老师功德,并请益兵防守。"吕岳曰:"不必言及吾等。你乃纣臣,理当如此;我是道门,又不受他爵禄,言之无用。只是不可把反臣留在关内,堤防不测,这倒是紧要事;并请兵协守,再作理会。"徐芳领命,忙忙把四将点名上了囚车,差方义真押解往朝歌请罪。正是:

　　　　指望成功扶帝业,中途自有异人来。

话说方义真押解四将往潼关来,算只有八十里,不一日就到。且按下不表。

话说青峰山紫阳洞清虚道德真君闲暇无事,往桃园中来,见杨任在旁,真君曰:"今日正该你去穿云关以解子牙瘟瘟阵之厄,并释四将之愆。"杨任曰:"老师,弟子乃是文臣出身,非是兵戈之客。"真君笑曰:"这有何难,学之自然得会,不学虽会也

疏。"真君随入后洞取出一根枪,名曰"飞电枪",在桃园里传与杨任,有歌为证,歌曰:

> 君不见此枪名号为"飞电",穿心透骨不寻常,刺虎降龙真可羡。先天铅汞配雌雄,炼就坎离相眷恋。也能飞,也能战,变化无穷随意见。今日与你破瘟瘅,吕岳逢之鲜血溅。

话说杨任乃是封神榜上之神,自然聪慧,一见真君传授,须臾即会。真君曰:"我把云霞兽与你骑,还有一把五火神焰扇你带了下山。若进阵中。须是如此如此,自然破他瘟瘅阵,何愁吕岳不灭耳!还有黄飞虎四将有难在中途,你先可救他在关内以为接应;破阵后里外夹攻,定然成功。"杨任拜辞师父下山,上了云霞兽,把顶上角拍了一把,那骑四蹄自然生起云彩,望空中飞来。正是:

> 莫道此兽无好处,曾赴蟠桃四五番。

且说杨任霎时已至潼关,离城有三十里远,只见方义真解着犯官前进,旗幡上大书"解岐周反将黄飞虎、南宫适"等名字。杨任落下兽来,阻住去路,大呼曰:"来将那里去?"军士一见杨任生的古怪蹊跷,眼眶里长出两只手来,手心里反有两只眼睛,骑着一匹神兽,五绺长髯飘扬脑后,军士见之无不骇然,飞报与方义真:"启上将军:前边来了个古怪异人阻住了路。"方义真仗自己胸襟,把马一夹走出车前,见杨任如此行状,从来也不曾有这样的相貌,心中也自着惊,大呼曰:"来者何人?"杨任终是文官出身,言语自然轻柔,乃应曰:"不须问我,吾乃上大夫杨任是也。将军,天道已归明主,你又何必逆天行事,自取灭亡也。"方义真曰:"吾奉主将命令,押解周将往朝歌请功,你为何阻住

第八十回　杨任下山破瘟司

去路?"杨任曰:"吾奉师命下山,来破瘟瘼阵,今逢将军押解周将,理宜救护。我劝将军不若和我归了武王,正所谓应天顺人,不失封侯之位,有何不可。"方义真见杨任低言悄语,不把杨任放在心上,把手中枪一举,大喝曰:"逆贼休走,吃吾一枪!"杨任忙用手中枪急架相还。两家大战未及数合,杨任恐军士伤了被擒官将,忙用五火神焰扇照着方义真一扇扇去,杨任不知此扇利害,一声响,怎见得,可怜!有诗为证,诗曰:

烈焰腾空万丈高,金蛇千道逞英豪。

黑烟卷地红三尺,煮海翻波咫尺消。

话说杨任把扇子一扇,方义真连人带马化一阵狂风去了。众将士见了,呐一声喊,抱头弃兵,奔走回关。

且说黄飞虎等见杨任这等相貌,知是异人,忙在陷车中问曰:"来者是那一位尊神?"杨任认得是黄飞虎,俱是一殿之臣,忙下了云霞兽,口称:"黄将军,我非别人,不才便是上大夫杨任。因纣王失政,起造鹿台,我等直谏,昏君将吾剜去二目。多亏道德真君救吾上山,将两粒仙丹纳放目中,故此生出手中之眼耳。今特着我下山来破瘟瘼阵,先救将军等,故效此微劳耳。"随放了四将。四将谢过了杨任,只是咬牙深恨。杨任曰:"四位将军且不必出关,且借住民家,待吾破了瘟瘼阵,那时率众取关,公等可作内应。只听炮声为号,不可有误。"黄飞虎等感谢杨任,自投关内民家去了。

且说杨任上了云霞兽,出穿云关来至周营,下了云霞兽。军政官见了大惊。杨任曰:"早报于武王,吾非反臣也。"报马报入中军:"有异人求见。"云中子知是杨任来了,忙传令:"请进中军。"诸将见了,各自骇然。杨任见云中子下拜,曰:"师叔在此,料吕岳何能为患。"云中子安慰，谢毕请起，与众门人相见。杨任来见武王，武王大惊，问其原故，杨任把纣王剜目之事又说了一遍。武王大喜，命治酒款待。杨任又将救了四将事表过："吾师特命不才来破瘟瘴阵耳。"云中子曰："你来的正好。还差三日，正是百日之厄完满。"众门人见又添杨任，自有欢喜之色。

不觉过了三日。次日清晨，周营炮响，大队齐出，一干周将与众门人并武王、云中子齐至辕门，看杨任破瘟瘴阵。杨任至阵前大呼曰："吕岳何不早来见我！"只见阵内吕道人现了三首六臂，手拎宝剑而出，见杨任相貌异常，心下也自惊骇，忙问曰："你是何人？通个名来！"杨任曰："吾乃道德真君门下杨任是也。今奉师命下山，特来破你瘟瘴阵。"吕岳笑曰："你不过一小童耳，敢出大言！"仗剑来取。杨任飞电枪急架相迎。二兽相交，枪剑并举。战未三合，吕岳掩一剑望阵中而走。杨任大呼："吾来也！"杨任进阵，不知吉凶如何，且听下回分解。

【总批】

　　吕岳昔日在西岐逃去，幸而不死。自当改过迁善，如何又来这里阻逆周兵？只讨送去了性命方罢，何其痴愚若此！予见他对徐芳曰："我又不受他爵禄。"据此观之，乃是好名之人。

【又批】

　　李平特来为子牙解释，极是好意。又知子牙有七死三灾之厄，然而于自己则不知，反来凑数，此是好事之过，迷却本心。倘当日只在山里坐，那讨杀身之祸？今日之招揽多事者，宜当鉴戒。

第八十一回　子牙潼关遇痘神

诗曰：

　　痘疹恶疾胜疮疡，不信人间有异方。
　　疱紫毒生追命药，浆清气绝索魂汤。
　　时行户户应多难，传染人人尽着伤。
　　不是武王多福荫，枉教军士丧疆场。

话说吕岳走进阵去，杨任赶进阵来。吕岳上了八卦台，将瘟瘟伞撑起来往下一罩。杨任把五火扇一扇，那伞化作灰烬，飘扬而去；又连扇了数扇，只见那二十把伞尽成飞灰。当有瘟部神祇李平进阵来，指望劝解吕岳，不要与周兵作难，也是天数该然，恰逢其会，当被杨任一扇子扇来，李平怎能逃脱？可怜！正是：

　　一点诚心分邪正，反遭一扇丧微躯。

李平误被杨任一扇子扇成灰烬。陈庚大怒，骂曰："何处来的妖人，敢伤吾弟！"举兵刃飞取杨任。杨任把扇子连扇数扇，莫说是陈庚一人，连地都扇红了。吕岳在八卦台上见势头凶险，捏着避火诀指望逃走，不知杨任此扇乃五火真性攒簇而成，岂是五行之火可以趋避？吕岳见火势愈炽，不能镇压，撒身往后便走，被杨任赶上前连扇数扇，把八卦台与吕岳俱成灰烬。三魂俱赴封神台去了。有诗为证，诗曰：

　　九龙岛内曾修炼，得道多年根未深。

今日遭逢神火扇，可知天意灭嗔心。

　　话说杨任破了瘟癀阵，只见子牙在四不相上伏定，手执着杏黄旗，左右金花发现，拥护其身。诸门人看见，齐来搀住。子牙也不言语，面如淡金，只见四不相一跃而起。武王在辕门见武吉背负子牙而来，武王垂泪言曰："相父不过为国为民，受过苦中之苦！"随将子牙背至中军，放在卧榻之上。云中子用丹药灌入于子牙口中，送下丹田。少时，子牙睁目，见众将官立于左右，乃言曰："有劳列位苦心。"武王大喜曰："相父且自安心，仔细调理。"子牙在军中安养了数日，只见云中子曰："子牙且自宽心，只有万仙阵，我等再来助你，今日且奉别。"子牙不敢强留，云中子回终南山去了。子牙打点取关，只见杨任上前言曰："前日不才已暗放了四将在内，元帅可作速调遣。"子牙见杨任说有四将在内，须得里外夹攻，方可取关。子牙传令，点众将攻关。

　　且说徐芳又见破了瘟癀阵，左右来报："方义真已死，四将不知所往。"心下十分着忙。只见门外杀声振地，锣鼓齐鸣，喊声不止，如天崩地塌之状。徐芳急上关来守御，只见周兵大势人马，四面架起云梯火炮攻打甚急。有雷震子大怒，飞在空中，一棍刷在城敌楼上，把敌楼打塌了半边。徐芳禁持不住，急下城来。雷震子已站于城上，哪吒登起风火轮，也上城来。守城军士见雷震子这等凶恶，一齐走了。哪吒下城，斩落了锁钥，周兵一拥而入。徐芳见周营大势人马进关，只得纵马摇枪前来抵当，被周营大小众将把徐芳围困在当中，彼此混战。

　　且说黄飞虎、南宫适、洪锦、徐盖听得关内喊杀，知是周兵成功，四将步行赶至关前，见周兵已将徐芳围住，黄飞虎大叫曰："徐芳休走，吾来也！"徐芳正在着忙之际，又见黄飞虎等四

第八十一回 子牙潼关遇痘神

人冲杀前来,不觉吃了一惊,措手不及,被黄飞虎一剑砍来,徐芳望后一闪,那剑竟砍落马首,把徐芳撞下鞍鞒,被士卒生擒活捉,拿缚关下。众将收了军卒,迎姜元帅进关,升厅坐下,出榜安民毕。有黄飞虎、南宫适等来见子牙。子牙曰:"将军等身受陷阱之苦,幸皇天庇祐,转祸为福,此皆将军等为国忠心,感动天地耳。"众将在穿云关安置已定,子牙分付:"把徐芳推来。"左右将徐芳拥至阶前,徐芳立而不跪。子牙骂曰:"徐芳,你擒兄已绝手足之情,为臣有失边疆之责,你有何颜尚敢抗礼?此乃人中之禽兽也!速推出斩首!"众军士把徐芳推出斩首,号令在穿云关。武王设宴与众将饮酒,犒赏三军。翌日,子牙传令起兵。行有八十里,兵至潼关,安营炮响,立下寨棚。子牙升帐,众将官参谒毕,商议取关。

且言潼关主将余化龙有子五人,乃是余达、余兆、余光、余先、余德,惟余德一人在海外出家,不在潼关,连余化龙只有父子五人守此关隘。忽听关外炮响,探事报知:"周兵抵关下寨。"余化龙谓四子曰:"周兵此来,一路屡屡得胜,今日至此,亦是劲敌,须是要尽一番心力。"四子齐曰:"父亲放心,料姜尚有多大本领,不过偶然得胜,谅他可能过得此关!"

不言余化龙父子商议。再言子牙次日升帐,问左右:"谁去取此关见阵一遭?"旁有太鸾应声曰:"末将愿往。"子牙许之。太鸾出营,至关下搦战。哨马报入关中,余化龙命长子余达出关。余达领令出关。太鸾见潼关内有一将,银甲红袍,真个齐整,滚出关来。怎见得,有赞为证,赞曰:

紫金冠,名束发;飞凤额,雉尾插。面如傅粉一般同,大红袍罩连环甲。狮鸾宝带现玲珑,打将钢鞭如铁塔。银

> 合马跑白云飞,白银枪杵鞍上拉。大红旗上书金字,潼关首将名余达。

话说太鸾大呼曰:"潼关来将何名?"余达曰:"吾乃余元帅长子余达是也。久闻姜尚大逆不道,兴兵构怨,不守臣节,干犯朝廷关隘,是自取灭亡耳!"太鸾曰:"吾元帅乃奉天征讨,东进五关,吊民伐罪,会合天下诸侯观政于商。五关进之有三,尔尚敢拒逆天兵哉!速宜倒戈,免汝一死,若候关破之日,玉石俱焚,追悔何及!"余达大怒,摇枪直取,太鸾手中刀赴面来迎。二将大战二三十合,余达拨马便走,太鸾随后赶来。余达闻脑后马至,挂下枪,取出撞心杵,回手一杵,正中太鸾脸上。太鸾翻下鞍鞒。可怜为将官的,正是:

> 祸福随身于顷刻,翻身落马项无头。

余达把太鸾一杵打下马来,复一枪结果了性命,枭了首级,掌鼓进关,见父请功,将首级号令于关上。败兵回见子牙报知,子牙闻太鸾已死,心下不乐。

次日,子牙升帐,只见苏护上帐,欲去取关,子牙许之。苏护上马,至关下讨战。哨马报知。余化龙命次子余兆出关对敌。苏护问曰:"来者何人?"余兆曰:"吾乃余元帅次男余兆是也。尔是何名?"苏护曰:"吾非别人,乃冀州侯苏护是也。"余兆曰:"老将军,末将不知是老皇亲。老将军身为贵戚,世受国恩,宜当共守王土,以图报效,何得忘椒房之宠,一旦造反,以助叛逆,窃为将军不取!一旦纣王失恃,那时被擒,身弑国亡,遗讥万世,追悔何及。速宜倒戈,尚可转祸为福耳。"苏护大怒:"天下大势,八九已非商土,岂在一潼关也!"纵马摇枪直取余兆,余兆手中枪急架忙迎。二马来往未及十合,余兆取一杏黄幡一展,咫尺似一道金光一晃,余兆连人带马就不见了。苏护不知所往,急自左右看时,脑后马至;慌忙转马,早被余兆一枪刺中胁下,苏护翻鞍落马,一魂已往封神台去了。余兆取了首级,进关来见父报功,将首级号令,庆喜。不表。

且说子牙又见折了苏护,着实伤悼。苏护长子苏全忠闻报痛哭。上帐欲报父仇,子牙不得已,许之。苏全忠领令,至关下搦战。哨马报进关来,余化龙令第三子余光出关对敌。苏全忠见关中一少年将来,切齿咬牙,大喝曰:"你可是余兆?快来领死!"余光曰:"非也。吾乃是余元帅三子余光是也。"苏全忠大怒,纵马摇戟冲杀过来。二马相交,戟枪并举,大战有二十余合,余光拨马便走。苏全忠因父亲被害,怒发如雷,大骂曰:"不杀匹夫,誓不回兵!"赶下阵来。余光按下枪,取梅花标回首一标,有五根一齐出手。全忠身中三标,几乎坠于马下,败回周营。余光得胜,进关见父回令:"标打苏全忠败回。"余化龙曰:"明日待吾亲会姜尚,设谋共破周兵,必取全胜。"

次日,关中点炮呐喊,余总兵带四子出关,至周营搦战。哨马报进营来。子牙与众将出营拒敌,左右军威甚齐。余化龙见子牙出兵,叹曰:"人言子牙善于用兵,果然话不虚传。"余化龙看罢,一骑当先:"姜子牙请了!"子牙答礼曰:"余元帅,不才甲胄在身,不能全礼。不才奉天征讨独夫,以除不道,吊民伐罪,所以望风纳降,俱得保全富贵;所有逆命者随则败亡,国家尽失。元帅不得以昨日三次侥幸之功,认为必胜之策。倘执迷不悟,一时玉石俱焚,悔之何及?请自三思,毋贻伊戚。"余化龙笑曰:"似你出身浅薄,不知天高地厚戴载之恩,只知妖言惑众造反,叛主以逞狂为。今日逢吾,只教你片甲无存,死无葬身之地矣。"大叫："左右！谁与我拿姜尚见头一功？"只见左右四子冲杀过来。苏全忠战住余达，余兆敌住武吉，邓秀抵住余光，余先战住黄飞虎，余化龙压住阵脚。四对儿交兵，这场大战，怎见得好杀，有赞为证，赞曰：

> 两阵上旗幡齐磨，四对将各逞英豪。长枪阔斧并相交，短剑斜挥闪耀。苏全忠英雄赳赳，余达似猛虎头摇，武吉只教活拿余兆，邓秀喊捉余光餐刀。黄飞虎恨不得枪挑余先下马，众儿郎助阵似潮涌波涛。咫尺间天昏地暗，杀多时鬼哭神嚎。这一阵只杀得尸横遍野血凝膏，尚不肯干休罢了。

八员战将，各要争先。余达拨马就走，苏全忠随后赶来，被余达回手一杵，正中护心镜上，打得纷纷粉碎，苏全忠翻身落马；余达勒回马，挺枪来刺。早有雷震子展开双翅，飞来且快，使开黄金棍当头刷来，余达只得架棍。周营内早有偏将祁恭将全忠救回。话说余化龙见雷震子敌住余达，自纵马舞刀来取子牙；旁有哪吒登风火轮挺枪来战，来往冲突，两军杀在虎穴之中。正酣战间，却有杨戬催粮至营，见子牙开对交兵，杨戬立马横刀，看十人对敌，不分胜负。杨戬自思曰："待我暗助他等一阵。"远远将哮天犬祭起。余化龙那里知道，被哮天犬一口咬了颈子，连盔都带去了。哪吒见余化龙着伤，急祭起乾坤圈，一圈正中余先肩窝，大败而走。周兵挥动人马冲杀一阵，只杀得尸横遍野血淋漓。子牙掌鼓回营。正是：

> 眼前得胜欢回寨，只恐飞灾又降临。

话说余化龙被哮天犬所伤，余先又打伤肩臂，父子二人呻吟一夜，府中大小俱不能安。不一日，余德回家探父，家将报知:"五爷来了。"余化龙尚自呻吟不已。只见余德走近卧榻之前,见父亲如此模样,急忙请问。余化龙将前事备述一遍,余德曰:"不妨,这是哮天犬所伤。"忙取丹药用水敷之,即时全愈,又用药调治兄长余先。当日晚景休题。

次日,余德出关至周营,只要姜子牙答话。哨马报入中军,子牙随出大营,见一道童头挽抓髻,麻鞋道服,仗剑而来。子牙曰:"道者从那里来?"余德曰:"吾乃余化龙第五子余德是也。杨戬用哮天犬咬伤吾父,哪吒用圈打伤吾兄,今日下山特为父兄报仇。吾与汝等共显胸中道术,以决雌雄。"撒步仗剑,来取子牙,旁有杨戬舞刀忙迎。哪吒提枪,现出三首八臂;雷震子、韦护、金吒、木吒、李靖一齐上前迎敌,口称:"拿此泼道,休得轻放!"众门人一齐上前,把余德围在垓心,纵有奇术,不能使用。杨戬见余德浑身一团邪气裹住,知是左道之术,把马跳出圈子去,取弹弓在手,发出金丸,正中余德。余德大叫一声,借土遁走了。子牙回营,杨戬见子牙曰:"余德乃左道之士,浑身一团邪气笼罩,防他暗用妖术。"子牙曰:"吾师有言:'谨防达兆光先德。'莫非就是此余德也?"旁有黄飞虎曰:"前日四将轮战四日,果然是余达、余兆、余光、余先、余德。"子牙大惊,忧容满面,双锁眉梢,正寻思无计。

且说余德着伤败回关上,进府来用药服了,不一时身体全愈。余德切齿深恨曰:"我若留你一个,也不是有道之士!"彼时至晚,余德与四兄曰:"你们今夜沐浴静身,我用一术,使周兵七日内,叫他片甲无存。"四人依其言,各自沐浴更衣。至一更时分,余德取出五个帕来,按青、黄、赤、白、黑颜色铺在地下。余德又取出五个小斗儿来,一人拿着一个:"叫你抓着洒你就洒,叫你把此斗往下泼你就泼，不用张弓射箭，七日内死他干干净净。"兄弟五人，俱站在此帕上。余德步罡斗法，用先天一气忙将符印祭起。好风！有诗为证，诗曰：

> 萧萧飒飒竟无踪，拔树崩山势更凶。
> 莫道封夷无用处，藏妖隐怪作先锋。

话说余德祭起五方云来至周营，站立空中，将此五斗毒痘四面八方泼洒，至四更方回。不表。

且说周营众人俱肉体凡胎，如何经得起，三军人人发热，众将个个不宁。子牙在中军也自发热，武王在后殿自觉身疼，六十万人马俱是如此。三日后，一概门人、众将，浑身上下俱长出颗粒，莫能动履，营中烟火断绝。止得哪吒乃莲花化身，不逢此厄。杨戬知道余德是左道之人，故此夜间不在营中，各自运度，因此上不曾侵染。只见过了五六日，子牙浑身上俱是黑的。此痘形按五方青、黄、赤、白、黑。哪吒与杨戬曰："今番又是那年吕岳之故事。"杨戬曰："吕岳伐西岐，还有城郭可依，如今不过行营寨栅，如何抵挡？倘潼关余家父子冲杀出来，如何济事！"二人心下甚是焦闷。

且说余化龙父子六人在潼关城上来看，周营烟火全无，空立旗幡寨栅，余达曰："乘周营诸将有难，吾等领兵下关一齐杀出，只此一阵成功，却不为美！"余德曰："长兄，不必劳师动众，他自然尽绝，也使旁人知我等妙法无边，不动声色令周兵六十万余人自然灭绝。"父子五人齐曰："妙哉！妙哉！"看官，此正是武王有福，不然，若依余达之言，则周营兵将死无噍类。正是：

> 洪福已扶仁圣主，徒令余德逞奇谋。

话说杨戬见子牙看看病势危急，心下着慌，与哪吒共议曰：

"师叔如此狼狈,呼吸俱难,如之奈何?"话犹未了,只见半空中黄龙真人跨鹤而来,杨戬、哪吒迎接黄龙真人至中军坐下。真人曰:"杨戬,你师父可曾来?"杨戬答曰:"不曾来。"真人曰:"他原说先来,如今该会万仙阵了。"话未绝时,又听得玉鼎真人自空中来至,杨戬迎迓,拜罢,玉鼎真人起身入内营来看子牙,见子牙如此模样,真人点首叹曰:"虽是帝王之师,好容易!正是你:七死三灾今已满,清名留在简篇中。"玉鼎真人叹息不已,随命杨戬:"你再往火云洞走一遭。"杨戬领命,借着土遁往火云洞而来,如风云一样。看看来至山脚下,好山,真无限的景致,有奇花馥馥,异草依依。怎见得,有赋为证,赋曰:

> 势连天界,名号火云。青青翠翠的乔松,龙鳞重垒;猗猗挺挺的秀竹,凤尾交加;蒙蒙茸茸的碧草,龙须柔软;古古怪怪的古树,鹿角丫叉。乱石堆山,似大大小小的伏虎;老藤挂树,似弯弯曲曲的腾蛇。丹壁上更有些分分明明的金碧影,低洞中只见那香香馥馥的瑞莲华。洞府中锁着那氤氤氲氲的雾霭,青恋上笼着那烂烂熳熳的烟霞。对对彩鸾鸣,浑似那咿咿哑哑的律吕;双双丹凤啸,恍疑是嘹嘹亮亮的笙筎。碧水跳珠,点点滴滴从玉女盘中泄出;虹霓流彩,闪闪灼灼自苍龙岭上飞斜。真个是:福地无如仙景好,火云仙府胜玄都。

话说杨戬看罢景致,不敢擅入。少时,见一水火童子出来,杨戬上前稽首曰:"敢烦师兄借传一语,杨戬求见。"童子认得杨戬,忙回礼曰:"师兄少待。"童子回言毕,进洞府来:"启老爷:外面有杨戬求见。"伏羲圣人曰:"着他进来。"童子复至外面:"杨戬进见。"杨戬至蒲团前,倒身下拜:"弟子杨戬愿老爷圣寿无疆!"

拜罢,将书呈上。伏羲展玩,书曰:

> 弟子黄龙真人、玉鼎真人薰沐顿首,谨书上启辟天开地昊皇上帝宝座下:弟子仰仗三教,演习灵文,自宜默守蒲团,岂敢冒言渎奏。但弟子等运逢劫数,杀戒已临,裹应运之天子,伐无道之独夫。路至潼关,突遭余德以左道之幻术,暗毒害于生灵。兹有元戎姜尚暨门徒将士兵卒六十余万,骤染颗粒之疮,莫辨为痈为毒。恹恹待尽,至呼吸以难通;旦夕垂亡,虽水浆而莫用。自思无奈,仰叩仁慈,恳祈大开恻隐,怜继天立极之圣君,拯无辜之性命,早施雨露,以慰倒悬。临启不胜待命之至!

伏羲看罢书,谓神农曰:"今武王有事于天下,乃是应运之君,数当有此厄难,吾等理宜助一臂之力。"神农曰:"皇兄之言是也。"遂取三粒丹药付与杨戬。

杨戬得了丹药,跪而启曰:"此丹将何用度?"伏羲曰:"此丹一粒可救武王,一粒可救子牙,一粒用水化开,只在军前四处洒过,此毒气自然消灭。"杨戬又问曰:"不知此疾何名?"伏羲曰:"此疾名为痘疹,乃是传染之病,若少救迟,俱是死症。"杨戬又启曰:"倘此疾后日传染人间,将何药能治?乞赐指示。"神农曰:"你随我出洞至紫云崖来。"杨戬随了神农来至崖前,寻了一遍,神农拔一草递与杨戬:"你往人间传与后世,此药能救痘疹之患也。"杨戬又跪恳曰:"此草何名?"神农曰:"你听我道来:此草有诗为证,诗曰:

> 紫梗黄根八瓣花,痘疮发表是升麻。
> 常桑曾说玄中妙,传与人间莫浪夸。"

话说杨戬求了丹药,又传下升麻以济后人。离了火云洞,径至周营,来见玉鼎真人,备言:"求得丹药,并升麻之草,可救痘疹之厄。"黄龙真人忙将丹药化开,先救武王,玉鼎真人来治子牙,杨戬与哪吒用水化开此丹,用杨枝洒起四处来。霎时间,痘疹之毒一时全消。正是:

> 痘疹毒害从今起,后人遇着有生亡。

周营内被杨戬、哪吒在四面洒遍,只三山五岳门人,与凡夫不同,俱是腹内有三昧真火的,又会五行之术,不觉俱先好了,人人切齿,个个咬牙。次日,子牙见众门人脸上俱有疤痕,子牙大怒,与众人共议取潼关泄恨。众人齐厉声大叫曰:"今日不取潼关,势不回军!"不知余化龙父子性命如何,且听下回分解。

【总批】

痘疹毒恶,与时疫之传染同,大抵是九死一生之症。不知此孽始于是时,其流波不可纪及。只恨当日子牙惹此祸端,何不连根斩断?

【又批】

痘疹流与近日,似人人难免。观之当年,神仙也自遭厄。如此言之,在当年,不出痘的也做不得神仙;在近日,不出痘的也做不得人。人与仙两不可得,还请自做主张。

【又批】

或曰:我恨姜子牙真会惹事,当初不惹他,也不得流传至今,使人人遭劫。在起初,不过达、兆、光、先、德弟兄五人,尚只管得男子,不知何年又添上个婆娘,如今连女子也不放空。予曰:不然。子自错怪了人,非是婆娘不放女子,只男子谁肯放空了他?毕竟未曾添这婆娘。若是添这婆娘,彼自吃醋不暇,安得来管顾女子?还是你未曾打探得实。或人不觉自笑。

第八十二回　三教大会万仙阵

诗曰：
　　万仙恶阵列山隈，飒飒寒风劈面催。
　　片片祥光笼斗柄，纷纷杀气透灵台。
　　鱼龙此际分真伪，玉石从今尽脱胎。
　　多少修持遭此劫，三尸斩去五云开。

话说余化龙与余达等俱听了余德言语，不以周兵为意，逐日饮酒，只等周营兵将自己病死。那一日不觉就是第八日，余化龙对诸子言曰："今日已是八日，不见探事官来报。我们可上城一看。"五子齐曰："上城看看才是。"

那时离了帅府上得城来，只见周营比起初三四日光景不同：起先营中毫无烟火，今日周营中反觉腾腾杀气，烈烈威风，人人勇敢，个个精神，旌旗严整，金鼓分明，重重戈戟，叠叠枪刀。余化龙忙问余德曰："这几日周营中已有复旧光景，此事如何？"余达从旁埋怨曰："兄弟，你不从吾言，致有今日。岂有人是自家会死得尽的？"余德默然不言，暗思："吾师传我此术，响应随时，岂有不准之理？其中必有原故？"乃对父兄言曰："事已至此，迟疑无益。此必有人在暗中解了。谅他一时身弱，也不能争战。不若乘其不备，一战可以成功，迟则有变。"余化龙听说，只得领五子杀出关来，径奔周营，欺周将身弱。余德穿道服仗剑在前如风驰雨骤而来，喊声大振。

第八十二回　三教大会万仙阵

姜子牙与众门人诸将正要出营，恰逢其时，杨戬曰："此匹夫恃强欺敌，是自取死也。"子牙坐四不相，哪吒引道，众门人左右拥护，一齐杀出营来大呼曰："余化龙！今日是汝父子死期至矣！"金、木二吒气冲牛斗，杨任腹内生烟，雷震子声如霹雳，韦护咬碎钢牙，李靖欲平吞他父子，龙须虎足踏水云，奋勇争先。余家父子迎上前来，周营中众门人裹住了余家父子。未及数合，哪吒现了三首八臂，登起风火轮，先在潼关城上。军士见哪吒三首八臂，一声喊，散了个干净。余化龙父子见哪吒上关，身子被众人裹住，不得跳出圈子，因此上出了神，被雷震子一棍，正中余光顶上，翻下马来。余达大呼曰："匹夫！伤吾之弟，势不两立！"来战雷震子，又被韦护祭起降魔杵把余达打死，倒在尘埃。杨任将扇子一扇，余先、余兆二人化作飞灰而散。余德见弟兄已死四人，心中大怒，直奔子牙杀来。子牙身体方才好，谅战不过，急祭打神鞭于空中，正中余德，打翻在地，早被李靖一戟刺死。雷震子见哪吒上城，也飞进城来。余化龙见五子阵亡，潼关已归西土，在马上大呼曰："纣王！臣不能尽忠扶帝业，为主报深仇，臣今拼一死而报君恩也！"余化龙仗剑自刎而亡。后人单道余化龙父子一门死节，后人有诗吊之，诗曰：

　　铁骑驰驱血刃红，潼关力战未成功。
　　一门尽节忠商主，万死丹心泣晓风。
　　苟禄真能惭素位，捐生今始识英雄。
　　清风耿耿流千载，岂在渔樵谈笑中。

话说余化龙自杀，子牙驱人马进关，出榜安民，清查库藏。子牙怜余化龙父子一门忠烈，命左右收尸厚葬。凡军士未得平复的，俱放在潼关调理。子牙方分剖已定，只见黄龙真人、玉鼎真人与子牙议曰:"前面就是万仙阵了,可请武王也暂歇在此关。我等领人马往前面,要路上先命人造起芦篷席殿,迎迓三教师尊。我等只此一举,以完劫数,了此红尘之杀运也。"子牙不觉大喜,忙命杨戬、李靖去造芦篷,二人领令去讫。周营众将自从遭痘疹之厄,人人身弱,个个狼狈,俱在关上将息。又过了数日,只见李靖回令:"芦篷俱已完备。"黄龙真人曰:"芦篷既完,只是众门人去得。余者俱离四十里远扎下团营,俟破阵后方许起程。"众将得令,就此驻扎。不表。

且说子牙同二位真人与诸门人弟子前至芦篷上,但见悬花结彩,香气氤氲。迎接玉虚门下之客,今日万仙阵总会一面,满其红尘杀戒,再去返本还元。不一时这三山五岳众道人齐齐拍手大笑而来:广成子、赤精子、文殊广法天尊、普贤真人、慈航道人、清虚道德真君、太乙真人、灵宝大法师、道行天尊、衢留孙、云中子、燃灯道人,众道人见子牙稽首,曰:"今日之会,正完其一千五百年之劫数。"正是:

　　元满皈依从正道,静心定性诵《黄庭》。

子牙迎接上篷坐下,先论破阵原故。燃灯曰:"只等师长来,自有道理。"众皆默然端坐。

且说金灵圣母在万仙阵中,见燃灯道人顶上现了三花,冲上空中,已知玉虚门下众道者来了;随发一个雷声,振开万仙阵,一块烟雾撒开,现出万仙阵来。芦篷上众仙一见,睁目细看数番,见截教中高高下下,攒攒簇簇,俱是五岳三山四海之中云游道客、奇奇怪怪之人。燃灯点头对众道人叹曰:"今日方知截教有这许多人品,吾教不过屈指可数之人。"正是:

　　玄都大法传吾辈,方显清虚不二门。

第八十二回 三教大会万仙阵

内中有黄龙真人曰："众位道友，自元始以来，为道独尊，但不知截教门中一意滥传，遍及匪类，真是可惜工夫，苦劳心力，徒费精神；不知性命双修，枉了一生作用，不能免生死轮回之苦，良可悲也！"道行天尊曰："此一会，正是我等一千五百年之劫，难逢难遇。今我等先下篷看看，如何？"燃灯曰："吾等不必去看，只等师尊来至，自有会期。"广成子曰："我等又不与他争论，又不破他的阵，远观何妨？"众道人曰："广成子言之甚当。"燃灯阻不住众人，只得下篷一齐来看万仙阵，只见门户重迭，杀气森然。众仙摇首曰："好利害！人人异样，个个凶形，全无办道修行意，反有争持杀伐心。"燃灯对众人曰："列位道兄，你看他们可是神仙了道之品！"

众仙看罢方欲回篷，只听万仙阵中一声钟响，来了一位道人，作歌而出，歌曰：

> 人笑马遂是痴仙，痴仙腹内有真玄。
> 真玄有路无人走，惟我蟠桃赴几千。

马遂歌罢，大呼曰："玉虚门下，既来偷看吾阵，敢与我见个高低？"燃灯曰："你们只贪看恶阵，致多生此一段是非。"黄龙真人上前曰："马遂，你休要这等自恃！如今吾不与你论高低，且等掌教圣人来至，自有破阵之时。你何必倚仗强横，行凶灭教也。"马遂跃步仗剑来取，黄龙真人手中剑急忙来迎。只一合，马遂祭起金箍，把黄龙真人的头箍住了。真人头疼不可忍，众仙急救真人，大家回芦篷上来。真人急忙除金箍，除又除不掉，只箍得三昧真火从眼中冒出，大家闹在一处。不表。

且说元始天尊来会万仙阵，先着南极仙翁持玉符先行。南极仙翁跨鹤而来，云光缥缈。马遂抬头见是南极仙翁，急架云光至半空中来阻住去路。仙翁笑曰:"马遂,你休要猖獗,掌教师尊来了。"马遂正欲争持,只见后面仙乐一派,遍地异香,马遂知不可争持,按落云头,回归本阵。南极仙翁先至芦篷,率众仙迎鸾接驾,上篷坐下。众门人拜毕,侍立两傍,元始曰:"黄龙真人有金箍之厄。"忙叫过来,黄龙真人走至面前,元始用手一指,金箍随脱。真人谢毕,元始曰:"今日你等俱该圆满此厄,各回洞府,守性修心,斩却三尸,再不惹红尘之难。"众门人曰:"愿老师圣寿无疆!"

正静坐间,忽听得空中有一阵异香仙乐飘飘而来,元始已知老子来至,随同众门人迎候。老子下了板角青牛,携手上篷,众门人礼拜毕,老子拍掌曰:"周家不过八百年基业,贫道也到红尘中来三番四转,可见运数难逃,何怕神仙佛祖。"元始曰:"尘世劫运,便是物外神仙都不能免,况我等门人又是身犯之者,我等不过来了此一番劫数耳。"二位师尊言过,端然默坐,至二更时分,只见各圣贤顶上现有璎珞庆云,祥光缭绕,满空中有无限瑞霭,直冲霄汉。且不言二位掌教师尊与众门人默坐芦篷。不表。

且说金灵圣母在万仙阵内见瑞霭祥云,知二位师伯已至,自思曰:"今日掌教师伯已来,吾师也要早至方可。"及至天明,只听的半空中仙乐盈空,珮环之声不绝,群仙随通天教主离了碧游宫,亲至万仙阵来。金灵圣母得知,率领众仙迎接教主进了阵门,上了八卦台坐下。万仙叩谒毕,金灵圣母曰:"二位师伯俱已至此。"通天教主曰:"罢了!如今是月缺难圆,既摆此万仙阵,必定与他见个雌雄,以定一尊之位。今日是万仙统会,以完劫数。"随命长耳定光仙:"你且去芦篷上见你二位师伯,下这

第八十二回 三教大会万仙阵

一封书。"定光仙领命径至芦篷下,见杨戬等俱在左右站立。哪吒问曰:"来者何人?"长耳定光仙曰:"吾是奉命下书来见师伯的,借你通报。"哪吒上前启知。老子曰:"命来。"哪吒下篷说知。定光仙上得篷来,见左右立着十二代门人,定光仙拜伏于地,将书呈上。老子看书毕,谓定光仙曰:"吾知道了,明日来破万仙阵也。"定光仙下篷至万仙阵,回复通天教主。

且说次日,二位教主领众门徒来看万仙阵,下得篷来至阵前,一见好万仙阵!怎见得,有赞为证,赞曰:

一团怪雾,几阵寒风。彩霞笼五色金光,瑞云起千丛艳色。前后排山岳修行道士与全真,左右立湖海云游陀头并散客。正东上:九华巾,水合袍,太阿剑,梅花鹿,都是道德清高奇异人;正西上:双抓髻,淡黄袍,古定剑,八叉鹿,尽是驾雾腾云清隐士;正南上:大红袍,黄斑鹿,昆吾剑,正是五遁三除截教公;正北上:皂色服,莲子箍,宾铁锏,跨麋鹿,都是倒海移山雄猛客。翠蓝幡,青云绕绕;素白旗,彩气翩翩;大红旗,火云罩顶;皂盖旗,黑气施张。杏黄幡下千千条古怪的金霞,内藏着天上无、世上少、辟地开天无价宝。又是乌云仙、金光仙、虬首仙神光赳赳,灵牙仙、毗芦仙、金箍仙气概昂昂。七香车坐金灵圣母,分门列定;八虎车坐申公豹,总督万仙。无当圣母法宝随身,龟灵圣母包罗万象。金钟响,翻腾宇宙;玉磬敲,惊动乾坤。提炉排,袅袅香烟龙雾隐;羽扇摇,翩翩彩凤离瑶池。奎牛上坐的是混沌未分、天地玄黄之外、鸿钧教下通天截教主。只见长耳仙持定了神书奥妙道德无穷兴截灭阐六魂幡。

左右金童随圣驾,紫雾红云离碧游。

> 通天教主身心变,只因一怒结成仇。
> 两教生克终有损,天翻地覆鬼神愁。
> 昆仑正法扶明主,山河一统属西周。

话说老子同元始来看万仙阵,老子一见万仙阵,与元始曰:"他教下就有这些门人!据我看来,总是不分品类,一概滥收,那论根器深浅,岂是了道成仙之辈?此一回玉石自分,浅深互见,遭劫者可不枉用工夫,可胜叹息!"

话犹未了,只见通天教主从阵中坐奎牛而出,穿大红白鹤绛绡衣,手执宝剑而来。老子看通天教主全无道气,一脸凶光。怎见得,有赞为证,赞曰:

> 辟地开天道理明,谈经论法碧游京。五气朝元传妙诀,三花聚顶演无生。顶上金光分五彩,足下红莲逐万程。八卦仙衣飞紫气,三锋宝剑号青苹。伏虎降龙为第一,擒妖缚怪任纵横。徒众三千分左右,后随万姓尽精英。天花乱坠无穷妙,地拥金莲长瑞祯。度尽众生成正果,养成正道属无声。对对幡幢前引道,纷纷音乐及时鸣。奎牛稳坐截教主,仙童前后把香焚。霭霭沉檀云雾长,腾腾杀气自氤氲。白鹤唳时天地转,青鸾展翅海山澄。通天教主离金阙,来聚群仙百万名。

话说通天教主见二位教主,对面打稽首,曰:"二位道兄请了!"老子曰:"贤弟可谓无赖之极!不思悔过,何能掌截教之主?前日诛仙阵上已见雌雄,只当潜踪隐迹,自己修过以忏往愆,方是掌教之主;岂得怙恶不改,又率领群仙布此恶阵?你只待玉石俱焚,生灵戕灭殆尽,你方才罢手,这是何苦定作此业障耶!"通天教主怒曰:"你等谬掌阐教,自恃己长,纵容门人肆行猖獗,杀戮不道,反在此巧言惑众。我是那一件不如你?你敢欺我!今日你再请西方准提道人将加持杵打我就是了。不知他打我即是打你一般。此恨如何可解!"元始笑曰:"你也不必口讲,只你既摆此阵,就把你胸中学识舒展一二,我与你共决雌雄。"通天教主曰:"我如今与你仇恨难解,除是你我俱不掌教,方才干休!"通天教主道罢走进阵去,少时布成一个阵势,乃是一个阵结三个营垒,攒簇而立。通天教主至阵前问曰:"你二人可识吾此阵否?"老子大笑曰:"此乃是吾掌中所出,岂有不知之理?此是太极两仪四象之阵耳,有何难哉!"通天教主曰:"可能破否?"元始曰:"你且听吾道来:

混元初判道为尊,炼就乾坤清浊分。

太极两仪生四象,如今还在掌中存。"

老子问曰:"谁去破此太极阵走一遭?"赤精子大呼曰:"弟子愿会此阵!"作歌而出,歌曰:

今朝圆满斩三尸,复整菩提在此时。

太极阵中遇奇士,回头百事自相宜。

赤精子跃身而出,只见太极阵中一位道人,长须黑面,身穿皂服,腰束丝绦,跳出阵前大呼曰:"赤精子,你敢来会吾阵么?"赤精子曰:"乌云仙,你不可恃强,此处是你的死地了!"乌云仙大怒,仗剑来取。赤精子手中剑赴面交还。未及三四个回合,乌云仙腰间掣出混元锤就打,一声响,把赤精子打了一跤。乌云仙才待下手,有广成子大呼曰:"少待伤吾道兄,吾来了!"仗剑抵住了乌云仙。二人大战,未及数合,乌云仙又是一锤把广成子打倒在地。广成子爬将起来,往西北上走了。通天教主命乌云仙赶去:"定然拿来!"

乌云仙领法旨随后赶来,广成子前走,乌云仙后赶。看看赶上,广成子正无可奈何,转过山坡,只见准提道人来至。让过了广成子,准提阻住乌云仙,笑容满面,口称:"道友请了!"乌云仙认得是准提道人,大叫曰:"准提道人,你前日在诛仙阵上伤了吾师,今又阻吾去路,情殊可恨!"仗宝剑望准提道人顶上劈来。道人把口一张,有一朵青莲托住了剑。言曰:"舌上青莲能托剑,吾与乌云有大缘。"准提曰:"道友,我与你是有缘之客,特来化你归吾西方共享极乐,有何不美?"乌云仙大呼曰:"好泼道,欺吾太甚!"又是一剑。准提用中指一指,一朵白莲托剑。准提又曰:"道友,

　　　掌上白莲能托剑,须知极乐在西方。
　　　二六莲台生瑞彩,波罗花放满园香。"
乌云仙大呼曰:"一派胡说!敢来欺我!"又是一剑。准提将手一指,一朵金莲托住。准提曰:"乌云仙友,吾乃是大慈大悲,不忍你现出真相;若是现时,可不有辱你平昔修炼工夫化为乌有?我如今不过要与你兴西方教法,故此善善化你,幸祈急早回头。"乌云仙大怒,又是一剑砍来,准提将拂尘一刷,乌云仙手中剑只剩得一个靶儿。乌云仙大怒,拎起混元锤打来,准提就跳出圈子去了,乌云仙随后赶来。准提曰:"徒弟在那里?"只见了一个童儿来,身穿水合衣,手执竹枝而来。不知乌云仙凶吉如何,且听下回分解。

【总批】
　　余化龙父子,一门忠烈,真不愧须眉。虽余德甚痴,岂得以此少之?三仁之后,不能多得!

【又批】

　　神仙原自清静无为,岂得专以杀伐为事,况其鼻祖者乎!通天教主原是立封神榜的人,如何反走了糊突帐里去,真个可笑!此老真该打入轮回,不可令他掌教,鸿钧自欠主张。

第八十三回　三大师收狮象犼

诗曰：

　　一钩明月半轮秋，三点如星仔细求。
　　狮象有名缘相立，慈航无着借形修。
　　朝元最忌贪嗔败，脱骨须知挂碍仇。
　　总为诸仙逢杀劫，披毛带角尽皆休。

话说准提道人命水火童子："将六根清静竹，来钓金鳌。"童子向空中将竹枝垂下，那竹枝就有无限光华异彩裹住了乌云仙，乌云仙此时难逃现身之厄。准提叫曰："乌云仙，你此时不现原形，更待何时！"只见乌云仙把头摇了一摇，化作一个金须鳌鱼，摆尾摇头，上了钓竿。童子上前按住了乌云仙的头，将身骑上鳌鱼背上，径往西方八德池中受享极乐之福去了。正是：

　　八德池中闲戏耍，金莲为伴任逍遥。

话说准提道人收了金鳌，赶至万仙阵前。通天教主看见准提，怒冲面上，眼角俱红，大呼曰："准提道人，你今日又来会吾此阵，吾决不与你干休！"准提道人曰："乌云仙与吾有缘，被吾用六根清净竹钓去西方八德池边，自在逍遥，无挂无碍，真强如你在此红尘中扰攘也。"通天教主听罢大怒，正欲与准提厮杀，只听得太极阵中一人作歌而出，歌曰：

　　大道非凡道，玄中玄更玄。
　　谁能参悟透，咫尺见先天。

第八十三回　三大师收狮象犼

话说太极阵中虬首仙提剑而出："谁人敢进吾阵中来，共决雌雄？"准提道人曰："文殊广法天尊，借你去会此位有缘之客。"准提道人把文殊广法天尊顶上一指，泥丸复开，三光迸出，瑞气盘旋。元始天尊递一幡与文殊，名曰盘古幡："可破此太极阵。"文殊广法天尊接幡作偈而出，偈曰：

> 混元一气此为先，万劫修持合太玄。
> 莫道此中多变化，汞铅消尽福无边。

文殊广法天尊歌罢，虬首仙大呼曰："今日之功，各显其教，不必多言！"仗手中剑砍来，文殊广法天尊手中剑急架相还。未及数合，虬首仙便往阵中而去，文殊广法天尊纵步赶来。虬首仙进阵便祭起符印，只见阵中如铁壁铜墙一般，兵刃如山。文殊广法天尊将盘古幡展动，镇住了太极阵，广法天尊现出一法身来。怎见得，有赞为证：

> 面如蓝靛，赤发红髯。浑身上五彩呈祥，遍体内金光拥护。降魔杵滚滚红焰飞来，金莲边腾腾霞光乱舞。正是：太极阵中皈依大法现威光，朵朵祥云笼八面。

虬首仙见广法天尊现出一位化身，甚是奇异，只见香风缥缈，璎珞缠身，莲花托足。虬首仙无法可治，正欲回避；文殊忙将捆妖绳祭起，命黄巾力士："拿去芦篷下听候发落。"广法天尊收了法像，徐徐出阵，上篷来见元始，曰："弟子已破太极阵矣。"元始命南极仙翁："去芦篷下将虬首仙打出原身。"仙翁领命至篷下，见虬首仙缚住一团。南极仙翁对虬首仙口中念念有词，道声："疾！还不速现原形，更待何时！"只见虬首仙把头摇了两摇，就地一滚，乃是一个青毛狮子，剪尾摇头，甚是雄伟。南极仙翁回复元始天尊命令，元始分付："就命广法天尊坐骑，仍于项下挂一牌,上书虬首仙名讳。"

次日,老子与元始亲临阵前,问:"通天教主何在?"左右报与通天教主,径出阵前。老子命文殊骑了青狮至前面,老子指与通天教主看,曰:"你的门下,长有此等之物,你还要自逞道德清高,真是可笑!"就把个通天教主羞红满面,大怒曰:"你再敢破吾两仪阵么?"老子尚未及回言,只见两仪阵内灵牙仙大呼而出曰:"谁敢来破吾两仪阵么?"正是:

袖里乾坤翻上下,两仪阵内定高低。

灵牙仙径出阵来,问:"谁敢来见吾此阵?"元始命普贤真人曰:"你去破此阵走一遭。"遂将太极符印付与普贤真人。真人至阵前曰:"灵牙仙,你苦行成形,为何不守本分,又来多此一番事也?只怕你咫尺间现了原形,那时悔之晚矣!"灵牙仙大怒,仗二剑飞来直取,普贤真人仗手中剑火速忙迎。未及数合,灵牙仙便往两仪阵中而去,普贤真人赶入阵内。灵牙仙祭动两仪妙用,逞截教玄功,发动雷声来困普贤真人。只见普贤真人泥丸宫现出化身,甚是凶恶。怎见得,有赞为证:

面如紫枣,巨口獠牙。霎时间红云笼顶上,一会家瑞彩罩金身。璎珞垂珠挂遍体,莲花托足起祥云。三首六臂持利器,手内降魔杵一根。正是:有福西方成正果,真人今日已完成。

话说普贤真人现出法身,镇住灵牙仙,仍用长虹索,命黄巾力士:"将灵牙仙拿去芦篷下听候指挥。"普贤真人破了两仪阵,径至芦篷上参见老子。老子命南极仙翁:"速现灵牙仙原身。"南极仙翁领令,将三宝玉如意把灵牙仙连击数下,灵牙仙就地一滚现出原形,乃是一只白象。老子分付:"将白象颈上也挂一牌,上书灵牙仙名讳,与普贤真人为坐骑。"复至阵前。

通天教主见青狮在左,白象在右,不觉大怒,正欲上前,只见四象阵中金光仙大呼曰:"阐教门人不要逞强,吾来也!"乃作歌而出,歌曰:

> 妙法广无边,身心合汞铅。
> 今领四象阵,道术岂多言。
> 二指降龙虎,双眸运大玄。
> 谁人来会我,方是大罗仙。

元始见金光仙出得四象阵来,勇猛莫敌,忙分付慈航道人曰:"你将如意执定,进四象阵去,直须如此如此,就变化无穷,何愁此阵不破也:此是你有缘之骑。"慈航道人作歌而出,歌曰:

> 普陀崖下有名声,了劫归根返玉京。
> 今日已完收四象,梦魂犹自怕临兵。

慈航歌罢,金光仙跃身而出,大呼曰:"慈航道人,你口出大言,肆行无忌,好个'今日已完收四象',只怕你死于目前!不要走,正要拿你!"仗手中剑飞来直取,慈航道人手中剑急架忙迎。未及三合,金光仙便入四象阵去了。慈航赶入阵中,金光仙将四象阵符印发开,内有无穷法宝,来治慈航道人。正是:

> 四象阵遇金毛犼,潮音洞里听谈经。

话说慈航道人见四象阵中变化无穷,忙将头上一拍,有一朵庆云笼罩,盖住顶上,只听得一声雷响,现出一位化身,怎见得:

> 面如傅粉,三首六臂。二目中火光焰里见金龙,两耳内朵朵金莲生瑞彩。足踏金鳌,霭霭祥云千万道;手中托杵,巍巍紫气彻青霄。三宝如意擎在手,长毫光灿灿;杨柳在肘后,有瑞气腾腾。正是:普陀妙法庄严,方显慈航道行。

且说金光仙看见阐教内门人这等化身,自叹曰:"真好一个玉虚门下,果然气宇不同!"欲待逃回,早已被慈航道人祭起三宝玉如意,命黄巾力士:"把此物拿去篷下听候发落。"少时,力士凭空把金光仙拿至芦篷下。南极仙翁在篷下等候,忽见空中丢下金光仙来,南极仙翁见金光仙跌下篷来,遵老子命令将金光仙颈上连拍几下:"这业障还不速现原形,更待何时!"金光仙情知不能逃脱,就地一滚现出原形,乃是一只金毛犼。仙翁至芦篷回复法旨,元始分付:"也与他颈上挂一牌,书金光仙名讳,就与慈航为坐骑。"仙翁一一如命施为,慈航骑了复出阵前。此乃是三大师收伏狮、象、犼;后兴释门,成于佛教,为文殊、普贤、观音,是三位大士;此是后话,表过不题。

且说通天教主见如此光景,心中大怒,方欲仗剑前来以决雌雄,忽听得后面一门人大呼曰:"老师不要动怒,吾来也!"通天教主观之,乃是龟灵圣母,身穿大红八卦衣,仗手中宝剑作歌而来,歌曰:

炎帝修成大道通,胸藏万象妙无穷。

碧游宫内传真诀,特向红尘西破戒。

只见龟灵圣母欲来拿广成子报仇,这壁厢有衢留孙迎上前来曰:"那业障慢来!"老子、元始、准提道人三位教主是慧眼,看见龟灵圣母行相,元始笑曰:"二位道兄,似这样东西如何也要成正果,真个好笑!"你道他如何出身,有赞为证:

根源出处号帮泥,水底增光独显威。世隐能知天地性,灵惺偏晓鬼神机。藏身一缩无头尾,展足能行即自飞。苍颉造字须成体,卜筮先知伴伏羲。穿萍透荇千般俏,戏水翻波把浪吹。条条金线穿成甲,点点装成玳瑁齐。九宫八卦生成定,散碎铺遮绿羽衣。生来好勇龙王幸,死后还驼三教碑。要知此物名何姓,炎帝得道母乌龟。

且说龟灵圣母仗剑出来,与衢留孙大战未及三五合,急祭起日月珠打来。衢留孙不识此宝,不敢招架,转身往西而败走。通天教主大呼曰:"速将衢留孙拿来!"龟灵圣母飞赶前来。

衢留孙乃是西方有缘之客,久后入于释教,大阐佛法,兴于西汉。正往西上逃走,只见迎头来了一人,头挽双髻,身穿水合道袍,徐徐而来,让过衢留孙,阻住龟灵圣母,大呼曰:"不要赶吾道友。你既修成人体,礼当守分安居,如何肆志乱行,作此业障?若不听吾之言,那时追悔何及!你可速回,吾乃西方教主,大展沙门,今来特遇有缘,非是无端惹事。正是:若是有缘当早会,同上西方极乐天。"龟灵圣母大呼曰:"你是西方客,当守你巢穴,如何敢在此妖言乱语,惑吾清听!"也不及交手,急祭日月珠劈面打来。接引道人指上放一白毫光,光上生一朵青莲,托住此珠。西方教主曰:"青莲托此物,众生那得知。"龟灵圣母原非根深行满之辈,不知进退,依旧用此珠打来。接引道人曰:"既到此间,也免不得行此红尘之事;非是我不慈悲,乃是气数使然,我也难为自主。我且将此宝祭起,看他如何。"西方教主将念珠祭起,龟灵圣母一见,躲身不及,那念珠落下正打在龟灵圣母背上,压倒在地,现出原身乃是一个大龟,只见压得头足齐出。衢留孙方欲仗剑斩之,西方教主急止之曰:"道友不可杀他,若动此念转劫难完,相报不已。"教主呼:"童子在那里?"西方教主言未毕,只见一童走至面前,西方教主曰:"我同此位道友去会有缘之客,你可将此畜收之。"接引道人同衢留孙赴芦篷来。不表。

且说西方白莲童子将一小小包儿打开，欲收龟灵圣母，不意走出一件好东西，甚是利害，声音细细，映日飞来。怎见得，有诗为证：

　　声若轰雷嘴若针，穿衾度幔更难禁。
　　贪餐血食侵人体，畏避烟熏集茂林。
　　炎热愈威偏聒噪，寒风才动便无情。
　　龟灵圣母因逢劫，难免群锋若聚簪。

话说白莲童子打开包裹放出蚊虫，那蚊虫闻得血腥气，俱来叮在龟灵圣母头足之上，及至赶打，如何赶得彻？未曾赶得这里，那里又宿满了。不一时，把龟灵圣母吸成空壳。白莲童子急至收时，他也自四散飞去，一翅飞往西方，把十二品莲台食了三品。后来西方教主破了万仙阵回来方能收住，已是少了三品莲台，追悔无及。正是：

　　九品莲台登彼岸，千年之后有沙门。

不表蚊虫之事。且说西方教主同衢留孙来至万仙阵前，见了紫雾红云，黄光缭绕，有准提道人见师兄来至。老子与元始忙迎上前，打稽首曰："道友请了！"对面通天教主看见，大呼曰："接引道人，你前番可恶，破吾诛仙阵，今又来此！吾与你见个高下！"道罢，把奎牛催开，用剑来取。西方教主也不动手，只见泥丸宫舍利子升起三颗，或上或下反覆翻腾，遍地俱是金光。通天教主宝剑架隔，不能近身。通天教主大怒，复用渔鼓打来，准提用手一指，一朵金莲架住，亦不能近身。老子与元始请曰："二位道兄暂回，今日且不要与他较量。"赤精子听罢忙鸣金钟，广成子又击玉磬。四位教主皆回。通天教主又不能阻拦，心中大怒，曰："今日且让他暂回，明日决要会你等以见高下！"老子曰:"你且回去,不要性急。"

只见四位教主回至芦篷上坐下,元始曰:"二位道兄此来共佐周室,若明日破阵,必尽除此教以绝彼之虚妄,只是难为后来访道修真之人绝此一种耳。"接引道人曰:"贫道此来,单只为渡有缘之客。据吾观,万仙阵中邪者多而正者少,没奈何只得随缘相得,不敢勉强耳。"老子曰:"吾等门人今已满戒,明日速破此阵,让他早早返本还元以全此辈根行,也不失我等解脱一场。"元始随命姜命过来,问曰:"前日破诛仙阵,那四口宝剑在否?"子牙曰:"此剑俱在弟子处。"元始曰:"取来。"子牙随取出四口剑献上元始,乃"诛""戮""陷""绝"之剑。元始乃命广成子、赤精子、玉鼎真人、道行天尊四人过来,分付曰:"你四人但看明日吾等进阵之时,阵里面八卦台前有一座宝塔升起,你四个先冲进重围之中祭起此剑。原是他的宝剑,还绝他的门人,非吾等故作此恶业也。"又谓子牙曰:"明日会阵之际,但凡吾门下见者皆可进阵,以完劫数。"子牙领了法旨,来至芦篷下,分付众门人曰:"明日共破万仙阵,尔等俱入阵中,各见雌雄,以完劫数。"众门人听说,喜不自胜。不表。

且说潼关众将听得破万仙阵,俱在关内一个个心痒难抓,恨不得也来看看。内有洪锦与龙吉公主曰:"我也是截教,况你又是瑶池仙子,理合去会万仙阵,如何在此不行?"龙吉公主曰:"我们明日早去无妨。"夫妻计议停当,次日来见武王曰:"臣辞大王,要去会万仙阵以完劫数,特听姜元帅调遣。"武王曰:"卿去固好,当佐相父破敌也。"武王大喜,奉酒饯行,洪锦夫妇告别起行。也是合该如此。正是:

  万仙阵内夫妻绝,天数安排不得差。

且说元始次日下篷,分付众门人鸣动金钟、玉磬,三教圣人率诸门人共破万仙阵。只见通天教主分付长耳定光仙曰:"但吾与你师伯共西方二位道人会战,吾叫你将六魂幡磨动,你可将幡磨动,不得有误!"长耳定光仙曰:"弟子知道。"通天教主打点会战。且说长耳定光仙自思:"我前只见师伯左右门人总共十二代弟子,俱是道德之士;昨日又见西方教主三颗舍利子顶上光华,真是道法无边。"先自有三分退诿。正是:

从来心上修仙道,邪正方知成大宗。

话说通天教主至阵前,见老子、元始四人一至,大呼曰:"今日定要与你等见个高低,断不草率干休!"话犹未了,只见洪锦走马至阵前,与龙吉公主也不听约束,举刀刃直冲杀过去,子牙拦阻不住。看官,此正是这二位星宫该绝于此,天数使然,故不由分说,直杀过去耳。

洪锦把刀一摆,两骑马冲进阵中。万仙阵不曾堤防有此冲突之患,被龙吉公主祭起瑶池内白光剑,伤了数位仙家。夫妻二人正冲杀间,只见乱腾腾杀气迷空,黑霭霭阴风晦昼,正遇金灵圣母在七香车上布阵,忽报:"龙吉公主冲进阵来。"金灵圣母急下车看时,公主已杀至面前。圣母绰步提飞金剑抵敌,未及数合,圣母祭起四象塔打来。公主不知此宝,躲不及,一塔正打中顶上,跌下马来,被众仙杀之。洪锦见公主已绝,大叫一声:"休伤吾公主!"把刀来取圣母。圣母又祭起龙虎如意,正中洪锦顶上,可怜!自归周土,屡得奇功,今日夫妻阵亡以报武王,二位清魂俱往封神台去了。元始正欲与通天教主答话,只见洪锦夫妻已亡,元始叹谓西方教主曰:"方才绝者乃是瑶池金母之女。天数合该如此,可见非人力所为。"

第八十三回　三大师收狮象犼

只听得万仙阵门里有一竿翠蓝旗摇,隐隐调出一位道者,乃是按二十八宿之星,正应万仙阵而出。元始见翠蓝旗摇动,来了四位道人,俱穿青色衣。怎见得,有诗为证,诗曰:

一字青纱脑后飘,道袍水合束丝绦。
元神一现群龟灭,斩将封为角木蛟。

九扬纱中头上盖,腹内玄机无比赛。
降龙伏虎似平常,斩将封为斗木豸。

三绺髭须一尺长,炼就三花不老方。
蓬莱海岛无心恋,斩将封为奎木狼。

修成道气精光焕,巨口獠牙红发乱。
碧游宫内有声名,斩将封为井木犴。

元始又见一声钟响,一杆大红旗摇,又来了四位道人,俱穿大红绛绡衣,好凶恶!怎见得,有诗为证,诗曰:

碧玉霞冠形容古,双手善把天地补。
无心访道学长生,斩将封为尾火虎。

截教传来炼玉枢,玄机两济用工夫。
丹砂鼎内龙降虎,斩将封为室火猪。

秘授口诀伏妖邪,顶上灵云天地遮。
三花聚顶难成就,斩将封为翼火蛇。

不恋荣华止自修,降龙伏虎任悠游。
空为数载丹砂力,斩将封为觜火猴。

老子见万仙阵中一杆白旗摇动,又有四位道人出来,身穿大白衣,体态凶顽,各有妖氛气概,因谓元始曰:"似这等业障都来枉

送性命,你看出来的都是如此之类。"怎见得,有诗为证,诗曰:

　　五岳三山任意游,访玄参道守心修。
　　空劳炉内金丹汞,斩将封为牛金牛。

　　腹内珠玑贯八方,包罗万象道汪洋。
　　只因杀戒难逃躲,斩将封为鬼金羊。

　　离龙坎虎相匹遇,炼就神丹成不朽。
　　无缘顶上现三花,斩将封为娄金狗。

　　金丹炼就脱樊笼,五遁三除大道通。
　　未灭三尸吞六气,斩将封为亢金龙。

四位教主又见通天教主把手中剑望东、西、南、北指画,前后又是钟鸣,阵门开处又有四位道人出来,真好稀奇!有诗为证,诗曰:

　　自从修炼玄中妙,不恋金章共紫诰。
　　通天教主是吾师,斩将封为箕水豹。

　　出世虔诚悟道言,勤修苦行反离魂。
　　移山倒海随吾意,斩将封为参水猿。

　　箬冠道服性聪敏,炼就白气心无损。
　　只因无福了长生,斩将封为轸水蚓。

　　五行妙术体全殊,合就玄中自丈夫。
　　悟道成仙无造化,斩将封为壁水㺄。

元始曰:"此俱是截教门中,并无一人有根行之士,俱是无福修为,该受此劫数也,深为可悲!"又见皂盖幡摇,出来四位道人。怎见得,有诗为证,诗曰:

第八十三回 三大师收狮象犼

跨虎登山观鹤鹿,驱邪捉怪神鬼哭。
只因无福了仙家,斩将封为女土蝠。

顶上祥光五彩气,包含万象多伶俐。
无分无缘成正果,斩将封为胃土雉。

采炼阴阳有异方,五行攒簇配中黄。
不归阐教归截教,斩将封为柳土獐。

赤发红须情性恶,游尽三山并五岳。
包罗万象枉徒劳,斩将封为氐土貉。

元始与老子同西方教主共言曰:"你看这些人有仙之名,无仙之骨,那里做得修行办道之品!"四位教主正谈论之间,只见旗门开处,又来了四位道人。怎见得,有诗为证,诗曰:

修成大道真潇洒,妙法玄机有真假。
不能成道却凡尘,斩将封为星日马。

铁树开花怎得齐,阴神行乐跨虹霓。
只因无福为仙侣,斩将封为昴日鸡。

面如蓝靛多威武,赤发金睛恶似虎。
呼风唤雨不寻常,斩将封为虚日鼠。

三昧真火空中露,霞光前后生百步。
万仙阵内逞英雄,斩将封为房日兔。

话说通天教主在阵中调出第七对来,展一杆素白幡,幡下有四位道者,凶凶恶恶,凛凛赳赳,手提方楞铜出来。怎见得,有诗为证,诗曰:

道术精奇盖世无,修真炼性握兵符。

　　　　长生妙诀贪尘劫，斩将封为毕月乌。

　　　　发似朱砂脸似靛，浑身上下金光现。
　　　　天机玄妙总休言，斩将封为危月燕。

　　　　面如赤枣落腮胡，撒豆成兵盖世无。
　　　　两足登云如掣电，斩将封为心月狐。

　　　　腹内玄机修二六，炼就阴阳超凡俗。
　　　　谁知五气未朝元，斩将封为张月鹿。

话说通天教主把九曜二十八宿调将出来，按定方位。只见四七二十八位道者齐齐整整，左右盘旋，簇拥而出。但见了些飞霞红气，紫电青光。有多少者层层密密，凶凶顽顽；真个是杀气腾腾，愁云惨惨。好生利害！不知后事如何，且听下回分解。

【总批】

　　　金鳌、狮、象、犼与龟，皆鳞甲披毛之属，而通天教主一概收为门下，其截教之非正道可知。又云凡七窍者，皆可成仙。又云披毛从此得，作佛也由他。从此看来，俱是自家作主张。当日乌云、虬首等仙，学好便可以成仙了道；一动杀心，便成鳌、成狮、成象、成犼、成龟，都各从其类。这是自讨的，此一段说法，正是慈悲劝世。

【又批】

　　　金鳌、狮、象、犼，不过复其本相，为人坐骑耳。至龟灵圣母，则饱足蚊虫之腹，其死法亦苦，无怪今人深恶而痛绝之。今又有甘之者，诚何心哉！

第八十四回　子牙兵取临潼关

诗曰：
　　幽魂幡下夜猿啼，壮士纷纷急鼓鼙。
　　黑雾弥漫人魄散，妖氛笼罩将星低。
　　只知战胜歌刁斗，不识奸邪悔噬脐。
　　屈死英雄遭血刃，至今城下草萋萋。

　　话说通天教主率领众仙至阵前，老子曰："今日与你决定雌雄。万仙遭难，正应你反覆不定之罪。"通天教主怒曰："你四人看我今番怎生作用！"遂催开奎牛执剑砍来，老子笑曰："料你今日作用也只如此！只你难免此厄也！"催开青牛，举起扁拐急架忙迎。元始天尊对左右门人曰："今日你等俱满此戒，须当齐入阵中以会截教万仙，不得错过。"众门人听此言不觉欢笑，呐一声喊，齐杀入万仙阵中。正是：

　　万仙阵上施玄妙，都向其中了劫尘。

文殊广法天尊骑狮子，普贤真人骑白象，慈航道人骑金毛犼，三位大士各现出化身冲将进去。灵宝大法师仗剑而来，太乙真人持宝锉进阵，惧留孙、黄龙真人、云中子、燃灯道人齐往万仙阵来。后面又有姜子牙同哪吒等众门人亦大呼曰："吾等今日破万仙阵，以见真伪也！"话未了时，只见陆压道人从空飞来，撞入万仙阵内也来助战。看这场大战，正是万劫总归此地，神仙杀运方完。只见：

老子坐青牛往来跳跃,通天教主纵奎牛猛勇来攻。三大士催开了青狮、象、犼,金灵圣母使宝剑飞腾。灵宝大法师面如火热,无当圣母怒气冲空。太乙真人动了心中三昧,毗芦仙亦显神通。道德真君来完杀戒,云中子宝剑如虹。衢留孙把捆仙绳祭起,金箍仙用飞剑来攻。阵中玉磬铮铮响,台下金钟朗朗鸣。四处起团团烟雾,八方长飒飒狂风。人人会三除五遁,个个晓倒海移峰。剑对剑红光灿灿,兵迎宝瑞气溶溶。平地下鸣雷震动,半空中霹雳交轰。这壁厢三教圣人行正道,那壁厢通天教主涉邪宗。这四位教主也动了嗔痴烦恼,那通天教主竟犯了反覆无终。正克邪始终还正,邪逆正到底成凶。急嚷嚷天翻地覆,闹炒炒华岳山崩。姜子牙奉天征讨,众门人各要立功:杨戬刀犹如闪电,李靖戟一似飞龙;金吒跃开脚步,木吒宝剑齐冲;韦护祭起降魔宝杵,哪吒登开风火轮各自称雄;雷震子二翅半空施勇,杨任手持五火扇扇风。又来了四仙家祭起那"诛""戮""陷""绝"四口宝剑,这般兵器难当其锋。咫尺间斩了二十八宿,顷刻时九曜俱空。通天教主精神减半,金灵圣母口内喁喁。毗芦仙已无主意,无当圣母战战兢兢。一时间又来了西方教主,把乾坤袋举在空中。有缘的须当早进,无缘的任你纵横。霎时间云愁雾惨,一会家地暗难穷。从今惊破通天胆,一事无成有愧容。

话说老子与元始冲入万仙阵内,将通天教主裹住。金灵圣母被三大士围在当中,只见三大士面分蓝、红、白,或现三首六臂,或现八首六臂,或现五首八臂,浑身上下俱有金灯、白莲、宝珠、璎珞、华光护持,金灵圣母用玉如意招架三大士多时,不觉

第八十四回　子牙兵取临潼关

把顶上金冠落在尘埃，将头发散了，这圣母披发大战，正战之间，遇着燃灯道人祭起定海珠打来，正中顶门。可怜！正是：

封神正位为星首，北阙香烟万载存。

燃灯将定海珠把金灵圣母打死。广成子祭起诛仙剑，赤精子祭起戮仙剑，道行天尊祭起陷仙剑，玉鼎真人祭起绝仙剑，数道黑气冲空将万仙阵罩住，凡封神台上有名者，就如砍瓜切菜一般俱遭杀戮。子牙祭打神鞭任意施为，万仙阵中又被杨任用五火扇扇起烈火，千丈黑烟迷空，可怜万仙遭难，其实难堪。哪吒现三首八臂往来冲突，玉虚一干门下如狮子摇头，狻猊舞势，只杀得山崩地塌。

通天教主见万仙受此屠戮，心中大怒，急呼曰："长耳定光仙快取六魂幡来！"定光仙因见接引道人白莲裹体，舍利现光，又见十二代弟子玄都门人俱有璎珞、金灯、光华罩体，知道他们出身清正，截教毕竟差讹，他将六魂幡收起，轻轻的走出万仙阵，径往芦篷下隐匿。正是：

根深原是西方客，躲在芦篷献宝幡。

话说通天教主大呼："定光仙快取幡来！"连叫数声，连定光仙也不见了。教主已知他去了，大怒，欲待无心恋战，又见万仙受此等狼狈；欲待上前，又有四位教主阻住；欲要退后，又恐教下门人笑话；只得勉强相持，又被老子打了一拐。通天教主着了急，祭起紫电锤来打老子；老子笑曰："此物怎能近我！"只见顶上现出玲珑宝塔，此锤焉能下来。通天教主正出神，不防元始天尊又一如意，打中通天教主肩窝，几乎落下奎牛。通天教主大怒，奋勇争战。只见二十八宿星官已杀得看看殆尽，止丘引见势不好了，借土遁就走，被陆压看见，惟恐追不及，急纵至空中将葫芦揭开，放出一道白光，上有一物飞出，陆压打一躬，命："宝贝转身。"可怜丘引头已落地。陆压收了宝贝，复至阵中助战。且说接引道人在万仙阵内将乾坤袋打开，尽收那三千红气之客，有缘在极乐之乡者俱收入此袋内。

准提同孔雀明王在阵中现三十四头，十八只手，执定璎珞、伞盖、花贯、鱼肠、金弓、银戟、白钺、幡幢、加持神杵、宝锉、银瓶等物来战通天教主。通天教主看见准提，顿起三昧真火，大骂曰："好泼道！焉敢欺吾太甚，又来搅吾此阵也！"纵奎牛冲来，仗剑直取，准提将七宝妙树架开。正是：

　　　　西方极乐无穷法，俱是莲花一化身。

且说通天教主用剑砍来，准提将七宝妙树一刷，把通天教主手中剑打得粉碎。通天教主把奎牛一拎，跳出阵去了，准提道人收了法身，老子与元始也不赶他。群仙共破了万仙阵，鸣动金钟，击响玉磬，俱回芦篷上来。

老子与元始看见定光仙，问曰："你是截教门人定光仙，为何躲在此处也？"定光仙拜伏在地曰："师伯在上，弟子有罪，敢禀明师伯。吾师炼有六魂幡，欲害二位师伯并西方教主、武王、子牙，使弟子执定听用。弟子因见师伯道正理明，吾师未免偏听逆理，造此业障，弟子不忍使用，故收匿藏身于此处。今师伯下问，弟子不得不以实告。"元始曰："奇哉！你身居截教，心向正宗，自是有根器之人。"随命跟上芦篷。四位教主坐下，共论今日邪正方分。老子向定光仙曰："你可取六魂幡来。"定光仙将幡呈上。西方教主曰："此幡可摘去周武、姜尚名讳，将幡展开，以见我等根行如何。"准提随将六魂幡摘去"武王""姜尚"名讳，命定光仙展布。定光仙依命将幡连展数展，只见四位教主顶上各现奇珍：元始现庆云，老子现搭，西方二位教主现舍利子保护其身。定光仙见了，弃幡倒身下拜，言曰："似此吾师妄动嗔念，陷无限生灵也！"西方教主曰："吾有一偈，你且听着：

> 极乐之乡客，西方妙术神。
> 莲花为父母，九品立吾身。
> 池边分八德，常临七宝园。
> 波罗花开后，遍地长金珍。
> 谈讲三乘法，舍利腹中存。
> 有缘生此地，久后幸沙门。"

西方教主曰："定光仙与吾教有缘。"元始曰："他今日至此，也是弃邪归正念头，理当皈依道兄。"定光仙遂拜了接引、准提二位教主。子牙在篷下与哪吒等曰："今日万仙阵中许多道者遭殃，无辜受戮，其实痛心。"门人之内个个欢喜。不表。

且说通天教主被四位教主破了万仙阵，内中有成神者，有归西方教主者，有逃去者，有无辜受戮者。彼时无当圣母见阵势难支，先自去了；申公豹也走了；毗芦仙已归西方教主，后成为毗芦佛，此是千年后才见佛光。当日通天教主领着二三百名散仙，走在一座山下少憩片时，自思："定光仙可恨将六魂幡窃去，使吾大功不能成！今番失利，再有何颜掌碧游宫大教。左右是一不做，二不休，如今回宫，再立'地水火风'，换个世界罢！"左右众仙俱各各赞襄。通天教主见左右四个切己门徒俱丧，切齿深恨："不若往紫霄宫见吾老师，先禀过了他，然后再行此事。"

正与众散仙商议，忽见正南上祥云万道，瑞气千条，异香袭袭，见一道者手执竹杖而来。作偈曰：

> 高卧九重云，蒲团了道真。
> 天地玄黄外，吾当掌教尊。
> 盘古生太极，两仪四象循。
> 一道传三友，二教阐截分。
> 玄门都领秀，一气化鸿钧。

话说鸿钧道人来至，通天教主知是师尊来了，慌忙上前迎接，倒身下拜曰："弟子愿老师圣寿无疆！不知老师驾临，未曾远接，望乞恕罪。"鸿钧道人曰："你为何设此一阵？涂炭无限生灵，这是何说！"通天教主曰："启老师：二位师兄欺灭吾教，纵门人毁骂弟子，又杀戮弟子门下，全不念同堂手足，一味欺凌，分明是欺老师一般。望老师慈悲！"鸿钧道人曰："你这等欺心！分明是你自己作业，致生杀伐，该这些生灵遭此劫运；你不自责，尚去责人，情殊可恨！当日三教共佥'封神榜'，你何得尽忘之也！名利乃凡夫俗子之所争，嗔怒乃儿女子之所事，纵是未斩三尸之仙，未赴蟠桃之客，也要脱此苦恼；岂意你三人乃是混元大罗金仙，历万劫不磨之体，为三教元首，为因小事生此嗔痴，作此邪欲。他二人原无此意，都是你作此过恶，他不得不应耳。虽是劫数使然，也都是你约束不严，你的门徒生事，你的不是居多。我若不来，彼此报复，何日是了？我特来大发慈悲，与你等解释冤愆，各掌教宗，毋得生事。"随分付左右散仙："你等各归洞府，自养天真，以俟超脱。"众仙叩首而散。鸿钧道人命通天教主先至芦篷通报。通天教主不敢有违师命，只得先往芦篷下来，心中自思："如何好见他们？"不得已，腼面而行。

话说哪吒同韦护等俱在芦篷下，议论万仙阵中那些光景，忽见通天教主先行，后面跟着一个老道人扶筇而行，只见祥云缭绕,瑞气盘旋,冉冉而来,将至篷下。众门人与哪吒等各各惊疑未定。只见通天教主将近篷下,大呼曰:"哪吒可报与老子、元始,快来接老爷圣驾!"哪吒忙上篷来报。

话说老子在篷上与西方教主正讲众弟子劫数之厄今已圆满,猛抬头见祥光瑞霭腾跃而来,老子已知老师来至,忙起身谓元始曰:"师尊来至!"急率众弟子下篷。只见哪吒来报:"通天教主跟一老道人而来,呼老爷接驾,不知何故。"老子曰:"吾已知之。此是我等老师,想是来此与我等解释冤愆耳。"遂相率下篷迎接,在道旁俯伏曰:"不知老师大驾下临,弟子有失远接,望乞恕罪。"鸿钧道人曰:"只因十二代弟子运逢杀劫,致你两教参商。吾特来与你等解释愆尤,各安宗教,毋得自相背逆。"老子与元始声喏曰:"愿闻师命。"遂至篷上,与西方教主相见。

鸿钧道人称赞:"西方极乐世界真是福地。"西方教主应曰:"不敢!"教主请鸿钧道人拜见。鸿钧曰:"吾与道友无有拘束。这三个是吾门下,当得如此。"接引道人与准提道人打稽首坐下。后面就是老子、元始过来拜见毕,又是十二代弟子并众门人俱来拜见毕,俱分两边侍立。通天教主也在一旁站立。鸿钧道人曰:"你三个过来。"老子、元始、通天三个走近前面。道人问曰:"当时只因周家国运将兴,汤数当尽,神仙逢此杀运,故命你三个共立'封神榜',以观众仙根行浅深,或仙,或神,各成其品。不意通天弟子轻信门徒,致生事端。虽是劫数难逃,终是你不守清净,自背盟言,不能善为众仙解脱,以致俱遭屠戮,罪诚在你,非是我为师的有偏向,这是公论。"接引与准提齐曰:"老师之言不差。"鸿钧曰:"今日我与你讲明,从此解释。大徒弟,你须让过他罢。俱各归仙阙,毋得戕害生灵。况众弟子厄满,姜尚大功垂成,再毋多言。从此各修宗教。"鸿钧分付:"三人过来跪下。"三位教主齐至面前,双膝跪下。道人袖内取出一个葫芦,倒出三粒丹来,每一位赐他一粒:"你们吞入腹中,吾自有话说。"三位教主俱皆依师命,各吞一粒。鸿钧道人曰:"此丹非是却病长生之物,你听我道来:

　　此丹炼就有玄功,因你三人各自攻。
　　若有先将念头改,腹中丹发即时薨!"

鸿钧道人作罢诗,三位教主叩首:"拜谢老师慈悲!"鸿钧道人起身,作辞西方教主,命通天三弟子:"你随我去。"通天教主不敢违命。只见接引道人与准提俱起身,同老子、元始率众门人同送至篷下。鸿钧别过西方二位教主,老子与众门人等又拜伏道旁,俟鸿钧发驾。鸿钧分付:"你等去罢。"众人起立拱候。只见鸿钧与通天教主驾祥云冉冉而去。西方教主也作辞回西去了。

　　老子、元始与子牙曰:"今日来,我等与十二代弟子俱回洞府,候你封过神,从新再修身命,方是真仙。"正是:

　　重修顶上三花现,返本还元又是仙。

子牙与元始众仙下得芦篷,姜子牙伏于道旁,拜求掌教师尊曰:"弟子姜尚蒙师尊指示,得进于此地,不知后会诸侯一事如何?"老子曰:"我有一诗,你谨记有验。诗曰:

　　险处又逢险处过,前程不必问如何。
　　诸侯八百看看会,只待封神奏凯歌。"

老子道罢,与元始各回玉京去了。广成子与十二代仙人,俱来作别曰:"子牙,吾等与你此一别,再不能会面也!"子牙心下甚是不忍分离,在篷下恋恋不舍。子牙作诗以送之,诗曰:

　　东进临潼会万仙,依依回首甚相怜。

> 从今别后何年会？安得相逢诉旧缘。

话说群仙作别而去，惟有陆压握子牙之手曰："我等此去，会面已难。前途虽有凶险之处，俱有解释之人，只还有几件难处之事，非此宝不可，我将此葫芦之宝送你以为后用。"子牙感谢不已。陆压随将飞刀付与，也自作别而去。

话分两头，单表元始驾回玉虚。申公豹只因破了万仙阵，希图逃窜他山。岂知他恶贯满盈，跨虎而遁，只见白鹤童子看见申公豹在前面，似飞云掣电一般奔走，白鹤童子忙启元始天尊曰："前面是申公豹逃窜。"元始曰："他曾发一誓，命黄巾力士：'将我的三宝玉如意把他拿在麒麟崖伺候。'"童子接了如意，递与力士。力士赶上前大呼曰："申公豹不要走！奉天尊法旨拿你去麒麟崖听候！"祭起如意，凭空把申公豹拿了往麒麟崖来。且说元始天尊驾至崖前，落下九龙沉香辇，只见黄巾力士将申公豹拿来，放在天尊面前。元始曰："你曾发下誓盟去塞北海眼，今日你也无辞。"申公豹低首无语。元始命黄巾力士："将我的蒲团卷起他来，拿去塞了北海眼！"力士领命将申公豹塞在北海眼里。有诗为证：

> 堪笑阐教申公豹，要保成汤灭武王。
> 今日谁知身塞海，不知红日映苍桑。

话说黄巾力士将申公豹塞了北海，回元始法旨，不表。

且说子牙领众门徒回潼关来见武王，武王曰："相父今日回来，兵士俱齐，可速进兵早会诸侯，孤之幸也。"子牙传令，起兵往临潼关来。只八十里，早已来至关下，安下行营。且说临潼关守将欧阳淳闻报，与副将卞金龙、桂天禄、公孙铎共议曰："今姜尚兵来，止得一关，焉能阻当周兵？"众将言曰："主将明日与周兵见一阵,如胜则以胜而退周兵;如不胜,然后坚守,修表往朝歌去告急,俟援兵协守,此为上策。"欧阳淳曰:"将军之言是也。"次日子牙升帐,传下令去:"谁去取临潼关走一遭?"旁有黄飞虎曰:"末将愿往。"子牙许之。

飞虎领本部人马,一声炮响,至关下搦战。报马报入帅府:"启主帅:有周将搦战。"欧阳淳曰:"谁去走一遭?"只见先行官卞金龙领令,出关来见黄飞虎,大呼曰:"来将何名?"飞虎曰:"吾乃武成王黄飞虎是也。"卞金龙大骂:"反贼不思报国,反助叛逆!吾乃临潼关先行卞金龙是也。"黄飞虎大怒,纵骑摇枪飞来直取,卞金龙手中斧急架忙迎。牛马相交,枪斧并举,战未三十合,黄飞虎卖个破绽,吼一声将卞金龙刺下马来,裹了首级,掌鼓回营,来见姜元帅。子牙大喜,上了黄将军功绩。不表。

且说报马报入帅府,欧阳淳大惊,只见卞金龙家将报入本府,卞金龙妻子胥氏听说,放声大哭,惊动后园长子卞吉。卞吉问左右:"太太为何啼哭?"左右把家主阵亡事说了一遍。卞吉怒发冲冠,随换了披挂,来见母亲曰:"母亲不须啼哭,俟儿为父亲报仇。"胥氏只是啼哭,也不管卞吉的事。卞吉上马至帅府前,左右报入殿庭:"启元帅:卞先行长子听令。"欧阳淳命:"令来。"卞吉上殿行礼毕,含泪启曰:"末将父死何人之手?"欧阳淳曰:"尊翁不幸,被反贼黄飞虎枪挑下马,丧了性命。"卞吉曰:"今日已晚,明日拿仇人为父泄恨。"卞吉回至家中,令家将扛抬一个红柜,随领军出关。卞吉率领军士至关外,竖立一根大幡杆,将红柜打开,拎出一首幡挂将起来,悬于空中有四五丈高。好利害幡!怎见得,有诗为证:

　　万骨攒成世罕知,开天辟地最为奇。

第八十四回　子牙兵取临潼关

周王不是多洪福，百万雄师此处危。

话说当日卞吉将幡杆竖起，一马竟至周营辕门前搦战。哨马报入中军："启元帅：关内有将请战。"子牙问："谁人出马？"只见南宫适领命出营。见一员小将生的面貌凶恶，手持方天画戟，大呼曰："来者何人？"南宫适笑曰："似你这等黄口孺子，定然不认得吾是西岐大将南宫适！"卞吉曰："且饶你一死回去，只叫黄飞虎出来！他杀我父，吾与他有不共戴天之仇。我不拿你这将生替死之辈。"南宫适听罢大怒，纵马舞刀直取卞吉，卞吉手中戟急架忙迎。二马相交，戟刀并举，二将大战，正是棋逢对手，将遇作家。卞吉与南宫适战有二三十合，卞吉拨马便走，南宫适随后赶来。卞吉先往幡下过去。南宫适不知详细，也往幡下来，只见马到幡前，早已连人带马跌倒，南宫适不省人事，被左右守幡军士将南宫适绳缠索绑，拿出幡来。南宫适方睁开二目，乃知堕入他左道之术。卞吉进关来见欧阳淳，把拿了南宫适的话说了一遍。欧阳淳命左右推来，至殿前，南宫适站立不跪。欧阳淳骂曰："反国逆贼，今已被擒，尚敢抗礼！"命："速斩首号令！"旁有公孙铎曰："主将在上，目今奸佞当道，言我等守关将士俱是架言征战，冒破钱粮，贿买功绩，凡有边报一概不准，尚将赍本人役斩了。依末将愚见，不若将南宫适监候，俟捉获渠魁，解往朝歌以塞奸佞之口，庶知边关非冒破之名。不知主将意下若何？"欧阳淳曰："将军之言正合吾意。"遂将南宫适送在监中。不表。

且说子牙闻报南宫适被擒，心中大惊，闷坐中军。次日，卞吉又来搦战，坐名要黄飞虎。飞虎带黄明、周纪出营来。见卞吉飞马过来，大呼曰："来者何人？"黄飞虎曰："吾乃武成王黄飞虎是也。"卞吉闻言大怒,骂曰:"反国逆贼,擅杀吾父,不共戴天之仇。今日拿你碎尸万段,以泄吾恨!"展戟来刺,黄飞虎急拨枪来迎。战有三十回合,卞吉诈败,竟往幡下去了。黄飞虎不知,也赶至幡下,亦如南宫适一样被擒。黄明大怒,摇斧赶来欲救黄飞虎,不知至幡下也跌翻在地,也被擒了。卞吉连擒二将,进关来报功,欲将黄飞虎斩首以报父仇。欧阳淳曰:"小将军虽要报父之仇,理宜斩首;只他是起祸渠魁,正当献上朝廷正法,一则以泄尊翁之恨,一则以显小将军之功,恩怨两伸,岂不为美?且将他监候。"卞吉不得已,只得含泪而退。

话说周纪见黄明又失利,不敢向前,只得败进营来见子牙。子牙闻说黄飞虎被擒,大惊,问周纪曰:"他如何擒去?"周纪曰:"他于关外立有一幡,俱是人骨头穿成,高有数丈。他先自败走,竟从幡下过去;若是赶他的,只至幡下便身连马倒了。黄明去救武成王,也被擒去。"子牙大惊:"此又是左道之术!待吾明日亲自临阵,便知端的。"

次日,子牙与众将门人出营来,看见此幡悬于空中,有千条黑气,万道寒烟。哪吒等仔细定睛,看那白骨上俱有朱砂符印,对子牙曰:"师叔可曾见上面符印么?"子牙曰:"吾已见了。此正是左道之术。你等今后交战,只不往他幡下过便了。"只见报马报入关内,欧阳淳也亲自出关来会子牙。欧阳淳不往幡下过,往旁边走来。子牙看见欧阳淳转将出来,对门人曰:"你看主将也不从此处过。"众将皆点头会意。子牙迎上前来,问曰:"来将莫非守关主将么?"欧阳淳曰:"然也。"子牙曰:"将军何不知天命耶?五关止此一城,尚欲抗拒天兵哉?"欧阳淳大怒:"匹夫敢出此言!"回顾卞吉曰:"与吾拿此叛贼!"卞吉催开马,摇手

第八十四回　子牙兵取临潼关

中戟飞奔过来。旁有雷震子大呼曰："贼将慢来,有吾在此!"展开二翅,举棍打来。卞吉见雷震子凶悍,知是异人,未及数合就往幡下败走。雷震子自忖："此幡既是妖术,不若先打碎此幡,再杀卞吉未迟。"雷震子把二翅飞起,望幡上一棍打来。不知此幡周围有一股妖气迷住,撞着他就自昏迷,雷震子一棍打来,竟被妖气冲着,便翻下地来不醒人事,两边守幡家将把雷震子捆绑起来。这壁厢韦护大怒,急祭起降魔杵来打此幡,此杵虽能镇压邪魔外道之人,不知打不得此幡,只见那杵竟落幡下。正是:

> 休言韦护降魔杵,怎敌幽魂百骨幡。

话说韦护见此杵竟落于幡下,不觉大惊。众门下俱彼此看住。

只见卞吉复至军前,大呼曰："姜尚可早早下骑归降,免你一死!"哪吒听得大怒,登开风火轮,现出三首八臂,大喝曰:"匹夫慢来!"摇火尖枪飞来直取。卞吉见哪吒如此形状,先自吃了一惊。未及数合,被哪吒一乾坤圈把卞吉几乎打下马来,回身败进关去了。子牙后有李靖催马摇戟来战,欧阳淳旁有桂天禄舞手中刀抵住了李靖,未及数合,被李靖一戟刺于马下。欧阳淳大怒,摇手中斧来战李靖,子牙命左右擂鼓助战。只见阵后冲出辛甲、辛免、四贤毛公遂、周公旦、召公奭无数周将,把欧阳淳围在当中,又有周纪、龙环、吴谦三将也来助战,把欧阳淳杀得只有招架之功,更无还兵之力。不知后事如何,且听下回分解。

【总批】

通天教主为神仙领秀,如何这等模糊？既知天意已定,如何扭得过来,徒令生灵受苦。夫子云:"不知天命,无以为君子。"若通天教主可为知命乎?岂可还令他掌教?因该打入常行,历百千劫,方可还其掌教。鸿钧道者甚欠主张,俱为情面所使。

【又批】

申公豹虽罪之魁,亦功之首,元始还该宽恕他。若不是他邀请这些人,如何凑得封神榜上数?此时元始不过,只要应他的咒,以合冥数。故从阐教的人,毕竟要应数,一些也不放空;截教不论数,只是恃力扭转他;二者皆非正道。无若我夫子,一意中庸也。或曰:此是论神仙劫数,非是论凡人。予曰:人道未完,仙道远矣。或人喏喏而退。

第八十五回　邓芮二侯归周主

诗曰：
　　西山日落景寥寥,大厦将倾借小条。
　　卞吉无辜遭屈死,欧阳热血染霞绡。
　　奸邪用事民生丧,妖孽频兴社稷摇。
　　可惜成汤先世业,轻轻送入往来潮。

话说欧阳淳被一干周将围在垓心,只杀得盔甲歪斜,汗流浃背,自料抵挡不住,把马跳出圈子,败进关中去了,紧闭不出。子牙在辕门又见折了雷震子,心下十分不乐。且说欧阳淳败进关来,忙升殿坐下,见卞吉打伤,分付他且往私宅调养,一面把雷震子且送下监中,修告急文书往朝歌求救。差官在路上,正是春尽夏初时节,怎见得一路上好光景,有诗为证,诗曰：
　　清和天气爽,池沼芰荷生。
　　梅逐雨余熟,麦随风景成。
　　草随花落处,莺老柳枝轻。
　　江燕携雏习,山鸡哺子鸣。
　　斗南当日永,万物显光明。

话说差官在路不分晓夜,不一日进了朝歌,在馆驿安歇。次日,将本赍进午门,至文书房投递。那日是中大夫恶来看本,差官将本呈上,恶来接过手正看那本,只见微子启来至,恶来将欧阳淳的本递与微子看,微子大惊："姜尚兵至临潼关下,敌兵已临咫尺之地,天子尚高卧不知。奈何!奈何!"随抱本往内庭见驾。

纣王正在鹿台与三妖饮膳,当驾官启驾:"有微子启候旨。"纣王曰:"宣来。"微子至台上见礼毕,王曰:"皇兄有何奏章?"微子奏曰:"姜尚造反,自立姬发兴兵作叛,纠合诸侯妄生祸乱,侵占疆土,五关已得四关。大兵见屯临潼关下,损兵杀将,大肆狂暴,真累卵之危,其祸不小。守关主将具疏告急,乞陛下以社稷为重,日亲政事,速赐施行,不胜幸甚!"微子将表呈上。纣王接表看罢,大惊曰:"不意姜尚作难肆横,竟克朕之四关也。今不早治,是养痈自患也。"随传旨上殿,左右当驾官施设龙车凤辇:"请陛下发驾。"只见警跸传呼,天子御驾早至金銮宝殿。掌殿官与金吾大将忙将钟鼓齐鸣,百官端肃而进,不觉威仪一新。只因纣王有经年未曾临朝,今一旦登殿,人心鼓舞如此。怎见得,有赞为证,赞曰:

> 烟笼凤阁,香霭龙楼。光摇月宸动,云拂翠华流。侍臣灯宫女扇双双映彩,孔雀屏麒麟殿处处光浮。静鞭三下响,衣冠拜冕旒。金章紫绶垂天象,管取江山万万秋。

话说纣王设朝,百官无不庆幸。朝贺毕,王曰:"姜尚肆横,以下凌上,侵犯关隘,已坏朕四关,如今屯兵于临潼关下。若不大奋乾刚,以惩其侮,国法安在!众卿有何策可退周兵?"言未毕,左班中闪出一位上大夫李通,出班启奏曰:"臣闻'君为元首,臣为股肱'。陛下平昔不以国事为重,听谗远忠,荒淫酒色,屏弃政事,以致天愁民怨,万姓不保,天下患乱,四海分崩。陛下今日临轩,事已晚矣。况今朝歌岂无智能之士、贤俊之人?只因陛下平日不以忠良为重,故今日亦不以陛下为重耳!即今东有姜

第八十五回 邓芮二侯归周主

文焕,游魂关昼夜无宁;南有鄂顺,三山关攻打甚急;北有崇黑虎,陈塘关旦夕将危;西有姬发,兵叩临潼关指日可破:真如大厦将倾,一木焉能扶得!臣今不避斧钺之诛,直言冒渎天听,乞速加整饬以救危亡。如不以臣言为谬,臣举保二臣,可先去临潼关阻住周兵,再为商议。愿陛下日修德政,去谗远佞,谏行言听,庶可少挽天意,犹不失成汤之脉耳。"王曰:"卿保举何人?"李通曰:"臣观众臣之内,止有邓昆、芮吉素有忠良之心,辅国实念,若得此二臣前去,可保无虞也。"

纣王准奏,随宣邓昆、芮吉上殿,不一时宣至殿前,朝贺毕,王曰:"今有上大夫李通奏卿忠心为国,特举卿二人前去临潼关协守。朕加尔黄钺、白旄,特专阃外。卿当尽心竭力,务在必退周兵,以擒罪首。卿功在社稷,朕岂惜茅土以报卿哉?当领朕命。"邓昆、芮吉叩首曰:"臣敢不竭驽骀之力以报陛下知遇之恩也。"纣王传旨:"赐二卿筵宴,以见朕宠荣至意。"二臣叩头谢恩,下殿。须臾,左右铺上筵席,百官与二侯把盏。微子、箕子二位殿下也奉酒与二侯,哽咽言曰:"二位将军,社稷安危,在此一行。全仗将军扶持国难,则国家幸甚!"二侯曰:"殿下放心。臣平日之忠肝义胆,正报国恩于今日也,岂敢有负皇上委托之隆,众大夫保举之恩也!"酒毕,二人谢过二位殿下与众官,次日起兵离了朝歌,径往孟津渡黄河而来。按下不表。

且说土行孙催粮至辕门,看见一首幡,幡下却是韦护的降魔杵,雷震子的黄金棍。土行孙不知其故,自思:"他二人兵器如何丢在此幡下?我且见了元帅,再来看其真实。"报马报入中军:"启元帅:二运督粮官等令。"子牙传令:"令来。"土行孙来至中军,见子牙行礼毕,问曰:"弟子适才督粮至辕门外,见那关前竖一首幡,那幡下却有韦护、雷震子两件兵器在那幡下,不知何故?"子牙把卞吉的事说了一遍。土行孙不信:"岂有此理?"哪吒曰:"卞吉被吾打了一圈,这几日俱不曾出来。"土行孙曰:"待吾去便知端的。"哪吒曰:"你不可去,果是那幡利害。"土行孙只是不信。那时天色将晚,土行孙径出营门,一头往幡下来。方至幡下,便一交跌倒,不知人事。周营哨马报于子牙,子牙大惊。

正无可计较,只见关上军士见幡下睡着一个矮子,报与欧阳淳。欧阳淳命:"开关拿来。"不知若要拿人,只是卞吉的家将拿的,其余别人皆拿不得,到不得幡下去。彼时几个军士走至幡下俱翻身跌倒,不省人事。关上军士看见,忙报主将,欧阳淳亦自惊疑,忙叫左右:"去请卞吉来。"卞吉此时在家调养伤痕,闻主帅来呼唤,只得勉强进府中。欧阳淳将前事告诉一遍。卞吉曰:"此小事耳。"命家将:"去把那矮子拿来,将众人放了。"家将出关,将土行孙绑了,把众军士拖出幡外。众人如醉方醒,各各揉眼擦面。一时将土行孙扛进关来,拿进府中。欧阳淳问曰:"你是何人?"土行孙曰:"我见幡下有一黄金棍,拿去家里耍子,不知就在那里睡着了。"卞吉在旁边骂曰:"你这匹夫!怎敢以言语来戏弄我?"命左右:"拿去斩了!"众军士拿出前门举刀就斩,只见土行孙一扭就不见了。正是:

　　　地行妙术真堪羡,一晃全身入土中。

众军士忙进府中来报曰:"启元帅:异事非常!我等拿此人,方才下手,那矮子把身一晃,就不见了。"欧阳淳与卞吉曰:"这个就是土行孙了,倒要仔细。"彼此惊异。不表。土行孙回营来见子牙,曰:"果然此幡利害,弟子至幡下就跌倒了,不知人事,若非地行之术,性命休矣。"

次日,卞吉伤痕全愈,领家将出关,至军前搦战。哨马报入子牙。子牙问:"谁人出马?"哪吒愿往,登风火轮,摇火尖枪出营来。卞吉见了仇人,也不答话,摇画杆戟劈面刺来,哪吒火尖枪分心就刺。一场大战,怎见得,有赞为证,赞曰:

> 战鼓杀声扬,英雄临战场。红旗如烈火,征夫四臂忙。这一个展开银杆戟,那一个发动火尖枪。哪吒施威武,卞吉逞刚强。忠心扶社稷,赤胆为君王。相逢难下手,孰在孰先亡。

话说卞吉战哪吒,又恐他先下手,把马一拨,预先往幡下走来。看官,若论哪吒要往幡下来,他也来得;他是莲花化身,却无魂魄,如何来不得? 只是哪吒天性乖巧,他犹恐不妙,便立住脚,看卞吉往幡下过去了,他便登回风火轮,自己回营。不表。

且说卞吉进关来见欧阳淳,言曰:"不才欲诓哪吒往幡下来,他狡猾不来赶我,自己回营去了。"欧阳淳曰:"似此奈何?"正议间,忽探马报:"邓、芮二侯奉旨前来助战,请主将迎接。"欧阳淳同众将出府来迎接,二侯忙下马,携手上银安殿。行礼毕,二侯上坐,欧阳淳下陪。邓昆问曰:"前有将军告急本章进朝歌,天子看过,特命不才二人与将军协守此关。今姜尚猖獗,所在授首,军威已挫,似觉不在战之罪也。今临潼关乃朝歌保障,与他关不同,必当重兵把守,方保无虞。连日将军与周兵交战,胜负如何?"欧阳淳曰:"初次副将卞金龙失利。幸其子卞吉有一幡,名曰幽魄白骨幡,全仗此幡以阻周兵,一次拿了南宫适,二次拿了黄飞虎、黄明,三次拿了雷震子。"邓昆曰:"拿的可是反五关的黄飞虎?"欧阳淳曰:"正是他了。"欧阳淳此回正是:

　　　　无心说出黄飞虎，咫尺临潼属子牙。

话说邓昆问："可是武成王黄飞虎？"欧阳淳曰："正是。"邓昆冷笑曰："他今日也被你拿了，此将军莫大之功也。"欧阳淳谦谢不已，邓昆暗记在心。原来黄飞虎是邓昆两姨夫，众将那里知道。欧阳淳治酒管待二侯，众将饮罢，各散。邓昆至私宅，默思："黄飞虎今已被擒，如何救他？我想天下八百诸侯尽已归周，此关大势尽失，料此关焉能阻得他！不若归周，此为上策。但不知芮吉何如？且待明日会过一战，见机而作。"

　　次日，二侯上殿，众将参谒。芮吉曰："吾等奉旨前来，当以忠心报国。速传令把人马调出关会姜尚，早定雌雄，以免无辜涂炭。"欧阳淳曰："将军之言甚善。"令卞吉等关中点炮呐喊，人马一齐出关。邓、芮二侯出了关外，见了幽魂白骨幡高悬数丈，阻住正道。卞吉在马上曰："启上二位将军：把人马从左路上走，不可往幡下去。此幡不同别样宝贝。"芮吉曰："既去不得，便不可走。"军士俱从左路至子牙营前，对左右探马曰："请武王、子牙答话。"哨马报入中军："启元帅：关中大势人马排开，请武王、元帅答话。"子牙曰："既请武王答话，必有深意。"命中军官速请武王临阵。子牙传令点炮呐喊，宝纛旗磨动，辕门开处，鼓角齐鸣，周营中人马齐出。怎见得，有赞为证，赞曰：

　　　　红旗闪灼出军中，对对英雄气吐虹。
　　　　马上将军如猛虎，步下士卒似蛟龙。
　　　　腾腾杀气冲霄汉，霭霭威光透九重。
　　　　金盔凤翅光华吐，银甲鱼鳞瑞彩横。
　　　　幞头灿烂红抹额，束发冠摇雉尾雄。
　　　　五岳门人多骁勇，哪吒正印是先锋。

保周灭纣元戎至,杀法森严姜太公。

话说邓、芮二侯在马上见子牙出兵威风凛凛,杀气腾腾,别是一般光景;又见那三山五岳门人,一班儿齐齐整整;又见红罗伞下武王坐逍遥马,左右有四贤八俊分于两旁,怎见得武王生成的天子仪表非俗,有诗为证,诗曰:

龙凤丰姿迥出群,神清气旺帝王君。

三停匀称金霞绕,五岳朝归紫雾分。

仁慈相继同尧舜,吊伐重光过夏殷。

八百十年开世业,特将时雨救如焚。

话说邓、芮二侯在马上大呼曰:"来者可是武王、姜子牙么?"子牙曰:"然也。"因而问之:"二公乃是何人?"邓昆曰:"吾乃邓昆、芮吉是也。姜子牙,你想西周不以仁义礼智辅国四维,乃擅自僭称王号,收匿叛亡,拒逆天兵,杀军覆将,已罪在不赦;今又大肆猖獗,欺君罔上,忤逆不道,侵占天王疆土,意欲何为!独不思'率土之滨,莫非王臣',岂可簧惑天下后世之人心哉!"芮吉又指武王曰:"你先王素称有德,虽羁囚羑里七年,更无一言怨尤,克守臣节。蒙纣王怜赦归国,加以黄钺、白旄,特专征伐,其洪恩德泽可为厚矣。尔等当世世酬报,尚未尽涓涯之万一;今父死未久,深听姜尚妄语,寻事干戈,兴无名之师,犯大逆之罪,是自取覆宗灭祀之祸,悔亦何及!今听吾言,速反其干戈,退其关隘,擒其渠魁,献俘商郊,尔自归待罪,尚待尔以不死;不然,恐天子大奋乾刚,亲率六师,大张天讨,只恐尔等死无噍类矣!"

子牙笑曰:"二位贤侯只知守常之语,不知时务之说。古云:'天命无常,惟有德者居之。'今纣王残虐不道,荒淫酗暴,杀戮大臣,诛妻弃子,郊社不修,宗庙不享,臣下化之,朋家作仇,戕害百姓，无辜吁天，秽德彰闻，罪盈恶贯。皇天震怒，特命我周恭行天之讨，故天下诸侯相率事周，会于孟津，观政于商郊。二侯尚执迷不悟，犹以口舌相争耶？以吾观之，二侯如寄寓之客，不知谁为之主；宜速倒戈，弃暗投明，亦不失封侯之位耳。请自速裁。"邓昆大怒，命卞吉："拿此野叟！"卞吉纵马摇戟冲杀过来，傍有赵升使双刀前来抵住。二人正接战间，芮吉持刀也冲将过来，这边孙焰红使斧抵住。只见武吉催开马杀来助战，旁边恼了先行哪吒，登开风火轮，现三首八臂冲杀过来，势不可当。邓昆见哪吒三头八臂，相貌异常，只吓得神魂飞散，急忙先走，传令鸣金收兵，众将各架住兵器。正是：

人言姬发过尧舜，云集群雄佐圣君。

话说邓昆回兵进关，至殿前坐下，欧阳淳、卞吉等俱说姜尚用兵有法，将勇兵骁，门下又有许多三山五岳道术之士，难以取胜，俱各各咨嗟不已。欧阳淳只得治酒管待。至夜，各自归于卧所。

且说邓昆至更深，自思："如今天时已归西周，纣王荒淫不道，谅亦不久；况黄飞虎又是两姨，被陷在此，使吾掣肘，如之奈何！且武王功德日盛，有龙凤之姿，天日之表，真是应运之主。子牙又善用兵，门下又是些道术之客，此关岂能为纣王久守哉！不若归周以顺天时，只恐芮吉不从，奈何！且俟明日以言挑他，看他意思何如，再为道理。"就思想了半夜。不说邓昆已有意归周，且表芮吉自与武王见阵，进关虽是吃酒，心上暗自沉吟："人言武王有德，果然气宇不同。子牙善能用兵，果然门下俱是异人。今三分天下，周有其二，眼见得此关如何守！不若献关归降，以免兵革之苦。只不知邓昆心上如何？且慢慢将言语探

第八十五回　邓芮二侯归周主

他，便知虚实。"两下里俱各有意。不题。

只见次日二侯升殿坐下，众官将参谒毕，邓昆曰："关中将寡兵微，昨日临阵，果然姜尚用兵有法，所助者又是些道术之士。国事艰难，如之奈何？"卞吉曰："国家兴隆，自有豪杰来佐，又岂在人之多寡哉！"邓昆曰："卞将军之言虽是，但目下难支，奈何？"卞吉曰："今关外尚有此幡阻住周兵，料姜尚不能过此。"芮吉听了他二人说话，心中自忖："邓昆已有意归周。"不觉至晚，饮了数杯各散。邓昆令心腹人密请芮侯饮酒，芮吉闻命欣然而来，二侯执手至密室相叙。左右掌起烛来，二侯对面传杯。正是：

<blockquote>二侯有意归真主，自有高人送信来。</blockquote>

且不言二侯正在密室中饮酒，欲待要说心事，彼此不好擅出其口。只见子牙在营中运筹取关，又多了那首幡阻在路上，欲别寻路径，又不知他关中虚实、黄飞虎等下落，无计可施。忽然想起土行孙来，随唤土行孙分付："你今晚可进关去，如此如此探听，不得有误。"土行孙得令，把精神抖擞，至一更时分径进关来，先往禁中来看南宫适等四人。土行孙见看守的尚未曾睡，不敢妄动，却往别处行走。只见来至前面，听得邓、芮二侯在那厢饮酒，土行孙便躲在地下听他们说些甚么。

只见邓昆屏退左右，笑谓芮吉曰："贤弟，我们说句笑话。你说将来还是周兴，还是纣兴？你我私议，各出己见，不要藏隐，总无外人知道。"芮侯亦笑曰："兄长下问，使弟如何敢尽言。若说我等的识见洪远，又有所不敢言；若是模糊应答，兄长又笑小弟是无用之物，弟终讷于言。"邓昆笑曰："我与你虽为各姓，情同骨肉，此时出君之口，入吾之耳，又何本心之不可说哉？贤弟勿疑！"芮吉曰："大丈夫既与同心之友谈天下政事，若不明目张胆倾吐一番，又何取其能担当天下事为识时务之俊杰哉！据弟愚见，你我如今虽奉敕协同守关，不过强逆天心民意，是岂人民之所愿者也！今主上失德，四海分崩，诸侯叛乱，思得明主，天下事不卜可知。况周武仁德播布四海，姜尚贤能，辅相国务，又有三山五岳道术之士为之羽翼，是周日强盛，汤日衰弱，将来继商而有天下者，非周武而谁？前者会战，其规模气宇已自不同。但我等受国厚恩，惟以死报国，尽其职耳。承长兄下问，故敢以实告，其他非我知也。"邓昆笑曰："贤弟这一番议论，足见洪谋远识，非他人所可及者，但可惜生不逢时，遇不得其主耳。将来纣为周掳，吾与贤弟不过徒然一死而已。愚兄固当与草木同朽，只可惜贤弟不能效古人所谓'良禽择木而栖，贤臣择主而仕'，以展贤弟之才。"言罢咨嗟不已。芮吉笑曰："据弟察兄之意，兄已有意归周，故以言探我耳。弟有此心久矣。果长兄有意归周，弟愿随鞭镫。"邓昆忙起身慰之曰："非不才敢蓄此不臣之心，只以天命人心卜之，终非好消息，而徒死无益耳。既贤弟亦有此心，正所谓'二人同心，其利断金'，只吾辈无门可入，奈何？"芮吉曰："慢慢寻思，再乘机会。"

　　二人正商议绸缪，已被土行孙在地下听得详细，喜不自胜，思想："不若乘此时会他一会，有何不可？也是我进关一场。引进二侯归周，也是功绩。"正是：

　　　　世间万事由天数，引得贤侯归武王。

　　话说土行孙在黑影里钻将上来，现出身子，上前言曰："二位贤侯请了！要归武王，吾与贤侯作引进。"道罢，就把邓、芮二侯唬得半晌无言。土行孙曰："二侯不要惊恐，吾乃是姜元帅麾

第八十五回　邓芮二侯归周主

下二运督粮官土行孙是也。"邓、芮二侯听毕，方才定神，问曰："将军为何夤夜至此？"土行孙曰："不瞒贤侯说，奉姜元帅将令，特来进关探听虚实。适才在地下听得二位贤侯有意归周，恨无引进，故敢轻冒，致惊大驾，幸无见罪。若果真意归周，不才预为先容。吾元帅谦恭下士，决不致有辜二侯之美意也。"

邓、芮二侯听说，不胜欣喜，忙上前行礼曰："不知将军前来，有失迎迓，望勿见罪。"邓昆复挽土行孙之手，叹曰："大抵武王仁圣，故有公等高明之士为之辅弼耳。不才二人昨日因在阵上见武王与姜元帅俱是盛德之士，天下不久归周。今日回关与芮贤弟商议，不意为将军得知，实吾二人之幸也。"土行孙曰："事不宜迟。将军可修书一封，俟我先报知姜元帅，候将军乘机献关，以便我等接应。"邓昆急忙向灯下修书，递与土行孙，曰："烦将军报知姜元帅，设法取关。早晚将军还进关来，以便商议。"土行孙领命，把身子一晃，无影无形去了。二侯看了目瞪口呆，咨嗟不已。有诗赞之，诗曰：

> 暗进临潼察事奇，二侯共议正逢时。
> 行孙引进归明主，不负元戎托所知。

话说土行孙来至中军，刚有五鼓时分，子牙还坐在后帐中等土行孙消息。忽然土行孙立于面前，子牙忙问其进关所行事体如何。土行孙曰："弟子奉命进关，四将还在禁中，因看守人不曾睡，不敢下手。复行至邓、芮二侯密室，见二人共议归周，恨无引进，被弟子现身见他，二侯大悦，有书在此呈上。"子牙接书灯下观看，不觉大喜："此真天子之福也！再行设策，以候消息。"令土行孙回帐。不表。

且说邓、芮二侯次日升殿坐下，众将来见。邓昆曰："吾二人奉敕协守此关以退周兵，昨日会战未见雌雄，岂是大将之所为。明日整兵，务在一战以退周兵，早早班师以复王命，是吾愿也。"欧阳淳曰："贤侯之言是也。"当日整顿兵马，一宿晚景。不题。

次日，邓昆检点士卒，炮声响处，人马出关，至周营前搦战。邓昆见幽魂白骨幡竖在当道，就在这幡上发挥，忙令卞吉："将此幡去了。"卞吉大惊曰："贤侯在上：此幡是无价之宝，阻周兵全在于此；若去了此幡，临潼关休矣。"芮吉曰："吾乃是朝廷钦差官，反走小径；你为偏将，倒行中道，周兵观之深为不雅。纵有常胜，亦不为武。理当去了此幡。"卞吉自思："若是去了此幡，恐无以胜敌人；若不去，彼为主将，我岂可与之抗礼？今既为父亲报仇，岂惜此一符也！"卞吉马上欠身曰："二位贤侯不必去幡，请回关中一议，自然往返无碍耳。"邓、芮二侯俱进了关，卞吉忙画了三道灵符，邓、芮二侯每人一道，放在幞头里面。欧阳淳一道放在盔里，复出关来。数骑往幡下过就如寻常，二侯大喜。及至周营，对军政官曰："报你主将出来答话。"探马报入中军，子牙即忙领众将出营。邓昆大呼曰："姜子牙，今日与你共决雌雄也！"拍马杀入中阵来，只见子牙背后有黄飞彪、黄飞豹二马冲出，接住邓、芮二侯厮杀。四骑相交，正在酣战之下，卞吉看不过，大呼曰："吾来助战，二侯勿惧！"武吉出马，接住大战。只见卞吉拨马往幡下就走，武吉不赶。子牙见只有邓、芮二侯相战，忙令鸣金，两边各自回军。

子牙看见邓、芮四将往幡下径自去了，心中着实迟疑，进营坐下，沉吟自思："前日只是卞吉一人行走得，余则昏迷；今日如何他四人俱往幡下行得？"土行孙曰："元帅迟疑，莫不是为着那幡下他四人都走得么?"子牙曰:"正为此说。"土行孙曰:"这有何难,候弟子今日再往关内去走一遭,便知端的。"子牙大喜曰:"当宜速行。"当晚初更,土行孙进关,来至邓、芮二侯密室。二侯见土行孙来至,不胜大喜曰:"正望公来!那幡名唤幽魂白骨幡,再无法可治。今日被我二人刁难他,他将一道符与我们顶在头上,往幡下过就如平常,安然无事。足下可持此符献与姜元帅,速速进兵,吾自有献关之策也。"土行孙得符,辞了二侯,往大营来见子牙备言前事。子牙大喜,取符一看,子牙已识得符中妙诀,取朱砂书符,分付众将。不知下吉吉凶如何,且听下回分解。

【总批】
邓、芮二侯是来协守此关的,谁知他来送了此关,又屈杀一个忠良,情殊可悯。李通当坐以妄举之罪。

【又批】
卞吉为报父仇,岂得与平常擒拿军将等?当日拿住武成王,即当与白骨幡下诛之,以泄父恨是矣。岂得又擒进关去,乃致其权在主将,竟至不杀而监禁之。是自己不能急其所急矣。后致邓昆因黄飞虎姻亲之故,竟透露消息,大坏事体,使其父衔恨泉壤。卞吉不能逭不孝之罪,宜其有杀身之祸。

第八十六回　渑池县五岳归天

诗曰：

　　渑池小县亦屏商，主将英雄却异常。
　　吐雾神驹真鲜得，地行妙术更难量。
　　二王年少因他死，五岳奇谋为尔亡。
　　惟有智多杨督运，腾挪先杀老萱堂。

话说子牙将所用之符画完，分付军政官擂鼓，众将上帐参见。子牙曰："你众将俱各领符一道，藏在盔内，或在发中亦可。明日会战，候他败走，众将先赶去抢了他的白骨幡，然后攻他关隘。"众将听毕领了符命，无不欢喜。

次日，子牙大队而出，遥指关上搦战。探马报知，邓、芮二侯命卞吉出马。卞吉领令出关，可怜：

　　丹心枉作千年计，死到临头尚不知。

卞吉上马出关，径往幡下来，大呼曰："今日定拿你成功也！"纵马摇戟，直奔子牙。只见子牙左右一干大小将官冲杀过来，把卞吉围在垓心，锣鼓齐鸣，喊声四起，只杀得烟雾迷空。怎见得，有诗为证，诗曰：

　　杀气漫漫锁太华，戈声响亮乱交加。
　　五关今属西岐主，万载名垂赞子牙。

话说卞吉被众将困在垓心，不能得出。忽然一戟刺中赵丙肩窝，赵丙闪开，卞吉乘空跳出阵来，径往幡下逃去。周营一干众将随后赶来,卞吉那知暗里已漏消息,尚自妄想拿人。卞吉复兜回马,伺候家将拿人,只见数将赶过幡下,径杀奔前来。卞吉大惊曰:"此是天丧成汤社稷,如何此宝无灵也!"不敢复战,随败进关来,闭门不出。子牙也不赶他,命诸将先将此幡收了。韦护取了降魔杵,又将雷震子黄金棍取了,掌鼓回营。

且说卞吉进关来见邓、芮二侯,不知二侯已自归周,就要寻事处治卞吉。忽报:"卞吉回见。"行至阶下,芮吉曰:"想今日卞将军擒有几个周将?"卞吉曰:"今日末将会战,周营有十数员大将围裹当中,末将刺中一将,乘空败走,引入幡下,以便擒拿他几员;不知何故,他众将一拥前来,俱往幡下过来。此乃天丧成汤,非末将战不胜之罪也。"芮吉笑曰:"前日擒四将,此幡就灵验,今日如何此幡就不准了?"邓昆曰:"此无他说,卞吉见关内兵微将寡,周兵势大,此关难以久守,故与周营私通,假输一阵,使众将一拥而入,以献此关耳。幸军士随即紧闭,未遂贼计,不然,吾等皆为掳矣。此等逆贼,留之终属后患。"喝令两边刀斧手:"拿下枭首示众!"可怜!正是:

　　一点丹心成画饼,怨魂空逐杜鹃啼。

卞吉不及分辩,被左右拿下,推出帅府,即时斩了首级号令。欧阳淳不知其故,见斩了卞吉,目瞪口呆,心下茫然。

邓、芮二侯谓欧阳淳曰:"卞吉不知天命,故意逗留军机,理宜斩首。我二人实对将军说:方今成汤气数将终,荒淫不道,人心已离,天命不保,天下诸侯久已归周,只有此关之隔耳。今关中又无大将足抵周兵,终是不能拒守。不若我等与将军将此关献于周武,共伐无道。正所谓'顺天者昌,逆天者亡'。况周营俱是道术之士,我等皆非他的对手。固然我与你俱当死君之难,但无道之君,天下共弃之,你我徒死无益耳。愿将军思之。"欧阳淳大怒,骂曰:"食君之禄,不思报本,反欲献关,甘心降贼,屈杀下吉,此真狗彘之不若也!我欧阳淳其首可断,其身可碎,而此心决不负成汤之恩,甘效辜恩负义之贼也!"

邓、芮二侯大喝曰:"今天下诸侯尽已归周,难道俱是负成汤之恩者! 止不过为独夫残虐生民,万姓涂炭,周武兴吊民伐罪之师,汝安得以叛逆目之? 真不识天时之匹夫!"欧阳淳大呼曰:"陛下误用奸邪,反卖国求荣,吾先杀此逆贼以报君恩!"仗剑来杀邓、芮二侯。二侯亦仗剑来迎,杀在殿上,双战欧阳淳。欧阳淳如何战得过,被芮吉吼一声,一剑砍倒欧阳淳,枭了首级。正是:

　　为国亡身全大节,二侯察理顺天心。

话说二侯杀了欧阳淳,监中放出四将。黄飞虎上殿来,见是姨丈邓昆,二人相会大喜,各诉衷肠。芮吉传令:"速行开关。"先放四将来大营报信。四将至辕门,军政官报入中军,子牙大喜,忙令进帐来。四将至中军见礼毕,子牙问其详细,只见左右报:"邓昆、芮吉至辕门听令。"子牙传令:"令来。"二侯至中军,子牙迎下座来,二侯下拜,子牙搀住安慰曰:"今日贤侯归周,真不失贤臣择主而仕之智!"二侯曰:"请元帅进关安民。"子牙传令催人马进关,武王亦起驾随行。大军就地欢呼,人心大悦。武王来至帅府,查过户口册籍。关中人民父老,俱牵羊担酒迎迓王师。武王命殿前治宴,管待东征大小众将,犒赏三军。

住了数日,子牙传令起兵往渑池县。好人马! 一路上怎见得,有诗赞之,诗曰:

　　杀气迷空千里长,旌旗招展日无光。

层层铁钺锋如雪,对对钢刀刃似霜。

人胜登山豺虎猛,马过出水蟒龙刚。

渑池此际交兵日,五岳齐遭剑下亡。

话说子牙人马在路前行,不一日,探马报曰:"启元帅:前至渑池县了,请令定夺。"子牙传令安营,点炮呐喊。话说渑池县总兵官张奎听得周兵来至,忙升帅府坐下,左右有二位先行官,乃是王佐、郑椿,上厅来见张奎。奎曰:"今日周兵进了五关,与帝都止有一河之隔,幸赖吾在此,尚可支撑。"张奎打点御敌。且说姜元帅次日升帐,命将出军,忽报:"有东伯侯差官下书。"子牙传令:"令来。"差官至军前行礼毕,将书呈上,子牙拆书观看。子牙看书毕,问左右曰:"如今东伯侯姜文焕求借救兵,我这里必定发兵才是。"旁有黄飞虎答曰:"天下诸侯皆仰望我周,岂有坐视不救之理?元帅当得发兵救援,以安天下诸侯之心。"子牙传令,问:"谁去取游魂关走一遭?"旁有金、木二吒欠身曰:"弟子不才,愿去取游魂关。"子牙许之,分一枝人马与二人去了。不表。

且说子牙分付:"谁去渑池县取头一功?"南宫适应声愿往,领令出营,至城下搦战。张奎闻报,问左右先行:"谁人出马?"有王佐愿往,领兵开放城门,来至军前。南宫适大呼曰:"五关皆为周有,止此弹丸之地,何不早献,以免诛身之祸!"王佐骂曰:"无知匹夫!你等叛逆不道,罪恶贯盈,今日自来送死也!"纵马舞刀来取,南宫适手中刀拍面交还。战有二三十回合,被南宫适手起刀落,早把王佐挥为两段。南宫适得胜回营报功,子牙大喜。只见报马报进城来,张奎闻报王佐失机,心下十分不快。次日,又报:"周将黄飞虎搦战。"郑椿出马,与黄飞虎大战二十合,被黄飞虎一枪刺于马下,枭了首级回营,子牙大喜。

话说张奎又见郑椿失利,着实烦恼。子牙见连日斩他二将,命左右军士一齐攻城。众将率领军士放炮呐喊,前来攻城。城上士卒来报张奎,张奎在后厅闻报,与夫人高兰英商议:"如今孤城难守,连折二将,如之奈何?"高兰英曰:"将军有此道术,况且又有坐骑可以成功,何惧贼兵哉?"奎曰:"夫人不知,五关之内多少英雄俱不能阻逆,一旦至此,天意可知。今主上犹荒淫如故,为臣岂能安于枕席?"夫妻正议,又报:"周兵攻城甚急。"张奎即时上马提刀,夫人掠阵,开放城门,一骑当先。只见子牙门下众将左右分开,张奎大呼曰:"姜元帅慢来!"子牙上前曰:"张将军,你可知天意?速速早降,不失封侯之位;若自执迷不悟,与五关为例。"张奎笑曰:"你逆天罔上,侥幸至此,量你今日死无葬身之地矣。"子牙笑曰:"天时人事,不问可知,只足下迷而不悟耳。此去朝歌不过数百里,一河之隔,四面八方,天下诸侯云集,谅你区区弹丸之地,投鞭可实,何敢拒吾师哉!此正谓大厦将倾,一木安能支撑,徒自取灭亡耳!"张奎大怒,催开马,使手中刀飞来直取子牙。后面姬叔明、姬叔升二殿下走马大呼:"少冲吾阵!"两条枪急架忙迎。好张奎!使开刀力战二将。有诗为证:

> 臂膊抡开好用兵,空中各自下无情。
> 吹毛利刃分先后,刺骨尖锋定死生。
> 恶战止图麟阁姓,苦争只为史篇名。
> 张奎刀法真无比,到处成功定太平。

话说姬叔明等二将见战张奎不下,二位殿下掩一枪,诈败而走,指望回马枪挑张奎;不知张奎的坐骑甚奇,名为"独角乌烟兽",

第八十六回 渑池县五岳归天

其快如神。张奎让二将去有三四射之地,他把马上角一拍,那马如一阵乌烟,似飞云掣电而来。姬叔明听得有人追赶,以为得计时,不意张奎已至后面,措手不及,被张奎一刀挥于马下。姬叔升见其兄落马,及至回马,又被张奎顺手一刀,也是两段。可怜金枝玉叶,一旦遭殃!子牙大惊,急鸣金收兵,张奎也掌鼓进城。子牙见折了二位殿下,收军回营,心下不乐。武王闻知丧了二弟,掩面而哭,进后营去了。张奎连斩二将,心中甚喜。夫妻二人商议,具表进朝歌。不题。

且言子牙闷坐帐上,谓诸将曰:"料渑池不过一小县,反伤了二位殿下!"只见众将齐说:"张奎的马有些奇异,其快如风,故此二位殿下措手不及,以致丧身。"众将正猜疑时,忽报:"北伯侯崇黑虎至辕门求见。"子牙传令请来。崇黑虎同文聘、崔英、蒋雄上帐来参谒子牙,子牙忙下帐迎接,上帐各叙礼毕,子牙曰:"君侯兵至孟津几时了?"黑虎曰:"不才自起兵取了陈塘关,人马已至孟津扎营数月矣。今闻元帅大兵至此,特来大营奉谒,愿元帅早会诸侯,共伐无道。"子牙大喜。有武成王与崇黑虎相见,感谢黑虎曰:"昔日蒙君侯相助擒斩高继能,此德尚未图报,时刻不敢有忘,铭刻五内。"彼此逊谢毕。子牙分付营中治酒,管待崇黑虎等。正是:

　　死生有数天生定,五岳相逢绝渑池。

当日酒散。次日,子牙升帐,众将参谒。忽报:"张奎搦战。"哨马报入中军,子牙问:"今日谁人战张奎走一遭?"崇黑虎曰:"末将今日来至,当得效劳。"只见文聘、崔英、蒋雄三人也要同去。子牙大喜。四将同出大营,领本部人马摆开,崇黑虎催开了金睛兽,举双板斧,飞临阵前,大呼曰:"张奎!天兵已至,何不早降,尚敢逆天,自取灭亡哉!"张奎大怒,骂曰:"无义匹夫!你乃是弑兄图位,天下不仁之贼,焉敢口出大言!"催开马,使手中刀飞来直取。崇黑虎举双斧急架忙迎,文聘大怒,发马摇叉冲杀过来,崔英八楞锤一似流星,蒋雄的抓绒绳飞起,一齐上前把张奎裹在当中。却说子牙在帐上见黄飞虎站立在旁,子牙曰:"黄将军,崇侯今日会战,你可去掠阵助他,也不负昔日崇侯曾为将军郎君报仇。"黄飞虎领令出营,见四将与张奎大战,黄飞虎自思:"吾在此掠阵,不见我之情分,不若走骑成功,何不为美?"黄飞虎将五色神牛催开,大呼曰:"崇君侯,吾来也!"此正是"五岳逢七杀",大抵天数已定,毕竟难逃。只见五将裹住张奎,这场大战。怎见得,有赞为证:

> 只杀得愁云惨淡,旭日昏尘,征夫马上抖精神。号带飘扬,千条瑞彩满空飞;剑戟参差,三冬白雪漫阵舞。崇黑虎双板斧纷纭上下,文聘的托天叉左右交加,崔英的八楞锤如流星荡漾,蒋雄的五爪抓似蒺藜飞扬,黄飞虎长枪如大蟒出穴。好张奎,敌五将,似猛虎翻腾。刀架斧,斧劈刀,叮当响亮;叉迎刀,刀架叉,有叱咤之声;锤打刀,刀架锤,不离其身;抓分顶,刀掠处,全凭心力;枪刺来,刀隔架,纯是精神。五员将鞍鞯上各施巧妙,只杀得刮地寒风声拉杂,荡起征尘飞铠甲。渑池城下立功勋,数定"五岳"逢"七杀"。

话说五将把张奎围在垓心,战有三四十回合未分胜负。崇黑虎暗思:"既来立功,又何必与他恋战?"把坐下金睛兽一兜,跳出圈子,诈败就走,好放神鹰。四将知机,也便拨马跟黑虎败走。他不知张奎坐骑其快如风,也是"五岳"命该如此。只见张奎等

第八十六回 渑池县五岳归天

五将去有三二箭之地，把马顶上角一拍，一阵乌烟，即时在文聘背后，手起一刀把文聘挥于马下。崇黑虎急用手去揭葫芦盖，已是不及，早被张奎一刀砍为两段。崔英勒回马来时，张奎使开刀又战三将。忽然桃花马走，一员女将用两口日月刀飞出阵来，乃是高兰英来助张奎。这妇人取出个红葫芦来，祭出四十九根太阳金针射住三将眼目，观看不明，早被张奎连斩三将下马。可怜五将一阵而亡！有诗为证，诗曰：

> 五将东征会渑池，时逢七杀数应奇。
> 忠肝化碧犹啼血，义胆成灰永不移。
> 千古英风垂泰岳，万年禋祀祝嵩尸。
> 五方帝位多隆宠，报国孤忠史册垂。

话说张奎连诛五将，哨马报与子牙，子牙大惊："如何就诛了五将？"掠阵官备言张奎的马有些利害，故此五将俱措手不及，以致失利。子牙见折了黄飞虎，着实伤悼。正寻思之间，忽报："杨戬催粮至辕门等令。"子牙传令："令来。"至中军，参谒毕，禀曰："弟子督粮已进五关，今愿缴督粮印，随军征伐立功。"子牙曰："此时将会孟津，也要你等在中军协助。"杨戬立在一旁，听得武成王黄将军已死，杨戬叹曰："黄氏一门忠烈，父子捐躯以为王室，不过留清芬于简编耳！"又问："张奎有何本领，先行为何不去会他？"哪吒曰："崇君侯意欲见功，不才先要让他，岂好占越？不意俱遭其害。"

正言间，只见左右来报："张奎搦战。"有黄飞彪愿为长兄报仇，子牙许之，杨戬掠阵。黄飞彪出营，见张奎也不答话，挺枪直取，张奎的刀急架忙迎。两马相交，一场大战约有二三十合。黄飞彪急于为兄报仇，其力量非张奎对手，枪法渐乱，被张奎一刀挥于马下。杨戬掠阵,见张奎把黄飞彪斩于马下,又见他的马顶上有角,就知此马有些原故:"待吾除之!"杨戬纵马摇刀,大呼曰:"张奎休走,吾来也!"张奎问曰:"你是何人,也自来取死?"杨戬答曰:"你这匹夫,屡以邪术坏吾诸将,吾特来拿你,碎尸万段,以泄众将之恨!"举三尖刀劈面砍来。张奎手中刀急架相还。二马相交,双刀并举。怎见得一场大战,有赞为证,赞曰:

> 二将棋逢敌手,阵前各逞豪强。翻来覆去岂寻常,真似一对虎狼形状。这一个会腾挪变化,那一个会搅海翻江。刀来刀架两无妨,两个将军一样。

话说张奎与杨戬大战有三十回合,杨戬故意卖个破绽,被张奎撞个满怀,伸出手抓住杨戬腰带,拎过鞍鞒。正是:

> 张奎今日擒杨戬,眼见丧了黑烟驹。

张奎活捉了杨戬,掌鼓进县,升厅坐下,令:"将周将推来!"左右将杨戬拥至厅前,杨戬站立。张奎大喝曰:"既被吾擒,为何不跪?"杨戬曰:"无知匹夫!我与你既为敌国,今日被擒,有死而已,何必多言!"张奎大怒,命左右:"推出斩首号令!"只见左右将杨戬斩讫,持首级号令。

张奎方欲坐下,不一时,只见管马的来报:"启老爷得知:祸事不小!"张奎大惊:"甚么祸事?"管马的曰:"老爷的马好好的吊下头来。"张奎听得此言,不觉失色,顿足曰:"吾成大功,全仗此乌烟兽,岂知今日无故吊下头来!"

正在厅上急得三尸神暴跳,七窍内烟生,忽报:"方才被擒的周将又来搦战。"张奎顿然醒悟:"吾中了此贼奸计!"随即换马,提刀在手,复出城来;一见杨戬,大骂:"逆贼擅坏吾龙驹,气杀我也！怎肯干休！"杨戬笑曰："你仗此马伤吾周将，我先杀此马，然后再杀你的驴头！"张奎切齿大骂曰："不要走！吃吾一刀！"使开手中刀来取。杨戬的刀急架相迎。又战二十合，杨戬又卖个破绽，被张奎又抓住腰内丝绦，轻轻拎将过去，二次擒来。张奎大怒曰："这番看你怎能脱去！"正是：

  张奎二次擒杨戬，只恐萱堂血染衣。

张奎捉了杨戬进城，坐在厅上。忽报，后边夫人高兰英来至面前，因问其故，张奎长吁叹曰："夫人，我为官多年，得许大功劳，全仗此乌烟兽。今日周将杨戬用邪术坏吾龙驹，这次又被我擒来，还是将何法治之？"夫人曰："推来我看。"传令："将杨戬推来。"少时，推至厅前，高兰英一见，笑曰："吾自有处治：将乌鸡黑犬血取来，再用尿粪和匀，先穿起他的琵琶骨，将血浇在他的头上，又用符印镇住，然后斩之。"张奎如法制度，夫妻二人齐出府前，看左右一一如此施行。高兰英用符印毕，先将血粪往杨戬头上浇，手起一刀将首级砍落在地，夫妻大喜。

  方才进府来到厅前，忽听得后边丫环飞报出厅来，哭禀曰："启老爷、夫人：不好了！老太太正在香房，不知那里秽污血粪把太太浇了一头，随即就吊下头来，真是异事惊人！"张奎大叫曰："又中了杨戬妖术！"放声大哭，如醉如痴一般。自思："老母养育之恩未报，今因为国，反将吾母丧命，真个痛杀我也！"忙取棺椁收殓。不表。

  且说杨戬径进中军来见子牙，备言："先斩其马，后杀其母，先惑乱其心，然后擒张奎不难矣。"子牙大喜曰："此皆是你不世之功。"且说张奎思报母仇，上马提刀来周营搦战。不知凶吉如何，且听下回分解。

【总批】

　　五岳之英勇,为世无敌,而为神乃无上至尊之品。一逢七杀则同时得尽,岂才力不足以敌乎?亦术艺不足致胜乎?非也,不过见屈于乌烟驹耳。可见人之才力术艺俱不足恃者。古云:"飞不以尾,缺其尾则不能致远;走不以手,缚手则走不疾。"良有以也。谓有用见屈于无用,大而见屈于小者也。今人惟不自恃其才力术艺则可耳。

【又批】

　　杨戬之巧于幻化,为周营第一;而讨便宜见机,亦是周营第一;而下手辣毒,亦是周营第一。腾挪而斩其乌烟驹并及其母,这是他幻化之妙。问哪吒而不出战,这是他机械之巧。斩乌烟驹似矣,而致以秽污杀其老母,这是他下手之毒。可见极乖巧之人,是极恶毒之人。或曰未必尽然。予曰:君请看痴人讨得那个便宜?

第八十七回　土行孙夫妻阵亡

诗曰：

　　地行妙术法应玄，谁识张奎更占先。
　　猛兽崖前身已死，渑池城下妇归泉。
　　许多功业成何用，几度勋名亦枉然。
　　留得两行青史在，从来成败总由天。

话说子牙在中军正议进兵之策，忽报："张奎搦战。"哪吒曰："弟子愿往。"登风火轮而出，现出八臂三首，来战张奎，大呼曰："张奎若不早降，悔之晚矣！"张奎大怒，催开马，仗手中刀来取。哪吒使手中枪劈面迎来。未及三五合，哪吒将九龙神火罩祭起去，把张奎连人带马罩住，用手一拍，只见九条火龙一齐吐出烟火，遍地烧来。不知张奎会地行之术，如土行孙一般，彼时张奎见罩落将下来，知道不好，他先滚下马，就地下去了。哪吒不曾有心看，几乎误了大事，只是烧死他一匹马。哪吒掌鼓回营见子牙，说："张奎已被烧死。"子牙大喜。不表。

且说张奎进城，对妻子曰："今日与哪吒接战，果然利害，被他提起火龙罩将我罩住，若不是我有地行之术，几乎被他烧死。"高兰英曰："将军今夜何不地行进他营寨，刺杀武王君臣，不是一计成功，大事已定？又何必与他争能较胜耶！"张奎深悟曰："夫人之言甚是有理。只因被杨戬可恶，暗害吾老母，惑乱吾心，连日神思不定，几乎忘了。今夜必定成功。"张奎打点收

拾,暗带利刃进营。正是:

> 武王洪福过尧舜,自有高人守大营。

话说子牙在帐中闻得张奎已死,议取城池。至晚,发令箭,点练士卒,至三更造饭,四更整饬,五鼓登城,一鼓成功。子牙分付已毕。这也是天意,恰好是杨任巡外营,那是将近二更时分,张奎把身子一扭,径往周营而来,将至辕门,适遇杨任来至前营。不知杨任眼眶里长出来的两只手,手心里有两只眼,此眼上看天庭,下观地底,中看人间千里,彼时杨任忽见地下有张奎提一口刀径进辕门,杨任曰:"地下是张奎,慢来!有吾在此!"张奎大惊:"周营中有此等异人,如何是好!"自思:"吾在地下行得快,待吾进中军杀了姜尚,他就来也是迟的。"张奎仗刀径入,杨任一时着急,将云霞兽一磕,至三层圈子内击云板,大呼曰:"有刺客进营!各哨仔细!"

不一时合营齐起,子牙急忙升帐,众将官弓上弦,刀出鞘,两边火把灯球照耀如同白昼。子牙问曰:"刺客从那里来?"杨任进帐启曰:"张奎提刀在地下径进辕门。弟子故敢击云板报知。"子牙大惊曰:"昨日哪吒已把张奎烧死,今夜如何又有个张奎?"杨任曰:"此人还在此听元帅讲话。"子牙惊疑未定,旁有杨戬曰:"候弟子天明再作道理。"就把周营里乱了半夜。张奎情知不得成功,只得回去,杨任一双眼只看得地下张奎走出辕门,杨任也出辕门,只送张奎至城下方回。

当时张奎进城来至府中,高兰英问曰:"功业如何?"张奎只是摇头道:"利害!利害!周营中有许多高人,所以五关势如破竹,不能阻挡。"遂将进营的事细细说了一遍。夫人曰:"既然如此,可急修本竟往朝歌请兵协守,不然孤城岂能阻挡周兵?"张奎从其言,忙修本差官往朝歌。不表。

且说天明杨戬往城下来,坐名叫:"张奎出来见我!"张奎闻报,上马提刀,开放城门,正是仇人见了仇人,大骂曰:"好匹夫!暗害吾母,与你不共戴天!"杨戬曰:"你这逆天之贼,若不杀你母,你也不知周营中利害。"张奎大叫:"我不杀杨戬,此恨怎休!"舞刀直取杨戬,杨戬手中刀赴面交还。两马相交,双刀并举,未及数合,杨戬祭起哮天犬来伤张奎。张奎见此犬奔来,忙下马,即时就不见了。杨戬观之,不觉咨嗟。正是:

张奎道术真伶俐,赛过周营土行孙。

话说杨戬回营来见子牙,子牙问曰:"今日会张奎如何?"杨戬把张奎会地行道术说了一遍:"真好似土行孙!夜来杨任之功莫大焉!"子牙大喜,传令:"以后只令杨任巡督内外,防守营门。"彼时张奎进城至府,见夫人高氏曰:"今会杨戬,料周营道术之士甚多,吾夫妻不能守此城也。依吾愚见,不若弃了渑池,且回朝歌,再作商议。你的意下如何?"夫人曰:"将军之言差矣!俺夫妻在此镇守多年,名扬四方,岂可一旦弃城而去?况此城关系不浅,乃朝歌屏障,今一弃此城,则黄河之险与周兵共之,这个断然不可!明日待我出去,自然成功。"

次日,高兰英出城至营前搦战,子牙正坐,忽报:"有一女将请战。"子牙问:"谁可出马?"有邓婵玉应声曰:"末将愿往。"子牙曰:"须要小心。"邓婵玉曰:"末将知道。"言罢上马,一声炮响,展两杆大红旗出营,大呼曰:"来将何人?快通名来!"高兰英观看,见是一员女将,心下疑惑,忙应曰:"吾非别人,乃镇守渑池张将军夫人高兰英是也。你是谁人?"邓婵玉曰:"吾乃是督运粮储土将军夫人邓婵玉是也。"高兰英听说,大骂:"贱人!

你父子奉敕征讨,如何苟就成婚?今日有何面目归见故乡也!"邓婵玉大怒,舞双刀来取。高兰英一身缟素,将手中双刀急架来迎。二员女将,一红一白,杀在城下。怎见得,有赞为证:

> 这一个顶上金盔耀日光,那一个束发银冠列凤凰。这一个黄金锁子连环铠,那一个千叶龙鳞甲更强。这一个猩猩血染红衲袄,那一个素白征袍似粉装。这一个是赤金映日红玛瑙,那一个是白雪初施玉琢娘。这一个似向阳红杏枝枝嫩,那一个似月下梨花带露香。这一个似五月榴花红似火,那一个似雪里梅花靠粉墙。这一个腰肢袅娜在鞍鞴上,那一个体态风流十指长。这一个双刀晃晃如闪电,那一个二刃如锋劈面扬。分明是:广寒仙子临凡世,月里嫦娥降下方。两员女将天下少,红似银朱白似霜。

话说邓婵玉大战高兰英有二十回合,拨马就走。高兰英不知邓婵玉诈败,便随后赶来,婵玉闻脑后鸾铃响处,忙取五光石回手一下,正中高兰英面上,只打得嘴唇青肿,掩面而回。

邓婵玉得胜进营,来见姜元帅,说高兰英被五光石打败进城。子牙方上功劳簿,只见左右官报:"二运官土行孙辕门等令。"子牙传令来,土行孙上帐参谒:"弟子运粮已完,缴督粮印,愿随军征伐。"子牙曰:"今进五关,军粮有天下诸侯应付,不消你等督运,俱随军征进罢了。"土行孙下帐来见众将,独不见黄将军,忙问哪吒,哪吒曰:"今渑池不过一小县,反将黄将军、崇君侯五人一阵而亡。昨张奎善有地行之术,比你分外精奇。前日进营欲来行刺,多亏杨任救之,故此阻住吾师不能前进。"土行孙听罢:"有这样事!当时吾师传吾此术,可称盖世无双,岂有此处又有异人也。待吾明日会他。"至后帐来问邓婵玉:"此

第八十七回　土行孙夫妻阵亡

事可真?"邓婵玉曰:"果是不差。"

土行孙踌躇一夜,次早,上帐来见姜元帅:"愿去会张奎。"子牙许之。旁有杨戬、哪吒、邓婵玉俱欲去掠阵,土行孙许之。来至城下搦战,哨马报与张奎,张奎出城,见一矮子,问曰:"你是何人?"土行孙曰:"吾乃土行孙是也。"道罢,举手中棍滚将来,劈头就打,张奎手中刀急架来迎。二人大战,往往来来,未及数合,哪吒、杨戬齐出来助战。哪吒忙提起乾坤圈来打张奎,张奎看见,滚下马就不见了。土行孙也把身子一扭来赶张奎,张奎一见大惊:"周营中也有此妙术之人!"随在地底下,二人又复大战。大抵张奎身子长大,不好转换;土行孙身子矮小,转换伶俐,故此或前或后,张奎反不济事,只得败去。

土行孙赶了一程赶不上,也自回来。那张奎地行术一日可行一千五百里,土行孙止行一千里,因此赶不上他,只得回营来见子牙,言:"张奎果然好地行之术。此人若是阻住此间,深为不便。"子牙曰:"昔日你师父擒尔用指地成钢法,今欲治张奎,非此法不可。你如何学得此法以治之?"土行孙曰:"元帅可修书一封,待弟子去夹龙山见吾师,取此符印来,破了渑池县,遂得早会诸侯。"子牙大喜,忙修书付与土行孙。土行孙别了妻子,往夹龙山来。可怜!正是:

　　丹心欲佐真明主,首级高悬在渑池。

土行孙径往夹龙山去。

且说张奎被土行孙战败回来见高兰英,双眉紧皱,长吁曰:"周营中有许多异人,如何是好?"夫人曰:"谁为异人?"张奎曰:"有一土行孙,也有地行之术,如之奈何!"高兰英曰:"如今再修告急表章,速往朝歌取救,俺夫妻二人死守此县,不必交兵,只

等救兵前来,再为商议破敌。"夫妻正议,忽然一阵怪风飘来,甚是奇异。怎见得好风,有诗为证:

　　走石飞砂势更凶,推云拥雾乱行踪。
　　暗藏妖孽来窥户,又送孤帆过楚峰。

风过一阵,把府前宝纛旗一折两断。夫妻大惊曰:"此不祥之兆也。"高兰英随排香案,忙取金钱排下一卦,已解其意。高兰英曰:"将军可速为之!土行孙往夹龙山取指地成钢之术来破你也,不可迟误!"张奎大惊,忙忙收拾结束停当,径往夹龙山去了。土行孙一日止行千里;张奎一日行一千五百里;张奎先到夹龙山,到个崖畔潜等土行孙。等了一日,土行孙来至猛兽崖,远远望见飞龙洞,满心欢喜:"今日又至故土也!"不知张奎豫在崖内侧身躲匿,把刀拎起只等他来。土行孙那里知道,只是往前走。也是数该如此,看看来至面前,张奎大叫曰:"土行孙不要走!"土行孙及至抬头时刀已落下,可怜砍了个连肩带背。张奎割了首级,径回渑池县来号令。后人有诗叹土行孙归周未受茅土之封,可怜无辜死于此地,有诗为证:

　　忆昔西岐归顺时,辅君督运未愆期。
　　进关盗宝功为首,劫寨偷营世所奇。
　　名播诸侯空啧啧,声扬宇宙恨丝丝。
　　夹龙山下亡身处,反本还元正在兹。

　　话说张奎非止一日来至渑池县,夫妻相见,将杀死土行孙一事说了一遍,夫妻大喜,随把土行孙的首级号令在城上。只见周营中探马见渑池县里号令出头来,近前看时,却是土行孙的首级,忙报入中军:"启元帅:渑池县城上号令了土行孙首级,不知何故,请令定夺。"子牙曰:"他往夹龙山去了,不在行

第八十七回 土行孙夫妻阵亡

营,又未出阵,如何被害?"子牙掐指一算,拍案大呼曰:"土行孙死于无辜,是吾之过也!"子牙甚是伤感。不意帐后惊动了邓婵玉,闻知丈夫已死,哭上帐来:"愿与夫主报仇!"子牙曰:"你还斟酌,不可造次。"邓婵玉那里肯住,啼泣上马,来至城下,只叫:"张奎出来见我!"哨马报入城中:"有女将搦战。"高兰英曰:"这贱人!我正欲报一石之恨,今日合该死于此地!"高兰英上马提刀,先将一红葫芦执在手中,放出四十九根太阳神针,先在城里提出。邓婵玉只听得马响,二目被神针射住,观看不明,早被高兰英手起一刀,挥于马下。可怜!正是:

> 孟津未会诸侯面,今日夫妻丧渑池。

话说高兰英先祭太阳神针,射住婵玉二目,因此上斩了邓婵玉,进城号令了。哨马报入中军,备言前事。子牙着实伤悼,对众门人曰:"今高兰英有太阳神针射人二目,非同小可,诸将俱要防备。"故此按兵不动,再设法以取此县。南宫适曰:"这一小县,今损无限大将,请元帅着人马四面攻打,此县可以夷为平地。"子牙传令,命三军四面攻打。架起云梯火炮,三军呐喊,攻打甚急,张奎夫妻千方百计看守此城。一连攻打两昼夜,不能得下,子牙心中甚恼,且命:"暂退,再为设计;不然徒令军士劳苦无益耳。"众将鸣金收军回营。

且说张奎又修本往朝歌城来。差官渡了黄河,前至孟津,有四百镇诸侯驻扎人马,差官潜踪隐迹,一路无词。至馆驿中歇了一宵,次日将本至文书房投递。那日看本乃是微子,微子接本看了,忙入内庭,只见纣王在鹿台宴乐。微子至台下候旨,纣王宣上鹿台。微子行礼称臣毕,王曰:"皇伯有何奏章?"微子曰:"武王兵进五关,已至渑池县,损兵折将,莫可支撑,危在旦夕。请陛下速发援兵，早来协守。不然，臣惟一死以报君恩。何况此县离都城不过四五百里之远，陛下还在此台宴乐，全不以社稷为重。孟津现有南方、北方四百诸侯驻兵，候西伯共至商效，事有燃眉之急。今见此报，使臣身心如焚，莫知所措。愿陛下早求贤士以治国事，拜大将以剿反叛，改过恶而训军民，修仁政以回天变，庶不失成汤之宗庙也。"纣王闻奏大惊曰："姬发反叛，而今已侵陷孤之关隘，覆军杀将，兵至渑池，情殊可恨！孤当御驾亲征，以除大恶。"中大夫飞廉奏曰："陛下不可！今孟津有四百诸侯驻兵，一闻陛下出军，他让过陛下，阻住后路，首尾受敌，非万全之道也。陛下可出榜招贤，大悬赏格，自有高名之士应求而至。古云：'重赏之下，必有勇夫。'又何劳陛下亲御六师，与叛臣较胜于行伍哉？"纣王曰："依卿所奏。速传旨悬立赏格，张挂于朝歌四门，招选豪杰才堪督府者，不次铨除。"四外哄动，就把个朝歌城内万民日受数次惊慌。

　　只见一日来了三个豪杰来揭榜文，守榜军士随同三人先往飞廉府里来参谒。门官报入中堂，飞廉道："有请。"三人进府，与飞廉见礼毕，言曰："闻天子招募天下贤士，愚下三人自知非才，但君父有事，愿捐躯敢效犬马。"飞廉见三人气宇清奇，就命赐坐。三人曰："吾等俱是闾阎子民，大夫在上，子民焉敢坐？"飞廉曰："求贤定国，聘杰安邦，虽高爵重禄直受不辞，又何妨于一坐耶？"三人告过方才坐下。飞廉曰："三位姓甚名谁？住居何所？"三人将一手本呈上，飞廉观看，原来是梅山人氏，一名袁洪，一名吴龙，一名常昊。此乃"梅山七圣"，先是三人投见，以下俱陆续而来。袁洪者乃白猿精也，吴龙者乃蜈蚣精也，常昊者乃长蛇精也，俱借"袁""吴""常"三字取之为姓也。飞廉看了姓名,随带入朝门,来朝见纣王。

飞廉入内庭,天子在显庆殿与恶来弈棋,当驾官启奏:"中大夫飞廉候旨。"王曰:"宣来。"飞廉见驾,奏曰:"臣启陛下:今有梅山三个杰士,应陛下求贤之诏,今在午门候旨。"纣王大悦:"传旨宣来。"少时三人来至殿下,山呼拜毕,纣王赐三人平身,三人谢恩毕,侍立两旁。王曰:"卿等此来,有何妙策可擒逆贼?"袁洪奏曰:"姜尚以虚言巧语纠合天下诸侯,鼓惑黎庶作反。依臣愚见,先破西岐,拿了姜尚,则八百诸侯望陛下降诏招安,赦免前罪,天下不战而自平也。"纣王闻奏,龙心大悦,封袁洪为大将,吴龙、常昊为先行,命殷破败为参军,雷开为五军总督,使殷成秀、雷鹍、雷鹏、鲁仁杰等俱随军征伐。纣王传旨,嘉庆殿排宴,庆赏诸臣。内有鲁仁杰自幼多读,广识英雄,见袁洪行事不按礼节,暗思曰:"观此人行事不是大将之才,且看他操演人马,便知端的。"当日宴散,次日谢恩,三日后下教场操演三军。鲁仁杰看袁洪举动措置俱不如法,谅非姜子牙敌手,但此时是用人之际,鲁仁杰也只得将机就计而已。

次日,袁洪朝见纣王,王曰:"元帅可先领一支人马,往渑池县佐张奎以阻西兵,元帅意下如何?"袁洪曰:"以臣观之,都中之兵不宜远出。"纣王曰:"如何不宜远去?"袁洪奏曰:"今孟津已有南北二路诸侯驻扎,以窥其后;臣若往渑池,此二路诸侯拒守孟津,阻臣粮道,那时使臣前后受敌,此不战自败之道。况粮为三军生命,是军未行而先需者也。依臣之计,不若调二十万人马阻住孟津之咽喉,使诸侯不能侵扰朝歌,一战成功,大事定矣。"纣王大悦:"卿言甚善,真乃社稷之臣!依卿所奏施行。"袁洪随调兵二十万,吴龙、常昊为先行,殷破败为参赞,雷开为五军都督,使殷成秀、雷鹍、雷鹏、鲁仁杰随军征伐,往孟津而来。不知胜负如何,且听下回分解。

【总批】

　　土行孙往夹龙来,子牙竟不算,天反以风信报张奎,使豫在猛兽崖等候,致土行孙不及提防遇害。上天恶纣极矣,宜其惑张奎而向行孙,今若不然,天道难知哉!数乎否也?

【又批】

　　高兰英不但太阳神针可以致胜,只他议论,前后画策,勉励丈夫,大有经纬,大有作用,宜其擅男权而夫事之者也。只笑今人称娘子,停当果若乎?何天下之夫事者多耶?

第八十八回　武王白鱼跃龙舟

诗曰：

　　白鱼吉兆喜非常，预肇周家应瑞昌。
　　八百诸侯称硕德，千年师帅颂匡襄。
　　堂堂阵演三三叠，正正旗门六六行。
　　时雨师临民甚悦，成汤基业已消亡。

话说袁洪调兵往孟津驻扎，以阻诸侯咽喉。不表。且说渑池县张奎日夕望朝歌救兵，忽有报马报入府来："天子招了新元帅袁洪，调兵二十万驻扎孟津以阻诸侯，未见发兵来救渑池。"张奎闻报大惊曰："天子不发救兵，此城如何拒守！况前有周兵，后有孟津，四百诸侯前后合攻，此取败之道。今反舍此不救，奈何？"忙与夫人高兰英共议，夫人曰："料吾二人也可阻得住周兵。今袁洪拒住孟津，则南北诸侯也不能抄我之后。只打听袁洪得胜，若破了南北二侯，我再与你去合兵共破周武，再无有不胜之理。俺们如今只设法守城，不要与周将对敌；待他粮尽兵疲，一战成功，无有不克。此万全之道也。"张奎心下狐疑不定。

且说子牙见渑池一个小县，攻打不下，反阵亡了许多将官，纳闷在中军，暗暗点首嗟叹："可怜这些扶主定国英雄，沥胆披肝，止落得遗言在此，此身皆化为乌有！"子牙正在那里伤悼，忽辕门官来报："有一道童求见。"子牙传令请来。少时，只见一道童至帐下行礼曰："弟子乃夹龙山飞龙洞衢留孙的门人。因师兄土行孙在夹龙山猛兽崖被张奎所害,家师已知应上天之数,这是救不得的。只是过渑池须有原故,家师特着弟子来此下书,师叔便知端的。"子牙接上书来,展开观看,书曰:

> 道末衢留孙致书于大元帅子牙公麾下:前者土行孙合该于猛兽崖死于张奎之手,理数难逃,贫道只有望崖垂泣而已,言之可胜长叹!今张奎善于守城,急切难下,但他数亦当终。子牙公不可迟误,可令杨戬将贫道符印先在黄河岸边,等杨任、韦护追赶至此擒之。取城只用哪吒、雷震子足矣。子牙公须是亲自用调虎离山计,一战成功。此去自然坦夷。只候封神之后,再图会晤。不宣。

子牙看罢书,打发童子回山。

当日子牙传令:"哪吒领令箭,雷震子领令箭前去,如此而行。杨戬、杨任领柬帖前去如此。韦护领柬帖前去如此。"子牙俱分付已毕。至晚间,周营中炮响,三军呐喊,杀奔城下而来。张奎急上城设法守护,百计千方防御,急切难下。子牙知张奎善于守城,且暂鸣金收兵。

次日午末未初,请武王上帐相见:"今日请大王同老臣出营,看看渑池县城池,好去攻取。"武王乃忠厚君子,随应曰:"孤愿往。"即时同子牙出营,至城下周围看了。用手指曰:"大王若破此城,须用轰天大炮方能攻打,此城一时可破也。"子牙与武王指画攻城,只见渑池城上哨探士卒报与张奎:"启老爷:姜子牙同一穿红袍的在城下探看城池。"张奎听报即上城来看时,果是子牙同武王在城下周围指画。张奎自思曰:"姜尚欺吾太甚!只因连日吾坚守此城,不与他会战,他便欺我,至吾城下肆行无忌,藐视吾无人物也。"随下城与夫人曰:"你可用心坚守此城,待我出城走去杀来,以防大患。"夫人上城观战。张奎上马拎刀,开了城门,一马飞来,大呼曰:"姬发、姜尚!今日你命难逃也!"正是:

> 计就月中擒玉兔,谋成日里捉金乌。

子牙同武王拨马向西而走。张奎赶来,周营中一将也不出来接应,张奎放心赶来。看看赶有三十里,只听得金鼓齐鸣,炮声响亮,三军呐喊,震动天地,周营中大小将官齐出营来,杀奔城下。高兰英在城上全装甲胄守护城池,忽听周营中又是炮响,不知其故。忽城上落下哪吒来,现三首八臂,脚踏风火轮,摇火尖枪杀来。高兰英急上马,用双刀抵住了哪吒。二人在城上不便争持,高兰英走马下城,哪吒随后赶来,雷震子又早展开二翅飞上城来,使开黄金棍把城上军士打开,随斩关落锁,周兵进城。高兰英见事不好,正欲取葫芦放太阳神针,早已不及,被哪吒一乾坤圈打中顶上,翻下马来,又是一枪,死于非命,早往封神台去了。有诗为证,诗曰:

> 孤城死守为成汤,今日身亡实可伤。
>
> 全节全忠名不朽,女中贞烈万年扬。

话说雷震子、哪吒进了渑池县,军士见打死了主母,俱伏地请降。哪吒曰:"俱免汝死,候元帅来安民。"哪吒复向雷震子曰:"道兄且在城上拒住,吾还去接应师叔与武王,恐怕惊了主公。"雷震子曰:"道兄不可迟疑,当以速行好。"哪吒把风火轮登开,往正西上赶来。只见张奎正赶子牙有二十里远近,只听得炮声四起,喊声大振,心下甚是惊疑,也不去赶子牙。子牙在后面大呼曰:"张奎!你渑池已失,何不归降?"张奎心慌,情知中计,勒转马望旧路而来。天色又黑,正遇哪吒现三首八臂迎来。哪吒大骂曰:"逆贼!你今日还不下马受死,更待何时!"张奎大怒,摇刀直取,哪吒手中枪急架相还。未及数合,哪吒复祭起九龙神火罩罩来。张奎知此术利害,把身子一扭,往地下去了。哪吒见张奎预先走了,因想起土行孙的光景,心上不觉悲悼,往前来迎武王。张奎急走至城下,见雷震子立于城上,知城池已陷,夫人不知存亡,自思:"不若往朝歌,与袁洪合兵一处,再作道理。"话说哪吒上前迎接武王与子牙,一同回渑池县来,将大军进城屯扎,又将城上周将首级收殓,设祭祀之,仍于高阜处安葬。不表。

  只见张奎全装甲胄,纵地行之术往黄河大道而走,如风一般,飞云掣电而来。话说杨任远远望见张奎从地底下来了,杨任知会韦护曰:"道兄,张奎来了。你须是仔细些,不要走了他。你看我手往那里指,你就往那边祭降魔杵镇之。"韦护曰:"谨领尊命。"且说张奎正走,远远看见杨任骑云霞兽,手心里那两只神光射耀眼往下看着他,大呼曰:"张奎不要走!今日你难逃此厄也!"张奎听得,魂不附体,不敢停滞,纵着地行法,"唰"的一声须臾就走有一千五百里远。杨任在地上催着云霞兽紧紧追赶,韦护在上头只看着杨任,杨任只看着张奎在地底下,如今三处看着,好赶!正是:

    上边韦护观杨任,杨任生追七杀神。

话说张奎在地下见杨任紧紧跟随在他头上:如张奎往左,杨任也往左边来赶;张奎往右,杨任也往右边来赶。张奎无法,只是往前飞走。看着行至黄河岸边,前有杨戬奉柬帖在黄河岸边专等杨任。只见远远杨任追赶来了,杨任也看见了杨戬,乃大呼

第八十八回　武王白鱼跃龙舟

曰："杨道兄！张奎来了！"杨戬听得，忙将三昧火烧了衢留孙指地成钢的符箓，立在黄河岸边。张奎正行，方至黄河，只见四处如同铁桶一般，半步莫动，左撞左不能通，右撞右不能通，撤身回来，后面犹如铁壁。张奎正慌忙无措，杨任用手往下一指，半空中韦护把降魔杵往下打来。此宝乃镇压邪魔护三教大法之物，可怜张奎怎禁得起！有诗为证，诗曰：

金光一道起空中，五彩云霞协用功。
鬼怪逢时皆绝迹，邪魔遇此尽成空。
皈依三教称慈善，镇压诸天护法雄。
今日黄河除七杀，千年英气贯长虹。

话说韦护祭起降魔杵，把张奎打成齑粉，一灵也往封神台去了。三位门人得胜，齐来见子牙，备言打死张奎，追赶至黄河之事，说了一遍。子牙大喜，在渑池县住了数日，择日起兵。

那日，整顿人马，离了渑池县，前往黄河而来。时近隆冬天气，众将官重重铁铠，叠叠征衣，寒气甚胜。怎见得好冷，有赞为证：

重衾无暖气，袖手似揣冰。败叶垂霜蕊，苍松挂冻铃。
地裂因寒甚，池平为水凝。鱼舟空钓线，仙观没人行。樵子愁柴少，王孙喜炭增。征人须似铁，诗客笔如零。皮袄犹嫌薄，貂裘尚恨轻。蒲团僵老衲，纸帐旅魂惊。莫讶寒威重，兵行令若霆。

话说子牙人马来至黄河，左右报至中军。子牙分付："借办民舟。"每只俱有工食银五钱，并不白用民船一只，万民乐业，无不欢呼感德，真所谓"时雨之师"。子牙传令，另备龙舟一只装载武王。子牙与武王驾坐中舱，左右鼓棹向中流进发。只听得黄河内泼浪滔天,风声大作,把武王龙舟推在浪里颠播。武王曰:"相父,此舟为何这样掀播?"子牙曰:"黄河水急,平昔浪发也是不小的;况今日有风,又是龙舟,故此颠播。"武王曰:"推开舱门,俟孤看一看,何如?"子牙同武王推舱一看,好大浪!怎见得黄河叠浪千层,有诗为证:

> 洋洋光侵月,浩浩影浮天。
> 灵派吞华岳,长流贯百川。
> 千层凶浪滚,万叠峻波颠。
> 岸口无渔火,沙头有鹭眠。
> 茫然浑似海,一望更无边。

话说武王一见黄河白浪滔天,一望无际,吓得面如土色。那龙舟只在浪里或上或下,忽然有一旋涡,水势分开,一声响亮,有一尾白鱼跳在船舱里来,就把武王吓了一跳。那鱼在舟中左迸右跳,跳有四五尺高。武王问子牙曰:"此鱼入舟,主何凶吉?"子牙曰:"恭喜大王!贺喜大王!鱼入王舟者,主纣王该灭,周室当兴,正应大王继汤而有天下也。"子牙传令:"命庖人将此鱼烹来,与大王享之。"武王曰:"不可。"仍命掷之河中。子牙曰:"既入王舟,岂可舍此? 正谓'天赐不取,反受其咎',理宜食之,不可轻弃。"左右领子牙令,速命庖人烹来。不一时献上,子牙命赐诸将。少顷,风恬浪静,龙舟已渡黄河。

只见四百诸侯知周兵已至,打点前来迎接武王。子牙知武王乃仁德之主,岂肯欺君;恐众诸侯尊称武王,以致中馁,则大事去矣。须是预先分付过,然后相见,庶几不露出圭角;俟破纣之后,再作区处。乃对武王曰:"今舟虽抵岸,大王还在舟中,俟老臣先上岸,陈设器械,严整军威,以示武于诸侯,立定营栅,然后来请大王。"武王曰："听凭相父设施。"

子牙先上了岸,率大队人马至孟津立下营寨。众诸侯齐至中军来见子牙,子牙迎接上帐,相叙礼毕,子牙曰："列位君侯见武王不必深言其伐君吊民之故,只以观政于商为辞,俟破纣之后,再作商议。"众诸侯大喜,俱依子牙之言。子牙令军政官与哪吒、杨戬前去迎请武王。后面又有西方二百诸侯随后过黄河,同武王车驾而进。真个是天下诸侯会合,自是不同。怎见得,有诗为证,诗曰：

  八百诸侯会孟津,纷纷杀气满红尘。
  旌旗向日飞龙凤,剑戟迎霜泣鬼神。
  士卒赳赳歌化日,军民济济庆仁人。
  应知世运当亨泰,四海讴吟总是春。

且说武王同西方二百诸侯来至孟津大营,探马报入中军帐,子牙率领南、北二方四百诸侯,又有数百小诸侯,齐来迎接。武王径进中军。先有：

  南伯侯鄂顺 右伯姚庶良 北伯侯崇应鸾
  远伯常信仁 东南扬州侯钟志明 近伯曹宗
  西南豫州侯姚楚亮 夷门伯武高逵
  东北兖州侯彭祖寿 邠州伯丁建吉
  左伯宗智明

众诸侯进营,止有东伯侯姜文焕未曾进游魂关,乃序武王上帐。武王不肯。彼此固逊多时,武王同众诸侯交相下拜。天下诸侯俯伏曰："今大王大驾特临此地,使众诸侯得睹天颜,仰观威德,早救民于水火之中,天下幸甚!万民幸甚!"武王深自谦让曰："予小子发嗣位先王,孤德寡闻,惟恐有负前烈;谬蒙天下诸侯传檄相邀,特拜相父东会列位贤侯,观政于商。若曰予小子冒昧兴师,则予岂敢,惟望列位贤侯教之!"

内有豫州侯姚楚亮对曰:"纣王无道,杀妻诛子,焚炙忠良,杀戮大臣,沉湎酒色,弗敬上天,郊庙不祀,播弃黎老,昵比罪人。皇天震怒,绝命于商。予等奉大王恭行天之罚,伐罪吊民,拯万姓于水火,正应天顺人之举,泄人神之愤,天下无不咸悦。若予等与大王坐视不理,厥罪惟均,望大王裁之。"武王曰:"纣王虽不行正道,俱臣下蔽惑之耳。今只观政于商,擒其嬖幸,令人君改其敝政,则天下自平矣。"彭祖寿曰:"天命靡常,惟有德者居之。昔尧有天下,因其子不肖,而禅位于舜。舜有天下,亦因其子之不肖,而禅位于禹。禹之子贤,能承继父业,于是相传至桀而德衰,暴虐夏政,天人怨之;故汤得行天之罚,放桀于南巢,伐夏而有天下。贤圣之君六七作,至于纣,罪恶贯盈,毁弃善政,戕贼不道,皇天震怒,降灾于商,爰命大王以代殷汤,大王幸毋固辞,以灰诸侯之心。"武王谦让未遑。子牙曰:"列位贤侯,今日亦非商议正事之时,俟至商郊再有说话。"众诸侯佥曰:"相父之言是也。"武王命营中治酒,大宴诸侯。不表。

且说袁洪在营中,只见报马启曰:"今有武王兵至孟津下寨,大会诸侯,请元帅定夺。"殷破败听得,忙上前言曰:"周武乃天下叛逆元首,自兴兵至此,所在获捷;军威甚锐,元帅不可轻忽,务要严兵以待。"袁洪曰:"参军之言固善,料姜尚不过一磻溪村夫,有何本领?此皆诸关将士不用心,以致彼侥幸成功。参军放心,看吾一阵令他片甲不回。"

次日,子牙升帐,众诸侯上帐参见,有夷门伯武高逵言曰:"启元帅:诸侯六百驻兵于此,俱未敢擅于用兵,止在此拒住,

第八十八回　武王白鱼跃龙舟

只候武王大驾来临,以凭裁夺。今日若不先擒袁洪,则匹夫尚自逞强,犹不知天吏之不可战也。望元帅早赐施行。"子牙曰:"贤侯之言甚善。吾必先下战书,然后会兵孟津,方可以示天下之恶惟天下之德可以克之。"众皆大喜。子牙忙修书,差杨戬往汤营内来下战书。杨戬领命往成汤营前下马,大呼曰:"奉姜元帅将令,来下战书!"探事小校报与中军,袁洪听得周营来下战书,忙命左右:"令来。"只见军政官来至营门,令杨戬进见。杨戬至中军帐见袁洪,呈上战书,袁洪观看毕,乃曰:"吾不修回书,约定明日会兵便了。"杨戬回至中军,见子牙言明日会兵。子牙传令与众诸侯:"明早会兵。"俱各各准备去了。

次日,周营炮响,子牙调出大队人马,有八百诸侯齐出,当中是子牙人马,俱是大红旗;左是南伯侯鄂顺,右是北伯侯崇应鸾,尽是五色幡幢,真若盔山甲海,威势如彪,英雄似虎。布成阵势,三军呐喊,冲至军前。哨马报与袁洪,袁洪与众将出营观看子牙大兵队伍,只见天下诸侯雁翅排开,分于左右,当中是元帅姜尚,左有鄂顺,右有崇应鸾。有诗为证,诗曰:

　　诸侯共计破朝歌,正是神仙遇劫魔。
　　百万雄师兴宇宙,奇功立在孟津河。

又诗曰:

　　姜尚东征除虐政,诸侯拱手尊号令。
　　妖氛滚滚各争先,杨戬梅山收七圣。

话说袁洪在马上见姜子牙身穿道服,乘四不相来至军前,左右排列有众位门人,次后武王乘逍遥马,南北分列众位诸侯。只见袁洪银盔素铠,坐下白马,使一条宾铁棍,担在鞍鞒,英雄凛凛。怎见得袁洪好处,有赞为证:

> 银盔素铠,缨络红凝。左插狼牙箭,右悬宝剑锋。横担宾铁棍,白马似神行。幼长梅山下,成功古洞中。曾受阴阳诀,又得天地灵。善能多变化,玄妙似人形。梅山称第一,保纣灭周兵。

话说子牙向前问曰:"来者莫非成汤元帅袁洪么?"袁洪曰:"你可就是姜尚?"子牙曰:"吾乃奉天征讨扫荡成汤天宝大元帅。今天下归周,商纣无道,天下离心离德,只在旦夕受缚,料你一杯之水,安能救车薪之火哉!汝若早早倒戈纳降,尚待汝以不死;如若不肯,旦夕一朝兵败,玉石俱焚,虽欲求其独生,何可及哉!休得执迷,徒劳伊戚。"袁洪笑曰:"姜尚!你只知磻溪捕鱼,水有深浅;今幸而五关无有将才,让你深入重地,你敢于巧言令色,惑吾众听耶!"回顾左右先行曰:"谁与吾拿此鄙夫,以泄天下之愤?"旁有一人大呼曰:"元帅放心,待我成功!"走马飞临阵前,摇手中枪直取姜子牙。旁有右伯侯姚庶良纵马摇手中斧,大呼曰:"匹夫慢来,有吾在此!"也不答话,两马相交,枪斧并举,一场大战。怎见得,有诗为证,诗曰:

> 征云荡荡透虚空,剑戟兵戈扰攘中。
> 今日姜公头一战,孟津血溅竹梢红。

话说姚庶良手中斧转换如飞,不知常昊乃是梅山一个蛇精,姚庶良乃是真实本领,那里知道,只要成功。常昊不觉败下阵去,姚庶良便催马赶来。不知性命如何,且听下回分解。

【总批】

当日武王观政于商,时有白鱼跃舟,赤乌降屋,已肇周室兴隆耳。武王犹谦逊未遑,此所以为德之至、仁之至。若是以臣伐君,则当日便有许多议论,何至再三谦抑耶?

【又批】

　　张奎夫人高兰英着实有将才,其议论凿凿堪听,虽古之名将无出其右,宜其丈夫拱手听命。只笑近日人家妇人有何才能,一味会吃醋,而必欲丈夫摄服,已自可笑;岂奈丈夫亦甘心畏服,可叹哉!

第八十九回　纣王敲骨剖孕妇

诗曰：

　　纣王酷虐古今无，淫酗贪婪听美姝。
　　孕妇无辜遭恶劫，行人有难罹凶途。
　　遗讥简册称残贼，留与人间骂独夫。
　　天道悠悠难究竟，且将浊酒对花奴。

话说姚庶良随后赶来，常昊乃是蛇精，纵马，脚下起一阵旋风，卷起一团黑雾，连人带马罩住，方现出他原形，乃是一根大蟒蛇；把口一张，吐出一阵毒气。姚庶良禁不起，随昏于马下，常昊便下马取了首级，大呼曰："今拿姜尚，如姚庶良为例！"众诸侯之内，不知他是妖精，有兖州侯彭祖寿纵马摇枪，大呼曰："匹夫敢伤吾大臣！"时有吴龙在袁洪右边，见常昊立功，忍不住使两口双刀，催开马飞奔前来，曰："不要冲吾阵脚！"也不答语，两骑相交，刀枪并举，杀在阵前。八百镇诸侯俱在左右，看着二将交兵。战未数合，吴龙掩一刀败走，彭祖寿随后赶来。吴龙乃是蜈蚣精，见彭祖寿将近，随现出原形，只见一阵风起，黑云卷来，妖气迷人，彭祖寿已不知人事，被吴龙一刀挥为两断。众诸侯不知何故，只见将官追下去就是一块黑云罩住，将官随即绝命。

子牙旁边有杨戬对哪吒曰："此二将俱不是正经人，似有些妖气。我与道兄一往，何如？"只见吴龙跃马舞刀，飞奔军前，大呼曰："谁来啖吾双刀？"哪吒登开风火轮，使火尖枪，现三首八臂迎来。吴龙曰："来者是谁？"哪吒曰："吾乃哪吒是也。你这业畜，怎敢将妖术伤吾诸侯！"把枪一摆，直刺吴龙。吴龙手中刀急架交还，未及三四合，被哪吒祭起九龙神火罩，响一声，将吴龙罩在里面，吴龙已化道青光去了。哪吒用手一拍，及至罩中现出九条火龙时，吴龙去之久矣。常昊见哪吒用火龙罩罩住吴龙，心中大怒，纵马持枪，大呼曰："哪吒不要走！吾来也！"只见杨戬使三尖刀，纵银合马，同哪吒双战常昊。常昊见势不好，便败下阵去。杨戬也不赶他，取弹弓在手，随手发出金丸照常昊打来，只见那金丸不知落于何处。哪吒后祭起神火罩，将常昊罩住，也似吴龙化一道赤光而去。袁洪见二将如此精奇，心下甚是欢喜，传令："三军擂鼓！"袁洪纵马冲杀过来，大呼曰："姜子牙！我与你见个雌雄！"旁有杨任见袁洪冲来，急催开了云霞兽，使开云飞枪，敌住袁洪。战有五七回合，杨任取出五火扇照袁洪一扇，袁洪已预先走了，止烧死他一匹马。

　　子牙鸣金，将队回营，升帐坐下，叹曰："可惜伤了二路诸侯！"心下不乐。杨戬上帐曰："今日弟子看他三人俱是妖怪之相，不似人形。方才哪吒祭神火罩，杨任用神火扇，弟子用金丸，俱不曾伤他，竟化青光而去。"只见众诸侯也都议论常昊、吴龙之术，纷纷不一。

　　且说袁洪回营，升帐坐下，见常昊、吴龙齐来参谒，袁洪曰："哪吒罩儿，杨任的扇子，俱好利害！"吴龙笑曰："他那罩与扇子只好降别人，那里奈何得我们。只是今日指望拿了姜尚，谁知只坏了他两个诸侯，也不算成功。"袁洪一面修本往朝歌报捷，宽免天子忧心。

且说鲁仁杰对殷成秀、雷鹏、雷鹍曰："贤弟，今日你等见袁洪、吴龙、常昊与子牙会兵的光景么？"众人曰："不知所以。"鲁仁杰曰："此正所谓'国家将兴，必有祯祥；国家将亡，必有妖孽'。今日他三将俱是些妖孽，不似人形。今天下诸侯会兵此处，正是大敌；岂有这些妖邪能拒敌成功耶？"殷成秀曰："长兄且莫忙说破，看他后来如何。"鲁仁杰曰："总来吾受成汤三世之恩，岂敢有负国恩之理，惟一死以报国耳！"

话说差官往朝歌，来至文书房内，飞廉接本观看，见袁洪报捷，连诛大镇叛逆诸侯彭祖寿、姚庶良，心中大喜，忙持着本上鹿台来见纣王。当驾官上台启曰："有中大夫飞廉候旨。"纣王曰："宣来。"左右将飞廉宣至殿前，参拜毕，俯伏奏曰："今有元帅袁洪领敕镇守孟津，以逆天下诸侯；初阵斩兖州侯彭祖寿，右伯侯姚庶良，军威已振，大挫周兵锋锐。自兴师以来，未有今日之捷。此乃陛下洪福齐天，得此大帅，可计日奏功，以安社稷者也。特具本赍奏。"纣王闻奏大悦："元帅袁洪连斩二逆，足破敌人之胆，其功莫大焉。传朕旨意，特敕奖谕，赐以锦袍金珠，以励其功；仍以蜀锦百匹，宝钞万贯，羊酒等件以犒将士勤劳。务要用心料理，剿灭叛逆，另行分列茅土，朕不食言。钦哉！特谕。"飞廉顿首谢恩，领旨打点解犒赏往孟津去。不表。

且言妲己闻飞廉奏袁洪得胜奏捷，来见纣王曰："妾苏氏恭喜陛下又得社稷之臣也！袁洪实有大将之才，永堪重任。似此奏捷，叛逆指日可平。臣妾不胜庆幸，实皇上无疆之福以启之耳。今特具觞为陛下称贺。"纣王曰："御妻之言正合朕意。"命当驾官于鹿台上治九龙席，三妖同纣王共饮。此时正值仲冬天气，严威凛冽，寒气侵人。正饮之间，不觉彤云四起，乱舞梨花。

当驾官启奏曰:"上天落雪了。"纣王大喜曰:"此时正好赏雪。"命左右暖注金樽,重斟杯斝,酣饮交欢。怎见好雪,有赞为证:

> 彤云密布,冷雾缤纷。彤云密布,朔风凛凛号空中;冷雾缤纷,大雪漫漫铺地下。真个是:六花片片飞琼,千树株株倚玉。须臾积粉,顷刻成盐。白鹦浑失素,皓鹤竟无形。平添四海三江水,压倒东西几树松。却便似战败玉龙三百万,果然是退鳞残甲满空飞。但只见几家村舍如银砌,万里江山似玉图。好雪!真个是柳絮满桥,梨花盖舍。柳絮满桥,桥边渔叟挂蓑衣;梨花盖舍,舍下野翁煨榾柮。客子难沽酒,苍头苦觅梅。洒洒潇潇裁蝶翅,飘飘荡荡剪鹅衣。团团滚滚随风势,飕飕冷气透幽帏。丰年祥瑞从天降,堪贺人间好事宜。

话说纣王与妲己共饮,又见大雪纷纷,忙传旨,命:"卷起毡帘,待朕同御妻、美人看雪。"侍驾官卷起帘幔,打扫积雪。纣王同妲己、胡喜媚、王贵人在台上,看朝歌城内外似银装世界,粉砌乾坤。王曰:"御妻,你自幼习学歌声曲韵,何不把按雪景的曲儿唱一套,俟朕漫饮三杯。"妲己领旨,款启朱唇,轻舒莺舌,在鹿台上唱一个曲儿。真是:婉转莺声飞柳外,笙簧嘹亮自天来。曲曰:

> 才飞燕塞边,又洒向城门外。轻盈过玉桥去,虚飘临阆苑来。攘攘挨挨,颠倒把乾坤玉载。冻的长江上鱼沉雁杳,空林中虎啸猿哀。凭天降,冷祸胎。六花飘堕难禁耐,砌漫了白玉阶。宫帏里冷侵衣袂,那一时暖烘烘红日当头晒。扫彤云四开,现青天一派,瑞气祥光拥出来。

妲己唱罢,余韵悠扬,袅袅不绝。纣王大喜,连饮三大杯。一时雪俱止了,彤云渐散,日色复开。

纣王同妲己凭栏看朝歌积雪,忽见西门外有一小河,此河不是活水河,因纣王造鹿台,挑取泥土,致成小河,适才雪水注积,因此行人不便,必跣足过河。只见有一老人跣足渡水,不甚惧冷,而行步且快。又有一少年人亦跣足渡水,惧冷行缓,有惊怯之状。纣王在高处观之,尽得其态,问于妲己曰:"怪哉!怪哉!有这等异事!你看那老者渡水反不怕冷,行步且快;这年少的反又怕冷,行走甚难,这不是反其事了?"妲己曰:"陛下不知,老者不甚怕冷,乃是少年父母精血正旺之时交媾成孕,所秉甚厚,故精血充满,骨髓皆盈,虽至末年,遇寒气犹不甚畏怯也。至若少年怕冷,乃是末年父母气血已衰,偶尔媾精成孕,所秉甚薄,精血既亏,髓皆不满,虽是少年,形同老迈,故遇寒冷而先畏怯也。"纣王笑曰:"此惑朕之言也!人秉父精母血而生,自然少壮老衰,岂有反其事之理?"妲己又曰:"陛下何不差官去拿来,便知端的。"纣王传旨:"命当驾官至西门,将渡水老者少者俱拿来。"当驾官领旨,忙出朝赶至西门,不分老少,即时一并拿来。老少民人曰:"你拿我们怎么?"侍臣曰:"天子要你去见。"老少民人曰:"吾等奉公守法,不欠钱粮,为何来拿我们?"侍臣曰:"只怕当今天子有好处到你们也不可知。"正是:

　　　　平白行来因过水,谁知敲骨丧其生!

纣王在鹿台上专等渡水人民。却说侍驾官将二民拿至台下回旨:"启陛下:将老少二民拿至台下。"纣王命:"将斧砍开二民胫骨,取来看验。"左右把老者、少者腿俱砍断,拿上台看,果然老者髓满,少者髓浅。纣王大喜,命左右:"把尸拖出!"可怜无辜百姓受此惨刑!后人有诗叹之,诗曰:

败叶飘飘落故宫,至今犹自起悲风。

独夫只听谗言妇,目下朝歌社稷空。

话说纣王见妲己如此神异,抚其背而言曰:"御妻真是神人,何灵异若此!"妲己曰:"妾虽系女流,少得阴符之术,其勘验阴阳,无不奇中。适才断胫验髓,此犹其易者也。至如妇人怀孕,一见便知他腹内有几月,是男是女,面在腹内或朝东、南、西、北,无不周知。"纣王曰:"方才老少人民断胫验髓如此神异,朕得闻命矣;至如孕妇,再无有不妙之理。"命当驾官传旨:"民间搜取孕妇见朕。"奉御官往朝歌城来。正是:

天降大殃临孕妇,成汤社稷尽归周。

话说奉御官在朝歌满城寻访,有三名孕妇,一齐拿往午门来。只见他夫妻难舍,抢地呼天,哀声痛惨,大呼曰:"我等百姓又不犯天子之法,不拖欠钱粮,为何拿我等有孕之妇?"子不舍母,母不舍子,悲悲泣泣,前遮后拥,扯进午门来。只见箕子在文书房共微子、微子启、微子衍、上大夫孙荣正议"袁洪为将,退天下诸侯之兵,不知何如",只听得九龙桥闹闹嚷嚷,呼天叫地,哀声不绝。众人大惊,齐出文书房来问其情由。见奉御官拉着两三个妇女而来,箕子问曰:"这是何故?"民妇泣曰:"吾等俱是女流,又不犯天子之法,为何拿我女人做甚么?老爷是天子之臣,当得为国为民,救我等蚁命!"言罢哭声不绝。箕子忙问奉御官。奉御官答曰:"皇上夜来听娘娘言语,将老少二民敲骨验髓,分别浅深,知其老少生育,皇上大喜。娘娘又奏,尚有剖腹验胎,知道阴阳。皇上听信斯言,特命臣等取此孕妇看验。"箕子听罢,大骂:"昏君!方今兵临城下,将至濠边,社稷不久丘墟,还听妖妇之言,造此无端罪业!左右且住!待吾面君谏止。"箕子怒气不息,后随着微子等俱往鹿台来见驾。

且说纣王在鹿台专等孕妇来看验,只见当驾官启曰:"有箕子等候旨。"王曰:"宣。"箕子至台上,俯伏大哭曰:"不意成汤相传数十世之天下,一旦丧于今日,而尚不知警戒修省,造此无辜恶业,你将何面目见先王之灵也!"纣王怒曰:"周武叛逆,今已有大帅袁洪足可御敌,斩将覆军,不日奏凯。朕偶因观雪,见朝涉者有老少之分,行步之异,幸皇后分别甚明,朕得以决其疑,于理何害?今朕欲剖孕妇以验阴阳,有甚大事?你敢当面侮君,而妄言先王也!"

箕子泣谏曰:"臣闻人秉天下之灵气以生,分别五官。为天地宣猷赞化,作民父母;未闻荼毒生灵,称为民父母者也。且人死不能复生,谁不爱此血躯,而轻弃以死耶!今陛下不敬上天,不修德政,天怒民怨,人日思乱;陛下尚不自省,犹杀此无辜妇女,臣恐八百诸侯屯兵孟津,旦夕不保。一旦兵临城下,又谁为陛下守此都城哉?只可惜商家宗裔为他人所掳,宗庙被他人所毁,宫殿为他人所居,百姓为他人之民,府库为他人之有,陛下还不自悔,犹听妇女之言,敲民骨,剔孕妇。臣恐周武人马一到,不用攻城,朝歌之民自然献之矣!军民与陛下作仇,只恨周武不能早至,军民欲箪食壶浆以迎之耳。虽陛下被掳,理之当然;只可怜二十八代神主,尽被天下诸侯之所毁,陛下此心忍之乎?"纣王大怒曰:"老匹夫!焉敢觌面侮君,以亡国视朕,不敬孰大于此!"命武士:"拿去打死!"箕子大叫曰:"臣死不足惜,只可惜你昏君败国,遗讥万世,纵孝子慈孙不能改也!"

只见左右武士扶箕子方欲下台,只见台下有人大呼曰:"不可!"微子、微子启、微子衍三人上台,见纣王俯伏,呜咽不能成语,泣而奏曰:"箕子忠良,有功社稷。今日之谏虽则过激,皆是为国之言。陛下幸察之!陛下昔日剖比干之心,今又诛忠谏之口,社稷危在旦夕,而陛下不知悟,臣恐万姓怨愤,祸不旋踵也!幸陛下怜赦箕子,褒忠谏之名,庶几人心可挽,天意可回耳。"纣王见微子等齐来谏诤,不得已,乃曰:"听皇伯、皇兄之谏,将箕子废为庶民!"妲己在后殿出而奏曰:"陛下不可!箕子当面辱君,已无人臣礼;今若放之在外,必生怨望。倘与周武构谋,致生祸乱,那时表里受敌,为患不小。"纣王曰:"将何处治?"妲己曰:"依臣妾愚见,且将箕子剃发囚禁,为奴宫禁,以示国法,使民人不敢妄为,臣下亦不敢渎奏矣。"纣王闻奏大喜,将箕子竟囚之为奴。

微子见如此光景,料成汤终无挽救之日,随即下台,与微子启、微子衍大哭曰:"我成汤继统六百年来,今日一旦被嗣君所失,是天亡我商也,奈之何哉!"微子与微子启兄弟二人商议曰:"我与你兄弟可将太庙中二十八代神主负往他州外郡,隐姓埋名,以存商代禋祀,不令同日绝灭可也。"微子启含泪应曰:"敢不如命!"于是三人打点收拾,投他州自隐。后孔圣称他三人曰:"微子去之,箕子为之奴,比干谏而死。"谓"殷有三仁"是也。后人有诗赞之:

  莺啭商郊百草新,成汤宫殿已成尘。
  为奴岂是存商祀,去国应知接后禋。
  剖腹丹心成往事,割胎民妇又遭迍。
  朝歌不日归周主,可惜成汤化鬼燐。

话说微子三人收拾行囊投他州去了。纣王将三妇人拿上鹿台,妲己指一妇人:"腹中是男,面朝左胁。"一妇人:"也是男,面朝右胁。"命左右用刀剖开,毫厘不爽。又指一妇人:"腹中是女,面朝后背。"用刀剖开,果然不差。纣王大悦:"御妻妙术如神,虽龟筮莫敌!"自此肆无忌惮,横行不道,惨恶异常,万民切齿。当日有诗为证:

　　大雪纷纷宴鹿台,独夫何苦降飞灾!
　　三贤远遁全宗庙,孕妇身亡实可哀。

话说当日刳剔孕妇,天昏地暗,日月无光。次日,有探事军报上台来:"有微子等三位殿下封了府门,不知往何处去了。"纣王曰:"微子年迈,就在此也是没用之人,微子启弟兄两人,就留在朝歌也做不得朕之事业;他去了,又省朕许多烦絮。即今元帅袁洪屡见大功,料周兵不能做得甚事。"遂日日荒淫宴乐,全不以国事为重。在朝文武不过具数而已,并无可否。

　　那日招贤榜篷下,来了二人,生得相貌甚是凶恶:一个面如蓝靛,眼似金灯,巨口獠牙,身躯伟岸;一个面似瓜皮,口如血盆,牙如短剑,发似朱砂,顶生双角,甚是怪异,往中大夫府谒见。飞廉一见,甚是畏惧。行礼毕,飞廉问曰:"二位杰士是那里人氏?高姓?何名?"二人欠身曰:"某二人乃大夫之子民,成汤之百姓。闻姜尚欺妄,侵天子关隘,吾兄弟二人愿投麾下以报国恩,决不敢望爵禄之荣,愿破周兵以洗王耻。子民姓高名明,弟乃高觉。"通罢姓名,飞廉领二人往朝内拜见纣王,进午门径往鹿台见驾。纣王问曰:"大夫有何奏章?"飞廉奏曰:"今有二贤高明、高觉,愿来报效,不图爵禄,敢破周兵。"纣王闻奏大悦,宣上台来。二人倒身下拜,俯伏称"臣",王赐平身,二人立起。纣王一见相貌奇异,甚是骇然:"朕观二士真乃英雄也!"随在鹿台上俱封为神武上将军。二人谢恩。王曰:"大夫与朕陪宴。"二人下台冠带了，至显庆殿待宴，至晚谢恩出朝。次日旨意下，命高明、高觉同钦差解汤羊、御酒往孟津来。不知凶吉如何，且听下回分解。

【总批】
纣王焚炙忠良，虿盆恶焰，可谓极古今之惨。何得又有此一番恶想，竟刳剔孕妇，斫朝涉之胫。千古之下，称为独夫，信不诬矣！

【又批】
妲己之毒恶，极古今妇人之最，然而俱归之于纣王。今人只知骂纣王为独夫，何尝骂妲己为独妇，此又古今极便宜的事。予想此妇可谓极善逢迎者，不但当日能惑纣王，尚能遮过天下后世人，又可谓极古今妇人之媚。

第九十回　子牙捉神荼郁垒

诗曰：
  眼有明兮耳有聪，能于千里决雌雄。
  神机才动情先泄，密计方行事已空。
  轩庙借灵凭鬼使，棋山毓秀仗桃丛。
  谁知名载封神榜，难免降魔杵下红。

  话说高明、高觉同钦差官往孟津来，行至辕门，传："旨意下！"旗门官报入中军，袁洪与众将接旨，进中军开读，诏曰：

  尝闻将者乃三军之司命，系社稷之安危。将得其人，国有攸赖；苟非其才，祸遂莫测，则国家又何望焉！兹尔元帅袁洪，才兼文武，学冠天人，屡建奇功，真国家之柱石，当代之人龙也！今特遣大夫陈友解汤羊、御酒、金帛、锦袍，用酬戍外之劳，慰朕当宁之望。尔当克勤忠荩，扑灭巨逆，早安边疆，以靖海宇。朕不惜茅土重爵，以待有功。尔其钦哉！特谕。

袁洪谢恩毕，款待天使；又令高明、高觉进见。高明、高觉上帐参谒袁洪。行礼毕，袁洪认得他是棋盘山桃精、柳鬼；高明、高觉也认得袁洪是梅山白猿。彼此大喜，各相温慰，深喜是一气同枝。正是：
  不是武王洪福大，焉能"七圣"死梅山。
高明、高觉在营中与众将相见，各各致意。次日，袁洪修谢恩本，打发天使回朝歌。不表。

第九十回　子牙捉神荼郁垒

当日，袁洪命高明、高觉二将往周营搦战。二人慨然出营，至周营，大呼曰："着姜尚来见我！"哨马报入中军，子牙问左右："谁去走一遭？"旁有哪吒曰："弟子愿往。"子牙许之。哪吒领令出营，忽见二人步行而来，好凶恶！怎见得：

> 一个面如蓝靛腮如灯，一个脸似青松口血盆。一个獠牙凸暴如钢剑，一个海下胡须似赤绳。一个方天戟上悬豹尾，一个加钢板斧似车轮。一个棋盘山上称柳鬼，一个得手人间叫高明。正是：神荼郁垒该如此，要阻周兵闹孟津。

话说哪吒大呼曰："来者何人？"高明答曰："吾乃高明、高觉是也。今奉袁洪将军将令，特来擒拿反叛姜尚耳！你是何人，敢来见我？"哪吒大喝曰："好孽畜，敢出大言！"摇手中火尖枪直取二将，高明、高觉举戟、斧劈面迎来。三将交兵，大战在龙潭虎穴。哪吒早现出三头八臂，祭起乾坤圈，正中高觉顶门上，打得个一派金光，散漫于地。哪吒复祭九龙神火罩，把高明罩住，用手一拍，即现九条火龙，须臾烧罢。哪吒回营来见子牙，言圈打高觉，罩住高明一事，子牙大喜。不表。

且说高明等二人进营，来见袁洪曰："姜尚所仗无他，俱倚的是三山五岳门人，故此所在侥幸成功，不曾遇着我等奥妙之人，莫说是姜尚几个门人，何怕你有通天彻地手段，岂能脱得吾辈之手也！"众人俱各欢喜。

次日，高明、高觉又往周营搦战。哨马报入中军："启元帅：高明、高觉请元帅答话。"子牙问哪吒曰："你昨日回我灭了二将，今日又来，何也？"哪吒曰："想必高明二人有潜身小术，请师叔亲临，吾等便知真实。"子牙传令，八百诸侯齐出，看子牙用兵。高明对弟高觉曰："哪吒言吾等有潜身小术，俱出来一看吾等真实。"言未了,只听炮响,见周营大队排开,似盔山甲海,射目光华。子牙乘四不相来至军前,看见二将相貌凶恶,丑陋不堪,大喝曰:"高明、高觉,不顺天时,敢勉强而阻逆王师,自讨杀身之祸也!"高明大笑曰:"姜子牙,我知你是昆仑之客,你也不曾会我等这样高人。今日成败定在此举也。"道罢,二将使戟、斧冲杀过来。这边李靖、杨任二骑冲出,也不答话,四处兵器交加。正是四将赌斗,怎见得,有诗为证,诗曰:

> 四将交锋在孟津,人神仙鬼孰虚真。
> 从来劫运皆天定,纵有奇谋尽堕尘。

话说杨戬在旁,见高明、高觉一派妖气,不是正人,仔细观看,以备不虞。只见杨任取出五火扇来,照高明一扇,只听得"呼"的一声,化一道黑光而去。李靖也祭起黄金塔来,把高觉罩在里面,一时也不见了。袁洪同众将正在辕门看高明兄弟二人大战周兵,见杨任用五火扇子扇高明,又见李靖用塔罩高觉,忙命吴龙、常昊接战。二将大叫曰:"周将不必回营,吾来也!"哪吒登风火轮来战吴龙,杨戬使三尖刀敌住常昊,四将大战。袁洪心下自思曰:"今日定要成功,不可错过。"把白马催开,使一条宾铁棍来战子牙。旁有雷震子、韦护二人截住袁洪相杀。怎见得,有赞为证,赞曰:

> 凛凛寒风起,森森杀气生。白猿使铁棒,雷震棍更雄。
> 韦护降魔杵,来往势犹凶。舍命安天下,拚生定太平。

话说雷震子展风雷翅飞在空中,那条棍从顶上打来。韦护祭起降魔杵,此杵岂同小可,如须弥山一般打将下来。袁洪虽是得道白猿,也经不起这一杵,袁洪化白光而去,止将鞍马打得如泥。杨戬祭哮天犬咬常昊,常昊乃是蛇精,狗也不能伤他。常

第九十回　子牙捉神荼郁垒

昊知是仙犬,先借黑气走了。哪吒祭起神火罩罩住吴龙,吴龙也化青气走了。总是一场虚话。

子牙鸣金回营。杨戬上帐曰:"今日会此一阵,俱为无用。当时弟子别师尊时,师父曾有一言分付弟子说:'若到孟津,谨防梅山七圣。'曾教弟子留心。今日观之,祭宝不能成功,俱化青黑之气而走。元帅宜当设计处治,方可成功。若是死战,终是无用。"子牙曰:"吾自有道理。"当日至晚,子牙帐中鼓响,众将官上帐听令。子牙命李靖领柬帖:"你在八卦阵正东上,按震方,书有符印,用桃桩,上用犬血,如此而行。"又命雷震子领柬帖:"你在正南上,按离方,亦有符印,也用桃桩,上用犬血,如此而行。"命哪吒领柬帖:"在正西上,按兑方,也用桃桩,上用犬血,如此而行。"又命杨任:"在正北上,按坎方,也用桃桩,上用犬血,如此而行。""杨戬,你可引战,用五雷之法望桃桩上打下来。韦护,你用瓶盛乌鸡、黑狗血,女人尿屎和匀,装在瓶内,见高明、高觉赶上我阵中,你可将瓶打下,此秽污浊物厌住他妖气,自然不能逃走。此一阵可以擒二竖子也。"众门人听令而去。子牙先出营,布开八卦,暗合九宫,将桃桩钉下。正是:

　　设计要擒桃柳鬼,这场辛苦枉劳神。

子牙安置停当。

且说高明听着子牙传令安八卦方位,用乌鸡、黑狗血,钉桃桩拿他兄弟,二人大笑不止:"空费心机!看你怎样捉我二人!"次日,子牙亲临辕门搦战。袁洪命高明、高觉出营,大呼曰:"姜子牙,你自称扫荡成汤大元帅,据吾看,你不过一匹夫耳!你既是昆仑之士,理当遣将调兵,共决雌雄;为何钉桃桩,安符印,周围布八卦,按九宫,用门人将乌鸡、黑狗血秽污之物魇我二人?

吾非鬼魅精邪,岂惧你左道之术也!"二人道罢,放步摇斧举戟直取子牙。

子牙左右有武吉、南宫适二马齐出,急架忙迎,四将交兵,枪刀共举。高明逞精神如同猛虎,南宫适使气力一似欢龙,高觉戟刺摆长幡,武吉枪来生杀气:四将酣战。子牙催四不相,仗剑也来助战,未及数合,便往阵中败走。高明笑曰:"不要走!吾岂惧你安排,吾来也!"兄弟二人随后赶入阵来。刚入得八卦方位,东有李靖,南有雷震子,西有哪吒,北有杨任,四面发起符印,处处雷鸣;韦护空中将一瓶秽污之物往下打来,那些鸡犬秽血溅得满地。高明、高觉先化阵青光,早已不见了。众门人亲自观见,莫知去向。

子牙收兵回营,升帐坐下,大怒曰:"岂知今日本营先有奸细私透营内之情,如此何日成功也!将吾机密之事尽被高明知道,此是何说!"杨戬在旁曰:"师叔在上:料左右将官自在西岐共起义兵,经过三十六路征伐,今进五关,经过数百场大战,苦死多少忠良,今日至此,克成汤只在目下,岂有这样之理?据弟子观之,此二人非是正人,定有些妖气,那光景大不相同。望师叔详察。今弟子往一所在去来,自知虚实。"子牙曰:"你往那里去?"杨戬曰:"机不可泄,泄则不能成功也。"子牙许之。杨戬当晚别子牙去讫。

且说高明、高觉来见袁洪,言子牙用八卦阵,将钉桃桩的事说了一遍。袁洪具表往朝歌报捷。高觉听的周营子牙与杨戬共议,杨戬要往一所在去,又听见杨戬不肯说,兄弟二人曰:"凭你怎样寻吾根脚,料你也不能知道!"二人又大笑一回。不表。

且说杨戬离了周营,借土遁往玉泉山金霞洞来,正是:

第九十回　子牙捉神荼郁垒

遁中道术真玄妙，咫尺青风万里程。

话说杨戬来至金霞洞，见洞门紧闭，杨戬洞外敲门。少时一童子出来，见是师兄，忙问曰："师兄何来？"杨戬曰："烦贤弟通报。"童子进洞内见玉鼎真人，启曰："师兄杨戬在洞府外求见。"真人起身分付曰："着他进来。"杨戬来至碧游床前下拜。真人曰："你今到此为何？"杨戬把孟津事说了一遍。真人曰："此业障是棋盘山桃精、柳鬼。桃、柳根盘三十里，采天地之灵气，受日月之精华，成气有年。今棋盘山有轩辕庙，庙内有泥塑鬼使，名曰千里眼、顺风耳；二怪托其灵气，目能观看千里，耳能详听千里，千里之外不能视听也。你可叫姜子牙着人往棋盘山去将桃、柳根盘掘挖，用火焚尽；将轩辕庙二鬼泥身打碎，以绝其灵气之根；再用一重雾常锁营寨，如此如此，则二鬼自然绝也。"

杨戬受命，离了玉泉山，复往周营而来。军政官报与子牙，子牙令入中军，问杨戬曰："此去如何？"杨戬摇头不语，犹恐泄机。子牙曰："你今日为何如此？"杨戬曰："弟子今日不敢言，且随弟子行之。"子牙并依杨戬，不去阻挡。杨戬执定令旗下帐，把后队大红旗二千杆令三军磨旗；又令一千名军士擂鼓鸣锣，恍然有惊天动地之势。子牙见杨戬如此，不知其故。杨戬方来对子牙曰："高明、高觉二人乃是棋盘山桃精、柳鬼。他凭托轩辕庙二鬼之灵，名曰千里眼、顺风耳。如今须用旗招展不住，使千里眼不能观看；锣鼓齐鸣，使顺风耳不能听察。请元帅命将往棋盘山掘挖此根，用火焚之；再令将官去把轩辕庙里二鬼打碎；然后用大雾一重常锁行营，此怪方能除也。"子牙听说："既然如此，吾自有治度。"子牙令李靖："领三千人马速往棋盘山，去挖绝其根。"又令雷震子："去打碎泥塑鬼使。"后人有诗叹之，诗曰：

虎斗深山渊斗龙,高明高觉逞邪踪。
当时不遇仙师指,难灭轩辕二鬼风。

话说子牙安排已定,只等二门人来回令。

且说高明、高觉只听得周营中鼓响锣鸣不止,高觉曰:"长兄,你看看怎样?"高明曰:"一派尽是红旗招展,连眼都晃花了。兄弟,你且听听看。"高觉曰:"锣鼓齐鸣,把耳朵都震聋了,如何听得见一些儿?"二人急躁,不表。只见李靖人马去掘桃、柳的根盘,雷震子去打泥塑的鬼使;子牙在帐内望二人回来,方好用计破之。次日子牙在中军,忽报雷震子回来。子牙令至中军,问其打泥鬼如何。雷震子曰:"奉令去打碎了二鬼,放火烧了庙宇以绝其根,恐再为祟;待周王伐纣功成,再重修殿宇未迟。"子牙大悦,随在帐前令哪吒、武吉在营布起一坛,设下五行方位,当中放一坛,四面八方俱镇压符印,安治停当。只见李靖掘桃、柳鬼根盘已毕,来至中军回话。子牙大喜。正是:

李靖掘根方至此,袁洪举意劫周营。

话说子牙在中军共议:"东伯侯还不见来?"忽报:"三运督粮官郑伦来至。"子牙令至帐前,郑伦回令毕,交纳粮印。郑伦听得土行孙已死,着实伤悼。不表。

且说袁洪在营中自思:"今与周兵屡战未见输赢,枉费精神,虚费日月。"令左右暗传与常昊、吴龙:"令高明、高觉冲头阵,今夜劫姜尚的营。"又令:"参军殷破败、雷开为左右救应,殷成秀、鲁仁杰为断后,务要一夜成功。"众将听令,只等黄昏行事。话说子牙在中军,忽见一阵风从地而起,卷至帐前。子牙见风色异怪,掐指一算,早知其意。子牙大喜,传令:"中军帐钉下桃桩,镇压符印,下布地网,上盖天罗,黑雾迷漫中军。令各

第九十回　子牙捉神荼郁垒

营俱不可轻动。李靖拒住东方，杨任拒住西方，哪吒拒住南方，雷震子拒住北方，杨戬、韦护在将台左右保护。"子牙令南宫适、武吉、郑伦、龙须虎等："各防守武王营寨。"众将得令而去。子牙沐浴上台，等候袁洪来劫营寨。诗曰：

> 子牙妙算世无双，动地惊天势莫当。
> 二鬼有心施密计，三妖无计展疆场。
> 遭殃杨任归神去，逃死袁洪免丧亡。
> 莫说孟津多恶战，连逢劫杀损忠良。

话说袁洪当晚打点人马劫营，大破子牙，以成全功。才至二更时分，高明、高觉为头一队，袁洪为二队。鲁仁杰对殷成秀曰："贤弟，据我愚见，今夜劫营不但不能取胜，定有败亡之祸。况姜子牙善于用兵，知玄机变化，且门下又多道德之士，此行岂无准备？我和你且在后队，见机而作。"殷成秀曰："兄长之言甚善。"不说他二人各自准备，且说高明、高觉来至周营，点起大炮，响一声，喊杀进营来。袁洪同常昊、吴龙从后接应。子牙在将台上披发仗剑，踏罡布斗，霎时四下里风云齐起，这正是子牙借昆仑之妙术取神荼、郁垒。不知凶吉如何，且听下回分解。

【总批】

　　高明、高觉，耳目能视听千里，一遇旌旗金鼓，便蔽惑其聪明，倏然被擒。然则有耳目之蠹，可不慎欤！

【又批】

　　语云："方以类聚，物以群分。"当日有袁洪、常昊、吴龙三个怪，就有桃精、柳鬼来应付。青天白日之下，纯是魑魅魍魉用事！纣欲不得已乎？

第九十一回　蟠龙岭烧邬文化

诗曰：
> 力大排山气吐虹，手拖扒木快如风。
> 行舟陆地谁堪及，破敌营门孰敢同。
> 擒虎英名成往事，食牛全气化崆峒。
> 总来天意归周主，空作蟠龙岭下红。

话说子牙在将台上作法，只见风云四起，黑雾弥漫，上有天罗，下有地网，昏天惨地罩住了周营。霹雳交加，电光驰骤，火光灼灼，冷气森森，雷响不止，喊声大振。各营内鼓角齐鸣，若天崩地塌之状。怎见得，有诗为证，诗曰：
> 风雾蒙蒙电火烧，雷声响亮镇邪妖。
> 桃精柳鬼难逃躲，早把封神名姓标。

话说高明、高觉闯进周营，杀进中军，只见鼓声大振，三军呐喊。一声炮响，东有李靖，西有杨任，南有哪吒，北有雷震子，左有杨戬，右有韦护，一齐冲将出来把高明等围住。台上有子牙作法，台下四个门人齐把桃桩震动。上有天罗，下有地网，上下交合。子牙祭起打神鞭打将下来，高明、高觉难逃此难，只打得脑浆迸流，一灵已往封神台去了。

且说袁洪同常昊、吴龙在后面催军杀进周营，被哪吒等接住大战。此时黄夜交兵，两军混战。韦护祭起降魔杵来打吴龙，吴龙早化青光去了。哪吒也祭起九龙神火罩来罩常昊，常

第九十一回 蟠龙岭烧邬文化

昊化一道青气不见了。袁洪乃是白猿得道,变化多端,把元神从头上现出。杨任正欲取五火扇扇袁洪,不意袁洪顶上白光中元神手举一棍打来,杨任及至躲时已是不及,早被袁洪一棍打中顶门,可怜!自穿云关归周,才至孟津,未受封爵而死。后人有诗叹之,诗曰:

> 自离成汤归紫阳,穿云关下破瘟癀。
> 孟津尽节身先丧,俱是南柯梦一场。

话说杨任被袁洪打死,两军混战至天明,子牙鸣金,两下收兵。子牙升帐点视军将,已知杨任阵亡,着实嗟叹不已。杨戬上帐言曰:"今夜大战,虽然斩了高明、高觉,反折杨任一员大将。据弟子见袁洪等俱是精灵所化,急切不能成功。大兵阻于此地,何日结局?弟子今往终南山借了照妖鉴来,照定他的原身,方可擒此妖魅也,不然终无了期。"子牙许之。

杨戬离了周营,借土遁往终南山而来。不多时,早至玉柱洞前,按落遁光,至洞门听候云中子。少时,只见金霞童子出来,杨戬上前稽首曰:"师兄,借烦通报,有杨戬要见师伯。"童子忙还礼曰:"师兄少待,容吾通报。"童子进洞对云中子曰:"有杨戬在外面候见。"云中子命童子:"着他进来。"童子出洞云:"师父请见。"杨戬见云中子行礼毕,禀曰:"弟子今到此,欲求师伯照妖鉴一用。目今兵至孟津,有几个妖魅阻住周师不能前进,虽大战数场,法宝难治。因此上奉姜元帅将令,特地至此拜求师伯。"云中子曰:"此乃梅山七怪也,只你可以擒获。"忙取宝鉴付与杨戬,杨戬辞了终南,借土遁径往周营内来见子牙,备言:"此是梅山七怪,明日侯弟子擒他。"

话说袁洪在营中与常昊、吴龙众将议退诸侯之策,殷破败曰："明日元戎不大杀一场以树威,使天下诸侯知道利害,则彼皆不能善解。与他迁延日月,恐师老军疲,其中有变,那时反为不美。"袁洪从其言。次日,整顿军马,炮声大振,来至军前。子牙亦带领众诸侯出营,两下列成阵势。袁洪一马当先,子牙谓袁洪曰:"足下不知天命久已归周,而何阻逆王师,令生民涂炭耶? 速早归降,不失封侯之位。如若不识时务,悔无及矣!"袁洪大笑曰:"料尔不过是磻溪一钓叟耳,有何本领,敢出此大言!"回顾常昊曰:"与吾将姜尚擒了!"常昊纵马挺枪,飞来直取子牙,旁有杨戬催马舞刀抵住厮杀。二马往来,刀枪并举,只杀得凛凛寒风,腾腾杀气。怎见得,有诗为证,诗曰:

　　杀气腾腾锁孟津,梅山妖魅乱红尘。
　　须臾难遁终南鉴,取次摧残作鬼燐。

话说两人大战未及十五合,常昊拨马便走。杨戬随后赶来,取出照妖鉴来照,原来是条大白蛇,杨戬已知此怪,看他怎样腾挪。只见常昊在马上忽现原身,有一阵怪风卷起,播土扬尘,愁云霭霭,冷气森森,现出一条大蛇。怎见得,有诗为证:

　　黑雾漫漫天地遮,身如雪练弄妖邪。
　　神光闪灼凶顽性,久于梅山是旧家。

话说杨戬看见白蛇隐在黑雾里面来伤杨戬,杨戬摇身一变,化作一条蜈蚣,身生两翅飞来,钳如利刃。怎见他的模样,有诗为证:

　　二翅翩翩似片云,黑身黄足气如焚。
　　双钳竖起挥双剑,先斩顽蛇建首勋。

杨戬变做一条大蜈蚣,飞在白蛇头上一剪两断,那蛇在地下挺折扭滚。杨戬复了本相,将此蛇斩做数断,发一个五雷诀,只见雷声一响,此怪震作飞灰。

袁洪知白蛇已死,大怒,纵马使一根棍,大呼曰:"好杨戬!敢伤吾大将!"旁有哪吒登风火轮,现三头八臂,使火尖枪抵住了袁洪。轮马相交未及数合,哪吒祭起九龙神火罩,将袁洪连人带马罩住。哪吒用手一拍,现出九条火龙,将袁洪盘旋周绕焚烧。不知袁洪有七十二变玄功,焉能烧的着他,袁洪早借火光去了。吴龙见哪吒施勇,使两口双刀来战哪吒,哪吒翻身复来接战吴龙。杨戬在傍,忙取照妖鉴照看,原来是一条蜈蚣。杨戬纵马舞刀,双战吴龙,吴龙料战不过,拨马便走,哪吒登风火轮就赶。杨戬曰:"道兄休赶,让吾来也。"哪吒听说,便立住了风火轮,让杨戬催马追赶。吴龙见杨戬赶来,即现原形,就马脚下卷起一阵黑雾罩住自己。怎见得,有诗为证:

黑雾阴风布满天,梅山精怪法无边。
谁知治克难相恕,千岁蜈蚣化周然。

吴龙见杨戬追赶,即现原形,影在黑雾之中来伤杨戬。杨戬见此怪飞来,随即摇身一变化作一只五色雄鸡。怎见得,诗曰:

绿耳金睛五色毛,翅如钢剑嘴如刀。
蜈蚣今遇无穷妙,即丧原身怎脱逃?

杨戬化做一只金鸡飞入黑雾之中,将蜈蚣一嘴啄作数断,又除一怪。子牙与众将掌鼓进营。不表。

却说殷破败、雷开与诸将亲自看见今日光景,不觉笑曰:"国家不祥,妖孽方兴。今日我们两员副将,岂知俱是白蛇、蜈蚣成精来此惑人,此岂是好消息!不若进营与主将商议何如。"随进营来,见袁洪在中军闷坐,俱至帐前参谒。袁洪见众将来见,也觉没趣,乃对众将曰:"吾就不知常昊、吴龙乃是两个精灵,几乎被他误了大事。"众将曰:"姜子牙乃昆仑道德之士,麾下又有这三山五岳门人相随,料吾兵不能固守此地,请元帅早定大策,或战或守,可以预谋,毋令临期掘井,一时何及。眼见我兵微将寡,力敌不能,依不才等愚见,不如退兵固守城都,设防御之法以老其师。此'不战能屈人之兵'者,不知元帅尊意如何?"袁洪曰:"参军之言差矣!奉命守此地方,则此地为重,今舍此不守,反欲退拒城都,此为'临门御寇',未有不败者也。今姜尚虽有辅佐之人,而深入重地,亦不能用武。看吾在此地破敌,吾自有妙策,诸将勿得多言。"

各人下帐,鲁仁杰与殷成秀曰:"方今时势也都见了,料成汤社稷终属西岐。况今日朝廷不明,妄用妖精为将,安有能成功之理?但我与贤弟受国恩数代,岂可不尽忠于国;然而就死,也须是死在朝歌,见吾辈之忠义,不可枉死于此地与妖孽同腐朽也。不若乘机讨一差遣,往而不返可也。"二将议定,忽有总督粮储官上帐来禀袁洪曰:"军中止有五日行粮,不足支用,特启元帅定夺。"袁洪命军政司修本往朝歌催粮,傍有鲁仁杰出而言曰:"末将愿往。"袁洪许之。鲁仁杰领令往朝歌去催粮。不表。

且说朝歌城来了一个大汉,身高数丈,力能陆地行舟,顿食只牛,用一根排杈木,姓邬名文化,揭招贤榜投军,朝廷差官送邬文化至孟津营听用。来至辕门,左右报与袁洪。袁洪命:"令来。"邬文化同差官至中军,见礼毕,通名站立。袁洪见邬文化一表非俗,恍似金刚一般撑在半天里,果是惊人。袁洪曰:"将军此来,必怀妙策。今将何计以退周兵?"邬文化曰:"末将乃一勇鄙夫,奉圣旨赍送元帅帐下调用,听凭指挥。"袁洪大喜:"将军此来,必定首建大功,何愁姜尚不授首也!"

邬文化次日清晨上帐领令,出营搦战,倒拖排杌木,行至周营,大呼曰:"传与反叛姜尚,早至辕门洗颈受戮!"话说子牙在中军帐猛听战鼓声响,抬头观看,见一大汉竖在半天里,惊问众将曰:"那里来了一个大汉子?"众人齐来观看,果是好个大汉子,众皆大惊。正欲寻问,只见军政官报入中军来:"有一大汉,口出大言,请令定夺。"有龙须虎出曰:"弟子愿往。"子牙许之,分付曰:"你须仔细!"龙须虎领令出营来,邬文化低头往下一看,大笑不止:"那里来了一个虾精?"龙须虎抬头看邬文化怎生凶恶,但见有诗为证,诗曰:

> 身高数丈骼榔头,口似窑门两眼抠。
> 丈二苍须如散线,尺三草履似行舟。
> 生成大力排山岳,食尽全牛赛虎彪。
> 陆地行舟人罕见,蟠龙岭上火光愁。

邬文化大呼曰:"周营中来的是个甚么东西?"龙须虎大怒,骂曰:"好匹夫!把吾当作甚么东西!吾乃姜元帅第二门徒龙须虎是也。"邬文化笑曰:"你是一个畜生,全无一些人相,难道也是姜尚门徒!"龙须虎曰:"村匹夫快通名来,杀你也好上功劳簿。"邬文化骂曰:"不识好歹业畜!吾乃纣王御前袁元帅麾下威武大将军邬文化是也。你快回去叫姜尚来受死,饶你一命。"龙须虎大怒,骂曰:"今奉令特来擒你,尚敢多言!"发手一石打来。邬文化一排杌木打下来,龙须虎闪过,其钉打入土有三四尺深;急自拽起钉杌来,倒被龙须虎夹大腿连腰上打了七八石头,再转身,又打了五六石头,只打得是下三路。邬文化身大,转身不活,不上一个时辰,被龙须虎连腿带腰打了七八十下,打得邬文化疼痛难当,倒拖着排杈木望正东上走了。龙须虎得胜回营,来见子牙,备言其事。众将俱以为大而无用,子牙也不深究所以,彼此相安不察。

且说邬文化败走二十里,坐在一山崖上擦腿摸腰有一个时辰,乃缓缓来至辕门。左右报入中军曰:"启元帅:邬文化在辕门等令。"袁洪分付:"令来。"邬文化来至帐前,参谒袁洪。袁洪责之曰:"你今初会战便自失利,挫动锋锐,如何不自小心!"邬文化曰:"元帅放心,末将今夜劫营,管教他片甲不存,上报朝廷,下泄吾恨。"袁洪曰:"你今夜劫营,吾当助尔。"邬文化收拾打点,今夜去劫周营。此是子牙军士有难,故有此失。正是:

　　一时不察军情事,断送无辜填孟津。

话说子牙不意邬文化今夜劫营。将至二更时分,成汤营里一声炮响,喊声齐起,邬文化当头撞进辕门。那是黑夜,谁人抵敌?冲开七层鹿角,撞翻四方木栅、挡牌,邬文化把排杈木只是横扫两边。也是周营军士有难,可怜被他冲杀得尸横遍野,血流成河,六十万人马在中军呼兄唤弟,觅子寻爷。又有袁洪协同,黑夜中袁洪放出妖气,笼罩住营中,惊动多少大小将官。子牙听得大汉劫营,急上了四不相,手执杏黄旗护定身子,只听得杀声大振,心下着忙。又见大汉二目如两盏红灯,众门人各不相顾,只杀得孟津血水成渠。有诗为证,诗曰:

　　姜帅提兵会列侯,袁洪赌智未能休。
　　朝歌遣将能摧敌,周寨无谋是自蹂。
　　军士有灾皆在劫,元戎遇难更何尤。
　　可惜英雄徒浪死,贤愚无辨丧荒丘。

话说邬文化黉夜劫周营,后有袁洪助战;周将睡熟,被邬文

第九十一回 蟠龙岭烧邬文化

化将排杩木两边乱扫，可怜为国捐躯，名利何在！袁洪骑马仗妖术冲杀进营，不辨贤愚，尽是些少肩无臂之人，都做了破腹无头之鬼。武王有四贤保驾奔逃，子牙落荒而走，五七门徒借五遁逃去，只是披坚执锐之士，怎免一场大厄！该绝者难逃天数，有生者躲脱灾殃。

且说邬文化直冲杀至后营，来到粮草堆根前。此处乃杨戬守护之所，忽听得大汉劫营，姜元帅失利，杨戬急上马看时，见邬文化来得势头凶，欲要迎敌，又顾粮草，心生一个计，且救眼下之厄，忙下马念念有词，将一草竖立在手，吹口气，叫声："变！"化了一个大汉，头撑天，脚踏地。怎见得，有赞为证，赞曰：

　　头有城门大，二目似披缸。鼻孔如水桶，门牙扁担长。
　　胡须似竹笋，口内吐金光。大呼邬文化，与吾战一场！

话说邬文化正尽力冲杀，灯光影里见一大汉比他更觉长大，大呼曰："那匹夫慢来！吾来也！"邬文化抬头看见，唬得魂不附体："我的爷来了！"倒拖排杩木回头就走，也不管好歹只是飞跑。杨戬化身随后赶来一程，正遇袁洪。杨戬大呼曰："好妖怪，怎敢如此！"使开三尖刀飞奔杀来，袁洪使棍抵住，大战一回。杨戬祭哮天犬时，袁洪看见，化一道白光脱身回营。且说孟津众诸侯闻袁洪劫姜元帅的大营，惊起南北二镇诸侯，齐来救应，两下混战，只杀到天明。子牙会集诸门人，寻见武王，收集败残人马，点算损折军兵有二十余万，帐下折了将官三十四员，龙须虎被邬文化排杩木绝其性命。军士有见龙须虎的头挂在排杩木上，因此报知。子牙闻龙须虎被乱军中杀死，子牙伤悼不已。众诸侯上帐问武王安，杨戬来见子牙，备言："邬文化冲杀，是弟子如此治之，方救得行粮无虞。"子牙曰："一时误于检点，故遭此厄，无非是天数耳。"心下郁郁不乐，纳闷中军。

且说袁洪得胜回营，具本往朝歌报捷："邬文化大胜周兵，尸塞孟津，其水为之不流。"群臣具贺："自征伐西岐，从未有此大胜。"纣王大喜，日日纵乐，全不以周兵为事。且说杨戬来见子牙曰："如今先将大汉邬文化治了，然后可破袁洪。"子牙曰："须得如此，方可绝得此人。"杨戬领令去到孟津哨探路径，走有六十里至一所在，地名蟠龙岭，此山湾环如蟠龙之势，中有空阔一条路，两头可以出入。杨戬看罢，心下大喜曰："此处正好行此计也！"忙回见子牙，备言："蟠龙岭地方可以行计。"子牙听说大喜，在杨戬耳边备说："如此如此，可以成功。"杨戬遂自去了。正是：

　　　　计烧大将邬文化，须得姜公用此谋。

话说子牙令武吉、南宫适："领二千人马，往蟠龙岭去埋伏引火之物，中用竹筒引线，暗埋火炮、火箭各项等物，岭上下俱用柴薪引火干燥物件，预备停当，只等邬文化来至，便可行之。"二将领令去讫。

话说邬文化得了大功，纣王差官赍袍带表礼等物奖谕。袁洪、邬文化二将谢恩，打发天使回朝歌。不表。袁洪对邬文化曰："荷蒙天子恩宠奖谕，邬将军，我等当得尽忠竭力，以报国恩，不负吾辈名扬于天下也。"邬文化曰："末将明日使姜尚无备，再杀他个片甲无存，早早奏凯。"袁洪大喜，设宴庆赏。正谈笑间，探事马报入中军："启元帅：今有姜子牙与武王在辕门闲看吾营，不知有何原故，请令定夺。"袁洪听报，即令邬文化："暗出大营，抄出子牙之后擒之，如探囊取物耳。"邬文化领令忙出

第九十一回 蟠龙岭烧邬文化

右营门,撒开大步,拖排杈木如飞云掣电而来,大呼曰:"姜尚休走!今番吾定擒你成功也,速速下骑受死,免吾费力。"

子牙与武王见邬文化追来,拨转坐骑望西南而逃。邬文化见子牙、武王落荒而走,放心追来。子牙回顾,诱邬文化曰:"邬将军,你放我君臣回营,得归故国,再不敢有犯边疆,吾群臣感将军洪恩不浅矣。"邬文化曰:"今番错过,千载难逢。"拚命赶来,那里肯舍!望前赶了一个时辰,姜子牙与武王是有脚力的,邬文化步行,又当得他是急急追赶,一气赶了五六十里,邬文化气力已乏,立住脚不赶了。子牙回头看时,见邬文化不赶,子牙勒转坐骑,大呼曰:"邬文化,你敢来与吾战三合么?"邬文化大怒曰:"有何不敢?"回身又望前赶来。子牙勒转四不相又走,看看赶至蟠龙岭了,子牙君臣进山口去了。邬文化大喜:"姜尚进山,似鱼游釜中,肉在几上!"随后追进山口。不知邬文化性命如何,且听下回分解。

【总批】

　　从来妖邪鬼魅,安能白昼胜人?不过来混乱一场而已。所以高明、高觉、常昊、吴龙皆陆续被擒,只是当是成汤气数,不卜可知其败也。岂有堂堂天子,而魑魅魍魉,公然横行于青天白日之下哉!

【又批】

　　邬文化一勇之夫,固无足论。只笑姜子牙为武事中鼻祖、阐教中之高士,如何不能前知,如何不谙纪律,令全军屠戮、武王着惊,子牙公安能逭其责?以理定罪,则于今之祖武其事、尸祝其神者,俱当罚去。

第九十二回　杨戬哪吒收七怪

诗曰：
　　梅山七怪阻周兵，逞异夸能苦战争。
　　狗宝虽凶谁独死，牛黄纵恶自戕生。
　　朱真伏地先无项，杨显纵横后亦薨。
　　堪笑白猿多惹事，千年道行等闲倾。

　　话说武吉、南宫适望见子牙引邬文化进山，先让过子牙与武王，用木石叠断前山。只见邬文化赶进山口，不见了子牙、武王，立住了脚迟疑四望，竟无踪迹。正欲回身出山，只听得两边炮响，杀声振地，山上用滚木大石叠断山口，军士用火弓、火箭、火炮、干柴等物望山下抛放，只见四下里火起，满谷烟生。怎见得好火，赞曰：

　　腾腾烈焰，滚滚烟生。一会家地塌山崩，霎时间雷轰电掣。须臾绿树尽沾红，顷刻青山皆带赤。那怕你铜墙铁壁，说甚么海阔河宽。挡着他烁石流金，遇着时枯泉辙涸。风乘火势逞雄威，火借风高拚恶毒。休说邬文化血肉身躯，就是满山中披毛带角的皆逢其劫。

话说邬文化见后面火起，叠断归路，抽身转奔进山来，那山脚下地炮、地雷发作，望上打来。可怜顶天立地大汉，陆地行舟的英雄，只落得顷刻化为灰烬！后人有诗叹之：

　　夜劫周营立大功，孟津河下逞英雄。

第九十二回 杨戬哪吒收七怪

姜公妙算驱杨戬,火化蟠龙一阵风。

话说杨戬、武吉、南宫适见烧死了邬文化,俱回来见姜子牙,备言前事。子牙大喜,又谓杨戬曰:"只是袁洪此怪未除,如之奈何?"杨戬曰:"此怪乃梅山得道白猿,最是精灵,俟徐徐除之。"子牙曰:"且等东伯侯来至,诸侯方可进兵。"

话说袁洪闻报,知道烧死了邬文化,心中不乐,正独坐纳闷,忽报:"辕门外有一陀头求见。"袁洪传令请来。少时,陀头至中军,打稽首曰:"元帅,贫道稽首了。"袁洪曰:"道者请了。道者从何处来?有何见谕?"陀头曰:"吾亦在梅山地方居住,与元帅相隔不远,姓朱,名子真。今知元帅为纣王出力,特来助一臂之力。不识元帅肯容纳否?"袁洪听说大喜,邀请陀头上坐,朱子真再三谦让,就席而坐。旁有参军殷破败、雷开二将听得又是梅山之士,乃相谓叹曰:"此又是常昊、吴龙一党。"袁洪命治酒管待朱子真。一宵不表。

次日,朱子真提宝剑在手,率左右行至周营,坐名请元帅答话。军政官报入中军,子牙听见有道者,忙传令南北二处诸侯齐出辕门,排开队伍,自己亲率诸众弟子出辕门,列成阵势。见成汤旗门脚下,来一陀头。怎见得,有赞为证:

面如黑漆甚跷蹊,海下髭髯一剪齐。

长唇大耳真凶恶,眼露光华扫帚眉。

皂服丝绦飘荡荡,浑身冷气浸人肌。

梅山猪怪逢杨戬,不久周营现此躯。

话说朱子真步行至前,见子牙簇拥而至。子牙曰:"道者何人?"朱子真曰:"吾乃梅山炼气士朱子真是也。"姜子牙曰:"你不守分安居,来此何干?是自寻死亡也。"朱子真大笑曰:"成汤相传数十世,尔等世受国恩,无故造反,侵夺关隘,反言天命人心,真是妖言惑众,不忠不孝之夫!吾今日到此,快快下马纳降,各还故土,尚待你等以不死;如有半字不然,那时拿住定碎尸万段,悔无及矣。"子牙大骂曰:"无知匹夫!你死在目前尚不自知,犹自饶舌也!"朱子真仗剑来取子牙,只见旁有南伯侯麾下副将余忠,此人不信道术,使狼牙棒,面如紫枣,三绺长髯,飞马大呼曰:"此功留与我来取!"子牙见左哨来了余忠,一马当先,也不答话,使开棒夹头就打,朱子真手中剑劈面交还。步马相交,剑棒并举,未及二十合,朱子真转身就走。余忠随后赶来,子牙传令:"擂鼓呐喊,以助军威。"余忠追来,未及一里之余,朱子真乃是妖魅,足下阴风簇拥,一派寒雾笼罩,故马亦追之不上。朱子真把身子立住,余忠马看看至近,子真回头把口一张,一道黑烟喷出笼罩其身,现出本相,一口把余忠咬了半段,余忠尸骸倒于马下。

朱子真复现元身,回奔而来,大呼曰:"姜子牙敢与吾立见雌雄么?"杨戬在傍,用照妖宝鉴一照,原来是一个大猪。杨戬把马催开,使三尖刀从后面大喝曰:"好业障少来!有吾在此!"使开刀分顶门砍来,朱子真手中剑急架忙迎。步马相交,刀剑并举,未及数合,朱子真抽身就走。杨戬随后赶来,朱子真如前复现原身,将杨戬一口吃去。子牙见杨戬如此,传令回兵进营。朱子真得胜来见袁洪,袁洪大喜,治酒管待朱子真贺功。

正饮之间,忽报:"辕门有一杰士求见。"袁洪传令:"令来。"少时,见一人面如傅粉,海下长髯,顶生二角,戴一顶束发冠,至帐下行礼毕,袁洪问曰:"杰士何方人氏?"其人答曰:"末将姓杨,名显,祖居梅山人氏。"此杰士乃是羊精也,借"羊"成姓,也

第九十二回 杨戬哪吒收七怪

是梅山一怪，俱是袁洪一起，只恐旁人看破，故此陆续而来，托姓借名，以掩众人耳目。当日袁洪留在军中，赐坐饮酒，杨显与朱子真各自夸能斗胜，哓哓不休。殷破败自思："此又是袁洪等一党妖孽耳！"默对雷开不语。

只见大小将官正饮酒，方到二更时分，听得朱子真腹内有人言曰："朱道人！你可知道吾是谁？"朱子真惊得魂不附体，忙问曰："你是谁？你实在那里？"杨戬在腹内答曰："吾乃玉泉山金霞洞玉鼎真人门徒杨戬是也。今已在你腹内。你只知贪吃血食，不知在梅山吃了多少众生，今日你这业障罪恶贯盈，我把你的肝肠弄一弄！"把手在他心肝上一揸，朱子真大叫一声："痛杀我也！"口称："大仙饶了小畜罢！"杨戬曰："你是欲生欲死？"朱子真曰："望大仙慈悲！小畜在梅山也不知费几许辛苦，采天地灵气，吸日月精华，方能修成人形；今不知分量，干犯天威，望乞恕饶，真再生之德也！"杨戬曰："你既要全生，你可速现原身，跪伏周营，吾当饶你性命；如不依吾言，我把你的心、肝、肺、腑都摘下你的来！"朱子真没奈何，有法也无处使，只得苦苦哀告。杨戬大叫曰："如若迟了，吾就动手！"朱子真只得随现原形，是一个大猪，晃晃荡荡走出辕门，就把袁洪急得抓耳挠腮，杨显恼得一天火发，有力也无有用处，只得听之而已。

话说猪精走至周营辕门前跪伏，此时南宫适巡营，刚才四更，巡至辕门，只见一猪伏着，南宫适曰："此是民间豢养的，怎走至此间来？等到天明，叫原人领去。"杨戬在猪腹内大呼曰："南将军，报与姜元帅得知，此是梅山猪怪。今早见阵，是吾钻入他腹里，特来擒伏至此，快请元帅来辕门发落！"南宫适方悟，知是杨戬变化在他肚里，不觉大喜，忙进营门，至中军外帐，将云板敲响,请元帅升帐议事。内使传与子牙,子牙忙升帐。南宫适上帐启元帅曰:"杨戬收服梅山猪精,已在营门,请元帅发落。"子牙传令,命众将:"掌上灯球火把出营。"不一时,一声炮响,子牙率领众诸侯齐出辕门看时,果是一口大猪跪伏在地。子牙问曰:"你这业障,没来由,何苦自取杀身之祸!"杨戬在腹内应曰:"请元帅施行,斩除此怪,以绝后患。"子牙传令:"命南宫适行刑。"南宫适手起一刀,将猪头斩落在地。杨戬借血光而出,现了自己真身。众诸侯无不欣羡,子牙命将猪头挂在辕门号令,俱回营寨。不表。

只见袁洪谓杨显曰:"似此露出本相,成何体面!把吾辈在梅山千年道术,一代英名,俱成画饼,岂不愧哉!誓不与姜尚干休!"杨显曰:"杨戬他恃自己有变化之术,不意朱子真误中奸计,若不复此恨,岂能再立于人世!"二人正彼此痛恨,忽辕门官报入中军:"启元帅:有天使至,请令定夺。"袁洪忙出辕门迎接天使,天使曰:"奉天子敕,命送一贤士至军前听用。"袁洪接了旨意,打发天使去了,复至中军坐下,命左右:"令来将参谒。"来将至中军参拜毕,袁洪亦问曰:"将军何名?"来者答曰:"末将姓戴,名礼,梅山人氏;闻纣王招贤,故不辞千里之远,特来效劳于麾下。"此怪也是梅山之狗精,恐怕被人识破,故此陆续而来,若为不知耳。

袁洪与众将曰:"今日又添一贤士,定然与他决一雌雄。"随传令:"放炮呐喊。"三军排队伍出营,请子牙答话。周营军政司报入中军:"启元帅:有袁洪搦战。"子牙随带诸将出营。见袁洪走马至军前,子牙曰:"袁洪,你不知时务,眼见覆军杀将,天意可知。今纣恶贯盈,人神共怒,谅尔不过区区螳臂,敢与天下

第九十二回　杨戬哪吒收七怪

诸侯相拒哉！"袁洪笑曰："你偶尔得胜，便自矜夸，量你今日断然无生回之理。"问左右曰："谁与吾捉此反臣也？"左有杨显大呼曰："俟末将擒此反贼！"子牙看来将白面长须，顶生二角，怎见得，有赞曰：

> 顶上金冠生杀气，柳叶甲挂龙鳞砌。
> 头生双角气峥嵘，白面长须声更细。
> 梅山妖孽号羊精，也至孟津将身毙。
> 从来邪正到头分，何苦身投罗网地。

话说杨显走马摇戟冲杀过来，杨戬在旗门下用照妖鉴一照，却是一只羊精。杨戬收鉴，走马舞三尖刀，也不答话，接住厮杀，刀戟并举，杀在虎穴龙潭。

二将正战之间，只见成汤营里一将使两口刀飞奔前来，大叫曰："杨兄弟，吾来助尔一臂之力！"子牙旁有哪吒登风火轮，使开火尖枪迎来。怎见的此怪，有诗为证：

> 嘴尖耳大最蹊跷，遍体妖光透九霄。
> 七怪之中他是首，千年得道一神獒。

话说哪吒用枪阻住，大呼曰："匹夫慢来！通名来，好记功劳簿。"来将答曰："吾乃袁洪副将戴礼是也。"哪吒使开枪劈胸就刺，戴礼双刀急架相还。轮马相交，刀枪并举，大战在一处。且说杨戬战杨显有二三十合，杨显拨马便走，杨戬赶来。杨显在马上吐出一道白光，连马罩住，现原身来伤杨戬，杨戬化一只白额斑斓猛虎。杨显见杨戬变了一只猛虎，已克治了他，急欲逃走，早被杨戬一刀砍为两段。杨戬割下羊头，大叫曰："启元帅：弟子又杀了梅山一怪也！"

戴礼与哪吒正酣战间，戴礼口内吐出一粒红珠，有碗口大小,望哪吒顶门打来。哪吒见势头凶凶,谅不能治伏,只得闪一枪败下阵来。杨戬见哪吒失机,走马大呼曰:"业障不得无礼!吾来也!"使开三尖刀来战戴礼,二人大战二十余合,戴礼拨马便走。杨戬纵马赶来。戴礼又吐出一粒红珠,现出光华,来伤杨戬。杨戬祭起哮天犬飞在空中,此犬乃是仙犬,看见此珠十分凶恶,竟让过他的珠来奔戴礼。戴礼见仙犬奔来,正欲抽身逃走,早被哮天犬一口咬住,不能挣挫。杨戬手起一刀,挥于马下。有诗为证,诗曰:

> 梅山狗怪逞猖狂,炼宝伤人势莫当。
> 岂意仙犬能伏怪,红尘血染命空亡。

话说杨戬又杀了狗怪,掌鼓回营。子牙升帐,见杨戬屡破诸怪,大喜,庆贺杨戬。不表。

且说袁洪回至中军,又见戴礼被戮现出原形,心下甚是不乐。众将交头接耳,纷纷议论,十分没趣。忽辕门官来报:"启元帅:辕门外有一大将求见。"袁洪传令:"令来。"少时,令至帐前,见一人身高一丈六尺,顶生双角,卷嘴尖耳,金甲红袍,全身甲胄,十分轩昂,戴紫金冠,近前施礼。袁洪问曰:"将军高姓大名?"来将答曰:"末将姓金,双名大升,祖贯梅山人氏。"此来者又是牛怪,用三尖刀,力大无穷,今来助袁洪,俱是梅山七怪之数,袁洪故问以遮众人耳目。袁洪乃设酒管待。

次日,金大升上了独角兽,提三尖刀至周营搦战。哨马报入中军:"启元帅:成汤营有一大将请战。"子牙对众将问曰:"谁见阵走一遭?"言未毕,旁有郑伦出而言曰:"末将愿往。"子牙许之。郑伦上了金睛兽,拎降魔杵出了营门,见对面一将生的异怪雄伟,郑伦问曰:"来者何人?"金大升答曰:"吾乃袁洪麾

第九十二回　杨戬哪吒收七怪

下副将金大升是也。尔是何人？快通名来！"郑伦答曰："吾乃总督五军上将军郑伦是也。吾观你异相非人，焉敢阻时雨之师，有逆天之罪！早早归周，共破独夫，以诛无道。如不知机，自取辱身之祸。"金大升大怒，催开独角兽使三尖刀砍来，郑伦手中杵劈面相迎。二兽相交，大战数合。金大升乃是牛怪，腹内炼成一块牛黄，有碗口大小，喷出来如火电一般。郑伦不及提防，正中脸上，打伤鼻孔，腮绽唇裂，倒撞下兽去，被金大升手起一刀，挥为两段。可怜正是：

　　胸中奇术成何用，只落名垂在史篇。

话说金大升斩了郑伦，掌鼓回营。报马报入中军："启元帅：郑伦被汤营大将金大升所伤，请令定夺。"子牙闻报，着实伤悼，叹曰："郑伦屡建大功，自从苏侯归周，一路督粮，有功王室，岂知至此丧于无名下将之手，情实可伤！"子牙泪下如雨。有诗以吊之，诗曰：

　　胸中妙术孰能班，岂意遭逢丧此间。
　　惟有清风常作伴，忠魂依旧返家山。

话说子牙次日令下："谁为郑伦报恨走一遭？"旁有杨戬应声答曰："弟子愿往。"子牙许之。杨戬随即上马提刀，至成汤营前，坐名要金大升出来答话。少时，见成汤营内炮声响处，只见金大升坐独角兽来至军前，大呼曰："来者通名！"杨戬曰："吾乃杨戬是也。你就是金大升么？"大升曰："然也。"杨戬舞刀直取，金大升手中三尖刀赴面来迎。二将俱是三尖刀，往来冲突，一场大战有三十余合。杨戬先未曾用照妖鉴照他，不防金大升喷出牛黄，此宝犹如火块飞来。杨戬见来得太急，化一道金光，往正南而走。金大升随后赶来。大升的独角兽来的快，杨戬忙取照妖鉴出来照时，却原来是个水牛。

杨戬回身，正欲变化拿他，忽然前面一阵香风缥缈，异味芳馨，氤氲遍地，有五彩祥云，隐隐中一对黄幡飘荡，当中有一位道姑，跨青鸾而至。旁有女童三四对，应声叫曰："杨戬早来见娘娘圣驾！"杨戬听说，乃向前抄手施礼曰："弟子杨戬参见娘娘。"那道姑曰："杨戬，吾非别神，乃女娲娘娘是也。今见成汤数尽，周室当兴，吾特来助你降伏梅山之怪。"令杨戬立于一旁，乃命青云女童："将此宝去把那业障牵来。"青云女童接宝在手，只见金大升足踏阴云，提刀赶来。青云女童上前拦住，大呼曰："那业障！娘娘圣驾在此，休得无礼！今奉娘娘法旨，特来擒你！"金大升大怒，将刀往上一举，劈面砍来，青云女童将伏妖索祭起空中，只见黄巾力士将金大升穿起鼻子来，用铜锤把金大升脊背上打了三四锤，一声雷响，金大升现出原身，乃是一匹水牛。杨戬向前倒身下拜："弟子杨戬愿娘娘圣寿无疆！"女娲曰："杨戬，你且将牛怪带回周营发落，我还助你收伏白猿精怪也。"杨戬别了女娲娘娘，把牛牵着回来。

且说子牙在中军，听报到："杨戬化一道金光往正南上去了。这大将赶去，不知凶吉。"子牙惊疑不定。哪吒曰："杨戬自有运用，元帅何必惊疑？"子牙曰："方今东伯侯人马未至，况有梅山七怪阻住吾师，使吾心下不能安然。"言未毕，只见报马来报："启元帅：杨戬回来。"子牙令至帐前，问其原故。杨戬把女娲娘娘收伏牛怪之事说了一遍："今至辕门，请元帅发落。"子牙传令："请众诸侯齐至大营门，看吾号令此怪。"少时，众诸侯齐至辕门。子牙命牵过牛怪，用缚妖索将此怪缚在地下，令南宫适行刑。南宫适手起一刀，将牛头斩下。孟津河八十万人马齐

第九十二回　杨戬哪吒收七怪

声喝采。子牙命将牛头挂在旗竿上号令，掌鼓回营。却说袁洪已知梅山众弟兄俱被子牙所灭，欲前而不能进，欲后而不能退，着实无计，事属两难，心下甚是忧疑。不表。

只见子牙回营升帐，问杨戬曰："梅山绝了几怪？"杨戬掐指一算："启元帅：已灭了六怪。"子牙曰："今晚传与众诸侯：二更时分齐劫成汤大营。"又令杨戬："你可单劫袁洪，取巧降伏此怪，大事可定。"杨戬答曰："弟子同哪吒双去建功，更觉易于为力。"子牙许之，仍将众将分派已定。不表。却说袁洪在营中与参军殷破败、雷开二将议曰："今主上命吾等在此守御，此处周兵虽多，能者甚少，况连日朝歌不曾见有救兵，亦不曾见吾报捷，恐天子忧心，深属不便。"命中军具疏往朝歌，请天子速发援兵前来接应，中军官具表求救。且说子牙亲乘坐骑，时至二更，一声炮响，周兵呐一声喊，齐杀进成汤营里去。正是：

　　黑夜冲营无准备，三军无故受灾殃。

话说南伯侯鄂顺领二百诸侯，一齐奋勇当先；北伯侯崇应鸾冲杀进左营；李靖、韦护、雷震子冲杀进右营；杨戬、哪吒杀入大营，进中军来战袁洪。且说袁洪听得周将劫营，忙上马使一根铁棍，方出中军，恰逢杨戬，也不答话，二马相交，只杀得愁云荡荡，惨雾纷纷。怎见得，有诗为证，诗曰：

　　夜劫汤营神鬼惊，喊声齐发鼓锣鸣。
　　军兵奋勇谁堪敌，将士施威孰敢樱。
　　破败无心贪恋战，雷开有意奔途程。
　　梅山七怪从今灭，扫荡妖氛宇宙清。

话说众诸侯齐杀入成汤营里，只杀的尸横绿野，血满沟渠，哀声惨切不堪听闻。只见杨戬大战袁洪，袁洪现出原身起在半空，将杨戬劈头一棍,打得火星迸出。杨戬有七十二变,随化一道金光起在空中,也照袁洪顶上一刀劈将下来。这袁洪也有八九工夫,随刀化一道白气护住其身。杨戬大喝曰:"梅山猴头,焉敢弄术!拿住你定要剥皮抽筋!"袁洪大怒曰:"你有多大本领,敢将吾兄弟尽行杀害,我与你势不两立!必擒你碎尸万段,以报其恨!"他二人各使神通,变化无穷,相生相克,各穷其技,凡人世物件、禽兽,无不变化,尽使其巧,俱不见上下。袁洪暗思:"此时其兵已攻破大营,料不能支,且将他诓上梅山,入吾巢穴,使他不能舒展,那时再擒他不难。"遂弃了大营,往梅山逃去。不表。且说众诸侯追杀成汤残败人马,杀到天明,子牙鸣金收兵,众诸侯各自回营。正是:

诸侯鞭敲金镫响,子牙全胜进辕门。

话说杨戬见袁洪纵祥光前去,乃弃了马,亦纵步借土遁紧紧追赶。只见袁洪随变一块怪石立在路旁。杨戬正赶,忽然不见了袁洪,即运神光定睛观看,已知袁洪化为怪石,随即变一石匠,手执锤钻上前锤他。袁洪知他识破,便化阵清风往前去了。如此两家各使神通,看看赶上梅山,忽的又不见了袁洪。杨戬上得梅山,果然好景。怎见得,有诗为证,诗曰:

梅山形势路羊肠,古柏乔松两岸傍。

飒飒阴风云雾长,妖魔假此匿行藏。

话说杨戬上了梅山,四面观望一遍,忽听得崖下一声响,窜出千百小猴儿,手执棍棒,齐来乱打杨戬。杨戬见众小猢猴左右乱打,情知不能取胜:"不若脱身下山。"杨戬化道金光去了。方才转过一坡,只听一派仙乐之音,满地祥云缭绕,又见女娲娘娘驾临。杨戬俯伏山下,叩首曰:"弟子杨戬不知娘娘圣驾降

第九十二回　杨戬哪吒收七怪

临,有失回避,望娘娘恕罪!"女娲曰:"你虽是玉泉山金霞洞玉鼎真人门徒,善会八九变化,不能降伏此怪。吾将此宝授你,可以收伏此恶怪也。"杨戬叩首拜谢,女娲娘娘自回宫去了。杨戬将此宝展开看时,心中甚是欢喜,此宝乃"山河社稷图",杨戬一一依法行之,悬于一大树上。杨戬复上梅山,依旧找寻原路。

话说袁洪见杨戬复上梅山,乃大呼曰:"杨戬,你此来是自送死也!"杨戬大笑曰:"你今日谅无生理!"使开刀直取袁洪,袁洪也使开棍劈面交还。二人大战一会,杨戬转身就走,袁洪随后赶来。杨戬下了梅山,往前又走,忽见前面一座高山,杨戬径上了山,袁洪随赶上山来。不知此山乃女娲娘娘赐的"山河社稷图"变化的。袁洪赶上山来,入于圈套,再不能下山。杨戬将身一纵,下了"山河社稷图",只见袁洪在山上左撺右跳。不知性命如何,且听下回分解。

【总批】

　　梅山七怪并无一个好看的,其略看得,不过一白猿而已,其余皆猪狗牛羊,一窝畜类。当斯之时,真可谓无有天日,即后世之失天下,妖孽虽兴,未有若此者也。纣恶可谓今古之极!

【又批】

　　杨戬降猪精,径钻入他腹内,虽然擒获有功,只是他大肠内一阵猪屎臭,何以为情?杨戬甚是伶俐,只此一节,未得便宜。

第九十三回　金吒智取游魂关

诗曰：

　　斗柄看看又向东，窦融枉自逞雄风。
　　金吒设智开周业，彻地多谋弄女红。
　　总为浮云遮晓日，故教杀气锁崆峒。
　　须知王霸终归主，枉使生灵泣路穷。

话说袁洪上了"山河社稷图"，如四象变化有无穷之妙，思山即山，思水即水，想前即前，想后即后，袁洪不觉现了原身。忽然见一阵香风扑鼻，异样甜美，这猴儿爬上树去一望，见一株桃树绿叶森森，两边摇荡，下坠一枝红滴滴的仙桃，颜色鲜润，娇嫩可爱。白猿看见不觉忻羡，遂攀枝穿叶，摘取仙桃下来，闻一闻扑鼻馨香，心中大喜，一口吞而食之。方才倚松靠石而坐，未及片时，忽然见杨戬仗剑而来。白猿欲待起身，竟不能起。不知食了此桃，将腰坠下，早被杨戬一把抓住头皮，用缚妖索捆住，收了"山河社稷图"，望正南谢了女娲娘娘，将白猿拎着径回周营而来。有诗单赞女娲授杨戬秘法，伏梅山七怪，诗曰：

　　悟道投师在玉泉，秘传九转妙中玄。
　　离龙坎虎分南北，地户天门列后先。
　　变化无端还变化，坤乾颠倒合坤乾。
　　女娲秘授真奇异，任你精灵骨已穿。

话说杨戬擒白猿来至辕门，军政官报入中军："启元帅：杨戬等令。"子牙命:"令来。"杨戬来至中军见子牙,曰:"弟子追赶白猿至梅山,仰仗女娲娘娘秘授一术,已将白猿擒至辕门,请元帅发落。"子牙大喜,命:"将白猿拿来见我。"少时,杨戬将白猿拥至中军帐。子牙观之,见是一个白猿,乃曰:"似此恶怪,害人无厌,情殊痛恨!"令:"推出斩之!"众将把白猿拥至辕门,杨戬将白猿一刀,只见猴头落下地来,他项上无血,有一道清气冲出,颈子里长出一朵白莲花来;只见花一放一收,又是一个猴头。杨戬连诛数刀,一样如此,忙来报与子牙。子牙急出营来看,果然如此。

子牙曰:"这猿猴既能采天地之灵气,便会炼日月之精华,故有此变化耳。这也无难。"忙令左右排香案于中,子牙取出一个红葫芦,放在香几之上,方揭开葫芦盖,只见里面升出一道白线,光高三丈有余。子牙打一躬:"请宝贝现身!"须臾间,有一物现于其上,长七寸五分,有眉有眼,眼中射出两道白光,将白猿钉住身形。子牙又一躬:"请法宝转身!"那宝物在空中,将身转有两三转,只见白猿头已落地,鲜血满流。众皆骇然。有诗赞之,诗曰:

此宝昆仑陆压传,秘藏玄理合先天。

诛妖杀怪无穷妙,一助周朝八百年。

话说子牙斩了白猿,收了法宝,众门人问曰:"如何此宝能治此巨怪也?"子牙对众人曰:"此宝乃在破万仙阵时,蒙陆压老师传授与我,言后有用他处,今日果然。大抵此宝乃用宾铁修炼,采日月精华,夺天地秀气,颠倒五行,至工夫圆满,如黄芽白雪,结成此宝,名曰'飞刀'。此物有眉有眼,眼里有两道白光,能钉人仙妖魅泥丸宫的元神,纵有变化,不能逃走。那白光顶上如风轮转一般,只一二转,其头自然落地。前次斩余元即此宝也。"众人无不惊叹:"乃武王之洪福,故有此宝来克治之耳。"

不言子牙斩了白猿,且说殷破败、雷开败回朝歌,面见纣王,备言:"梅山七怪化成人形,与周兵屡战,俱被陆续诛灭,复现原形,大失朝廷体面,全军覆没,臣等只得逃回。今天下诸侯齐集孟津,旌旗蔽日,杀气笼罩数百里。望陛下早安社稷为重,不可令诸侯一至城下,那时救解迟矣。"纣王着忙,急急设朝,问两班文武曰:"今周兵猖獗,如何救解?"众官钳口不言。有中大夫飞廉出班奏曰:"今陛下速行旨意,张挂朝歌四门,如能破得周兵,能斩将夺旗者,官居一品。古云:'重赏之下,必有勇夫。'况鲁仁杰才兼文武,令彼调团营人马,训练精锐以待敌军,严备守城之具,坚守勿战,以老其师。今诸侯远来,利在速战。一不与战,以待彼粮尽,彼不战自走;乘其乱以破之,天下诸侯虽众,未有不败者也。此为上策。"纣王曰:"卿言甚善。"随传旨意,张挂各门,一面令鲁仁杰操练士卒,修理攻守之具。不表。

且说金吒、木吒别了子牙,兄弟二人在路商议。金吒曰:"我二人奉姜元帅将令来救东伯侯姜文焕进关,若与窦融大战,恐不利也。我和你且假扮道者,诈进游魂关反去协助窦融,于中用事,使彼不疑;然后里应外合,一阵成功,何为不美。"木吒曰:"长兄言得甚善。"二人分付使命:"领人马先去报知姜文焕,我弟兄二人随后就来。"使命领人马去讫。金、木二吒随借土遁落在关内,径至帅府前,金吒曰:"门上的,传与你元帅得知,海外有炼气士求见。"门官不敢隐讳,急至殿前启曰:"府外有二道者,口称海外之士,要见老爷。"窦融听说,传令请来。

二人径至檐前,打稽首曰:"老将军,贫道稽首了。"窦融曰:

第九十三回　金吒智取游魂关

"道者请了。今道者此来,有何见谕?"金吒答曰:"贫道二人乃东海蓬莱岛炼气散人孙德、徐仁是也。方才我兄弟偶尔闲游湖海,从此经过,因见姜文焕欲进此关,往孟津会合天下诸侯,以伐当今天子;此是姜尚大逆不道,以惶惑之言挑衅天下诸侯,致生民涂炭,海宇腾沸。此天下之叛臣,人人得而诛之者也。我弟兄昨观乾象,汤气正旺,姜尚等徒苦生灵耳。吾弟兄愿出一臂之力,助将军先擒姜文焕解往朝歌;然后以得胜之兵,掩诸侯之后,出其不意,彼前后受敌,一战乃成擒耳。正所谓'迅雷不及掩耳',此诚不世出之功也。但贫道出家之人,本不当以兵戈为事,因偶然不平,故向将军道之,幸毋以方外术士之言见诮可也。乞将军思之。"窦融听罢沉吟不语。旁有副将姚忠厉声大呼曰:"主将切不可信此术士之言!姜尚门下方士甚多,是非何足以辨?前日闻报,孟津有六百诸侯协助姬发。今见主将阻住来兵,不能会合孟津,姜尚故将此二人假作云游之士,诈投麾下为里应外合之计。主将不可不察,毋得轻信,以堕其计。"

金吒听罢大笑不止,回首谓木吒曰:"道友,不出你之所料。"金吒复向窦融曰:"此位将军之言甚是。此时龙蛇混杂,是非莫辨,安知我辈不是姜尚之所使耳?在将军不得不疑,但不知贫道此来,虽是云游,其中尚有原故。因吾师叔在万仙阵死于姜尚之手,屡欲思报此恨,为独木难支,不能向前;今此来特假将军之兵,上为朝廷立功,下以报天伦私怨,中为将军效一臂之劳,岂有他心?既将军有猜疑之念,贫道又何必在此琐琐也!但剖明我等一点血诚,自当告退。"道罢抽身就走,抚掌大笑而出。

窦融听罢金吒之言,见如此光景,乃沉思曰:"天下该多少道者伐西岐，姜尚门下虽多，海外高人不少，岂得恰好这两个就是姜尚门人？况我关内之兵将甚多，若只是这两个，也做不得甚么事，如何反疑惑他？据吾看他意思，是个有道之士，况且来意至诚，不可错过。"忙令军政官赶去，速请道者回来。正是：

　　　　武王洪福催无道，故令金吒建大功。

话说军政官赶上金、木二吒，大呼曰："二位师父，我老爷有请！"金吒回头，看见有人来请，对使者正色言曰："皇天后土，实鉴我心。我将天下诸侯之首送与你们老爷，你老爷反辞而不受，却信偏将之疑，使我蒙不智之耻，如今我断不回去！"军政官苦苦坚执不放，言曰："师父若不回去，我也不敢去见老爷。"木吒曰："道兄，窦将军既来请俺回去，看他怎样待我们。若重我等，我们就替他行事；如不重我等，我们再来不迟。"金吒方勉强应允。

　　二人回至府前，军政官先进府通报。窦融命："快请来！"二人进府复见窦融，窦融忙降阶迎接，慰之曰："不才与师父素无一面，况兵戈在境，关防难稽，在不才副将不得不疑。只不才见识浅薄，不能立决，多有得罪于长者，幸毋过责，不胜顶戴！今姜尚聚兵孟津，人心摇撼。姜文焕在城下日夜攻打，不识将何计可解天下之倒悬，擒其渠魁，殄其党羽，令万姓安堵？望老师明以教我，不才无不听命。"金吒曰："据贫道愚见，今姜尚拒敌孟津，虽有诸侯数百，不过乌合之众，人各一心，久自离散；只姜文焕兵临城下，不可以力战，当以计擒之。其协从诸侯，不战而自走也。然后以得胜之师，掩孟津之后，姜尚虽能，安得豫为之计哉！彼所恃者天下诸侯，而众诸侯一闻姜文焕东路被擒，挫其锋锐，彼众人自然解体，乘其离而战之，此万全之功也。"窦融闻言大喜，慌忙请坐，命左右排酒上来。金、木二吒曰："贫道持

第九十三回 金吒智取游魂关

斋,并不用酒食。"随在殿前蒲团而坐,窦融亦不敢强。一夕晚景已过。

次日,窦荣升殿,聚众将议事,忽报:"东伯侯遣将搦战。"窦融对金、木二吒曰:"今日东伯侯在城下搦战,不识二位师父作何计以破之?"金吒曰:"贫道既来,今日先出去见一阵,看其如何,然后以计擒之。"道罢,忙起身提剑在手,对窦融曰:"借老将军捆绑手随吾压阵,好去拿人。"窦融听罢大喜,忙传令:"摆队伍,吾自去压阵。"关内炮声响亮,三军呐喊,开放关门,一对旗摇,金吒提剑而来。怎见得,正是:

窦融错认三山客,咫尺游魂关属周。

话说金吒出关,见东伯侯门旗脚下一员大将,金甲红袍,走马军前,大呼曰:"来此道者,先试吾利刃也!"金吒曰:"尔是何人?早通名来。"来将答曰:"吾乃东伯侯麾下总兵官马兆是也。道者何人?"金吒曰:"贫道是东海散人孙德。因见成汤旺气正盛,天下诸侯无故造反;吾偶闲游东土,见姜文焕屡战多年,众生涂炭,吾心不忍,特发慈悲,擒拿渠魁,殄灭群房,以救众生。汝等知命,可倒戈纳降,尚能待尔等以不死;如若半字含糊,叫你立成齑粉!"言罢,纵步绰剑来取马兆。马兆手中刀急架来迎。怎见金吒与马兆一场大战,有诗为证,诗曰:

纷纷戈甲向金城,文焕专征正未平。
不是金吒施妙策,游魂安得渡东兵。

话说金吒大战马兆,步马相交有三二十合,金吒祭起遁龙桩,一声响,将马兆遁住。窦融挥动兵戈,一齐冲杀。东兵力战不住,大败而走。金吒命左右:"将马兆拿下,与窦融掌得胜鼓进关。窦融升殿坐下,金吒坐在一旁。窦融令左右:"将马兆推来。"众军士把马兆拥至殿前,马兆立而不跪。窦融喝曰:"匹夫!既被吾擒,如何尚自抗礼?"马兆大怒,骂曰:"吾被妖道邪术遭擒,岂肯屈膝于你无名鼠辈耶!一死何足惜,当速正典刑,不必多说。"窦融喝令:"推出斩之!"金吒曰:"不可。待吾擒了姜文焕,一齐解送朝歌,以法归朝廷,足见老将军不世之功,非虚冒之绩,岂不美哉!"窦融见金吒如此手段,说话有理,便倚为心腹,随传令:"将马兆囚在府内。"不表。

且说东伯侯姜文焕闻报金吒将马兆拿去,姜文焕大喜:"进关只在咫尺耳!"次日,姜文焕布开大队,摆列三军,鼓声大振,杀气迷空,来关下搦战。哨马报入关中,窦融忙问金、木二吒曰:"二位老师,姜文焕亲自临阵,将何计以擒之,则功劳不小。"金、木二吒慨然应曰:"贫道此来,单为将军早定东兵,不负俺弟兄下山一场。"随即提剑在手,出关来迎敌。只见东伯侯姜文焕一马当先,左右分大小众将。怎生打扮,有赞为证,赞曰:

顶上盔,攒六瓣;黄金甲,锁子绊;大红袍,团龙贯;护心镜,精光焕;白玉带,玲花献;勒甲绦,飘红焰;虎眼鞭,龙尾半;方楞铜,宾铁煅;胭脂马,毛如彪;斩将刀,如飞电。千战千赢东伯侯,文焕姓姜千古赞。

话说金、木二吒大呼曰:"反臣慢来!"姜文焕曰:"妖道通名!"金吒答曰:"吾乃东海散人孙德、徐仁是也。尔等不守臣节,妄生事端,欺君反叛,戕害生灵,是自取覆宗灭嗣之祸;可速倒戈,免使后悔。"姜文焕大骂曰:"泼道无知,仗妖术擒吾大将,今又巧言惑众,这番拿你,定碎尸以泄马兆之恨!"催开马,使手中刀飞来直取,金吒手中剑劈面交还。步马相交,有七八回合,姜文焕拨马便走。金、木二吒随后赶来。约有一射之地,金吒对东伯

第九十三回　金吒智取游魂关

侯曰："今夜二更，贤侯可引兵杀至关下，吾等乘机献关便了。"姜文焕谢毕，挂下钢刀，回马一箭射来。金、木二吒把手中剑望上一挑，将箭拨落在地。金吒大骂曰："奸贼！敢暗射吾一箭也！吾且暂回，明日定拿你以报一箭之恨！"

金、木二吒回关来见窦融，窦融问曰："老师为何不用宝贝伏之？"金吒答曰："贫道方欲祭此宝，不意那匹夫拨马就走，贫道赶去擒之，反被他射了一箭。待贫道明日以法擒之。"三人正在殿上讲议，忽后边报："夫人上殿。"金、木二吒见一女将上殿，忙向前打稽首。夫人问窦融曰："此二位道者何来？"窦融曰："此二位道长乃东海散人孙德、徐仁是也，今特来助吾共破姜文焕。前日临阵擒获马兆，待明日用法宝擒获姜文焕等，以得胜之师掩袭姜尚之后，此长驱莫御之策，成不世之功也。"夫人笑曰："老将军，事不可不虑，谋不可不周，不可以一朝之言倾心相信。倘事生不测，急切难防，其祸不小。望将军当慎重其事。古云：'将欲取之，必固与之。'愿将军详察。"金、木二吒曰："窦将军在上：夫人之疑大似有理，我二人又何必在此多生此一番枝节耶？即此告辞。"

金、木二吒言毕转身就走。窦融扯住金、木二吒曰："老师休怪。我夫人虽系女流，亦善能用兵，颇知兵法。他不知老师实心为纣，乃以方士目之，恐其中有诈耳。老师幸毋嗔怪，容不才陪罪。俟破敌之日，不才自有重报。"金吒正色言曰："贫道一点为纣真心，惟天地可表。今夫人相疑，吾弟兄若飘然而去，又难禁老将军一段热心相待，只等明日擒了姜文焕，方知吾等一段血诚。只恐夫人难与贫道相见耳。"夫人不觉惭谢而退。窦融与金吒议曰："不知明日老师将何法擒此反臣，以释群疑，以畅众怀?"金吒曰:"明日会兵,当祭吾法宝,自然立擒姜文焕耳。文焕被擒,余党必然瓦解。然后往孟津会兵,以擒姜子牙,可解诸侯之兵也。"窦融听说大喜,回内室安息。

金、木二吒静坐殿上。将至二更,只听得关外炮声大振,喊杀连天,金鼓大作,杀至关下,架炮攻打。有中军官人府击云板,急报窦融。窦融忙出殿,聚众将上关,有夫人彻地娘子披挂提刀而出。金吒对窦融曰:"今姜文焕恃勇乘夜提兵攻城,出我等之不意。我等不若将计就计,齐出掩杀,待贫道用法宝擒之,可以一阵成功,早早奏捷。夫人可与吾道弟谨守城池,毋使他虞。"夫人听罢,满口应允:"道者之言甚是有理,我与此位守关,你与此位出敌。我自料理城上,乘此贪夜,可以成功也。"正是:

　　文焕攻关归吕望,金吒设计灭成汤。

话说窦融听金吒之言,整点众将士方欲出关,有夫人又言曰:"贪夜交兵须是谨慎,毋得贪战,务要见机,不得落他圈套。将军谨记,谨记!"看官,这是彻地夫人留心防关,恐二位道者有变,故此叮咛嘱付耳。金吒见夫人言语真切,乃以目送情与木吒。木吒已解其意,只在临机应变而已,亦以目两相关会,随同彻地夫人在关上驻扎防卫。只见窦融开关把人马冲出,窦融在旗门脚下见姜文焕滚至军前,窦融大喝曰:"反臣!今日合该休矣!"姜文焕也不答话,仗手中刀直取窦融,窦融以手中刀赴面交还。二马相交,双刀并举。怎见得,有诗赞之,诗曰:

　　杀气腾腾烛九天,将军血战苦相煎。
　　扶王碧血垂千古,为国丹心勒万年。
　　文焕归周扶帝业,窦融尽节丧黄泉。
　　谁知运际风云会,八百昌期兆已先。

第九十三回　金吒智取游魂关

话说窦融挥动众将，两军混战，只杀得天愁地暗，鬼哭神嚎，刀枪响亮，斧剑齐鸣，喊杀之声振地，灯笼火把如同白昼，人马汹涌似海沸江翻。且言金吒纵步在军中混战，观见东伯侯带领二百镇诸侯围将上来，金吒祭急起遁龙桩，一声响，先将窦融遁住。不知老将军性命若何，且听下回分解。

【总批】

　　陆压所传曰"飞刀"，能诛人神仙怪，可谓神矣；但还有形迹。又用葫芦盛贮，似觉费手。不若汉唐时有剑仙，更为神妙。彼剑仙所炼神剑或藏于脑门，或藏于耳后，或藏于两血脉中。乘之如御五方之气，倏忽千里；用之意之所至，无不如之。其神剑之来，若电光之影，其人神仙怪之首，自然落地，顷刻化为乌有。惟血余难化，用寒石水点之，泯然无迹。神矣哉！此飞刀若居其次。

【又批】

　　金木二吒，设智诓关，计亦为奇。而彻地娘子累能识破，无不道着膏肓，其如窦融不听，竟堕术中。若此夫者，真该一棒打杀。若此妇，当奉之八宝座上，拜之为师。

第九十四回　文焕怒斩殷破败

诗曰：
  兵马临城却讲和，诸侯岂肯罢干戈？
  殷汤德业八荒尽，周武仁风四海歌。
  大厦将倾谁可负，溃痈已破孰能荷！
  荒淫到底成何事，尽付东流入海波。

  话说金吒祭起遁龙桩将窦融遁住，早被姜文焕一刀挥为两段，可怜守关二十年，身经数百战，善守关防，不曾失利，今日被金吒智取杀身！正是：
  争名树业随流水，为国孤忠若浪萍。

话说姜文焕斩了窦融，三军呐喊。只见木吒在关上见东伯侯率领诸侯鏖战，声势大振，在城敌楼上暗暗祭起吴钩剑去，此剑升于空中，木吒暗曰："请宝贝转身！"那剑在空中如风轮一般连转三二转，可怜彻地夫人，正是：
  油头粉面成虚话，广智多谋一旦休。

话说木吒暗祭吴钩剑斩了彻地夫人，在关上大呼曰："吾是木吒在此，奉姜元帅将令来取此关。今主将皆已伏诛，降者免死，逆者无生！"众皆拜伏于地。金吒已知兄弟献关，同东伯侯姜文焕杀至关下，木吒令左右开关迎接。人马进了关，姜文焕查盘府库，安抚百姓，放了被禁马兆，感谢金、木二吒。金吒曰："贤侯速行，吾等先往孟津报与姜元帅。贤侯不可迟误戊午之辰，以

第九十四回 文焕怒斩殷破败

应上天垂象之兆。"姜文焕曰:"谨如二位师父大教。"金、木二吒辞了姜文焕,驾土遁往孟津前来。

且说子牙在孟津大营,与二路大诸侯共议:"三月初九日乃是戊午之辰,看看至近,如何东伯侯尚未见来?奈何!奈何!"正商议间,忽报:"金、木二吒在辕门等令。"子牙传令:"令来。"金、木二吒来至中军行礼毕,乃曰:"奉元帅将令往游魂关,诈为云游之士,乘机取关。"把前事如此如彼尽说了一遍,"今弟子先来报与元帅,东伯侯大兵随后至矣。"子牙闻说大喜,深羡二人用计,乃曰:"天意响应,不到戊午日,天下诸侯不能齐集。"

话说东伯侯大兵那一日来至孟津。哨马报入中军:"启元帅:东伯侯至辕门等令。"子牙传令请来。姜文焕率领二百镇诸侯进中军参谒子牙,子牙忙迎下座来,彼此温慰一番。姜文焕又曰:"烦元帅引见武王一面。"子牙同姜文焕进后营拜见武王。不表。此时天下诸侯共有八百,各处小诸侯不计,共合人马一百六十万。子牙在孟津祭了宝纛旗幡,一声炮响,整人马望朝歌而来。怎见得,有诗为证,诗曰:

征云迷远谷,杀气振遐方。

刀枪如积雪,剑戟似堆霜。

旌旗遮绿野,金鼓震空桑。

刁斗传新令,时雨庆壶浆。

军行如骤雨,马走似奔狼。

正是:吊民伐罪兵戈胜,压碎群凶福祚长。

话说天下诸侯领人马正行,只见哨马报入中军曰:"启元帅:人马已至朝歌,请元帅军令定夺。"子牙传令安下大营。三军呐喊,放定营大炮。

只见守城军士报入午门，当驾官启奏曰："今天下诸侯兵至城下，扎下行营，人马共有一百六十万，其锋不可当，请陛下定夺。"纣王听罢大惊，随命众官保驾上城，看天下诸侯人马。怎见得，有赞为证，赞曰：

> 行营方正，遍地兵山。刁斗传呼，威严整肃。长枪列千条柳叶，短剑排万片冰鱼。瑞彩飘摇，旗幡色映似朝霞；寒光闪灼，刀斧影射如飞电。竹节鞭悬豹尾，方楞铜挂龙梢。弓弩排两行秋月，抓锤列数队寒星。鼓进金退，交锋士卒若神威；癸呼庚应，递传粮饷如鬼运。画角幽幽，人声寂寂。真是：堂堂正正之师，吊民伐罪之旅。

话说纣王看罢子牙行营，忙下城登殿，坐问两班文武，言曰："方今天下诸侯会兵于此，众卿有何良策以解此危？"鲁仁杰出班奏曰："臣闻：'大厦将倾，一木难扶。'目今库藏空虚，民日生怨，军心俱离，纵有良将，其如人心未顺何！虽与之战，臣知其不胜也。不若遣一能言之士，陈说君臣大义，顺逆之理，令其罢兵，庶几可解此危。"纣王听罢，沉吟半晌。只见中大夫飞廉出班奏曰："臣闻：'重赏之下，必有勇夫。'况都城之内，环堵百里，其中岂无豪杰之士隐踪避迹于其间者？愿陛下急急求之，加以重爵崇禄而显荣之，彼必出死力以解此危。况城中尚有甲兵十数万，粮饷颇足。即不然，令鲁将军督其师，背城一战，雌雄尚在未定之天。岂得骤以讲和示弱耶！"纣王曰："此言甚是有理。"一面将圣谕张挂榜篷，一面整顿军马。不表。

且说朝歌城外离三十里地方，有一人姓丁名策，乃是高明隐士。正在家中闲坐，忽听得周兵来至围了朝歌，丁策叹曰："纣王失德，荒淫无道，杀忠听佞，残害生灵，天愁人怨，故贤者

第九十四回 文焕怒斩殷破败

退位,奸佞盈廷。今天下诸侯会兵至此,眼见灭国,无人替天子出力,束手待毙而已。平日所以食君之禄,分君之忧者安在?想吾丁策,昔日曾访高贤传吾兵法,深明战守,意欲出去舒展生平所负,以报君父之恩;其如天命不眷,万姓离心,大厦将倾,一木如何支撑?可怜成汤当日如何德业,拜伊尹,放桀于南巢,相传六百余年,贤圣之君六七作。今一旦至纣而丧亡,令人目极时艰,不胜嗟叹!"丁策乃作诗一首以叹之,诗曰:

伊尹成汤德业优,南巢放桀冠诸侯。
谁知三九逢辛纣,一统华夷尽属周。

话说丁策作诗方毕,只见大门外有人进来,却是结盟弟兄郭宸。二人相见,施礼坐下。丁策问曰:"贤弟何来?"郭宸答曰:"小弟有一事特来与长兄商议。"丁策曰:"有何事?请贤弟见教。"郭宸曰:"方今天下诸侯都已会集于此,将朝歌围困,天子出有招贤榜文。小弟特请长兄出来共辅王室,况长兄抱经济之才,知战守之术,一出仕于朝,上可以报效于朝廷,显亲扬名,下不负胸中所学。"丁策笑曰:"贤弟之言虽则有理,但纣王失政,荒淫不道,天下离心,诸侯叛乱已非一日;如大痈既溃,命亦随之,虽有善者,亦未如之何矣。你我多大学识,敢以一杯之水救车薪之火哉?况姜子牙乃昆仑道德之士,又有这三山五岳门人,徒送了性命,不为可惜耶!"郭宸曰:"兄言差矣!吾辈乃纣王之子民,食其土而践其茅,谁不沐其恩泽?国存与存,国亡与亡,此正当报效之时,便一死何惜,为何说此不智之言?况吾辈堂堂丈夫,一腔热血不向此处一洒,更何待也!若论俺弟兄胸中所学,讲甚么昆仑之士,理当出去解天子之忧耳。"丁策曰:"贤弟,事关利害,非同小可,岂得造次?再容商量。"

二人正辩论间，忽门外马响，有一大汉进来。此人姓董名忠，慌忙而入。丁策看董忠入来，问曰："贤弟何来？"董忠曰："小弟特来请兄同佐纣王以退周兵。昨日小弟在朝歌城见招贤榜文，小弟大胆将兄名讳连郭兄、小弟共是三人，齐投入飞廉府内。飞廉且奏纣王，令明早朝见。今特来约兄等明早朝见。古云：'学成文武艺，货与帝王家。'况君父有难，为臣子者忍坐视之耶！"丁策曰："贤弟也不问我一声，就将我名字投出去，此事干系重大，岂得草率如此？"董忠曰："吾料兄必定出身报国，岂是守株待兔之辈！"郭宸欢然大笑曰："董贤弟所举不差，我正在此劝丁兄，不意你先报了名！"丁策只得治酒管待。三人饮了一宵，次早往朝歌来。正是：

　　　　痴心要想成梁栋，天意扶周怎奈何！

　　话说丁策三人，次日来至午门候旨。午门官至殿上奏曰："今有三贤士在午门候旨。"纣王命："宣三人进殿。"午门官至外面传旨，三人闻命进殿，望驾进礼称"臣"。王曰："昨飞廉荐卿等高才，三卿必有良策可退周兵，辅朕之社稷，以分朕忧。朕自当分茅列土，以爵卿等。朕决不食言。"丁策奏曰："臣闻：'战，危事也，圣王不得已而用。'今周兵至此，社稷有累卵之危，我等虽幼习兵书，固知战守之宜，臣等不过尽此心报效于陛下，其成败利钝非臣等所逆料也。愿陛下敕所司，以供臣等取用，毋令有掣肘之虞。臣等不胜幸甚！"纣王大喜，封丁策为神策上将军，郭宸、董忠为威武上将军；随赐袍带，当殿腰金衣紫，赐宴便殿。三将谢恩。次早参见鲁仁杰。鲁仁杰调人马出朝歌城来。有词为证，词曰：

　　　　御林军卒出朝歌，壮士纷纷击鼓鼙。千里愁云遮日色,数重怨气障山窝。　　被铠甲胄荷干戈,人人踊跃似奔波。诸侯八百皆离纣,枉使儿郎遭网罗。

话说鲁仁杰调人马出城安营。只见探马报入中军:"启元帅:成汤遣大兵在城外立下营寨,请令施行。"子牙传令:"命众将出营,至成汤营前搦战。"只见探马报入中军:"有周营大队人马讨战。"鲁仁杰闻报,亲自率领众将出辕门,见子牙乘异兽,两边摆列三山五岳门人。只见哪吒登风火轮,提火尖枪,立于左手;杨戬仗三尖刀,淡黄袍,骑白马,立于右手;雷震子、韦护、金吒、木吒、李靖、南宫适、武吉等一班排立;众诸侯济济师师,大是不同。正是:

扶周灭纣姜元帅,五岳三山得道人。

话说鲁仁杰一马当先,大呼曰:"姜子牙请了!"子牙在四不相上欠背打躬,问曰:"来者是谁?"鲁仁杰曰:"吾乃纣王驾下总督兵马大将军鲁仁杰是也。姜子牙,你既是昆仑道德之士,如何不遵王化,构合诸侯肆行猖獗,以臣伐君,屠城陷邑,诛君杀将,讲逼都城,意欲何为?千古之下,安能逃叛逆之名,欺君之罪也!今天子已赦尔往愆,不行深究。尔等可速速倒戈,撤回人马,各安疆土,另行修贡,天子亦以礼相看。如若执迷,那时天子震怒,必亲率六师,定捣其穴,立成齑粉,悔之何及!"

子牙笑曰:"你为纣王重臣,为何不察时务,不知兴亡?今纣王罪恶贯盈,人神共怒,天下诸侯会兵驻此,亡在旦夕,子尚欲强言以惑众也。昔日成汤德日隆盛,夏桀暴虐,成汤放于南巢,伐夏而有天下,至今六百余年。至纣之恶,过于夏桀,吾今奉天征讨而诛独夫,公何得尚执迷如此,以逆天时哉!今天下诸侯会兵在此,止弹丸一城,势如累卵,犹欲以言词相尚,公何不智如此！"鲁仁杰大怒曰："利口匹夫！吾以你为老成有德之人，故以理相谕，汝犹恃强妄谈彼长哉！独不思以臣伐君，遗讥万世耶！"回顾左右曰："谁为吾擒此逆贼？"后有一将大呼曰："吾来也！"纵马舞刀飞来直取子牙，子牙旁有南宫适冲将过来，与郭宸截住厮杀，二马相交，双刀并举。

两下擂鼓，杀声大振。丁策在马上也摇枪冲杀过来助战，这壁厢武吉走马抵住交锋。战未有二十余合，有南伯侯鄂顺飞马直冲过来截杀，那边有董忠敌住。子牙营左边恼了一路诸侯，乃是东伯侯姜文焕，磕开紫骅骝，走马刀劈了董忠，使发钢锋，好凶恶！怎见得好刀，有诗为证，诗曰：

怒发冲冠射碧空，钢刀闪灼快如风。
旗开得胜姜文焕，一怒横行劈董忠。

话说东伯侯走马刀劈董忠，在成汤阵前凶如猛虎，恶似狼豺。子牙左右有哪吒大叫曰："吾等进五关不曾见大功，今日至都城大战，难道束手坐观成败耶！"言罢，随登开风火轮，摇火尖枪冲杀过来；杨戬也纵马摇刀，直杀过阵内。这壁厢鲁仁杰纵马摇枪敌住。两家混战，只杀得天愁地暗，鬼哭神嚎。哪吒大战丁策，郭宸也来助战。只听得鼓振乾坤，旗遮旭日。哪吒祭起乾坤圈，正中丁策。可怜！正是：

明知昏主倾邦国，冥下含冤怨董忠。

话说哪吒打死丁策，郭宸落荒，被杨戬一刀劈于马下。鲁仁杰料不能取胜，随败进行营。子牙鸣金收军。

却说鲁仁杰报入城中，连折三将，大败一阵。纣王闻报，心中甚闷，与众臣共议曰："今周兵驻师城外，兵败将亡，不能取胜，国内无人，为之奈何？"旁有殷破败奏曰："今社稷有累卵之危，万

第九十四回 文焕怒斩殷破败

姓有倒悬之急,朝野无人,旦夕莫待。臣与姜子牙有半面之识,舍死至周营,晓以君臣大义,劝其罢兵,令天下诸侯解释,各安本土,或未可知。如其不然,臣愿骂贼而死。"纣王从其言,使殷破败往周营说之。殷破败领旨出城,来至周营,命左右通报。只见中军官进营,来见子牙,启曰:"成汤差官至营门,请令定夺。"子牙传令:"令来。"殷破败随令而入,进了大营。好齐整!只见两边列坐天下诸侯,中军帐上坐姜子牙,殷破败上帐曰:"姜元帅,末将殷破败甲胄在身,不能全礼。"子牙忙欠身迎曰:"殷老将军此来有何见谕?"殷破败曰:"末将别元帅已久,不意元帅总六师之长,为诸侯之表率,真荣宠崇耀,令人惊羡!今特来参谒,有一言奉告,但不知元帅肯容纳否?"子牙曰:"老将军有何事见教?但有可听者无不如命,如不可行者亦不必言。幸老将军谅之。"子牙命赐坐,殷破败逊谢,坐而言曰:"末将尝闻:'天子之尊,上等于天。'天可灭乎?又法典所载:'有违天子之制而擅专征伐者,是为乱臣。乱臣者,杀无赦。有构会群党谋为不轨,犯上无君者,此为逆臣。逆臣者,则族诛。天下人人得而讨之。'昔成汤以至德,沐风栉雨,伐夏以有天下,相传至今六百余年,则天下之诸侯百姓皆世受国恩,何人非纣之臣民哉?今不思报本,反倡为乱首,率天下诸侯相为叛乱,残贼生灵,侵王之疆土,覆军杀将,逼王之都城,为乱臣逆将之尤,罪在不赦。千古之下,欲逃篡弑之名岂可得乎?末将深为元帅不取也!以末将愚见,元帅当屏退诸侯,各还本国,各修德业,毋令生民涂炭。天子亦不加尔等之罪,惟厥修政事以乐天年,则天下受无疆之福矣。不识元帅意下如何?"子牙笑曰:"老将军之言差矣!尚闻:'天下者非一人之天下,乃天下人之天下也。'故天命无常,惟眷有德。昔尧帝有天下而让于舜,虞帝复让于禹,禹相传至桀而荒怠朝政,不修德业,遂坠夏统。成汤以大德得承天命,于是放桀而有天下,传至于今。岂意纣王罪甚于桀,荒淫不道,杀妻诛子,剖贤人之心,炮烙谏官,虿盆宫女,囚奴正士,醢戮大臣,斫朝涉之胫,刳剔孕妇:三纲尽绝,五伦有乖,天怒民怨。自古及今,罪恶昭著未有若此之甚者!语云:'贼仁者谓之贼,贼义者谓之残,残贼之人谓之一夫。'乃天下所共弃者,又安得谓之君哉!今天下诸侯共伐无道,正为天下洗此凶残,救民于水火耳,实有光于成汤。故奉天之罚者,谓之天吏,岂得尚拘之以臣伐君之名耶?"

　　殷破败见子牙一番言词凿凿有理,知不可解,自思:"不若明目张胆,慷慨痛言一番,以尽臣节而已。"乃大言曰:"元帅所说,乃一偏之言,岂至公之语!吾闻:君父有过,为臣子者必委曲周旋谏诤之,务引其君于当道;如甚不得已,亦尽心苦谏,虽触君父之怒,或死,或辱,或缄默以去,总不失忠臣孝子之令名。未闻暴君之过,扬父之恶,尚称为臣子者也。元帅以至德称周,以至恶归君,而尚谓之至德者乎?昔汝先王被囚羑里七年,蒙赦归国,愈自修德,以达君父知遇之恩,未闻有一怨言及君。至今天下共以大德称之。不意传之汝君臣,构合天下诸侯,妄称君父之过,大肆猖獗,屠城陷邑,覆军杀将,白骨盈野,碧血成流;致民不聊生,四民废业,天下荒荒,父子不保,夫妻离散;此皆汝等造这等恶业,遗羞先王,得罪于天下后世,虽有孝子慈孙,焉能盖其篡弑之名哉!况我都城尚有甲兵十余万,将不下数百员,倘背城一战,胜负尚未可知;汝等岂就藐视天子,妄恃己能耶?"

　　左右诸侯听殷破败之言,俱各大怒。子牙未及回信,只见东伯侯姜文焕带剑上帐,指殷破败大言曰:"汝为国家大臣,不能匡正其君，引之于当道；今已陷之于丧亡，尚不自耻，犹敢鼓唇弄舌于众诸侯之前耶？真狗彘不若，死有余辜！还不速退，免尔一死！"子牙急止之曰："两国相争，不禁来使。况为其主，何得与之相争耶？"姜文焕尚有怒色。殷破败被姜文焕数语骂得勃然大怒，立起骂曰："汝父构通皇后，谋逆天子，诛之宜也。汝尚不克修德业以盖父愆，反逞强恃众，肆行叛乱，真逆子有种。吾虽不能为君讨贼，即死为厉鬼，定杀汝等耳！"姜文焕被殷破败之骂，一腔火起，满面烟生，执剑大骂曰："老匹夫！我思吾父被醢，国母遭害，俱是你这一班贼子播弄国政，欺君罔上，造此祸端！不杀你这老贼，吾父何日得泄此沉冤于地下也！"骂罢，手起一刀，挥为两段。及至子牙止之，已无济矣。众诸侯齐曰："东伯姜君侯斩此利口匹夫，大快人意！"子牙曰："不然。殷破败乃天子大臣，彼以礼来讲好，岂得擅行杀戮，反成彼之名也。"姜文焕曰："这匹夫敢于众诸侯之前鼓唇摇舌，说短论长，又叱辱不才，情殊可恨。若不杀之，心下郁闷。"子牙曰："事已至此，悔之无及。"命左右将破败之尸抬出，以礼厚葬，打点进兵。不知后事如何，下回分解。

【总批】

　　兵临城下，而欲讲和罢兵，此临时抱佛脚之计，十无一济。只殷破败，敢于明目张胆畅明君臣大义，自是万古不瞑，亦伟然哉！

【又批】

　　丁策分明欲躬耕畎亩，保全乱世，可谓识时俊杰。无奈董忠孟浪，平空送了三个性命，可恨！可恨！大抵天下事，贪爵慕禄者，未有不坠于彀中。信乎，"香饵之下，必有死鱼"。

第九十五回　子牙暴纣王十罪

诗曰：

纣王无道类穷奇，十罪传闻万世知。

敲骨剖胎黎庶惨，虿盆炮烙鬼神悲。

西风夜吼啼玄鸟，暮雨朝垂泣子规。

无限伤心题往事，至今青史不容私。

话说子牙命左右将殷破败尸首抬出营去，于高阜处以礼安葬毕，令众将攻城。只见纣王在殿上与众文武议事，忽午门官来启奏："殷破败因言触忤姜尚被害，请旨定夺。"纣王大惊。旁有殷破败之子哭而奏曰："'两国相争，不斩来使。'岂有擅杀天使，欺逆之罪莫此为甚！臣愿舍死以报君父之仇。"纣王慰之曰："卿虽忠荩可嘉，须要小心用事。"殷成秀点人马出城，杀至周营搦战。

子牙在营中正议攻城，只见报马报入城中："有将讨战。"子牙问："谁去见阵走一遭？"有东伯侯出班曰："末将愿往。"子牙许之。姜文焕调本部人马出了辕门，见是殷成秀，姜文焕乃曰："来者乃是殷成秀？你父不谙时务，鼓唇摇舌，触忤姜元帅，吾故诛之。你今又来取死也！"殷成秀大怒，骂曰："大胆匹夫！'两国相争，不斩来使。'吾父奉天子之命，通两国之好，反遭你这匹夫所害。杀父之仇，不共戴天，定拿你碎尸万段，以泄此恨！"骂罢，纵马舞刀飞来直取，姜文焕手中刀劈面交还。二马

第九十五回　子牙暴纣王十罪

相交,双刀并举。有赞为证,赞曰:

> 二将交锋势莫当,征云片片起霞光。这一个生心要保真命主,那一个立志还从侠烈士。这一个刀来恍似三冬雪,那一个利刃犹如九陌霜。这一个丹心碧血扶周主,那一个赤胆忠肝助纣王。自来恶战皆如此,怎似将军万古扬。

话说二将大战三十余合,姜文焕乃东方有名之士,殷成秀岂是文焕敌手,早被文焕一刀挥于马下。可怜父子俱尽忠于国!姜文焕下马,将殷成秀首级枭回营来,见子牙备言前事。子牙大喜。

且说报马报入午门,至殿前奏曰:"殷成秀被姜文焕枭了首级,号令辕门,请旨定夺。"纣王闻言惊魂不定,忙问左右:"事已急矣,如之奈何?"左右又报:"周兵四门攻打,各架云梯、火炮围城甚急,十分难支,望陛下早定守城之策!"纣王未及开言,旁有鲁仁杰出班奏曰:"臣亲自上城设法防守,保护城池,且救燃眉,再作商议。"纣王许之。鲁仁杰出朝,上城守御。不表。

且说子牙见守城有法,一时难下,随鸣金收兵回营。子牙与众将商议曰:"鲁仁杰乃忠烈之士,尽心守城,急切难下;况京师城郭坚固,若以力攻,徒费心力,当以计取可也。"众门人齐曰:"我等各遁进城,里应外合,一举成功,又何必与他较胜负于城下耶?"子牙曰:"不然。今众人进城,未免有杀伤之苦,百姓岂堪遭此屠戮;况都城百姓近在辇毂之下,被纣王残虐独甚,惨毒备尝,今再加之杀戮,非所以救民,实所以害民也。"众门人曰:"元帅之见甚是。"子牙曰:"今百姓被纣王敲骨剖胎,广施土木,负累百姓,痛入骨髓,恨不能食其肉而寝其皮。不若先写一告示射入城中，晓谕众人，使百姓自相离析，人心离乱，不日其城可得矣。"众将曰："元帅之言乃万全之策。"子牙援笔作稿。后人有诗单道子牙妙计，诗曰：

> 告示传宣免甲戈，军民日夜受煎磨。
> 若非妙计离心旅，安得军民唱凯歌。

话说子牙作稿，命中军官写了告示数十章，四面射入城中，或射于城上，或射于房屋之上，或射于途路之中。军民人等拾得此告示，打开观看，只见告示上写得甚是明白。怎见得，只见书上写道：

> 扫荡成汤天宝大元帅示谕朝歌万民知悉：天爱下民，笃生圣主，为民父母，所以保毓乾元，统御万国。岂意纣王荒淫不道，苦虐生灵，不修郊社，绝灭纪纲，杀忠拒谏，炮烙虿盆，淫刑惨恶，人神共怒。孰意纣王稔恶不悛，惨毒性成，敲骨剖胎，取童子肾命，言之痛心切骨！民命何辜，遭此荼毒！今某奉天讨罪，大会诸侯，伐此独夫，解万民之倒悬，救群生之性命。况我周武王仁德素著，薄海通知；本欲进兵攻城，念尔等万姓久困水火之中，望拯如渴，恐一时城破，玉石俱焚，甚非我等吊民伐罪之意。尔等宜当体此，速献都城，庶免杀戮之虞，早解涂炭之苦。尔等当速议施行，毋贻后悔。特示。

话说众军民父老人等看罢，议曰："周主仁德著于海内，姜元帅吊伐，诚为至公。吾等遭昏君凌虐深入骨髓，若不献城，是逆民也。"满城哄然，真是民变难治，合城军民人等俱要如此。直等至三更时分，一声喊起，朝歌城四门大开，父老军民人等齐出，大呼曰："吾等俱系军民百姓，愿献朝歌，迎迓真主！"喊声动地。

第九十五回　子牙暴纣王十罪

且说子牙在寝帐中静坐，忽闻外面云板响，子牙忙令人探问，左右回报曰："军民人等已献朝歌，请元帅定夺。"子牙大喜，忙传令众将："各门止许进兵五万，其余俱在城外驻扎，不可入城搅扰。如入城者，不可妄行杀戮，擅取民间物用；违者定按军法枭首！"子牙令人马夜进朝歌，俱按辔而行，各依方位，立于东、南、西、北，虽然杀声大振，百姓安堵如故。子牙将兵马屯在午门，诸侯俱各依次序扎寨。

话说纣王在宫内正与妲己饮宴，忽听得一片杀声振天，纣王大惊，忙问宫官曰："是那里喊杀之声？真惊破朕心也！"少时，宫官报入宫中："启陛下：朝歌军民人等已献了城池，天下诸侯之兵俱扎在午门外。"纣王忙整衣出殿，聚文武共议大事。纣王曰："不意军民人等如此背逆，竟将朝歌献了，如之奈何？"鲁仁杰等齐曰："都城已破，兵临禁地，其实难支。不若背城决一死战，雌雄尚在未定；不然，徒束手待毙，无用也。"纣王曰："卿言正合朕意。"纣王分付整点御林人马。不表。

且言子牙在中军聚众诸侯商议曰："今大兵进城，须当与纣王会兵一战，早定大事。列位贤侯并大小众将，汝其勖哉。"众诸侯齐声曰："敢不竭股肱之力，以诛无道昏君耶！但凭元帅所委，虽死不辞。"子牙传令："众将依次而出，不可紊乱。违者按军法从事。"只见周营炮响，喊声大振，金鼓齐鸣，如地覆天翻之势。

纣王在九间殿听得如此，忙问侍臣，只见午门官启奏："天下诸侯请陛下答话。"纣王听罢，忙传旨意，自己结束甲胄，命排仪仗，率御林军。鲁仁杰为保驾，雷鹃、雷鹏为左右翼。纣王上逍遥马，拎金背刀，日月龙凤旗开，锵锵戈戟，整朝鸾驾，排出午门。只见周营内一声炮响，招展两杆大红旗，一对对排成队伍，循序而出，甚是整齐。纣王见子牙排五方队伍，甚是森严，兵戈整肃，左右分列，大小诸侯何止千数。又见门人、众将，一对对侍立两旁，威风凛凛，气宇轩昂。左右又列有二十四对穿大红的军政官，雁翅排开。正中央大红伞下才是姜子牙，乘四不相而出。怎见得，有赞姜元帅一词，赞曰：

> 四八悟道，修身炼性。仙道难成，人间福庆。奉旨下山，辅相国政。窘迫八年，安于义命。擒怪有功，仕纣为令。妲己献谗，弃官习静。渭水持竿，磻溪隐性。八十时来，飞熊入梦。龙虎欣逢，西岐兆圣。先为相父，托孤事定。纣恶日盈，周德隆盛。三十六路，纷纷相竞。九三拜将，金台盟正。捧毂推轮，古今难并。会合诸侯，天人相应。东进五关，吉凶互订。三死七灾，缘期果证。夜进朝歌，君臣赌胜。灭纣成周，武功永咏。正是：

> 六韬留下成王业，妙算玄机不可穷。

> 出将入相千秋业，伐罪吊民万古功。

> 运筹帷幄欺风后，燮理阴阳压老彭。

> 亘古军师为第一，声名直并泰山隆。

话说纣王见子牙皓首苍颜，全装甲胄，手执宝剑，十分丰彩；又见东伯侯姜文焕、南伯侯鄂顺、北伯侯崇应鸾，当中乃武王姬发，四总督诸侯，俱张红罗伞，齐齐整整立在子牙后面。子牙见纣王戴冲天凤翅盔，赭黄锁子甲，甚是勇猛。有赞纣王一词，赞曰：

> 冲天灰盘龙交结，兽吞头锁子连环。滚龙袍猩猩血染，蓝鞓带紧束腰间。打将鞭悬如铁塔，斩将剑光吐霞斑。坐下马如同狻猊，金背刀闪灼心寒。会诸侯旗开拱手，逢众将力战多般。论膂力托梁换柱，讲辩难舌战群谈。自古

为君多孟浪，可怜总赖化凶顽。

话说子牙见纣王，忙欠身言曰："陛下，老臣姜尚甲冑在身，不能全礼。"纣王曰："尔是姜尚么？"姜子牙答曰："然也。"纣王曰："尔曾为朕臣，为何逃避西岐，纵恶反叛，累辱王师？今又会天下诸侯，犯朕关隘，恃凶逞强，不遵国法，大逆不道，孰甚于此！又擅杀天使，罪在不赦！今朕亲临阵前，尚不倒戈悔过，犹自抗拒不理，情殊可恨！朕今日不杀你这贼臣，誓不回兵！"子牙答曰："陛下居天子之尊，诸侯守拒四方，万姓供其力役，锦衣玉食，贡山航海，何莫非陛下之所有也。古云：'率土之滨，莫非王臣。'谁敢与陛下抗礼哉！今陛下不敬上天，肆行不道，残虐百姓，杀戮大臣，惟妇言是用，淫酗沉湎，臣下化之，朋家作仇，陛下无君道久矣。其诸侯臣民，又安得以君道待陛下也？陛下之恶，贯盈宇宙，天愁民怨，天下叛之。吾今奉天明命，行天之罚，陛下幸毋以臣叛君自居也。"纣王曰："朕有何罪，称为大恶？"子牙曰："天下诸侯，静听吾道纣王大恶素表著于天下者！"众诸侯听得，齐上前听子牙道纣王十大罪。子牙曰：

"陛下身为天子，继天立极，亶聪明，作元后，元后作民父母。今陛下沉湎酒色，弗敬上天，谓宗庙不足祀，社稷不足守，动曰：'我有民，有命。'远君子，亲小人，败伦丧德，极古今未有之恶：罪之一也。

皇后为万国母仪，未闻有失德。陛下乃听信妲己之谗言，断恩绝爱，剜剔其目，炮烙其手，致皇后死于非命，废元配而妄立妖妃，纵淫败度，大坏彝伦：罪之二也。

太子为国之储贰，承祧宗社，乃万民所仰望者也。轻信逸言，命晁雷、晁田封赐尚方，立刻赐死；轻弃国本，不顾嗣胤,忘祖绝宗,得罪宗社:罪之三也。

黄耇大臣,乃国之枝干。陛下乃播弃荼毒之,炮烙杀戮之,囚奴幽辱之,如杜元铣、梅伯、商容、胶鬲、微子、箕子、比干是也。诸君子不过去君之非,引君于道,而遭此惨毒,废股肱而昵比罪人,君臣之道绝矣:罪之四也。

信者人之大本,又为天子号召四方者也,不得以一字增损。今陛下听妲己之阴谋,宵小之奸计,诳诈诸侯入朝,将东伯侯姜桓楚、南伯侯鄂崇禹,不分皂白,一碎醢其尸,一身首异处,失信于天下诸侯,四维不张:罪之五也。

法者非一己之私,刑者乃持平之用,未有过用之者也。今陛下悉听妲己惨恶之言,造炮烙,阻忠谏之口;设虿盆,吞宫人之肉。冤魂啼号于白昼,毒焰障蔽于青天。天地伤心,人神共愤:罪之六也。

天地之生财有数,岂得妄用奢靡,穷财之力,拥为己有,竭民之生?今陛下惟污池台榭是崇,酒池肉林是用,残宫人之命,造鹿台广施土木,积天下之财,穷民物之力;又纵崇侯虎剥削贫民,有钱者三丁免抽,无钱者独丁赴役,民生日促,偷薄成风,皆陛下贪剥有以倡之:罪之七也。

廉耻者乃风顽惩钝之防,况人君为万民之主者。今陛下信妲己狐媚之言,诳贾氏上摘星楼,君欺臣妻,致贞妇死节;西宫黄贵妃直谏,反遭摔下摘星楼,死于非命。三纲已绝,廉耻全无:罪之八也。

举措乃人君之大礼,岂得妄自施张?今陛下以玩赏之娱,残虐生命。斫朝涉者之胫,验民生之老少;刳剔孕妇之胎,试反背之阴阳。民庶何辜,遭此荼毒:罪之九也。

> 人君之宴乐有常，未闻流连忘反。今陛下夤夜暗纳妖妇喜媚，共妲己在鹿台昼夜宣淫，酗酒肆乐。信妲己，以童男割炙肾命，以作羹汤，绝万姓之嗣脉。残忍惨毒，极今古之冤：罪之十也。

臣虽能言之，陛下决不肯悔过迁善，肆行荼毒，累军民于万死，暴白骨于青天，独不思臣民生斯世者，竟遭陛下无辜之杀戮耶！今臣尚特奉天之明命，襄周王发恭行天之罚，陛下毋得以臣逆君而少之也！"

纣王听姜子牙暴其十罪，只气得目瞪口呆。

只见八百诸侯听罢，齐呐一声喊："愿诛此无道昏君！"众人方欲上前，有东伯侯姜文焕大呼曰："殷受不得回马！吾来也！"纣王见一员大将金甲红袍，白马大刀，怎见得，有赞为证，赞曰：

> 顶上盔，朱缨灿；龟背甲，金光烂。大红袍上绣团龙，护心宝镜光华现。腰间宝带扣丝蛮，鞍傍箭插如云雁。打将鞭，吴钩剑，杀人如草心无间。马上横担斩将刀，坐下龙驹追紫电。铜心铁胆东伯侯，保周灭纣姜文焕。

话说东伯侯走马至军前，大喝曰："吾父王姜桓楚被你醢尸，吾姐姐姜后被你剜目烙手，俱死于非命。今日借武王仁义之师，仗姜元帅之力诛此无道，以泄我无穷之恨！"只见南伯侯青骢马冲出，厉声大叫："无道昏君！杀父之仇，不共戴天！姜皇兄，留功与我鄂顺！"马至军前，叱曰："你行无道，吾父王未曾犯罪，无故而诛大臣，情理难容也！"把手中枪一晃，劈胸就刺。纣王手中刀劈面交还。姜文焕手中刀使开，冲杀过来。二侯与纣王战在午门。怎见得，有诗为证，诗曰：

> 龙虎相争起战场，三军擂鼓列刀枪。

红旗招展如赤焰，素带飘摇似雪霜。
纣王江山风烛短，周家福祚海天长。
从今一战雌雄定，留得声名万古扬。

北伯侯崇应鸾见东、南二侯大战纣王，也把马催开，来助二侯。纣王又见来了一路诸侯，抖擞神威，力战三路诸侯，一口刀抵住他三般兵器，只杀得天昏地暗，旭日无光。

武王在逍遥马上叹曰："只因天子无道，致使天下诸侯会集于此，不分君臣，互相争战，冠履倒置，成何体统！真是天翻地覆之时！"忙将逍遥马催上前，与子牙曰："三侯还该善化天子，如何与天子抗礼，甚无君臣体面。"子牙曰："方才大王听老臣言纣王十罪，乃获罪于天地人神者，天下之人皆可讨之。此正是奉天命而灭无道，老臣岂敢有违天命耶！"武王曰："当今虽是失政，吾等莫非臣子，岂有君臣相对敌之理？元帅可解此危。"子牙曰："大王既有此意，传令命军士擂鼓。"子牙传令："擂鼓！"天下诸侯听的鼓响，左右有三十五骑纷纷杀出，把纣王围在垓心。不知纣王性命如何，且听下回分解。

【总批】

纣王无道，其惨毒稔恶，极古今之所未有。而十恶尚未足以尽厥辜。虽然，只此十恶，纣王足以杀身亡国，遗讥于后世矣！为民父母者可不为之炯鉴哉！

【又批】

子牙以一示得朝歌，不用众门人以威力杀伐取之，足称王者之师。只百姓因为夤夜，少具箪食壶浆，终属缺典。

第九十六回　子牙发柬擒妲己

诗曰：

　　从来巧笑号倾城，狐媚君王浪用情。
　　袅娜腰肢催命剑，轻盈体态引魂兵。
　　雉鸡有意能歌月，玉石无心解鼓声。
　　断送殷汤成个事，依然都带血痕薨。

话说武王是仁德之君，一时那里想起"鼓进金止"之意。只见众将听的鼓响，各要争先，枪刀剑戟，鞭锏抓锤，钩镰钺斧，拐子流星，一齐上前，将纣王裹在垓心。鲁仁杰对雷鹍、雷鹏曰："'主忧臣辱'，吾等正于此时尽忠报国，舍一死以决雌雄，岂得令反臣扬威逞武哉！"雷鹍曰："兄言是也。吾等当舍死以报先帝。"三将纵马杀进重围。怎见得纣王大战天下诸侯，有赞为证，赞曰：

　　杀气迷空锁地，烟尘障岭漫山。摆列诸侯八百，一时地覆天翻。花腔鼓擂如雷震，御林军展动旗幡。众门人犹如猛虎，殷纣王渐渐摧残。这也是天下遭逢杀运，午门外撼动天关。众诸侯各分方位，满空中剑戟如攒。东伯侯姜文焕施威仗勇，南伯侯鄂顺抖擞如彪。北伯侯崇应鸾横施雪刃，武王下南宫适似猛虎争餐。正东上青幡下，众诸侯犹如靛染；正西上白幡下，骁勇将恍若冰岩。正南上红幡下，众门徒浑如火块；正北上皂幡下，牙门将恰似乌漫。这纣王神威天纵,鲁仁杰一点心丹,雷鹍右遮左架,雷鹏左护右拦。众诸侯齐动手那分上下,殷纣王共三员将前后胡戡。顶上砍,这兵器似飕飕冰块;胁下刺,那枪剑如蟒龙齐翻。只听得叮叮当当响亮,乒乒乓乓循环。鞭来打,铜来敲,斧来劈,剑来剁,左左右右吸人魂;勾开鞭,拨去铜,逼去斧,架开剑,上上下下心惊颤。正是那纣王力如三春茂草,越战越有精神;众诸侯怒发,恍似轰雷,喊杀声闻斗柄。纣王初时节精神足备,次后来气力难撑。为社稷何必贪生,好功名焉能惜命!存亡只在今朝,死生就此目下。殷纣王毕竟勇猛,众诸侯终欠调停。喝声:"着!"将官落马;叫声:"中!"翻下鞍鞒。纣王刀摆似飞龙,砍将伤军如雪片,劈诸侯如同儿戏,斩大将鬼哭神惊。当此时恼了哪吒殿下,那杨戬怒气冲冲,大喝道:"纣王不要逃走!等我来与你见个雌雄!"可怜见:惊天动地哭声悲,嚎山泣岭三军泪。英雄为国尽亡躯,血水滔滔红满地。马撞人死口难开,将劈三军无躲避。只杀的:哀声小校乱奔驰,破鼓折枪都抛弃。多少良才带血回,无数军兵拖伤去。纣王胆战将心惊,雷鹍、雷鹏无主意。这是:君王无道丧家邦,谋臣枉用千条计。这一阵只杀得:雪消春水世无双,风卷残红铺满地。

话说纣王被众诸侯围在垓心,全然不惧,使发了手中刀,一声响,将南伯侯一刀挥于马下。鲁仁杰枪挑林善。恼了哪吒,登开风火轮,大喝曰:"不得猖獗,吾来也!"旁有杨戬、雷震子、韦护、金木二吒一齐大叫曰:"今日大会天下诸侯,难道我等不如他们!"齐杀至重围。杨戬刀劈了雷鹍,哪吒祭起乾坤圈,把鲁

第九十六回　子牙发柬擒妲己

仁杰打下鞍鞒，丧了性命，雷震子一棍结果雷鹏。东伯侯姜文焕见哪吒众人立功，将刀放下，取鞭在手，照纣王打来。纣王及至看时，鞭已来得太急，闪不及，早已打中后背，几乎落马，逃回午门。众诸侯呐一声喊，齐追至午门。只见午门紧闭，众诸侯方回。

子牙鸣金收兵，升帐坐下。众诸侯来见子牙。子牙查点大小将官，损了二十六员。又见南伯侯鄂顺被纣王所害，姜文焕等着实伤悼。武王对众诸侯曰："今日这场恶战，大失君臣名分，姜君侯又伤主上一鞭，使孤心下甚是不忍。"姜文焕曰："大王言之差矣！纣王残虐，人神共怒，便杀之于市曹，犹不足以尽其辜，大王又何必为彼惜哉！"

话说纣王被姜文焕一鞭打伤后背，败回午门，至九间殿坐下，低头不言，自己沉吟叹曰："悔不听忠谏之言，果有今日之辱！可惜鲁仁杰、雷鹍兄弟皆遭此难！"旁有中大夫飞廉、恶来奏曰："今陛下神威天纵，虽于千万人之中犹能刀劈数名反臣。只是误被姜文焕鞭伤陛下龙体，只须保养数日，再来会战，必定胜其反叛也。古云：'吉人天相。'胜负乃兵家之常，陛下又何须过虑？"纣王曰："忠良已尽，文武萧条，朕已着伤，何能再举，又有何颜与彼争衡哉？"随卸甲胄入内宫，不表。

且说飞廉谓恶来曰："兵困午门，内无应兵，外无救援，眼见旦夕必休，吾辈何以处之？倘或兵进皇城，'荆山失火，玉石俱焚'，可惜百万家资，竟被他人所有！"恶来笑曰："长兄此言竟不知时务！凡为丈夫者当见机而作。眼见纣王做不得事业，退不得天下诸侯，亡在旦夕。我和你乘机弃纣归周，原不失了自己富贵。况武王仁德，姜子牙英明，他见我等归周，必不加罪。如此方是上着。"飞廉曰："贤弟此言使我如梦中唤醒。只是还有一件，以我愚意，俟他攻破皇城之日，我和你入内庭，将传国符玺盗出，藏隐于家，待诸侯议定，吾想继汤者必周，等武王入内庭，吾等方去朝见，献此国玺玉符。武王必定以我们系忠心为国，欣然不疑，必加以爵禄。此不是一举两得？"恶来又曰："即后世必以我等为知机，而不失'良禽择木，贤臣择主'之智。"二人言罢大笑，自谓得计。正是：

　　痴心妄想居周室，斩首周岐谢将台。

话说飞廉与恶来共议弃纣归周，不表。

且说纣王入内宫，有妲己、胡喜媚、王贵人三个前来接驾。纣王一见三人，不觉心头酸楚，语言悲咽，对妲己曰："朕每以姬发、姜尚小视，不曾着心料理，岂知彼纠合天下诸侯，会兵于此。今日朕亲与姜尚会兵，势孤莫敌，虽然斩了他数员反臣，到被姜文焕这厮鞭伤后背，致鲁仁杰阵亡，雷鹍兄弟死节。朕静坐自思，料此不能久守，亡在旦夕。想成汤传位二十八世，今一旦有失，朕将何面目见先帝于在天也！朕已追悔无及，只三位美人与朕久处，一旦分离，朕心不忍，为之奈何？倘武王兵入内庭，朕岂肯为彼所掳，朕当先期自尽。但朕绝之后，卿等必归姬发。只朕与卿等一番恩爱竟如此结局，言之痛心！"道罢，泪如雨下。三妖闻纣王之言，齐齐跪下，泣对纣王曰："妾等蒙陛下眷爱，镂心刻骨，没世难忘。今不幸遭此离乱，陛下欲舍妾身何往？"纣王泣曰："朕恐被姜尚所掳，有辱我万乘之尊。朕今别你三人，自有去向。"妲己俯伏纣王膝上，泣曰："妾听陛下之言，心如刀割。陛下何遽忍舍妾等而他往耶？"随扯住纣王袍服，泪流满面，柔声娇语，哭在一处，甚难割舍。纣王亦无可奈何，遂命左

右治酒,与三美人共饮作别。纣王把盏,作诗一首,歌之以劝酒,诗曰:

> 忆昔歌舞在鹿台,孰知姜尚会兵来。
> 分飞鸾凤惟今日,再会鸳鸯已隔垓。
> 烈士尽随烟焰灭,贤臣方际运弘开。
> 一杯别酒心如醉,醒后沧桑变几回。

话说纣王作诗毕,遂连饮数杯。妲己又奉一盏为寿。纣王曰:"此酒甚是难饮,真所谓不能下咽者也!"妲己曰:"陛下且省愁烦。妾身生长将门,昔日曾学刀马,颇能厮杀。况妹妹喜媚与王贵人善知道术,皆通战法。陛下放心,今晚看妾等三人一阵成功,解陛下之忧闷耳。"纣王闻言大悦:"若是御妻果能破贼,真百世之功,朕有何忧也!"妲己又奉纣王数杯,乃与喜媚、王贵人结束停当,议定今晚去劫周营。纣王见三人甲胄整齐,心中大喜,只看今晚成功,不表。

且说子牙在营中筹算:"甲子届期,纣王当灭。"心中大喜,不曾着意,就未曾提防三妖来劫营,故此几乎失利。只见将至二更,只听得半空中风响。怎见得,有赋为证,赋曰:

> 冷冷飕飕,惊人清况。飒飒萧萧,沙扬尘障。透壁穿窗,寻波逐浪。聚怪藏妖,兴魔伏魉。也会去助虎张威,也会去从龙俯仰。起初时,都是些悠悠荡荡淅零声;次后来,却尽是滂滂湃湃呼吼响。且休言摧残月里娑罗,尽道是刮倒人间丛莽。推开了积雾重云,吹折了兰桡画桨。苍松翠竹尽遭殃,朱门丹墀俱扫荡。这一阵风只吹得鬼哭与神惊,八百诸侯俱胆丧。

话说妲己与胡喜媚等三人俱全装甲胄,甚是停当。妲己用双刀,胡喜媚用两口宝剑,王贵人用一口绣鸾刀,俱乘桃花马,发一声响,杀入周营。各驾妖风,播土扬尘,飞砂走石,冲进周营内来。只见周营中军士咫尺间不分南北,那辨东西,守营小校尽奔驰,巡逻将士皆束手。真个是:层围木栅,撞得东倒西歪;铁骑连车,冲得七横八竖。惊动了大小众将,急报子牙。

子牙忙起身出帐观看,只见一派妖风怪雾,滚将进来。子牙忙传令:"命众门人齐去,将妖怪获来!"哪吒听得,急登风火轮,摇火尖枪;杨戬纵马,使三尖刀;雷震子使黄金棍;韦护用降魔杵;李靖摇方天戟;金、木二吒用四口宝剑,齐杀出中军帐来,迎敌三妖。只见三妖全身甲胄,横冲直撞,左右厮杀。杨戬大呼曰:"好业障!不要猖獗,敢来此自送死也!"哪吒登轮奋勇当先,七位门人将三妖围在垓心。子牙在中军用五雷正法镇压邪气,把手一放,半空中一声霹雳,只震得三妖胆颤心寒。三妖见来的势头不好,俱是些道术之士,料难取胜,不敢恋战,借一阵怪风,连人带马冲出周营,往午门逃回。三妖自二更入周营,只至四更方才逃回,也伤了些士卒。不表。

且说纣王在午门外看三妃今夜劫营成功,洗目以待。忽见三妃来至,纣王问曰:"三卿劫营,胜负如何?"妲己曰:"姜子牙俱有准备,故此不能成功,几乎被他众门人困于垓心,险不能见陛下也。"纣王闻言大惊,低首不言。进了午门,上了大殿,纣王不觉泪下曰:"不期天意丧吾,莫可救解。"妲己亦泣曰:"妾身指望今日成功,平定反臣而安社稷;不料天心不顺,力不能支,如之奈何!"纣王曰:"朕已知天意难回,非人力可解,从今与你三人一别,各自投生,免使彼此牵绊。"把袍袖一摆,径往摘星楼去了。三妖强留他不住。后人有诗叹之,诗曰:

第九十六回　子牙发柬擒妲己

　　大厦将倾止一茎,尚思劫寨破周兵。
　　孰知天意归真主,犹向三妖诉别情。

话说三妖见纣王自往摘星楼去了,妲己谓二妖曰:"今日纣王此去,必寻自尽,只我等数年来把成汤一个天下送得干干净净,如今我们却往那里去好?"九头雉鸡精曰:"我等只好迷惑纣王,其他皆不听也。此时无处可栖,不若还归轩辕坟去,依然自家巢穴,尚可安身,再为之计。"玉石琵琶精曰:"姐姐之言甚善。"三妖共议还归旧巢。不表。

　　且说子牙被三妖劫营,杀至营前。三妖逃遁,子牙收军,升帐坐下。众诸侯上帐参谒,子牙曰:"一时未曾防此妖孽,被他劫营,幸得众门人俱是道术之士,不然几为所算,失了锐气。今若不早除,后必为患。"子牙言罢,命排香案。左右闻命,即将香案施设停当。子牙祷毕,将金钱排下,乃大惊曰:"原来如此!若再迟延,几被三妖逃去。"忙传令,命:"杨戬领柬帖,你去把九头雉鸡精拿来。如走了,定按军法!"杨戬领令去了。子牙又令:"雷震子领柬帖,你去把九尾狐狸精拿来。如若有失,定依军法!"又令:"韦护领柬帖,你去将玉石琵琶精拿来。如违令,定按军法!"三个门人领令出了辕门,议曰:"我三人去拿此三妖,不知从何处下手?那里去寻他?"杨戬道:"三妖此时料纣王已不济事了,毕竟从宫中逃出。吾等借土遁,站在空中等候,看他从何处逃走。吾等务要小心擒获,不得卤莽,恐有疏虞不便。"雷震子曰:"杨师兄言之有理。"道罢,各驾土遁,往空中等候三妖来至。有诗赞之,诗曰:

　　一道光华隐法身,修成幻化合天真。
　　驱龙伏虎生来妙,今日三妖怎脱神。

话说妲己与胡喜媚、王贵人在宫中还吃了几个宫人，方才起身。一阵风响，三妖起在空中，往前要走，只见杨戬看见风响，随与雷震子、韦护曰："孽怪来也！各要小心！"杨戬拎宝剑大呼曰："怪物休走！吾来也！"九头雉鸡精见杨戬仗剑赶来，举手中剑骂道："我们姊妹断送了成汤天下，与你们的功名，你反来害我等，何无天理也！"杨戬大怒曰："业畜休得多言，早早受缚！吾奉姜元帅将令特来擒你，不要走，吃吾一剑！"雉鸡精举剑来迎。雷震子黄金棍打来，早有九尾狐狸精双刀架住。韦护降魔杵打来，玉石琵琶精用绣鸾刀敌住。三妖与杨戬等三人战，未及三五回合，三妖架妖光逃走，杨戬与雷震子、韦护惟恐有失，紧紧赶来。怎见得，有赞为证，赞曰：

　　妖光荡荡，冷气飕飕。妖光荡荡，旭日无光；冷气飕飕，乾坤黑暗。黄河漠漠怪尘飞，黑雾漫漫妖气惨。雉鸡精狐狸精琵琶精往前逃，似雷光飞闪；雷震子与杨戬并韦护紧追随，如骤雨狂风。三妖要命，恍如弩箭离弦，那顾东西南北；三圣争功，恰似叶落随风，岂知流行坎止。雷震性起，追得狐狸有穴难寻；杨戬心忙，赶得雉鸡上天无路。琵琶性巧欲腾挪，韦护英明驱压定。这也是三妖作过罪业多，故遇着三圣玄功能取命。

话说杨戬追赶九头雉鸡精，往前多时，看看赶上，杨戬取出哮天犬祭在空中。那犬乃仙犬修成灵性，见妖精舞爪张牙，赶上前一口，将雉鸡头咬吊了一个。那妖精也顾不得疼痛，带血逃灾。杨戬见犬伤了他一头依旧走了，心下着忙，急驾土遁紧追。雷震子赶狐狸，韦护追琵琶精，紧紧不舍。只见前面两首黄幡，空中飘荡，香烟霭霭，遍地氤氲。不知是谁来了，且听下回分解。

第九十六回　子牙发柬擒妲己

【总批】

纣王虽然无道，还算个侠烈汉子。起先做了许多恶业，及至到坏事时，便爽爽利利，以死自待，决不沾泥带水。若是小丈夫，便有无限婆子气，不知作多少悲啼哭泣。

【又批】

成汤一个完完全全天下，被妲己送得干干净净。及至纣王寻死，彼更不曾有一些顾惜之意，便去寻自己巢穴以为安身之计，情殊可恨！毕竟被子牙拿来，身首异处，正所谓"天网恢恢，疏而不漏"。今观其妖怪似妇人者尚尔，无怪乎"妇人心最毒"也！

第九十七回　摘星楼纣王自焚

诗曰：
　　纣王暴虐害黔黎，国事纷纷日夜迷。
　　浪饮不知民血尽，荒淫那顾鬼神凄。
　　虿盆宫女真残贼，焚炙忠良类虎鲵。
　　报应昭昭须不爽，旗悬太白古今题。

话说杨戬正赶雉鸡精，见前面黄幡隐隐，宝盖飘扬，有数对女童分于左右，当中一位娘娘跨青鸾而来，乃是女娲娘娘驾至。怎见得，有诗为证：
　　一天瑞彩紫霞浮，香霭氤氲拥凤辀。
　　展翅鸾凤皆雅驯，飘摇童女自优游。
　　幡幢缭绕迎华盖，璎珞飞扬罩冕旒。
　　止为昌期逢泰运，故教仙圣至中州。

话说女娲娘娘跨青鸾而来，阻住三个妖怪之路。三妖不敢前进，按落妖光，俯伏在地，口称："娘娘圣驾降临，小畜有失回避，望娘娘恕罪。小畜今被杨戬等追赶甚迫，求娘娘救命。"女娲娘娘听罢，分付碧云童儿："将缚妖索把这三个业障锁了，交与杨戬，解往周营，与子牙发落。"童儿领命，将三妖缚定。三妖泣而告曰："启娘娘得知：昔日是娘娘用招妖幡招小妖去朝歌，潜入宫禁迷惑纣王，使他不行正道，断送他的天下。小畜奉命，百事逢迎，去其左右，令彼将天下断送。今已垂亡，正欲覆娘娘钧

第九十七回　摘星楼纣王自焚

旨,不期被杨戬等追袭,路遇娘娘圣驾,尚望娘娘救护,娘娘反将小畜缚去见姜子牙发落,不是娘娘'出乎反乎'了？望娘娘上裁！"女娲娘娘曰："吾使你断送殷受天下,原是合上天气数。岂意你无端造业,残贼生灵,屠毒忠烈,惨恶异常,大拂上天好生之仁。今日你罪恶贯盈,理宜正法。"三妖俯伏不敢声言。

只见杨戬同雷震子、韦护正望前追赶三妖,杨戬望见祥光,忙对雷震子、韦护曰："此位是女娲娘娘大驾降临,快上前参谒。"雷震子听罢,三人向前倒身下拜。杨戬等曰："弟子不知圣驾降临,有失迎迓,望娘娘恕罪。"女娲娘娘曰："杨戬,我与你将此三妖拿在此间,你可带往行营,与姜子牙正法施行。今日周室重兴,又是太平天下也。你三人去罢。"杨戬等感谢娘娘,叩首而退,将妖解往周营。后人有诗叹之：

　　三妖造恶万民殃,断送殷商至丧亡。
　　今日难逃天鉴报,轩辕巢穴枉思量。

话说杨戬等将三妖摔下云端,三人随收土遁来至辕门。那众军士见半空中吊下三个女人,后随着杨戬等三人,军士忙报入中军："启示帅：杨戬等令。"子牙传令："令来。"杨戬上帐见子牙,子牙曰："你拿的妖怪如何？"杨戬曰："奉元帅将令,赶三妖于中途,幸逢女娲娘娘大发仁慈,赐缚妖绳,将三妖捉至辕门,请令施行。"子牙传令解进来。帐下左右诸侯俱来观看怎样个妖精。

少时,杨戬解九头雉鸡精,雷震子解九尾狐狸精,韦护解玉石琵琶精同至帐下。三妖跪于帐前,子牙曰："你这三个业障无端造恶,残害生灵,食人无厌,将成汤天下送得干干净净！虽然是天数,你岂可纵欲杀人？唆纣王造炮烙惨杀忠谏,治虿盆荼毒宫人,造鹿台聚天下之财,为酒池肉林内官丧命,甚至敲骨看髓,剖腹验胎;此等惨恶,罪不容诛,天地人神共怒,虽食肉寝皮,不足以尽厥辜!"妲己俯伏哀泣告曰:"妾身系冀州侯苏护之女,幼长深闺,鲜知世务,谬蒙天子宣诏,选择为妃。不意国母薨逝,天子强立为后。凡一应主持,皆操之于天子,政事俱掌握于大臣。妾不过一女流,惟知洒扫应对,整饰宫闱,侍奉巾栉而已,其他妾安能以自专也?纣王失政,虽文武百官不啻千百,皆不能厘正,又何况区区一女子能动其听也?今元帅德播天下,仁溢四方,纣王不日授首,纵杀妾一女流,亦无补于元帅。况古语云:'罪人不孥。'恳祈元帅大开慈隐,怜妾身之无辜,赦归故国,得全残年,真元帅天地之仁,再生之德也。望元帅裁之!"众诸侯听妲己一派言语大是有理,皆有怜惜之心。

　　子牙笑曰:"你说你是苏侯之女,将此一番巧言迷惑众听,众诸侯岂知你是九尾狐狸在恩州驿迷死苏妲己,借窍成形,惑乱天子?其无端毒恶,皆是你造业。今已被擒,死且不足以尽其罪,尚假此巧语花言,希图漏网!"命左右:"推出辕门,斩首号令!"妲己等三妖低头无语。

　　左右旗牌官簇拥出辕门来,后有雷震子、杨戬、韦护监斩。只见三妖推至法场,雉鸡精垂头丧气,琵琶精默默无言,惟有这狐狸精乃是妲己,他就有许多娇痴,又连累了几个军士。话说那妲己绑缚在辕门外,跪在尘埃,恍然似一块美玉无瑕,娇花欲语,脸衬朝霞,唇含碎玉,绿蓬松云鬓,娇滴滴朱颜,转秋波无限钟情,顿歌喉百般妩媚,乃对那持刀军士曰:"妾身系无辜受屈,望将军少缓须臾,胜造浮屠七级!"那军士见妲己美貌,已自有十分怜惜,再加他娇滴滴的叫了几声"将军长,将军短",便把这几个军士叫得骨软筋酥,口呆目瞪,软痴痴瘫作一堆,麻酥酥痒成一块,莫能动履。

只见行刑令下:"杨戬监斩九头雉鸡精。韦护监斩玉石琵琶精。雷震子监斩狐狸精。"三人见行刑令下,喝令:"军士动手!"杨戬镇压住雉鸡精,韦护镇压住琵琶精,一声呐喊,军士动手,将两个妖精斩了首级。有一首诗单道琵琶精终不免一刀之厄,诗曰:

> 忆昔当年遇子牙,砚台击顶炼琵琶。
> 谁知三九重逢日,万死无生空自嗟。

话说三军动手,已将雉鸡精、琵琶精斩了首级,杨戬与韦护上帐报功。只有雷震子监斩狐狸精,众军士被妲己迷惑,皆目瞪口呆,手软不能举刃。雷震子发怒,喝令军士,只见个个如此,雷震子急得没奈何,只得来中军帐报知,请令定夺。

子牙见杨戬、韦护报功,令:"拿出辕门号令。"惟有雷震子赤手来见。子牙问曰:"你监斩妲己,如何空身来见我?莫非这狐狸走了?"雷震子曰:"弟子奉令监斩妲己,孰意众军士被这妖狐迷惑,皆目瞪口呆,莫能动履。"子牙怒曰:"监斩无能,要你何用?"一声喝退。雷震子羞惭满面,站立一旁。子牙命:"将行刑军士拿下,斩首示众。"复命杨戬、韦护监斩。二人领命,另换了军士,再至辕门。只见那妖妇依旧如前,一样软款,又把这些军士弄得东倒西歪,如痴如醉。杨戬与韦护看见这等光景,二人商议曰:"这毕竟是个多年狐狸,极善迷惑人,所以纣王被他缠缚得迷而忘返,又何况这些愚人哉!我与你快去禀明元帅,无令这些无辜军士死于非命也。"杨戬道罢,二人齐至中军帐来,对子牙"如此如彼"说了一遍。众诸侯俱各惊异,子牙对众人曰:"此怪乃千年老狐,受日精月华,偷采天地灵气,故此善能迷惑人，待吾自出营去斩此恶怪。"子牙道罢先行，众诸侯随后。

子牙同众诸侯门弟子出得辕门，见妲己绑缚在法场，果然千娇百媚，似玉如花，众军士如木雕泥塑。子牙喝退众士卒，命左右排香案，焚香炉内，取出陆压所赐葫芦放于案上，揭去顶盖，只见一道白光上升，现出一物，有眉有眼，有翅有足，在白光上旋转。子牙打一躬："请宝贝转身！"那宝贝连转两三转，只见妲己头落在尘埃，血溅满地。诸侯中尚有怜惜之者。有诗为证，诗曰：

　　妲己妖娆起众怜，临刑军士也情牵。
　　桃花难写温柔态，芍药堪方窈窕妍。
　　忆昔恩州能借窍，应知内阙善周旋。
　　从来娇媚归何处，化作南柯带血眠。

话说子牙斩了妲己将首级号令辕门，众诸侯等无不叹赏。

且说纣王在显庆殿恹恹独坐，有宫人左右纷纷如蚁，慌慌乱窜。纣王问曰："尔等为何这样急遽？想是皇城破了么？"旁一内臣跪下泣而奏曰："三位娘娘夜来二更时分不知何往，因此六宫无主，故此着忙。"纣王听罢，忙叫内臣快快查："往那里去了！速速来报！"有常侍打听，少时来报："启陛下：三位娘娘首级已号令于周营辕门。"纣王大惊，忙随左右宦官急上五凤楼观看，果是三后之首。纣王看罢不觉心酸，泪如雨下，乃作诗一首以吊之，诗曰：

　　玉碎香消实可怜，娇容云鬓尽高悬。
　　奇歌妙舞今何在，覆雨翻云竟枉然。
　　凤枕已无藏玉日，鸳衾难再拂花眠。
　　悠悠此恨情无极，日落沧桑又万年。

第九十七回　摘星楼纣王自焚

话说纣王吟罢诗，自嗟自叹，不胜伤感。只见周营中一声炮响，三军呐喊，齐欲攻城。纣王看见不觉大惊，知大势已去，非人力可挽，点头数点，长吁一声，竟下五凤楼，过九间殿，至显庆殿，过分宫楼，将至摘星楼来。忽然一阵旋窝风就地滚来，将纣王罩住。怎见得怪风一阵透胆生寒，有诗为证，诗曰：

> 萧萧飒飒摄离魂，透骨浸肌气若吞。
> 撮起沉冤悲往事，追随枉死泣新猿。
> 催花须借吹嘘力，助雨敲残次第先。
> 正为纣王惨毒甚，故教屈鬼诉莘恩。

话说纣王方行至摘星楼，只见一阵怪风就地裏将上来，那虿盆内咽咽哽哽，悲悲泣泣，无限蓬头披发、赤身裸体之鬼，血腥臭恶，秽不可闻，齐上前来扯住纣王大呼曰："还吾命来！"又见赵启、梅伯赤身大叫："昏君！你一般也有今日败亡之时！"纣王忽的把二目一睁，阳气冲出，将阴魂扑散。那些屈魂怨鬼隐然而退。纣王把袍袖一抖，上了头一层楼，又见姜娘娘一把扯住纣王，大骂曰："无道昏君诛妻杀子，绝灭彝伦。今日你将社稷断送，将何面目见先王于泉壤也！"姜娘娘正扯住纣王不放，又见黄娘娘一身血污，腥气逼人，也上前扯住，大呼曰："昏君摔我下楼，跌吾粉骨碎身，此心何忍！真残忍刻薄之徒！今日罪盈恶满，天地必诛！"纣王被两个冤魂缠得如痴似醉一般，又见贾夫人也上前大骂曰："昏君受辛！你君欺臣妻，吾为守贞立节坠楼而死，沉冤莫白。今日方能泄我恨也！"照纣王一掌劈面打来。纣王忽然一点真灵惊醒，把二目一睁，冲出阳神，那阴魂如何敢近，隐隐散了。

纣王上了摘星楼，行至九曲栏边，默默无语，神思不宁，扶栏而问："封宫官何在？"封宫官朱升闻纣王呼唤，慌忙上摘星楼来，俯伏栏边，口称："陛下，奴婢听旨。"纣王曰："朕悔不听群臣之言，误被谗奸所惑，今兵连祸结，莫可救解，噬脐何及。朕思身为天子之尊，万一城破，为群小所获，辱莫甚焉。欲寻自尽，此身尚遗人间，犹为他人作念；不若自焚反为干净，毋得令儿女子藉口也。你可取柴薪堆积楼下，朕当与此楼同焚。你当如朕命。"朱升听罢披泪满面，泣而奏曰："奴婢侍陛下多年，蒙豢养之恩，粉骨难报。不幸皇天不造我商，祸亡旦夕，奴婢恨不能以死报国，何敢举火焚君也！"言罢呜咽不能成声。纣王曰："此天亡我也，非干你罪。你不听朕命，反有忤逆之罪。昔日朕曾命费、尤向姬昌演数，言朕有自焚之厄；今日正是天定，人岂能逃？当听朕言！"后人有诗单叹纣王临焚念文王《易》数之验，有诗为证，诗曰：

　　昔日文王羑里囚，纣王无道困西侯。
　　费尤曾问先天数，烈焰飞烟锁玉楼。

话说朱升再三哭奏，劝纣王："且自宽慰，另寻别策，以解此围。"纣王怒曰："事已急矣！朕筹之已审。若诸侯攻破午门，杀入内庭，朕一被擒，汝之罪不啻泰山之重也！"朱升大哭下楼，去寻柴薪堆积楼下。不表。

且说纣王见朱升下楼，自服衮冕，手执碧圭，珮满身珠玉端坐楼中。朱升将柴堆满，挥泪下拜毕，方敢举火，放声大哭。后人有诗为证，诗曰：

　　摘星楼下火初红，烟卷乌云四面风。
　　今日成汤倾社稷，朱升原是尽孤忠。

话说朱升举火，烧着楼下干柴，只见烟卷冲天，风狂火猛，六宫

第九十七回　摘星楼纣王自焚

中宫人喊叫，霎时间乾坤昏暗，宇宙翻崩，鬼哭神号，帝王失位。朱升见摘星楼一派火着，甚是凶恶。朱升撩衣痛哭数声，大叫："陛下！奴辈以死报陛下也！"言罢将身撺入火中，可怜朱升忠烈，身为宦竖，犹知死节。

话说纣王在三层楼上，看楼下火起，烈焰冲天，不觉抚膺长叹曰："悔不听忠谏之言，今日自焚，死故不足惜，有何面目见先王于泉壤也！"只见火趁风威，风乘火势，须臾间四面通红，烟雾障天。怎见得，有赋为证，赋曰：

烟迷雾卷，金光灼灼掣天飞；焰吐云从，烈风呼呼如雨骤。排炕列炬，似燔如灾。须臾万物尽成灰，说甚么栋连霄汉；顷刻千里化红尘，那管他雨聚云屯。五行之内最无情，二气之中为独盛。雕梁画栋，不知费几许工夫，遭着他尽成齑粉；珠栏玉砌，不知用多少金钱，逢着你皆为瓦解。摘星楼下势如焚，六宫三殿延烧得柱倒墙崩；天子命丧在须臾，八妃九嫔牵连得头焦额烂。无辜宫女尽遭殃，作恶内臣皆在劫。这纣天子呵！抛却尘寰，讲不起贡衣航海，锦衣玉食，金瓯社稷，锦绣乾坤，都化作滔滔洪水向东流；脱离欲海，休夸那粉黛蛾眉，温香暖玉，翠袖殷勤，清讴皓齿，尽赴于栩栩羽化随梦绕。这正是：从前余焰逞雄威，作过灾殃还自受。成汤事业化飞灰，周室江山方赤炽。

话说子牙在中军方与众诸侯议攻皇城，忽左右报进中军："启元帅：摘星楼火起。"子牙忙领众将，同武王、东伯侯、北伯侯共天下诸侯，齐上马出了辕门看火。武王在马上观看，见烟迷一人，身穿赭黄衮服，头戴冕旒，手拱碧玉圭端坐于烟雾之中，朦胧不甚明白。武王问左右曰："那烟雾中乃是纣天子么？"

众诸侯答曰:"此正是无道昏君。今日如此,正所谓'自作自受'耳。"武王闻言,掩面不忍看视,兜马回营。子牙忙上前启曰:"大王为何掩面而回?"武王曰:"纣王虽则无道,得罪于天地鬼神,今日自焚,适为业报;但你我皆为臣下,曾北面事之,何忍目睹其死,而蒙逼君之罪哉?不若回营为便。"子牙曰:"纣王作恶残贼生民,天怒民怨,纵太白悬旗,亦不为过。今日自焚,正当其罪。但大王不忍,是大王之仁明忠爱之至意也。然犹有一说:昔成汤以至仁放桀于南巢,救民于水火,天下未尝少之;今大王会天下诸侯,奉天征讨,吊民伐罪,实于汤有光,大王幸毋介意。"

众诸侯同武王回营,子牙督领众将门人看火,以便取城。只见那火越盛,看看卷上楼顶,那楼下的柱脚烧倒,只听得一声响,摘星楼塌倒,如天崩地裂之状,将纣王埋在火中,一霎时化为灰烬,一灵已入封神台去了。后人有诗叹之,诗曰:

　　放桀南巢忆昔时,深仁厚泽立根基。
　　谁知殷受多残虐,烈焰焚身悔已迟。

又有史官观史,有诗单道纣王失政云,诗曰:

　　女娲宫里祈甘霖,忽动携云握雨心。
　　岂为有情联好句,应知无道起商参。
　　妇言是用残黄耇,忠谏难听纵浪淫。
　　炮烙冤魂多屈死,古来惨恶独君深。

又诗叹纣王才兼文武,诗曰:

　　打虎雄威气更骁,千斤膂力冠群僚。
　　托梁换柱超今古,赤手擒飞过鸷雕。
　　拒谏空称才绝代,饰非枉道巧多饶。

第九十七回 摘星楼纣王自焚

只因三怪迷真性,赢得楼前血肉焦。

话说摘星楼焚了纣王,众诸侯俱在午门外住扎。少时,午门开处,众宫人同侍卫将军、御林士卒酌水献花,焚香拜迎武王车驾,并诸侯入九间殿。姜子牙忙传令:"且救息宫中火。"不知后事如何,且听下回分解。

【总批】

纣王无道,残贼生灵不知凡几,自家落得摘星楼烧死。纵不是如佛氏报应轮回之说,自是天理难容耳。毕竟纣王有些豪爽气,自家做过的事,不肯落在他人之手里,所以一刀两断,毫不沾滞,真是斩钉削铁汉子,何难立地成佛!

【又批】

天地间妖精中而最灵惺者,无过狐狸,善于巧令,亦最妩媚,所以惑人最深而杀人亦毒。请观妲己生前弄得纣王国破身亡,甚至临刑犹遗害不浅。古今遭此妖狐之害者,岂止千百,天下国家之人哉,幸毋惑! 此方是打破重关,跳出苦海。此一书分明指与世人作榜样。今人不可将此狐狸认作真的,把自己身边那个狐狸当做假的,有辜此老婆心说法。

第九十八回　周武王鹿台散财

诗曰：
>　　纣王聚敛吸民脂,不信当年放桀时。
>　　积粟已无千载计,盈财岂有百年期。
>　　须知世运逢真主,却笑贪淫有阿痴。
>　　今日还归民社去,从来天意岂容私!

话说众诸侯俱上了九间殿,只见丹墀下大小将领、头目等众,跻跻跄跄,簇拥两旁。子牙传令:"军士先救灭宫中火焰。"武王对子牙曰:"纣王无道,残虐生灵,而六宫近在肘腋,其宫人、宦寺被害更惨,今军士救火,不无波及无辜;相父当首先严禁,毋令复遭陷害也。"子牙闻言,忙传令:"凡军士人等止许救火,毋得肆行暴虐,敢有违令妄取六宫中一物,妄杀一人者,斩首示众,决不姑惜!汝宜悉知。"只见众宫人、宦寺、侍卫、军官齐呼:"万岁!"

武王在九间殿驻跸,与众诸侯看军士救火。武王猛抬头,看见殿东边有黄邓邓二十根大铜柱摆列在旁,武王问曰:"此铜柱乃是何物?"子牙曰:"此铜柱乃是纣王所造炮烙之刑。"武王曰:"善哉!不但临刑者甚惨,只今日孤观之,不觉心胆皆裂。纣天子可谓残忍之甚!"子牙引武王入后宫,至摘星楼下,见虿盆里面蛇蝎上下翻腾,白骨暴露,骷骸乱滚;又见酒池内阴风惨惨,肉林下冷露凄凄。武王问曰:"此是何故?"子牙曰:"此是纣

王所制虿盆,杀害宫人者;左右正是肉林、酒池。"武王曰:"伤哉!纣天子何无仁心一至此也!"不胜伤感,乃作诗以纪之,诗曰:

> 成汤祝网德声扬,放桀南巢正大纲。
> 六百年来风气薄,谁知惨恶丧疆场!

又伤炮烙之刑,作诗以纪之,诗曰:

> 苦陷忠良性独偏,肆行炮烙悦婵娟。
> 遗魂常傍黄金柱,楼下焚烧业报牵。

话说武王来至摘星楼,见余火尚存,烟焰未绝,烧得七狼八狈,也有无辜宫人遭在此劫,尚有余骸未尽,臭秽难闻。武王更觉心中不忍,忙分付军士:"快将这些遗骸检出去埋葬,无令暴露。"因谓子牙曰:"但不知纣王骸骨焚于何所?当另为检出,以礼安葬,不可使暴露于天地;你我为人臣者,此心何安!"子牙曰:"纣王无道,人神共愤,今日自焚,实所以报之也。今大王以礼葬之,诚大王之仁耳。"子牙分付军士:"检点遗骸,毋使混杂。须寻纣王骸骨,具衣衾棺椁,以天子之礼葬之。"后人有诗叹成汤王业如斯而尽:

> 天丧成汤业,敌兵尽倒戈。
> 积山尸遍野,漂杵血流河。
> 尽去烦苛法,方兴时雨歌。
> 太平今日定,衽席乐天和。

话说子牙令军士寻纣王遗骸,以礼安葬,不表。

且说众诸侯同武王往鹿台而来。上了台时,见阁耸云端,楼飞霄汉,亭台叠叠,殿宇巍峨,雕栏玉饰,梁栋金装;又只见明珠异宝,珊瑚玉树,厢嵌成琼宫瑶室,堆砌就绣阁兰房,不时起万道霞光，顷刻有千条瑞彩，真所谓目眩心摇，神飞魂乱。武王点首叹曰："纣天子这等奢靡，竭天下之财以穷己欲，安有不亡身丧国者也！"子牙曰："古今之所以丧亡者，未有不从奢侈而败，故圣王再三叮咛垂戒者，'宝己以德，毋宝珠玉'，良有以也。"武王曰："如今纣王已灭，天下诸侯与闾阎百姓受纣王剥削之祸，荼毒之苦，征敛之烦，日坐水火之中，衽席不安，重足而立。今不若将鹿台聚积之货财给散与诸侯、百姓，将钜桥聚敛之稻粟赈济与饥民，使万民昭苏，享一日安康之福耳。"子牙曰："大王兴言及此，真社稷生民之福也！宜速行之。"武王命左右去发财运粟，不表。

只见后宫擒纣王之子武庚至，子牙令推来，众诸侯切齿。少时，众将将武庚推至殿前，武庚跪下。众诸侯齐曰："殷受不道，罪盈满贯，人神共怒，今日当斩首正罪，以泄天地之恨。"子牙曰："众诸侯之言甚是。"武王急止之曰："不可！纣王肆行不道，皆是群小、妖妇惑乱其心，与武庚何干？且纣王炮烙大臣，虽贤如比干、微子，皆不能匡救其君，又何况武庚一幼稚之子哉？今纣王已灭，与子何仇？且'罪人不孥'，原是上天好生之德，孤愿与众位大王共体之，切不可枉行杀戮也。俟新君嗣位，封之以茅土，以存商祀，正所以报商之先王也。"

东伯侯姜文焕出而言曰："元帅在上：今大事俱定，当立新君以安天下诸侯、士民之心。况且天不可以无日，国不可以无君，天命有道，归于至仁，今武王仁德著于四海，天下归心，宜正大位，以安天下民心。况我等众诸侯入关，襄武王以伐无道，正为今日之大事也。望元帅一力担当，不可迟滞，有辜众人之心。"众诸侯齐曰："姜君侯讲得有理，正合众人之意。"子牙尚未

第九十八回　周武王鹿台散财

及对，武王惶惧逊谢曰："孤位轻德薄，名誉未著，惟日兢兢，求为寡过以嗣先王之业而未遑，安敢妄觊天位哉！况天位惟艰，惟仁德者居之。乞众位贤侯共择一有德者以嗣大位，毋令有忝厥职，遗天下羞。孤与相父早归故土，以守臣节而已。"旁有东伯侯厉声大言曰："大王此言差矣！天下之至德，孰有如大王者？今天下归周已非一日，即黎民之箪食壶浆以迎王师，岂有他哉！谓大王能救民于水火也。且天下诸侯景从云集，随大王以伐无道，其爱戴之心，盖有自也。大王又何必固辞？望大王俯从众议，毋令众人失望耳。"武王曰："发有何德，望贤侯无得执此成议，还当访询有众，以服天下之心。"

东伯侯姜文焕曰："昔帝尧以至德克相上帝，得膺大位；后生丹朱不肖，帝求人而逊位，众臣举舜。舜以重华之德，以继尧而有天下。后帝舜生子商均亦不肖，舜乃举天下而让之禹。禹生启贤明，能承继夏命，故相继而传十七世。至桀无道而失夏政，成汤以至德放桀于南巢，代夏而有天下。传二十六世至纣，大肆无道，恶贯罪盈。大王以至德与众诸侯恭行天之讨，今大事已定，克承大宝，非大王而谁？大王又何必固逊哉！"武王曰："孤安敢方禹汤之贤哲也。"姜文焕曰："大王不事干戈，以仁义教率天下，化行俗美，三分天下有其二；故凤鸣于岐山，万民而乐业。天人相应，理不可诬。大王之政德，与二君何多让哉！"武王曰："姜君侯素有才德，当为天下之主。"忽听得两旁众诸侯一齐上前，大呼曰："天下归心已非一日，大王为何苦苦固辞？大拂众人之心矣！况吾等会盟此地，岂是一朝一夕之力，无非欲立大王，再见太平之日耳。今大王舍此不居，则天下诸侯瓦解，自此生乱，是使天下终无太平之日矣。"子牙上前急止之曰：

"列位贤侯不必如此,我自有名正言顺之说。"正是:

> 子牙一计成王业,致使诸侯拜圣君。

话说众诸侯在九间殿,见武王固逊,俱纷然争辩不一,子牙乃止之,对武王曰:"纣王祸乱天下,大王率诸侯明正其罪,天下无不悦服,大王礼当正位,号令天下。况当日凤鸣岐山,祥瑞现于周地,此上天垂应之兆,岂是偶然!今天下人心悦而归周,正是天人响应,时不可失。大王今日固辞,恐诸侯心冷,各散归国,涣无所统,各据其地,日生祸乱,甚非大王吊伐之意。深失民望,非所以爱之,实所以害之也。愿大王详察!"武王曰:"众人固是美爱,然孤之德薄,不足以胜此任,恐遗先王之羞耳。"东伯侯姜文焕曰:"大王不必辞逊,元帅自有主见。"乃对子牙曰:"请元帅速行,不得迟滞,恐人心解散。"子牙急忙传令:"命画图样造台,作祝文昭告天地社稷,俟后有大贤,大王再让位未迟。"众诸侯已知子牙之意,随声应诺。旁有周公旦自去造台。后人有诗诵之,诗曰:

> 朝歌城内筑禅台,万姓欢呼动八垓。
> 沴气已随余焰尽,和风方向太阳来。
> 岐山鸣凤缠祯瑞,殿陛赓歌进寿杯。
> 四海雍熙从此盛,周家泰运又重开。

话说周公旦画了图样,于天地坛前造一座台。台高三层,按三才之象,分八卦之形。正中设"皇天后土之位";傍立"山川社稷之神";左右有"十二元神"旗号,按子、丑、寅、卯、辰、巳、午、未、申、酉、戌、亥立于其地;前后有"十干"旗号,按甲、乙、丙、丁、戊、己、庚、辛、壬、癸立于本位。坛上有"四季正神方位":春曰太昊,夏曰炎帝,秋曰少昊,冬曰颛顼;中有皇帝轩

第九十八回　周武王鹿台散财

辕。坛上罗列笾豆、簠簋、金爵、玉斝，陈设祭前，并生菊炙脯，列于几席，鲜酱鱼肉设于案桌，无不齐备。只见香烧宝鼎，花插金瓶，子牙方请武王上坛。武王再三谦让，然后祭坛。八百诸侯齐立于两旁，周公旦高捧祝文上台开读，祝文曰：

> 惟大周元年壬辰，越甲子昧爽三日，西伯侯西岐武王姬发敢昭告于皇天后土神祇曰：呜呼！惟天惠民，惟辟奉天。有殷受弗克上天，自绝于命。臣发承祖宗累治之仁，列圣相沿之德，予小子曷敢有越厥志，恭天承命，底商之罪，大正于商。惟尔神祇，克成厥勋，诞膺天命。予小子方日夜祇惧，恐坠前烈，敬修未遑。无奈诸侯、军、民、耆老人等，疏请再三，众志诚难固违。俯从群议，爰考旧典，式诹吉日，祇告于天地、宗庙、社稷暨我文考，于是日受册宝，嗣即大位。仰承中外靖恭之颂，天人协应之符，庆日月之照临，膺皇天之永命。尚望福我维新，永终不替，慰兆人胥戴之情，垂累业无疆之绪。神其鉴兹！伏惟尚飨。

话说周公旦读罢祝文，焚了，祝告天地毕，只见香烟笼罩空中，瑞霭氤氲满地，其日天朗气清，惠风庆云，真是昌期应运，太平景象自然迥别。那朝歌百姓挤拥，遍地欢呼。

武王受了册宝，即天子位，面南垂拱端坐。乐奏三番，众诸侯出笏山呼"万岁"。拜贺毕，武王传旨大赦天下。众人簇拥武王下坛，来至殿廷，从新拜贺毕。武王传旨命摆九龙饰席，大宴八百诸侯，君臣共乐。众人酒过数巡，俱各欢畅。百官觉已深沉，各辞阙谢恩而散。后人读史，见武王一戎衣而有天下，君臣和乐，作诗以咏之，诗曰：

> 坛上香风绕圣王，军民嵩祝舞霓裳。

江山依旧承柴望,社稷重新乐祼将。
金阙晓临仙掌动,玉阶时听珮环忙。
熙熙皞皞清明世,万姓讴歌庆未央。

话说次日武王设朝,众诸侯朝贺毕,武王谓子牙曰:"殷纣因广施土木之功,竭天下之财,荒淫失政,故有此败。朕蒙众诸侯立之为君,朕欲将鹿台之货财给散与天下诸侯,颁赐各夷王衣袭之费,列爵惟五,分土惟三,建官惟贤,位事惟能,重民五教,惟食丧祭,惇信明义,崇德报功,命诸侯各引人马归国,以安享其土地。"又将摘星楼殿阁尽行拆毁,散鹿台之财,发钜桥之粟,释箕子之囚,封比干之墓,式商容之闾,放内宫之人,大赉于四海而万姓悦服。乃偃武修文,归马于华山之阳,放牛于桃林之野,以示天下大服。武王在朝歌旬月,万民乐业,人物安阜,瑞草生,凤凰现,醴泉溢,甘露降,景星庆云,熙熙皞皞,真是太平景象。有诗为证,诗曰:

八十公公杖策行,相逢欣笑话生平。
眼中不识干戈事,耳内稀闻战鼓声。
每见麒麟鸾凤现,时听丝竹管弦鸣。
于今世上称宁宇,不似当年枕席惊。

话说武王为天子,天人感应,民安物阜,天降祥瑞,万民无不悦服。只见天下诸侯俱辞朝各归本国。子牙入内庭见武王,王曰:"相父有何奏章?"子牙奏曰:"方今天下已定,老臣启陛下,命官镇守朝歌。"武王曰:"俱听相父。着用何官?"子牙曰:"今武庚陛下既待以不杀,使守本土得存商祀,必用何人监守方可?"武王曰:"俟明日临朝商议。"子牙退朝回相府。只至次日武王早朝,诸臣朝见毕,武王曰:"朕今封武庚世守本土,以存商

第九十八回 周武王鹿台散财

祀,必使人监国;当用何人而后可?"武王问罢,众臣共议:"非亲王不可。"遂议管叔鲜、蔡叔度二王监国。武王依允,随命二叔守此朝歌。武王分付:"明日大驾归国。"只见武王圣谕一出,朝歌军民暨耆老人等,俱谋议遮留圣驾。不表。

话说武王次日,分付二叔监国,大驾随起行。只见那些百姓扶老挈幼,遮拜于道,大呼曰:"陛下救我等于水火之中,今一旦归国,是使万姓而无父母也。望陛下一视同仁,留居此地,我等百姓不胜庆幸!"武王见百姓挽留,乃慰之曰:"今朝歌朕已命二叔监守,如朕一样,必不令尔等失所也。尔等当奉公守法,自然安业,又何必朕在此,方能安阜也?"百姓挽留不住,放声大哭,震动天地,武王亦觉凄然。复谓二弟管叔鲜、蔡叔度曰:"民乃国之根本。尔不可轻虐下民,当视之如子。若是不体朕意,有虐下民,朕自有国法在,必不能为亲者讳也。二弟其勉之!"二叔受命。武王即日发驾起程,往西岐前进。百姓哭送一程,竟回朝歌。不表。

话说武王离朝歌,一路行来也非一日,不觉来至孟津。思想昔日渡孟津时,白鱼跃舟,兵戈扰攘;今日又是一番光景,不胜嗟叹。后人有诗咏之:

驾返西岐龙入海,与民欢忭乐尧年。
归牛桃圃开新运,牧马华山洗旧膻。
箕子囚中先解释,比干墓上有封笺。
孟津昔日曾流血,无怪周王念往贤。

话说武王同子牙渡了黄河,过渑池,出五关,子牙一路行来,忽然想起一班随行征伐阵亡的将官,心下不胜伤悼。一日来至金鸡岭,兵过首阳山。只见大队方行,前面有二位道者阻住,对旗门官曰:"与我请姜元帅答话。"左右报进中军,子牙忙出辕门观看,却是伯夷、叔齐。子牙忙躬身问曰:"二位贤侯见尚,有何见谕?"伯夷曰:"姜元帅今日回兵,纣王致于何地?"子牙答曰:"纣王无道,天下共弃之。吾兵进五关,只见天下诸侯已大会于孟津。至甲子日,受率其旅若林,罔敢敌于我师,前徒倒戈攻于后以北,至血流漂杵,纣王自焚,天下大定。吾主武王散鹿台之财,发钜桥之粟,封比干之墓,式商容之闾,诸侯无不悦服,尊武王为天子。今日之天下,非纣王之天下也。"子牙道罢,只见伯夷、叔齐仰面涕泣,大呼曰:"伤哉!伤哉!以暴易暴兮,予意欲何为!"歌罢,拂袖而回,竟入首阳山,作《采薇》之诗,七日不食周粟,饿死首阳山。后人有诗吊之,诗曰:

昔阻周兵在首阳,忠心一点为成汤。

三分已去犹啼血,万死无辞立大纲。

水土不知新世界,江山还念旧君王。

可怜耻食甘名节,万古常存日月光。

话说子牙兵过首阳山,至燕山,一路上,周民箪食壶浆迎武王。一日,兵至西岐山,忽有上大夫散宜生、黄滚前来接驾,领众官俱在道傍俯伏。武王在车中见众弟与黄滚老将军后随孙儿黄天爵,武王曰:"朕东征五载,今见卿等,不觉满腔凄惨,愁怀勃勃也。"宜生近前启曰:"陛下今登大位,天下太平,此不胜之喜。臣等得复睹天颜,正是龙虎重逢,再庆都俞喜起之风,陛下与万姓同乐太平,又何至凄惨不悦也!"武王曰:"朕因会诸侯而伐纣,东进五关,一路内损朕许多忠良,未得共享太平,先归泉壤;今日卿等,老者、少者、存者、没者,俱不一其人,使朕不胜今昔之感,所以郁郁不乐耳。"散宜生启曰:"以臣死忠,以子死

第九十八回　周武王鹿台散财

孝,俱是报君父之洪恩,遗芳名于史册,自是美事。陛下爵禄其子孙,世受国恩,即所以报之也,又何必不乐哉?"武王与众臣并辔而行。西岐山至岐州只七十里,一路上万民争看,无不欢悦。武王銮驾簇拥,来至西岐城,笙簧嘹亮,香气氤氲。武王至前殿下辇,入内庭参见太姜,谒太妊、太姒,设筵宴在显庆殿,大会文武。正是:

　　　太平天子排佳宴,龙虎风云聚会时。

话说武王宴赏百官,君臣欢饮,尽醉而散。

次日早朝,聚众文武参谒毕,武王曰:"有奏章出班见朕,无事早散。"言未毕,子牙出班奏曰:"老臣奉天征讨,灭纣兴周,陛下大事已定,只有屡年阵亡人、仙未受封职。老臣不日辞陛下,往昆仑山见掌教师尊,请玉牒、金符封赠众人,使他各安其位,不致他怅怅无依耳。"武王曰:"相父之言甚是。"

言未毕,午门官启驾:"外有商臣飞廉、恶来在午门候旨。"武王问子牙曰:"今商臣至此见朕,意欲何为?"子牙奏曰:"飞廉、恶来,纣之佞臣。前破纣之时,二奸隐匿;今见天下太平,至此欲簧惑陛下,希图爵禄耳。此等奸佞,岂可一日容之于天地间哉!但老臣有用他之处,陛下可宣入殿廷,俟老臣分付他,自有道理。"武王从其言,命宣入殿前来。左右将二臣引至丹墀拜舞毕,口称:"亡国臣飞廉、恶来愿陛下万岁!"武王曰:"二卿至此,有何所愿?"飞廉奏曰:"纣王不听忠言,荒淫酒色,以至社稷倾覆。臣闻大王仁德著于四海,天下归心,真可驾尧轶舜,臣故不惮千里,求见陛下,愿效犬马。倘蒙收录,得执鞭于左右,则臣之幸也。谨献玉符、金册,愿陛下容纳。"子牙曰:"二位大夫在纣俱有忠诚,奈纣王不察,致有败亡之祸。今既归周,是弃暗投明,愿陛下当用二位大夫,正所谓舍瑊玞而用美玉也。"武王听子牙之言,封飞廉、恶来为中大夫;二臣谢恩。后人有诗叹之,诗曰:

> 贪望高官特地来,玉符金节献金阶。
> 子牙早定防奸计,难免封神剑下灾。

话说武王封了飞廉、恶来二人,子牙出朝回相府,不表。

单说当年马氏笑子牙不能成其大事,竟弃子牙而他适。及至今日武王嗣位,天下归周,宇宙太平,即茅檐蔀屋,穷谷深山,凡有人烟聚集之处,无有不知武王伐纣,俱是相父姜子牙之功。今日一统华夷,姜子牙出将入相,享人间无穷富贵,权牟人主,位极人臣,古今罕及,天下人无不赞叹:"当日子牙困穷之时磻溪坐隐,此身已老于渔樵;孰意八十岁方被文王聘请归国,今日做出这般天样大事业来。"今日讲,明日讲,一日讲到这马氏耳朵里来。

马氏此时跟随了一个乡村田户之人。其日闻得邻家一个老婆子对马氏曰:"昔日你当时嫁的那个姜某,如今做了多大事业。"如此长如此短说了一遍,说得那马氏满面通红,一腔热烘烘的起来,半日无语。那老婆子又促了他两句,说道:"当日还是大娘子错了。若是当时随了姜某,今日也享这无穷富贵,却强如在这里守穷度日。这还是你命里没福!"马氏越发心里如油煎火燎一般,追悔不及,越觉怒恼。

当时马氏辞了老婆子,自家归来,坐在房里越想越恨:"我当初如何看不上他!这双眼睛,还生在世上!"自思:"便活一百岁也只是如此,天下岂有这等一个大贵人错过了,还有甚么好处!"又想:"适才这个老婆子说是我没福,不觉羞惭,再有何颜立于人世！不如寻个自尽罢！"乃大哭了一回。心里又想："恐怕不是他。假如错听了，天下也有这个同名同姓的，却不是枉死了？"自己又自解叹："且等到晚间，俟我这个丈夫来家，问他明白，再也未迟。"

那日天晚，只见那农夫张三老往城中卖菜来家，马氏接着，收拾了晚饭与丈夫吃了，因问曰："如今姜子牙，闻说他出将入相，百般富贵，果然真么？"张三老听说，忙陪笑脸答曰："贤妻不问，我也不好说，果然是真的。前日姜丞相在朝歌，甚么样威仪！天下诸侯，俱各听命。我那时要与你说去见他一见，也讨个小小的富贵；我只怕他品位俱尊，恐惹出事来，故此一向不曾说得。今蒙娘子问及，只得说与你知道。如今迟了，姜丞相回国多时，只是当初在这里好的。"马氏闻言半日无语，这张三老恐娘子着恼，又安慰了一回。马氏假意劝丈夫睡了，自己收拾浑身干净，哭了数声，悬梁自缢而死，一魂往封神台去了。及至张三老知觉，天已明了，马氏气绝，张三老只得买棺木埋葬。不表。后人有诗叹之：

  痴心尚望享荣华，应悔当时一念差。
  三复垂思无计策，悬梁虽死愧黄沙。

话说次日子牙入朝见武王，奏曰："昔日老臣奉师命下山，助陛下吊民伐罪，原是应运而兴，凡人、仙皆逢杀劫，先立有'封神榜'在封神台上。今大事已定，人、仙魂魄无依，老臣特启陛下，给假往昆仑山见师尊，请玉符、金册来封众神，早安其位，望陛下准臣施行。"武王曰："相父劳苦多年，当享太平之福；但此事亦是不了之局，相父可速宜施行，不得久羁仙岛，令朕凝望眼耳。"子牙曰："老臣怎敢有辜圣恩而乐游林壑也！"子牙忙辞武王,回相府,沐浴毕,驾土遁往昆仑山而来。不知后事如何,且听下回分解。

【总批】

　　当日飞廉、恶来归周,姜子牙当明其罪状,收而戮之,使天下后世知奸佞断不容于盛世耳。何必定以诈力愚之,然后杀之哉？子牙斯举,殊失大圣人作用,予深惜之。

【又批】

　　马氏先不随子牙入西,原是个恶妇。只是一知子牙富贵,自羞当年不识人,遂自缢而死,这还是个知羞耻烈性妇人,只是当时一念之差。较之今日竟不为耻者,岂啻天渊哉！其事虽不足取,其情实又可怜。

第九十九回　姜子牙归国封神

诗曰：
蒙蒙香霭彩云生，满道讴歌贺太平。
北极祥光笼兑地，南来紫气绕金城。
群仙此日皆登果，列圣明朝尽返贞。
万古崇呼禋祀远，从今护国永澄清。

话说子牙借土遁来至玉虚宫前，不敢擅入。少时，只见白鹤童儿出来，看见姜子牙，忙问曰："师叔何来？"子牙曰："烦你通报一声，特来叩谒老师。"童子忙进宫来，至碧游床前启曰："禀上老爷：姜师叔在宫外求见。"元始天尊曰："着他进来。"童子出来传与子牙，子牙进宫，至碧游床前倒身下拜："弟子姜尚愿老师万寿无疆！弟子今日上山拜见老师，特为请玉符、敕命，将阵亡忠臣孝子，逢劫神仙，早早封其品位，毋令他游魂无依，终日悬望。乞老师大发慈悲，速赐施行。诸神幸甚！弟子幸甚！"元始曰："我已知道了。你且先回，不日就有符敕至封神台来，你速回去罢。"子牙叩首谢恩而退。子牙离了玉虚宫，回至西岐。次日，入朝参谒武王，备言封神一事："老师自令人赍来。"

不觉光阴迅速，也非止一日，只见那日空中笙簧嘹亮，香气氤氲，旌幢羽盖，黄巾力士簇拥而来。白鹤童子亲赍符敕降临相府。怎见得，有诗为证：

> 紫府金符降玉台，旌幢羽盖拂三台。
> 雷瘟火斗分先后，列宿群星次第开。
> 纠察无私称至德，滋生有自序长才。
> 仙神人鬼从今定，不使朝朝堕草莱。

话说子牙迎接玉符、金敕，供于香案上，望玉虚宫谢恩毕，黄巾力士与白鹤童子别了子牙回昆仑。不表。子牙将符敕亲自赍捧，借土遁往岐山前来，只一阵风早到了封神台。有清福神柏鉴来接子牙。子牙捧符敕进了封神台，将符敕在正中供放，传令武吉、南宫适立八卦纸幡，镇压方向与干支旗号。又令二人领三千人马，按五方排列。子牙分付停当，方沐浴更衣，拈香金鼎，酌酒献花，绕台三匝。子牙拜毕诰敕，先命清福神柏鉴在台下听候。子牙然后开读玉虚宫元始天尊诰敕：

> 太上无极混元教主元始天尊敕曰：呜呼！仙凡路迥，非厚培根行岂能通；神鬼途分，岂谄媚奸邪所觊觎。纵服气炼形于岛屿，未曾斩却三尸，终归五百年后之劫；总抱真守一于玄关，若未超脱阳神，难赴三千瑶池之约。故尔等虽闻至道，未证菩提。有心固修持，贪痴未脱；有身已入圣，嗔怒难除。须至往愆累积，劫运相寻。或托凡躯而尽忠报国，或因嗔怒而自惹灾尤。生死轮回，循环无已；业冤相逐，转报无休。吾甚悯焉！怜尔等身从锋刃，日沉沦于苦海；心虽忠荩，每飘泊而自依。特命姜尚依劫运之轻重，循资品之高下，封尔等为八部正神，分掌各司，按布周天，纠察人间善恶，检举三界功行。祸福自尔等施行，生死从今超脱，有功之日，循序而迁。尔等其恪守弘规，毋肆私妄，自惹愆尤，以贻伊戚，永膺宝箓，常握丝纶。故兹尔敕，

尔其钦哉!

子牙宣读敕书毕,将符箓供放案桌之上,乃全装甲胄,左手执杏黄旗,右手执打神鞭,站立中央大呼曰:"柏鉴可将'封神榜'张挂台下。诸神俱当循序而进,不得搀越取咎。"柏鉴领法旨,将"封神榜"张挂台下。只见诸神俱簇拥前来观看。

那榜首就是柏鉴。柏鉴看见,手执引魂幡,忙进坛跪伏坛下,听宣元始封诰。子牙曰:"今奉太上元始敕命:尔柏鉴昔为轩辕皇帝大帅,征伐蚩尤曾有勋功;不幸殒死北海,捐躯报国,忠荩可嘉!一向沉沦,冤尤可悯。幸遇姜尚封神,守台功茂,特赐宝箓,慰尔忠魂。今敕封尔为三界首领八部三百六十五位清福正神之职。尔其钦哉!"柏鉴在坛下阴风影里,手执百灵幡,望玉敕叩头谢恩毕。只见坛下风云簇拥,香雾盘旋。柏鉴至台外,手执百灵幡伺候指挥。

子牙命柏鉴:"引黄天化上台听封。"不一时,只见清福神用幡引黄天化至台下,跪听宣读敕命。子牙曰:"今奉太上元始敕命:尔黄天化以青年尽忠报国,下山首建大功,救父尤为孝养;未享荣封,捐躯马革,情实痛焉!援功定赏,当存其厚,特敕封尔为管领三山正神炳灵公之职。尔其钦哉!"黄天化在坛下叩首谢恩,出坛而去。

子牙命柏鉴:"引五岳正神上坛受封。"少时,清福神引黄飞虎等齐至台下,跪听宣读敕命。子牙曰:"今奉太上元始敕命:尔黄飞虎遭暴主之惨恶,致逃亡于他国。流离迁徙,方切骨肉之悲;奋志酬知,突遇阳针之劫。遂罹凶祸,情实可悲!崇黑虎有志济民,时逢劫运。文聘等三人金兰气重,方图协力同心;忠义志坚,欲效股肱之愿。岂意阳运告终,赍志而殁。尔五人同一孤忠,功有深浅。特锡荣封,以是差等。乃敕封尔黄飞虎为五岳之首,仍加敕一道,执掌幽冥地府一十八重地狱,凡一应生死转化人神仙鬼,俱从东岳勘对,方许施行。特敕封尔为东岳泰山齐天仁圣大帝之职,总管天地人间吉凶祸福。尔其钦哉!毋渝厥典。"黄飞虎在台下先叩首谢恩。子牙方读四敕曰:"特敕封尔崇黑虎为南岳衡山司天昭圣大帝。特敕封尔文聘为中岳嵩山中天崇圣大帝。特敕封尔崔英为北岳恒山安天玄圣大帝。特敕封尔蒋雄为西岳华山金天愿圣大帝。尔其钦哉!"崇黑虎等俱叩首谢恩毕,同黄飞虎出坛而去。

子牙命柏鉴:"引雷部正神上台受封。"只见清福神持引魂幡出坛来引雷部正神。只见闻太师,毕竟他英风锐气,不肯让人,那里肯随柏鉴。子牙在台上看见香风一阵,云气盘旋,率领二十四位正神径闯至台下,也不跪。子牙执鞭大呼曰:"雷部正神跪听宣读玉虚宫封号!"闻太师方才率众神跪听封号。子牙曰:"今奉太上元始敕命:尔闻仲曾入名山证修大道,虽闻朝元之果,未证至一之谛,登大罗而无缘,位人臣之极品,辅相两朝,竭忠补衮,虽劫运之使然,其贞烈之可悯。今特令尔督率雷部:兴云布雨,万物托以长养;诛逆除奸,善恶由之祸福。特敕封尔为九天应元雷神普化天尊之职,仍率领雷部二十四员催云助雨护法天君,任尔施行。尔其钦哉!"

雷部二十四位天君正神名讳:

  邓天君讳忠 辛天君讳环 张天君讳节

  陶天君讳荣 庞天君讳洪 刘天君讳甫

  荀天君讳章 毕天君讳环 秦天君讳完

  赵天君讳江 董天君讳全 袁天君讳角

李天君讳德(万仙阵亡)　　孙天君讳良　　　柏天君讳礼
　　　王天君讳变　　　姚天君讳宾　　　张天君讳绍
　　　黄天君讳庚(万仙阵亡)　　金天君讳素(万仙阵亡)
　　　吉天君讳立　　　余天君讳庆　　　闪电神(即金光圣母)
　　　助风神(即菡芝仙)

话说雷祖率领二十四位天君听封号毕,俱望台上叩首谢恩,出封神台去讫。只见祥光缥缈,紫雾盘旋,电光闪灼,风云簇拥,自是不同。有诗赞之,诗曰:

　　布雨兴云助太平,滋培万物育群生。
　　从今雷部承天敕,诛恶安良达圣明。

雷祖去了。

子牙又命柏鉴:"引火部正神上台听封。"不一时,清福神引罗宣等至台下,跪听宣读敕命。子牙曰:"今奉太上元始敕命:尔罗宣昔在火龙岛曾修无上之真,未跨青鸾之翼,因一念嗔痴,弃七尺为乌有,虽尤尔咎,实乃往愆。特敕封尔为南方三气火德星君正神之职,仍率领火部五位正神,任尔施行巡察人间善恶。尔其钦哉!"

火部五位正神名讳:

　　　尾火虎朱讳招　　室火猪高讳震　　　觜火猴方讳贵
　　　翼火蛇王讳蛟　　接火天君刘讳环

话说火星率领五位正神叩首谢恩,出台去了。

子牙又命柏鉴:"引瘟部正神上台受封。"少时,清福神引吕岳等至台下,跪听宣读敕命。只见惨雾凄凄,阴风习习。子牙曰:"今奉太上元始敕命:尔吕岳潜修岛屿,有成仙了道之机;误听姜菲,动干戈杀戮之惨。自堕恶趣,夫复何戚!特敕封尔为主掌瘟癀昊天大帝之职;率领瘟部六位正神,凡有时症,任尔施行。尔其钦哉!"

瘟部六位正神名讳

  东方行瘟使者周讳信   南方行瘟使者李讳奇
  西方行瘟使者朱讳天麟 北方行瘟使者杨讳文辉
  劝善大士陈讳庚   和瘟道士孙讳通

吕岳等听罢封号,叩首谢恩,出坛去了。

子牙又命柏鉴:"引斗部正神至台上受封。"不一时,只见清福神引金灵圣母等至台下,跪听宣读敕命。子牙曰:"今特奉太上元始敕命:尔金灵圣母道德已全,曾历百千之劫;嗔心未退,致罹杀戮之殃。皆自蹈于烈焰之中,岂冥数定轮回之苦?悔已无及,慰尔潜修。特敕封尔执掌金阙,坐镇斗府;居周天列宿之首,为北极紫气之尊。八万四千群星恶煞,咸听驱使,永坐坎宫斗母正神之职。钦承新命,克尽往愆!"

五斗群星吉曜恶煞正神名讳:

  东斗星官 苏讳护 金讳奎 姬讳叔明 赵讳丙
  西斗星官 黄讳天禄 龙讳环 孙讳子羽 胡讳升
        胡讳云鹏
  中斗星官 鲁讳仁杰 晁讳雷 姬讳叔升
  中天北极紫微大帝 姬讳伯邑考
  南斗星官 周讳纪 胡讳雷 高讳贵 余讳成
        孙讳宝 雷讳鹍
  北斗星官 黄讳天祥天罡 殷讳比干文曲
        窦讳融武曲 韩讳升左辅
        韩讳变右弼 苏讳全忠破军

第九十九回　姜子牙归国封神

鄂讳顺贪狼　　　　　郭讳宸巨门
董讳忠招摇

群星名讳：

青龙星邓讳九公　　　白虎星殷讳成秀
朱雀星马讳方　　　　玄武星徐讳坤
勾陈星雷讳鹏　　　　腾蛇星张讳山
太阳星徐讳盖　　　　太阴星姜氏（纣后）
玉堂星商讳容　　　　天贵星姬讳叔乾
龙德星洪讳锦　　　　红鸾星龙吉公主
天喜星纣王天子　　　天德星梅讳伯（纣大夫）
月德星夏讳招（纣大夫）　天赦星赵讳启（纣大夫）
貌端星贾氏（黄飞虎妻）　金府星萧讳臻
木府星邓讳华　　　　水府星余讳元
火府星火灵圣母　　　土府星土讳行孙
六合星邓氏婵玉　　　博士星杜讳元铣
力士星邬讳文化　　　奏书星胶讳鬲
河魁星黄讳飞彪　　　月魁星彻地夫人
帝车星姜讳桓楚　　　天嗣星黄讳飞豹
帝辂星丁讳策　　　　天马星鄂讳崇禹
皇恩星李讳锦　　　　天医星钱讳保
地后星黄氏（纣妃）　　宅龙星姬讳叔德
伏龙星黄讳明　　　　驿马星雷讳开
黄幡星魏讳贲　　　　豹尾星吴讳谦
丧门星张讳桂芳　　　吊客星风讳林
勾绞星费讳仲　　　　卷舌星尤讳浑

罗睺星彭讳遵　　　　　　计都星王讳豹
飞廉星姬讳叔坤　　　　　大耗星崇讳侯虎
小耗星殷讳破败　　　　　贯索星丘讳引
栏杆星龙讳安吉　　　　　披头星太讳鸾
五鬼星邓讳秀　　　　　　羊刃星赵讳升
血光星孙讳焰红　　　　　官符星方讳义真
孤辰星余讳化　　　　　　天狗星季讳康
病符星王讳佐　　　　　　钻骨星张讳凤
死符星卞讳金龙　　　　　天败星柏讳显忠
浮沉星郑讳椿　　　　　　天杀星卞讳吉
岁杀星陈讳庚　　　　　　岁刑星徐讳芳（穿云总兵）
岁破星晁讳田　　　　　　独火星姬讳叔义
血光星马讳忠　　　　　　亡神星欧阳讳淳（临潼总兵）
月破星王讳虎　　　　　　月游星石矶娘娘
死气星陈讳季贞　　　　　咸池星徐讳忠
月厌星姚讳忠　　　　　　月刑星陈讳梧
黑杀星高讳继能　　　　　七杀星张讳奎
五谷星殷讳洪　　　　　　除杀星余讳忠
天刑星欧讳天禄　　　　　天罗星陈讳桐
地网星姬讳叔吉　　　　　天空星梅讳武
华盖星敖讳丙　　　　　　十恶星周讳信
蚕畜星黄讳元济　　　　　桃花星高氏兰英
扫帚星马氏（子牙妻）　　大祸星李讳艮
狼籍星韩讳荣（氾水总兵）披麻星林讳善
九丑星龙须虎　　　　　　三尸星撒讳坚

三尸星撒讳强	三尸星撒讳勇
阴错星金讳成	阳差星马讳成龙
刃杀星公孙讳铎	四废星袁讳洪
五穷星孙讳合	地空星梅讳德
红艳星杨氏（纣妃）	流霞星武讳荣
寡宿星朱讳升	天瘟星金讳大升
荒芜星戴讳礼	胎神星姬讳叔礼
伏断星朱讳子真	反吟星杨讳显
伏吟星姚讳庶良	刀砧星常讳昊
灭没星房讳景元	岁厌星彭讳祖寿
破碎星吴讳龙	

二十八宿名讳（内有八人封在水、火二部管事，俱万仙阵亡）：

角木蛟柏讳林	斗木豸杨讳伟
奎木狼李讳雄	井木犴沈讳庚
牛金牛李讳弘	鬼金羊赵讳白高
娄金狗张讳雄	亢金龙李讳道通
女土蝠郑讳元	胃土雉宋讳庚
柳土獐吴讳坤	氐土貉高讳丙
星日马吕讳能	昴日鸡黄讳仓
虚日鼠周讳宝	房日兔姚讳公伯
毕月乌金讳绳阳	危月燕侯讳太乙
心月狐苏讳元	张月鹿薛讳定

随斗部天罡星三十六位名讳（俱万仙阵亡）：

天魁星高讳衍	天罡星黄讳真

天机星卢讳昌　　　　　天闲星纪讳丙
　　天勇星姚讳公孝　　　　天雄星施讳桧
　　天猛星孙讳乙　　　　　天威星李讳豹
　　天英星朱讳义　　　　　天贵星陈讳坎
　　天富星黎讳仙　　　　　天满星方讳保
　　天孤星詹讳秀　　　　　天伤星李讳洪仁
　　天晴星王讳龙茂　　　　天健星邓讳玉
　　天暗星李讳新　　　　　天祐星徐讳正道
　　天空星典讳通　　　　　天速星吴讳旭
　　天异星吕讳自成　　　　天煞星任讳来聘
　　天微星龚讳清　　　　　天究星单讳百招
　　天退星高讳可　　　　　天寿星戚讳成
　　天剑星王讳虎　　　　　天平星卜讳同
　　天罪星姚讳公　　　　　天损星唐讳天正
　　天败星申讳礼　　　　　天牢星闻讳杰
　　天慧星张讳智雄　　　　天暴星毕讳德
　　天哭星刘讳达　　　　　天巧星程讳三益

随斗部地煞星七十二位名讳（俱万仙阵亡）：

　　地魁星陈讳继真　　　　地煞星黄讳元济
　　地勇星贾讳成　　　　　地杰星呼讳百颜
　　地雄星鲁讳修德　　　　地威星须讳成
　　地英星孙讳祥　　　　　地奇星王讳平
　　地猛星柏讳有患　　　　地文星革讳高
　　地正星考讳鬲　　　　　地辟星李讳燧
　　地阖星刘讳衡　　　　　地强星夏讳祥

第九十九回　姜子牙归国封神

地暗星余讳惠　　　　地辅星鲍讳龙
地会星鲁讳芝　　　　地佐星黄讳丙庆
地祐星张讳奇　　　　地灵星郭讳巳
地兽星金讳甫道　　　地微星陈讳元
地慧星车讳坤　　　　地暴星桑讳成道
地默星周讳庚　　　　地猖星齐讳公
地狂星霍讳之元　　　地飞星叶讳申
地走星顾讳宗　　　　地巧星李讳昌
地明星方讳吉　　　　地进星徐讳吉
地退星樊讳焕　　　　地满星卓讳公
地遂星孔讳成　　　　地周星姚讳金秀
地隐星宁讳三益　　　地异星余讳知
地理星童讳贞　　　　地俊星袁讳鼎相
地乐星汪讳祥　　　　地捷星耿讳颜
地速星邢讳三鸾　　　地镇星姜讳忠
地羁星孔讳天兆　　　地魔星李讳跃
地妖星龚讳倩　　　　地幽星段讳清
地伏星门讳道正　　　地僻星祖讳林
地空星萧讳电　　　　地孤星吴讳四玉
地全星匡讳玉　　　　地短星蔡讳公
地角星蓝讳虎　　　　地囚星宋讳禄
地藏星关讳斌　　　　地平星龙讳成
地损星黄讳乌　　　　地奴星孔讳道灵
地察星张讳焕　　　　地恶星李讳信
地魂星徐讳山　　　　地数星葛讳方

· 1011 ·

地阴星焦讳龙	地刑星秦讳祥
地壮星武讳衍公	地劣星范讳斌
地健星叶讳景昌	地耗星姚讳烨
地贼星孙讳吉	地狗星陈讳梦庚

随斗部九曜星官名讳（俱万仙阵亡）：

崇讳应彪	高讳系平	韩讳鹏
李讳济	王讳封	刘讳禁
王讳储	彭讳九元	李讳三益

北斗五气水德星君名讳：

水德星鲁讳雄率领水部四位正神

箕水豹杨讳真　壁水貐方讳吉清

参水猿孙讳祥　轸水蚓胡讳道元

众群星列宿听罢封号，叩首谢恩，纷纷出坛而去。

子牙又命柏鉴："引直年太岁至台下受封。"少时，清福神用幡引殷郊、杨任等至台下，跪听宣读敕命。子牙曰："今奉太上元始敕命：尔殷郊昔身为纣子，痛母后致触君父，几罹不测之殃；后证道名山，背师言有逆天意，酿成犁锄之祸。虽申公豹之唆使，亦尔自作之愆由。尔杨任事纣，忠君直谏，先遭剜目之苦；归周舍身报国，后罹横死之灾。总劫运之使然，亦冥数之难逃。特敕封尔殷郊为执年岁君太岁之神，坐守周年，管当年之休咎。尔杨任为甲子太岁之神，率领尔部下，日值正神，循周天星宿度数，察人间过往愆由。尔等宜恪修厥职，永钦新命。"

太岁部下日值众星名讳：

日游神温讳良	夜游神乔讳坤	增福神韩讳毒龙
损福神薛讳恶虎	显道神方讳弼	开路神方讳相

第九十九回　姜子牙归国封神

直年神李讳丙（万仙阵亡）　　直月神黄讳承乙（万仙阵亡）
直日神周讳登（万仙阵亡）　　直时神刘讳洪（万仙阵亡）

殷郊等听罢封号，叩首谢恩，出坛去了。

子牙又命柏鉴："引王魔等上坛受封。"不一时，清福神用幡引王魔等至台下，跪听宣读敕命。子牙曰："今奉太上元始敕命：尔王魔等昔在九龙岛潜修大道，奈根行之未深，听唆使之姜菲，致抛九转功夫，反受血刃之苦。此亦自作之愆，莫怨彼苍之咎。特敕封尔等为镇守灵霄宝殿四圣大元帅。永承钦命，慰尔幽魂。"

王讳魔　　杨讳森　　高讳体乾　　李讳兴霸

王魔等听罢封号，叩头谢恩，出坛去了。

又命柏鉴："引赵公明等上坛受封。"不一时，清福神用幡引赵公明等至台下，跪听宣读敕命。子牙曰："今奉太上元始敕命：尔赵公明昔修大道，已证三乘根行；深入仙乡，无奈心头火热。德业迥超清净，其如妄境牵缠。一堕恶趣，返真无路。生未能入大罗之境，死当受金诰之封。特敕封尔为金龙如意正一龙虎玄坛真君之神；率领部下四位正神，迎祥纳福，追逃捕亡。尔其钦哉！"

招宝天尊萧讳升　　纳珍天尊曹讳宝
招财使者陈讳九公　　利市仙官姚讳逐益

赵公明等听罢封号，叩首谢恩，出坛去了。

子牙又命柏鉴："引魔家四将上坛受封。"少时，只见清福神用幡引魔礼青兄弟等至台下，跪听宣读敕命。子牙曰："今奉太上元始敕命：尔魔礼青等仗秘授之奇珍，有逆天命；逞弟兄之一体，致戮无辜。虽忠荩之可嘉，奈劫运之难躲。同时而尽，久入沉沦。今特敕封尔为四大天王之职。辅弼西方教典,立地水火风之相;护国安民,掌风调雨顺之权。永修厥职,毋忝新纶。"

增长天王魔礼青　掌青光宝剑一口职风
广目天王魔礼红　掌碧玉琵琶一面职调
多文天王魔礼海　掌管混元珍珠伞职雨
持国天王魔礼寿　掌紫金龙花狐貂职顺

魔礼青等听罢封号,叩首谢恩,出坛去了。

子牙又命柏鉴:"引郑伦等上坛受封。"不一时,清福神用幡引郑伦等至台下,跪听宣读敕命。子牙曰:"今奉太上元始敕命:尔郑伦弃纣归周,方庆良臣之得主;督粮尽瘁,深勤跋涉之劬劳。未膺一命之荣,反罹阳九之厄。尔陈奇阻吊伐之师,虽违天命;荩忠节于国,实有可嘉。总归劫运,无用深嗟。兹特即尔等腹内之奇,加之位职。敕封尔等镇守西释山门,宣布教化,保护法宝,为哼哈二将之神。尔其恪修厥职,永钦成命。"郑伦与陈奇听罢封号,叩首谢恩,出坛去了。

子牙又命柏鉴:"引余化龙父子上坛受封。"不一时,只见清福神用幡引余化龙等至坛下,跪听宣读敕命。子牙曰:"今奉太上元始敕命:尔余化龙父子拒守孤城,深切忠贞,一门死难,永堪华衮之封。特锡尔之新纶,当克襄乎上理。乃敕封尔掌人间之时症,主生死之修短,秉阴阳之顺逆,立造化之元神,为主痘碧霞元君之神;率领五方痘神,任尔施行。仍敕封尔元配金氏为卫房圣母元君。同承新命,永修厥职,汝其钦哉!"

五方主痘正神名讳:

东方主痘正神余讳达　西方主痘正神余讳兆
南方主痘正神余讳光　北方主痘正神余讳先

　　　　中央主痘正神余讳德

余化龙等听罢封号，叩首谢恩，出坛去了。

子牙命柏鉴："引三仙岛云霄、琼霄、碧霄上台受封。"少时，只见清福神用幡引云霄等至台下，跪听宣读敕命。子牙曰："今奉太上元始敕命：尔云霄等潜修仙岛，虽勤日夜之功；得道天皇，未登大罗彼岸。况狂逞于兄言，借金剪残害生灵；且愤怒于冥数，摆'黄河'擒拿正士。致历代之门徒，劫遭金斗；削三花之元气，后转凡胎。业更造乎多端，心无悔乎彰报。姑从惠典，赐尔荣封。特敕封尔执掌混元金斗，专擅先后之天，凡一应仙、凡、人、圣、诸侯、天子、贵、贱、贤、愚，落地先从金斗转劫，不得越此，为感应随世仙姑正神之位。尔当念此鸾封，克勤尔职！"

　　　　云霄娘娘　　　琼霄娘娘　　　碧霄娘娘
　　　（以上三姑，正是坑三姑娘之神。混元金斗即人间之净桶。凡人之生育，俱从此化生也。）

三姑听罢封号，叩头谢恩，出坛去了。

子牙又命柏鉴："引申公豹至台上受封。"不一时，只见清福神用百灵幡引申公豹至台下，跪听宣读敕命。子牙曰："今奉太上元始敕命：尔申公豹身归阐教，反助逆以拒直；既已被擒，又发誓以粉过。身虽塞乎北海，情难释其往愆。姑念清修之苦，少加一命之荣。特敕封尔执掌东海，朝观日出，暮转天河，夏散冬凝，周而复始，为分水将军之职。尔其永钦成命，毋替厥职！"申公豹听罢封号，叩首谢恩，出坛去了。

子牙封罢三百六十五位正神已毕，只见众神各去领受执掌，不一时，封神台边凄风尽息，惨雾澄清，红日中天，和风荡漾。子牙下坛传令，命南宫适："会合朝大小文武官员，至岐山听候发落。"南宫适领命，忙令马上飞递前去。不表。

次日，众官跻跻跄跄，齐至坛下伺候。少时子牙升帐，众官俱进帐参谒毕，子牙传令："将飞廉、恶来拿下。"飞廉、恶来二人齐曰："无罪！"子牙笑曰："你这二贼惑君乱政，陷害忠良，断送成汤社稷，罪盈恶贯，死有余辜！今国破君亡，又来献宝偷安，希图仕周以享厚禄。新天子祗承休命，万国维新，岂容你这不忠不义之贼于世，以贻新政之羞也！"命左右："推出斩之正法！"二人低头不语。左右推出辕门。不知性命如何，且听下回分解。

【总批】

姜太公为诸神之祖，钦敕众神，无不用命。其规模气象，猗欤盛哉！宜其万圣皈依、群仙景仰也。

【又批】

持宝纵恶，琼霄、碧霄二位居多；若云霄还有些好处，原是强逼而来。如何也，一概定罪，致千古之下，受了多少腌臜气。这都是元始天尊偏护自家弟子，只为削了他顶上三花，就令他三人永劫不磨，报之未免太重。总是神仙也自存私，无怪凡夫更甚。

第一百回　武王封列国诸侯

诗曰：
　　周室开基立帝图，分茅列土报功殊。
　　制田世禄惟三等，品爵官人树五途。
　　铁券金书藏石室，高牙大纛拥铜符。
　　从今藩镇如星布，倡化宣猷万姓苏。

话说子牙传令命斩飞廉、恶来，只见左右旗门官将二人推至辕门外斩首号令，回报子牙。子牙斩了两个佞臣，复进封神台拍案大呼曰："清福神柏鉴何在？快引飞廉、恶来魂魄至坛前受封！"不一时，只见清福神用幡引飞廉、恶来至坛下，跪听宣读敕命。但见二魂俯伏坛下，凄切不胜。子牙曰："今奉太上元始敕命：尔飞廉、恶来生前甘心奸佞，簧惑主聪，败国亡君，偷生苟免，只知盗宝以荣身，孰意法网无疏漏。既正明刑，当有幽录。此皆尔自受之愆，亦是运逢之劫。特敕封尔为冰消瓦解之神。虽为恶煞，尔宜克修厥职，毋得再肆凶锋。汝其钦此！"飞廉、恶来听罢封号，叩首谢恩，出坛去了。子牙封罢神下台，率领百官回西岐。有诗为证：
　　天理循环若转车，有成有败更无差。
　　往来消长应堪笑，反覆兴衰若可嗟。
　　夏桀南巢风里烛，商辛焚死浪中花。
　　古今吊伐皆如此，惟有忠魂傍日斜。

话说子牙回岐州进了都城，入相府安息。众官俱回私宅。一夕晚景已过。

次日早朝，武王登殿，真是有道天子，朝仪自是不同。所谓香雾横空，瑞烟缥缈，旭日围黄，庆云舒彩。只听得玉佩叮当，众官袍袖舞清风；蛇龙弄影，四围御帐迎晓日。静鞭三响整朝班，文武嵩呼称"万岁"。怎见得早朝美景，后唐人有诗，单道早朝好处：

> 绛帻鸡人报晓筹，尚衣方进翠云裘。
> 九天阊阖开宫殿，万国衣冠拜冕旒。
> 日色才临仙掌动，香烟欲傍衮龙浮。
> 朝罢须裁五色诏，佩声归到凤池头。

话说武王升殿，只见当驾官传旨："有事出班启奏，无事卷帘朝散。"言还未毕，班部中有姜子牙出班上殿，俯伏称"臣"。武王曰："相父有何奏章见朕？"子牙奏曰："老臣昨日奉师命将忠臣良将与不道之仙、奸佞之辈，俱依劫运，遵玉敕一一封定神位，皆各分执掌，受享禋祀，护国祐民，掌风调雨顺之权，职福善祸淫之柄。自今以往，永保澄清，无复劳陛下宸虑。但天下诸侯与随行征战功臣、名山洞府门人，曾亲冒矢石，俱有血战之功。今天下底定，宜分茅列土，封之以爵禄，使子孙世食其土，以昭崇德报功之义。其亲王子孙，亦当封树藩屏，以壮王室。昔上古三皇、五帝之后，亦宜分封土地，以报其立极之功。此皆陛下首先之务，当亟行之，不可一刻缓者。"武王曰："朕有此心久矣。只因相父封神未竣，故少俟之耳。今相父既回，一听相父行之。"

武王方才言罢，只见李靖、杨戬等出班奏曰："臣等原系山谷野人,奉师法旨下山,克襄劫运,戡定祸乱。今已太平,臣等理宜归山,以覆师命。凡红尘富贵、功名爵禄,亦非臣等所甘心者也。今日特陛辞皇上,望陛下敕臣等归山,真莫大之洪恩也。"武王曰:"朕蒙卿等旋乾转坤之力,浴日补天之才,戡祸乱于永清,辟宇宙而再朗,其有功于社稷生民,真无涯际;虽家禋户祀,尚不足以报其劳,岂骤舍朕而归山也?朕何忍焉!"李靖等曰:"陛下仁恩厚德,臣等沐之久矣。但臣等恬淡性成,山野素志,况师命难以抗违,天心岂敢故逆?乞陛下怜而赦之,臣等不胜幸甚!"

武王见李靖等坚执要去,不肯少留,不胜伤感,乃曰:"昔日从朕,始事征伐之时,其忠臣义士云屯雨集,不意中道有死于王事、殁于征战者,不知凡几,今仅存者甚是残落,朕已不胜今昔之感。今卿等方际太平,当与朕共享康宁之福,卿等又坚请归山。朕欲强留,恐违素志。今勉从卿请,心甚戚然。俟明日朕率百官亲至南郊饯别,少尽数年从事之情。"李靖等谢恩平身,众官无不凄恻。子牙听得七人告辞归山,也不胜惨戚。俱各朝散。一宿晚景不题。

次日,光禄寺典膳官预先至南郊,整治下九龙御席,一色齐备。只见众文武百官与李靖等先至南郊候驾,惟姜子牙在朝内伺候武王御驾同行。话说武王升殿,传旨:"排銮舆出城。"子牙随后。一路上香烟载道,瑞彩缤纷,士民欢悦,俱来看天子与众人仙饯别。真是哄动一城居民,齐集郊外。只见武王来至南郊,众文武百官上前接驾毕,李靖等复上前叩谢曰:"臣等有何德能,敢劳陛下御驾亲临赐宴,使臣等不胜感激!"武王用手挽住,慰之曰:"今日卿等归山,乃方外神仙,朕与卿已无君臣之属,卿等幸毋过谦。今日当痛饮尽醉,使朕不知卿之去方可耳。不然,朕心何以为情哉!"李靖等顿首称谢不已。须臾,当驾官报:"酒已齐备。"武王命左右奏乐,各官俱依次就位,武王上坐。只见箫韶迭奏,君臣欢饮,把盏轮杯,真是畅快。说甚么炮凤烹龙,味穷水陆。君臣饮罢多时,只见李靖等出席谢宴告辞,武王亦起身执手,再三劝慰,又饮数杯。李靖等苦苦告别,武王知不可留,不觉泪下。李靖等慰之曰:"陛下当善保天和,则臣等不胜庆幸。俟他日再图相晤也。"武王不得已,方肯放行。李靖等拜别武王及文武百官,子牙不忍分离,又送了一程,各洒泪而别。后来李靖、金吒、木吒、哪吒、杨戬、韦护、雷震子,此七人俱是肉身成圣。后人有诗赞之,诗曰:

别驾归山避世嚣,闲将丹灶自焚烧。
修成羽翼超三界,炼就阴阳越九霄。
两耳怕闻金紫贵,一身离却是非朝。
逍遥不问人间事,任尔沧桑化海潮。

话说子牙别了李靖等七人率领从者进西岐城,回相府。至次日早朝,武王升殿,姜子牙与周公旦出班奏曰:"昨蒙陛下赐李靖等归山,得遂他修行之愿,臣等不胜欣幸。但有功之臣,当分茅土者,乞陛下速赐施行,以慰臣下之望。"武王曰:"昨七臣归山,朕心甚是不忍;今所有分封仪制,一如相父、御弟所议施行。"子牙与周公旦谢恩出殿,条议分封仪注并位次,上请武王裁定。

次日,武王登宝座,命御弟周公旦于金殿上唱名策封,先追王祖考,自太王、王季、文王皆为天子,其余功臣与先朝帝王后裔俱列爵为五等:公、侯、伯、子、男,其不及五等者为附庸。条

第一百回　武王封列国诸侯

序已毕,周公方才唱名。

列侯分封国号名讳:

鲁——姬姓,侯爵。系周文王第四子周(姬)公旦,佐文王、武王、成王有大勋劳于天下。后成王命为大宰,食邑扶风雍县东北之周城,号宰周公,留相天子,主自陕以东之诸侯。乃封其长子伯禽于曲阜,地方七百里,分以宝玉、大弓,而俾侯于鲁,以辅周室。

齐——姜姓,侯爵。系炎帝裔孙伯益为四岳,佐禹平水土有功,赐姓曰姜氏,谓之吕侯。其国在南阳宛县之西。商末太公吕望起自渭水,为周文、武师,号为师尚父,佐文、武定天下,有大功,封营丘,为齐侯,列于五侯九伯之上。即今山东青州府是也。

燕——姬姓,伯爵。系周同姓功臣,曰君奭,佐文、武定天下,有大功,为周太保,食邑于召,谓之召康。留相天子,主自陕以西之诸侯。乃封其子为北燕伯,其地乃幽州蓟县是也。

魏——姬姓,伯爵。系周同姓功臣,曰毕公高,佐文、武定天下,有大功,封镇魏国。即今河南开封府高密县是也。

管——姬姓,侯爵。系武王弟,曰姬叔鲜,以监武庚封于管。即今河南信阳县是也。

蔡——姬姓,侯爵。系武王弟,曰姬叔度,以监武庚封于蔡。即今河南汝宁府上蔡县是也。

曹——姬姓,伯爵。系武王弟,曰姬叔振铎。武王克商,封于曹。即今济阳定陶县是也。

郕——姬姓,伯爵。系武王弟,曰姬叔武。武王克商,封于郕。

即今山东兖州府汶上县是也。

霍——姬姓,伯爵,系武王弟,曰姬叔处。武王克商,封于霍。即今山西平阳府是也。

卫——姬姓,侯爵。系武王同母少弟,封为大司寇,食采于康,谓之康叔,封于卫。即今北京冀州是也。

滕——姬姓,侯爵。系武王弟,曰姬叔绣。武王克商,封于滕。即今山东章邱县是也。

晋——姬姓,侯爵。系武王少子,曰唐叔虞。封于唐,后改为晋。即今山西平阳府绛县东翼城是也。

吴——姬姓,子爵。系周太王长子泰伯之后。武王克商,遂封之为吴。即今之吴郡是也。

虞——姬姓,公爵。系周太王子仲雍之后。武王克商,求泰伯、仲雍之后,得章已为吴君,别封其为虞。在河南太阳县是也。

虢——姬姓,公爵。系王季子虢仲,文王弟也。仲与虢叔为文王卿士,勋在王室,藏于盟府;而文王友爱二弟,谓之二虢。武王克商,封仲于弘农。陕县东南之虢城。

楚——芈姓,子爵。系颛帝之裔,曰鬻熊。为周文、武师,有勤劳于王家,封之于荆蛮,以子男之上居之。即今丹阳南郡枝江县是也。

许——姜姓,男爵。系尧四岳伯夷之后。因先世有功,武王克商,封其裔文叔于许。即今之许州是也。

秦——嬴姓,伯爵。系颛帝之裔。因先世有功,武王克商,封其裔柏翳于秦。即今之陕西西安府是也。

莒——嬴姓,子爵。系少昊之后。因先世有功,武王克商,封其后兹与期于莒城。即今之莒县是也。

纪——姜姓,侯爵。系太公之次子。武王念太公之功,分封于纪。即今东莞剧县是也。

邾——曹姓,子爵。系陆终第五子晏安之后。武王克商,封其裔曹挟于邾。即今之山东邹县是也。

薛——任姓,侯爵。黄帝之后。因世有功,武王克商,封其后裔奚仲于薛。即今山东沂州是也。

宋——子姓,公爵。系商王帝乙之长庶子曰微子启。因纣王不道,微子抱祭器归周。武王克商,封微子于宋。即今之睢阳县是也。

杞——姒姓,伯爵。系夏禹王之后。武王克商,求夏禹苗裔,得东楼公,封于杞,以奉禹祀。即今之开封府雍丘县是也。

陈——妫姓,侯爵。系帝舜之后。其裔孙阏父作武王陶正,能利器用,王实赖之。以元女大姬下嫁其子满,而封诸陈,使奉虞帝祀。其地在太皞之墟,即今之陈县是也。

焦——伊耆姓,侯爵。系神农之后。因先世之功,武王克商,封之于焦。即今之弘农陕县是也。

蓟——姬姓,侯爵。系帝尧之裔。武王克商,求其后,封之于蓟,以奉唐帝之祀。即今之北京顺天府是也。

高丽——子姓,乃殷贤臣,曰箕子,亦商王之裔。因不肯臣事于周,武王请见,乃陈《洪范九畴》一篇而去之辽东。武王即其地以封之。至今乃其子孙,即朝鲜国是也。

其亲王、功臣、帝王后裔,共封有七十二国。今录其最著者。其余如越封于会稽,向封于谯国,凡封于汲郡,伯封于东平,郜封于济阴,邓封于赖川,戎封于陈留,芮封于冯翊,极封为附庸，谷封于南阳，牟封于泰山，葛封于梁国，倪封为附庸，谭封于平陵，遂封于济北，滑封于河南，郈封于东平，邢封于襄国，江封于汝南，冀封于皮县，徐封于下邳，舒封于庐江，弦封于弋阳，郐封于琅琊，厉封于义阳，项封于汝阴，英附于楚，申封于南阳，共封于汲郡，夷封于城阳等国，不悉详记。如南宫适、散宜生、闳夭等，各分列茅土有差。即于其日大排筵宴，庆贺功臣、亲王、文武等官。又开库藏，将金银宝物悉分于诸侯人等。众人俱各痛饮，尽醉而散。次日，各上谢表，陛辞天子，各归本国。后人有诗为证：

　　一举戎衣定大周，分茅列土赐诸侯。
　　三王漫道家天下，全仗屏藩立远谋。

　　话说众人各领封敕，俱望本国以赴职任，惟御弟周公旦、召公奭在朝辅相王室。武王乃谓周公曰："镐京为天下之中，真乃帝王之居。"于是命召公迁都于镐京，即今陕西西安府咸阳县是也。武王谓："师尚父年老，不便在朝。"乃厚其赐赉，赐以宫女、黄金、蜀锦、镇国宝器黄钺、白旄，得专征伐，为诸侯之长，令其之国，以享安康之福。

　　次日，子牙入朝，拜谢赐赉，陛辞之国。武王乃率百官饯送于南郊。子牙叩首谢恩曰："臣蒙陛下赐令之国，不得朝夕侍奉左右，今日一别，不知何日再睹天颜也！"言罢不胜伤感。武王慰之曰："朕因相父年迈，多有勤劳于王室，欲令相父之国，以享安康之福，不再劳相父在此朝夕勤劬耳。"子牙再三拜谢曰："陛下念臣至此，臣将何以报陛下知遇之恩也！"其日君臣分别，子牙拜送武王与百官进城，子牙方才就道，往齐国而去。

第一百回　武王封列国诸侯

太公至齐，因思："昔日下山至朝歌时，深蒙宋异人百般恩义，因王事多艰，一向未曾图报；今天下大定，不乘此时修候，是忘恩负义之人耳。"乃遣一使臣，赍黄金千斤、锦衣玉帛，修书一封，前往朝歌，问候宋异人。使臣离了齐国，一路行来，不觉一日来到朝歌。其时宋异人夫妇已死，止有儿子掌管家私，反觉比往时更胜几倍。其日收了礼物，修回书与来使至齐，回覆了太公。太公在齐，治国有法，使民以时；不五越月，而齐国大治。后子牙薨，公子灶嗣位。至小白，相管仲，伯天下，"春秋"赖之。后至康公，方为田氏所灭。此是后事，亦不必表。

且说武王西都长安，武王垂拱而治，海内清平，万民乐业，天下熙熙皞皞，顺帝之则。真一戎衣而天下大定，不逊尧舜之揖让也。后武王崩，成王立，周公辅相之，戡定内难，天下复睹太平。自太公开基，周公赞襄，遂成周家八百年基业。然子牙、周公之鸿功伟烈，充塞乎天地之间矣。后人有诗单赞子牙斩将封神，开周家不世之基以美之：

　　宝府秘箓出先天，斩将封神合往愆。
　　敕赐昆仑承旨渥，名班册籍注铨编。
　　斗瘟雷火分前后，神鬼人仙任倒颠。
　　自是修持凭造化，故教伐纣洗腥膻。

又有诗赞周公辅相成王，戡定内难，为开基首功，而又有十乱以襄之，诗曰：

　　天潢分派足承祧，继述訏谟更自饶。
　　岂独簪缨资启沃，还从剑履秩宗朝。
　　和邦协佐能戡乱，典礼咸称善补貂。
　　总为周家多福荫，天生十乱始同调。

【总批】

　　周室之分茅列土,首自亲王十乱以及诸臣,棋置星列,籓屏帝京,捍卫王室,可为尽善尽美。所以周之享国久远,良在是欤!

【又批】

　　《封神》一书,其说由来甚远,事无可稽,情有可信。语云:"生为大柱国,死作阎罗王。"是又因人而可决者。况忠臣义士,气可贯虹,心可穿石,死后岂得泯泯无闻耶?然考其诸神名号,虽未必尽符其时,而穷之后世,又未见其人。其为当日有是事,亦未可知。余因伯敬先生所家藏缮本,又详为考订,其信与否者,咸听之耳。

《国学典藏》丛书已出书目

周易 [明] 来知德 集注
诗经 [宋] 朱熹 集传
尚书 曾运乾 注
周礼 [清] 方苞 集注
仪礼 [汉] 郑玄 注 [清] 张尔岐 句读
礼记 [元] 陈澔 注
论语·大学·中庸 [宋] 朱熹 集注
孟子 [宋] 朱熹 集注
左传 [战国] 左丘明 著 [晋] 杜预 注
孝经 [唐] 李隆基 注 [宋] 邢昺 疏
尔雅 [晋] 郭璞 注
说文解字 [汉] 许慎 撰

战国策 [汉] 刘向 辑录
　　　 [宋] 鲍彪 注 [元] 吴师道 校注
国语 [战国] 左丘明 著
　　　[三国吴] 韦昭 注
史记菁华录 [汉] 司马迁 著
　　　　　 [清] 姚苎田 节评
徐霞客游记 [明] 徐弘祖 著

孔子家语 [三国魏] 王肃 注
　　　　 （日）太宰纯 增注
荀子 [战国] 荀况 著 [唐] 杨倞 注
近思录 [宋] 朱熹 吕祖谦 编
　　　 [宋] 叶采 [清] 茅星来等 注
传习录 [明] 王阳明 撰
　　　 （日）佐藤一斋 注评
老子 [汉] 河上公 注 [汉] 严遵 指归
　　 [三国魏] 王弼 注
庄子 [清] 王先谦 集解
列子 [晋] 张湛 注 [唐] 卢重玄 解
　　 [唐] 殷敬顺 [宋] 陈景元 释文
孙子 [春秋] 孙武 著 [汉] 曹操 等注

墨子 [清] 毕沅 校注
韩非子 [清] 王先慎 集解
吕氏春秋 [汉] 高诱 注 [清] 毕沅 校
管子 [唐] 房玄龄 注 [明] 刘绩 补注
淮南子 [汉] 刘安 著 [汉] 许慎 注
金刚经 [后秦] 鸠摩罗什 译 丁福保 笺注
维摩诘经 [后秦] 僧肇等 注
楞伽经 [南朝宋] 求那跋陀罗 译
　　　 [宋] 释正受 集注
坛经 [唐] 惠能 著 丁福保 笺注
世说新语 [南朝宋] 刘义庆 著
　　　　 [南朝梁] 刘孝标 注
山海经 [晋] 郭璞 注 [清] 郝懿行 笺疏
颜氏家训 [北齐] 颜之推 著
　　　　 [清] 赵曦明 注 [清] 卢文弨 补注
三字经·百家姓·千字文
　　　　 [宋] 王应麟等 著
龙文鞭影 [明] 萧良有等 编撰
幼学故事琼林 [明] 程登吉 原编
　　　　　　 [清] 邹圣脉 增补
梦溪笔谈 [宋] 沈括 著
容斋随笔 [宋] 洪迈 著
困学纪闻 [宋] 王应麟 著
　　　　 [清] 阎若璩 等注

楚辞 [汉] 刘向 辑
　　 [汉] 王逸 注 [宋] 洪兴祖 补注
曹植集 [三国魏] 曹植 著
　　　 [清] 朱绪曾 考异 [清] 丁晏 铨评
陶渊明全集 [晋] 陶渊明 著
　　　　　 [清] 陶澍 集注
王维诗集 [唐] 王维 著 [清] 赵殿成 笺注
杜甫诗集 [唐] 杜甫 著 [清] 钱谦益 笺注
李贺诗集 [唐] 李贺 著 [清] 王琦 等评注

李商隐诗集 [唐]李商隐 著 [清]朱鹤龄 笺注
杜牧诗集 [唐]杜牧 著 [清]冯集梧 注
李煜词集（附李璟词集、冯延巳词集）
　　　　　[南唐]李煜 著
柳永词集 [宋]柳永 著
晏殊词集·晏幾道词集
　　　　　[宋]晏殊 晏幾道 著
苏轼词集 [宋]苏轼 著 [宋]傅幹 注
黄庭坚词集·秦观词集
　　　　　[宋]黄庭坚 著 [宋]秦观 著
李清照诗词集 [宋]李清照 著
辛弃疾词集 [宋]辛弃疾 著
纳兰性德词集 [清]纳兰性德 著
六朝文絜 [清]许梿 评选
　　　　　[清]黎经诰 笺注
古文辞类纂 [清]姚鼐 纂集
乐府诗集 [宋]郭茂倩 编撰
玉台新咏 [南朝陈]徐陵 编
　　　[清]吴兆宜 注 [清]程琰 删补
古诗源 [清]沈德潜 选评
千家诗 [宋]谢枋得 编
　　　　　[清]王相 注 [清]黎恂 注
瀛奎律髓 [元]方回 选评
花间集 [后蜀]赵崇祚 集
　　　　　[明]汤显祖 评
绝妙好词 [宋]周密 选辑
　　　[清]项絪 笺 [清]查为仁 厉鹗 笺

词综 [清]朱彝尊 汪森 编
花庵词选 [宋]黄昇 选编
阳春白雪 [元]杨朝英 选编
唐宋八大家文钞 [清]张伯行 选编
宋诗精华录 [清]陈衍 评选
古文观止 [清]吴楚材 吴调侯 选注
唐诗三百首 [清]蘅塘退士 编选
　　　　　[清]陈婉俊 补注
宋词三百首 [清]朱祖谋 编选
文心雕龙 [南朝梁]刘勰 著
　　　　　[清]黄叔琳 注 纪昀 评
　　　　　李详 补注 刘咸炘 阐说
诗品 [南朝梁]锺嵘 著
　　　　　古直 笺 许文雨 讲疏
人间词话·王国维词集 王国维 著

戏曲系列
西厢记 [元]王实甫 著
　　　　　[清]金圣叹 评点
牡丹亭 [明]汤显祖 著
　　　　　[清]陈同 谈则 钱宜 合评
长生殿 [清]洪昇 著 [清]吴人 评点
桃花扇 [清]孔尚任 著
　　　　　[清]云亭山人 评点

小说系列
封神演义 [明]许仲琳 编 [明]锺惺 评
儒林外史 [清]吴敬梓 著
　　　　　[清]卧闲草堂等 评

部分将出书目

公羊传	水经注	古诗笺	清诗别裁集
穀梁传	史通	李白全集	博物志
史记	日知录	孟浩然诗集	温庭筠诗集
汉书	文史通义	白居易诗集	聊斋志异
后汉书	心经	唐诗别裁集	
三国志	文选	明诗别裁集	